BASTEI LÜBBE

P. T. DEUTERMANN IM TASCHENBUCH-PROGRAMM:

13 597 Jagd auf die ›Scorpion‹
13 836 Der Krieg der Offiziere
13 936 Die Geheimnisse des Admirals Sherman

P. T. DEUTERMANN

SECHZIG MEILEN SÜDOST

Thriller

Aus dem Amerikanischen
von Joachim Honnef

BASTEI LÜBBE

BASTEI LÜBBE TASCHENBUCH
Band 14 182

Erste Auflage: März 1999

Deutsche Lizenzausgabe 1999 by
Bastei-Verlag Gustav H. Lübbe GmbH & Co.,
Bergisch Gladbach
Originaltitel: The Edge of Honor
Titelbild: Mauritius-Bildagentur
Umschlaggestaltung: QuadroGrafik, Bensberg
Satz: KCS GmbH, Buchholz/Hamburg
Druck und Verarbeitung:
Brodard & Taupin, La Flèche, Frankreich
Printed in France
ISBN 3-404-14182-2

Dieses Buch ist den Tausenden Frauen und Männern der United States Navy gewidmet, die während des Vietnamkrieges ehrenvoll gedient haben.

Danksagungen

Ich möchte George Witte, Carol Edwards und Sally Richardson von St. Martin's Press für ihre umfassende Hilfe bei diesem Buch danken und ebenfalls meiner Frau Susan für ihr ständiges Vertrauen in diese Geschichte.

1

San Diego, California, September 1969

Brian Holcomb stand nackt am Schlafzimmerfenster und schaute zum Park auf der anderen Staßenseite. Die graue Rinde der Eukalyptusbäume war in den orangefarbenen Schimmer der Natriumdampflampen längs des Balboa Drive getaucht. Wenigstens etwas, das Glut hatte; er hatte jedenfalls nicht die geringste. Maddy, seine Frau, sprach zu ihm vom Bett aus.

»Brian, es ist schon in Ordnung. Komm zurück ins Bett.«

»Nichts ist in Ordnung. Gar nichts. Es ist der Tag der Fahrt zur Stationierung, ich gehe für sieben Monate fort, du fühlst dich miserabel, und ich kriege nicht mal einen hoch ...«

»Brian, bitte. Es ist unser letztes Beisammensein. Bitte, laß uns nicht streiten. Es tut mir leid, daß ich über deinen Einsatz geschimpft habe. Komm wieder ins Bett.«

Brian seufzte und wandte sich vom Fenster ab. Der Anblick von Maddy im gedämpften Licht des Schlafzimmers – diese Fülle ihres blonden Haars, das schöne Gesicht, ihre prächtigen nackten Brüste – nahm ihm immer noch den Atem, selbst nach fast vier Jahren Ehe. Warum, zum Teufel, konnte er in ihrer letzten gemeinsamen Nacht im Bett nichts leisten?

Maddy klopfte auf das Laken neben sich, als hätte sie seine Gedanken erraten.

»Komm schon, Brian. Ich hasse es, wenn du da bist, aber nicht neben mir liegst. Wir hätten nur schmusen sollen, wie wir es vorhatten. Wir beide wissen, das dies ein lausiger Zeitpunkt für Sex ist. Bitte!«

Maddy hatte recht – wie üblich. Er setzte sich auf die Bettkante, und Maddy rutschte herüber, schlang die Arme um ihn und hüllte sein Gesicht mit ihrem Haar ein. Er spürte ihre warme Haut.

»Hey?« wisperte sie. »Wir werden schon damit fertig; andere schaffen das auch. Dies ist nicht das erste Schiff, das zum WESTPAC fahren muß. Ich habe meinen Job und die Treffen mit den anderen Soldatenfrauen …«

»Die du nicht besonders leiden kannst.«

»Doch, ich mag sie. Ich habe nur nicht sehr viel mit ihnen gemein, Brian. Ich arbeite, und die meisten von ihnen nicht. Da gibt es kaum gemeinsame Interessen …«

»Ja.«

Er spürte, daß sie sich leicht versteifte, und das Messer des Zorns der vergangenen Nacht stach wieder zwischen ihnen zu. Sie waren zum Abendessen im *Mr. A's* gewesen, einem teuren Restaurant mit Blick auf die Skyline von San Diego, durch dessen hohe Fenster man wie aus einem Cockpit auf die Jets schauen konnte, die auf Lindbergh Field landeten. Brian hatte sich das Abendessen als Abwechslung vorgestellt, damit drei oder vier Stunden der ›letzten Nacht‹ schneller vorübergingen. Als Maddy immer heftiger über die bevorstehende Abfahrt des Schiffes geklagt hatte, war alles zum letzten geworden: das letzte Abendessen, die letzte Nacht, der letzte Morgen – alles zum letzten Mal, weil jetzt der Tag des Einsatzes kam.

Er hatte den Fehler begangen, wieder von Kindern zu sprechen, das hatte dem letzten Abend den letzten Rest gegeben. Und jetzt würde er in ein paar Stunden aufstehen, duschen, seine weiße Uniform anziehen und als Lieutenant Brian Holcomb, U. S. Navy, Waffenoffizier des *USS John Bell Hood,* zum Schiff auf dem Flottenstützpunkt gehen und für die nächsten sieben Monate am Vietnamkrieg teilnehmen.

Und Maddy, seine schöne junge Frau seit drei Kommasoundsoviel Jahren, konnte das nicht gelassen hinnehmen. Der Fahrplan des Schiffes hatte nichts daran geändert. Die dreißig Tage vor dem Einsatz wurden POM genannt: *Preparation for Overseas Movement*, die Vorbereitung der Reise nach Übersee. Das Perverse in puncto Familienleben daran war, daß die Offiziere eines Schiffes an den Tagen vor dem Einsatz mehr beschäftigt waren als zu jeder anderen Zeit. Die POM-Vorbereitungen waren scheinbar endlos. Eine Unmenge an Nachschub, Ersatzteilen, neuem Personal, jüngster taktischer Handbücher und unzählige letzte Pflege- und Reparaturarbeiten an den Waffen- und Betriebssystemen des Schiffes erforderten genau dann einen Zwölfstundentag für die Besatzung, wenn die Frauen der Soldaten zu Kletten wurden und jeden Moment des Kontakts mit ihren Männern ersehnten. Brians Nächte daheim während der letzten dreißig Tage an Land waren von Maddys dramatischen Stimmungsumschwüngen begleitet worden. Sie hatte sich von der liebevollen, zärtlichen Frau bis zur keifenden Vettel verwandelt, die gegen den Einsatz im besonderen, gegen den Vietnamkrieg und gegen seine Laufbahn bei der Navy im allgemeinen wetterte.

Das Dumme war, daß er sich auf den Einsatz freute. Er hatte eine wichtige Aufgabe an Bord eines modernen Schiffes mit Fernlenkgeschossen, und das Ziel war der Red-Crown-Stützpunkt im Golf von Tonkin, ein Kriegseinsatz auf dem einen Schiff, das den Himmel über dem Golf kontrollierte. Verdammt, er sollte sich nicht schuldig fühlen müssen, weil er sich darauf freute. Und mehr noch, diese Aufgabe konnte einen Karrieresprung bedeuten. Seine Beförderung zum Lieutenant Commander hing von guten Leistungen auf diesem Schiff ab. Maddy war keine Hilfe. Eigentlich war Maddy nahe daran, Schaden anzurichten. Andererseits war ihm völlig klar, daß sie sich nur so verhielt, weil er sie allein lassen mußte.

Er wandte sich ihr zu, nahm sie in die Arme, atmete ihren süßen, vertrauten Duft ein und schmiegte das Gesicht an ihren Hals, als sie sich an ihn preßte. Er wußte, daß ihre Einwände nicht ihm galten, sondern der Ungewißheit über das, was auf sie zukommen würde – die leere Wohnung, das leere Bett, verspätete Briefe anstelle einer Umarmung in der Nacht. Er würde inmitten von Flottenoperationen im Golf von Tonkin sein, und sie würde Tag für Tag der Leere des Alltags ausgeliefert sein. Der Gedanke, sieben Monate von ihr getrennt zu sein, versetzte ihm nicht zum erstenmal einen Stich. In solchen Momenten war er geneigt, die Navy als ›gottverdammt‹ zu bezeichnen – in jüngster Zeit Maddys Lieblingsausdruck. Und dann war da der besonders empfindliche Nerv – Kinder. Er wünschte sich Kinder; sie wünschte sich ebenfalls welche, aber sie hatte eine Bedingung gestellt, deren Erfüllung er für unmöglich hielt: »Wir werden nur eine Familie haben, wenn du daheim sein wirst, um zu helfen.« Eine Karriere in der Navy ließ sich nicht mit dieser Forderung vereinbaren. Schließlich hatten sie beide erkannt, daß das ganze Thema Gründung einer Familie zu einem Minenfeld wurde, eine Komplikation, die keiner von beiden gebrauchen konnte, besonders jetzt nicht. Brian seufzte von neuem.

»Wie spät ist es?« fragte er, und seine Stimme wurde durch ihr Haar gedämpft.

»Es ist noch nicht soweit«, flüsterte sie, umarmte ihn fester und zog sein Gesicht zwischen ihre Brüste. Er spürte das vertraute aufwallende Verlangen und fragte sich, ob es einen weiteren Versuch wert war. Maddy neigte sich hinab. Ihre veilchenblauen Augen wirkten riesig im Halbdunkel. Sie küßte ihn tief. Er wollte es noch einmal versuchen.

Maddy legte sich auf dem verwühlten Bett zurück, zog die Laken bis an ihr Kinn und lauschte mit zu Fäusten geballten Händen, während Brian duschte. Ihr Atem hatte sich normalisiert, doch sie war noch so erschöpft, daß sie heute bestimmt nicht Tennis spielen würde. Nach dem Debakel beim Abendessen im Restaurant, einer unruhigen Nacht, in der sie über alles außer Brians Stationierung gesprochen hatten, und schließlich gescheitertem Sex war Brians zweite Lust wie ein Sturm über sie gekommen. Er hatte sie mit seiner Heftigkeit und Leidenschaft überrascht und dann trotz ihrer düsteren Gedanken mitgerissen. Danach fragte sie sich flüchtig, wieviel von dieser Leidenschaft Zorn und wieviel Liebe gewesen war. Sie wußte, daß sie ihm das Leben schwergemacht hatte, und wenn auch ihr fast verzweifelter Sex für eine Weile ihre Depression vertrieben hatte, spürte sie seine Frustration. Sie mußte sich immer wieder sagen: er verläßt mich nicht absichtlich. Es liegt nur an dem verdammten Schiff.

Der Tag des Einsatzes – das klang für sie wie das Jüngste Gericht. Sieben Monate. Wenn alles gutging, sonst länger. Sie ballte die Hände zu Fäusten und preßte die Schenkel zusammen. Sie hatten die Hälfte seiner Dienstzeit im Mittelmeer hinter sich gehabt, als er auf der *Decatur* gewesen war, und dann zwei wunderbare Jahre an Land erlebt, als er in Monterey auf der Marineschule gewesen war. Dann stellte sich heraus, daß die Beurteilungen des Dienstes auf der *Decatur* keine hundertprozentige Tauglichkeit ergeben hatten und er weiteren Dienst auf See verrichten mußte, diesmal auf einem größeren Schiff. Unzählige Male hatte Brian ihr gesagt, daß man ihm mit der Abkommandierug einen Gefallen erwies, ihn mit einem großen Schiff in den Einsatz schickte, um seine Chancen für eine Beförderung zu erhöhen. Sie kannte das Warum und Weshalb auswendig, aber das half nichts. Sieben Monate, zweihundertzehn Tage. Vermutlich mehr. Und wenn Brian befördert wurde und der Krieg weiterging, dann würde man ihn zu noch längeren und gefährlicheren Missionen abkommandieren. Sie konnte mit ihrem Job bei der Bank ihre Tage ausfüllen, aber der Gedanke an die Zivilisten dort machte die bevorstehende Trennung noch schmerzlicher – das vergleichsweise beständige Leben der Zivilisten bildete einen starken Kontrast zu ihrem Status als Soldatenfrau, deren Mann in den Einsatz fuhr. Einer ihrer Kollegen in der Bank hatte ironische Bemerkungen darüber gemacht, daß eine gelegentliche Mini-Scheidung dank der Navy auch ihr Gutes hatte, aber Maddy hatte nicht darüber lachen können.

Und sie kannte den geheimen Grund, wenn Brian ihn auch nicht einsehen wollte. Sie hatte eine tiefe Furcht vor dem Alleinsein. Sie hatte es Brian nie gesagt und würde es ihm auch nie sagen, aber das war einer der Gründe, aus denen sie ja gesagt hatte, als dieser einnehmende junge Marineoffizier kurz vor dem Ende ihres Studiums in ihr Leben geplatzt war und um ihre Hand angehalten hatte. Mit der Graduierung vor Augen war ihr klargeworden, daß sie bald allein sein würde, ohne Kommilitonen und Zimmergenossinnen und dem hektischen Betrieb ihres letzten Studienjahres. Als Brian sie gefragt hatte, ob sie seine Frau werden wollte, war sie ihm um den Hals gefallen. Er sah gut aus, war lustig und intelligent und hatte eine Karriere in der Navy vor sich. Oh, er hatte ihr von seinem Dienst erzählt, von Einsätzen und Trennungen, aber im ersten Rausch der Liebe und bei der aufregenden Entdeckung, wie gut sie füreinander im Bett waren, hatte das Wort *Einsatz* keine Bedeutung für sie gehabt. Und selbst die drei Monate, in denen Brian Dienst im Mittelmeer gehabt hatte, waren unterbrochen worden, als sie nach Neapel geflogen war, um ihn während eines fünftägigen Urlaubs zu besuchen.

Aber sieben Monate – das war der größte Teil eines Jahres, und der Golf von Tonkin war nicht das Mittelmeer. In Vietnam fand ein schmutziger, blutiger und zunehmend sinnloser Krieg statt, und in den abendlichen Fernsehnachrichten wurden zu viele Leichensäcke und Opferstatistiken gezeigt, um noch an Ruhm und Heldentum zu denken. Maddy weinte fast bei dem Gedanken, Brian zu verlieren und als Witwe allein zu sein. Sie verbannte diesen Gedanken, doch die Angst blieb.

Brian kam aus dem Badezimmer. Er hatte ein weißes Handtuch um seine Hüften gewickelt, und sein Haar stand nach allen Richtungen ab, als hätte er einen stromführenden Draht berührt. Er blieb auf der Türschwelle stehen und hob sich vor dem Licht des Badezimmers als Silhouette ab. Maddy konnte kaum sein Gesicht erkennen.

Aber er schaute sie lange an, und schließlich kam er zum Bett und setzte sich vorsichtig auf die Kante, damit das Bettzeug nicht naß wurde. Sie wollte sich aufsetzen, doch ihr Körper gehorchte ihr nicht. Er lächelte

»Nun, Mrs. Holcomb, der Tag, auf den wir alle sehnsüchtig gewartet haben, ist endlich gekommen«, sagte er lächelnd. Ein trauriges Lächeln, dachte sie. »Wirst du dich anders besinnen und uns beim Auslaufen zusehen?«

»Das ... das möchte ich wirklich nicht, Brian«, erwiderte Maddy. »Ich kann es nicht ertragen, dieses große graue Ding fortfahren zu sehen. Wir haben doch abgemacht ...«

»Richtig. Nun, es ist halb sieben. Wenn ich jetzt gehe, komme ich noch gut durch den Verkehr. Ich werde Jack Folsom anrufen und mich von ihm mitnehmen lassen. Es ist kein Umweg für ihn, wenn er mich hier abholt.«

»Brian, es tut mir leid. Ich weiß ...«

»Hey, kein Problem. Ich habe volles Verständnis. Du hättest es wie Angela Benedetti am Einsatztag machen sollen. Sie verläßt die Stadt für eine Woche mitsamt den Kindern und kommt erst zurück, wenn das Schiff längst fort ist.«

»Ja, das hätte ich tun sollen. Aber ich habe diesen kleinen Job, und man erwartet mich auf der Arbeit.«

»Und du hast keine Kinder.«

Seine Bemerkung versetzte ihr einen Stich, auch als sich seine Miene veränderte, als ihm klar wurde, was er gesagt hatte.

»Maddy, es tut mir leid. Ich meinte es nicht so, wie es klang.«

»Wie hast du es denn gemeint, Brian?« fragte sie leise.

»Ich meinte nur, nun, wenn du Kinder hättest, wärst du nicht allein, wenn das Schiff ausläuft. Die Familie wäre immer noch da. Ich weiß, es ist nicht dasselbe, aber ...«

»Brian.«

»Ja?«

»Wir hacken nur aufeinander herum. Ich hasse es, daß

du fortmußt, und ich weiß, du verläßt mich nicht, um mich zu kränken. Ich ärgere mich über die Tatsache, nicht über dich. Ich halte es für das beste, wir beide ziehen uns an und gehen dorthin, wohin wir gehen müssen. Je eher du gehst, desto früher kommst du zurück, okay? Ich weiß nicht, wie ich es sonst ausdrücken könnte, und alles, was wir jetzt sagen, wird schmerzlich sein. Bitte.«

Er nickte und stand auf, um seine Uniform anzuziehen. Maddy drehte sich im Bett auf die Seite, und nur ihr Kopf war über den Laken zu sehen. Brian zog sich schnell an, telefonierte mit seinem Kameraden, um sich mitnehmen zu lassen, und steckte seine Brieftasche und seine Ringe ein. Aber keine Schlüssel – heute blieben die Schlüssel daheim. Er kehrte ins Schlafzimmer zurück und ging zum Bett. Er neigte sich zu seiner Frau hinab und küßte sie auf die Stirn.

»Ich liebe dich, Maddy.«

»Ich liebe dich auch, Brian.«

Und dann ging er fort, und einen Augenblick später hörte sie, wie er leise die Haustür hinter sich schloß. Erst dann begann sie zu weinen.

2

USS JOHN BELL HOOD

Fahrt in die Subic-Bucht, Luzon, Philippinen

Drei Wochen später zeichneten sich die Berge von Mittel-Luzon wie Sägezähne vor dem Purpur des östlichen Horizonts ab, als die mit Lenkflugkörpern bewaffnete Fregatte *John Bell Hood* aus dem Südchinesischen Meer in die Subic-Bucht fuhr.

Das Wasser der Bucht war ein türkisfarbener Spiegel, in

den das Schiff sein Kielwasser schnitt. Der Geruch von tropischer Vegetation hing über der weiten Stille der Bucht, vermischt mit dem stechenden Gestank von Kohlenrauch aus verschiedenen Pfahlbauten längs des Strandes. Schwimmende Töpfe mit Kerzen funkelten auf dem Wasser an den Rändern der Fahrrinne und markierten das Ende von Treibnetzen. Philippinische Fischer mit mahagonifarbener Haut hockten reglos in ihren *banca*-Booten, das Gesicht von breitkrempigen Strohhüten beschattet, und beobachteten, wie das Achttausendtonnenkriegsschiff leise vorbeischwamm.

Brian Holcomb stand mittschiffs neben dem riesigen Hauptbootsmann, Master Chief Petty Officer Louis Jesus María Martinez. Brian, dessen Abteilung für alle oberen Seitenteile des Schiffes verantwortlich war, hatte sich entschlossen, eine Runde über die Decks zu machen, nachdem der Tagesbefehl ausgegeben worden war, um sich zu vergewissern, daß seine Abteilung bereit zum Einlaufen des Schiffes in den Hafen war. Der Chief, sofort von seiner allgegenwärtigen Crew von Matrosen gewarnt, hatte seinen Abteilungsleiter auf halbem Weg zur Backbordseite abgefangen. Er war mit einem Becher Kaffee in jeder Hand und mit einem polternden ›Morgen, Boss‹ aus den Schatten der Decksaufbauten aufgetaucht. Brian mußte sich immer noch an die Größe des Chiefs gewöhnen, der sich mit seiner massigen Gestalt, den dunklen Augen und den indianerhaften Gesichtszügen von den anderen Chief Petty Officers gewaltig abhob. Man nahm allgemein an, daß seine mittleren beiden Vornamen – Jesus María – eher die ersten Worte seiner Mutter wiedergaben, als sie ihr Baby gesehen hatte, und weniger ein Ausdruck von religiöser Bedeutung waren.

Von den vier Unterabteilungen seiner Waffenabteilung hatte Brian eine natürliche Vorliebe für die Erste oder die Deckabteilung, denn er war vor fast sieben Jahren auf seinem ersten Schiff Deckoffizier gewesen. Er hatte Chief Martinez sofort gemocht und den Hauptbootsmann oft besucht, wenn er eine Pause bei den Schreibarbeiten einlegen konnte. Auf See oder im Hafen war Chief Martinez für gewöhnlich auf den Decks anzutreffen, die er inspizierte, weil die Erste Abteilung für die Instandhaltung und Wartung der Ausrüstung, der Schotts und Boote und während der Fahrt für alle Instandsetzungsarbeiten verantwortlich war. Salzluft und Salzwasser griffen ständig alles aus Metall an, und Brian wußte aus erster Hand, daß die Erste Abteilung alle Hände voll zu tun hatte, um zu verhindern, daß das Schiff unter ihren Füßen verrostete. Und weil man in der Ersten Abteilung landete, wenn man es nicht in eine der anderen Abteilungen schaffte, hatte der Chief gleichfalls Mühe, seine rauhe Bande von Deckaffen – wie die Männer der Ersten Abteilung genannt wurden – auf Trab zu halten.

Brian nahm den Becher mit Kaffee und begann mit Martinez einen Rundgang. Sie gingen über die Backbordseite nach achtern, vorbei an den zwei Dreizollgeschützen, dem Hubschrauber-Flugdeck und dann eine steile Leiter hinab, um die Anordnung der Vertäuungstaue zu überprüfen, die am Fuß der Fünfzollgeschützlafette in elliptischen Bahnen ausgelegt waren. Sie machten kehrt und gingen hinauf zur Steuerbordseite, stiegen aufs Flugdeck, schritten unter den Drei-Zoll-Geschützen auf der Steuerbordseite und an den Bootdecks vorbei und hinauf auf das Vorderdeck, wo die stählerne Raketenstellung aus dem Deck ragte und sich die Abschußvorrichtung für die Fernlenkgeschosse befand. Dann bahnten sie sich einen Weg durch einen kleinen Arbeitstrupp und traten vorsichtig auf dem blankgeschrubbten, glatten grauen Stahl auf, um zum Ankerspill und auf den vordersten Punkt des steil überhängenden Bugs zu gelangen. Das Geräusch, mit dem der Bug das Wasser teilte, wurde lauter und hing wie ein Zischen in der Morgenluft.

Brian bemerkte, daß Chief Martinez unterwegs überall etwas zu den kleinen Gruppen von Personal der Decksabteilung zu sagen hatte, die Halteleinen auslegten oder die salzbedeckten Decks mit dampfendem, heißem Wasser aus Eimern schrubbten, das Messing der Griffe an den Rettungsleinen polierten und Taue aufrollten, um sich auf das Vertäuen an der Pier vorzubereiten. Für Brian klangen die Befehle des Chiefs wie ein ständiges Grollen und Knurren, durchsetzt mit Spitznamen wie ›Grinsemann‹, ›Rothaut‹ und ›Pflaume‹. Mehrere Männer waren offenbar verwandt, denn er nannte sie alle ›Blödmann‹. Brian war von der Aktivität der Männer beindruckt, aber er bemerkte auch, daß sie sich verstärkte, wenn der hünenhafte Chief nahte, und nachließ, wenn er weiterging. Einige der Männer grinsten verstohlen oder machten abfällige Gesten, wenn Martinez ihnen den Rücken zuwandte. Brian sprach darüber mit Martinez.

»Es ist nicht mehr wie früher«, sagte der Chief und schüttelte betrübt den Kopf. »Die Jungs der Decksabteilung waren früher stolz darauf, vor allen anderen auf den Beinen zu sein, die Decks zu schrubben und das Messing zu polieren. Keiner stand früher auf als ein Bootsmann, abgesehen von dem Nachtbäcker, und dieser Arsch war ohnehin die ganze Nacht auf. Heutzutage verpissen sich diese kleinen Scheißer, wenn sie arbeiten sollen, machen krumme Dinge, nehmen des Nachts Stoff oder dealen, schlafen auf Wache, brechen die Spinde ihrer Kameraden auf und klauen sich gegenseitig die Brieftaschen und den Sold und sonstwas. Wir haben ein paar gute Jungs in dieser Crew, aber heutzutage sind es meistens 'ne Menge Arschlöcher, die auf die Navy scheißen. Wenn Sie mich fragen, liegt das alles an dieser langhaarigen Scheiße im Zivilleben, an diesem verdammten Gehämmere, das sie Musik nennen, an all dieser hippieschwulen Protestscheiße, bei der Jungs ihre Einberufungsbefehle verbrennen und sich 'nen Schuß setzen. Seit dieser Tet-Sache im vergangenen Jahr in Nam ist das Land zu einem Scheißhaus geworden.«

Brian nickte nach den derben Ausführungen des Chiefs. »Mir ist aufgefallen, daß einige der Mannschaften auf diesem Schiff – wie soll ich es bezeichnen – feindselig sind.

Selbst die jüngeren Petty Officers zeigen schlechtes Verhalten, besonders gegenüber Offizieren. Habt ihr Chiefs das ebenso gesehen?«

Der Chief blieb stehen, als sie sich der tunnelartigen Fläche näherten, die vom Hauptdeck zum Vorderdeck führte.

»Ja und nein, Mr. Holcomb. Jede Weißmütze, die bei einem Chief 'ne große Lippe riskiert, weiß, was ihr dann blüht, wenn Sie verstehen, was ich meine. Die Aufmüpfigen könnten einen kleinen Unfall haben, über ein Tau stolpern oder gegen einen Pfosten laufen. Aber bei dieser Crew hier weiß ich nicht, woran ich bin. Ich habe einige Geschichten gehört – daß auf Wache Rauschgift gedealt und konsumiert wird, daß sich einige in der Ersten Abteilung als Kredit- und Kartenhaie betätigen, daß eine Art Drogengang all den Scheiß an Bord steuert – ich weiß nicht, ob es nur an der *J. B. Hood* oder an der ganzen verdammten Navy liegt.«

Brian schlug die schwere Stahltür hinter ihnen zu, als sie hinaus aufs Vorderdeck traten.

»Ich bin es nicht gewohnt, so etwas auf Zerstörern zu sehen«, sagte er.

»Ja, nun, die *Hood* ist größer als ein Zerstörer, aber kleiner als ein Kreuzer. Wir haben fast fünfhundert Jungs hier. Wenn davon zehn Prozent Arschlöcher sind, dann haben wir schon fünfzig, verstehen Sie?«

Als sie übers Vorderdeck gingen, fuhr das Schiff um die Nordwestseite von Luzon. Brian lächelte innerlich, behielt jedoch eine ausdruckslose Miene. Die Worte des Chiefs erinnerten ihn an das Spiel, das die Navy mit dem Kongreß über den Typ eines Schiffes wie die Hood spielte. Die Hood war offiziell eingestuft als Fregatte mit Fernlenkkörpern. Nach dem Koreakrieg hatte der Kongreß in einer seiner periodisch auftretenden antimilitärischen Stimmungen erklärt, daß keine größeren Schiffe wie Kreuzer oder Kriegsschiffe in diese Klasse gehörten, weil die Navy nur große Schiffe haben wollte, um ihre Admiralität und ihr

Stabspersonal herumzufahren. Die Navy hatte entgegenkommend keine weiteren Kreuzer angefordert und sich statt dessen entschieden, eine ganze Klasse von Achttausend-Tonnen-›Fregatten‹ mit Lenkflugkörpern zu produzieren, eine Klassifikation, die normalerweise viel kleinere Schiffe erhielten.

Als die Hood sich dem Hafen näherte, konnten sie einen kleinen Wald von Decksaufbauten anderer Kriegsschiffe der Siebten Flotte sehen, der sich dunkel vor der grauen Masse der Schiffe hinter den Piers abhob. Ein bläulichweißer Schimmer von Natriumdampflampen, von denen die Piers gesäumt waren, wurde zwischen den Bäumen der Insel sichtbar, zwischen denen zerschmetterte japanische Küstengeschütze rostend im feuchten Dschungel lagen. Backbord näherten sich zwei Hafenschlepper der Navy, stießen Dieselabgase aus und wirbelten hinter ihrem breiten Heck grünes Wasser auf, als sie ihre Position korrigierten, um dem nahenden Schiff aus dem Weg zu bleiben. Auf einem der Schlepper war der Hafenlotse zu sehen, der lässig darauf wartete, längsseits und an Bord zu gehen.

»Nun, da ist er, der Nummer-eins-*ichiban*-Freiheitshafen der ganzen verdammten Welt, Weps Boss«, sagte Chief Martinez.

»Was heißt *ichiban*?« fragte Brian.

»Das ist Pidgin-Japanisch und heißt sehr gut«, erklärte Chief Martinez grinsend. »Und Weps heißt …«

»Ich weiß«, unterbrach Brian. »Weps hat man für Waffen auch bei der Atlantikflotte gesagt.«

»Hier im Pazifik gibt es jede Menge Abkürzungen und spezielle Bezeichnungen. Aber die haben Sie schnell kapiert, Boss.«

»Wenn nur die Hälfte der Geschichten stimmt, die ich über diesen Hafen gehört habe, muß tatsächlich etwas daran sein«, erwiderte Brian.

»Die Hälfte reicht nicht«, entgegnete der Chief. »Sie sind LANTFLEET-Matrose. Mit Verlaub, Sir, aber bei der

LANTFLEET gibt es nichts, was mit Subic vergleichbar ist. Wenn es keine Häfen wie Subic oder Olongapoo oder Kaohsiung gäbe, dann kämen die Jungs der PACFLEET nicht mal zu diesem Krieg in Nam. Hier in Olongapoo können sie alles tun, alles kaufen und verkaufen, was sie wollen, und ich meine alles. Riechen Sie es, Boss?«

Brian nickte stumm, als ihm die Gerüche von fauligem Dschungel, Öl, Dieselauspuffgasen, Haschisch, geteerten Pfahlbauten, billigem Parfüm und Abwässern entgegenschlug.

»Yea-a-ah-h!« Der Chief schnüffelte und trank seinen Kaffeebecher leer. »Ein Jammer, daß wir diesmal nicht im Hafen der Freiheit bleiben können.«

»Kurzer Tankstop und die Einsatzbesprechungen für die Task Force siebenundsiebzig, Chief. Dann geht's um achtzehn Uhr weiter und den Golf rauf, um die *Long Beach* abzulösen. Aber ich hörte, daß wir hierhin zurückkehren, wenn wir von der Front zurückkommen.«

»Das hoffe ich«, sagte der Chief inbrünstig. Dann wandte er sich um und brüllte zu der Crew auf dem Vorderdeck. »Hey, Blödmann, wir haben hier verdammt keinen Kaffee mehr!«

Zwei Matrosen eilten von der Ankerwinde herbei, um die leeren Kaffeebecher abzuholen.

»Die kennen anscheinend ihren Namen«, bemerkte Brian, als einer der Männer davontrottete, um Kaffee zu holen.

»Nun, sie waren alle das eine oder andere Mal Blödmänner, sonst wären sie keine Deckaffen. Deshalb springen sie. Um auf Nummer Sicher zu gehen.«

»Kapiert«, sagte Brian. Er wäre bei bei der Brüllerei des Chiefs fast selbst gesprungen.

Chief Martinez schlenderte nach achtern, um das Anlegen des Schleppers längsseits zu beaufsichtigen, und Brian ging zum Fuß der Abschußvorrichtung für die Fernlenkgeschosse, um die Arbeit der Crew auf dem Vorderdeck zu beobachten. Er blickte zu den Fenstern der Brücke hinauf, die sich zwei Ebenen oberhalb des Vorderdecks befanden, aber die grüngetönten Fenster spiegelten nur die Lichter auf dem Pier wider.

Brian Holcomb war ein großer, hagerer Achtundzwanzigjähriger mit strohblonden Haaren, blauen Augen und faltenlosem, jungenhaftem Gesicht. Seine jugendlichen Gesichtszüge waren lange eine geheime Quelle von Unsicherheit in einer Navy gewesen, in der von Wind und Wetter gegerbte Gesichtszüge respekteinflößender waren als blaue Augen und ein schnelles Lächeln. Offiziere in seinem Alter und mit der gleichen Erfahrung ließen sich oft durch sein jungenhaftes Aussehen täuschen und unterschätzten ihn. Später stellten sie dann überrascht fest, daß er fast sieben Dienstjahre als Berufsoffizier in der Navy hinter sich hatte und auf derBeförderungsliste zum Lieutenant Commander stand.

Während er die Erste Abteilung beobachtete, dachte er an die vergangenen paar Monate, die ihm seinen ersten WESTPAC-Einsatz und einen kritischen Zeitpunkt in seiner Laufbahn eingebracht hatten, eine Dienstzeit als Abteilungsleiter auf einem mit Fernlenkkörpern bewaffneten Schiff an der Front auf dem Weg zu Operationen in Vietnam. Er hatte sich vor sechs Wochen an Bord der *John Bell Hood* gemeldet, als das Schiff nach sieben Monaten im Heimathafen auf die Rückkehr in den westlichen Pazifikraum vorbereitet worden war. Als dienstalter Lieutenant, der einen Lieutenant Commander ablöste, konnte er zweifellos erwarten, im Dezember auf der nächsten Beförderungsliste zu stehen. Aber die Worte des Offiziers, der ihn zum Dienst eingeteilt hatte, hallten immer noch in seiner Erinnerung: »Die Beurteilungen bei Ihrer ersten Verwendung als Abteilungsleiter waren nicht so gut, wie sie hätten sein sollen; wir werden Sie noch einmal als Abteilungsleiter verwenden müssen. Sie haben offenbar jemanden verärgert. Sie sind beförderungswürdig, aber nur so gerade; wenn wir diesen Krieg nicht hätten, gäbe es ein Problem für Sie. Sie sollten Ihren Dienst auf der *Hood* hervorragend erledigen. Und es wäre hilfreich, wenn man Ihnen eine besondere Beurteilung schreiben würde, bevor der Ausschuß zur Beförderung zum Lieutenant Commander im November tagt.« Er würde wirklich seinen neuen Kapitän beeindrucken müssen, um eine besondere Beurteilung zu bekommen.

Die Nachricht, daß er in seiner Verwendung als Abteilungsleiter nicht gut beurteilt worden war, hatte ihn überrascht. Brians Kapitän auf der *Decatur* hatte kein Anzeichen gegeben, daß er mit seinen Leistungen unzufrieden gewesen war. Aber im nachhhinein glaubte Brian zu wissen, was das Problem gewesen war. Er hatte sich von der neuen Zerstörerschule der Navy in Newport aus an Bord der *Decatur* gemeldet. Dort wurden aufstrebende junge Offiziere ausgebildet, um eine der drei Abteilungsleiterstellen auf Zerstörern in der Navy zu besetzen – Waffen, Operationen oder Maschinisten. Er war auf der *Decatur* vielleicht ein wenig zu großspurig aufgetreten, ein bißchen zu sehr wie jemand, der alles zu wissen glaubt. Brian wußte, daß er klüger als der Durchschnitt war; seine Leistungen auf allen Marineschulen bewiesen das. Aber er erkannte jetzt auch, daß er noch lernen mußte, wie man sich in einem beruflichen Umfeld zurechtfand, in dem es viele Offiziere gab, deren Wert nicht allein mit Schulnoten beurteilt werden konnte.

Der Schlepper legte glatt längsseits an, und der Lotse kletterte über die Rettungsleinen an Bord. Er wurde von Ensign Jack Folsom empfangen, der ihn zur Brücke hinaufführte. An den Piers von Subic lagen so viele Schiffe vertäut, daß traditionelles Manövrieren von Schiffen in der Größe eines Zerstörers nicht sicher war. Um ein Schiff von der Größe der *Hood* mit einem Minimum an Aufwand an den Liegeplatz zu bekommen, wurden Schlepper eingesetzt. Die Schlepper waren doppelt nötig wegen des ›Glaskinns‹ der ›Fregatte‹, ein großes, gewölbtes Sonargerät rechts am Fuß des Bugs, so daß ein ›Fahren Sie ran an die Pier und legen Sie hart an!‹ nicht in Frage kam.

Brian blickte hinauf zur Brücke und sah eine Gruppe von Männern in Khakiuniformen auf den Brückenflügel der Backbordseite kommen. Der Kapitän und der Einsatzoffizier, Lieutenant Commander Austin, standen am Kommandoturm. Brian erinnerte sich daran, wie Captain Warren L. Huntington ihn an seinem ersten Tag herzlich willkommen geheißen hatte. Im Gegensatz dazu war Austin merklich kühler gewesen. Als ranghöchster Abteilungsleiter war Austin als Brians Förderer ausersehen. Er hatte von Anfang an klargemacht, daß er, Austin, ein alter Hase im WESTPAC und Brian auf der *Hood* ein Anfänger war. Brian war sich darüber im klaren, daß die vier Abteilungsleiter im Konkurrenzkampf beim Beurteilungssystem lagen. Einer von ihnen würde die begehrte Eins von vier Punkten kriegen; ein anderer würde die vier von den vieren sein. Brian wußte ebenfalls, daß er sich in der oberen Hälfte dieser Punkteskala plazieren mußte, denn sonst konnte er den Lieutenant Commander vergessen. Als der Neue und obendrein als Anfänger bei Operationen der Siebten Flotte wußte er, daß er einen harten Kampf bestehen mußte.

Ein lautes Tuten des Schleppbootes riß ihn aus seinen Gedanken. Ein Tuten antwortete von dem anderen Schleppboot, das achtern in Position gefahren war. Das Schiff machte jetzt Steuerfahrt, als der Lotse es nahe an seinen Liegeplatz manövrierte. Brian sah Filipinos, die mit Leinen auf der Pier warteten, und Männer, die auf den Decks der Zerstörer standen, die bereits am Pier vertäut lagen, und zuschauten, wie das neueste zur Siebten Flotte stoßende Schiff anlegte. Plötzlich schien der Himmel purpurn zu entflammen, als die Sonne über die östlichen Berggipfel stieg, und Brian merkte, daß er bereits in der feuchten tropischen Hitze zu schwitzen begann.

Die Zerstörer an der Pier sahen abgenutzt aus, rostig und mit abblätternder Farbe. Die älteren Schiffe, einige aus dem Zweiten Weltkrieg, zeigten praktisch ihre Rippen durch die Beplattung des Rumpfes. Die langen Zeiten, in denen sie schwere Flugzeugträger eskortiert oder Tag und Nacht die Küsten von Südvietnam bombardiert hatten, waren an den Schiffen und der Besatzung nicht spurlos vorübergegangen. Brian wurde plötzlich bewußt, wie sauber und neu die *John Bell Hood* im Vergleich zu diesen salzigen Veteranen aussah. Er blickte auf seine Armbanduhr. Das Team für die Einsatzbesprechung würde laut Dienstplan um halb acht an Bord kommen, und er mußte es begrüßen und in die Offiziersmesse führen. Er ging zum Achterdeck, als die ersten Leinen an der Pier festgemacht wurden.

Brian war begeistert gewesen, als er den Einsatzbefehl als Waffenoffizier auf der *John Bell Hood* erhielt. Die *Hood* war eines der Schiffe, das die Red Crown Station im Golf von Tonkin betrieb. Red Crown war die Funkbezeichnung der PIRAZ-Station, und PIRAZ bedeutete *Positive Identification Radar Advisory Zone*. Mit ihren starken, dreidimensionalen Radars, die über dreihundertzwanzig Kilometer entfernte Langstrecken-Boden-Luft-Raketensysteme erfassen und verfolgen konnten, und mit den großen Hubschrauber-Flugdecks würde die *Hood* als Luftkontrollzentrum für alle Luftoperationen über dem Golf dienen, einschließlich der Überwachungsflüge, der Kampfpatrouillen und der Angriffsflüge mit Bombern von den Flugzeugträgern der Navy. Die Red Crown Station koordinierte auch die Such- und Rettungsoperationen, wenn amerikanische Piloten mit ihren brennenden Maschinen über dem Golf ausfielen und einen sicheren Platz suchten, um mit dem Schleudersitz auszusteigen.

Für Brian Holcomb, dessen Dienst auf See bis zu diesem Zeitpunkt auf einem konventionellen Zerstörer der Atlantikflotte stattgefunden hatte, war dies eine dramatisch neue und aufregende Welt. Beruflich stieg er auch zur Siebten Flotte auf, die nach Jahren des Vietnamkrieges die erste Flotte der Navy im Einsatz war. Während die Atlantikflotte Routineübungen in den politisch empfindlichen Gewässern der NATO-Staaten durchführte, kämpfte die

Siebte Flotte in Vietnam real. Das erste Team im Einsatz, wie jeder mit Erfahrung bei der Siebten Flotte stolz behaupten konnte. Alles andere bei der Navy waren Ausbildung und Übungen. Hier draußen im WESTPAC war es das Wahre, Mann. Brian wußte, daß jeder Offizier, der von der Atlantikseite kam, sich bei den alten WESTPAC-Matrosen beweisen und dabei einen völlig neuen Jargon lernen mußte. Als er zum Flugdeck gelangte, schaute er zu, wie das große Schiff anlegte.

3

»Achtung an Deck!«

Die Offiziere erhoben sich, als der Kommandant und sein Stellvertreter eintraten und ihre Plätze am Kopf des Tisches einnahmen.

Captain Warren L. Huntington wirkte mit seinem grauen Haar, dem sympathischen, väterlichen Gesicht und in seinem Verhalten ganz wie ein Gentleman und Offizier. Er war eins achtundsiebzig groß und schlank. Brian dachte, daß er so aussah, wie man sich einen Kapitän zur See vorstellte: würdevoll, ohne verknöchert zu sein. Huntington strahlte stille Autorität aus. Er sprach leise und sanft, erheischte jedoch sofortige Aufmerksamkeit. Brian fand nur störend an der sonst tadellosen Person des Captains, daß seine Uniformen etwas zu groß für ihn wirkten. Der Erste Offizier, Commander David Mains, war in Aussehen und Persönlichkeit das genaue Gegenteil: ein bulliger, rundgesichtiger Ex-Footballspieler, dessen grobe Art, gelegentlich von stählerner Härte begleitet, einen starken Kontrast zu dem väterlichen Captain bildete.

Der Captain grüßte und schüttelte dem ranghöchsten Einsatzbesprecher, einem Commander des Luftstützpunktes Cubi Point, und seinem Briefing-Team, einem Lieutenant und einem Chief Petty Officer, die Hände. Jeder außer dem Captain nahm dann Platz. Es standen zwei lange Tische im Eßbereich der Offiziersmesse. Einer diente als Tisch für die ranghohen Offiziere, und der Kapitän, der Erste Offizier, die vier Abteilungsleiter und einige der dienstältesten Lieutenants saßen daran. Die restlichen Offiziere des Schiffes saßen am größeren Tisch für die rangjüngeren Offiziere. An den Schotten auf beiden Seiten der Offiziersmesse standen mehrere Chief Petty Officers und, erkennbar an ihren Arbeitsanzügen zwischen all den Khakiuniformen, die sechs Unteroffiziere der Flugsicherung.

Als dienstjüngster Abteilungsleiter saß Brian ungefähr an der Mitte des Tisch mit den ranghöheren Offizieren neben dem Ersten Offizier, dem Einsatzoffizier, Lieutenant Commander Austin, und dem Chefmaschinisten, Lieutenant Commander Vincent Benedetti. Lieutenant Raiford Hatcher, der Versorgungsoffizier und der einzige Schwarze unter den Offizieren des Schiffs, saß neben Brian. Der Captain räusperte sich.

»Gentlemen«, begann er. »Commander Wingott, der CTF siebenundsiebzig von Cubi Point, ist hier. Er wird uns einen kurzen Bericht geben, was derzeit im Golf los ist. Ich weiß, wir alle haben sorgfältig unseren Funkverkehr auf dem Weg vom EASTPAC gehört, und wir hatten in Pearl Einsatzbesprechungen. Aber da wir jetzt offiziell zur COMSEVENFLEET und CTF Siebenundsiebzig zählen, erfahren wir die Lage aus erster Hand. Commander.«

Commander Wingotts rötliches Gesicht wies die Male von Narben oder Verbrennungen aus jüngster Zeit auf. Er trug die gutgebügelte Uniform eines Stabsoffiziers, ohne kleine Kleckse von grauer Farbe oder Ölflecke, die typisch für Uniformen von Schiffsbesatzungen sind. Eine beeindruckende Reihe von Ordensbändern prangte auf seiner Brust, einschließlich zweier Ordensspangen, die den Silver Star und das Verwundetenabzeichen symbolisierten. Brian bemerkte, daß der Commander leicht humpelte, als er zum Pult hinter dem Tisch mit den ranghöheren Offizieren ging.

»Gentlemen, willkommen im WESTPAC und der Task Force siebenundsiebzig, dem ersten Team. Die *John Bell Hood* ist natürlich für die TF siebenundsiebzig kein fremdes Schiff, und Sie haben einen erstklassigen Ruf als Red Crown. Ich glaube, ich habe einige derselben Gesichter hier vor sieben Monaten bei der Besprechung nach dem Einsatz gesehen. Seitens des Commander Task Force siebenundsiebzig sind wir froh, Sie wieder hier zu haben. Seit Sie im Januar wegfuhren, hat sich die Lage hier zugespitzt.«

Er blätterte die erste Seite seines Redemanuskripts auf und informierte sie über den neuesten Stand, welche Schiffe im Golf von Tonkin zu den Angriffsverbänden zählten. Er faßte die Mission der Red Crown Station zusammen, die als Brennpunkt für die Flugsicherung und Luftverteidigungsoperationen für das gesamte Golfgebiet diente, mit zweitrangigen Missionen wie die Versorgung mit Daten für jedes militärische US-Flugzeug, das über Nordvietnam operierte, und als Stützpunkt für zwei Such- und Rettungshubschrauber, die SAR-Helos genannt wurden.

Brian hörte aufmerksam zu. Weil er ein Abteilungsleiter war, fungierte er auch als Auswerter des Wachprotokolls des Schiffes. Als Auswerter würde er der ranghöchste Offizier bei der taktischen Kontrolle der Operationen des Schiffes sein, wenn er Wache hatte. Der Auswerter war der direkte Vertreter des Kapitäns bei der Wache im Gefecht. Alle Wachoffiziere vom Dienst meldeten sich bei ihm, um Befehle entgegenzunehmen. Wenn das Schiff einem Überraschungsangriff ausgesetzt war, hatte er die Befugnis, Raketengeschosse abschießen und die Geschütze des Schiffes auf einen Angreifer feuern zu lassen, ohne auf die Genehmigung des Captains zu warten.

Der Commander betonte die Bedeutung der Mission des Schiffes, indem er darauf hinwies, daß jeder Pilot und jede Flugzeugbesatzung über dem Golf von Tonkin von der Red Crown Station abhängig waren.

»Sie von Red Crown haben die alleinige Verantwortung für die Flugsicherung, die Verteidigung mit Fernlenkgeschossen und die Such- und Rettungsmissionen. Sie haben all dies zuvor getan, aber ich möchte betonen, daß es dort, wo Sie hingehen, keine Übungen mehr sind, sondern der Ernstfall. Von jetzt an, Gentlemen, ist alles Realität.«

Der Commander legte der Wirkung willen eine Pause ein, bevor er weitersprach. »Wie ich hörte, haben Sie Ihre Einsatzbesprechungen vom CINCPACFLEET in Pearl gehabt. Heute geben wir Ihnen den Bericht der derzeitigen Lage. Lieutenant Henderson wird Ihnen detailliert die derzeitigen Strömungen für die CIC-Leute, die Pufferzonen für Rotchina und die Insel Hainan und die täglichen Flugpläne von den Flugzeugträgern schildern. Mr. Batterton von den Funkern, der neben ihm sitzt, muß mit den Leuten des Kommunikationszentrums reden, und ich muß einige Dinge mit dem CO und XO diskutieren.«

Bevor das Frage-und-Antwort-Spiel beginnen konnte, erhob sich der Kapitän.

»Commander Wingott, ich danke Ihnen. Ich bin überzeugt, es gibt viele Fragen, aber unsere Zeit ist beschränkt. Die Maschinisten müssen mit dem Betanken fertig werden, und die Leute von der Versorgung müssen an Land gehen, um einige Ersatzteile aufzutreiben und die Vorräte zu ergänzen. Wir haben in zehn Minuten alle Waffen- und Operationsteams im Combat Information Center für die Einsatzbesprechung der Lieutenants versammelt. Unser Cheffunker Furman wird Ihren Funkoffizier zur Funkzentale führen. Gentlemen, das wär's. Commander, gehen wir in meine Kabine, ja?«

Der Captain und der stellvertretende Kommandant verließen die Offiziersmesse, gefolgt von Commander Wingott. Lieutenant Commander Austin wandte sich an Brian und Vince Benedetti, den Maschinisten, während die anderen Offiziere ihre Kaffeetassen auffüllten.

»Vince, diese Einsatzbesprechung im CIC erfordert die Anwesenheit von uns dreien; sie ist hauptsächlich für die SWICs und die Auswerter gedacht.«

»Verdammt, ich muß betanken«, beschwerte sich Benedetti. Brian schaute aufs Deck, während sich die beiden Lieutenant Commanders auseinandersetzten. Er war Abteilungsleiter, aber noch kein Lieutenant Commander.

»Dann empfehle ich Ihnen, das Betankungsmanöver zu starten und danach ins CIC zu kommen, Vince. Sie haben während der Vorbereitungen nur wenig Zeit im CIC verbracht und …«

»Kommen Sie mir nicht mit diesem Scheiß, Austin«, fiel ihm Benedetti ins Wort. »Für Sie arbeiten all diese kostbaren Schnösel in Ihrem klinisch sauberen, mit Klimanalage versehenen CIC. Ich habe eine Horde Marihuana rauchende Ratten in ihren Löchern zu halten. Wir haben Glück, daß dieser Pott so weit gekommen ist, bei dem Personal, das ich an meinen wichtigsten Stellen habe. Ich bin zuerst Chefmaschinist und erst dann Auswerter, und da ich nicht will, daß Treibstoff verschüttet wird, überwache ich persönlich das Betanken. Hören Sie bei der Einsatzbesprechung gut zu, und dann können Sie mich später einweisen. Bis dann.«

Brian beobachtete, wie der Maschinist, ein schlampig wirkender Mann mit schütterem Haar, dessen Uniform nach Öl roch, aus der Offiziersmesse stampfte, gefolgt von seinem Stellvertreter und dem Offizier der Kesselabteilung. Austin blickte ihm kopfschüttelnd nach.

»Sie und ich werden einen Preis für dieses Verhalten bezahlen müssen, befürchte ich«, sagte er und nahm seine Uniformmütze. »Wir drei sollen in drei Wachschichten sein. Aber in Wirklichkeit kennt sich der Maschinist auf dem Gebiet der Kampfsysteme so schlecht aus, daß entweder Sie oder ich zum Combat Information Center gerufen werden, wenn irgendwas passiert. Oder der Captain nimmt ihn von der Wachliste, wenn Dinge unten im

Maschinenraum schiefgehen. Und Vince weiß das genau. Kommen Sie.«

Sie verließen die Offiziersmesse und stiegen die steilen Leitern zum CIC hinauf.

»Was ist die besondere Einsatzbesprechung, die Commander Wingott dem CO Und XO gibt?« fragte Brian, als er Austin die Leiter hinauf folgte.

»Vermutlich besondere Vorschriften für Verhalten im Gefecht, irgendwelche ungeschriebenen Verhaltensmaßregeln für befehlshabende Offiziere hinsichtlich des Drogenmißbrauchs, der Unfallverhütung oder irgendwelcher anderen Probleme dieser Art«, sagte Austin über die Schulter. »Haben Sie Geduld. Nach einer Weile sickert das immer bis nach unten durch.«

Brian wußte alles über Geduld. Er war einer dieser seltenen Vögel, gebürtig in Washington, D. C. Sein Vater war Mechaniker bei der Navy gewesen, und seine Mutter, ebenfalls im Staatsdienst, hatte als Chemikerin beim Innenministerium gearbeitet. Seine Eltern hatten sich während der Weltwirtschaftskrise bei einer Fachtagung kennengelernt und 1937 geheiratet. Brian war 1939 zur Welt gekommen, ein paar Monate vor dem Kriegsausbruch in Europa. Die Familie Holcomb hatte in Chevy Chase gewohnt, solange sich Brian erinnern konnte, in einer stillen Seitenstraße der Military Road. Er hatte keine Geschwister bekommen, was Brian in der späten Kindheit bedauerte, ohne daß er wirklich wußte, warum. Er hatte die katholische Grundschule an der Grenze zwischen Maryland und dem District besucht, eine Rücksichtnahme auf die katholische Erziehung seiner Mutter. Es war eine Wahl, die von seinem Vater unterstützt wurde, denn es war die beste Schule der Gegend; William Falwell Holcomb interessierte sich nicht für Religion.

Brian hatte durch das Verhalten seiner technisch und akademisch gebildeten Eltern schnell die Bedeutung von akademischer Bildung erkannt, was durch gelegentliche Schläge mit einem Lineal von Schwester Paul Marie noch beschleunigt worden war. Er war weniger ein akademischer Superstar als ein geduldiges Arbeitstier, und auf der High-School rückte er mit jedem Jahr näher an die Spitze seiner Klasse. Auf der Uni wurde er in die Sportmannschaft aufgenommen – Langstreckenläufer. Er war beliebt bei seinen Kommilitonen, sowohl bei den männlichen als auch den weiblichen. Sie mochten ihn wegen seiner unbekümmerten und freundlichen Art.

Als er aufs College ging, nahmen seine Eltern an – und er ebenfalls –, er würde in ihre Fußstapfen treten und nach dem Studium Chemiker, Ingenieur oder Mechaniker werden, doch es war ein offenes Geheimnis in der Familie, daß das Geld zur Finanzierung des Studiums knapp war. Aber an einem Wochenende brachte ihn sein Vater nach Annapolis und zeigte ihm die Marineakademie, denn er hatte gehört, daß Zivilisten der Navy um eine Aufnahme in die Marineakademie ersuchen konnten. Brian war pflichtschuldig beeindruckt gewesen, aber er wurde erst bei einem anderen Ausflug mit seinem Vater wirklich vom Virus der Akademie angesteckt, als er das Waffendepot der Navy in Dahlgren, Virginia, sah. Dort schaute er einen Nachmittag lang begeistert zu, wie Sechzehnzollgeschütze der Marine zur Probe abgefeuert wurden. Zwei Jahre später, an einem heißen und schwülen Julitag in Annapolis, wurde er vom Direktor der Marineakademie im großen Innenhof von Bancroft Hall zusammen mit über tausend anderen Studenten der untersten Klasse vereidigt.

Seine Eltern waren erfreut und sehr stolz. Es war nicht nur eine Leistung, die Auswahl, Ernennung und ärztliche Untersuchung zu bestehen, sondern es handelte sich auch um ein Stipendium. Seine Eltern mußten nur die dreihundert Dollar Aufnahmegebühr bezahlen, von der seine Uniformen als Seeoffiziersanwärter bezahlt wurden. Nach einem Sommer mit Formal- und Schießausbildung, mit Exerzieren, Segeln und Üben in der Seemannschaft, war Brian von Annapolis begeistert – bis sein erstes Jahr mit einem Paukenschlag endete, als die übrigen dreitausend

Studenten der oberen Klassen zur Marinewerft zurückversetzt wurden.

Die unterste Klasse auf der Marineakademie Annapolis hatte Brian in einem Ausmaß verändert, das er auch Jahre später noch erkannte. In der untersten Klasse lernte man einige harte Lektionen über persönliche Verantwortlichkeit, strikte Wahrheitsliebe und Loyalität gegenüber einem Kameraden und der Klasse. Es war ein Jahr der Neulinge gegen die ganze Welt, und das Tor zur Maryland Avenue bot einen Ausgang aus der Marineakademie für jeden, der die Anforderungen nicht erfüllen konnte oder wollte.

Brian, der bis zu diesem Zeitpunkt ein unbekümmerter junger Mann gewesen war, der ›mit einem Minimum an Aufwand‹ durchs Leben kommen wollte und an Erfolg gewohnt war, mußte plötzlich hart arbeiten, um die Anforderungen der untersten Klasse auf der Akademie erfüllen zu können. Die Schikanen des ersten Jahres, verstärkt durch einen besonders schwierigen Lehrplan, erschütterte sein Selbstvertrauen, und er bezweifelte, ob es eine richtige Entscheidung gewesen war, die Akademie zu besuchen. Seine übrigen drei Jahre verbrachte er damit, sich selbst zu beweisen, daß er es schaffen und vielleicht sogar Erfolg haben konnte. Er war entschlossen, all diesen Leuten zu zeigen, daß nicht sie ihn fertigmachen konnten, sondern er vielleicht sie. Diese Entschlossenheit blieb auch, als fast ein Drittel seiner ersten Klasse am Ende des zweiten Jahres auf der Strecke blieben. Brian studierte hart und strebte nach besseren Noten, denn er hatte erkannt, daß die Ranghohen, die mit den Streifen, ebenfalls die Sterne akademenischer Leistungen auf ihren Kragenspitzen trugen. Er graduierte mit den besten zehn Prozent seines Jahrgangs und war enorm stolz, das System besiegt zu haben. Er war körperlich und geistig gewachsen und hatte ein gewisses Maß an Härte und Zielstrebigkeit erreicht, das nicht charakteristisch für einen frischen Abbsolventen der Marineakademie war. In späteren Jahren würde er verlegen zugeben, daß er das System besiegt hatte und es die Niederlage mit Anstand hingenommen hatte.

Bis zu seiner Verwendung auf der *Hood* hatten ihn die Werte, die man ihm so intensiv auf der Akademie eingebleut hatte, zu einem erfahrenen Lieutenant werden lassen, der immer noch dazu neigte, den Dienst ernst zu nehmen und zu unterstellen, daß jeder andere das ebenfalls tat. Er war überzeugt davon, daß die Leute, für die er und mit denen er arbeitete, den gleichen Sinn für Pflichterfüllung hatten wie er. Aber die Verwendung auf der *Hood*, begleitet durch die Warnungen, wie es um seine Karriere stand, hatten die ersten echten Zweifel bei Brian geweckt. Er war sich immer noch nicht ganz sicher, warum sein Kommandant auf der *Decatur* ihn schlecht beurteilt hatte, aber er sagte sich allmählich, daß er vielleicht mehr über die wahre Natur der Leute lernen mußte. Bis zu diesem Zeitpunkt hatte er angenommen, wenn man seinen Job gut machte, kam man zwangsläufig an die Spitze. Und wenn andere es nicht schafften – nun, dann blieben sie eben auf der Strecke wie in Annapolis. Doch 1969 war es in der richtigen Flotte keine Wahl mehr – wenn es jemals eine gewesen war – , Leute auf der Strecke zu lassen, wenn sich immer weniger zum Wehrdienst meldeten und die amerikanische Gesellschaft den traditionellen Werten der bewaffneten Streitkräfte ihre Unterstützung versagte und der unpopuläre Vietnamkrieg dazu führte, daß Soldaten nicht mehr fraglos bewundert wurden. Flottenkommandeure erwarteten anscheinend, daß erfolgreiche Offiziere in der Lage waren, sogar mittelmäßige und gleichgültige Matrosen zu guten Leistungen anzuspornen, und Brian erkannte, daß er diese Erwartungen zu langsam begriffen hatte. Es wurde ihm klar, daß seine Verwendung auf der *Hood* eine Art Test war. Man wollte sehen, ob er mit den veränderten Begleitumständen, die einen Flottenoffizier erwarteten, so gut fertig wurde wie mit den akademischen Härten der Marinekademie und den verschiedenen Navy-Schulen.

Und dann war da Maddy. Die Erinnerung an ihre bedrückende Trennung war jetzt in einer psychologischen Blackbox irgendwo in den Tiefen seines Herzens abgeschlossen und gesichert. Der stellvertretende Kommandant der *Decatur* hatte ihn freundlich davor gewarnt, wieviel Schaden eine unzufriedene Ehefrau bei einer Karriere anrichten konnte, besonders wenn sie so attraktiv war wie Maddy. Was tun mit Maddy? Das klang fast wie einer dieser neuen Hippiesongs. Er liebte sie sehr, aber als die Beförderung zum Lieutenant Commander nahte, begann er sich zu fragen, ob es für sie beide auf die Wahl ›Karriere oder Ehe‹ hinauslaufen würde – eine Wahl, die vielleicht Maddy für ihn treffen würde, wie er befürchtete.

Jetzt stiegen Brian und Austin die beiden Ebenen zur O3-Ebene hinauf und betraten das Combat Information Center durch den Verbindungsgang zwischen dem CIC und dem großen Ruderhaus. Brian hatte einige Wochen lang Wache als Auswerter im CIC gehalten, während das Schiff in Heimatgewässern auf die Fahrt zum WESTPAC vorbereitet worden war, aber er hatte sich immer noch nicht an die Größe und Komplexität des CIC gewöhnt. Combat, wie es kurz genannt wurde, erstreckte sich in zwanzig Meter Breite des Schiffes und fast siebenundzwanzig Meter Länge hinter der Brücke. Combat war in funktionelle Bereiche eingeteilt, die Module genannt wurden und in der sich Kommando- und Kontrollfunktionen um ihre entsprechenden Computerkomplexe konzentrierten. Da gab es Module für Operationen über Wasser, Waffenkontrolle, elektronische Kriegführung, Anti-U-Boot-Kriegführung, Zielerfassung und -verfolgung und die zentrale Kommandostation, Display und Decision, kurz D & D. Die Module waren durch ein Computernetzwerk miteinander verbunden, das NTDS (Naval Tactical Data System – taktisches Marine-Datensystem) hieß und seinerseits mit den Sensoren und Waffensystemen des Schiffes in einem großen Computerkomplex auf Deck unterhalb des CIC verbunden war. Das System kommunizierte ebenfalls mit anderen ähnlich ausgerüsteten Schiffen über eine Funk-Datenverbindung – wie verschiedene Spinnen mit zusammenhängenden Spinnweben, alle vor der Küste von Vietnam.

Das CIC, normalerweise abgedunkelt, damit die Kontrollen und Bildschirme schärfer gesehen werden konnten, war heller als gewöhnlich. Die blaugefilterten Leuchtstoffröhren tauchten den ganzen Raum in bläuliches Licht und sorgten für einen maximalen Kontrast zu den bernsteinfarbenen Radarschirmen auf den Konsolen. Brian bemerkte, daß die Beleuchtung interessante Veränderungen auf den Gesichtern der Leute bewirkte. Austin mit seinem langen dünnen Gesicht, dem ausgeprägten Nasenrücken, den halbgesenkten Lidern und der hochmütigen Miene wirkte wie Dracula aus einem Film der dreißiger Jahre. Brian verstand jetzt, warum Austins Spitzname ›Der Graf‹ war. Brian lächelte in der Erinnerung daran, daß ihm jemand in der Offiziersmesse erzählt hatte, der ›Graf‹ werde manchmal hinter seinem Rücken auch ›Dracula‹ genannt.

Austin ging direkt zum Display und Decision-Modul. Er verschwendete keine Zeit für Formalitäten. Das gesamte CIC-Team, über sechzig Offiziere und Unteroffiziere, waren versammelt. Austin stellte sich mit dem Rücken zur Kommandokonsole.

»Gentlemen, ich bitte um Ruhe und Aufmerksamkeit. Dies ist Lieutenant Henson vom Stab des Commander Attack Carrier Task Force siebenundsiebzig in Cubi. Warrant Officer Barry, Lieutenant Henson hat die Daten für die PIRAZ und die Pufferzonen für das NTDS-Betriebsprogramm. Ich will, daß die Software heute installiert und für alle zukünftigen Übungen benutzt wird, die übrigens um 10 null null Uhr heute mit der Beobachtung von Abschnitt eins beginnen.«

Stöhnen und Seufzen bei einigen der Versammelten.

»Können wir rübergehen und im PX einkaufen?« fragte eine Stimme von hinten.

»Nein. Die einzigen Leute, die an Land gehen, sind die

von der Versorgung, die dringend benötigte Ersatzteile beschaffen. Wir laufen um achtzehn null null Uhr aus. Ein Besuch im Freiheitshafen ist erst nach dem ersten Frontdienst möglich. Ich lasse Warrant Officer Barry heute morgen Kontakt mit den Schiffen im Golf aufnehmen, wobei wir Funkstille halten. Der XO will, daß die Ablösung schnell erfolgt, was bedeutet, daß wir mit der Lage im Golf vertraut und im Netz sind, sobald wir Subic verlassen. Wir kommen nicht wie irgendwelche Anfänger von der Ostküste an, die drei Tage für die Ablösung der *Long Beach* brauchen. Wir lösen binnen drei Stunden ab. Und das heißt, daß wir mit den Wachen und den Probealarmen in den nächsten beiden Tagen beginnen. Dies sollte nichts Neues sein, Leute.«

Austins Ankündigung wurde mit eisigem Schweigen des CIC-Teams aufgenommen. Die Offiziere starrten auf ihre Schuhspitzen, das technische Personal rauchte Zigaretten und blickte gelangweilt drein, und die Unteroffiziere tauschten Blicke der Resignation, des Desinteresses oder offener Feindseligkeit. Welch eine glückliche Mannschaft, dachte Brian. Das Lautsprechersystem des Schiffes plärrte die Mahnung, daß das Rauchen während der Betankung des Schiffes verboten war. Es gab ein leises Scharren, als Zigarettenkippen in den Aschenbechern im ganzen Combat Information Center ausgedrückt wurden.

»Okay«, fuhr Austin fort. »Lieutenant Henson hat einige allgemeine Dinge für alle an Deck vorzutragen, und dann muß er sich mit den AICs (Air Intercept Controller; leitet Navy-Jagdflugzeuge), den Leitern der Computerabteilungen und den Cheffunkern zu Geprächen zusammensetzen.«

»Und mit Ihrem GLO«, sagte Henson und ergriff damit zum ersten Mal bei dieser Versammlung das Wort. Er war ein kleiner, spindeldürrer Offizier mit Brille, der auf Brian wie ein Nachrichtenoffizier wirkte.

»Mit dem Gunnery Liaison Officer?« fragte Austin und runzelte die Stirn. »Was hat das zu bedeuten?«

»Commander Wingott setzt Ihren CO in diesem Augenblick ins Bild, Commander. Wenn das erledigt ist, können mir mehr darüber reden. Ich werde mit dem GLO als letztem sprechen.«

»Gut, gut«, murmelte Austin. »Also gut, an die Arbeit.«

Die Versammlung löste sich auf. Die Männer kehrten zu ihren jeweiligen Arbeitsgruppen zurück. Austin wandte sich an Brian.

»Lieutenant Holcomb, ich empfehle Ihnen, sich jede der Einsatzbesprechungen anzuhören, die Lieutenant Henson geben wird. Sie werden wahrscheinlich nicht alles davon verstehen, aber dies sind bessere Informationen, als wir in Pearl Harbor erhalten haben.«

»Okay«, sagte Brian. Er ärgerte sich darüber, daß Austin in ständig herablassend behandelte, als wollte er ihn daran erinnern, daß er der Neue war. Aber er erkannte auch, daß er im Vergleich zu Austin tatsächlich in vielen Dingen unwissend war. Es gab viel Insiderwissen beim Red-Crown-Einsatz.

Zwei Stunden später kam der Executive Officer, der stellvertretende Kommandant, durch die Tür und suchte Austin. Brian beobachtete von seinem Platz neben den Konsolen der Flugsicherung, wie Commander Mains mit dem Einsatzoffizier sprach. Er sah, daß Austins Gesicht Überraschung widerspiegelte.

»Sie müssen scherzen. NGFS? Mit der *Hood*!«

»Sie haben es kapiert«, sagte Commander Mains. »Und ich wette, das haben Sie seit San Clemente nicht mehr exerziert.«

»Jawohl, Sir, da haben Sie leider recht.« Austin wandte sich um und hielt nach Brian Ausschau.

»Hey, Brian«, sagte der stellvertretende Kommandant mit einem Grinsen. Er versuchte anscheinend, Austins gebieterisches, förmliches Gehabe wettzumachen. Der stellvertretende Kommandant war von dem Schwesternschiff der *Hood* gekommen, vom United States Ship *Sterret*, wo er der Einsatzoffizier gewesen war. Es machte ihm wohl diebischen Spaß, mit einer Nadel in Austins aufgeblasenen Ballon zu stechen. Brian erkannte, daß es der stellvertretende Kommandant genoß, Austins ›Ich-bin-im Recht,-und-Sie-haben-keine-Ahnung‹-Verhalten gegen seinen gleichfalls starken Wunsch auszuspielen, seinen vorgesetzten Offizieren zu gefallen.

»Der XO sagt mir, wir werden die Küste bombardieren«, sagte Austin. »Was eine wirklich neue Operation für ein Red-Crown-Schiff ist. Ich nehme an, Sie und Ihre Leute erinnern sich daran, wie Geschützfeuer unterstützt wird, Mr. Holcomb?«

»Guten Morgen, XO. Ja, Mr. Austin, ich erinnere mich, wie NGFS (für Naval Gunfire Support; Küstenbombardierung) gemacht wird. Wenn Ihre Auswerter Luftbilder auswerten, Ihre Navigationsoffiziere navigieren und Ihre Funker funken können, dann können meine Artilleristen schießen.«

Um die Lippen des stellvertretenden Kommandanten spielte ein Lächeln. Er war offenbar der Ansicht, daß Konkurrenzkampf unter den Abteilungsleitern gesund war, solange das nicht dem Schiff schadete.

»Brian, das ist großartig«, sagte er. »Ich schlage vor, Sie befehlen Ihren ersten Geschützoffizier in ungefähr zwanzig Minuten her. Graf, Sie versammeln ihre Überwasser-NGFS-Leute. Brian, offenbar werden wir uns auf unserem Weg zur Stationierung der Red Crown Station trennen, um uns einem gemischten Kampfverband für einen Überwasserbeschuß oberhalb der DMZ (entmilitarisierte Zone zwischen Nord- und Südvietnam) anzuschließen. Man braucht noch ein Fünf-Zoll-45er-Geschütz, und das haben wir.«

In Brian stieg Interesse auf. Ein Beschuß von nordvietnamesischen Zielen oberhalb der entmilitarisierten Zone zwischen Nord- und Südvietnam. Und die Kommunisten schossen im Gegensatz zu Operationen im Süden oftmals zurück. Plötzlich kam ihm das Kriegshandwerk sehr real vor; seine Besorgnis um seine Karriere trat in den Hintergrund.

»Aye, aye, XO, ich werde die Männer antreten lassen.«

4

RD1 Jack Rockheart hatte sein Tablett mit dem Navy-Standard-Mittagessen angehäuft. Der Radarman First Class war eins achtzig groß, stämmig und breitschultrig und hatte einen massigen Kopf, mit Pomade zurückgekämmtes, schwarzes Haar, dunkelbraune Augen unter buschigen schwarzen Brauen und eine Hakennase. Sein Gesicht wurde von einem gestutzten schwarzen Vollbart eingerahmt. Rockheart ging bedächtig, als brauche er mehr Platz als die meisten Männer, und sein Gesichtsausdruck war stets wachsam und aggressiv. Seine Uniform mit den drei Winkeln eines Petty Officers First Class auf den Ärmeln seines Hemdes, und der sauberen, engsitzenden Arbeitshose über blankpolierten Schuhen war stets tadellos. Auf seiner linken Hemdtasche funkelte das Abzeichen eines Schiffsprofos, das anzeigte, daß er zusätzlich zu seiner Funktion als Bediener eines Radargeräts einer der sechs Deputys der Schiffspolizei war.

Er entdeckte an einem Tisch zwei andere Bediener eines Radargeräts, stellte vorsichtig sein Tablett ab und setzte sich zu ihnen. Die Luft in der Messe war ungewöhnlich feucht, und es roch nach Brathähnchen. Es herrschte allgemeine Aufregung, weil das Schiff in Subic und auf dem Weg zum Golf war. Rockheart begrüßte seine beiden Kollegen mit einem Nicken.

»Hallo, Rocky«, erwiderte Radarman Second Class Bartley, ein großer, dünner Rothaariger mit Sommersprossen und einer grauen Plastikbrille, wie sie von der Navy ausgegeben wurde. Der andere Mann am Tisch, Radarman Third Class McKinnon, stieß nur einen Grunzlaut aus, während er sich einem Stück Brathähnchen widmete. McKinnon war ein bulliger Mann mit Bierbauch, und er betrachtete bereits die Schlange bei der Essensausgabe, um zu sehen, wann er sich für einen Nachschlag anstellen konnte. Rockheart stellte plötzlich fest, daß er nicht sehr hungrig war. Er hatte gar nicht zugesehen, als die Küchenbullen sein Tablett so reichlich gefüllt hatten, als wäre er ausgehungert.

»Ich höre, daß der Graf die Red-Crown-Wachen gleich nach dem Verlassen von Subic anfangen will«, sagte Bartley, während er Kartoffelbrei in sich hineinlöffelte.

»Ja«, erwiderte Rockheart. »Er will dem Skipper zeigen, daß er sich um die Dinge kümmert.«

»Der kümmert sich nur um seine nächste Beurteilung.«

»Nun, darauf arbeiten wir alle hin, nicht wahr?« meinte Rockheart mit zynischem Grinsen. »'ne gute Beurteilung, 'ne Beförderung, all das zusätzliche Geld einsacken, die zwanzig Jahre abreißen und dann die Navy am Arsch lecken und sich in einem Wohnwagen in Florida zur Ruhe setzen.«

»Mein Gott«, sagte Bartley. »Ich bin in einem Wohnwagen in Südflorida aufgewachsen. Ich hasse das verdammte Florida.«

Der neue Waffenoffizier, Lieutenant Holcomb, kam auf dem Rückweg zu seinem Büro durch die Messe. Bartley musterte ihn verstohlen.

»Du sprichst mit den Auswertern. Wie ist der neue Knabe?« fragte Bartley Rockheart, nachdem Brian außer Hörweite war.

»Wie jeder andere Abteilungsleiter – dienstgeil und bemüht, nichts falsch zu machen«, erwiderte Rocky und spießte einen Bissen Brathähnchen auf.

»Ich hörte, er ist von LANTFLEET und hat keinen blassen Schimmer vom WESTPAC.«

Rockheart zuckte die Achseln. »Er ist Lieutenant auf einem Posten für einen Lieutenant Commander, weißt du? Von Tuten und Blasen, von NTDS und PIRAZ keine Ahnung, aber bis jetzt führt er sich nicht auf wie dieses Arschloch Austin.«

Bartley nickte und aß weiter. Normalerweise widmete Rockheart Offizieren keine große Aufmerksamkeit, nur jenen, die ihn bei der Arbeit hart anpackten und jenen, die pingelig darauf achteten, daß er richtig grüßte und sie mit ›Sir‹ ansprach. Er hatte Brian auf Wache als Auswerter im CIC gesehen und schnell erkannt, daß Brian praktisch nichts über PIRAZ wußte und folglich auf die rangniedrigeren Offiziere und dienstalten Radarmen angewiesen war, bis er den neuesten Stand der Technik im Combat Information Center der *Hood* gelernt hatte. Aus der Sicht des Unteroffiziers fand Rockheart richtig, wie Brian die peinliche Situation als ranghöchster Offizier auf Wache ohne ausreichende Kenntnisse meisterte. Die Klugen fragten einfach, bis sie alles kapierten; die Armleuchter versuchten, so zu tun, als ob sie bereits alles wüßten. Austin war einer dieser großkotzigen Typen, aber nach dem, was Rocky bis jetzt gesehen hatte, spielte Brian Holcomb anscheinend die Rolle als Neuling so lange er konnte, was Rockheart für enorm klug hielt – der CO und XO würden eine Weile warten müssen, bevor sie ihn zur Schnecke machten.

»Lassen sie uns drüben im PX einkaufen?« fragte Bartley.

»Das bezweifle ich«, sagte Rockheart. Er hatte plötzlich keinen Appetit mehr auf Brathähnchen, und er begann mit dem Nachtisch, ein Klumpen Brei, der so etwas wie warmer gedeckter Apfelkuchen sein sollte. Der dicke McKinnon äugte begierig auf Rockhearts Brathähnchen.

»Das ist beschissen«, maulte Bartley. »meine Alte ist ganz heiß auf WESTPAC-Süßigkeiten.«

»Ißt du dieses Hähnchen?« frage McKinnon begierig und blickte auf die Knochen auf seinem eigenen Tablett.

»Nimm es dir, Mac«, sagte Rockheart. »Die Scheiße ist zu fettig für mich. Außerdem muß ich auf meine Figur achten; die Vögelchen mögen es nicht mit Fettklößen.«

McKinnon grunzte nur, spießte Rockhearts kaum angerührtes Hähnchen auf und legte es auf sein Tablett.

»Mir ist es scheißegal, worauf die Weiber stehen«, sagte er und machte sich über das Hähnchen her. »Wenn ich 'ne Spalte haben will, kaufe ich mir eine. Sie mögen meinen dicken Bauch nicht, das ist bedauerlich. Aber den meisten machte es nichts aus – er hält ihre Köpfe warm.«

Rockheart grinste. Er war ein auf verwegene Weise gutaussehender Mann. Seine tadellose Uniform und seine korrekte militärische Haltung klassifizierten ihn bei den Offizieren als tüchtigen Berufs-Unteroffizier, der nach der Mütze eines Chief Petty Officers strebte. Er war der einzige Radarman First Class im CIC, der nicht damit beschäftigt war, feindliche Flugzeuge zu orten und die Abfangjäger einzuweisen. Statt dessen hatte er sich entschieden, sich auf Überwasseroperationen zu spezialisieren.

McKinnon aß Rockhearts Hähnchen auf, schaute über die Schulter zu der nicht mehr so langen Schlange bei der Essensausgabe, stemmte sich am Tisch hoch und ging, um sich Nachschlag zu holen. Ein sehr großer schwarzer Petty Officer First Class tauchte am Tisch auf. Er hielt ein leeres Tablett in den Händen. Der Schwarze trug einen ledernen Werkzeuggurt um seine schmalen Hüften, der mit Elektrikerwerkzeugen gespickt war. Er begrüßte Rockheart mit einem Nicken seines glänzenden kahlen Kopfes, schaute sich einen Augenblick lang in der Messe um und frage dann: »Rocky, mein Freund, hast du die zwanzig Eier, die du mir schuldest?«

»Klar, Bullet«, erwiderte Rockheart, drehte sich zu Bullet und schaute ihn an. »Aber die Brieftasche ist in meinem Spind. Wo kann ich dich finden?«

Bullet, der Spitzname für seinen kugelförmigen Glatzkopf, überlegte einen Moment.

»Ich werde bald wieder in der elektrischen Abteilung sein. Dann sehen wir uns dort.«

»Klar, Mann.«

Bullet zog weiter, schritt auf die Spülküche zu. Sein Gang wirkte sehr würdevoll, was jedoch in Wirklichkeit darauf zurückzuführen war, daß er sich bemühte, nicht mit dem Kopf an die Masse der Röhren und Kabel zu stoßen, die an der niedrigen Decke in Bündeln verliefen.

Bartley beendete sein Mittagessen und stand auf.

Rockheart folgte seinem Beispiel. Sie trugen ihre Tabletts zur Spülküche, wo Tabletts und Geschirr an einem Schalter an zwei rotgesichtige, stark schwitzende Küchenunteroffiziere gereicht wurden. Die Küchenbullen schabten den Abfall von den Tabletts, warfen ihn in große Mülleimer unter der Theke und sortierten die Bestecke in eine tiefe Spüle, die mit heißem Wasser gefüllt war. Dann wurden die Tabletts auf ein Fließband geworfen, das zur Spülmaschine führte. Trotz der Ventilatoren und der Dunstabzugshauben war es in der Spülküche unterträglich heiß. Die Männer arbeiteten schnell, um die Arbeit hinter sich zu bringen.

Rockheart gab sein Tablett ab und ging zum vorderen Ende des Messedecks. Er nickte grüßend einigen seiner Kameraden an ihren Tischen zu. Vor den Messedecks ging er den Broadway hinunter, die zentrale Passage mit dem Frisörladen, den Personal- und Zahlmeisterbüros, dem Postamt und dem Schiffsladen. Nach dem Postamt verengte sich der Broadway und endete in einer T-Mündung, kreuzte sich mit einer Querpassage. Das kahle weiße Schott an der Rückseite der Passage war das hintere Schott des Raketenmagazins. Rockheart wandte sich nach rechts, trat durch zwei Luken und blieb vor einer Toilettentür stehen. Er schaute den Gang auf und ab, bevor er eintrat. Die feuchte, streng riechende Atmosphäre der Toilette umfing ihn. Es gab sechs Urinbecken, acht Toilettenkabinen und sechs Duschkabinen in einem Raum, der kaum sieben Meter breit und acht Meter lang war. Der Geruch des Kiefernöl-Desinfektionsmittels, gemischt mit Salzwasser, der aus den Urinbecken stieg, konnte von den zwei Lüftern an der Decke kaum gemildert werden.

Rockheart ging über den Stahlboden mit Fischgrätenmuster zum Urinbecken, das am weitesten von der Tür entfernt war, und erleichterte seine Blase, während er die Reihe der Toilettenkabinen hinter sich musterte, um festzustellen, ob sich jemand in der Toilette aufhielt. Alle Kabinen waren anscheinend leer, was Sinn ergab. Um diese

Zeit machten die meisten der Crew Mittagspause, bevor um 13 Uhr der Dienst weiterging. Er ließ den Blick ein letztes Mal in die Runde schweifen, stellte sich dann auf die Zehenspitzen und griff in einen der großen Kabelstränge, die an der Decke verliefen. Er ertastete zwischen den dicken ummantelten Kabeln und kleineren Leitungen ein Bündel von in Plastik gehüllten Päckchen, jedes von der Größe eines Radiergummis. Er schnappte sich ein Päckchen, verstaute es schnell in seiner Unterhose und zog den Reißverschluß der Hose zu. Das Gefühl des Plastiks an seinen Genitalien fand er erotisch, und er mußte an das Höschen eines Mädchens denken. Er konzentrierte sich sofort auf andere Gedanken, zum Beispiel auf die Möglichkeit, erwischt zu werden. Die Wölbung des radiergummigroßen Päckchens in seiner Hose war schon verräterisch genug, und er konnte keine weiteren Komplikationen gebrauchen.

Rockheart verließ die Toilette und ging den Weg zurück durch die Passagen, an den Messedecks vorbei bis zur elektrischen Abteilung, die sich auf dem zweiten Achterdeck befand. Dort würde er sich mit Bullet treffen, der ihm dreihundert Dollar für das eine Päckchen von pulverisiertem mexikanischen Haschisch zahlen würde. Bullett würde das Päckchen dann in einzelne kleine Portionen aufteilen und durch sein Netzwerk von Dealern an Kunden auf dem ganzen Schiff verkaufen.

Rocky lächelte, als er nach achtern ging. Er würde vor dem Ende seiner Dienstzeit auf der *John Bell Hood* ein reicher Mann sein. Teufel, er war bereits reich, besonders nach dem Standard zu urteilen, den die Navy als Sold zahlte. Als Hauptlieferant handelte Rocky seit fast zwei Jahren auf dem Schiff mit Stoff, dank eines anderen Radarman First Class namens Rackman, der sich entschlossen hatte, aus dem Rauschgiftgeschäft auf See auszusteigen, als er zum Chief befördert und vom See- zum Landdienst in San Diego versetzt worden war.

Radarman First Class Rackman war der leitende Petty

Officer der OI, der Radarabteilung, gewesen, als Rocky sich frisch an Bord gemeldet hatte. Rackman hatte ihn nach dem ersten Monat unter seine Fittiche genommen und zu einer Art Günstling gemacht. Sie waren fast ein Jahr lang Freunde gewesen, gemeinsam an Land gegangen und hatten sich oftmals zusammen mit Frauen vergnügt. Rocky erkannte später, daß es sehr für Rackmans Sicherheitssystem sprach, daß ihre enge Freundschaft so lange ohne den geringsten Verdacht auf Rackmans zweites Gewerbe hatte bestehen können. Sie hatten ein paar Strandbar-Debütanten kennengelernt, und einer davon hatte etwas Gras aufgetrieben und den Stoff herumgereicht. Rocky, der clean gewesen war, hatte sich geweigert, mitzurauchen, bis Rackman ihn zur Seite gezogen und ihm erklärte hatte, er habe etwas Wichtiges mit ihm zu besprechen, aber zuerst müsse er sich mit ihm einen Joint reinziehen.

Rocky war neugierig geworden. Er hatte das Marihuana probiert. Zuerst hatte er viel gehustet, dann jedoch festgestellt, daß man durch den schrecklichen Geschmack beim Rauchen des Joints eine angenehme Benommenheit erzielen konnte. Dann hatte Rackman seine Nebengeschäfte an Bord preisgegeben und Rocky angeboten, sein Nachfolger zu werden. Rackman wollte ihm einen Monat vor seiner Versetzung zeigen, wie die Sache lief, und dann an Land sein Hauptlieferant werden. Rocky, aufgeputscht durch das Zechen von Bier und dem Joint, hatte hysterisch zu lachen begonnen, bis Rackman die Profite und die sichere Art des Verteilungssystems an Bord des Schiffes erklärt und ihm erzählt hatte, daß er über hundertfünfzigtausend Dollar steuerfrei während der drei Jahre, in denen er auf der *Hood* im Geschäft gewesen war, auf die Seite geschafft hatte. Da hatte Rocky nicht mehr gelacht. Rackman hatte ihm geraten, sich die Sache zu überlegen.

Rocky war dreiunddreißig, ledig, hatte zwölf Jahre von seiner zwanzigjährigen Dienstzeit hinter sich und würde in zwei weiteren Jahren für die Prüfung zum Chief zugelassen werden. Er war in Seattle geboren und aufgewachsen, der zweite Sohn eines Berufsfeuerwehrmanns, dessen Abhängigkeit vom Whiskey ihn bei einem Autounfall umgebracht hatte, als er in der Nacht betrunken von seiner Stammkneipe aus nach Hause hatte fahren wollen. Seine Mutter hatte die Kinder durchgefüttert, wobei sie von den Kollegen ihres Mannes großzügig finanziell unterstützt worden war. Sie hatte drei kräftige Jungen in einem kleinen Haus im Norden der Stadt aufgezogen. Rocky war nach der High-School zur Navy gegangen, denn ein Studium war angesichts der finanziellen Lage daheim nicht möglich gewesen. Sein älterer Bruder John war Feuerwehrmann geworden. Sein jüngerer Bruder Timmie war in die wachsenden Reihen der Berufshippies, Kriegsprotestler und Aussteiger aus der Gesellschaft geraten, die sich gegen Ende der Sechziger Jahre auch in Seattle ausbreiteten.

Als High-School-Absolvent hatte Rocky sich nach der Grundausbildung für die Radarschule qualifiziert. Er hatte keine Ahnung, was ein Radarman war, als er sich meldete, aber man hatte ihm erzählt, daß man in kühlen Räumen mit Klimaanlage Wache hielt, in Schreibtischsesseln saß, anstatt sich den ganzen Tag lang die Beine in den Leib zu stehen, und daß es guten Sold für jemand gab, der seine Leistung brachte. All dies hielt er für viel besser, als im Kesselraum zu arbeiten oder ein Deckaffe zu sein. Durch eine Reihe von Dienstzeiten auf See hatte er es bis zur Besoldungsstufe E-6, Petty Officer First Class, geschafft, indem er im Dienst gut und extrem anpassungsfähig war, wenn es darum ging, Offizieren und vorgesetzten Unteroffizieren zu gefallen. Für Rocky war die Navy eine äußerst simple und sogar großzügige Einrichtung: Sie sagte einem die Regeln, bildete einen umfassend auf seinem Gebiet aus, ermunterte und half einem sogar zur Beförderung, gab einem ungefähr alle drei Jahre Gelegenheit zum Tapetenwechsel, und sie entließ einen nach zwanzig Jahren mit einem Soldscheck ins Leben. Soweit Rocky das sah, konnte man alles nur vermasseln, wenn man sich mit einem Offizier oder vorgesetzten Unteroffizier anlegte.

Er war im Grunde seines Herzens ein Überlebender und ein äußerst praktisch veranlagter Mensch, und so hatte er Wert darauf gelegt, nicht nur mit Offizieren und Vorgesetzten unter den Unteroffizieren zurechtzukommen, sondern sozusagen ein Fachmann darin zu werden. Er wandte besondere Mühe dafür auf, stets eine tadellose Uniform zu tragen, und bezahlte für maßgeschneiderte Hemden und Hosen. Seine Schuhe waren immer blitzblank poliert, das Haar war kurz geschnitten, seine Haltung war tadellos, und seine Leistungen im Dienst waren mehr als gewissenhaft. Als ihm klar wurde, daß nicht viele seiner Unteroffizierskollegen das System verstanden hatten, wußte er, daß er auf eine gute Sache gestoßen war. Er wurde von seinen Vorgesetzten und ebenfalls von den anderen Matrosen mit Respekt behandelt, selbst von der Scheiß-auf-die-Navy-Brigade. Selbst nach all diesen Jahren dachte Rocky, daß alles ein großer Betrug war, aber da er sich wunderbar an das System angepaßt hatte, fühlte er sich in der Navy völlig sicher. Er machte sich keine Sorgen um seine Zukunft, um die sich die Navy kümmern würde, und es war ihm gleichgültig, was in der zivilen Welt passierte.

Er hielt sich keineswegs für einen Heiligen; man konnte nicht die Besoldungsstufe E-6 in der Navy oder irgendeiner anderen Streitkraft erreichen, ohne in der Lage zu sein, das Spiel der Unteroffiziere ebenso wie das Spiel der Offiziere zu spielen. Als Petty Officer, der eine Abteilung leitete, konnte er im Nu durchschauen, welchen Mist ein dienstjunger Unteroffizier gebaut hatte, und er kannte die Standardausreden von Unteroffizieren: »Ich hatte eine Wagenpanne«, »Meine Kinder, die waren schuld …«, »Meine Frau, die war schuld …«, Geschichten, mit denen die Weißmützen das System ein wenig täuschen wollten, wenn sie schwache Leistungen brachten. Er hatte selbst oft genug im Laufe der Jahre diese Maschen und Tricks angewandt, aber stets im Rahmen des Systems und immer unter dem Schutz der vorgesetzten Unteroffiziere. Er war ein solides Mitglied der Schiffsbesatzung, ein verläßlicher Petty Officer, der nie irgend jemandem irgendwelchen Ärger machte. Er war der Inbegriff des Berufssoldaten.

Als die sechziger Jahre mit der Ermordung Kennedys, mit den Umwälzungen und Beschneidungen der Bürgerrechte, den sprießenden Protestbewegungen gegen den Vietnamkrieg, dem Beginn von Rock 'n' Roll, freier Liebe und der Drogenkultur über Amerika schwappte wie eine Flutwelle, hielt es Rocky wie die meisten Berufssoldaten: er ignorierte alles. Er gab sich damit zufrieden, zur See zu fahren, an Einsätzen teilzunehmen und seine zwanzig Jahre abzudienen. Aber 1967, als Rackman an ihn herantrat, war selbst Rockys sichere kleine Welt in der Navy ein bißchen ins Wanken geraten. Er hatte sich in Ocean Beach eine kleine Junggesellenbude eingerichtet, nachdem er E-6 geworden war, und es dauerte nicht lange, bis ihm all der Antikriegs-, Antimilitär-, Antiregierungs- und Antigesellschaftslärm entgegenschlug. Und dann war da die finanzielle Seite: Durch Johnsons große gesellschaftliche Reformen und die Inflation durch den Vietnamkrieg begann der Sold der durch Budgetkürzungen gebeutelten Navy seine bisher historisch sichere Kaufkraft zu verlieren. Auch Rocky, kein Ökonom, bemerkte schmerzlich, daß der zweimonatliche Soldscheck immer weniger seine Kosten deckte, und er hörte aufmerksam zu, wenn die Vorgesetzen stöhnten, wie schlecht sie mit ihrer Pension über die Runden kommen würden, wenn ihre zwanzig Jahre abgedient waren. Rocky hatte nie vorausgeschaut und sich damit zufriedengegeben, freundlich zu nicken, wenn die Dienstälteren davon gesprochen hatten, durch dieses magische Zwanzigjahrestor zu gehen und von ihrem Ruhegeld zu leben. Als sich jetzt die Dinge veränderten, kamen ihm Zweifel daran, ob das System fähig war oder überhaupt beabsichtigte, ihn nach den zwanzig Jahren zu versorgen. Diese Zweifel verliehen Rackmans

Vorschlag sofort einen Reiz, besonders die Aussicht auf das Geld.

Aber es war schwieriger, mit den ethischen und moralischen Aspekten der Sache fertig zu werden. Er war in einer Familie aufgewachsen, die großen Wert auf einen soliden Job legte, anständige Leistung für entsprechenden Lohn und Sicherheit brachte und Berufe wählte, die der Allgemeinheit dienten. Nach zwölf Jahren in der Navy war Rocky es leid, irgendwelche sentimentalen Schlagwörter von Patriotismus zu hören. Seine Ansicht wurde bestärkt in dem anscheinend laxen Verhalten auf der *Hood*, die im Gegensatz zu seinem vorherigen Schiff kein richtiges Antidrogenprogramm betrieb. Einige der leitenden Unteroffiziere waren dafür bekannt, daß sie jemand bei Fehlleistungen in den Hintern traten, aber die Hauptsache war anscheinend Diskretion. Wie Rackman gesagt hatte, waren die hohen Tiere anscheinend weder hinter ihm persönlich noch hinter seinem Rauschgiftring her, und er hatte bei Rocky den Eindruck erweckt, daß der Kapitän tatsächlich bezweifelte, daß es Drogen auf seinem Schiff gab. Nur um sicherzugehen, bemühte sich Rackman jedoch sehr, keine Aufmerksamkeit auf sich zu lenken, indem er viel Geld zeigte oder sichtlich über seine Verhältnisse lebte.

Aber bei Rocky war es ein Mädchen namens Lucy, das ihm die Augen über die Ereignisse in Amerika öffnete. Er hatte Lucy auf einer dieser Strandpartys in Ocean Beach kennengelernt, die an allen Wochenenden stattfanden, wenn das Wetter mitspielte. Er hatte mit drei anderen Petty Officers First Class ein bißchen Sonne getankt und an einer Sechserpackung Bier genuckelt, als seine Traumfrau am Strand entlanggeschwebt war: langes, blondes Haar, knappsitzender Badeanzug, scheinbar endlos lange Beine, große Augen und ein wissendes Lächeln, das jedem Mann, der diese Reize anstarrte, sagte: »Ich weiß, was du denkst und willst, und ich habe nichts dagegen.« Rocky bot ihr ein kaltes Bier an, und sie setzte sich zu ihm auf sein Badetuch.

Lucy stammte aus einer gutbetuchten Familie der Mittelschicht in San Mateo, die annahm, sie studiere Englisch. Am Ende ihres ersten Semesters auf der University of Southern California hatte Lucy ihre Kreisbahn auf himmlische Sphären ausgedehnt und ihre persönliche Emanzipation von allen bekannten Konventionen erklärt, besonders von den Leuten, die ihr Studium bezahlten. Sie konzentrierte sich zielbewußt auf die Aufgabe, die Horizonte ihrer persönlichen Erfahrung zu erweitern, und sie war überzeugt, daß man absolut nichts aus dem Spektrum persönlicher Erfahrung auslassen sollte, einschließlich dieses redlichen spießigen Matrosen mit den guten Manieren und dem tollen schwarzen Bart.

In den nächsten paar Wochen, in denen das Schiff im Hafen lag, wurde Rocky so etwas wie ein Forschungsobjekt für Lucy, während sie ihn anmachte und in das schwindelerregende Kaleidoskop der Freiheit in Southern California einstimmte, was einschloß, alle bestehenden Werte in Frage zu stellen, den Vietnamkrieg schlechtzumachen, LBJ zu verabscheuen, Verfechter wirrer Theorien zu umarmen, sich bewußtseinserweiternde Substanzen zu genehmigen und Rocky um den Verstand zu vögeln, wenn er dazu in Stimmung war oder auch nicht. Rocky war hauptsächlich wegen des großartigen Sex davon angetan, aber auch die Ansichten von Lucy und ihrem Freundeskreis beeinflußten ihn. Mit vereinten Kräften zeigten sie ihm, daß dort draußen nicht nur eine ganz neue Welt war, sondern daß sie sich auch völlig von seiner Welt unterschied und – noch beunruhigender – daß sie aktiv gegen seinen Job und seinen Berufsstand eintrat. Und sie hatte viele Gesinnungsgenossen, wie ein nur flüchtiger Blick ins Fernsehen zeigte.

Als Lucy schließlich auf der Suche nach neuen Galaxien und Erfahrungen aus ihrer Umlaufbahn geriet, war Rocky ein anderer Mensch. Lucys atemberaubende Auslegung dessen, was es bedeutete, ein Kind der sechziger Jahre zu sein, hatte seine spießigen Ansichten über den Wert von Anpassung, Einhaltung der Regeln und bedingungsloser

Zusammenarbeit mit dem System zerstört. Wie er selbst zugab, hatte sich seine erfolgreiche Laufbahn als Unteroffizier in der Navy als Bauernopfer erwiesen. Während er sich nicht von der ganze Szene vereinnahmen ließ, besonders nicht von all den Theoretikern, und während er sich oftmals fragte, wer die Rente für all diese Freigeister bezahlte, sagte er sich, wenn dies die Leute waren, die er mit der Navy schützen und verteidigen sollte, und sie der Ansicht waren, daß Drogen nur ein Teil der Prozedur persönlicher Erleuchtung und nichts Teuflisches und Falsches waren, dann war Rackmans Vorschlag vielleicht gar nicht so schlecht. Jemand würde das Schiff mit Stoff versorgen: Warum nicht er, besonders weil ihm die Sache auf dem Silbertablett serviert wurde? Er entwickelte plötzlich den Eifer, es besser zu machen, viel besser, als seinen spießigen Weg zum Heiligen Gral von zwanzig Jahren Dienstzeit fortzusetzen. Rackmans Angebot wirkte plötzlich wie maßgeschneidert.

Rackman hatte erklärt, daß die Position als Großhändler Intelligenz, ein hohes Maß an Cleverneß und gute Tarnung erforderte – genau die Gründe, aus denen er Rocky ausgewählt hatte. Rocky war offenbar intelligent genug, um Petty Officer First Class zu werden, und es war ebenso offenkundig, daß er sich perfekt zu tarnen verstand: Alle Offiziere hielten Rocky für einen vorbildlichen Petty Officer. Außerdem hatte Rocky eine fast perfekte zusätzliche Tarnung: Er war Mitglied der Schiffspolizei, was ihm Einblick in jedes Programm gewährte, das von oben in Gang gesetzt wurde, um den Drogenmißbrauch an Bord des Schiffes zu stoppen.

Rackman hatte erklärt, daß das Verteilersystem bereits aufgebaut war. Rocky würde nur mit einem Mann dealen, mit einem schwarzen Maat namens Bullet aus der Elektrikabteilung. Es war in der Crew allgemein bekannt, daß Bullet der anerkannte, wenn auch inoffiziellle Führer der jüngeren, radikaleren Schwarzen auf der *Hood* war. Bullet verfügte über eine Organisation, die er seine ›Bruderschaft‹ nannte. Jemand, der Stoff brauchte, begann eine beiläufige, unverfängliche Unterhaltung mit einem der Mitglieder der ›Bruderschaft‹ über seine Bedürfnisse und Wünsche, und der ›Bruder‹ stellte Überlegungen an, wo vielleicht nach einer gewissen Zeit etwas zur Befriedigung dieser Wünsche gefunden werden konnte. Der Rauschgiftkäufer stellte dann Spekulationen darüber an, wo vielleicht eine kleine Summe Bargeld gefunden werden konnte und ging dann davon, um zu warten, bevor er sich auf die Suche nach dem Stoff machte. Rackman wußte nicht und wollte auch nicht genau wissen, wer Bullets ›Brüder‹ waren. Er nahm nur an, daß es allesamt Schwarze waren. Bullet nannte sie ›The Righteous Brothers‹, genau wie die Rockband. Rocky fand, daß Bullets Nutzung von alten rassistischen Vorurteilen eine hervorragende Taktik gegen Infiltration oder mögliche Verräter war, besonders weil fast all seine Kunden Weiße waren.

Während Rocky weiter nach achtern ging, lächelte er wieder über sein lukratives Geschäft. Crewmitglieder, die ihm in der Passage begegneten und sein Lächeln sahen, nahmen an, daß Rocky an seine vielen Frauen dachte.

5

San Diego

»Tizzy, das ist verrückt!« Maddy Holcomb hielt mit der linken Hand fest, was von ihrer Frisur noch übriggeblieben war, während sie sich mit der rechten an der Armstütze an der Beifahrerseite festklammerte. Tizzy Hudson lachte und lenkte das Cabrio mit einem Tempo, bei dem Maddy Hören und Sehen verging, vom Highway 5 auf die Abfahrt Rosecrans.

»Maddy, entspann dich, verdammt noch mal!« sagte

Tizzy und ging nur ganz kurz wegen des Stoppschilds am Ende der Ausfahrt mit dem Tempo hinunter. »Wenn MCRD auch ein Fleischmarkt ist, heißt das nicht, daß du dir ein Würstchen mit nach Hause nehmen mußt. Es reicht schon, sich die Rekruten anzusehen und sich heiße Gedanken zu machen. Das kann sogar lustig sein.«

Maddy lachte nervös, während Tizzy weiter dem Stützpunkt entgegenraste, der in San Diego als MCRD, die Abkürzung für Marine Corps Recruit Depot, bekannt war.

»Aber wir sind verheiratet, Tizzy. *Tiz-zy!*« Maddy schrie auf, als Tizzy gerade noch einem entgegenkommenen Bus ausweichen konnte.

»Verheiratet ist die Hälfte der Frauen, die dort sind«, rief Tizzy gegen den Fahrtwind an. »Ich war einen ganzen Monat lang eine brave kleine Nonne, und jetzt muß ich mal raus, ein bißchen Rock 'n' Roll tanzen und so. MCRD ist perfekt; dort kannst du alles finden, was du brauchst. Wie ich schon sagte, gehen viele Leute nur dorthin, um zu sehen und gesehen zu werden. Besonders die Marines. Oder noch besser, die Marineflieger. Die sind so von sich selbst überzeugt und solche Machos, daß es ein toller Spaß ist, so zu tun, als ob man sie ernst nimmt. ›Oooh, Sie fliegen eine *Phantom*! *Ist das auf-regend*!‹ Und dann kannst du sehen, wie sie die Augen zusammenkneifen wie John Wayne, sich lässig eine Zigarette anzünden und etwas wirklich Kluges wie ›Yeah‹ von sich geben.«

Maddy mußte lachen. Sie betastete nervös ihren Ringfinger ohne Ehering, während sie über Tizzys Worte nachdachte. Es war nach Einbruch der Dunkelheit an einem Donnerstagabend, aber der bewölkte Himmel von San Diego reflektierte genug von den Lichtern der Stadt, um den Eindruck zu erwecken, daß es erst Nachmittag war. Tizzy hatte Maddy in der Wohnung am Balboa Drive abgeholt, um mit ihr um 19 Uhr ins Kino zu gehen. Danach hatten sie einen Big Mac gegessen, und dann hatte Tizzy vorgeschlagen, sich mal im Offiziersclub des MCRD umzusehen. Zuerst hatte Maddy abgelehnt. Sie hielt nicht viel von der Navy-Szene in San Diego, sehr zum Ärger ihres Ehemannes. Aber sie hatte von den Geschichten über den Offiziersklub des MCRD gehört und wußte, daß die Donnerstagnacht eine der heißeren Körperkontakte war. Sie war ebenfalls etwas besorgt um Tizzy Hudson. Sie argwöhnte, daß Tizzy vielleicht mehr im Sinn hatte als nur Tanzsport. Es gab Gerüchte unter den Soldatenfrauen, daß der hochfliegende Lebensstil der Swinging Sixties sich auf das konzentrierte, was die Frauen taktvoll als ›offene Beziehung‹ bezeichneten. Tizzys Anweisung, ihre Ringe abzunehmen, hatte Maddy nicht beruhigen können.

Maddy gab es auf, ihr vom Fahrtwind zerzaustes Haar festzuhalten. Sie verschränkte die Hände auf dem Schoß und schloß die Augen. Es war ein Versuch, sich zu entspannen und Tizzys waghalsiges Fahren zu ignorieren. Wie lange war das Schiff jetzt fort? Vier Wochen, zwei Tage, zwölf Stunden, sieben Minuten – aber wer zählte schon? Nur noch sechs Monate. Was ist ein halbes Jahr zwischen Freunden? Als sie Tizzys ausgelassene Beschreibungen von einigen der im MCRD üblichen Eröffnungsfloskeln hörte, wurde ihr klar, daß Tizzy mehr über diese Szene wußte, als eine anständige Navy-Frau wissen sollte.

Tizzy Hudson war eine lebhafte, große Rothaarige. Sie hatte anscheinend keinen Respekt vor dem Protokoll in einem Offizierskasino im allgemeinen und dem komplizierten Netzwerk gesellschaftlicher Funktionen von Navy-Frauen im besonderen. Maddy hatte sich gleich zu ihr hingezogen gefühlt, als sie ihr zum ersten Mal bei Brians Abschiedsfeier begegnet war. Seit der Abfahrt des Schiffes waren sie engere Freundinnen geworden, wenn auch nur, weil Tizzy sich keine Hemmungen auferlegte und sagte, was so viele der Frauen so offenkundig empfanden. Tizzy hatte wie Maddy einen Vollzeitjob, während die meisten der anderen Offiziersfrauen daheim blieben und Kinder großzogen. Die beiden lehnten im allgemeinen Einladungen zum Kaffeeklatsch, zu Einkaufsbummeln und Versammlungen auf Kinderspielplätzen ab, bei denen sich die anderen Soldatenfrauen trafen.

Maddys leises Seufzen wurde vom Winde verweht. Ihr Leben war durch Brians Abreise in den Westpazifik aus den Fugen geraten. Sie wachte jeden Morgen mit einer bedrückenden Mischung aus Traurigkeit, Selbstmitleid, Widerwillen und sogar Verzweiflung auf – »Ich Ärmste«, wie die Frau des Captains, Mrs. Huntington, es bezeichnete, »und Gefühle, die wir erleiden, sollten wir nicht aussprechen, besonders nicht in Briefen zum Schiff, Mädchen.« Oder wie Tizzy es ausdrückte: »Einsätze sind wirklich beschissen.« Maddy hatte die vertrauten Schuldgefühle, weil sie über die Trennung so egoistisch dachte, als ob Brian sich nicht selbst ärgerte und einsam fühlte, weil er an irgendeinem gottverlassenen Ort, den jeder den Golf nannte, auf seiner übergroßen ›Fregatte‹ herumfuhr. Und alles wegen dieses unsinnigen Krieges in Vietnam. Wie die meisten Navy-Frauen verabscheute Maddy die ungepflegten, kreischenden Antikriegsdemonstranten, die dauernd im Fernsehen vor hochmütigen Moderatoren zu Wort kamen. Aber als der Einsatz andauerte, wünschte sie manchmal selbst, daß die Proteste Erfolg hatten. Wenigstens jetzt, da Präsident Nixon von einer Beendigung des Krieges sprach.

Sie zupfte an ihrem Rock, als Tizzy das weiße Kabrio zum hellerleuchteten Haupttor des MCRD lenkte. Sie bemerkte, daß der Marineinfanterist auf Wache Tizzy mit lüsternen Blicken betrachtete, was ihr anscheinend nichts ausmachte. Tizzy trug ein sehr kurzes knallgelbes Sommerkleid, das ihre Formen betonte und im Sitzen nicht viele Geheimnisse verhüllte. Maddy erkannte, daß Tizzy diesen Ausflug von Anfang an im Sinn gehabt und sich dementsprechend gekleidet hatte. Sie hingegen hatte keine Zeit gehabt, sich nach der Arbeit umzuziehen. Sie trug einen schlichten Rock, der züchtig bis über die Knie reichte, eine cremefarbene ärmellose Bluse und ein kurzärmliges Leinenjackett, das sie um die Schultern gelegt hatte. Es überraschte sie immer, wie kalt die Nächte in San Diego sein konnten.

Maddy Holcomb hatte ein interessantes Gesicht mit feingewölbten Augenbrauen und großen, violettblauen Augen. Ihr Mund mit der perfekt geschwungenen Oberlippe und der etwas vorstehenden Unterlippe verlieh ihrem Gesicht einen Ausdruck, als sei sie hinter Atem. Ihre blonde Haarfülle, nur an der Stirn wie eine Pagenfrisur, umschmeichelte ihr Gesicht und fiel wie ein schimmerndes Cape bis auf ihre Schultern. Sie hatte einen offenen Blick, fast wie ein Staunen, was durch ihre Angewohnheit, den Kopf leicht zu neigen und zu den Leuten aufzublicken, noch verstärkt wurde. Während Tizzy ein großes, schlankes, athletisches und aus sich herausgehendes California-Girl war, kam Maddy mit flachen Absätzen kaum über eins dreiundsechzig hinaus und war etwas draller, was durch breitere Schultern und die anmutige Haltung ihrer Erziehung in Atlanta noch betont wurde. Sie hatte nach vier Jahren Schule in Boston viel von ihrem Südstaatenakzent und der Georgia-Mundart verloren, obwohl sie noch darauf umschalten konnte, wenn es die Situation erforderte.

Maddys richtiger Vorname war Madison, ein Zugeständnis an die Tradition des Südens, nach der einer Tochter der Mädchenname ihrer Mutter gegeben wurde. Mit einem Lächeln dachte sie an eine Bemerkung, die Brian einst gemacht hatte, als er sie mit Tizzy verglichen hatte. Tizzy, hatte er gesagt, könnte man auf die Straße schicken. Sie war ein großes Bündel an Spaß und Sex, die perfekte Partnerin für eine Nacht in der Stadt, besonders im südlichen California. Maddy hingegen war der Typ Frau, den Männer von der Straße fernhalten und ins Schlafzimmer holen wollten, bevor ein anderer Mann sie sah und um sie kämpfen wollte.

»Da sind wir«, kündigte Tizzy an und stoppte auf einem Parkplatz, daß Kieselsteine unter den Reifen knirschten. Sie schaltete den Motor aus, drehte den Innenspiegel zu sich und begann ihr Haar zu richten.

Maddy atmete tief durch und schaute sich um. Der Offiziersklub war ein flaches Gebäude mit rotem Schieferdach und rosafarbenen Stuckwänden, das wie eine spanische Hazienda wirkte. Der Club war von Palmengruppen und Eukalyptusbäumen umgeben, zwischen denen sich kieselbestreute Wege erstreckten. Die gemähten Rasenflächen und geschnittenen Ziersträucher ließen darauf schließen, daß Gärtner die großzügig bewässerten Grünflächen pflegten. Das Gelände war von falschen Gaslaternen erhellt, die strategisch zwischen den Bäumen verteilt waren. Der Duft von Eukalyptus mischte sich mit dem Geruch von Seetang und Salzluft vom nahen Hafen. Maddy konnte Motorengeräusche von Flugzeugen auf dem San Diego Airport hören, der auf der Hafenseite an das MCRD-Gelände grenzte. Sie bemerkte, daß der Parkplatz voller Wagen war und ein stetiger Strom junger Leute in den Haupteingang des Offiziersklubs zog. Männer und Frauen trafen getrennt ein, aber sie schätzten einander bereits ab. Die Musik einer Rockband drang durch den Park, von dem der Club umgeben war. Es schlenderten sogar schon einige Paare über die Kieswege in den Park. Maddy hatte zwiespältige Gefühle: sie wollte gern für eine Nacht ausgehen, aber es widerstrebte ihr, einen Single-Treffpunkt zu besuchen.

»Hier ist ja viel los«, sagte sie, strich ihr Haar zurück und musterte ihr Make-up vom Morgen dieses Tages in einem Taschenspiegel. Im gelben Licht der Laternen war eine Beurteilung des Make-ups schwierig. »Wenn wir getrennt werden, wann erwartest du mich hier zurück?«

»Getrennt? Getrennt?« fragte Tizzy und musterte Maddy prüfend. »Die Schöne des Südens denkt an ein wenig Action mit einem der Marines heute nacht?«

»Oh, Tizzy, sei nicht albern. Ich meinte nur …«

»Ja, ja, ich weiß. Nun, es ist zehn Uhr dreißig. Sagen wir, um Mitternacht hier beim Wagen. Nach Mitternacht sind sie alle so betrunken, daß sie … äh …«

Jetzt neigte Maddy den Kopf zur Seite und schaute

Tizzy prüfend an. »Ja, Tizzy? Wolltest du mir etwas sagen?« Damit es nicht nach Kritik klang, lächelte sie leicht bei der Frage. Aber sie war ein bißchen neugierig.

Tizzy lächelte strahlend und strich ihr Kleid glatt. »Nun, nicht genau«, sagte sie. »Aber wenn Spaß aufkommt, äh, ich meine, ich wäre vielleicht nicht abgeneigt, irgendwo ein wenig zu feiern. Nur ein bißchen, weißt du?«

»Tizzy, vielleicht sollten wir das nicht tun«, sagte Maddy und wurde plötzlich ernst. »Wir gehören wirklich nicht hierhin, und ich muß zu einer vernünftigen Uhrzeit zu Hause sein. Und du ebenfalls – wir haben Jobs, erinnerst du dich?«

Tizzy verzog das Gesicht. »Mensch, Maddy, entspann dich. Ich will nur ein Glas Wein trinken und ein wenig tanzen. Es ist so voll da drinnen, und man kann sich einfach gehen lassen, tanzen, mit wem es sich gerade ergibt. Jeder ist anonym. Du wirst es sehen. Tu für eine kleine Weile so, als wärst du keine alte verheiratete Vettel, die für das nächste halbe Jahr in ihrem Apartment allein versauert. Hier gibt es immer eine tolle Band. Wenn du willst, kannst du nur herumsitzen, Musik hören und dir die Jungs ansehen, doch ich wette, daß es nicht dabei bleiben wird. Und ich *verspreche*, gegen Mitternacht hier beim Wagen zu sein und dich heimzufahren, falls wir getrennt werden. Es ist ja nicht so, daß dein Mann anrufen und dich überprüfen wird oder so was.«

»Okay, aber ich meine es ernst mit Mitternacht.«

Tizzy verdrehte die Augen. »Aber ja, meine Liebe.«

Sie stiegen aus dem Wagen und schlossen sich dem Strom zum Haupteingang an, kleine Gruppen von zwei oder drei Frauen und ebenfalls Grüppchen von jungen Offizieren, die verstohlen die Frauen musterten. Die Musik der Band und das Stimmengewirr der Gäste schlugen ihnen entgegen, als sie den Offiziersklub betraten. Sie gelangten in eine große Halle. Toiletten und Büros befanden sich zur Rechten, und zur Linken gab es die Tanzfläche und die Hauptbar. In der Halle wimmelte es von Leuten, und es herrschte ein ständiges Kommen und Gehen zu den Toiletten. Gruppen von Männern standen beisammen, plauderten, rauchten Zigaretten und hielten Gläser mit Getränken in der Hand. Maddy bemerkte, daß die Herumstehenden nicht sehr diskret waren, während sie die Frauen abschätzend musterten, Bemerkungen über sie machten, ihnen leise nachpfiffen oder gespielt entsetzt das Gesicht verzogen, wenn eine nicht so attraktive Frau den Klub betrat. Am Eingang zur Bar drängten sich Leute, die freie Tische oder Partner oder beides suchten. Maddy und Tizzy mußten ein paar Minuten lang in der Schlange warten, bis sie nahe zur Tür vorrückten, die zur Tanzfläche führte. Als die Herumstehenden sie schließlich sahen, gab es tatsächlich einige anerkennende Pfiffe. Maddy errötete. Tizzy lächelte und zwinkerte den Männern zu. Zwei große Marines stellten sofort ihre Gläser ab, lösten sich von den Grüppchen der Männer, eilten zu Maddy und Tizzy und nahmen sie ohne ein Wort an die Hand. Sie schoben sich durch die Menge an der Türschwelle, die sich nach dem ungeschriebenen Gesetz teilte, nach dem Leute mit Partnern Vorrang vor denjenigen hatten, die noch auf der Suche waren.

Maddy verlor Tizzy sofort aus den Augen, als sie die Tanzfläche erreicht hatten, und nachdem Maddys Marineinfanterist ihr etwas wie ›Bob‹ ins Ohr gerufen hatte, was wohl sein Name war, begann er einen hektischen Tanz genau im Rhythmus mit dem Tempo des Gehämmers der Rockband. Maddy gab ihr Bestes, doch ihre Erfahrung mit Tanzen zu Rock-'n'-Roll-Musik war begrenzt. Brian liebte leise und langsame Melodien, aber diese Musik mit überwältigendem Baßrhythmus, schrillen elektrischen Gitarren und unverständlichen Texten war von der harten und schnellen Art. Und die Band spielte nonstop; wenn eine Tanzserie begann, ging die Band jedesmal in eine neue Nummer über, während die letzten Akkorde des vorherigen Songs nach aus den Lautsprechern dröhnten.

Die Tanzfläche war größer, als Maddy gedacht hatte, aber mit über zweihundert Leuten, die darauf wimmelten, war es heiß und verqualmt trotz der Klimaanlage. Silberne Punktscheinwerfer warfen tanzende Lichtpunkte durch den ganzen Raum und auf die Tänzer. Kleine Bartische säumten den Rand der Tanzfläche, und auch daran wimmelte es von Leuten. Maddy war erstaunt über die große Zahl gutaussehender Frauen auf der Tanzfläche. Alle waren Ende Zwanzig, Anfang Dreißig, hatten teure Kleidung und modische Frisuren, und jede tanzte mit überraschender Ausgelassenheit. Hier und dort bahnten sich Kellnerinnen vorsichtig einen Weg durch die wirbelnde Menge und notierten gebrüllte Bestellungen auf Zettel, bevor sie sich zur Theke zurückkämpften. Binnen Minuten kehrten sie mit gefüllten Tabletts zurück in die Menge, in der Gäste mit Fünf- oder Zehndollarscheinen wedelten und die Getränke entgegennahmen. Die Menge war so dicht, daß die Tänzer ihre Getränke konsumierten, ohne die Tanzfläche überhaupt zu verlassen.

Maddys Partner schaffte es, auf diese Weise zwei Runden zu ergattern, und Maddy trank bei der ersten Runde Scotch on the rocks und bei der zweiten Gin Tonic, während Musik und Tanz ohne Pause weitergingen. Sie hatte keine Ahnung, wie lange sie getanzt hatte. Sie trank schnell und fragte sich, ob sie die Tanzfläche für eine Minute verlassen konnte, um sich des Leinenjacketts zu entledigen. Sie gab ihr leeres Glas einer vorbeigehenden Kellnerin und rüttelte an Bobs Jackettaufschlägen, um ihm anzuzeigen, daß sie vor Hitze umkam. Bob grinste und rief: »Einfach ausziehen!«

Sie lachte, streifte das Leinenjackett von den Schultern und tanzte weiter mit dem Jackett in der linken Hand. Als der Alkohol Wirkung zeigte, wurde das Jackett zu einer Art Propeller, den sie um ihre Hüften wirbeln ließ, und Maddy schloß die Augen und konzentrierte sich auf den stampfenden Rhythmus, nicht mehr ganz so besorgt, lächerlich zu wirken. Sie bewegte sich im Takt der Musik und versuchte nun, sich den pumpenden Bewegungen ihres Partners anzupassen.

Ihres Partners? Maddy öffnete die Augen und stellte fest, daß sie jetzt mit zwei Männern tanzte. Sie waren vor ihr und beide so nahe, daß sie an sie herankommen konnten, ohne sich gegenseitig zu behindern. Sie spürte, daß andere Männer hinter ihr waren, aber im schummrigen Licht konnte sie nicht sagen, ob sie andere Partnerinnen hatten oder ob sie zum Mittelpunkt der Aufmerksamkeit geworden war. Als sich von hinten starke Hände auf ihre Hüften legten, wußte sie Bescheid und suchte nach einem Ausweg, aber sie waren zu nahe, große Männer, die sich mit ihrem kurzgeschorenen Haar, ihren Sporthemden, die sie über den Hosen trugen, und lüsternen Blicken seltsam ähnelten. Als sie sich umwandte, um zu sehen, ob es einen Ausweg gab, drehten die Männer sich mit ihr. Sie spürte die Hände der Männer auf ihrem Körper und hörte ihre spöttischen Stimmen zum Refrain der Rockgruppe ›Do it, Baby. Shake that thing, Mama. C'mon, c'mon‹, als sie sich näher drängten und die Musik sogar noch lauter wurde. Jemand drückte ihr ein weiteres gefülltes Glas in die Hand. Maddy nippte an dem Getränk. Es schmeckte nach Fruchtsaft, und sie kippte es in einem Zug durstig hinunter. Sie wollte immer noch der kleinen Traube von Männern entkommen, von der sie umgeben war, aber zugleich spürte sie die sexuelle Energie, die von den dichtgedrängten Männerkörpern ausging, und bei der hämmernden Musik reagierte sie ungewollt, bewegte sich aufreizender, schaute zu den Männern zurück, ließ zu, daß sie sich an sie preßten, und stellte fest, daß es andere Gruppen wie ihre mit einer Frau oder sogar zwei Frauen inmitten eines Rings anonymer Mäner gab. Jetzt verstand sie, warum Tizzy hierhingewollt hatte. Sie verlor das Zeitgefühl, steigerte sich in eine Art Trance rhythmischer Ekstase, ließ sich von der Musik, der Menge und dem Lärm davontragen, verschmolz mit den anonymen Männern, vergaß die Navy und Brians Einsatz und die Offiziersfrauen und ihren Job und die Tatsache, daß Brian für das nächste halbe Jahr im Sonnenaufgang verschwunden war.

Als die Musik schließlich aufhörte, schien der Druck auf der Tanzfläche nachzulassen. Die Menge löste sich mit einem allgemeinen Seufzen auf, und in dem Gedränge verschwanden die meisten männlichen Tanzpartner zur Bar. Maddy hielt Ausschau nach Tizzy, konnte sie in dem Gewühl jedoch nicht entdecken. Bob hatte sie gebeten, auf ihn zu warten, wo sie war, er hole etwas zu trinken, aber Maddy hielt es für angebracht, schnell zu verschwinden. Verlegen und ein wenig beschwipst bahnte sie sich einen Weg durch die Menge, fächerte ihr Gesicht mit dem Jackett und war benommen von der Hitze und den Drinks. Sie schwitzte und begann sich unbehaglich zu fühlen, weil sie sich auf der Tanzfläche so hatte gehenlassen. Was, zum Teufel, war in sie gefahren? Sie schaute auf ihre Armbanduhr, blickte noch einmal hin und sah, saß es weit nach Mitternacht war.

Ernüchtert eilte sie an der Menge von Betrunkenen vorbei, die vor dem Eingang wogte, und schlug den Weg zum Parkplatz ein. Der Kies knirschte unter ihren schnellen Schritten, und einige obszöne Bemerkungen folgten ihr. Sie blickte von neuem auf die Uhr. Verdammt, es gab keinen Zweifel. Und sie war es gewesen, die Tizzy versetzt hatte! Die scharfe Forderung, daß sie sich um Mitternacht beim Wagen treffen mußten, hallte in ihren Ohren, und ihr unbehagliches Gefühl wurde bestätigt, als sie das weiße Kabrio nicht finden konnte. Als ob sie hoffte, es herbeizuzaubern, ging sie langsam zu der leeren Parkfläche, schaute sich auf dem jetzt halb leeren Parkplatz um, stellte ihre Handtasche in den Kies und sagte laut: »Verdammter Mist!« Sie hörte ein Scharren hinter sich. Sie wollte herumfahren, doch starke Arme packten sie von hinten und preßten sie gegen einen männlichen Körper, der nach Bier, Schweiß und Zigerettenrauch stank. Sie bäumte sich auf, aber sie war seiner Kraft nicht gewachsen. Er klemmte ihre Arme ein und fummelte an ihrem Rock herum. Sie wollte um Hilfe schreien, doch seine Umklammerung nahm ihr den Atem; sie brachte nur ein paar erstickte Laute heraus.

Sie versuchte nach dem Mann zu treten, aber er war viel zu stark. Mit wachsendem Entsetzen erkannte sie, daß sie seine Erektion an ihrem Gesäß spürte. Mit leiser, lallender Stimme sagte er: »Hab' ich dich, Baby. Komm zu Papa. Du hast mir deinen geilen Arsch die ganze Nacht entgegengestoßen, und jetzt, ja, jetzt – es wird dir gefallen, Baby. Hör mit dem Treten auf. Ich besorge es dir jetzt …«

Er zerrte sie rückwärts zu den Büschen am Rande des Parkplatzes. Sie wehrte sich vergebens. Ihre Füße berührten kaum den Boden, als er sie mitzerrte. Sie erkannnte, daß sie die Schuhe verloren hatte und er ihren Rock bis über die Hüften hochgestreift hatte. Die Nachtluft war plötzlich erschreckend kalt an ihren Schenkeln. Er fummelte an seiner Hose, als er sie in das Dunkel der Büsche zerrte. Ihre Augen füllten sich mit Tränen, als ihr klarwurde, daß sie dem Kerl ausgeliefert war und keine Chance hatte, ihm zu entkommen.

»Gibt es ein Problem, Miss?« ertönte plötzlich eine Männerstimme hinter ihnen. »Warum lassen Sie die Frau nicht los, Marine?«

Der Angreifer hielt erschrocken inne, wandte den Kopf, wich etwas zur Seite und lockerte die Umklammerung für einen Moment. Dadurch landete Maddy wieder auf den Füßen und fiel durch seine Arme und plumpste aufs Gesäß. Sie rappelte sich auf Hände und Knie auf und fuhr herum, um ihren Peiniger anzusehen. Dann wich sie schnell zurück und streifte ihren Rock hinunter. Sie sah die Gestalt eines anderen Mannes hinter dem Marineinfanteristen, aber sein Gesicht war im Dunkel nicht zu erkennen.

»Helfen Sie mir, bitte, helfen Sie mir«, schluchzte sie. »Er wollte – er wollte mich ….«

»Er wird zu seinen Kameraden zurückgehen, nicht wahr, Marine? Zuviel Bier getrunken, nicht wahr, Marine?« Die Stimme des Mannes klang ruhig, emotionslos, aber irgendwie drohend.

Der große Marineinfanterist fummelte am Reißverschluß seiner Hose herum. Maddy sah, daß er schwankte und versuchte, sie im Blick zu behalten, während er zu dem anderen Mann schaute. Sie wich ein paar Schritte weiter zurück und bemühte sich, ihren Atem und den rasenden Puls unter Kontrolle zu bekommen.

»Wer, verdammt, bist du?« grollte der Marineinfanterist. »Wollte ihr nicht weh tun oder was. Wollte sie nur ficken, Mann. Du hast sie gesehen, Mann. Sie war ganz geil darauf. Wer, zum Teufel, bist du?«

»Ich kenne dich nicht, Marine«, sagte der Mann mit ruhiger Stimme und trat in den Schein der Lampen. »Aber du kennst mich. Ich bin Autrey.«

Die Haltung des großen Marineinfanteristen straffte sich, und sein Schwanken hörte für einen Moment auf. »Autrey? Du bist der verdammte Autrey?« Er hob abwehrend die großen prankenartigen Hände. »Ich will keinen Ärger, Mann. Nicht mit dir. Nicht wegen 'ner Puppe. Scheiße. Ich gehe.« Er torkelte davon in Richtung Club, verfehlte den Kiesweg und prallte gegen die Hecke, bevor er wankend den Weg zum Klubgebäude fortsetzte.

Maddy neigte sich vor und rang um Luft. Plötzlich glaubte sie zu ersticken. Der Mann, der sich Autrey nannte, ging schnell zu ihr.

»Geben Sie mir Ihre Jacke«, sagte er im Befehlston.

Sie starrte ihn sprachlos an und versuchte immer noch, zu Atem zu kommen. Als er die Hand vorstreckte, um ihr das Jackett abzunehmen, wich sie zurück und geriet wieder in Panik.

»Ganz ruhig«, sagte er. »Ich nehme nur Ihre Jacke. Keine Hysterie. Ich nehme nur Ihre Jacke. Ganz ruhig. Es ist alles in Ordnung.« Er nahm das Jackett und faltete es zu einer Art Polster zusammen. »Jetzt drücken Sie ihr Gesicht darauf und atmen langsamer. So ist es richtig, kleinere Atemzüge, langsam einatmen, langsam ausatmen. Gut. Weiter. Atmen Sie in die Jacke. So ist's richtig. In die Jacke atmen, ein, aus, langsamer.«

Allmählich bekam sie wieder Luft, während er ruhig auf sie einredete. Er berührte sie nicht, beruhigte sie nur mit seiner Stimme. Als sie schließlich den Kopf hob, nickte er und führte sie zu einem Wagen hinüber. Es war ein großer Chevrolet Impala. Er öffnete die Beifahrertür und schob sie seitwärts auf den Sitz. Sie sank vornüber, das Gesicht fast auf den Knien und die Arme um ihren Körper geschlungen, während sie sich bemühte, ihr Zittern unter Kontrolle zu bekommen. Er stand dabei und legte eine Hand auf ihre Schulter. Plötzlich wurde ihr übel. Sie blickte auf.

»Ich glaube, mir wird schlecht …«

Er hob sie schnell aus dem Wagen und führte sie zu den Büschen, wo sie sich sofort übergeben mußte. Er stand dabei und stützte sie an den Schultern, bis es vorbei war. Dann führte er sie behutsam zum Wagen zurück. Sie hörte ein Rascheln und dann das Klicken eines Feuerzeugs. Sie nahm Tabakrauch wahr und erkannte, daß er ihr eine angezündete Zigarette hinhielt.

»Ich – ich rauche nicht«, sagte sie mit erstickter Stimme.

»Nehmen Sie einen Zug«, sagte er. »Das ist gut gegen die Übelkeit. Nur zu.« Er steckte ihr die Zigarette zwischen die Lippen. Sie zögerte und sog dann kurz und zaghaft an der Zigarette. Sie mußte husten. »Tiefer. Inhalieren Sie den Rauch«, sagte er. Sie tat es, atmete dann langsam aus und versuchte, nicht zu husten. Die Woge der Übelkeit, die zu ihrer Kehle aufzuwallen schien, ließ fast sofort nach. Maddy blickte auf, aber Autrey hatte sich ein Dutzend Schritte entfernt und hob ihre Schuhe und die Handtasche auf. Er kehrte damit zurück und legte die Sachen auf den Wagenboden der Beifahrerseite.

»Ich könnte mir denken, daß Sie heimfahren möchten, Miss …?«

Sie blickte zu ihm auf. Seine Gesichtszüge wirkten ausländisch, fast spanisch. Sein schwarzes Haar war zerzaust, und er trug lässige Freizeitkleidung; dunkelblaue Hose und ein weitgeschnittenes, langärmliges weißes Hemd. Sein Gesicht war länglich. Er hatte eine Hakennase, buschige Augenbrauen, dunkle, fast schwarze Augen und dünne Lippen. Er war vielleicht eins achtzig und ungewöhnlich breitschultrig, nicht so groß und stämmig wie der Marineinfanterist, jedoch muskulös. Sie glaubte zu sehen, daß er die Andeutung eines Lächelns zeigte, aber sie war sich im Halbdunkel nicht ganz sicher.

»Äh, Maddy. Maddy Holcomb. Und danke, Mr. ... Autrey? Vielen Dank. Ich ...«

»Ja. Nichts zu danken. Das vorhin sah nicht nach einer freundlichen Unterhaltung aus. Haben Sie einen Wagen hier?«

Sie schüttelte den Kopf. »Nein. Meine Fahrerin ist fortgefahren, nehme ich an. Ich weiß es nicht. Kann ich – kann ich irgendwo ein Taxi bekommen?«

»Es gibt Münztelefone im Klub. Aber es wird ein Problem sein, ein Taxi zu bekommen. Die Fahrer kommen in der Donnerstagnacht nur ungern hierhin – es gibt zu viele Betrunkene. Sie randalieren, müssen sich übergeben und wollen nicht zahlen. Sie wissen ja, wie das ist.« Er lächelte sie an. »Nun, vielleicht wissen Sie's nicht. Ich glaube, Sie sind vielleicht neu in dieser Szene.«

Er rauchte den Rest der Zigarette und nahm einen letzten Zug, bevor er die Kippe in einem Funkenregen auf den Parkplatz schnippte. »Ich kann Sie mitnehmen, wenn Sie nicht zu weit weg wohnen. Ich muß früh am Morgen raus.«

»Danke, aber ich kann nicht einfach – ich meine, ich kenne Sie nicht.«

Der Mann nickte langsam und schaute höflich über ihren Kopf hinweg. Sie kam sich plötzlich dumm vor. Dieser Mann hatte sie vor einer Vergewaltigung gerettet, und sie sagte ihm, daß sie sich nicht von einem Fremden im Wagen mitnehmen lassen konnte? Sie schüttelte über sich selbst den Kopf.

»Ja, ich wäre Ihnen dankbar, wenn Sie mich mitnehmen. Und verzeihen Sie, daß ich ...«

»Kein Problem«, sagte er, und jetzt lächelte er tatsächlich. Er hatte sehr weiße und ebenmäßige Zähne. »Und ich würde meiner Freundin den Hintern versohlen und sie um den Block jagen, wenn sie sich jemals von einem völlig Fremden mitnehmen lassen würde – das heißt, wenn ich eine Freundin hätte. Aber ich kann mir denken, daß Sie nicht von diesen Typen mitgenommen werden wollen.« Er nickte zu einer grölenden Gruppe am Eingang des Klubs.

Maddy nickte und stieg in den Wagen. Er schloß die Tür und ging zur Fahrerseite. Sie strich ihren Rock aus Gewohnheit hinunter, obwohl ihr in den Sinn kam, daß er bereits viel mehr als nur unbedeckte Knie von ihr gesehen hatte. Das Blut stieg ihr in die Wangen, und sie blickte starr geradeaus, als er den Motor anließ und zurücksetzte. Er fuhr langsam und sehr vorsichtig vom Parkplatz, und sie fragte sich flüchtig, ob er vielleicht ebenfalls getrunken hatte. Sie blickte sich auf dem dunklen Stützpunkt um und überlegte, ob sie ihn bitten sollte, sie am Haupttor herauszulassen. Doch dann wurde ihr klar, daß die Alkoholfahne im Wagen von ihr stammte.

»So«, sagte er, als sie sich dem Haupttor näherten, »Sie müssen mir den Weg erklären.«

»Wir ...äh ... ich wohne in den Florentine Apartments. Wissen Sie, wo der Eingang zum Balboa-Zoo ist?«

»Klar.«

»Nun, die Florentine Apartments sind auf der anderen Seite des Balboa-Zoos gegenüber vom Eingang.«

»Kapiert.«

»Ich hoffe, das ist kein zu großer Umweg für Sie. Ich weiß wirklich zu schätzen, daß Sie mich mitnehmen, Mr. Autrey.«

»Sagen Sie nur Autrey. Wie der Cowboy Gene Autry – aber mit einem e.«

Er fuhr durch das Haupttor, bog nach rechts ab und fuhr in Richtung Highway 80. Er hielt sich an die Geschwindigkeitsbegrenzung und blieb auf der rechten Fahrspur. Auf der linken Fahrspur brausten überholende Wagen vorbei. Er hatte das Fenster auf der Fahrerseite geöffnet, und die kühle Nachtluft tat Maddy gut. Ihre Übelkeit war fast vorüber.

»So heißen Sie, Gene Autrey?« fragte sie und schaute ihn an. Sie glaubte zu sehen, daß es in seinem Gesicht zuckte. Er sah sonderbar aus, aber er war anscheinend ein netter Typ. Er saß lässig an die Tür der Fahrerseite gelehnt, lenkte mit einer Hand und ließ die andere aus dem Fenster baumeln. Sein Gesicht wirkte tief gebräunt, doch dann erkannte sie, daß es keine Sonnenbräune war. Seine Hakennase wirkte, als wäre sie aus zwei Teilen zusammengesetzt. Er lächelte jetzt leicht, dessen war sie sicher. Er wußte, daß sie ihn musterte. Seine Wangenknochen waren ausgeprägt und verursachten kleine Schatten im Licht der Straßenbeleuchtung. Sein schwarzes Haar stand in alle Richtungen ab und reichte im Nacken bis über den Hemdkragen. Er hatte kräftige Hände und feingliedrige Finger.

»Nicht ganz. Autrey ist mein Vorname. Mein voller Name lautet ›Autrey, der Krähen fängt‹. Ich bin Indianer, Maddy Holcomb.«

»Oh«, sagte sie, weil ihr nichts anderes einfiel. Sie hatte nie einen amerikanischen Indianer kennengelernt, aber daß er einer war, erklärte sein exotisches Gesicht und die dunkle Hautfarbe. Er lenkte den großen Chevy auf die Auffahrt und fuhr auf den Highway ostwärts durch die funkelnden Lichter von Mission Valley. Maddy blickte starr geradeaus. Sie glaubte von neuem die Hände des betrunkenen Marineinfanteristen auf ihrem Körper zu spüren und erschauerte. Er bemerkte ihr Frösteln.

»Kalt? Ich kann die Heizung anschalten.«

»Nein, alles in Ordnung. Ich dachte nur – nun, vergessen Sie's.«

»Ich muß fragen, Maddy Holcomb.«

»Was fragen, Mr. Autrey?« Mr. Autrey? Oder sollte sie sagen ›Mister, der Krähen fängt‹?

»Autrey ohne den Mister reicht, Maddy Holcomb. Ich muß die berühmte Frage stellen: Was macht eine nette Frau wie Sie an einem verrufenenen Ort wie dem MCRD?«

Maddy mußte lachen. Sie entspannte sich noch mehr,

als er die richtige Abfahrt auf die Route 163 nahm und durch die unbeleuchtete Straße den Hügel hinauf durch den Balboa Park Canyon fuhr.

»Als ich dorthin fuhr, war es anscheinend eine gute Idee«, erwiderte sie und bemühte sich um einen leichten Tonfall. »Eigentlich war es Tizzys Idee. Tizzy ist eine – von meinen Freundinnen.« Sie hätte fast ›eine der Offiziersfrauen‹ gesagt. »Wir waren im Kino, und dann schlug Tizzy vor, mal beim Klub vorbeizuschauen. Ich war noch nie dort. Wir hatten uns für Mitternacht beim Wagen verabredet, aber …«

»Tizzy hat gefunden, was sie gesucht hat, und so blieben Sie zurück. Was hatten Sie sich denn gedacht?«

»Ich habe gehört, daß man es Fleischmarkt nennt. Und ich nehme an, es ist einer.«

»Aber Sie hielten nichts davon, nur Fleisch zu sein, oder?« fragte er. Seine Tonfall klang neutral, nicht vorwurfsvoll.

»Nein«, sagte Maddy leise. »Obwohl es für eine Weile auf der Tanzfläche mit all diesen Leuten richtig gut war, sich einfach treiben zu lassen. Aber danach … nun, es war ein Fehler, dorthin zu gehen. Dieser Mann, dieser schreckliche Mann …«

Er nickte langsam in der Dunkelheit. Aus dem Augenwinkel konnte sie den hohen Zaun längs des Zoos sehen.

»Dieser schreckliche Mann ist Second Lieutenant des Marine Corps auf vorübergehender Verwendung bei einem besonderen Ausbildungszug. Er wird vermutlich nächste Woche in See stechen. Die meisten dieser Crew, die heute nacht im Klub war, fährt nach Vietnam.«

»Woher wissen Sie das – sind Sie im Marine Corps?«

»Nein. Ich bin Zivilist. Ausbilder beim MCRD.«

Sie nickte. Dann erinnerte sie sich. »Sie nannten Ihren Namen, und dieser … Mann gab klein bei. Ihr Name reichte, um ihm angst zu machen. Was tun Sie als Ausbilder?«

»Oh, das ist keine große Sache. Ich bin bei der Abteilung

›Physical Training‹. Wissen Sie, was PT ist? So was wie hundert Liegestütze auf Befehl. Wir Ausbilder haben unbegrenzte Befugnis, die Leute mit Leibesübungen zu disziplinieren. Keiner will es sich mit PT-Ausbildern verderben.«

Maddy hatte das Gefühl, daß er nicht die ganze Wahrheit über seine Tätigkeit sagte, aber dann passierten sie das Hinweisschild auf den Balboa-Park, und er nahm die nächste Ausfahrt und fuhr auf die Straße, die zur anderen Seite des Zoos führte. Hinter ihnen in der Ferne markierten Bürogebäude den Rand der Hügel, die zum Hafen hin abfielen. Auf einem der Gebäude war das rote Neonschild des Restaurants *Mr. A's* zu sehen.

»Sie sehen weder aus noch klingen Sie wie ein PT-Ausbilder«, sagte Maddy.

»Tatsächlich? Wie sieht denn ein typischer PT-Ausbilder aus?«

»Nun, alle, die ich gesehen habe, sahen wie Footballspieler in mittleren Jahren aus, große stämmige Typen mit Stiernacken, wissen Sie.«

Er nickte bedächtig. »Wahre Stärke bedarf nicht immer eines riesigen Körpers.«

Maddy dachte darüber nach, als er an der Ampel am Park wartete und dann bei Grün nach links zum Gebäude mit ihrem Apartment fuhr. Sie erinnerte sich, wie mühelos er sie aus dem Wagen gehoben hatte, als ihr übel geworden war, und wie der Marineinfanterist klein beigegeben hatte, als Autrey nur seinen Namen genannt hatte.

»Ich glaube, Sie haben das heute nacht bewiesen, nicht wahr?«

Er lachte. »Ach Quatsch, Ma'am. Das war doch nichts.«

Sie lächelte vor sich hin.

»So ist es besser«, bemerkte er, als er vor dem Gebäude anhielt. »Ich würde Ihnen in einer Bar etwas zu trinken ausgeben, aber ich nehme an, Sie möchten lieber heiß duschen und diesen Abend wegspülen.«

»Da haben Sie genau recht.« Maddy blickte auf ihre

Knie hinab. Dann schaute sie zu ihm auf. »Aber ich danke Ihnen. Ich war dort draußen wirklich in Schwierigkeiten.«

Seine Miene wurde ernst. »Ja, das stimmt vermutlich. Ich bin froh, daß ich dort war.«

»Nicht so froh wie ich.«

Sie saßen für eine Weile schweigend da. Er hatte den Motor nicht ausgeschaltet. Er schaute sie nicht an, sondern an ihr vorbei. Sie spürte, daß er noch etwas sagen wollte, sie vielleicht fragen wollte, ob er sie wiedersehen würde, eine Komplikation, die sie nicht gebrauchen konnte und nach der Erfahrung heute nacht auch nicht wollte.

»Nun, ich danke Ihnen sehr«, wiederholte sie. »Ich gehe jetzt.«

Er nickte. »Ich warte, bis Sie im Haus sind.«

»Danke. Mr. Autrey. Gute Nacht.«

Als sie ausstieg, glaubte sie ihn sagen zu hören: »Nur Autrey, ohne Mister.«

Maddy schloß die Haustür auf, ging in die beleuchtete Halle und sah den Wagen davonfahren. Sie fuhr mit dem Aufzug in den fünften Stock, schloß ihre Wohnungstür auf, schaltete das Licht ein und eilte zur Toilette. Danach ging sie ins Schlafzimmer, zog sich aus und ging nackt in die Küche zum Barschrank. Sie versuchte an nichts zu denken, während sie ein Glas und Brians Flasche Courvoisier nahm. Ihre Hand zitterte, als sie großzügig einschenkte. Sie nahm das gefüllte Glas, ging ins Badezimmer und drehte die Dusche voll auf. Dann stellte sie das Glas mit Cognac ab und trat unter die Dusche. Sie wusch sich das Haar, was sie normalerweise nur zweimal pro Woche tat. Aber sie wußte, daß sie nach dem Besuch des MCRD nach Tabakrauch, Alkohol, Schweiß und – gib es zu, Mädchen – nach Angst roch. Sie wusch sich gründlich und versuchte das Gefühl, die Hände des Marineinfanteristen auf ihrem Körper zu spüren, abzuschrubben. Sie erschauerte, als sie an das Wort *Vergewaltigung* dachte. Gott sei Dank war dieser Autrey aufgetaucht. Sie schrubbte noch heftiger.

Als sie sauber und ihre Haut fast rot war, drehte sie den

Duschhahn zu, steckte den Stöpsel in die Badewanne und ließ Wasser einlaufen. Sie stellte sich in die Badewanne und trocknete ihr Haar, während das Wasser um ihre Füße stieg. Sie wickelte das Handtuch um ihr Haar und ließ sich mit einem lauten Seufzen in die Badewanne sinken. Dann griff sie nach dem Cognac und nippte daran. Als das Wasser tief genug war, tauchte sie mit dem Oberkörper ganz unter und hielt das Glas über Wasser, während sie wartete, daß das Badewasser die letzten Spuren einer schrecklichen Nacht wegwusch.

Sie tauchte wieder auf, trank einen weiteren Schluck Cognac und genoß die vertraute Wärme, die sich in ihrem Magen ausbreitete. Diese gottverdammte Tizzy Hudson! Mußte unbedingt zum MCRD. Aber dann meldete sich eine innere Stimme: Es war nicht Tizzy Hudsons Schuld, daß sie dort auf der Tanzfläche inmitten einer Horde lüsterner, betrunkener Marines gewesen war. Niemand hatte sie gezwungen, drei Gläser Alkoholisches binnen einer Stunde zu trinken. Und niemand hatte sie davon abgehalten, um Mitternacht hinaus zum Wagen zu gehen. Finde dich damit ab, Mädchen, du hast dich dort gehenlassen. Was hatte dieses Tier gesagt? Du hast mir deinen geilen Arsch die ganze Nacht entgegengestoßen … nun, das stimmte nicht – sie hatte ihn gar nicht gesehen. Aber sie hatte mit dem Hintern gewackelt, und aus langer Erfahrung wußte sie genau, welche Wirkung das auf solche Männer hatte, die mit ihr und nahe bei ihr tanzten, und auf die anderen, die von den Tischen am Rande der Tanzfläche aus lüstern starrten. *Du bist immer noch eine Frau, die Männer aufgeilt und dann nicht hält, was sie scheinbar verspricht, nicht wahr?* dachte Maddy. *Deine Bostoner Art kommt sogar noch nach dreieinhalb Ehejahren durch.*

Die Probleme hatten angefangen, als sie sich nach dem ersten Semester für Betriebswirtschaftslehre als Hauptfach entschieden hatte. Trotz all ihrer gespielten Gleichgültigkeit war sie vom herablassenden Lächeln all dieser klugen Jungs aus dem Norden in der Wirtschaftsoberschule zuerst eingeschüchtert gewesen. Und dann hatte sie sich darüber geärgert. Sie konnte sich noch an die spöttischen Bemerkungen über die Schöne des Südens erinnern, die für Männerjobs studierte, und an die gönnerhaften Fragen, wie man im Süden wirklich gute Biskuits machte. Nicht, daß sie schlechte Noten gehabt hätte, aber sie hatte einfach nicht dazugepaßt. Sie hatte versucht, sich der lässigen, bewußt zurückhaltenden Kleidung und dem intellektuellen Verhalten der Mädchen im Norden anzupassen, doch es war ihr nicht gelungen, das durchzuhalten; zu viele Jahre in Atlanta sprachen dagegen. Sie war zunehmend deprimiert geworden, bis sie von ihrer Zimmergenossin Julia gerettet worden war. Julia war ein sehr hausbackenes Mädchen mit einem Talent für Wirtschaftsdinge.

Julia öffnete ihr die Augen: »Du hast den Grips, Maddy; du mußt dich einfach anders verkaufen. Die Wirtschaftsschule ist eine Männerdomäne. Du hast es also in erster Linie mit Männern zu tun und dann erst mit der Schule. Bei deinem Aussehen ist das Erfolgsgeheimnis einfach: wickle die Kerle um den kleinen Finger. Schalte deinen Südstaatencharme ein, gehe nie ohne Make-up, Parfüm und raffinierten Rock in deine Klasse. Misch dich in ihre persönlichen Dinge ein, berühre wie zufällig ihre Arme und Hände, wenn du mit ihnen sprichst. Und wenn sie dir dann verfallen sind, sagst du zuckersüß: ›Tschüs, Liebling, und danke sehr.‹ Und mach bei den Professoren das genaue Gegenteil: Sitz vorne, widme ihnen beflissen Aufmerksamkeit, laß dein Haar auf eine Gesichtshälfte fallen und schau ihnen direkt ins Gesicht, wenn sie ihre Vorlesungen halten. Aber bieten ihnen keine Peep-Show, indem du die Beine auf geile Art übereinanderschlägst. Stell keine Fragen und sprich sie nie an, bevor sie zuerst das Wort an dich richten. Spiele die Scheue. Tu so, als wüßtest du nicht, ob du dem großen Mann die Zeit stehlen darfst. Die richtigen Männer werden wünschen, daß du nach den Vorlesungen privat bei ihnen Nachhilfestunden nimmst, und die Schwulen werden wissen wollen, wie du es schaffst, die Schönheit deiner Haare zu bewahren. Du hast diese heiße Aura eines Schlafzimmer-Girls, Maddy, also geil die Jungs auf und versage dich den Männern, und du wirst so leicht durch diese sogenannte Männerwelt schneiden wie ein heißes Messer durch Butter.«

Zuerst hatte Maddy gelacht, doch dann hatte sie begriffen. Teufel, es war kein großer Unterschied zu der Art, wie Frauen des Südens Männer in ständiger Sklavenschaft hielten. Jedes Mädchen in Atlanta aus guter Familie praktizierte diese Regeln jeden Tag. Ihre Mutter hätte das gebilligt, wenn Maddy bereit gewesen wäre, ihr die Genugtuung zu geben, davon zu erfahren.

Sie bestand die Wirtschaftsschule mit Auszeichnung, nachdem sie die sexuelle Psyche der halben Jungenklasse geschwächt und bei zwei oder drei professoralen Egos ernsten Schaden angerichtet hatte. Aber das war alles Vergangenheit oder sollte es sein. Jetzt war sie verheiratet, und so sollten sich keine Ehefrauen verhalten, besonders keine aus dem Süden. Dennoch hatte sie das gleiche alte Spielchen im Offiziersklub des Marine Corps durchgezogen! Sie seufzte von neuem. So sollte es nicht sein nach drei Jahren Ehe. Brian war im Westpazifik, und sein treues Frauchen ließ im heimatlichen Fleischmarkt die Haare hinunter und den Rock hoch und wäre dabei fast vergewaltigt worden. Mama würde dieses Verhalten bestimmt nicht billigen. Mama hätte einen Anfall bekommen, wenn sie das erlebt hätte.

Maddy lehnte sich im Badewasser zurück, bis das um den Kopf gewundene Handtuch fast das Wasser berührte. Sie betrachtete ihren Körper, der unter der Wasseroberfläche schimmerte. Immer noch zu klein, dachte sie, aber alle wesentlichen Charakteristika waren in Ordnung. Sie hatte volle, runde Brüste, die Brian – stets Seemann – sofort Backbord und Steuerbord getauft hatte. Backbord war ein wenig größer als Steuerbord, eine Quelle endloser Faszination für ihren Ehemann. Sie konnte immer noch Jeans in der Konfektionsgröße tragen, die sie lange vor der Ehe gehabt hatte, aber sie würde niemals mehr einen so flachen Bauch wie damals haben, und nur ständiges Tennistraining verhinderte, daß sie zu dicke Schenkel bekam. Aber alles in allem war sie sexy, das wußte sie, und für gewöhnlich hielten Männer in ihrer Tätigkeit inne, um ihr nachzustarren, wenn sie mit flatterndem Rock vorbeirauschte. Das tat ihr gut, während ihr Mann irgendwo im Golf war. Sie schloß die Augen und genoß das Bad.

Dreieinhalb Jahre – oder genauer gesagt, drei Jahre, denn ein halbes Jahr war sie ohne Brian gewesen, als er auf der *Decatur* stationiert und auf dem Lehrgang für die *Hood* gewesen war – konnte sie sich wie jede gute Navyfrau zugute halten. Sie hatte Brian in Newport an einem Wochende während ihres letzten Jahrs auf dem College kennengelernt. Er besuchte die Navyschule, und sie nahm mit einer Gruppe von Paaren an einer Party im Old Viking Hotel in der Innenstadt von Newport teil. Ihr Partner, ein Betriebswirtschaftsstudent, hatte sich entschieden, sie zu beeindrucken, indem er sich betrank. Sie bemerkte, daß der junge Marineoffizer mit dem jungenhaften Gesicht ein Auge auf sie warf, und er kam von der Tanzfläche durch die Menge zu ihr, als der Stolz von Harvard sturzbetrunken über dem Tisch zusammensank.

Sie hatte soeben eine heiße Beziehung mit ihrem BWL-Professor abgebrochen, weil er davon phantasiert hatte, sich scheiden zu lassen, und sie war im Unterbewußtsein für etwas Neues bereit. Brian mit seiner Begeisterung für eine Karriere bei der Navy, mit seiner bescheidenen Art und seinem ansteckenden Lächeln, eroberte sie überfallartig. Sie war es gewohnt, Männer zu manipulieren und hatte wenig Abwehrmittel gegen einen gutaussehenden jungen Mann, der echt erfreut war, in ihrer Gesellschaft zu sein, der beeindruckt, jedoch nicht entmutigt durch ihre akademischen Leistungen und obendrein noch sehr lustig war. Er verdrehte ihr den Kopf. Sie verabredeten sich drei Monate lang regelmäßig, überwiegend in Newport, wo er eine Junggesellenbude in der Nähe von Easton's Beach hatte, und nur gelegentlich in Boston für die obligatorische Dosis an Kultur. Dann verließ er Boston, um auf einem Schiff in Norfolk zu dienen, und sie bekam einen Vorgeschmack auf das Navyleben. Aber der Schmerz der Trennung wurde durch die Aufregung des bevorstehenden Studienabschlusses und die leidenschaftlichen Liebesbriefe gemildert, die sie sich vor stürmischen gemeinsamen Wochenenden in New York schrieben, das kostenmäßig auf halbem Weg zwischen Norfolk und Boston lag. Die Wochenenden begannen mit Ausflügen rund um die Stadt, wurden jedoch zunehmend zu heißen achtundvierzig Stunden in abgedunkelten Hotelzimmern.

Brian war der erste Mann, mit dem sie gegangen war, der anscheinend annahm, daß sie die Liebesziehung zu ihrem natürlichen Abschluß führten und heirateten. Er war völlig anders als die jungen Männer von Boston, von denen die meisten eine pseudointellektuelle Gleichgültigkeit gegenüber Bindungen hatten, weil sie zuerst Karriere machen wollten. Als Brian von der Ehe sprach, war Maddy entzückt, denn bis jetzt waren Beziehungen mit Männern für sie sozusagen Abenteuer mit ungewissem Ausgang gewesen. Angesichts der Ereignisse ihrer späten Kindheit hatte eine Heirat für sie eine besonders starke Bedeutung; sie hatte Bedenken. Ihre Ehe sollte bestimmt nicht in die Brüche gehen wie die ihrer Eltern.

Aber Brian setzte sich mit seiner echten Zuneigung zu ihr und seinem Glauben an den natürlichen Verlauf der Liebe durch, und sie wurden in einer schlichten Zeremonie in der Navykapelle in Norfolk getraut, und eine Abordnung der Offiziere der *Decatur* stand mit gekreuzten Säbeln Spalier. Die Trauung in der Navykapelle hatte das logistische Problem gelöst, wer die Hochzeit ausrichtete, und die Navy hatte sich gern bereit erklärt, die Kapelle zur Verfügung zu stellen. Maddys Mutter war zur Hochzeit angereist, natürlich wie immer die scheinbar ewig huldvolle Lady des Südens, deren Mißbilligung gefährlich in den Augen glitzerte, während sie ständig das Lächeln zeigte, mit dem sie weiterhin durchs Leben ging. Mutter, liebste Mutter – Mrs. Frances Madison McNair, das arme Ding, verlassen von ihrem schrecklichen Mann, dem Bankier. Einfach so. Kann man sich das vorstellen? Maddy konnte das. Sie war bis zum gottverdammten Boston gezogen, um von ihrer Mutter und den widerlichen gesellschaftlichen Zwängen in Atlanta wegzukommen.

Sie hätte fast alles gegeben, wenn ihr Vater dagewesen wäre. Aber der Vater, der Bankier, hatte sie eines Tages in dem gleichen flotten Stil verlassen, mit dem er nach dem Krieg in Atlanta sein Vermögen verdient hatte – mit Charme, strahlend gutem Humor und höflich entwaffnender Tüchtigkeit.

Zwei Wochen nach dem Beginn ihres zweiten Studienjahrs auf der Marshall-Akademie in Buckhead hatte ihr Vater fröhlich beim Frühstück am Sonntagmorgen verkündet, daß er seine zwei schönen Ladies des Südens verlassen und den Rest seines Lebens allein verbringen würde. Ihr großes Haus in der Randolph Street sei gekauft und bezahlt, hatte er erklärt, und es gebe ein Treuhandvermögen für seine Frau und die Haushälterin und ein weiteres für Maddys Ausbildung, vorausgesetzt, sie studiere wesentlich weiter nördlich der Mason-Dixon-Linie. Während ihre Mutter das einzige Mal, an das Maddy sich erinnern konnte, sprachlos und benommen dagesessen hatte, war ihr Vater um den Tisch herumgegangen und hatte sie und ihre Mutter auf die Stirn geküßt, war einen Moment auf der Türschwelle stehengeblieben, um sich anzusehen, was er angerichtet hatte, und war dann für immer aus ihrem Leben und aus Atlanta verschwunden.

Für Maddy McNair waren die nächsten drei Jahre eine unsichere Zeit mit sorgfältig geplanter gesellschaftlicher Anpassung, einem würdevollen Rückzug aus dem Driving Club (obwohl ihre Mutter eine Madison war, war ihr Vater das Mitglied gewesen) und anderen Schachzügen, um das Gesicht bei ihrem veränderten Status in der Gesellschaft von Atlanta zu wahren, und es war eine tiefe Kluft der Gegensätze zwischen Mutter und Tochter entstanden. Maddy erinnerte sich an diese Jahre wie an eine Serie von alten Filmbildern, die abspulten, während sie zunehmend den Tag herbeisehnte, an dem sie ebenfalls die große Ankündigug machen und ihre Mutter verlassen konnte. Maddy verstand jetzt, daß die meisten Töchter und Mütter dazu neigen, sich zu streiten, aber in ihrem Herzen gab sie immer noch ihrer Mutter die Schuld daran, daß sie ihren Vater zu einer Zeit vertrieben hatte, an der ihre jugendliche Liebe zu ihm noch in voller Blüte gewesen war.

Als der Zeitpunkt kam, das College zu wählen, führten sie die Bedingungen des Treuhandvermögens und die Gedankenverbindung zu dem Namen Massachusetts und die gegensätzliche Moral zum Süden geradenwegs nach Boston. Die Tochter des Bankiers, wenn auch nicht mehr tatsächlich, sondern im Geiste, wählte einen akademischen Grad in Finanzverwaltung. Sie bestand das Studium mit Auszeichnung, und das ermöglichte ihr die Position im Management, die sie jetzt bei der Bank von America innehatte, dem gigantischen kalifornischen Finanzkonglomerat. Man würde sie um halb neun morgen – Korrektur – *heute* ausgeschlafen und putzmunter zur morgendlichen Konferenz erwarten. Maddy stöhnte und zog mit dem Zeh den Stöpsel aus der Badewanne.

Sie stieg aus der Wanne, trocknete sich ab und streifte ihr Nachthemd über. Sie fönte ihr Haar, putzte sich die Zähne, kippte den Rest Cognac in die Spüle und machte eine Runde durch ihr Apartment, um das Licht auszuschalten und zu überprüfen, ob alles abgeschlossen war. Seufzend schlüpfte sie dann ins Bett, schaltete die Nachttischlampe aus und umarmte automatisch das zweite Kissen.

Brian, wo, zum Teufel, bist du? dachte sie. Während sie versuchte, die Erinnerung an die vergangenen Stunden zu verbannen, kam sie sich immer mehr wie ein Dummkopf vor. Eine Ehe war nichts Triviales für sie gewesen, besonders nicht nach dem, was sie erlebt hatte, als ihr Vater sich aus dem Staub gemacht hatte.

Sie starrte in die Dunkelheit und beobachtete den Schimmer von Scheinwerferlicht vorüberfahrender Wagen an der Zimmerdecke, ohne ihn richtig wahrzunehmen. Sie warf sich vor, seinen Kinderwunsch nicht ernst genug genommen zu haben. Sie wußte nicht zu sagen, warum sie zögerte, aber je mehr er drängte, desto größer wurde ihr Widerstand. Sie spürte, daß es psychologisch begründet war und mit den Ereignissen in ihrer Familie zu tun hatte, aber sie hatte davor zurückgeschreckt, es wirklich zu ergründen. Was nun? Wie, zum Teufel, sollten sie diese ungeklärten Dinge per Post lösen?

Seit das Schiff Pearl Harbor verlassen hatte, waren nur noch ein paar überschwengliche Postkarten aus Hawaii bei ihr eingetroffen. Der schmerzliche Tag der Trennung machte ihr noch zu schaffen. Sie hätte mit Brian zum Schiff gehen sollen. Nur eine andere Offiziersfrau und sie waren nicht auf der Pier gewesen, eine Tatsache, die höflich beim ›Leichenschmaus‹ am Abend nach dem Auslaufen des Schiffes von der Frau des Captains verschwiegen worden war. Sie hätte es wie Angela Benedetti machen sollen, auch wenn der Gedanke an eine Reise zur Mama unerträglich gewesen war. In der Stille des Schlafzimmers erinnerte sich Maddy an Brians ärgerliches Gesicht, als er gegangen war, und an ihren eigenen Ärger, als er sie verlassen hatte. Sie liebte ihn, doch irgendwie hatte sie es geschafft, in ihm Schuldgefühle zu wecken, weil er das tat, was erfolgreiche Offiziere der Navy tun: zur See fahren.

Nach der Abfahrt des Schiffes hatte sie drei lange, leidenschaftliche Briefe geschrieben und versucht, ihre wahren Gefühle auszudrücken, aber sie hatte jeden Brief zerrissen, nachdem die Frau des Kapitäns die Regeln für die Post derjenigen Frauen erklärt hatte, deren Männer zum ersten Mal in den Westpazifik abkommandiert wurden. Es dauerte mindestens vier Wochen zwischen dem Absenden eines Briefes und dem Erhalt einer Antwort, und es gab einige Dinge, die eine Frau besser nicht in Briefen erwähnte, wenn sie einfühlsam war. Zu leicht konnte eine Frau den Mann auf See unabsichtlich kränken oder die Kommunikation konnte ganz ausfallen. Die Hauptpostlinie war sehr anfällig: Briefe wurden von San Diego aus zum Flotten-Postamt in San Francisco geschickt, dann mit militärischen Frachtflugzeugen zum Luftstützpunkt Clark auf den Philippinen und von dort aus per Lastwagen nach Cubi Point an der Subic-Bucht. Anschließend von Cubi aus per Luftfracht zu einem Flugzeugträger im Golf, von wo aus die Post mit einem täglich verkehrenden Hubschrauber zu den Schiffen transportiert wurde.

»Jeder versucht sein Bestes«, hatte Mrs. Huntington gesagt. »Aber wir haben Krieg, wissen Sie, und Briefe können verlorengehen. Wenn Sie Ihr Herz ausschütten wollen, besprechen Sie eines dieser Tonbänder. Sprechen Sie ein paar Tage lang auf Band und hören Sie sich dann an, was Sie gesagt haben, bevor Sie es per Post verschicken. Fragen Sie sich, was soll er damit anfangen? Es ist in Ordnung, ihm zu sagen, daß er Ihnen fehlt und Sie sich einsam fühlen und das Leben ohne ihn traurig ist. Aber wandern Sie nicht ins Indianergebiet: Stellen Sie keine Ultimaten, schimpfen Sie nicht über die Navy und reden Sie nicht über andere Männer. Sagen Sie keine Dinge, die eine Reaktion erfordern, denn bei soviel Zeitverlust ist eine Reaktion sinnlos. Die Männer sind auf See in einem Kriegsgebiet; sie haben weiß Gott genug andere Sorgen, die Sie nicht noch vergrößern sollten.«

Maddy war nach Hause gegangen, um nachzudenken. Dann war ihr klargeworden, daß sie mit dem Zerreißen ihrer ersten Briefe bewirkt hatte, daß Brian keine Post von ihr in PearlHarbor oder sogar Subic bekommen würde. Sie hatte hastig geschrieben, was die anderen Frauen einen Wochenbericht nannten, Briefe voller trivialer Neuigkeiten über ihre Arbeit, den Wagen, die gesellschaftlichen Aktivitäten. Briefe ohne richtige Gefühle. Nur zum Schluß hatte sie geschrieben, daß sie ihn liebte und schrecklich vermißte.

Die Frau des Captains hatte ebenfalls erklärt, daß die Frauen der Navy keine Schuld für die Abkommandierung geben konnten, ohne die Laufbahn ihrer Männer anzugreifen. »Ihre Männer können nichts gegen die Navy und ihre Einsätze tun, außer sie zu verlassen. Wenn Sie sich ständig über die Navy beklagen, stellen Sie indirekt und vielleicht ungewollt die Frage, ob Ihr Mann sich zwischen Ihnen und der Navy entscheiden muß. Stellen Sie ihn nicht vor diese Wahl, es sei denn, Sie können alle möglichen Antworten ertragen.«

Aber während der ersten Woche nach dem Auslaufen des Schiffes war sie fast überzeugt, daß genau dies das Thema war. Brian war für das nächste halbe Jahr fort, und sie fühlte sich bereits jetzt miserabel. Sosehr sie sich auch bemühte, die Erinnerung an die vergangenen Stunden zu unterdrücken, hatte die lebenslustige Seite ihres Wesens heute nacht ihr grinsendes Gesicht gezeigt und ihre Furcht vor dem Alleinsein gesteigert. Wenn die heutige Nacht bereits ein Anzeichen darauf war, welch totales Wrack würde sie dann in sieben Monaten sein? Noch während sie sich diese Frage stellte, wurde ihr klar, daß die einzige Person, die sie beantworten konnte, nicht da war, sondern im Einsatz im Westpazifik. Ihr Ehemann war nun eine geisterhafte Stimme, verkleinert auf ein Stück Papier in ihrem Briefkasten – wenn jedes Rädchen im Postsystem der Navy richtig ineinandergriff.

6

Subic-Bucht

Chief Wesley Jackson lehnte mit verschränkten Armen an einem Schott am Ende der Messedecks, als die Crew sich zum Essenfassen am Abend anstellte. ›Der Sheriff‹, wie der Polizeioffizier der *Hood* genannt wurde, war ein gutgebauter, vierundvierzigjähriger Schwarzer, der Artillerieunteroffizier gewesen war, bevor er drei Jahre vor seiner Stationierung auf der *Hood* zum Schiffsprofos geworden war. Mit über eins achtzig, glänzendem Kahlkopf, rundem Gesicht und stechend blickenden schwarzen Augen zeigte er ein sachliches, sogar ernstes Verhalten, das zu einem Mann paßte, der viele Jahre auf Deck mit Fünfzollgeschützen und rauhen Artillerieunteroffizieren verbracht hatte.

Wesley Jackson stammte aus Chicago und hatte viele der harten Wesenszüge angenommen, für die seine Heimatstadt bekannt war. Er war durch die Vermittlung des städtischen Police Boys Club von der Straße geholt worden und hatte während seiner gesamten Jugendzcit davon geträumt, Polizist zu werden. Sein Vater war nie auf einem Familienfoto zu sehen gewesen, und seine Mutter hatte Wesley und sechs weitere Geschwister allein großgezogen. Als es an Geld mangelte, brach Wesley die High-School ab, um einen Job zu finden, was die Chancen einer Laufhahn bei der Polizei zunichte machte. Als er achtzehn war, empfahlen ihm seine früheren Förderer vom Boys Club das Militär. Seine erste Wahl war das Marine Corps, aber dessen Rekrutierer war auf Rundreise, und der Rekrutierer der Navy, der an diesem Tag im Büro die Stellung hielt, witterte seine Chance. Wesley schaute nie zurück, aber er hattte in all diesen Jahren als Artillerieunteroffizer immer noch den geheimen Wunsch, Polizist zu sein. Als die Navy Freiwillige für die Schiffspolizei suchte, meldete sich Wesley Jackson. Inzwischen hatte er in Abendkursen doch noch einen High-School-Abschluß erreicht, und während seiner Dienstzeit nur an Land erwarb er sogar in Kursen den Gegenwert von einem Jahr Studienzeit.

Jackson war ledig, und manchmal bedauerte er das, besonders an diesen gefühlsbetonten Tagen, wenn Schiffe nach einem langen Einsatz heimkamen. Nichts war so einsam wie ein Schiff eine Stunde nach dem Eintreffen in der

Heimat, wenn die verheirateten Männer mit ihren Familien fortgegangen waren. Die Familie Jackson war zu harter Arbeit und einem starken Pflichtgefühl erzogen worden. Zwei seiner Brüder waren zur Army gegangen, und ein dritter arbeitete für die Cook County, Illinois. Seine drei Schwestern hatten jung geheiratet und waren immer noch verheiratet. Als Jackson jedoch erkannte, daß das Navyleben unvereinbar mit seinen Verpflichtungen gegenüber einer Frau und Kindern sein würde, entschied er sich für die Navy. Seine Geschwister hatten viele Kinder, für die er Onkel Wesley war, und es gab also reichlich Neffen und Nichten daheim, wenn er Kinder um sich haben wollte, und in Garnisonen der Navy waren immer Frauen zu finden.

Als Schiffsprofos neigte Jackson dazu, alles ziemlich ernst zu nehmen. Seine maßgeschneiderten Khakiuniformen und blankpolierten Schuhe machten klar, daß er durch gutes Beispiel persönliche Maßstäbe setzen wollte. Wegen seiner Glatze wirkte er älter, als er war, aber er war redegewandt, zurückhaltend und aufmerksam, einer von nur zwei Chief Petty Officers auf dem Schiff, die einige Zeit studiert hatten.

Als Chefpolizist des Schiffes war Jackson dafür verantwortlich, die Einhaltung der Vorschriften durchzusetzen und Ordnung und Disziplin aufrechtzuerhalten. Er leitete die Polizeiabteilung, die aus sechs Petty Officers First Class bestand, die zusätzlich zu ihrem Dienst auf dem Schiff Büros im Hafen hatten, wenn sie nicht zur See fuhren. Die Schiffsprofos entsprachen auf dem Schiff einer Teilzeit-Polizeitruppe. Sie unterschieden sich vom Rest der Besatzung durch silberne Abzeichen auf der linken Brusttasche ihrer Hemden. Wenn es auf dem Schiff einen Zwischenfall oder eine Störung im Alltagsbetrieb gab, wurde der Schiffsprofos vom Dienst informiert, und er mußte für Ordnung sorgen. Wenn es sich um ein größeres Problem handelte, wurden alle Schiffspolizisten zum Ort des Geschehens gerufen, auch diejenigen, die eigentlich keine Wache hatten.

Jackson trug das goldene Abzeichen des Schiffsprofos, das symbolisierte, daß er seine Pflichten im Vollzeitdienst erfüllte. Er unterstand direkt dem stellvertretenden Kommandanten im sogenannten Exekutivstab, zusammen mit dem Chefsanitäter, dem Arzt, dessen Stellvertreter, dem Chef der Verwaltung und dem Personalchef. Jackson unterhielt ein kleines Büro am Broadway, der Hauptpassage der *Hood,* das mit einem Schreibtsich, zwei Stühlen, zwei Aktenschränken und einem Safe ausgestattet war, in dem Beweisstücke aufbewahrt wurden. Die meiste Zeit verbrachte er mit der Verfolgung von Bagatelldelikten wie Diebstahl von Brieftaschen, Aufbrüchen von Spinden, Schlägereien, Verstößen gegen das Ausgehverbot und Gehorsamsverweigerung gegenüber ranghöheren Petty Officers – kurz gesagt, mit den typischen Problemen, die es in jeder militärischen Organisation gibt, die den Großteil ihrer Zeit mit Ausbildung und Instandhaltung verbringt.

Jackson beobachtete die Messedecks, als die Männer von der Essensausgabe kamen und an den Tischen Platz nahmen. Es faszinierte ihn stets, wie sie sich gruppierten: die Schwarzen saßen getrennt von den Weißen, die Maschinisten getrennt von den Deckaffen, die Mannschaften getrennt von den Unteroffizieren. Die jüngeren Schwarzen interessierten ihn besonders. In den vergangenen drei Jahren hatte die Navy bedeutsame und offenbar ehrliche Bemühungen unternommen, Rassismus in der Flotte aufzudecken und auszumerzen, indem sie eine Vielzahl von Programmen durchgeführt hatte, um zwischenmenschliche Beziehungen zu fördern und die Führung für das Problem zu sensibilisieren. Jackson war ein Befürworter dieser Programme gewesen.

Es war ihm klar, daß durch die Aufregung um die Bürgerrechte im ganzen Land die Rassen auf den Navyschiffen stark polarisiert waren. Schwarze, besonders die jungen schwarzen Mannschaftsdienstgrade in der Crew, neigten dazu, untereinander zu bleiben, eine Art umgekehrte Diskriminierung, nachdem nun Rassengleichheit zu einer großen Sache geworden war. Junge Schwarze in der Navy spiegelten all die Feindseligkeit wider, von der die Beziehungen zwischen Schwarzen und Weißen ganz allgemein in Amerika geprägt waren, was durch die Bürgerrechtsbewegung noch geschürt wurde, die zunehmend darauf hinwies, daß die Anzahl junger Schwarzer, die in Leichensäcken aus Vietnam zurückkehrten, unverhältnismäßig hoch war. Schwarze Militanz konnte kaum durch militärische Disziplin unter Kontrolle gehalten werden, wie Rassenunruhen an Bord verschiedener Schiffe bewiesen. Ältere Petty Officers und Chiefs, die es gelernt hatten, sich dem System anzupassen, waren so mißtrauisch gegenüber den jüngeren Schwarzen wie sie gegenüber ihren weißen Kollegen waren, denn ihrer Ansicht nach verdarben die jungen Heißsporne die Dinge für jeden, was wiederum zu einer weiteren Isolierung der jungen Schwarzen führte.

Weiße Crewmitglieder waren empört über all das Getue um die Rassengleichheit und wütend, weil sie verpflichtet waren, sich Sensitiviätstraining zu unterziehen, das sie als ›Umarme-und-liebe-die-Nigger‹-Sitzungen bezeichneten. Aber einige erkannten, daß ihr Unbehagen über die Prozedur zum Teil auf der Tatsache beruhte, daß Rassismus lange in der Navy institutionalisiert gewesen war. Jackson erinnerte sich an die Bemerkung eines Lehrers bei einem Sensitivitätstraining in San Diego: Ein Weißer sieht, daß sich sechs weiße Matrosen auf dem Achterdeck versammeln; sie rauchen Marihuana. Ein Weißer sieht sechs Schwarze, die sich auf dem Achterdeck versammeln; sie planen zweifellos einen Rassenkrawall. Er erinnerte sich ebenfalls an die gemurmelten ›Stimmt-genau!‹-Reaktionen im Klassenzimmer, in dem überwiegend Weiße gesessen hatten. Aber er war bitter enttäuscht über viele der jüngeren Schwarzen, deren Vorurteile sie blind für die Aufstiegsmöglichkeiten machten, die ihnen der Militärdienst bot. Zu seinem Ärger benutzten viele junge

Schwarze umgekehrte Rassendiskriminierung als Mittel, um zu sagen »Jetzt wollt ihr uns dabeihaben, und jetzt könnt ihr uns mal.«

Jackson wußte, daß bei den Versammlungen der Heißsporne der Name von Chief Wesley Jackson als Schrein für die Onkel-Tom-Liste diente, zusammen mit dem schwarzen Versorgungsoffizier des Schiffes, Raiford Hatcher, und drei anderen Chief Petty Officers. Er neigte dazu, auf ihre Verachtung mit noch strengerer Disziplin zu reagieren.

Jackson schaute auf seine Armbanduhr. Die Teilzeit-›Sheriffs‹ würden in einer Dreiviertelstunde eintreffen. Er unterdrückte ein Gähnen und entschloß sich, in der Messe zu Abend zu essen. Es war anscheinend ein völlig normaler Abend auf den Messedecks. Obwohl sie in Subic waren, rechnete er mit keinem Ärger, denn die Crew würde nicht an Land gehen. Das Schiff lief laut Plan in zwei Stunden aus. Wesley Jackson preßte die Lippen aufeinander. Je weniger Zeit in Häfen wie Subic, desto weniger Probleme für den Sheriff. Er war bereit, das Schiff in den Golf zu bringen, wieder auf See, wohin Schiffe und Matrosen gehörten.

7

Golf von Tonkin

Die Sitze im Combat Information Center erzitterten unter den Vibrationen durch die Zwillingsschrauben der *Hood*, die mit siebenundzwanzig Knoten fuhr. Brian Holcomb stand vor der Waffen-Kontroll-Konsole in Gefechtskleidung – mit Stahlhelm über seinen Kopfhörern, mit einer Schwimmweste um die Hüften, mit langärmeligem Khakihemd und den Hosenbeinen in die Socken gesteckt. Im CIC war es dunkel, heiß und feucht. Das gesamte Team des

Gefechtsstands war anwesend, und jede Abteilung und jede Konsole war bemannt. Über seine Schulter konnte er den Kapitän auf seinem Sessel mit hoher Rückenlehne sehen, und Austin stand hinter der zentralen Kommandokonsole. Zu seiner Linken neigten sich der Artillerieoffizier und der CIC-Offizier über den Planfeuertisch, während das Unterstützungsfeuerteam die Zielkoordinaten in die Computer eingab.

Brian spürte die Spannung im CIC, während die *Hood* in Formation mit zwei Zerstörern zu ihrem ersten richtigen Kampfeinsatz fuhr. Sie hatten Subic vor zwei Tagen verlassen und Red-Crown-Wache gehalten, als sie mit siebzehn Knoten durch das Südchinesische Meer gefahren waren. Normalerweise wären sie auf Kurs Nordwest zur PIRAZ-Station hinaufgefahren, um den Atomkreuzer *Long Beach* abzulösen. Statt dessen waren sie nach Westen abgewichen, um zu einem gemischten Kampfverband zu stoßen, der aus dem mit Fernlenkgeschossen bewaffneten Zerstörer *Berkeley* und dem mit schweren Geschützen bewaffneten Zerstörer *Hull* bestand. Die *Berkeley* hatte einen Divisionskommandanten an Bord, und die *Hood* unterstand bei der Operation seinem taktischen Kommando.

Brian hatte in den vergangenen beiden Nächten die Sea Dragon-Operation – so hieß der Einsatz – studiert, während er als Auswerter im CIC seine Ausbildungswache gehalten hatte. Der Commander Attack Carrier Task Force 77 (CTF77), Kommandant des gemischten Kampfverbandes, hatte periodisch Gruppen von Zerstörern zur nordvietnamesischen Küste hinaufbefohlen, um Operationen zur Bombardierung der Küste durchführen zu lassen, wo sich die nordvietnamesische Armee oberhalb der sogenannten entmilitarisierten Zone zwischen Nord- und Südvietnam in Reichweite von Marinegeschützen konzentrierte. Die Schiffe formierten sich in der Dunkelheit weit vor der Küste und fuhren dann mit siebenundzwanzig Knoten, für gewöhnlich genau bis zum Sonnenaufgang, drehten sich parallel zum Zielgebiet entlang der Küste und eröffneten das Feuer mit ihren weitreichenden Fünfzollgeschützen auf vorausgeplante Ziele, die zwischen zwölf bis sechzehn Kilometern von der Küste entfernt lagen. Die Angriffe waren nicht unbedingt so treffgenau wie mit Bombern von Flugzeugträgern, aber sie hatten den entscheidenden Vorteil, daß keine Flugzeuge und Piloten ins schwere Verteidigungsfeuer von Truppenkonzentrationen geschickt werden mußten. Die Zerstörer feuerten für gewöhnlich jeweils zweihundert Geschosse ab und fuhren seewärts davon, bevor die nordvietnamesischen Artilleriebatterien zur Küstenverteidigung sich auf das Ziel einschießen und zurückschlagen konnten. Während seiner Einsatzbesprechung hate Austin klargemacht, daß die *Hood*, ein PIRAZ-fähiges Schiff voller empfindlicher Elektroniksysteme, normalerweise niemals bei dieser Art Operation aufs Spiel gesetzt wurde. Die beiden Zerstörer hatten jeweils fünf Geschütze, aber nur drei davon waren einsatzbereit wegen der Ausrüstugsprobleme auf beiden Schiffen. CTF 77 hatte entschieden, die *Hood* mit ihrem einen Geschütz zur Verstärkung des gemischten Kampfverbandes zu schicken.

Die Mission rückte Brian und seine Waffenabteilung direktin den Brennpunkt des Interesses. Er hatte sich mit seinem Artillerieteam in der Nacht zuvor im Waffensystem-Computerraum zwei Decks unterhalb der Wasserlinie getroffen. Zu den Artillerieoffizieren, Ensign John McCarthy und Ensign Jack Folsom hatte sich der erste Geschützoffizier Max Carpenter und der Artillerieeinsatz-Kontrollchef Marty VanHorn in der Enge des Waffensystem-Computerraums gesellt. Zum ersten Mal hatte sich Brian mit dem Artillerieteam nicht zu einer Übung, sondern für den Ernstfall getroffen.

»Okay, Jungs«, begann er. »Dies ist ein bißchen ungewöhnlich für die *Hood*, aber wir haben achtern diese Fünf-Zoll 45er, und die Bosse wollen, daß wir ein paar Kommunisten killen.«

»Paßt mir gar nicht«, sagte VanHorn, ein Mann mit von Wind und Wetter gegerbter Haut und pomadisiertem Haar, der ein Genie im Reparieren des Geschütz-Kontrollsystems des Schiffes sein sollte.

»Wie viele Geschosse?« fragte Chief Carpenter.

»Sie wollen hundertfünfzig von uns«, antwortete Ensign McCarthy. John McCarthy war als ›hübscher Junge‹ bekannt, eine Aufrechterhaltung der Navy-Tradition, Spitznamen zu geben, die das genaue Gegenteil von der Realität waren. McCarthy war die Häßlichkeit in Person, aber Brian hielt ihn für einen zuverlässigen Offizier, der seine Arbeit gewissenhaft erledigte.

Ensign Folsom, der erste Geschützoffizier und praktisch Chief Martinez' Vorgesetzter, war in derselben Woche an Bord gekommen wie Brian. Folsom war Halbstürmer in der Football-Mannschaft des Staates Pennsylvania gewesen. Er war fast so groß wie der Chief, und von den beiden erwartete Brian wenig Probleme in der Ersten Abteilung. Folsom stieß einen Pfiff aus, als er die Zahl der befohlenen Geschosse hörte.

»Taugt dieses Geschütz für hundertfünfzig Geschosse, ohne daß etwas kaputtgeht?« fragte Brian und wandte sich an McCarthy.

»Das bezweifle ich«, mischte sich Chief Carpenter ein. »Sie wissen, wie das ist, Boss. Wir feuern das Ding vielleicht sechs- bis zehnmal pro Jahr ab, jeweils zwanzig Schuß bei Übungen. Dies hier ist der Ernstfall, und man muß ständig mit den Fünfzoll probeschießen, wenn man damit sichergehen will. Und selbst dann kann was passieren. Nehmen Sie nur die *Berkeley* und *Hull*. Die schießen dauernd und haben von fünf Geschützen nur drei intakt und einsatzbereit.«

Brian starrte den Chief an. Es gefiel ihm gar nicht, was er hörte. Dies würde die erste Mission des Schiffes im WESTPAC sein, und es sollte eine Schau der Waffenabteilung werden. Das Eingeständnis des Chiefs, daß das Geschütz einem ständigen Strom von hundertfünfzig

Geschossen nicht gewachsen sein könnte, ohne mechanischen Schaden zu erleiden, war beunruhigend, aber noch schlimmer war die Erkenntnis, daß der Chief vermutlich recht hatte. Chief Carpenter wand sich ein wenig unter Brians Blick. Ensign McCarthy starrte angestrengt zu Boden. Chief VanHorn kam ihnen zu Hilfe.

»Mr. Holcomb, Sie kommen von der Zerstörernavy. Sie wissen, daß geknausert wird. Wir bitten stets darum, mit der Fünfzoll und sogar mit den Dreizöllern zu schießen, aber Mr. Austin will diesen Scheiß nicht hören. Die Abteilungsleiter haben uns gesagt, daß Austin überzeugt ist, die Erschütterung durch das Feuern stört die elektronischen Systeme wie zum Beispiel das Radar oder das NTDS. Sie haben es gespürt – das Geschütz läßt tatsächlich das Schiff erbeben. So sprach er mit dem Captain, und der hat uns abgewiesen. Die *Hood* ist für PIRAZ gedacht, für Radarerfassung und -verfolgung, nicht für das Feuern mit Geschützen.«

»Ist das Geschützsystem voll einsatzbereit, Chief?« fragte Brian in förmlichem Tonfall. VanHorn verstand den indirekten Tadel über seine langatmige Rechtfertigung.

»Jawohl, Sir. Wir haben die Sicherheitschecks durchgeführt, und es ist einsatzbereit. Aber ...«

»Aber?«

VanHorn zögerte, wählte vorsichtig seine Worte. »Nun, Mr. Holcomb, ich kann nicht garantieren, daß es nach den ersten zwanzig oder dreißig Schüssen noch einsatzbereit ist. Die verdammten Dinger haben ihre Mucken. Das weiß jeder.«

Brians Haltung straffte sich. »Nun, Gentlemen, ich habe auch meine Mucken. Ich war auf meinem vorherigen Schiff als Waffenoffizier für drei Fünf-Zoll 45er verantwortlich, und meine Geschütze funktionierten. Fünf Geschosse oder fünfzig. Und wenn wir Ostküstenjungs das geschafft haben, erwarte ich von euch WESTPAC-Veteranen, daß ihr das ebenfalls könnt – im Schlaf. Wenn das Geschütz also streikt, erwarte ich, daß ihr es sofort wieder in Gang bringt, klar? Und denkt daran, wir schießen nicht auf San Clemente Island – diese Jungs ballern zurück, und an ihrer Stelle würde ich das erste Schiff beharken, dessen Geschütz streikt. Und nun, Mr. McCarthy, zur Einsatzbesprechung vor dem Feuern.«

Brian erinnerte sich an die Einsatzbesprechung, während er auf dem Radarschirm beobachtete, wie die Formation Gestalt annahm. Die schimmernde grüne Linie der nordvietnamesischen Küste füllte den nordwestlichen Sektor des Radarschirms aus, während der helle Blip in der Mitte, der die *Hood* darstellte, sich mit der Kolonne von drei Schiffen vereinigte – mit der *Hood* in der Mitte, der *Berkeley* in tausend Metern Entfernung achteraus und der *Hull* an der Spitze tausend Meter vor der *Hood*. Brian fragte sich von neuem, ob er mit seiner kleinen Schimpfkanonade die Männer genügend auf einen Zwischenfall und dessen Behebung vorbereitet hatte. Die Fünf-Zoll 45er waren berüchtigt für elektrische und hydraulische Pannen. Seine Crew hatte nur die Wahrheit gesagt, als sie auf die Möglichkeit eines Versagens mangels regelmäßigen Probeschießens hingewiesen hatte, und er würde diesen Punkt nach der Mission mit dem Kommandanten besprechen müssen. Es stimmte auch, daß das Fünfzollgeschütz durch die Vibrationen beim Abfeuern manchmal Schaden bei den großen Radar-Suchgeräten wie zum Beispiel den dreidimensionalen SPS-48 oder den zweidimensionalen SPS-40 anrichteten. Aber Brian wollte verdammt sein, wenn er seine Dienstzeit als Waffenoffizierdamit begann, daß er sich Ausreden über die Geschütze oder irgendwelche anderen Waffensysteme der Waffenabteilung anhörte. Er blickte zum Kommandanten hinüber, der das Team beobachtete, das per Computer die Luftbilder auswertete und den Kurs absteckte. Der stellvertretende Kommandant, der von der Brücke gekommen war, mit Flakjacke, Stahlhelm und einem Fernglas, das vor seiner Brust hing, sah Brian herüberschauen, zwinkerte ihm zu und grinste ihn an, als wollte er sagen: »Pack sie, Tiger!«

»Kurs abgesteckt!« meldete Lieutenant Gerry Beasely

über die Lautsprecheranlage. Beasely war der CIC-Offizier, der für das Unterstützungsfeuer verantwortlich war. Er kündigte an, daß die in die Computer eingegebenen Daten überprüft worden waren.

»Sehr gut«, sagte Brian. Er blickte hinüber zu Beaseley. Beaseley, der ihn über Kopfhörer hörte, nickte ihm zu. So weit, so gut. Sie spürten, wie das Schiff in der Kolonne auf Position ging und nordöstlichen Kurs nahm. Brian sah vor seinem geistigen Auge das Geschütz auf dem Achterschiff, dessen Lauf automatisch auf die Zielangaben im Norden ausgerichtet wurde, und glaubte die Warnglocke läuten zu hören, die verhindern sollte, daß sich jemand einem feuerbereiten Geschütz näherte.

Nicht, daß das wahrscheinlich wäre. Bei einem gefechtsbereiten Schiff trieb sich besser niemand an Deck herum.

»Waffenkontrolle, Director One.«

Brian meldete sich, als die Stimme von Director One (der Feuerleitungs-Radarstation) in seinem Kopfhörer ertönte: »Kontrolle.«

VanHorn gab die eingestellten Daten durch.

»Wie ist die Auflösung auf dem Schirm?« fragte Brian.

»Glatt wie ein Babyarsch, Kontrolle.«

In diesem Moment meldete sich der verschlüsselte Funk des gemischten Kampfverbandes.

»*Impulse, hier spricht Magnavox. Achtung, Feuerbeginn in drei-null Sekunden. Melden, wenn nicht, ich wiederhole, nicht feuerbereit, over.*«

Der Kommandant drehte sich und schaute zu Brian wie Austin und der Exec. Brian reckte einen Daumen hoch. Keines der beiden anderen Schiffe meldete sich über Funk. Der Exec kehrte zur Brücke zurück, was seine Aufgabe als stellvertretender Kommandant war, wenn sich der Kapitän im CIC aufhielt.

»Kontrolle, Director One. Ich kann die *Berkeley* sehen. Die *Hull* kann ich nicht sehen – sie ist in meinem toten Winkel.«

»Kontrolle, aye.« Brian wünschte, oben achtern in der Radarstation über dem Hubschrauberhangar zu sein. Auf der *Decatur* wäre er auf der Brücke gewesen und hätte seine Waffen in natura sehen können. Er fühlte sich im Combat Information Center unbehaglich und hatte das Gefühl, die Dinge nicht völlig im Griff zu haben. Sein Mund wurde trocken, als er sich fragte, ob das Geschütz einwandfrei funktionierte.

»*Impulse, hier ist Magnavox. Feuer eröffnen. Feuer eröffnen!*«

Der Kommandant gab den Feuerbefehl für die Geschützgruppen.

Brian sprach ins Mikrofon: »Geschützgruppen Feuerbefehl erteilt. Feuer frei!«

Ein seltsam gedämpftes Krachen war zu hören, und es folgte eine Pause, daß Brian der Atem stockte, doch dann war ein stetiges *Bumm, bumm, bumm,* zu hören, das vom Vibrieren des Schiffes begleitet wurde. Brian konnte das gedämpfte Krachen der Geschütze der anderen Schiffe hören, untermalt von begeisterten Rufen einiger Männer, die vor anderen Kontrollschirmen saßen. Er schaltete wieder sein Mikrofon ein.

»Director One, Kontrolle, achten Sie auf irgendwelche Anzeichen auf Gegenfeuer.«

»Director One, aye!« Folsoms Stimme klang schrill und aufgeregt. Brian konnte hören, daß der Wind gegen Folsoms Mikrofon pfiff. Das Knallen im Kopfhörer wurde lauter, als Folsom sein Mikrofon einschaltete. Brian sehnte sich danach, draußen zu sein, wo er sehen konnte, was geschah. Plötzlich hörte er, wie ein allgemeines Aufstöhnen das CIC erfüllte. Zuerst verstand er nicht, was zu bedeuten hatten, doch dann begriff er. Er spürte die Veränderung in den Bewegungen des Schiffes. Die *Hood* wurde langsamer.

»Kontrolle, Director One, ich kann nichts mehr sehen! Schüsse aus dem Hinterhalt. Schwarzer Rauch aus Schornstein eins. Verdammt!« rief Folsom und hustete ins Mikrofon.

»Gehen Sie in die Station und schließen Sie alles, Director One.«

»Director One, aye«, erwiderte Folsom immer noch hustend. Das Geschütz donnerte in beruhigender Gleichmäßigkeit. Der Kapitän neigte sich an die Sprechanlage und sprach mit dem Chefmaschinisten im vier Decks tieferen Maschinen-Kontrollzentrum. Dann meldete sich wieder das Funkgerät.

»*Tango vier, hier ist Magnavox. Stellen Sie die Rauchentwicklung ab! Stellen Sie die Rauchentwicklung ab! Over.*«

Der Kapitän nickte Austin zu, der den Befehl über Funk bestätigte.

»Kontrolle, Feuerleitradar, was, zum Teufel, ist los? Wir haben Stromausfall.«

»Feuerleitradar, Kontrolle, bleiben Sie dran. Es klingt nach einem Kesselproblem.«

»Kontrolle, Director One, die *Berkeley* wird uns in 'ner Minute rammen. Ah, Scheiße, jetzt vernebelt Rauch aus Schornstein zwei alles. Jetzt kann ich überhaupt nichts mehr sehen, Kontrolle!«

Brians Gedanken jagten sich. Das Schiff verlor Antriebskraft und wurde mitten in einer Formation langsamer, die mit siebenundzwanzig Knoten fuhr, und dahinter kam der Zerstörer, der schon so nahe war, daß sein Geschützfeuer schon deutlich über dem Krachen des eigenen Geschützes der *Hood* zu hören war. Der Kapitän und der Einsatzoffizier schrien gleichzeitig auf, und dann kam das befürchtete Geräusch eines allgemeinen Stromausfalls, alle Lichter wurden schwach und gingen aus, und die Belüftungsventilatoren an den Konsolen blieben nach ein paar letzten Umdrehungen stehen. Das Geschütz feuerte nicht mehr, als die Waffenkontrollsysteme keinen Strom mehr bekamen, und jeder im Combat Information Center schien gleichzeitig zu rufen, die Geräte auszuschalten. Brian sah, daß Gerry Beasely seinen Kopfhörer abnahm und mit einem wütenden Fluch auf den Boden warf.

Brian schaltete die Bordverständigungsanlage auf Kurzwelle um.

»Director One, Control.«

Stille. Die gerufenen Befehle im CIC wurden lauter und nahmen dann ab, bis sie ganz verstummten. Ohne Strom waren die sechzig Männer im Combat Information Center nahezu nutzlos.

»Director One, Kontrolle!«

»Kontrolle, hier Feuerleitradar. Wir sind auf dem JC- und JP-Band. Ich hole ihn für Sie rein.«

»Kontrolle, hier ist Director One auf JC.«

»Ja, Jack, okay: Was ist dort los?« Brian spürte, daß die *Hood* schlingerte, während sie langsamer wurde. Das Donnern des Geschützes von einem anderen Schiff war jetzt viel lauter, ein stetiges Krachen, das im CIC deutlich zu hören war.

»Kontrolle, Director One, *Berkeley* ändert den Kurs und kommt an uns backbord vorbei, immer noch feuernd. Ich kann achtern nichts außer verdammtem schwarzen Rauch sehen – wir müssen aussehen, als ob wir in Flammen stehen. Es sieht hinter uns wie ein Raffineriefeuer aus.«

Brian ließ sich fieberhaft das Vorgehen bei Stromausfall durch den Kopf gehen. Er wußte, daß die Notgeneratoren des Schiffes jeden Augenblick anspringen würden.

»Alle Stationen! Jeden unnötigen Stromverbrauch vermeiden, damit die Notdiesel nicht überlastet werden. Feuerleitradar, haben wir ein überhitztes Geschütz? Erwarte Meldung.«

»Feuerleitradar, aye, jawohl, Sir, wir haben praktisch ein überhitztes Geschütz – fünfundsechzig Geschosse in weniger als zwei Minuten. Bleiben Sie dran.« Es folgte lange Stille, dann meldete sich der Chief wieder. »Geschütz gefechtsbereit, kein Problem.«

Brian bestätigte und meldete dem Kapitän die Gefechtsbereitschaft, der geistesabwesend mit hochgerecktem Daumen die Meldung zur Kenntnis nahm, während er dem Chefmaschinisten über die Sprechanlage lauschte.

Benedettis Stimme klang hysterisch. Sie wurde fast vom Schreien von Maschinisten und dem Zischen von Dampf im Hintergrund übertönt.

Brian atmete tief durch und wischte sich mit der Hand übers Gesicht. Nach dem Ausfall der Klimaanlage stieg die Temperatur im CIC bereits an. Fünfundsechzig Geschosse. Nicht ganz schlecht, wie man hier in der Siebten Flotte sagte. Aber auch keine hundertfünfzig. Er fragte sich flüchtig, ob ihn der Stromausfall vor der Blamage einer Panne mit dem Geschütz bewahrt hatte. Das werden wir niemals erfahren, sagte ihm eine innere Stimme. Er fühlte sich erleichtert und schuldig zugleich.

Das Schiff rollte jetzt stärker. Das einzige Licht im CIC kam von den batteriebetriebenen Gefechtslampen an den Schotten. Männer vor den Kontrollkonsolen legten ihre Sicherheitsgurte an und sprachen leise miteinander. Das Krachen der Geschütze der *Berkeley* entfernte sich, als das Schiff die *Hood* mit siebenundzwanzig Knoten überholte, die dann in ihrem Kielwasser schlingerte. Der Kapitän verließ das heiße, dunkle Combat Information Center und ging auf die Brücke. Brian wischte sich mit dem Handrücken über den Mund, als er irgendwo von achtern eine Schnellfeuersalve hörte. Jeder im CIC hörte sie ebenfalls. Keiner hatte dieses Geräusch je zuvor gehört. Dennoch wußte jeder, was es bedeutete.

»Kontrolle, Director One! Gegenangriff! Gegenangriff!« schrillte Ensign Folsoms Stimme über Kurzwelle. Backbord achtern, dreihundert Meter! Genau am Rand des Rauchs.«

Brian wußte, daß das Schiff ohne Strom hilflos war und erst zurückfeuern konnte, wenn es wieder mit Strom versorgt wurde.

»Sie könnten sich ebensogut zurücklehnen und den Gegenangriff genießen, Director One. Scheiße, aber wir können nichts dagegen tun«, ertönte Chief VanHorns Stimme.

»Wir müssen auf Gegenkurs gehen und in unserem eigenen Rauch verschwinden«, rief Folsom.

»GEGENANGRIFF, GEGENANGRIFF!« ertönte es aus der allgemeinen Sprechanlage, als ob niemand wüßte, daß das Schiff unter Beschuß war. »ALLE MANN AN DECK! DECKUNG NEHMEN, IM SCHNELLSCHRITT!«

Die Stimme klang für Brian wie die des stellvertretenden Kommandanten. Er bezweifelte, daß jemandem an Deck befohlen werden mußte, Deckung zu nehmen. Die *Hood* rollte jetzt wirklich. Da sie praktisch keine Fahrt mehr machte, wurde sie zum Spielball für Wind und See. Brian fühlte sich völlig nutzlos, aber er konnte seinen Posten nicht verlassen. Von den Geschützen der anderen Zerstörer war nichts mehr zu hören. Der Gepräuschpegel im Combat Information Center war praktisch null. Die Männer tauschten besorgt Blicke und warteten, was geschehen würde. Brian wußte, daß das Schiff zwei Notgeneratoren hatte, aber nach den Geräuschen unten in der Hauptkontrollstation für die Maschinen zu urteilen, war es unwahrscheinlich, daß die Maschinisten die Dinge schon im Griff hatten. Seine Gedanken wurden von einem Geräusch unterbrochen, das klang, als würde über dem Schiff eine gewaltige Segeltuchplane zerrissen. Es folgten zwei dumpfe Schläge, die deutlich viel näher als die ersten beiden klangen.

»Kontrolle, Director One, die sind verdammt nahe!«

»Wenigstens treffen sie nur Wasser«, ertönte die ruhige Stimme des Chiefs. »Wenn sie richtig treffen, blüht euch Touristen eine interessante Scheiße.«

»Das können Sie leicht sagen, Chief. Sie sind unterhalb der Wasserlinie.«

Brian schaltete sich ein. »Halten Sie den Kopf unten, Jack. Ich bin überzeugt, daß die Maschinisten sich den Arsch aufreißen, um Dampf auf die Kessel zu bekommen. Diese Jungs können den Beschuß ebenfalls hören, wissen Sie?«

»Director One, aye.«

Das Geräusch von reißendem Segeltuch war wieder zu hören, und jeder spannte sich an, versuchte in seinem Sitz zu versinken. Von neuem war es eine Sekunde lang totenstill, und dann folgte ein einziger dumpfer Schlag. Als jeder aufatmete, gab es einen lauten Knall an der Backbordseite, dem ein Prasseln folgte, das sich anhörte, als klatsche Hagel gegen die Schotts auf der Backbordseite des CIC. Eine Leuchtstofflampe explodierte an der Decke über dem Mittelgang, und ein Radarman Third Class namens Festerman preßte seine rechte Hand auf die linke.

»Scheiße!« heulte er und starrte auf die Hand. Blut quoll zwischen seinen Fingern hervor. Einige Männer sprangen auf, um Festerman zu helfen, der im Schock weiterhin auf seine blutige Hand starrte.

»Director One, haben Sie das mitbekommen?« fragte Brian und preßte die Lippen aufeinander, als ihm klar wurde, daß feindliches Schrapnell das Schott des CIC durchschlagen hatte.

»Sieht aus, als hätte die Farbe an der Wand der Station ein paar Kratzer abbekommen, aber wir sind alle okay. Sie sollten das Muster der Einschläge sehen. Die verschießen kein kleines Zeug.«

Während die Hand des Radarman verbunden wurde, meldete Austin mit bleichem Gesicht einen Verletzten im CIC und mögliche Beschädigung von Ausrüstung durch Schrapnell. Das Schiff rollte jetzt stark, und es war schwierig, sich auf den Beinen zu halten. Brian fühlte sich wie ein Fisch auf dem Trockenen, als er im dunklen und nutzlosen Combat Information Center herumstand, während die bösen Jungs das Schiff mit schwerer Artillerie bepfefferten. Er entschloß sich, zur Brücke zu gehen. Er übergab den Kopfhörer Chief Iverson, dem Radarchef für die Fernlenkgeschosse.

»Ich gehe zur Brücke, Chief. Sie übernehmen.«

»Aye, Sir. Halten Sie den Kopf unten.«

Brian öffnete die Tür des CIC, trat in die kleine Vorhalle beim Kartenraum des Navigators und durch eine andere Tür hinaus in den morgendlichen Sonnenschein. Er blinzelte gegen die gleißende Helligkeit an und sah den Kapitän und den stellvertretenden Kommandanten auf dem Backbordflügel der Brücke stehen. Sie schauten durch Ferngläser. Der Kapitän trug jetzt Stahlhelm und Flakjacke. Die Ausgucke im Ruderhaus waren vom Rest des Brückenteams besetzt. Jeder wollte anscheinend an der Steuerbordseite stehen, schaffte es jedoch nicht. Brian sah, daß die *Berkeley* und die *Hull* ungefähr anderthalb Kilometer vor dem Bug der *Hood* abdrehten. Sie fuhren mit hoher Geschwindigkeit durch die glitzernde graue See und versuchten, zwischen der *Hood* und den Schützen auf dem Strand hindurchzukommen.

Brian trat zum Kapitän und dessen Stellvertreter, als er das reißende Geräusch zweier weiterer Granaten hörte. Er verharrte abrupt. Diesmal wurde er Augenzeuge, wie ein Geschoß unter Wasser vor dem Bug explodierte, bevor eine Fontäne aus Wasser und Rauch hoch in die Luft schoß. Er hielt Ausschau nach dem Einschlag des zweiten Geschosses, als etwas wie der Schlag eines gigantischen Hammers mit ohrenbetäubendem Knall auf das Dach des Ruderhauses schlug. Sekunden später stieg ungefähr hundert Meter von der Steuerbordseite des Schiffes entfernt eine weitere Wasserfontäne empor. Zerplatzende Glühbirnen, ein Lautsprecher und eine Wolke von Staub regneten herab, während die Männer auf der Brücke ihre Stahlhelme festhielten und Trümmer durch die Luft flogen. Brian erkannte, daß die Granate vom Deck der Kommandobrücke abgeprallt und als Querschläger zur Steuerbordseite geflogen war. Er starrte, von Staub und Farbpartikeln bedeckt, durch eine Wolke von Korditrauch zu dem Kapitän, der hastig etwas zu seinem Stellvertreter sagte, dann durch das Ruderhaus zu seinem Sitz eilte und den Maschinenkontrollraum rief. Die Trümmer, von denen der Boden des Ruderhauses übersät war, begannen hin und her zu rutschen, als das Schiff wieder schlingerte. Der stellvertretende Kommandant kam ins Ruderhaus und lächelte Brian freudlos an.

»Wilkommen im WESTPAC. Mr. Holcomb. Ich wette, diesen Scheiß haben Sie bei der NATO nicht erlebt, oder?«

»Jawohl, Sir, so etwas habe ich da nicht erlebt.«

Der Exec trat näher. »Haben Sie den Gefechtsstand aus irgendeinem Grund verlassen, Brian, oder wurden Sie einfach dort ein bißchen nervös?« Er stellte die Frage leise, damit die Unteroffiziere sie nicht hören konnten.

Brian spürte, wie ihm das Blut in die Wangen schoß. »Äh, ja, Sir, ich bin herausgekommen, um ... äh ...«

»Ja, okay. Sie sind es nicht gewohnt, alles im CIC zu tun. Aber vielleicht sollten Sie dorthin zurückkehren. Wir bekommen wieder Strom, und der Captain will, daß wir wenigstens noch ein paar Salven zum Schein feuern, bevor wir uns aus diesem Fiasko fortstehlen, okay?«

»Jawohl, Sir, sofort.«

»Gut.«

Brian, immer noch mit rotem Kopf, wartete, bis das Schiff nach starkem Schlingern wieder ruhiger lag. Dann kehrte er in das CIC zurück, während der Rauchschleier von den beiden Zerstörern die Fenster an der Backbordseite der Brücke einhüllte und die Sicht auf die Sonne nahm. Das Donnern der Geschütze der *Hull* folgte ihm auf dem Weg durch die Tür in die Vorhalle des CIC. Als er das Combat Information Center betrat, prallte er fast gegen Austin. Die *Berkeley* hatte aus irgendeinem Grund das Feuer eingestellt, erklärte Austin.

»Die Maschinisten sagen, sie haben in zwei Minuten den defekten Kessel einsatzbereit«, sagte Austin. »Ich brauche eine Statusmeldung für die Kampfsysteme, besonders die Meldung des Luftsuchradars achtundvierzig.«

Brian nickte und ging zur Waffenkontrollabteilung. Als er sich an einem Pfosten stützte, weil das Schiff wieder stark rollte, drehte sich Chief Iverson auf seinem Sitz vor der Konsole um.

»Gute Nachrichten, Mr. Holcomb. Die Radarjungs sagen, sie haben das Computersystem für das Geschütz überprüft – sie hatten Sorge wegen der Vibrationen. Aber es ist alles in Ordnung. Keine Schäden durch den Stromausfall.«

»Sehr gute Nachrichten, Chief. Was ist mit dem System der Fernlenkwaffen?«

»Kein Status, bis sie wieder Saft haben, Boss. Der wird offenbar schnell wieder da sein.«

Wie um Iversons Worte zu bestätigen, ging das Ventilatorsystem im Schiff an, und die unnatürliche Stille im Combat Information Center hörte auf. An der Decke flackerten die Leuchtstofflampen an, und das Piepen der Alarmanzeigen der Konsolen war zu hören. Austin kam in das CIC, als die *Hood* unter dem Dröhnen der Schiffsschrauben erbebte.

»Jeder überprüft sein System und meldet mir elektronische Ausfälle. Radar, wir brauchen einen Kurs fort von der Küste.«

Die Männer an den Radarschirmen nannten den Kurs, und Austin gab ihn an die Brücke durch.

Das Schiff ging bereits auf Kurs Südosten, als zwei weitere Geschosse heranpfiffen, jedoch das Schiff, das hinter dem Rauch der Zerstörer verborgen war, weit verfehlten. Brian fand den Beschuß nun weniger bedrohlich, weil das Schiff jetzt mobil war und wieder Strom für die Systeme hatte. Chief Iverson zupfte ihn am Ärmel.

»Das Geschützsystem ist intakt. Wir sollten auf den Strand ausrichten und ein paar Salven streuen.«

»Aber wir haben kein Ziel.«

»Jawohl, Sir, das weiß ich. Aber diese Zerstörer konnten wirklich ebenfalls nichts sehen, als sie von ihren eingestellten Zielen im Inland abwichen. Sie bepfefferten einen Bereich von tausend Metern Küstenlinie und hofften, die feindlichen Schützen dort irgendwo zu erwischen. Ich meine, was soll's, jeder würde sich gut fühlen, wenn wir noch ein bißchen ballern …«

Die Zerstörer befanden sich jetzt irgendwo achtern von der *Hood*, aber auf der anderen Seite der schwarzen

Rauchwolke, die sie verursacht hatten. Das Geschütz der *Hood* befand sich achtern. So konnte das Schiff feuern und dennoch von der Küste wegfahren. Brian grinste den Chief an.

»Okay, Chief, ich frage Austin, ob er mitspielt.«

Brian ging zu Austin, der mit dem Kapitän telefonierte. Das Schiff lag jetzt ruhiger auf Südostkurs und gewann an Geschwindigkeit. Brian wartete, bis Austin sein Gespräch unterbrach, und trug dann sein Anliegen vor. Austin gab es an den Kapitän weiter, hörte kurz dessen Antwort, nickte und hängte den Hörer ein.

»Der Captain sagt nein. Wir haben kein Überwasser-Suchradar einsatzbereit, und wir können die beiden Zerstörer durch den Rauch nicht sehen. Wir wollen nicht durch Zufall eines unserer eigenen Schiffe treffen.«

»Okay, daran hätte ich denken sollen«, sagte Brian. Sie wurden unterbrochen durch den Funk.

»*Tango vier, hier Magnavox. Erbitte Meldung, wann Stromversorgung wiederhergestellt ist und ob Sie einen Sanitätsoffizier an Bord haben. Over.*«

Austin tippte Chief Warrant Officer Garuda Barry auf die Schulter. Barry saß vor der Waffen-Koordinations-Konsole, genannt SWIC. Barry stellte die Funkfrequenz ein.

»Magnavox, hier Tango vier. Antriebskraft wiederhergestellt. Wir sind auf Kurs Südost. Sanitätsoffizier an Bord. Over.«

»*Tango vier, hier Magnavox. Erbitte, daß Sie längsseits zu Tango drei fahren, sobald wir außer Schußweite der Küste sind, um Sanitätsteam von Tango drei aufzunehmen. Empfehle Bootstransfer, da Tango drei kein Helo-Deck hat. Über zwölf Verluste. Over.*«

»Mein Gott, die muß es aber erwischt haben!« sagte einer der Männer der Luftbeobachtung. Jetzt wußte Brian, warum die *Berkeley* das Feuer eingestellt hatte. Die Nachricht breitete sich im CIC aus, während Austin dem Kapitän die Nachricht telefonisch meldete. Brian machte sich klar, daß ein Bootstransfer zum Aufgabenbereich der

Waffenabteilung zählte. Er ging schnell zur Waffenkontrollabteilung und nahm Chief Iversons Kopfhörer.

»Director One, Kontrolle. Jack, wir müssen mit einem Boot zur *Berkeley* übersetzen. Sie hat offenbar eine Salve abbekommen, und es gibt mehrere Verluste.«

»Sind wir mit dem Schießen fertig, Sir?«

»Ja. Sobald wir außer Schußweite vom Strand sind, setzen wir mit dem Boot über. Die Brücke wird in einer Minute befehlen, die Docs und Bootsbesatzung zusammenzustellen. Lassen Sie die Telefone zu Ihrem Operator durchstellen, und nehmen Sie die Befehle entgegen.«

»Aye, aye, Sir.«

Brian gab Chief Iverson den Kopfhörer zurück.

»Chief, ich gehe zu den Bootdecks. Sie übernehmen die Waffenkontrolle und melden Mr. Austin einen Status der Systeme, sobald alle Stationen ihre Meldung durchgegeben haben.«

Brian verließ das Combat Information Center, als über das 1MC, das allgemeine Lautsprechersystem, die Vorbereitung über einen Bootstransfer zur *Berkeley* angekündigt wurde. Eine halbe Stunde später saß Brian in einer orangefarbenen Schwimmweste zusammengedrängt mit dem Sanitätsoffizier der *Hood*, mit dem Chefsanitäter und dessen Stellvertreter, drei Metallkisten mit Medikamenten und der dreiköpfigen Besatzung im Boot. Brian spähte durch salzige Gischt, als sie sich mit dem Rettungsboot der *Hood* der Steuerbordseite des Zerstörers *Berkeley* näherten. Die See war unruhig, und es schwappte viel Wasser in das schwerbeladene Boot. Brian, gewohnt an den kalten Atlantik, stellte überrascht fest, wie warm der Pazifik war. Der Sanitätsoffizier hing über der Seite des Boots, das wie eine Nußschale auf den Wellen tanzte. Nach seiner grünlichen Gesichtsfarbe zu schließen, war er kein Seemann. Brian schaute fort, als der Arzt die Fische fütterte.

Normalerweise hätte der Erste Offizier das Kommando über das Boot gehabt, aber in letzter Minute hatte der Kapitän ihn in die Offiziersmesse befohlen, um bei dem

Bericht nach dem Einsatz zu helfen. Der stellvertretende Kommandant hatte Brian befohlen, als Bootsoffizier mitzufahren. Die Stahlseiten der *Berkeley* ragten über ihnen auf, als sie längsseits anlegten. Aus der Ferne hatte Brian keine sichtbaren Anzeichen auf Beschädigungen des Zerstörers gesehen. Jetzt bemerkte er jedoch die rauchgeschwärzten Stellen um die Luke des Deckhauses und ein tellergroßes schwarzes Loch im Schott. Einige Löschschläuche führten in die geschwärzte Luke, und einer der Entlüfter spuckte noch schmutzigen Dampf aus. Einige der Männer rund ums Deckhaus trugen Sauerstoffmasken, genannt OBAS. Jetzt konnte Brian nasse Stapel von verbranntem Isoliermaterial zu beiden Seiten der Luke sehen.

Eine Crew von Matrosen wartete oben an der Leiter, als das Boot anlegte. Es dauerte drei Minuten, bis das Boot festgemacht war, und dann stiegen der Arzt und sein Team von Sanitätern die Leiter hinauf, gefolgt von Brian. An Deck wurden die Helfer von einem Lieutenant Commander mit grauem Gesicht begrüßt, dessen Khakiuniform mit dunkelbraunen Flecken bedeckt war. Ohne ein Wort ergriff er den käsegesichtigen Arzt am Arm und führte ihn zum Hauptdeck hinauf und auf die Offiziersmesse zu. Die beiden Sanitäter folgten, während die Matrosen eine Kette bis zum Boot bildeten und die Medikamente ausluden. Brian sprach mit einem entsetzt aussehenden Ensign, der an der Rettungsleine auf Posten stand.

»Was war hier los, Mister?«

Der Leutnant zur See, dessen bleiches Gesicht von Tränen überströmt war, wie Brian jetzt sah, hörte ihn anscheinend gar nicht. Ein Chief, der ein paar Schritte entfernt stand, starrte Holcomb wütend an. Brian ging zur anderen Seite des Achterdecks, wo der Gestank nach Rauch, versengtem Isoliermaterial und verbranntem Fleisch plötzlich übelkeiterregend stark war. Brian bemerkte, daß die Mündung des Fünfzollgeschützes der *Berkeley* schwarz war und noch vom Feuern glühte. Er mußte sich einen

Weg durch einen Haufen von Geschoßhülsen bahnen, die hin und her kollerten, als das Schiff schlingerte. Mehrere benommen ausehende Männer standen achtern herum.

Ein Lieutenant, der am Fuß der Abschußvorrichtung für die Fernlenkgeschosse hockte, schaute zu Brian. Die Khakiuniform des Lieutenants war zerfetzt, von Salzwasser getränkt und voller Blutflecken, und sein Gesicht war von Rauch geschwärzt. Er stützte den Kopf in die Hände und starrte aufs Deck. Brian sprach den Chief an, der ihn weiterhin anstarrte.

»Ich bin der Waffenoffizier der *Hood*, Chief. Was war hier los?«

Der Chief räusperte sich und spuckte zur Seite hin aus. Seine Augen waren blutunterlaufen, und seine Khakiuniform war von Schweiß und Löschwasser getränkt. Auf seiner Gesichtshaut waren die Abdrücke der Sauerstoffmaske zu sehen. Er sprach mit gepreßter Stimme, die vor unterdrücktem Zorn bebte.

»Als die verdammte *Hood* ausfiel, mußten wir wenden und zurückfahren, um einen Rauchschirm zu legen. Das verschaffte der verdammten NVA eine zweite Chance, sich auf uns einzuschießen. Als wir euch passierten, haben uns die Scheißer mit einer Hundertdreißigmillimeter in Instandsetzung drei erwischt, dort hinten beim Postbüro. Wir hatten ein volles Schadenkontrollteam in Instandsetzung drei postiert, und die Salve traf mitten hinein. Neun Tote und drei Schwerverletzte sind in der Offiziersmesse.«

»Mein Gott!«

»Ja, mein Gott. Wir waren okay, bevor eure verdammten Maschinen ausfielen.« Er starrte Brian wieder zornig an. Dann wurde ihm anscheinend klar, daß er zu weit gegangen war. Er atmete tief durch und setzte zu einer Entschuldigung an, aber Brian ließ ihn nicht zu Wort kommen. Die Besatzung der *Berkeley* hatte jedes Recht, sauer zu sein.

»Es tut mir leid, Chief. Wir haben das bestimmt nicht absichtlich gemacht, und wir wurden ebenfalls getroffen.

Aber nicht so schwer.« Brian stieg das Blut in die Wangen, als er im Geiste Fentermans Handverletzung mit dem Tod und der Zerstörung auf der *Berkeley* verglich. Der Chief nickte schweigend. Dann schaute der Lieutenant, der auf dem Deck hockte, plötzlich auf.

»Sie sind von der *Hood*?«

»Stimmt. Es tut mir sehr leid ...«

»Scheiß darauf. Gehen Sie in die Offiziersmesse und sehen Sie sich an, was passiert, wenn ein Schiff in einem Gefecht nicht seinen Platz in der Formation behalten kann. Los, los, schauen Sie sich das an. Sehen Sie sich an, was ihr Hurensöhne angerichtet habt.«

Brian setzte zu ener Erwiderung an, doch dann wurde ihm klar, daß alle, die sich auf dem Deck aufhielten, ihn anstarrten. Nur das Pfeifen des Windes in den Rettungsleinen, das Tuckern des Motors des Rettungsbootes von der *Hood* und das leise Klirren von herumkollernden Geschoßhülsen waren zu hören.

»Nur zu, Mister. Wenn Sie nicht wissen, wo die Messe ist, folgen Sie einfach der Blutspur.«

Brian sah den Gesichtern der Männer an, daß es besser war, wenn er verschwand. Widerstrebend wandte er sich ab und ging zum Hauptdeck. Mehrere erschöpft aussehende Männer wankten an ihm vorbei und ignorierten ihn. Der Grundriß der *Berkeley* ähnelte sehr dem seines letzten Schiffes, der *Decatur*, und er wußte, wo die Offiziersmesse war. Er wußte ebenfalls, daß in einem Zerstörer die Offiziersmesse zugleich als Hauptsanitätswache diente, da das Krankenrevier auf einem Zerstörer nur aus einem einzigen kleinen Raum bestand. ›Folgen Sie der Blutspur‹, hatte der Lieutenant gesagt, und tatsächlich führte eine rote glänzende Spur auf dem grauen, rutschsicheren Bodenbelag zur Steuerbordseite. Brian verharrte vor der offenen Luke, atmete tief durch und kämpfte gegen das flaue Gefühl im Magen an. Er trat durch die Luke und ging nach rechts in den engen Durchgang zur Offiziersmesse. Zwei Männer, die zusammengesunken am

Schott am anderen Ende des Durchgangs lehnten, schauten ihn an und dann auf den Boden. Die Linoleumplatten in dem Durchgang fühlten sich glitschig unter seinen Schuhen an.

Die Tür zur Offiziersmesse war geschlossen, aber er konnte hektische Aktivität dahinter hören. In der Tür befand sich ein rundes verglastes Guckloch. Brian spähte hindurch, und sein Magen verkrampfte sich. Überall Blut – an der Decke, an jedem Schott, auf jedem Stuhl und Möbelstück in der Offiziersmesse. Auf dem, was normalerweise der Tisch war, an dem vierzehn Offiziere aßen, lagen die Leichen von zwei fast nackten Männern, die buchstäblich in Stücke zerfetzt waren. Der Mann, der am nächsten zur Tür lag, hatte unterhalb der Knie keine Beine mehr. Aus seiner Brust schoß hellrotes Blut empor und fiel wie ein schauriger Regen auf den Tisch zurück. Dem Mann, der jenseits von ihm lag, fehlte der obere Teil des Kopfes, und Brian konnte glänzende graue Gehirnmasse aus dem gebrochenen Schädel quellen sehen. Der dritte Mann lag reglos da. Ein faustgroßes Loch war in seinem Bauch, und seine Haut war weiß mit Ausnahme der Stellen, auf die das Blut des ersten Mannes gespritzt war. Der Arzt und beide Sanitäter der *Hood* und die beiden Sanitäter der Berkley waren blutbesudelt, und sie versuchten, die Fontäne aus der Arterie zu stoppen. Brian starrte in zunehmenden Schock, bis das Guckloch in der Tür plötzlich mit Blut bespritzt wurde. Er zuckte zurück. Blut sickerte unter der Tür hervor und bildete eine Lache unter seinen Schuhen. Brian wich von der Tür fort und stürzte mit einem erstickten Aufschrei durch die Passage, rannte an den beiden erschreckten Matrosen vorbei zur Backbordseite und erbrach sich über der Reling. Als die Magenkrämpfe und die Übelkeit nachließen, richtete er sich auf und atmete ein paarmal tief durch. Er fragte sich, warum es so dunkel war, bis ihm klar wurde, daß er die Augen fest geschlossen hatte. Er öffnete die Augen, und als er sich umwandte, sah er schwarze Leichensäcke zu seiner Rechten. Ein Chief Petty Officer stand bei den Leichensäcken. Seine Sauerstoffmaske hing an seiner Hüfte, und er hielt einen roten Feuerwehrhelm in den Händen.

»Wer sind Sie, Lieutenant?« fragte er.

»Ich kam mit der ... äh ... der Bootsbesatzung. Wir haben den Arzt gebracht.« Brian war so verlegen, daß er den Namen *Hood* nicht über die Lippen brachte. Der Chief Petty Officer nickte nur schweigend und nahm seine Totenwache wieder auf. Immer wieder drehte er den Feuerwehrhelm in den Händen, während er auf die nassen Leichensäcke hinabblickte. Brian wischte sich das Gesicht mit dem Taschentuch ab, holte tief Luft und ging durch die Passage zur Steuerbordseite und dann zurück zum Achterdeck. Sein Magen rebellierte noch immer, und vor seinem geistigen Auge sah er die Schlachthausszene in der Offiziersmesse. Er bemerkte, daß die Bootsbesatzung der *Hood* ihn aus dem fünfzig Meter entfernten auf und ab wippenden Boot anschaute, und gab dem Bootsführer ein knappes Handzeichen, längsseits anzulegen. Als er die Leiter hinabgestiegen war, hatte das Boot fast angelegt. Brian ignorierte das feindselige Starren der Besatzungsmitglieder der *Berkeley* und sprang in das Boot.

»Ablegen, Bootsführer. Zurück zum Schiff. Sofort!« befahl er. Die Besatzung legte sich ins Zeug, nachdem sie seine Miene gesehen hatte, und das Rettungsboot röhrte davon in einer Wolke von Abgasen, auf die graue *Hood* zu, die etwa achthundert Meter entfernt wartete. Brian saß steif im Bug, starrte ins Leere und nahm nichts von der salzigen Gischt wahr, die ihn durchnäßte.

8

Brian stieg aus dem Motorboot und durch die Rettungsleinen, als das Boot an Deck der *Hood* gehievt worden war. Chief Martinez stand an der Reling.

»Ungemütliche Fahrt, Boss?« fragte Martinez und musterte Brians bleiches Gesicht.

»Ich habe drüben Schlimmes gesehen. Ich werde es später erzählen.«

Brian entledigte sich seiner Schwimmweste und machte sich auf den Weg zur Offiziersmesse. Er brauchte Kaffee, um den üblen Geschmack aus dem Mund zu spülen. Erschrocken sprang er zur Seite, als ein gewaltiger Dampfstrahl aus dem vorderen Schornstein schoß, bevor er sich zehn Sekunden später in feuchten weißen Sprühregen niederschlug. Die Maschinisten arbeiteten wohl an den Sicherheitsventilen der Kessel. Als er in der Offiziersmesse eintraf, traf er verschiedene der CIC-Offiziere, Chiefs und Petty Officers an, die sich um den Tisch der Unteroffiziere versammelt hatten und an Karten und Computerlisten arbeiteten. Brian ging geradenwegs zur Kaffeekanne und versuchte, das Zittern seiner Hände zu verbergen, doch Jack Folsom sprang auf und fing ihn ab.

»Der Captain hält eine Konferenz mit den Abteilungsleitern in seiner Kabine ab. Sie sollen bei Ihrer Rückkehr dorthin kommen. Oh, Sie sehen gar nicht gut aus, Mr. Holcomb.«

»Nach dem, was ich auf der *Berkeley* gesehen habe, fühle ich mich auch nicht sehr gut, Jack«, erwiderte Brian und gab viel Zucker in den schwarzen Kaffee. Die übrigen Männer in der Offiziersmesse verstummten. Brian rührte ein paar Sekunden lang seinen Kaffee um und beschrieb dann, was er auf der *Berkeley* gesehen hatte. Als er zu Ende berichtet hatte, herrschte eine Zeitlang Totenstille, und dann begannen alle gleichzeitig zu sprechen. Brian verließ die aufgeregt durcheinander redenden

Männer und machte sich auf den Weg zur Kapitänskabine.

Er verharrte bei seiner Kabine, die zwei Türen von der Kapitänskabine entfernt war. Brian und der Einsatzoffizier hatten benachbarte Einzelkabinen mit einem gemeinsamen Badezimmer. Er lächelte grimmig über die Bezeichnung Zimmer. Die Kabinen waren zwei Komma sechs mal zwei Komma drei Meter klein, und jede war mit einem Etagenbett, Waschbecken und zwei im Schott eingebauten Schreibtischen eingerichtet. Obwohl jede Kabine für zwei Offiziere ausgestattet war, bestand der Luxus darin, die Kabine mit keinem teilen zu müssen. Nur der Kommandant, sein Stellvertreter und die drei Abteilungsleiter hatten eine Kabine für sich allein; jeder sonst teilte die Kabine mit jemandem. Brian wusch sich das Gesicht, spülte seinen Mund aus, zog ein frisches Uniformhemd an und machte dann einen halbherzigen Versuch, sein wirr abstehendes Haar zu kämmen.

Bei dem Versuch, die Vision von der Hölle zu verbannen, die er vorhin gesehen hatte, schaute sich Brian in der Kabine um, und sein Blick fiel auf das Foto seiner Frau auf dem Schreibtisch. Maddy. Die Fülle von blondem Haar rahmte ihr lächelndes Gesicht ein. Brian hatte plötzlich das Verlangen, die anderen Fotos aus dem Schreibtisch zu nehmen, Maddy am Stand, sie beide am Wochenede in San Francisco, Szenen der Normalität, die vielleicht halfen, den schrecklichen blutigen Anblick auszulöschen. Er fragte sich, wo Maddy war und was sie in diesem Augenblick tat. Es würde keine Post geben, bis sie auf der PIRAZ-Station Red Crown waren. Er würde heute abend einen Brief an Maddy schreiben, ihr berichten, was geschehen war und was er auf der *Berkeley* gesehen hatte. Nein, besser nicht. So etwas versetzte die Frauen in Angst und Schrecken. Aber er mußte jemanden davon erzählen, nicht so sehr, was er gesehen hatte, sondern wie er darauf reagiert hatte – mit Abscheu, Furcht und Übelkeit. Marineoffiziere sollten eigentlich härter sein. Aber er konnte es

Maddy sagen – vielleicht. Er atmete tief durch. Es war an der Zeit, sich beim Kapitän zu melden.

Brian verließ seine Kabine und ging durch die schmale Passage zwischen dem Stabsbüro und der Anrichtekammer des Kapitäns. Er klopfte an die Tür der Kapitänskabine und trat ein. Die Kapitänskabine bestand aus Wohn-, Schlaf- und Badezimmer. Das Wohnzimmer, ungefähr sieben Quadratmeter groß, diente zugleich als Büro und Empfangszimmer des Kapitäns. Der Raum war mit Teppichboden augelegt und mit einer Couch, zwei Polstersesseln und einem runden Eßtisch möbliert. Eine Reihe von Bullaugen befanden sich im vorderen Schott, die auf das Vorderdeck hinausschauten. Das Ruderhaus stand direkt oberhalb davon.

Austin und Benedetti saßen am Tisch. Der Kapitän saß in seinem Schreibtischsessel mit dem Rücken zum Schreibtisch und telefonierte. In der Kabine war es kühl, und der Kapitän trug über seiner Khakiuniform einen braunen zivilen Pullover, seine übliche Aufmachung auf See. Der Kapitän sagte »Sehr gut« und hängte den Hörer ein.

»Die Da Nang Helos sind auf dem Weg zu uns. Wir sollen uns in Bereitschaft halten, um der *Berkeley* ein Hubschrauberdeck für den Transport von Verlusten zur Verfügung zu stellen. Brian, nehmen Sie bitte Platz. Wie ist die Lage dort drüben?«

Brian nahm den vierten Platz an dem runden Tisch ein. »Sir, es gibt ungefähr zwölf Verluste. Nach dem, was ich gesehen habe, sind alle entweder tot oder kurz davor.«

»Allmächtiger!« stieß der stellvertretende Kommandant hervor. »*Alle?*«

»Jawohl, Sir. Ich sah sieben oder acht Leichensäcke an Deck, und in der Offiziersmesse –«, er schluckte hart, als er an den blutigen Anblick dachte, »– in der Offiziersmesse war ... Blut ... überall Blut. Ein Mann war zum Teil enthauptet; ein anderer hatte keine Beine mehr. Und der dritte war ... er war ...«

»Okay, Brian«, sagte der Kapitän. »Wir haben kapiert.

Ihr Kommandant hat mir gesagt, daß sie eine Hundertdreißigmillimetersalve mitten in ein Schadenkontrollteam abbekommen haben. Wie groß ist die Beschädigung des Schiffes?«

»Sir, die Instandsetzungsabteilung drei beim Postbüro wurde getroffen. Ich war nicht dort, aber das Feuer ist anscheinend gelöscht. Außer Rauch ist nichts zu sehen. Die Leute, die ich sah, waren erschöpft.« Und äußerst unfreundlich, fügte er in Gedanken hinzu. Es kam eine Durchsage durch die Lautsprecheranlage.

»ACHTUNG FLIEGENDES PERSONAL, ACHTUNG FLIEGENDES PERSONAL. ALLE STATIONEN BEMANNEM ZUM EMPFANG VON ZWEI CH-46 AUS DA NANG. ACHTUNG FLIEGENDES PERSONAL ...«

»Graf«, sagte der Kapitän zu Austin, »gehen Sie ins Combat und veranlassen Sie, daß so viele Boote übersetzen, wie nötig sind, um ihre Verluste hier rüber und in die Helos zu bringen. Ich will, daß das schnell abgewickelt wird. Koordinieren Sie das Sicherheitsnetz mit der *Berkeley*. Fahren Sie bis auf zweihundert Meter an das Schiff ran. Rufen Sie mich, wenn es ein Problem gibt.«

»Aye, Captain«, sagte Austin und erhob sich. Er blickte Brian vielsagend an, bevor er die Kabine verließ. Mit Austins Weggang saß Vince Benedetti jetzt allein auf einer Seite des Tisches. Der Maschinist sah erschöpft aus. Seine Uniform war verdreckt und verschwitzt, und sein Gesicht war verhärmt. Er starrte auf die Tischplatte. Brian fragte sich, was los gewesen sein mochte, bevor er eingetroffen war; sein Gefühl sagte ihm, daß es keine freundliche Unterhaltung gewesen war. Der stellvertretende Kommandant erwartete anscheinend, daß der Kapitän den Faden wideraufnahm. Und so war es auch.

»Okay, Gentlemen. Brian, um Sie schnell ins Bild zu setzen: Wir haben unseren Bericht nach dem Einsatz abgeliefert. Wir mußten erklären, was im Maschinenraum passiert ist und warum wir mitten in einer Feuermission ausfielen. Es wäre peinlich genug gewesen, wenn wir als einzige unter Beschuß geraten wären, aber die Verluste der *Berkeley* machen den ganzen Zwischenfall zu einer sehr ernsten Sache. Einige Leute geben uns die Schuld daran, daß die *Berkeley* getroffen wurde, denn die Zerstörer waren praktisch in Sicherheit, bevor sie auf Gegenkurs gehen mußten, um den Rauchteppich zu legen. Der Exec meint, politisch spricht nur für uns, daß man sich fragen wird, warum ein PIRAZ-Schiff überhaupt an der Aktion beteiligt wurde. Ich vermute – oder genauer gesagt, ich hoffe –, daß unsere Vorgesetzten diese Frage nicht beantworten wollen und deshalb den Zwischenfall herunterspielen werden. Sie sind der einzige Offizier der *Hood*, der an Bord der *Berkeley* war. Sind die Männer dort wütend auf uns?«

»Jawohl, Sir, das sind sie, wenigstens die rangniedrigen Leute. Den Exec oder den CO habe ich nicht gesehen.«

»Das kann ich mir gut vorstellen.«

Brian hatte den Eindruck, daß Benedetti bei den grollenden Worten des Kapitäns zusammenzuckte, aber der Maschinist starrte weiterhin auf die Tischplatte, als gelte das Gespräch nicht ihm.

Der Kapitän sprach weiter. »Obwohl die *Berkeley* jederzeit während dieser Mission hätte getroffen werden können, waren wir offensichtlich das Ziel bei all diesem Rauch und unserer Manövrierunfähigkeit. Die *Berkeley* hatte nur das Pech, daß sie auf Gegenkurs fahren mußte. Sie haben den Operationsbefehl Sea Dragon gesehen: Es war ziemlich klar, daß kein Schiff auf demselben Kurs zurückfahren sollte, weil die NVA für gewöhnlich darauf eingestellt ist, dorthin zu feuern, wo der Feind gerade noch war. Die *Berkeley* hätte zur Küste hin abdrehen sollen, als sie auf Gegenkurs ging. Aber ich nehme an, hinterher ist man immer klüger.«

»Das sollten wir besser nicht laut sagen, Captain«, bemerkte der Exec.

»Da bin ich ganz Ihrer Meinung, XO. Aber ich nehme an, das wird bei der Besprechung nach dem Einsatz zur Sprache kommen, womit wir aus dem Schneider sein könnten. Am wichtigsten ist jetzt, daß wir das Helo-Manöver über die Bühne bringen und dann zur Red Crown Station fahren. Die Systeme funktionieren Gott sei Dank wieder alle. Brian, Ihr Geschütz hat gute Arbeit geleistet. Das ist ein Rekord.«

Brian war verlegen. Er wurde gelobt, und sein Abteilungsleiterkollege Benedetti steckte zweifellos in großen Schwierigkeiten. Er war sich nicht sicher, ob er den richtigen Zeitpunkt wählte, aber er entschloß sich, das Thema zur Sprache zu bringen, das ihm am Herzen lag.

»Ehrlich gesagt, ich war besorgt wegen des Geschützes, Captain«, gab er zu. »Meine Jungs bezweifelten, daß es die hundertfünfzig Salven schaffen würde, ohne zu streiken. Ich möchte Sie bitten, daß wir öfter schießen, wenn wir an unserem Ziel sind. Die Chiefs meinen, ein paar tägliche Salven würden die Betriebssicherheit gewährleisten.« Benedetti warf einen kurzen dankbaren Blick zu Brian, bevor er wieder auf die Tischplatte starrte. Brian hätte genausogut das Lob des Kapitäns einheimsen und sich von Benedettis Problemen distanzieren können. Der Kapitän nickte.

»Das Geschütz wird dadurch vermutlich verschleißen, wenn es nicht gar kaputtgeht, Brian. Aber ich bin einverstanden. Geben Sie mir einen Plan für ein tägliches oder wenigstens wöchentliches Probeschießen. Sie werden feststellen, daß es auf Grund der Helo-Operationen schwierig zu planen sein wird. Und wir beide werden mit viel Ärger vom Grafen rechnen müssen.«

»Ich werde bei diesem Problem helfen«, sagte der Exec.

»Okay, Brian, das ist jetzt alles.«

»Aye, aye, Sir«, sagte Brian und erhob sich. Benedetti schien zu schrumpfen, als Brian seine Mütze nahm und die Kabine verließ. In seiner Kabine atmete Brian tief durch. Dann erschauerte er bei dem Gedanken, jetzt an der Stelle des Chefmaschinisten zu sein. Nachdem er die Toilette aufgesucht hatte, hörte er ein Klopfen an der Kabinentür. Er zog den Reißverschluß seiner Hose zu und öffnete die Tür.

»Kommen Sie rein.«

Chief Martinez betrat die Kabine, die er mit seiner gewaltigen Statur auszufüllen schien.

»Boss, die Chiefs fragen sich, wie schlimm es die *Berkeley* erwischt hat. Allerlei Gerüchte machen die Runde.«

Brian bechrieb die Beschädigungen und die Verluste der *Berkeley*. Martinez schüttelte ein paarmal den Kopf.

»Ich hoffe, diese Scheißer sind nicht in Subic, wenn wir dorthin zurückkehren. Sie werden die *J. B. Hood* bestimmt hassen.«

»Sie sind bereits ziemlich sauer, Chief. Sie hätten mich am liebsten von Bord geworfen. Ich beweifle, daß jemand von dem Instandsetzungstrupp den Treffer überlebt hat. Die meisten davon sind in Leichensäcken, und die drei, die ich gesehen habe ... Sie würden nicht glauben, wie schrecklich es war.«

»Doch, ich kann mir das vorstellen. Ich war ein Jahr lang auf den Flußbooten. Da habe ich einiges gesehen, bei dem ich kotzen mußte.«

»Ich habe gekotzt.«

»Oh. Nun ja, manchmal erging es mir nicht anders. Darüber braucht man sich nicht zu schämen. Wir fahren hier auf diesen Schiffen mit drei Winkeln und sauberer Uniform und haben keine Ahnung, welche Scheiße auf dem Land passiert.«

»Jetzt haben wir eine. Ich jedenfalls. Und das hat mich verdammt mitgenommen, das können Sie mir glauben.«

»Jawohl, Sir. Ich habe Sie verstanden. Mr. Austin sagt, wir müssen das Schnellboot einsetzen, um die Leichensäcke rüberzuholen. Ich gehe jetzt besser zu den Bootsdecks. Die See ist ein bißchen unruhig für ein Schnellboot.«

»Ja, aber wir müssen es benutzen, weil der Captain um der Leute auf der *Berkeley* willen die Sache so schnell wie möglich erledigen will.«

»Jawohl, Sir, das habe ich gehört.«

»Chief?« Brians Stimme klang angespannt, und plötzlich wurden seine Augen feucht. »Die Jungs auf der *Berke-*

ley werden die Offiziersmesse mit einem Feuerlöschschlauch abspritzen müssen, um das Blut wegzuspülen.«

Martinez blickte ihn lange an und schaute dann zu Boden. »Ja«, murmelte er. »Das geht in Ordnung, Lieutenant. Wir erledigen den Abtransport der Leichen, und dann geht's nach Red Crown, wo wir hingehören. Die *Hood* sollte nichts mit diesem Scheiß zu tun haben.«

»Wir sind ein Kriegsschiff«, widersprach Brian. »Wir haben ein Fünfzollgeschütz. Warum sollten wir nichts damit zu tun haben? Wir sollten in der Lage sein, jeden Kampfauftrag zu erfüllen und ...«

»Jawohl, Sir, aber wir haben hier einige ... Probleme. Wenn wir Zeit haben, sollten wir darüber reden.«

Brian starrte ihn an. »Probleme?«

»Ja, es spielen sich einige Dinge ab, die ...«

»Drogen? Sie meinen Drogen, nicht wahr? Lasen Sie mich raten, einige im Maschinenraum waren high, und deshalb gab es diese Panne.«

»Das hörte ich so. Aber es sind nicht nur Maschinisten, die Stoff nehmen. Wir haben Drogensüchtige in der Waffenabteilung, und auch die Abteilung Operationen hat dieses Problem.«

»Nun, dann müssen wir einigen Leuten in den Hintern treten und ein paar Junkies aus dem Verkehr ziehen.«

Martinez schaute zu Boden und drehte seine Mütze in den prankenartigen Händen. »Das ist nicht so einfach, Boss«, sagte er. »Ich muß jetzt auf die Bootsdecks.«

»Okay, aber ich will wissen, was los ist. Jedes Schiff der Navy hat irgendein Drogenproblem, aber wir sollten nicht um den heißen Brei herumreden.«

»Jawohl, Sir.«

»Okay, Chief. Aber später reden wir darüber, klar?«

»Klar, Boss.«

9

Nach zwei Stunden Wache vor den Kontrollschirmen im Combat Information Center ging Brian in die Offiziersmesse, um anständigen Kaffee trinken. Das Schiff war auf Nordkurs im Golf, und der Abtransport der Verluste war kurz vor dem Sonnenuntergang abgeschlossen worden. Zwei CH-46-Helikopter des Marine Corps waren am Nachmittag von Da Nang aus eingetroffen, um die Gefallenen der *Berkeley* abzuholen. Der Kapitän hatte eine zehnköpfige Ehrenwache auf dem Flugdeck befohlen, als die Leichen per Boot eingetroffen waren. Brian hatte den Anblick der Leichensäcke, die am Rand des Flugdecks aufgereiht worden waren, nicht ertragen können. Er hatte sich abgewandt und zu der Abteilung Matrosen der *Hood* geschaut, die in weißer Uniform zur Ehrenwache angetreten war.

Als er in den Durchgang trat, der zur Vorhalle der Offiziersmesse führte, spürte er einen feuchten Strom von Nachtluft aus dem Kesselraum. Jemand hatte die Luke an der Steuerbordseite geöffnet, die zum Sturmdeck führte. Der scharfe Geruch der Seeluft war ein angenehmer Kontrast zu der klimatisierten Luft im CIC.

Das Schiff war abgedunkelt. Brian betrat die Offiziersmesse im Halbdunkel der roten Beleuchtung. Der abendliche Film war vor einer Stunde zu Ende gewesen, und es roch noch nach Popcorn und Zigarettenrauch. In einer Stunde würden die Wachen der nächsten Schicht in die Messe kommen, um eine Tasse Suppe und ein Sandwich zu fassen, bevor sie von Mitternacht bis vier Uhr ihre Positionen auf dem Schiff einnehmen würden. Die Offiziersmesse wurde des Nachts nur rot beleuchtet, um die Nachtsicht der Wachen zu bewahren, die an Deck gehen würden. Brian spähte in die Kaffeekannen und stellte fest, daß eine leer war und die andere abgestandenen Kaffee enthielt, als sollte er zu Asphalt gekocht werden. Er spülte die leere

Kaffeekanne aus und bestückte die Kaffeemaschine. Erst dann stellte er fest, daß er nicht allein war.

Der Chefmaschinist saß zusammengesunken in einem Sessel in einer fernen Ecke der Offiziersmesse, hatte die Beine ausgestreckt, die Beine der ölbefleckten Kkakihose über die Sicherheitsschuhe mit den Stahlspitzen hochgezogen und eine verbeulte *J.-B.Hood*-Footballmütze weit aus der Stirn geschoben. Er hatte tiefe Ringe unter den Augen, und sein Gesicht war bleich und spiegelte Erschöpfung wider. Er bemerkte, daß Brian ihn ansah.

»Was schauen Sie so, Holcomb?« fragte er mit müder Stimme. »Sind Sie auch gekommen, um Ihre Wunden zu lecken?«

Brian setzte die Kaffeekanne auf die Heizplatte. »Das habe ich nicht nötig, Mr. Benedetti.«

»Nicht? Sie konnten heute aus der Kapitänskabine rausmarschieren. Sie mußten nicht bleiben und erklären, warum wir mitten in einer Feuermission eine Panne hatten. Ihre Abteilung war nicht schuld daran, daß die Zerstörer umkehren mußten und dadurch unter Beschuß gerieten. Sie sind ein Unschuldslamm – ah, Scheiß darauf ...«

Brian ging zu dem Maschinisten und nahm gegenüber von ihm Platz. Er schaute Benedetti an.

»Nun, das stimmt alles«, sagte er. »Aber ich bin auch keiner von dem Leuten im Kolosseum, die Sündenböcke den Löwen vorwerfen. Ich mag nur Lieutenant sein, und Sie sind Lieutenant Commander, aber ich bin auf diesem Schiff Abteilungsleiter wie Sie. Ich bin ein Kollege, Mr. Benedetti, nicht Ihr Feind.«

Der Maschinist schaute ihn lange schweigend an, rieb sich die Augen und nickte dann.

»Ja, Scheiße. Ich entschuldige mich, Holcomb – Brian. Ich habe Sie auf eine Stufe mit Austin gestellt, und Sie haben recht, Sie brauchen sich diese Schuhe nicht anzuziehen. Und nennen Sie mich Vince, Mann. Machen Sie Kaffee?«

»Gerade aufgesetzt.«

Benedetti sank noch tiefer in den Sessel und rieb sich übers Gesicht. »Welch ein Beginn für eine vergnügliche Seereise.« Er seufzte. »Ich dachte, WESTPAC wäre ein Spaß.«

Sie saßen im Halbdunkel beisammen. Brian erkannte plötzlich, daß er ebenfalls sehr müde war. Lebhafte Erinnerungen an diesen Tag kamen ihm in den Sinn – wie er im CIC stand und hörte, wie feindliche Artilleriegeschosse im Wasser explodierten, wie stählerne Fragmente gegen die Seite des Schiffes knallten. Er glaubte, von neuem den Zorn und die Feindseligkeit auf der *Berkeley* zu spüren und all das Blut in deren Offiziersmesse zu sehen. Bilder des Grauens. Ein Spaß?

»Ich habe einige Gerüchte gehört«, sagte Brian.

»Zum Beispiel?«

»Daß wir die Panne hatten, weil irgendein Junkie high war. Ich bin sicher, Sie wollen das nicht wieder aufwärmen, aber ...«

Benedetti hörte auf, sich das Gesicht zu reiben. Er spähte Brian durch die gespreizten Finger hinweg an. Brian glaubte, kurz Besorgnis in den Augen des Maschinisten zu sehen, doch dann verschwand dieser Ausdruck und ging in Resignation über.

»Nun, Brian, ich will Ihnen was sagen. Offiziell ist das schwer zu sagen. Besonders auf der guten alten *J. B. Hood*. Wir fuhren mit siebenundzwanzig Knoten, die maximale Geschwindigkeit für Operationen mit zwei Kesseln. Sie wissen, daß wir vier Hauptlöcher haben – Feuerungsraum, Maschinenraum, Feuerungsraum, Maschinenraum. Zwei Schraubenschächte, einen von jedem Maschinenraum aus. Genau wie bei einem Zerstörer, nur größer. Jede Antriebswelle wird von ihrem eigenen Kesselmaschinenraumpaar angtrieben. Wir verloren Kessel eins A, weil der automatisch kontrollierte Kompressor, ACC nennen wir ihn, im Feuerungsraum eins ausfiel. Keiner weiß warum. Er streikte einfach. Das kann bei Kompressoren passieren.

Die Hauptkontrolle gibt den Befehl, ACC-Kompressor zwo dazuzuschalten, so daß beide Feuerungsräume versorgt werden. Das ist kein großes Spiel. Da werden zwei Ventile im Feuerungsraum zwo geöffnet, und schon hat sich's. Aber der Mann in Feuerungsraum zwei hat am Computer die Ventile verwechselt. Statt eines Einlaßventils öffnete er ein Auslaßventil. Das Ergebnis war, daß wir ungefähr eine Minute später auch noch den Druck vom anderen Kessel verloren.«

»Hätten die Kessel nicht auch per Hand bedient werden können?« fragte Brian, der sich an seinen Maschinistenlehrgang auf der Zerstörerschule erinnerte.

Benedetti schnaubte. »Mit siebenundzwanzig Knoten? Sie müssen scherzen. Die einzigen beiden Leute auf dem Schiff, die eine Zwölfhundert-psi-Anlage bei dieser Geschwindigkeit per Hand bedienen könnten, sind die beiden Chiefs der Kesselräume, und die hätten in dem Moment, in dem es passierte, mit der Hand auf den Instrumenten zur Stelle sein müssen. Außerdem sollte es gar nicht nötig sein. Ein ACC-Kompressor kann beide Feuerungsanlagen versorgen, das ist überhaupt kein Problem. Solange man den Druck in die ACC-Systeme und nicht in die verdammten Bilgen ableitet.«

»Der Verantwortliche war ein Petty Officer?«

»Ja. BT zwei Dwyer Gallagher. Sie kennen ihn?«

»Teufel, nein, ich kenne immer noch nicht mal jeden in meiner eigenen Abteilung.«

»Nun, er ist einer meiner Sorgenkinder in der Abteilung B. Rotes Haar, roter Bart, rotes Gesicht, rotes Motorrad und ein ständig rotes Arschloch. Mein dienstältester Chief des Kesselraums, Tony Fontana, war in Feuerwache zwei, als alles schiefging. Als er ungefähr eine Minute später auf die untere Ebene kam, brach in Zwo B Feuer aus, und alles wurde heiß und dunkel. Er sagte, er traf Gallagher mit einem blöden Grinsen an, während er völlig benebelt auf ein Zuleitungsrohr glotzte. Fontana sagte, Gallagher war völlig high. Er leuchtete dem Scheißkerl mit der Taschenlampe ins Gesicht. Pupillen groß wie Pennys. Er schrie ihn an, aber Gallagher setzte sich nur auf einen Haufen Putzlappen und kicherte wie ein Irrer vor sich hin. Er hat Glück gehabt, daß Fontana ihn nicht auf der Stelle umgebracht hat. Ich hätte es vermutlich getan.«

»Haben Sie das dem Kapitän erzählt?«

»Ich habe es dem XO gesagt. Sie müssen hier etwas verstehen, Brian. Für den Kapitän sind diese Jungs alle wie seine Kinder. Seine *Kinder* werden nicht high und bauen keinen Mist. Sie ›machen mal Fehler‹, wie das so bei Kindern ist. Wenn man ihm so was erzählt, schüttelt er nur den Kopf, lächelt einen nachsichtig und milde an und sagt: ›Vince, Vince, Sie müssen das in den falschen Hals bekommen haben. Sie müssen sich verhört haben. Dies sind gute Männer. Sie arbeiten hart unter höllischen Bedingungen in diesen Feuerungsräumen. Eine Affenhitze ist dort unten, und wir sind hier in den Tropen. Sechs Tage pro Woche schuften sie sich ab, bis sie hundemüde sind. Sie machen schon mal Fehler. Wir alle sind nicht perfekt.‹«

Benedetti seufzte und rieb sich wieder über die Augen. »Man bekommt das Gefühl, ein pedantischer Scheißer zu sein, und das Dumme ist, daß er es gar nicht böse meint. Er ist einfach ein netter alter Mann, der immer noch in der Navy lebt, die es früher mal gab, wie auch immer die gewesen sein mag. Er glaubt das Beste von jedem. Das werden Sie zum ersten Mal erfahren, wenn einer von euch etwas vermasselt hat. Er wird Ihnen eine väterliche Predigt halten, und Sie werden sich aus seiner Kabine schleichen und sich schämen, weil Sie auf seinen *Kindern* herumgehackt haben.«

»Er wird nicht zugeben, daß es auf seinem Schiff ein Drogenproblem gibt? Mensch, auf jedem Schiff der Flotte gibt es ein Drogenproblem. Wovor hat er Angst?«

»Angst? Nein, ich glaube nicht, daß es an mangelndem Mut liegt – er war bei einem Bombenräumkommando. Er schleppt immer noch seine ›Instrumente‹ mit sich rum. Eines Nachts zeigte er uns allen, wie ein Blindgänger entschärft wird. Mir lief es allein vom Zuhören kalt den Rücken runter. Bei seiner früheren Verwendung wurde ihm das Navy Cross verliehen – er hat irgendeine Bombe auf einem Schiff im letzten Augenblick entschärft, glaube ich. Nein, er ist nicht feige. Es ist mehr eine Frage der Rechtschaffenheit. Wenn jemals bekannt würde, daß viele seiner *Kinder* Marihuana oder Hasch an Bord rauchen, auf Wache und sogar bei Gefechtsbereitschaft, dann würde er heulen.«

»Und der stellvertretende Kommandant? Der XO weiß Bescheid, nicht wahr?«

»Der XO? Hölle, nein. Er zeigt es den Bastarden, wann immer er das kann, aber es geht dabei nicht korrekt zu. Er beauftragt die größeren und stärkeren Jungs unter den Chiefs, sich mit jedem Junkie, den er erwischt oder sogar nur verdächtigt, ein wenig zu ›unterhalten‹. Er versucht, die kleinen Scheißer zu terrorisieren, damit sie clean werden. Ihr Chief Petty Officer Martinez ist ein Mitglied dieser Szene. Wenn der XO mich terrorisieren würde, müßte ich mich mit Martinez ›unterhalten‹. Aber sie gehen mit so was nicht zum Captain.«

»Warum nicht?«

»Weil – ich weiß es nicht, es ist nur eine Vermutung. Ich nehme an, der Kapitän will es einfach nicht hören, und der XO schirmt ihn vor diesem Scheiß ab. Sagt, er ist der beste Kommandant, den er jemals auf einem solchen Schiff gehabt hat. Und er hat recht. Für gewöhnlich bekommen diese PIRAZ-Schiffe aufstrebende Kronprinzen – wissen Sie, Typen, die auf dem Weg zum Flaggoffizier sind. Ich habe keine Ahnung, warum Captain Huntington das Kommando über die *Hood* erhalten hat, ich weiß nur, daß ihn anscheinend jeder in der Navy mag. Sie werden keinen freundlicheren, netteren Marineoffizier mit vier Streifen in der Navy finden. Jedem ist klar, daß er niemals Admiral werden wird – dazu ist er zu alt. So ist das sein großes Kommando. Und ich muß zugeben, Huntington tut alles für seine Leute – deckt sie gegenüber Ermittlungsbehörden, bekommt die Befehle, die ihnen angenehm sind, gibt ihnen Sonderurlaub und so weiter. Es gibt Leute auf diesem Schiff, die den Alten verehren. Ich nehme an, der XO versucht sicherzustellen, daß nichts pasiert, was ihm diese Verwendung ruinieren könnte.«

»Aber was richtet er bei seinem Schiff an?«

Benedetti lächelte müde. »Ah, ja, Sie haben sich heute mal umgesehen, nicht wahr? Das auf der *Berkeley* muß schlimm gewesen sein. Ich muß Ihnen sagen, ich möchte eine Zeitlang nicht zusammen mit der *Berkeley* in einem Hafen sein.«

»Das hat Chief Martinez ebenfalls gesagt. Aber bekommt die *Hood* nicht einige Probleme wegen der heutigen Ereignisse?«

»Das bezweifle ich. Sie haben den Captain gehört. Ich glaube, die Entscheidung, ein PIRAZ-Schiff in die Feuerlinie zu schicken, wird in Frage gestellt werden. Dieser Admiral der Yankee Station wird die Scheiße unter Verschluß halten müssen, kann also der *Hood* nichts anhaben. Die Kommandostruktur in diesem Krieg hat eine Art Kunst daraus entwickelt, die Fronttruppen im nachhinein zu kritisieren.«

Benedetti lehnte sich in seinem Sessel zurück. Brian schaute nach dem Kaffee. Er kehrte mit zwei gefüllten Bechern zurück und reichte einen an Benedetti, bevor er sich setzte. Der Maschinist nippte eine Zeitlang schlürfend an seinem Kaffee, bevor er das Gespräch fortsetzte.

»Es gibt andere Gründe, weshalb wir mit dem Drogenproblem vorsichtig umgehen müssen. Wir könnten Ärger mit dem Personalbüro bekommen.«

»Ich glaube, davon will ich nichts hören.«

»Sie wollen das nicht hören, aber Sie sollten bedenken, daß es keinen Ersatz für Personal gibt, das ausfällt. Nehmen wir mal an, Sie klagen jemand wegen Drogenmißbrauchs an Bord des Schiffes an, der CO spricht ihn schuldig, und Sie müssen ihn entlassen. Daran ist nichts auszusetzen, oder? Sollen die Junkies zurück auf die

Straßen, LSD und Speed reinziehen und Protestsongs mit den übrigen langhaarigen Hippies singen. Wen juckt das schon? Aber Sie bekommen keinen Ersatz für den Typen, den Sie soeben entlassen haben. Oh, eines Tages werden Sie Ersatz bekommen, vielleicht in sechs oder sieben Monaten. Aber in dem Augenblick, in dem Sie einen Arbeiter im Kessel- oder Feuerungsraum oder sonst einen kleinen Dienstgrad aus einer anderen Abteilung entlassen, haben Sie einen weniger auf dem Wachplan, und Sie werden bereits bemerkt haben, daß die Personaldecke verdammt dünn ist. Das Personalbüro nennt das einen ungeplanten Verlust. Sie wissen, daß jedes Schiff der PACFLEET unterbesetzt ist. In einigen Abteilungen, wie zum Beispiel dem Kesselraumpersonal, liegen wir bei sechzig Prozent der Sollstärke. All dies macht Ihnen der XO perfekt klar, wenn Sie einen dieser Junkies hängen wollen.«

Brian nickte. »Ich erinnere mich, daß ich Jungs von der *Decatur* zur PACFLEET schicken mußte. Wenn Sie schon die *Hood* für personell unterbesetzt halten, dann sollten Sie die Verhältnisse auf LANTFLEET-Schiffen kennenlernen. Einige der LANTFLEET-Schiffe haben nicht genug Personal, um überhaupt auszulaufen.«

»Ja, ich weiß, aber die Atlantikflotte ist überwiegend damit beschäftigt, auf NATO-Cocktailpartys zu gehen und mit russischen U-Booten herumzuspielen. Selbst mit den unfreiwilligen Versetzungen hier raus gibt es immer noch zu wenig Personal. Deshalb bekommen Sie es sehr schnell zu spüren, wenn Sie einen der Jungs rausschmeißen.«

Brian nickte. Man hatte ihn vor der Abkommandierung auf See über die Personalknappheit informiert. Es gab genug Matrosen für den Dienst an Deck, aber bei Technikern der Feuerleitung, Indstandsetzungstechnikern für Schiffe mit Fernlenkkörpern und sogar bei Artillerieunteroffizieren betrug die Ist-Stärke der *Hood* durchschittlich nur siebzig bis fünfundsiebzig Prozent der Soll-Stärke. Eine Drogenaffäre würde die Waffenabteilung so hart treffen wie die Maschinisten.

»Chief Martinez hat angedeutet, daß Drogen nicht auf die Abteilung der Maschinisten beschränkt ist«, sagte Brian.

Beneditti lachte freudlos. »Angedeutet? Das sollten Sie verdammt glauben, Mann. Ihr Deck, die Fernlenk- und Sonarabteilung, ist so dreckig wie meine Kessel-, Feuerungs- und Instandsetzungsabteilungen. Die Artilleristen wollen das aus irgendeinem Grund nicht hinnehmen. Sie sind alle tipptopp und verhalten sich wie Marines. Hanteln stemmen, kurzes Haar, keine Bärte. Sie haben diese Typen gesehen. Ordentliche Jungs. Chief VanHorn ist der gute Geist, der dahintersteht. Chief Jackson, der Sheriff, war Artillerist. Aber sonst sieht es zappenduster aus. Wenn Sie mal einen Rundgang an Deck zwischen Zapfenstreich und Mitternacht machen, sehen Sie, was dort stinkt.«

»Das klingt, als hätten wir gute und böse Jungs in der Mannschaft, eine Art Wir-gegen-sie-Situation.«

Benedettti lachte von neuem. »Ich kann nicht glauben, daß Sie das sagen. Wo sind Sie gewesen, um Himmels willen? Hört sich so das Gerede der LANTFLEET-Navy an? Mann, ich muß mich zur LANTFLEET abkommandieren lassen. Das ist anscheinend ein herrlicher Dienst.«

Brian fühlte sich plötzlich verlegen. War er so naiv gewesen? Hatte es dieses Drogenproblem bei seiner ersten Dienstzeit als Abteilungsleiter auf der *Decatur* ebenfalls gegeben? Hatte sich seine Unwissenheit über die Vorgänge an Bord auf seine nicht so guten Beurteilungen ausgewirkt? Benedetti musterte ihn.

»Hey, Mann«, sagte Benedetti freundlich, »Sie müssen durchblicken. Heutzutage gibt es dreierlei Typen auf jedem Schiff. Da ist der Junkie, für gewöhnlich ein Unteroffizier von jeder Abteilung. Der erledigt seinen Dienst, nimmt Drogen und sieht nichts Falsches daran. Er weiß, daß er einen Tritt in den Hintern bekommt, wenn er erwischt wird, aber das ist für ihn nur ein Räuber-und-Gendarm-Spiel – wie ein Streich auf der High-School. Aber er sieht nichts *Falsches* daran, von Zeit zu Zeit nachts an Deck zu gehen und einen Joint zu rauchen. Das hilft ihm, die Langeweile und Müdigkeit zu vertreiben. Wie Sie und ich nach einem langen Tag auf der Pier ein paar Absacker im Klub trinken.«

»Aber sie sind im Gegensatz zu uns berauscht an Bord«, wandte Brian an. »Wenn was passiert, ein Feuer oder ein Leck entsteht, muß ein Junkie darauf reagieren.«

»Volltreffer. Aber, wissen Sie, das ist das Gerede von Berufssoldaten. Die denken an das Schiff. Der Gedanke an das Schiff kommt mit dem höheren Dienstalter, mit der Erfahrung und nachdem Sie sich verpflichtet haben, bei der Navy zu bleiben. Dann wird das Schiff wichtig. Die Junkies auf einem Schiff dienen nur ihre Zeit in der Navy ab – was sie für besser halten, als durch den Schlamm an Land zu robben, richtig? Das Schiff ist ihnen scheißegal. Um das Schiff können wir in Khaki uns Sorgen machen.«

Benedetti lehnte sich zurück und trank noch einen Schluck Kaffee. Dann fischte er eine Zigarette aus der Tasche seines Hemdes, zündete sie an und blies eine Rauchwolke zur Decke.

»Dann gibt es die guten Jungs, überwiegend Chief Petty Officers, aber nicht alle, auch einige Petty Officers First Class. Kommt Rauschgift an Bord, regen sich die guten Jungs auf. Wenn sie auch nur einen Hauch von Marihuanarauch riechen, holen Sie den nächsten Schiffspolizisten und suchen nach dem Scheißer, der Stoff geraucht hat. Haben Sie Chief Jackson kennengelernt, den Sheriff? Er ist fanatisch hinter Junkies her und sucht sie in jeder Ecke. Er bleibt nachts auf und patroulliert an Deck, um unerwartet dort aufzutauchen, wo sich die Junkies sicher fühlen und nicht damit rechnen, erwischt zu werden.«

»Was passiert, wenn er einen erwischt?«

»Er arrangiert einen Besuch von Jesus.«

»Was?«

Benedetti grinste. »Ja, Louis Jesus María Martinez – Ihr

Chief Petty Officer.« Benedetti lachte. »Zuerst versucht er es mit abergläubischem Scheiß. Wissen Sie, er taucht aus dem Nichts auf, wenn der Junkie allein in einem Durchgang ist, und zeigt ihm den bösen Blick oder läßt ihn von jemand ans Telefon holen und jagt ihm mit schaurigen Drohungen Angst ein. Sagt ihm, er habe schlechte Medizin, die Hühnereingeweide und die Knochen sagen, daß der Typ bald schlimmes Pech haben wird. Dann hat der Typ für gewöhnlich auch Pech. Er fällt eine Leiter runter, stolpert mit der Birne gegen ein Schott, demoliert sich irgendwo die Visage, bricht sich einen Arm oder dergleichen.«

»Aber ... das ist ungesetzlich.«

»Ungesetzlich ist auch das Konsumieren von Rauschgift auf Schiffen, und auch noch im Krieg, Brian. Und wenn man nicht die Möglichkeit hat, den Kerl an Bord auszupeitschen und seinen Kadaver zu den restlichen verdammten Zivilisten auf den Strand zu werfen, muß man etwas anderes unternehmen, richtig?«

»Sie sagten, es gibt dreierlei Typen.«

»Ja. Der dritte Typ macht mich sauer, und wir haben einige davon auf allen Komandoebenen. Die dritte Art, das sind die Mitläufer, die Typen, die stillschweigend mitmachen. Ich glaube, daß Seine Hoheit, der Graf von Austin, einer davon ist. Diese Leute sagen, sieh mal, vielleicht dreißig oder vierzig Prozent der Unteroffiziere und Mannschaften nehmen gelegentlich Marihuana oder Hasch. Es gibt Offiziere, die es in der Offiziersmesse ebenfalls tun würden, wenn sie nicht schlau genug wären, die Konsequenzen zu sehen. Nun, diese Leute haben Stoff genommen, bevor sie zur Navy kamen, und sie werden ihn wieder nehmen, wenn sie die Navy verlassen haben. Für sie ist das keine große Sache. Die meisten von ihnen rauchen den Stoff nach ihrer Wache, in der Freizeit. Okay, es ist illegal, es ist riskant, wenn etwas passiert, und es wäre für jeden besser, wenn sie es nicht täten. Aber wenn wir sie drangsalieren, sie degradieren oder aus der Navy rausschmeißen, ficken wir uns nur selbst, denn sehr schnell würden uns die Crewmitglieder ausgehen. Außerdem würden wir das Schiff in einen schlechten Ruf bringen, indem wir öffentlich preisgeben, daß wir ein großes Drogenproblem haben, obwohl wir wissen, daß es nicht größer oder kleiner als auf jedem anderen Schiff der Navy ist. Wenn wir das tun, legen wir unseren Kapitän lahm, der einer der letzten guten Jungs ist. Und wir versauen uns vielleicht unsere eigene Karriere, denn wenn wir Leute rausschmeißen, funktioniert in der Abteilung nichts mehr, und wir können eine gute Beurteilung vergessen. Folglich tun wir das einzig Schlaue – wir schauen in die andere Richtung. Wohlüberlegt. Wenn ein Typ auffällig wird, treten wir ihm in den Arsch, aber ein schlauer Mann weiß, wer seine Junkies sind und teilt sie nicht zu einem Dienst ein, bei dem sie wirklichen Schaden anrichten können, verstehen Sie? Außerdem ist das meiste, was wir hier tun, befehlen und kontrollieren – wie die Red-Crown-Sache. Alles wird mit Radar, Computern und Funk abgewickelt. Es ist kein richtiger *Kampfeinsatz;* es ist nur Dienst, wie ihn die Typen oben im CIC tun.«

»Mit Ausnahme von heute«, wandte Brian ein. »Das wurde zu einem Kampfeinsatz.«

»Die Typen, die sich nicht einmischen, sagen, das heute war eine Fehlentscheidung. Die hohen Tiere hätten *niemals* eines der PIRAZ-Schiffe in die Feuerlinie befehlen sollen. Und ich wette, das werden sie auch nie wieder tun.«

»Wegen der Verluste der *Berkeley*?«

»Hölle, nein. Sie begreifen nicht das Wesentliche. Dies ist politisch. Es ist wegen des Schrapnells, das durch das Schott des CIC schlug oder des Geschosses, das vom Ruderhaus abprallte. Wenn wir einen richtigen Treffer auf das CIC oder die Computerräume oder das 48er Radar oder das TACAN, das taktische Luftkontroll- und Navigations-Signalfeuer, abbekommen hätten, was wäre dann wohl passiert? Die *Long Beach* hätte nicht abgelöst werden können. Sie hätte im Golf bleiben müssen, bis ein anderes

PIRAZ-Schiff hier eintreffen würde. Wir haben nur fünf dieser Schiffe in der ganzen Pazifikflotte. Zwei im WESTPAC, um die Red Crown Station bemannt zu halten, ein Schiff stationiert, das andere in Reserve – und eins auf der Werft daheim. Und die restlichen beiden sind im Dienst an der Westküste und kommen her, um die beiden abzulösen, die hier draußen stationiert sind. Die Navy kann sich nicht erlauben, daß diesen kostbaren Babys irgendwas passiert. So sagen sich die Laisser-faire-Typen, wenn wir ohnehin nur Überwachungs- und Kontrolldienst schieben, was macht es dann schon, wenn einige der Junkies nach mitternächtlicher Wache einen Joint auf Deck rauchen?«

Benedetti inhalierte den Zigarettenrauch. »›Sei nicht so pingelig‹, sagen sie sich. ›Wir werden schon damit fertig.‹«

Brian hielt es nicht mehr auf seinem Platz. Er stand auf und atmete tief durch.

»Aber das ist völliger Blödsinn«, sagte er.

»Ja, Kollege«, pflichtete Benedetti ihm bei.

Brian schüttelte den Kopf. »Die PIRAZ-Station ist nur siebzig, achtzig Kilometer von der nordvietnamesischen Küste entfernt. Wenn sich die Nordvietnamesen oder die Rotchinesen entscheiden, die amerikanischen Schiffe im Golf anzugreifen, könnten ihre MiGs in ungefähr drei Minuten hiersein. Und sie haben vermutlich Styx-Torpedos von den Sowjets. Außerdem verfügen sie über Torpedoboote. Scheiße, so nahe an der Küste kann alles passieren.«

»Ja«, sagte Benedetti. »Aber ist irgend etwas davon wahrscheinlich? Wir hatten seit '64 Schiffe hier draußen im Golf, und seit dem ursprünglichen Zwischenfall im Golf von Tonkin ist nie etwas passiert, nicht wahr? Jeder weiß, daß dieser Krieg ein politischer ist. Die Scheiße wird in Washington und Moskau und Peking und Hongkong inszeniert. Wie du mir, so ich dir. Die Kommunisten ziehen die Tet-Offensive durch, wir bombardieren wieder Nordvietnam. Die Schlitzaugen geben sich nett in Paris, und wir stellen die Bombardierung von Nordvietnam ein. Jetzt kündigt Tricky Dicky Entspannung und ein Ende des Kriegs an. Wenn das so ist, was haben wir dann hier zu suchen? Ist dies ein richtiger Krieg? Bestimmt für die Piloten, die Nordvietnam bombardieren und abgeschossen oder verwundet werden. Deren Krieg ist verdammt real. Für Zerstörer wie die *Berkeley*, die immer in Reichweite der Küstengeschütze fahren mußte, war der Krieg real. Aber für die *Hood*, Mann? Wir sind ein PIRAZ-Schiff. Wir sind die Funkstation Red Crown. Wir sind ein TACAN-Signalfeuer im Golf, eine Funk- und Radarstation, die verhindert, daß keine amerikanischen Unterstützungsflugzeuge im Golf zusammenstoßen. Wir stellen ein Deck für die SAR-Helos, die Such- und Rettungshubschrauber, zur Verfügung, wenn die Jungs, die im realen Krieg kämpfen, Hilfe brauchen. Folglich ist ein bißchen Pot, ein bißchen Würze in deiner Tabakmischung keine große Sache, oder? Dies sind nicht die fünfziger Jahre, in denen es hieß ›I Like Ike‹, okay? Ike war spießig, Mann. Heutzutage ist man cool, hip und smart, Junge. Drogenprobleme in der Navy? Man sieht darüber hinweg, kassiert seine Kampfzulage, bekommt Beurteilungen für ›Kampfeinsätze‹ und weiter. Um das Drogenproblem können sich die Ermittler vom NIS kümmern.«

Brian schwieg eine Weile. »Wie Sie das sagen, klingt es ziemlich logisch«, sagte er schließlich.

»Ja. Nun, wir beide wissen, daß es Blödsinn ist. Denn wenn mal etwas Schlimmes in der Nacht auf uns zukommt, und wir haben irgendeinen Süchtigen an den Kontrollen, dann bekommen wir die Hucke voll. Die Junkies und die guten Jungs kann ich verstehen, und ich weiß sie einzuordnen. Weißmützen und Schwarzmützen. Aber die Mitläufer, die Gleichgültigen, die sind für mich die dreckigsten.«

Benedetti legte eine Pause ein und rauchte nachdenklich. »Es gibt jedoch noch einen Aspekt«, sagte er schließlich. »Sie sind jetzt Abteilungsleiter auf der Stelle eines Lieutenant Commanders, und zwar auf einem Schiff, das mit Fernlenkgeschossen ausgerüstet ist. Das System erwartet, daß Sie jetzt über all dies Bescheid wissen müssen, verstehen Sie? Das bedeutet, daß Sie eine Entscheidung treffen müssen, wie Sie sich verhalten.«

»Das ist nicht schwierig.«

»So, meinen Sie? Mal sehen. Ich nehme mal an, Sie sind bezüglich der Karriere im selben Boot wie ich. Sie sind auf die zweite Dienstzeit als Abteilungsleiter geschickt worden, weil die erste nicht so toll war. Nun sagen Sie mir eines: Können Sie es sich leisten, einen Kreuzzug gegen die Drogensucht an Bord zu führen, wenn der Beförderungsausschuß bald darüber entscheidet, ob Sie Lieutenant Commander werden? Werden Sie eine Razzia veranlassen und Ihrer ganzen Abteilung Urinproben zumuten? Sie kennen doch die alte Regel des Navystabs, nicht wahr? Vielleicht auch nicht – vielleicht waren Sie nie im Stab. Sie lautet so: Stellen Sie keine Frage, wenn Sie nicht alle möglichen Antworten ertragen können.«

Brian schwieg wieder. Benedetti trank seinen Kaffeebecher leer und drückte die Zigarettenkippe im Aschenbecher aus. »Eigentlich wollen Sie diese Frage nicht beantworten, Brian. Es ist zu leicht vorherzusagen, was Sie tun werden.« Benedetti erhob sich. »Aber wenn Sie zum ersten Mal den einen Mann, der immer die Abschußvorrichtung für die Fernlenkgeschosse reparieren kann, der Star, der dafür sorgt, daß alles funktioniert, mit rotem Gesicht und Junkieaugen erwischen, und es stinkt in der Abteilung nach Marihuana – das wird der Zeitpunkt sein, an dem Sie sich entscheiden müssen, wer Sie sind und wo Sie stehen. Es ist härter, als es klingt.«

»Nach dem, was ich heute in der Offiziersmesse der *Berkeley* gesehen habe, ist es überhaupt nicht hart.«

Benedetti reckte sich. »Ich verstehe Sie. Aber wenn Sie zum ersten Mal mit dem Drogenproblem konfrontiert werden, dann werden Sie den XO und Chief Jesus rufen und nicht den CO und den Chef der Schiffspolizei. Sie müssen zugeben, daß Ihr Petty Officer Ihnen zumindest

Genugtuung verschafft. Der CO hingegen wird nur ein paar aufmunternde Worte labern.« Er schaute auf seine Armbanduhr, schüttelte sie und blickte noch einmal darauf. »Morgen ist der Tag der Ablösung«, sagte er. »Wir werden Red Crown, die Kennung der PIRAZ-Station. Das heißt, Sie und Austin werden Red Crown.«

»Wieso?«

»Nach dem heutigen Fiasko hat mich der CO von der CIC-Wache abkommandiert, so daß Sie und Austin den Auswerterjob für die nächsten fünfundvierzig Tage ohne mich ausüben müssen. Ich werde meine Zeit in den Löchern verbringen, in denen die Scheiße zusammengehalten wird.« Er musterte Brian abschätzend. »Willkommen an Bord, Kollege.«

»Es ist mir ein Vergnügen, hierzusein, Sir«, wiederholte Brian die alte Floskel und verdaute die Neuigkeit, daß er und Austin vielleicht für den Rest des Einsatzes Wache im Combat Information Center schieben mußten.

Benedetti lachte und ging. Brian blieb gedankenverloren mit seinem kalten Kaffee in der stillen Offiziersmesse sitzen und dachte über Benedettis Worte nach. Er schaute sich in der Messe um. Die Einrichtung war viel moderner als die auf seinem letzten Schiff – Polstersessel, eine Couch und sogar ein paar richtige Lampen auf Beistelltischen, keine Leuchtstoffröhren an der Decke. Die Decke war schalldämpfend vertäfelt und verlieh dem Raum ein gemütlicheres Aussehen als die kalte Metallverkleidung, die für gewöhnlich in Zerstörern zu sehen war. Die Wände waren weiß angestrichen. Auf der *Berkeley* waren die einzigen weißen Flecke die totenblassen Gesichter der Leichen auf dem Tisch gewesen. Brian erschauerte, als er sich an den schrecklichen Anblick erinnerte. Er lehnte sich zurück und schloß die Augen.

Er hatte zum ersten Mal die grauenvolle Realität des Krieges gesehen und sich übergeben müssen wie ein seekranker Rekrut. Und die Miene des Exec: Was machen Sie hier auf der Brücke, Mr. Holcomb? Hat es Sie entnervt, daß der Tod ein bißchen ans äußere Schott klopfte? Geben Sie zu, Sie hatten Angst. Okay, aber jeder, der keine Angst hat, wenn diese Scheiße beginnt, ist ein Narr. Ja, aber Sie sollen es nicht zeigen, Mr. Lieutenant. Kein Kotzen vor den Augen der Männer. Brian fragte sich plötzlich, ob Benedettis Frustration in seinem Job mehr mit der Drogenszene zu tun hatte und weil er gezwungen war, mit den Mitläufertypen auszukommen, als mit der normalen Arbeit als Maschinist.

Brian dachte wieder an Maddy. Morgen nach der Ablösung würde der erste Versorgungshubschrauber mit der Post eintreffen. Er fragte sich, ob er einen Brief bekommen würde. Er hatte eine Postkarte von Pearl und einen Brief von Subic geschickt. Post aus den Staaten dauerte fast drei Wochen bis zu den Schiffen. Er verspürte wieder das unvernünftige Schuldgefühl, das ihn immer befiel, wenn er auf See fuhr, das Gefühl, das vielleicht von dem quälenden Gedanken verstärkt wurde, daß ihm die wichtigen Dinge im Leben entgingen, das wahre Leben mit einer Familie und Kindern. Aber bei ihren vielen Diskussionen über das Thema vor dem Einsatz war Maddy unnachgiebig gewesen und hatte ihm mit süßer, aber stahlharter Stimme wie so oft erklärt: keine Kinder, bis Daddy für mehr als zwei Wochen an einem Stück an Land kommt.

Er wußte, daß diese Dienstzeit auf der *Hood* den längsten Dienst auf See in einer typischen Laufbahn noch übertreffen würde. Die ersten acht bis neun Jahre für einen Überwasser-Schiffsoffizier waren traditionell Dienst auf See oder auf Vorbereitungsschulen für den Dienst auf See. Maddy hatte einen kurzen Vorgeschmack auf das Navyleben bekommen, als sie nach drei Monaten seiner Dienstzeit auf der *Decatur* geheiratet hatten. Zwei Monate nach ihrer Trauung war das Schiff für einen halbjährlichen Einsatz ins Mittelmeer gefahren. Die Dienstzeit war für Brian verkürzt worden, als er abkommandiert worden war, um nach dem ersten akademischen Grad weiterzustudieren. Aber die Monate der Trennung hatten ihren Tribut von ihrer jungen Ehe gefordert. Wenn der Dienstzeit auf der *Decatur* nicht die zwei Studienjahre auf der Navyakademie in Monterey gefolgt wären, dann hätte er Maddy vielleicht verloren. Brian wußte, daß Maddy mehr als alles andere das Alleinsein fürchtete. Jetzt war er wieder im Einsatz, diesmal für sieben Monate. Wenn sie das überstanden und wenn er zum Lieutenant Commander befördert wurde, würde er für zwei bis drei Jahre Dienst an Land haben, bevor er wieder als stellvertretender Kommandant eines Zerstörers auf See abkommandiert werden würde – vorausgesetzt, Maddy wartete auf ihn. Ihr erster Brief würde aufschlußreich sein.

Er hörte Stewards in der Anrichtekammer hantieren und blickte auf seine Armbanduhr. Fast Zeit für die Mitternachtsschicht. Austin hatte ihn für fünf Uhr ins Combat Information Center befohlen, damit er bei den Vorbereitungen zur Ablösung der *Long Beach* half. Brian stand auf, stellte seinen Becher auf die Durchreiche der Anrichtekammer und machte sich auf den Weg zu seiner Kabine.

10

Chief Jackson spähte hinab durch die Lukenkimming zum Feuerungsraum Nummer zwei. Eine Stahlleiter führte vier Sprossen hinab, knickte dann nach links ab und verschwand in dem Gewirr von Maschinen und Rohren, die zur oberen Ebene des Feuerungsraums führte. Luftzug aus dem Inneren des Schiffes strich an seinem Kopf vorbei in den Feuerungsraum. Jackson hatte eine geheime Höhenangst, und der schwindelerregende Blick vom oberen Absatz der Leiter, verstärkt durch deren Knick nach vier Sprossen, nahm ihm den Atem. Er holte tief Luft, kletterte über das Süll und stieg rückwärts die Leiter hinab. Er wußte, daß sich die Maschinisten damit brüsteten, die Leitern rückwärts hinabzusteigen, mit dem Gesicht zum Feuerungsraum. Aber er hatte auch gesehen, wie ein Arbeiter genau dieses Feuerungsraumes nach einem Sturz von der Leiter mit einem gebrochenen Bein weggetragen worden war. Deshalb wählte er die ›Schnöselart‹ des Absteigens, wie die Maschinisten sagten. Ein Schnösel war für sie jeder, der kein Maschinist war, und galt bei ihnen nicht als richtiger Mann.

Er schwitzte bereits stark, als er die untere Ebene des Feuerungsraums erreichte. Die Temperatur auf der oberen Ebene betrug fast fünfundvierzig Grad Celsius, trotz der Ventilatoren mit achtzehn Zoll Durchmesser, die sich an der Decke drehten. Die Leiter führte zu einem stählernen Laufsteg zwischen den beiden Hauptantriebskesseln und gab Zugang zu den Hauptzuleitungspumpen und anderen Maschinen, die um die Kessel gruppiert waren. Die obere Ebene war unbesetzt, und die relativ kühlere Luft gab es auf der unteren Ebene, näher bei den Bilgen, den Kielräumen, in denen sich das Leckwasser sammelt. Die Beleuchtung schimmerte gelblich durch die dampfbedeckten Abschirmungen der Glühbirnen. Es stank nach Öl, heißem Salzwasser, Dampf und altem Isoliermaterial. Jacksons Ziel war die Werkzeugkammer und Dwyer Callagher, der sich laut Gerüchten dort verstecken sollte. Jackson ging über den Laufsteg zur nächsten Leiter, achtete sorgfältig darauf, kein heißes Metall zu berühren und stieg die Leiter zur unteren Ebene hinab.

Diese Leiter führte zur Feuerungsgasse, ein ungefähr drei Meter breiter Raum zwischen den Brennerfronten der beiden Kessel. Man nannte sie Feuerungsgasse, weil die Brenner, die die beiden ›Eintausendzweihundert‹-psi-Dampfkessel mit der Energie des Heizöls versorgten, von hier aus bedient und gewartet wurden. Am anderen Ende der Gasse befand sich eine Kontrollkonsole, wo ein Kesselraumarbeiter mit dem Dienstgrad Boiler Tender First Class (BT 1) lässig auf einem verschrammten dreibeinigen Hocker saß und die Anzeigen beobachtete. Zwei andere

Männer in ölbefleckten Arbeitsanzügen hockten schwitzend auf der Treppe vor der Gasse zu der Konsolenplattform, direkt unter dem Luftzufuhrventil. Die Temperatur war hier etwas erträglicher. Der Maschinenlärm, das Röhren der Feuerungsanlage, kombiniert mit dem Dröhnen der Ölpumpen und Kompressoren, das von der Stahlverkleidung des engen Feuerungsraumes widerhallte, der unterhalb der Wasserlinie lag, war ohrenbetäubend. Die drei Maschinisten trugen Ohrenschützer, und Jackson wünschte, er hätte sich Stöpsel in die Ohren gesteckt, bevor er hinuntergegangen war. Nach seinen vielen Jahren in der Nähe von Geschützen konnte er sich keinen weiteren Hörverlust mehr leisten.

Die Maschinisten, alles Weiße, schauten ihn mit ausdruckslosen Mienen an, als er zu der Konsole ging. Wenn es eine Abteilung auf diesem Schiff gab, die eine Bastion von rassistischen Weißen war, dann diese Abteilung B.

»Ich suche BT zwei Gallagher«, brüllte Jackson den BT First Class an. Der BT 1 entfernte einen Ohrenschützer und bat Jackson, zu wiederholen, was er gesagt hatte. Jackson tat es, und er spürte, daß die Männer mit ihm spielten. Der BT 1 blickte zu seinem Kollegen und sah dann wieder Jackson an.

»Den habe ich nicht gesehen«, rief er zurück.

Jackson überlegte kurz. Seine Quellen waren ziemlich sicher, daß Gallagher sich hier versteckte. Der Chefmaschinist hatte angeblich Gallagher angedroht, seine .45er zu holen und ihn über den Haufen zu knallen, wenn er ihm unter die Augen kam, und Gallagher hatte sich offenbar gesagt, daß es klug war, sich eine Woche lang nicht blicken zu lassen, falls Mr. Benedetti seine Drohung ernst meinte. Der Chief BT, der Chef der Arbeiter in den Kesselräumen, erzürnt über Gallaghers Untat, hatte ein besonderes Gesuch beim stellvertretenden Kommandanten eingereicht und um eine Versetzung Gallaghers zur *Berkeley* gebeten, was Jackson für eine prächtige Idee hielt. Sollten die ihn doch erschießen.

»Wo ist die Werkzeugkammer?« rief Jackson zurück.

»Da drüben, hinter Kessel zwo A. Aber sie ist abgeschlossen: Der Chief hat den Schlüssel.«

»Das ist okay. Sie –«, er wies auf einen der beiden Männer, die auf der Treppe saßen, »– zeigen mir, wo die Kammer ist.«

Der BT 1 wirkte plötzlich besorgt. »Ich finde, Sie sollten den Chief fragen …«

Jackson trat dicht an den BT 1 heran. »Komm mir nicht mit irgenwelchem Scheiß, BT eins«, brüllte er. Komisch, *jetzt* konnte ihn der Mann hören. »Wenn ich es sage, dann brichst du das Schloß der Werkzeugkammer auf und leerst sie zur Inspektion. Verstanden, BT eins?« Er wandte sich dem anderen Mann zu. »Gehen wir.«

Der BT 1 blickte Jackson finster an und griff zum Telefon. Der jüngere Petty Officer erhob sich so langsam es ging, ohne daß es als Gehorsamsverweigerung ausgelegt werden konnte. Er führte Jackson hinter den Kessel 2 A. Dort wies er auf die Werkzeugkammer, ein Drahtkäfig von ungefähr drei Quadratmetern, der an das Schott des Befeuerungsraums angebaut war und Regale mit Ersatzteilen, Putzlappen, Schmiermitteln und Werkzeugen enthielt. Die Glühbirne an der Decke brannte nicht. Es gab keine Ventilatoren auf der Fläche hinter dem Kessel, und die Hitze war unerträglich. Der Maschinist spuckte in die Bilge und verdrückte sich dann seitwärts, ließ Jackson allein auf der kaum siebzig Zentimeter großen Fläche zwischen vorderem Schott des Feuerungsraums und dem heißen Stahlkessel.

Obwohl es in der Werkzeugkammer dunkel war, glaubte Jackson jemanden darin zu sehen. Als er sich näherte, erkannte er, daß das Vorhängeschloß der Tür nicht abgeschlossen war. Er zog die Tür auf und sah Gallagher schlafend auf einem Haufen Putzlappen liegen. Er stieß den Petty Officer mit dem Fuß an und weckte ihn. Gallagher setzte sich erschrocken auf, und als er im schwachen Licht hinter dem Kessel eine Khakiuniform sah, verzog sich sein Gesicht zu einer Grimasse der Angst. Jackson konnte sich vorstellen, warum, und das hatte nichts mit Mr. Benedetti und dessen Drohung zu tun.

»Auf die Füße, Gallagher! Ich will mit dir reden.«

Gallagher stand langsam auf und rieb sich übers Gesicht. Er trug einen verschlissenen Arbeitsanzug mit Ölflecken, den die Maschinisten ihren ›Bilge-Tauchanzug‹ nannten. Gallagher stank, und Jackson fragte sich, wie lange er sich hier verkrochen hatte. Ein schmutziges Tablett von der Essenausgabe lag in dem kleinen Waschbecken der Werkzeugkammer, und ein ölbeschmierter Wasserkrug stand in der Ecke. Aller Komfort der Heimat. Jackson blickte über die Schulter, um sich zu vergewissern, daß der andere Mann fortgegangen war. Dann trat er zurück, so daß Gallagher aus der Werkzeugkammer herauskommen konnte.

Gallagher war ein kleiner, stämmiger, muskelbepackter Fünfundzwanzigjähriger. Er hatte ständig Schmierfett und Ölflecken auf Händen, Unterarmen, Nacken und Gesicht, und überall wucherte rotes Haar.

»Du weißt, wer ich bin?« fragte Jackson. Hinter dem Kessel herrschte nicht so ein Höllenlärm, und er brauchte nicht zu schreien. Er wischte sich Schweiß vom Gesicht.

»Ja. Sie sind der Sheriff.«

»Genau, Gallagher. Und du bist der Kerl, der high von Marihuana war und Scheiße baute, daß wir ausfielen und zehn Jungs drüben auf der *Berkeley* ums Leben kamen.«

Gallagher runzelte die Stirn und starrte auf den Boden. Heißes, schwarzes Bilgenwasser spülte um die Stahlplatten. Gallaghers Lippen bewegten sich, aber er brachte keinen Ton heraus.

»Jetzt, da du berühmt bist, will ich wissen, woher du den Stoff bekommen hast«, sagte Jackson.

Gallagher schüttelte den Kopf, dann blickte er auf. »Ich brauche nichts zu sagen«, erklärte er. »Das sind meine Rechte.«

Jackson neigte sich vor, und sein Gesicht berührte fast

das des kleineren Mannes. Er bleckte die Zähne und sprach in härterem Tonfall.

»Dies ist kein Prozeß, du Scheißer. Dies ist nur eine freundliche kleine Unterhaltung. Weißt du, ich bin der erste Mann, der mit dir redet, aber wie ich hörte, will der zweite erst mit dir tanzen und später reden, wenn du verstehst, was ich meine.«

Jackson sah die Furcht in Gallaghers Augen. Er wußte, was kommen würde. Gallagher schüttelte wiederum den Kopf, und sein Blick irrte hin und her, als suche er einen Fluchtweg. Dann sackte er in sich zusammen.

»Okay«, sagte er. »Ich habe den Stoff mitgebracht. Ich deale nicht damit oder so was; nehme nur dann und wann ein bißchen.«

»Bei einem Kampfeinsatz.«

»Okay, ich habe Scheiße gebaut. Niemand hat mir gesagt, daß ein Gefecht im Gange war. Ich war in meiner Koje, es gab Alarm ...«

»Und da warst du zu, als du hier runterkamst.«

»Vielleicht. Ein bißchen.«

Jackson starrte auf den kleinen Mann hinab, wollte ihm ins Gesicht sehen, doch Gallagher blickte weiterhin zu Boden.

»Wo ist dein Stoff?«

»Ich habe ihn ins Wasser geworfen ... nachdem ... nachdem ... Sie wissen schon. Ich habe keinen mehr, ehrlich.«

»Warum glaube ich dir nicht? Weißt du was? Ich hörte, daß der Chief BT einen Geistesblitz hatte. Er ersucht um deine Versetzung zur *Berkeley* und will den Jungs dort in einem Brief mitteilen, wer du bist und was du bist und was du gemacht hast, als es ihre Kameraden erwischte. Ich meine, das sollte besser sein, als in der Werkzeugkammer dahinzudämmern, nicht wahr? Auch wenn es eine ziemlich kurze Dienstzeit nach der Versetzung für dich werden wird.«

Gallagher blickte verwirrt drein, und als er kapierte,

spiegelten seine Augen Angst wider. Die Crew der *Berkeley* würde ihn in einen Kessel stecken und eine brennende Fackel hinterherwerfen. Jackson beobachtete Gallagher, als er die Möglichkeiten abwog und seine Augen einen verschlagenen Ausdruck annahmen.

»Sie wollen mich nur verarschen«, murmelte er.

»So, will ich das? Willst du den Brief sehen? Der XO hat ihn erhalten, und ich sage dir was – er läßt sich die Sache durch den Kopf gehen. Die Jungs auf der *Berkeley* würden für Gerechtigkeit sorgen, und wir würden uns die Hände nicht schmutzig machen, verstehst du?«

Das war eine Logik, die Gallagher tatsächlich verstand.

»Was für einen Handel wollen Sie?«

»Handel? Welchen Handel?«

Gallagher blickte sich um, als wollte er sich vergewissern, daß niemand sonst in der Nähe war. »Kommen Sie schon, Sheriff«, sagte er dann beschwörend. »Ich sitze bereits tief genug in der Scheiße. Was wollen Sie?«

»Ich will wissen, welchen Typ oder welche Typen du aufsuchen mußt, um deinen kleinen Schatz aufzufrischen.«

Gallagher wich vor Jackson zurück und blickte über die Schulter zur Werkzeugkammer, als wollte er dorthin zurückkehren. Jackson hörte ein Klingeln vorne am Kessel und nahm wahr, daß sich das Stampfen der Turbinen verstärkte, als das Schiff aus irgendeinem Grund schneller fuhr. Gallaghers Gesicht glänzte von Schweiß, und Jacksons Khakihemd klebte in der Hitze feucht an seinem Rücken. Jackson wartete auf eine Antwort. Gallagher blickte sich wieder furchtsam um, seufzte und nickte dann.

»Okay, okay. Ich will nicht zur verdammten *Berkeley* versetzt werden. Wenn Sie wissen wollen, wer auf diesem Pott mit Stoff dealt, dann gehen Sie zu den Nig… zu Ihren schwarzen Brüdern.«

Jackson starrte ihn an. »Was heißt das genau?«

Gallagher starrte zurück, und ein unverschämtes Grinsen breitete sich auf seinem Gesicht auf, aber er gab keine Antwort. Jackson hätte ihn am liebsten geschlagen.

»Willst du damit sagen, der Drogenring besteht aus Schwarzen?«

»Ich weiß nichts von einem Ring. Habe auch nichts von einem Ring gesagt, oder? Wenn diese Scheißer auch nur herausfinden, daß ich mit Ihnen geredet habe, dann werden sie …«

»Laß mich dir eines sagen, Gallagher«, unterbrach Jackson. »Du hast größere und drängendere Probleme als das.«

Gallagher starrte ihn mit großen Augen an. »Mein Gott, Sheriff, ich habe Ihnen einen Tip gegeben, nicht wahr? Sie können mich nicht einfach hängenlassen und …«

Jackson richtete sich auf. »Du hast mir einen Scheiß gegeben, Gallagher. Du nennst Schwarze immer noch Nigger, also überrascht es mich kein bißchen, daß du behauptest, von ihnen den Stoff zu bekommen. Tschüs, Gallagher. Und du solltest dir ein größeres Schloß für diese Tür zulegen. Der Chief wird das bisherige aufbeißen und das eine Übung nennen.«

Jackson ließ Gallagher bei der Werkzeugkammer stehen und stieg die Leiter hinauf, die aus dem Feuerungsraum führte. Er fröstelte in der fast kalten Luft der Hauptpassage und ging in sein kleines Büro am Broadway, wo er einige saubere Ersatzhemden aufbewahrte. Er dachte an Gallaghers Worte. Angenommen, der Kerl erzählte die Wahrheit, was ein seltenes Ereignis wäre, und Schwarze beherrschten die Drogenszene auf dem Schiff. Das komplizierte die Dinge sehr. Jede Ermittlung, die sich gezielt gegen Schwarze richtete, würde sofortiges Zeter und Mordio wegen Rassendiskriminierung bei den Heißspornen der Menschenrechtskommission auf dem Schiff zur Folge haben, auch wenn er, ein Schwarzer, die Ermittlung leitete.

Ein anderer Junkie behauptete das gleiche – daß er sein Marihuana von einem der Schwarzen bezogen hatte. Er hatte angedeutet, daß die Schwarzen den Drogenverkauf

auf dem Schiff steuerten. Wenn das stimmte, war es wahrscheinlich eine kleine Gruppe jüngerer Schwarzer, die vom Rest der Crew einschließlich der meisten anderen Schwarzen gemieden wurde. Da er einen Sitz im Menschenrechtsausschuß des Schiffes hatte, kannte er die Zahlen: auf der *Hood* gab es ungefähr drei Dutzend Schwarze in der Besatzung mit einem einigermaßen gleichen Verhältnis an Mannschaften, Petty Officers und Chiefs und einem Offizier, dem Versorgungsoffizier Raiford Hatcher. Er wußte, daß die meisten davon ehrliche Bürger waren, aufrichtig interessiert, beruflich weiterzukommen und etwas aus sich zu machen. Aber es gab eine Gruppe von vielleicht acht Männern, die sich offen feindselig gegenüber Weißen zeigte und, was das anbetraf, gegenüber den Filipinos und Hispaniern, den übrigen Minderheiten auf dem Schiff. Chief Martinez bezeichnete sie als Chancengleichheitsrassisten. Sie haßten anscheinend jeden. Da es eine von Jacksons Aufgaben war, ein Auge auf rassistische Gefahrenpunkte zu halten, hatte er sie beobachtet. Wenn diese Typen in das Drogengeschäft verwickelt waren, würde das eine ganz neue Dimension zu einem Problem hinzufügen, das er hauptsächlich für ein Rassenproblem gehalten hatte.

Jackson schloß seine Bürotür auf und zog sie hinter sich zu. Er zog das verschwitze Hemd aus und trocknete sich Gesicht und Arme mit einem Frotteetuch ab. Jackson billigte nicht das ungesetzliche Justizsystem des stellvertretenden Kommandanten, obwohl ihm der Gedanke, daß sich Martinez mit Gallagher beschäftigte, eine gewisse Genugtuung bereitete. Jackson wollte den vorschriftsmäßigen Weg gehen: eine reguläre Ermittlung nach den Vorschriften der Navy durchführen, den Drogenring sprengen, einige Mitglieder dazu bringen, andere zu verpfeifen, bis er den Boss schnappen und vor das Kriegsgericht bringen konnte. Es war ihm klar, daß er einen Verbündeten in der Offiziersmesse finden mußte, um das jemals zu erreichen, vorzugsweise einen der Abteilungsleiter, denn nur ein Abteilungsleiter konnte Schützenhilfe gegen den stellvertretenden Kommandanten leisten. Martinez hielt den Neuen, Brian Holcomb, für einen aufrechten Typ. Vielleicht würde er, Jackson, mit Holcombs Hilfe versuchen, etwas in Gang zu setzen. Wenn sie es durchziehen konnten, waren sie vielleicht in der Lage, die Sache dem XO als Paket vorzulegen und dann vielleicht nach den Vorschriften zu handeln. Es klopfte, und dann betrat Chief Martinez das Büro.

»Ist er dort?« fragte Martinez grollend.

»Gallagher? Ja, er ist dort. Und er macht sich vor Angst in die Hosen. Er weiß, daß er mit deinem Besuch rechnen muß. Aber er hat mir einen Tip gegeben – rate mal, welchen.«

»Ehrlich? Hat er Namen genannt?«

»Nicht genau, aber er sagte, wenn man Stoff haben will, muß man sich an einen der schwarzen Brüder wenden.« Jackson zog ein frisches Hemd an, steckte die Abzeichen an und knöpfte es zu.

Martinez schwieg eine Weile nachdenklich. »Das hätte ich nicht gedacht«, sagte er schließlich. »Ich nehme an, ich habe zu viele Freunde unter den Schwarzen.«

»Nun, es wäre im Grunde nichts Neues nach dem, was man uns bei der Ausbildung zum Schiffspolizisten gelehrt hat. Und ich kann mir denken, welche Horde es ist, wenn es stimmt. Aber ich versuche mir vorzustellen, wer unter den Schwarzen auf der *Hood* der Boss sein könnte. Ich meine, ja, wir haben Rassisten auf beiden Seiten der Straße, aber einen Drogendealerboss? Damit komme ich einfach nicht klar.«

»Einer der Neuen, ein Typ von dieser Black-Power-Horde.«

Jackson knüllte das verschwitzte Hemd zusammen und warf es auf den überhäuften Schreibtisch. Martinez massierte seine Handknöchel, daß es knackte, als würde ein Ast brechen.

»Dieser Typ, den sie Bullet nennen, der Elektriker, ist

einer der Anführer«, überlegte Martinez laut. »Jedesmal, wenn die Heißsporne eine große Lippe riskieren, ist er einer der Kerle, der ihnen das verbieten kann. Er sagt nicht viel, aber die jungen Typen hören auf ihn und richten sich anscheinend immer nach ihm.«

»EM First Class Wilson?«

»Ja.«

»Ich werde mir seine Personalakte ansehen, aber es liegt bisher nichts gegen ihn vor. Wenn er das Sagen bei der radikalen Horde hat, dann hält er sich ziemlich bedeckt.«

»Ja. Er will vielleicht kein Aufsehen erregen. Könnte sich lohnen, den Kerl mal unter die Lupe zu nehmen.«

Jackson strich sein Hemd glatt. Er hielt inne und schaute Martinez an. »Ja, okay. Ich verstehe, was du meinst.«

11

»Red Crown, hier Wager auf Air Force Green.«

Brian nahm das Mikro des roten Funktelefons aus der Halterung, schaltete es ein, wartete, bis ein Ton anzeigte, daß seine Worte verschlüsselt wurden, und antwortete: *»Wager, Red Crown, over.«*

»Hier ist Wager. Verlassen die Station für drei Stunden. Voraussichtliche Rückkehr um neunzehn-dreißig.«

»Red Crown, roger, out.«

Brian steckte das Mikro in die Halterung und blickte zu Garuda Barry, der die Nachricht von Wager bestätigte. Wager Bird, wie sie bei der PIRAZ hieß, war eine Boeing 707 der Air Force. Sie flog das ganze Jahr über jeden Tag mehrere tausend Meilen von Guam zum Golf und kreiste dann in fünfundvierzigtausend Fuß Höhe über dem Golf, um als UHF-Relais für alle amerikanischen Luftstreitkräfte – von Navy, Air Force und Marine Corps – zu dienen, die über Nordvietnam operierten. Brian schaute auf seine Armbanduhr. Austin sollte ihn in etwa einer Stunde ablösen. Die Zeit bei seiner ersten Schicht als Auswerter in der PIRAZ-Station war wie im Fluge vergangen. Er war äußerst fasziniert.

Im Combat Information Center war es nach der Hektik der morgendlichen Hubschraubertransfers von Akten, Computeraufzeichnungen, Botschaften und Daten der Luftüberwachung von der PIRAZ-Station an jeden der vier Flugzeugträger, die jetzt im WESTPAC operierten, ruhiger geworden. Offiziere und ranghohe Unteroffiziere des CIC der *Long Beach* waren zur *Hood* transportiert worden, um ihre Kollegen in deren CIC über die Besonderheiten der Radar- und Kommunikationsbedingungen, die letzten Luftaktivitäten und die Lage der elektronischen Kriegführung im Golf zu informieren. Sie hatten Radarvideos und Tonbänder von den jüngsten Luftangriffen und nachrichtendienstliche Akten mitgebracht. Wenn die *Long Beach* in anderthalb Monaten zurückkehrte, würde das gesamte Material, von der *Hood* auf den neuesten Stand gebracht, wieder zu ihr zurücktransportiert werden.

Inoffiziell wurde dabei mitgeteilt, welcher der Flugzeugträger die aggressivsten Jagdflieger hatte, was die besten Bestechungsmittel waren, um die Besatzung der täglich verkehrenden logistischen Hubschrauber dazu zu bewegen, stetigen Nachschub und Post zu bringen, und welche Art Fehler den gegenwärtigen Admiral der Yankee Station wahrscheinlich besonders verärgern würden. Zur festgesetzten Zeit hatte die *Long Beach* ihr TACAN-Signalfeuer ausgeschaltet, und die *Hood* hatte ihres eingeschaltet.

TACAN, das taktische Luftkontroll- und Navigationssignalfeuer, war einer der wichtigsten Gründe für die Daseinsberechtigung der PIRAZ-Schiffe. Da das PIRAZ-Schiff binnen einer geographisch festgelegten Zone von fünf Seemeilen im Golf von Tonkin stationiert war, konnte jedes Flugzeug der US-Streitkräfte oder der Allierten, das über oder um Nordvietnam und den Golf operierte, die

Red-Crown-TACAN-Frequenz einschalten und eine sofortige Positionsmeldung erhalten. Und wenn die TACAN-Frequenz des Flugzeugs nicht funktionierte, konnte die Besatzung auf die Red-Crown-Kontrollfrequenz umschalten, einen besonderen Antwortsender übermitteln, und das starke Luft-Suchradar des PIRAZ-Schiffes würde sie orten, ihre Position durchgeben und sie zu ihrem Heimatstützpunkt leiten.

»Wir sind Babysitter«, hatte Austin gesagt. »Wenn sie Probleme haben, wissen sie, daß wir da sind. Sie navigieren in diesem ganzen Teil von Südostasien mit Hilfe unseres TACAN, und sie wissen, daß es einen SAR-Helo gibt, wenn sie notwassern müssen. Es gibt Anzeichen darauf, daß auch die Kommunisten die Hilfe von TACAN mitbenutzen.«

»Ich hatte keine Ahnung, daß hier draußen so viele Flugzeuge operieren«, hatte Brian bekannt.

»Keiner weiß das. Aber wenn die Bombardierung im Gange ist, können bis zu hundert Maschinen über Nordvietnam oder dem Golf sein, Tag und Nacht. Es ist die Aufgabe all dieser Leute von der Luftüberwachung, sie auseinanderzuhalten und besonders dafür zu sorgen, daß sich keine MiG in eine Formation von Flugzeugen einschleicht, die zum Beispiel nach einem nächtlichen Angriff auf den Flugzeugträger zurückkehrt.«

»Meinen Sie, die würde das wirklich versuchen?«

»Nein, weil ich der Ansicht bin, daß die Flugzeugträger aus politischen Gründen tabu sind. Aber wenn Sie mich fragen, ob sie es könnten, muß ich bejahen. Sie könnten es zumindest versuchen. Das ist PIRAZ: Positive Identification Radar Advisory Zone. Wir identifizieren im Umkreis von zweihundert Meilen. Und deshalb sind wir hier draußen im Golf zwischen den Hauptflugplätzen Nordvietnams und unseren Flugzeuträgern im Süden. Wir sind sozusagen die Pförtner.«

Brian stand hinter der Waffenkoordinationskonsole. Der Waffenkoordinator, genannt SWIC, kontrollierte per

Computer alles, was im Combat Information Center geschah, und gab Befehle über die Bordverständigungsanlage. Alle Arbeitsgruppen vor den Kontrollschirmen meldeten dem SWIC: die Abteilung ›Erfassen und Verfolgen‹, bekannt als die ›Höhle‹, weil sie völlig abgedunkelt war, um den Kontrast auf dem Radarschirm zu verstärken, die Abteilungen Waffenkontrolle, Überwasser-Operationen, Computerkontrolle, Anti-U-Boot-Kontrolle, elektronische Kriegsführung und die PIRAZ-Luftüberwachung. Der SWIC stand mit all den Abteilungen in Verbindung und hatte Zugang zu jeder der sechsunddreißig Funk-Verbindungswege des Schiffes. Für gewöhnlich hörte er mit einem Ohr das System der Bordverständigungsanlage und mit dem anderen eine Funkfrequenz. Der SWIC hatte eine hohe Qualifikation. Es dauerte mindetens ein Jahr, bis ein Offizier für den Dienst an der SWIC-Konsole qualifiziert war, und nur sehr wenige Offiziere auf dem Schiff konnten die komplizierte Koordination von Hand und Auge schaffen, wenn dem Computer Befehle eingegeben und zugleich die Daten auf dem Bildschirm mit höchster Konzentration erfaßt werden mußten, während gleichzeitig die Bordverständigungsanlage in ein Ohr quäkte und eine Funkfrequenz ins andere.

Weil Brian neu in der PIRAZ-Station war, hatte Austin Chief Warrant Officer Barry, den Computeroffizier des Schiffes und besten SWIC, zum Dienst mit ihm eingeteilt. Nach nur ein paar Stunden wußte Brian Austins Wahl zu schätzen. Das Wort garuda bedeutete ›Drache‹ auf Pidgin-Chinesisch, und Barry war der technische Drache des CIC. Er war ein Ex-Unteroffizier – Radarman –, der bis zum Chief Petty Officer aufgestiegen war und dann zum Technical Specialist ernannt worden war. Barry kannte mehr über das Combat Information Center und die unterstützenden Kampfsysteme der *Hood* als jeder andere Offizier oder Chief auf dem Schiff, und er war sehr stolz auf seine Technikkenntnisse. Barry war fünfunddreißig, sah jedoch zehn Jahre älter aus; er war ein kleiner, rundlicher Mann mit vorzeitig ergrautem Haar, rundem Gesicht, Brille mit Metallfassung, zittrigen Händen und ständig einer Zigarette im Mundwinkel. Barry hatte seine gesamte Laufbahn in der Pazifikflotte verbracht, und seine Sprache war voller WESTPAC-Slang, Initialwörtern und chinesischen und japanischen Pidgin-Ausdrücken. Er hatte im Selbststudium das Programmieren von Computern gelernt und konnte eine Panne schneller beheben als jeder Techniker. Barry hatte Brian die Symbole auf seinem Bildschirm mit der Geduld eines Mannes erklärt, der weiß, daß er die Erklärung noch mehrmals wiederholen muß.

»Das ist ein schneller Feind«, sagte Garuda nach einem zwanzigminütigen Schnellkurs am Bildschirm zu Brian. »Und das ist ein ›stiller Schirm‹ weil nirgendwo ein Angriff stattfindet. Wenn es einen Angriff gibt, blinkt es dreimal.«

»Klar. Alles kapiert. Einfach Spitze. Ich bin jetzt als SWIC qualifiziert«, hatte Brian gescherzt und die Augen verdreht. Garuda hatte gelacht.

»Der Trick ist, daß man eine Art Symbol bei jeder Wache beobachtet und sich darauf konzentriert, was es während der Wache macht. Nach ungefähr einem Monat werden Sie dieses Display lesen können wie ein Buch. Und der andere Trick besteht darin – wenn Sie versuchen, es zu lernen –, daß Sie den meisten Leuten voraus sind, die es nie auch nur versuchen. Dann hält man Sie für einen Experten.«

Von seinem Platz aus konnte Brian direkt in die Abteilung Überwasser schauen, wo der Offizier und seine drei Bediener der Radarschirme alle Kontakte im Umkreis von zwanzig Meilen um das Schiff beobachteten. Sie benutzten das SPS-10-Suchradar und gaben Daten und Informationen an den Offizier vom Dienst auf der Brücke weiter. Rechts von dieser Abteilung befand sich die Waffenkontrollabteilung mit zwei Userkonsolen und der Kontrolle der Fernlenkgeschoß-Abschußvorrichtung, und links von Brian war der Eingang zur ›Höhle‹, in der Radarmen Videos eingaben, die von den beiden Luft-Suchradars in Computersymbole an acht Eingabecomputern umgesetzt wurden. Die Konsolen sahen wie große graue Schreibtische mit schräger Platte aus, auf die runde Bildschirme montiert waren. Direkt rechts neben der SWIC-Konsole befanden sich die beiden Haupt-Fluglotsen-Konsolen. Ein Fluglotse leitete ein paar Phantomjets vor der Küste von Nordvietnam. Sein Kollege war der PIRAZ-Fluglotse, der Anweisungen an die Dutzende von Unterstützungsflugzeugen gab, die über dem Golf operierten. Brian beherzigte Garudas Rat und nutzte seine erste Wache, um sich die Namen von allem einzuprägen, was er von seinem Platz aus sehen konnte.

Garuda schob die Kopfhörer für einen Moment von den Ohren. »Wager Bird schaltet ab, und alles wird ruhiger«, sagte er. »Diese Stabshengste von der Yankee Station lieben ihren Sicherheitsfunk.«

»Kein Wager, kein Sicherheitsfunk?«

»Nicht für die verträumten Bosse. Der Golf hat eine Sicherheitsfunkverbindung – Air Force Green. Weil die Verbindung sicher ist, ist Air Force Green die eigentliche Kommandozentrale für den Golf geworden. Der Admiral, der Luftabwehrcommander auf dem Flugzeugträger, das PIRAZ-Schiff, das Luftkontrollzentrum der Air Force in Da Nang, die SAR-Schiffe im Norden und Süden – wir alle sind mit Air Force Green verbunden.«

Garuda bewegte den Mauszeiger auf dem Bildschirm. »Die Flugzeugträger sind ungefähr hundertzwanzig Meilen entfernt auf der Yankee Station, also hier. Da Nang ist hundertvierzig Meilen entfernt, auf dem Land hier. Die SAR-Zerstörer-Station im Süden ist ungefähr sechzig Meilen entfernt, und die SAR im Norden ist rund sechzig Meilen entfernt im Hafen Haiphong. So muß Air Force Green übertragen werden, und das macht Wager Bird. Aus fünfundvierzigtausend Fuß Höhe hat die Boeing Sieben-null-sieben das meiste von Südostasien in ihrer Reichweite.«

»Das ist anscheinend ein teurer Kommunikationsweg, eine ganze Sieben-null-sieben nur für den Funkverkehr abzustellen.«

»Jawohl, Sir, aber es ist wirklich schön, bei Gefahr diesen Vogel anzufunken und einige Jäger in die Luft zu bekommen, anstatt über einfache Funkfrequenzen eine Menge von Kodewörtern zu benutzen.«

»Was geschieht, wenn Wager abschaltet und heimfliegt?«

»Zwischen Mitternacht und Morgengrauen haben wir keine Sicherheitsfunkverbindung mit den Flugzeugträgern. Wir hoffen einfach, daß die bösen Jungs in diesen Stunden in ihren Boxen bleiben.«

»Und wenn nicht?«

»Dann wäre wir auf uns allein gestellt, Mr. Holcomb. Aber ich bin seit 1966 hier draußen auf PIRAZ. Wir haben noch nie eine MiG über Wasser kommen sehen. Sie wissen, daß wir ihnen den Arsch wegschießen würden, wenn sie in Reichweite unserer Fernlenkgeschosse kommen. Und wir haben die Barrier Combat Air Control, kurz genannt BARCAP. Zwei Phantom-Jets in Bereitschaft rund um die Uhr sind scharf darauf, eine MiG abzuschießen. Diese Jungs sind regelrecht heiß darauf, über den Golf zu kommen und mitzumischen.«

»Das kann man wohl sagen«, pflichtete der BARCAP-Fluglotse von der anderen Seite der SWIC-Konsole bei.

Brian nickte. Er mußte sich immer noch an den einzigartigen Status der Vollzeit-Fluglotsen des Schiffs gewöhnen. Die *Hood* hatte fünf Fluglotsen für die Abfangjäger, Air Intercept Controller, kurz AIC. Die Aufgabe eines AIC bestand darin, Abfangjäger der Navy auf seinem Radarschirm unter Kontrolle zu behalten und sie über Funk zu einer taktischen Position zu lotsen, aus der sie ein feindliches Flugzeug erfassen und verfolgen und mit dem eigenen Waffensystem abschießen konnten.

Brian erkannte, daß die AICs auf der *Hood* eine Elitegruppe war. Das Vertrauen zwischen den Piloten und ihren Jagdfliegern war fast zum Symbol für zwischenmenschliche Beziehung und gegenseitige Abhängigkeit geworden. Der Lotse saß vor einem Radarschirm, der in drei Dimensionen – Richtung, Entfernung und Höhe – ein Gebiet von zweihundertfünfzig Meilen im Durchmesser zeigte. Der Jagdflieger mußte fast blind die Anweisungen des Fluglotsen bezüglich Kurs, Geschwindigkeit, Höhe und Korrekturen befolgen, die der Lotse auf Grund dessen gab, was er auf dem Radarschirm sah. Seine Anweisungen dienten dazu, den Piloten des Jägers so in Position zu einem feindlichen Flugzeug zu bringen, daß er seine Waffen einsetzen konnte. Je nachdem, welche Geschosse eingesetzt wurden, bemühte sich der Fluglotse, seine Jagdflieger hinter und unterhalb oder Kopf an Kopf zu dem feindlichen Flugzeug zu bringen. Der entscheidene Unterschied war, daß der Fluglotse bis zu den letzten Sekunden sehen konnte und der Pilot nicht, wenn sein Ziel wie durch Zauberei direkt vor ihm auftauchte und der Abfangoffizier am Radar auf dem Rücksitz der Phantom übernehmen und das Ziel anvisieren und abschießen konnte.

Daß die Fluglotsen Unteroffiziere und die Piloten allesamt Offiziere waren, machte die Bande noch spezieller, denn die Piloten legten ihr Leben eindeutig in die Hände ihrer Fluglotsen. Die Ausbildung zum AIC war besonders intensiv. Die Fluglotsen mußten sich alle drei Monate in der Schule oder bei der Praxis von neuem qualifizieren. Sie wurden von der FAA, der Luftfahrtbehörde, staatlich zugelassen, und sie mußten über ihre Lizenzen, Ausbildungen und Wiederqualifizierungen Buch führen wie ihre zivilen Kollegen. Sie waren äußerst stolz auf ihre Fähigkeiten und allesamt begierig darauf, eine MiG abzuschießen, was den aggressiven Geist von Jagdfliegern der Navy widerspiegelte. Im Laufe der Zeit entwickelte sich ein solches Vertrauensverhältnis, daß Piloten Fluglotsen mit Namen fragten, ob es ihrer Meinung nach ein großes taktisches Problem geben könnte.

Brian stellte fest, daß die AICs, die Piloten imitierten, alle Spitznamen hatten und einen eigenen Jargon im Funkverkehr benutzten. Da wurde viel Slang gesprochen, der von der jüngsten CB-Funk-Welle geprägt war, von der die

Staaten überspült wurde. Als Brian bei einem Funkgespräch mithörte, stellte er fest, daß sowohl Pilot als auch Fluglotse sich betont gelassen gaben und bei Manövern, bei denen es in vierzigtausend Fuß Höhe und mit Geschwindigkeiten von sechshundert Meilen pro Stunde um Leben und Tod ging, ihre wahre Anspannung verbargen. Wenn sich jedoch eine gefährliche Situation entwickelte, verschwanden der Slang und der Blödsinn von Ausdrücken des CB-Funks sofort und wurde durch scharfe Befehle ersetzt.

Garuda hatte erklärt, daß es nicht genügend AICs in der Navy gab und sie deshalb oft auf ein PIRAZ-Schiff versetzt wurden, sieben Monate Dienst leisteten, für einen Monat in die Staaten zurückkehrten und wieder auf ein PIRAZ-Schiff abkommandiert wurden, das ein anderes ablöste. Vielc der AICs nahmen das Gehabe angeheuerter Revolverschwinger an, und genau das waren sie im Grunde. Sie neigten dazu, wenig über ihre Fähgkeiten zu reden und verhielten sich in ihrer Umgebung in gespielter Gleichgültigkeit – bis sie vor einem AIC-Radarschirm saßen.

Die AICs hatten einen besonderen Status in der Crew. Sie erhielten mehr Sold als andere Soldaten der Besoldungsstufe E-6 und hatten keinen anderen Dienst außer dem des Fluglotsen. Sie richteten ihre Pausen anscheinend nach ihren persönlichen körperlichen Fähigkeiten aus, sich auf den Radarschirm zu konzentrieren, und sie gingen und kamen in das CIC, wie es ihnen beliebte. Garuda hatte auf eine andere Tatsache hingewiesen: Weil die AICs zur rechten Hand des SWIC saßen und deshalb die Gespräche zwischen den ranghohen Offizieren des Schiffs mitbekamen, waren sie die beste Quelle für Gerüchte in der Crew.

Der AIC, der jetzt vor dem Radarschirm saß, hatte den Spitznamen HooDoo. Sein richtiger Name lautete Alonzo Jones. Er war ein großer, sehr dünner Schwarzer mit interessantem Gesicht: tiefliegende Augen mit stechendem Blick, Hakennase, dünne Lippen und räuberischer, fast grausamer Ausdruck. Er beschäftigte sich angeblich mit afrikanischem Spiritismus, Voodoo und anderem Okkultismus. Seine Stimme klang erstaunlich tief, und bei seiner Arbeit als Fluglotse setzte er sie sehr wirkungsvoll ein. Viele der Schwarzen auf dem Schiff fühlten sich äußerst unbehaglich bei HooDoo, der die übliche Reserviertheit eines AIC mit einer gelegentlichen Zauberformel kombinierte, was die Abergläubischen oftmals erschauern ließ.

»SWIC, ich werde diesen BARCAP in ungefähr elf Minuten absaugen lassen«, kündigte Hoodoo an.

»SWIC, aye, und Red Crown Controller, wo ist der Basketball?«

»Basketball ist auf zwei-vier-zwo, Entfernung achtzig Meilen«, erwiderte der PIRAZ-Fluglotse. Er verhinderte, daß es zu Zusammenstößen kam; er war ein beratender Fluglotse, kein Fluglotse, der Jäger leitete, und deshalb für den AIC minderwertiger.

»Was ist ein Basketball?« fragte Brian. Er hatte es satt, dauernd Fragen zu stellen, wenn Garuda irgend etwas sagte oder tat, aber dessen Geduld war anscheinend endlos.

»Basketball ist ein C-1-24-Frachtflugzeug des Marine Corps, umgebaut als Lufttanker. Es kreist nordöstlich von Da Nang und betankt jedes Flugzeug im Golf in der Luft, das Treibstoff braucht.«

Brian hatte noch einige Fragen, aber er verzichtete darauf, sie zu stellen. Er nickte nur und ging zur Abteilung ›Überwasser‹, um sich Kaffee zu holen. Und er hatte gedacht, seine Ausbildung sei hart gewesen! Sie war ein Kinderspiel im Vergleich zu dem, was diese Jungs hier zeigten. Es beeindruckte ihn, wie schnell sich die CIC-Crew in die Routine der PIRAZ-Station eingewöhnt hatte. Jede der Arbeitsgruppen war im Einsatz, und der Funkverkehr, das Klappern von Knöpfen und Tastaturen und das stetige Summen der Kühlung der sechzehn Konsolen bildeten die Geräuschkulisse.

Radarman First Class Rockheart war verantwortlich für

die Überwasserüberwachung in Brians Beobachtungsbereich. Er begrüßte Brian mit einem freundlichen »Guten Tag, Sir« und füllte den Becher des Auswerters mit frischem Kaffee. Brian war beeindruckt von Rockhearts tadellosem Äußeren und seiner militärischen Haltung. Rockheart war offenbar ein Mann, der das Zeug zum Chief Petty Officer hatte.

»Alles ruhig an der Überwasserfront?« fragte Brian. Diese Abteilung war die einzige, die er zu verstehen glaubte. Die vertrauten Schirme und Konsolen und das SPS-10-Suchradar waren in fast jedem Navyschiff gleich.

»Jawohl, Sir«, erwiderte Rockheart. »Keine Überwasserkontakte, obwohl der Blip hier ein Helo von der Yankee Station hierher sein könnte.« Er wies auf den Radarschirm.

»Ihr Überwasserjungs macht auch Luftüberwachung mit der SPS-10?«

»Nein, Sir, aber die Helos fliegen ziemlich tief, um nicht von der Luftüberwachung des Feindes erfaßt zu werden. Dann wären sie Beute für die MiGs, bevor wir einen Abfangjäger losschicken könnten. Und bei dieser niedrigen Flughöhe kann die zehn die Helos sehen.«

»Das wäre ziemlich ungewöhnlich, nicht wahr, RD-eins? Wie ich hörte, bleiben die MiGs über Land, solange Red Crown hier draußen ist.«

»Jawohl, Sir, aber es gibt ein Loch im Schutznetz für einen Teil des Helo-Flugs. Ich zeige Ihnen das auf dem NTDS-Schirm.«

Sie gingen zu der Konsole mit dem Naval Tactical Data System. Rockheart ließ den Bediener das Display auf einen Hundertfünfzigmeilenradius einstellen und alle Symbole außer den für Überwasserschiffe wegklicken. »Sehen Sie, hier sind wir im Zentrum. Dieser Vierzigmeilenkreis ist unser Vorwall, der mit den Fernlenkgeschossen gesichert ist. Dort ist die SAR-Station des Südens; da ist jetzt niemand, aber Sie können sich den Vierzigmeilenkreis darum vorstellen. Sie sehen, daß zwischen den beiden eine Lücke besteht, die nicht durch Fernlenkgeschosse geschützt ist.

Ungefähr fünfzig Meilen hat der logistische Hubschrauber keinen Schutz außer Abfangjägern.«

»Aber MiGs müßten immer noch über den Golf kommen, um anzugreifen.«

»Jawohl, Sir, und BARCAP würde auf sie zustoßen wie eine Schlange auf eine Ratte, aber vermutlich erst nachdem sie den Helo abgeschossen haben. Im vergangenen Jahr kamen ein paar MiGs vom Flugplatz Vinh – das ist hier im Westen – und schossen einen SAR-Helikopter ab, der zwanzig Meilen vor der Küste kreiste.« Er verstellte den Ausschnitt auf dem Bildschirm auf sechzig Meilen und wies auf eine Landspitze am westlichen Rand des Radarschirms. »Die MiGs trödelten im Radarschatten der Berge südlich von ihrem Stützpunkt herum. Keiner von uns sah sie auf dem Schirm, bis sie übers Wasser kamen, den Helo abschossen und ins Bergland zurückflogen, bevor wir reagieren konnten. Deshalb halten sich die Jungs vom Helo dicht über dem Wasser, wenn sie herfliegen.«

»Das ist ein dicker Hund. Uns könnte das gleiche passieren, wenn wir nicht aufpassen. Wir sind nur vierzig – oder fünfzig? – Meilen von der Küste entfernt.«

»Jawohl, Sir, Mr. Holcomb, aber mit Verlaub, Sir, dafür sind ja Sie da. Wenn MiGs auftauchen, schickt ihnen der AIC die Abfangjäger auf den Hals. Wenn das nicht klappt, erwischen Ihre Waffenjungs die MiG mit ihren Terriern. Die MiGs wären binnen zwei Sekunden, nachdem sie über dem Wasser auftauchen, in Reichweite Ihrer Wasser-Luft-Geschosse.«

Holcomb nickte. »Vorausgesetzt, alles funktioniert. Und vorausgesetzt, wir oder eines der Überwachungsteams entdecken sie, bevor sie zur Küste gelangen. Denn wenn wir sie erst sehen, wenn sie über den Strand kommen, dann könnten sie in zirka hundertachtzig Sekunden hier sein. Die Abfangjäger müßten schon direkt über den MiGs sein, wenn sie über der Küste auftauchen, um von Nutzen zu sein, und die Kommunisten wissen genau wie wir, wo die BARCAPs sind.«

»Jawohl, Sir, das nehme ich an. Aber Mr. Austin meint, sie würden nie versuchen, uns anzugreifen, weil es ein politisches Gewitter geben würde. Einen Hubschrauber abzuschießen ist was anderes, als ein Schiff zu versenken. Und außerdem sagt Mr. Hudson, daß ein Angriff ein gefundenes Fressen für unsere Terrier wäre, Sir.«

»Vorausgesetzt, sie funktionieren.«

Rockheart grinste. »Ja, Sir, das ist die Voraussetzung. Aber ich nehme an, sie funktionieren. Und schließlich sind Sie es ja, die die Terrier von der Leine lassen.«

Brian lachte. *Touché.* Rockheart hatte taktvoll darauf hingewiesen, daß der Waffenoffizier nicht bezweifeln sollte, daß sein Terrier Wasser-Luft-Fernlenksystem funktionierte.

Beide Männer kannten die Wahrheit, wie jeder, der während der Übungen im Combat Information Center gewesen war, bezeugen konnte; die komplizierten Terrier Feuerleitungssysteme und ihr Radar waren berüchtigt dafür, daß sie in kritischen Momenten ausfielen. Genau wie Benedettis Kompressor, dachte Brian.

»Sie müsen einfach Vertrauen haben, RD eins«, sagte er und kehrte zu Garuda zurück, der bestätigte, daß ein Helikopter im Anflug war.

»Wir werden die Brücke informieren, wenn er noch eine halbe Stunde entfernt ist«, kündigte er an. »So lange dauert es für gewöhnlich, bis die Crew des Flugdecks und alles sonst bereit ist.«

»Roger that«, erwiderte Brian und imitierte unbewußt den AIC-Slang. Ein Hubschrauber bedeutete vielleicht, daß Post eintraf. Es war fast ein Monat vergangen, seit sie San Diego verlassen hatten. Die Post war fällig. ›Zuckerzuteilung‹ in der Navysprache. Jeder sehnte sich nach Post. Aber zum ersten Mal fragte er sich, was mit der Post eintreffen würde – ein Liebesbrief oder ein Abschiedsbrief.

»Auswerter, SWIC, melden Sie jetzt Ankunft des Helo.«

Auswerter. Das bin ja ich, dachte Brian. »Auswerter, aye«, erwiderte er.

12

San Diego

Eine Woche nach ihrem schockierenden Erlebnis im Offiziersklub des Marine Corps Recruit Depot besuchte Maddy die zweite Versammlung der Offiziersfrauen im Haus des Captains auf der Insel Coronado. Sie mochte Coronado, eine teils natürliche, teils von Menschenhand geschaffene Insel vor dem Hafen von San Diego. Obwohl Coronado von der Innenstadt San Diegos aus nur mit einer Fähre erreicht werden konnte, war es keine Insel im eigentlichen Sinn, denn sie war mit einem langen Streifen Land verbunden, der bis nahe an die mexikanischen Grenze führte. Es gab zwei bedeutende Navyeinrichtungen auf Coronado, der Amphibische Stützpunkt an der Südspitze und die North Island Naval Air Station an der Nordspitze. Dazwischen lagen einige der vornehmsten Immobilienanlagen von San Diego mit ihren Golfplätzen, hervorragendem Strand, dem palastähnlichen Hotel del Coronado und dem Wohngebiet, das von breiten Prachtstraßen durchzogen war und in herrlicher Landschaft lag. Entlang der Pazifikseite gab es einige sehr teure Villen. Wie viele Mitglieder der Navy hatten die Huntingtons in den frühen fünfziger Jahren ein bescheidenes Landhaus auf Coronado gekauft, um es später als Ruhesitz zu benutzen. Jetzt war das Haus weitaus mehr wert, sie hätten es heute nicht mehr bezahlen können, auch nicht von dem Geld, das ein Kapitän verdiente.

Maddy fuhr von der Fähre auf die First Street und bog dann auf die Orange Avenue. Sie zog einen Zettel mit der Wegbeschreibung zu Rate und setzte die Fahrt zum Haus der Huntingtons fort. Am Rand der von Palmen gesäumten Straße erkannte sie einige andere Wagen von Offiziersfrauen. Besonders Tizzy Hudsons Kabrio fiel ihr ins Auge. Sie errötete fast von neuem, als sie sich an das Telefonat erinnerte, das sie am Freitag von der Arbeit aus mit Tizzy geführt hatte.

»Und wo war Cinderella um Mitternacht? Die Welt will wissen, was sie getrieben hat.« Tizzy hatte gelacht.

Maddy hatte zuerst um den heißen Brei herumgeredet, doch schließlich hatte sie Tizzy erzählt, was auf dem Parkplatz passiert war.

»O verdammt, ich hätte bleiben sollen«, sagte Tizzy. »Ich hätte auf dich warten sollen. Deshalb gehen alle zu zweit oder dritt – diese geilen Kerle können ziemlich wild werden. Es tut mir leid. Aber was ist mit diesem Gene-Autrey-Typ – sieht er gut aus?«

»Er ist ein Indianer oder ein Halbblut. Und ich glaube, erheißt nur Autrey.«

»Aha. Über das Vorstellen sind wir also schon hinaus, nicht wahr? Wie köstlich. Hat er eine dieser großen Indianernasen? Sieht er wild wie ein Krieger aus?«

»Tizzy, der Mann rettete mich vor … du weißt schon. Es war nach Mitternacht auf einem dunklen Parkplatz. Er nahm mich in seinem Wagen mit bis zu meiner Wohnung, setzte mich ab und fuhr davon. Mir war es zu schlecht, um mir viele Einzelheiten von ihm einzuprägen, okay? Es ist ja nicht so, als hätten wir uns zu einem Wiedersehen verabredet.«

»Schade. Was du über ihn erzählt hast, klang sehr interessant. Und du hattest Glück, daß er auftauchte. Gehst du Sonntag zu dem Treffen?«

»O Gott, das habe ich vergessen. Ich nehme an, es bleibt mir nicht erspart, oder?«

»Ein Nichterscheinen würde auffallen. Deshalb hat sie es für Sonntag angesetzt. Es gibt keine Ausrede, um abzusagen, nicht einmal für uns arbeitende Mädchen, aber keine wird lange bleiben außer denjenigen, die sich bei ihr einschmeicheln wollen.«

»Mrs. Huntington kommt mir nicht vor wie eine, die ihre Zeit mit Schmeichlerinnen verplempert.«

»Da hast du recht. Sie ist ziemlich hart, aber eigentlich

ganz nett. Ich nehme an, sie läßt die ›extrem ernsten Frauen‹ nur aus Großzügigkeit bleiben. Du magst sie, nicht wahr?«

»Ja, ich kann sie gut leiden«, sagte Maddy. »Ich bin nur nicht an diese ganze organisierte Frauenszene gewöhnt.«

»Sie nennen es Beistands-System, was auch immer das zu bedeuten hat.« Tizzy hatte gelacht. »Für die Frauen, die das brauchen, ist das vielleicht eine gute Sache. Mrs. Huntington, die Lebensberaterin, die Gute. Sie billigt nicht meinen Lebensstil, aber behandelt mich wenigstens wie eine Erwachsene. Ich werde dich dort sehen, und ich will mehr über Mister Autrey hören.«

Maddy parkte den Wagen und ging über den mit Hecken gesäumten Weg zum Haus. Sie trug einen knielangen Plisseerock, eine kurzärmelige Seidenbluse, am Ausschnitt aufgeknöpft, ein Halstuch und Schuhe mit flachen Absätzen. Sie hatte noch nicht ganz die Bekleidungsvorschriften für die Offiziersfrauen herausgefunden, und so neigte sie dazu, sich übertrieben fein anzuziehen, weil sie vergaß, daß sie nicht mehr an der Ostküste war. Als sie an der Haustür wartete, bis jemand öffnete, schüttelte sie ihr Haaar aus und fragte sich, ob sie es nicht kurz tragen sollte. Hier in San Diego trug kaum eine Frau lange Haare.

Die Tür wurde geöffnet. Mrs. Huntington lächelte sie an.

»Maddy, kommen Sie herein. Ich freue mich so sehr, daß Sie kommen konnten. Wir sehen nicht genug von euch Berufstätigen. Haben Sie den Weg leicht gefunden? Gut. Kommen Sie rein, kommen Sie rein.«

Die Frau des Captains trug einen Freizeitrock, eine ärmellose Bluse und rote Sandalen. Ihr Haar hatte graue Strähnen und war kurz geschnitten. Obwohl sie Ende Fünfzig war, hatte sie ihre schlanke Figur behalten, und Maddy war überzeugt, daß sie als Braut eine Schönheit gewesen war. Ihr Gesicht war sonnengebräunt und faltig nach fast dreißig Jahren als Navyfrau, und etwas von dem befehlsgewohnten Verhalten ihres Mannes hatte auf sie abgefärbt. Sie war eine vollendete Gastgeberin, selbstsicher und entspannt in jeder Gesellschaft, und sie war alt genug, um mütterlich zu all den Offiziersfrauen zu sein, sogar zu der des stellvertretenden Kommandanten. Maddy war äußerst beeindruckt von ihr.

Mrs. Huntington führte Madddy durch das Wohnzimmer und hinaus in eine Gartenlaube aus Gitterwerk, in der die Abendluft des Herbstes herrlich kühl war. Die übrigen Frauen hatten sich um die Gartenlaube versammelt, saßen auf Liegestühlen und einigen Küchenstühlen, die sie aus dem Haus geholt hatten. Tabletts mit Canapés standen auf den Tischen, und einige Weinflaschen ragten aus Kübeln, die mit Eiswürfeln gefüllt waren. Ein zweiter Kühler enthielt alkoholfreie Getränke. Tizzy Hudson winkte Maddy zu und klopfte auf einen freien Stuhl neben ihrem. Mrs. Huntington ging wieder zur Haustür, weil es geklingelt hatte, und Maddy setzte sich zu Tizzy. Sie begrüßte einige der anderen Frauen. Von den meisten kannte sie den Namen nicht. Sie erkannte Angela Benedetti und natürlich Cynthia Hatcher, die Frau des Versorgungsoffiziers, die ziemlich steif neben Barbara Mains, der Frau des Verwaltungsoffiziers, saß. Tizzy reichte Maddy ein Glas Wein und plauderte mit ihr über Belanglosigkeiten, bis die Frau, die am nächsten bei ihnen saß, aufstand, um mit einer anderen zu sprechen.

»Okay, Mädchen, erzähle – was hältst du vom MCRD?« sagte Tizzy.

Maddy schaute sich um. Sie wußte nicht, was sie preisgeben sollte. »Ich glaube, das ist kein Ort für eine anständige verheiratete Frau«, begann sie. »Aber ich muß zugeben, daß ich mich eine Zeitlang damit angefreundet hatte. Ich nehme an, es lag an den vielen Leuten – es ist so voll dort, daß man glaubt, mit jedem zu tanzen, nicht mit einem allein.« Sie schaute sich wieder um. »Sollten wir nicht besser über etwas anderes reden? Ich meine – hier?«

Tizzy lachte laut und zog ein paar neugierige Blicke auf sich. Aber die meisten der Frauen waren an Tizzy und ihre übermütige Art gewöhnt. »Um Himmels willen, Maddy, entspann dich. Wir haben das Jahr 1969. Diese Leute können dir nicht vorschreiben, was du zu tun und zu lassen hast.«

»Ja, aber es könnte Brians Karriere schaden, wenn die Frau des Kapitäns ihrem Mann schreibt, daß Mrs. Holcomb über die Stränge geschlagen hat.«

Tizzy verdrehte die Augen und rückte näher zu Maddy. »Nun ja, es könnte vielleicht schaden«, sagte sie mit gesenkter Stimme. »Du hast also recht: erzähle keiner davon außer mir. Ehrlich, einige dieser Mädchen sind regelrechte Mauerblümchen. Sie haben wohl nichts Besseres zu tun, als über andere zu tratschen. Aber wenn sie mich fragen, warum ich nicht zum Bridge oder Kaffeeklatsch oder Mittagessen gekommen bin, erzähle ich ihnen irgendein Gewäsch, und die Sache hat sich. Die bist noch neu in diesen Navykreisen. Du kannst dein Leben nicht von der Frauenorganisation beschränken lassen, dann hast du nämlich kein eigenes Leben mehr.«

»Aber die übrigen sind anscheinend glücklich im Kreis von ihresgleichen.«

»Das kommt darauf an – einige haben Angst, aus der Reihe zu tanzen. Sie sagen sich, die Karriere ihres Mannes erfordert eine liebe kleine Frau, die ihre Frauengruppe ernst nimmt und mit der Frau des CO und XO befreundet ist. Und einige haben buchstäblich nichts anderes, keinen Job, keine Interessen, und so klammern sie sich natürlich an die Gruppe.«

Tizzy schenkte aus der Flasche, die sie für sie beide beschlagnahmt hatte, Wein nach. »Und manche Frauen brauchen die Gruppe, weil sie Angst davor haben, allein in ihrer leeren Wohnung oder ihrem verlassenen Haus zu sein, oder die ständig eine Beteuerung brauchen, daß mit dem Schiff und ihrem Mann alles in Ordnung ist. Hey, ich will das nicht kaputtmachen, okay? Ich habe nur Wichtigeres zu tun. Ich habe einen Vollzeitjob, der mir Spaß macht, und die Freiheit, mit meiner Freizeit anzufangen, was ich will.«

Maddy nickte und fühlte sich etwas besser. Aber sie konnte nachempfinden, wie traurig das Alleinsein war.

»Erzähl mir mehr über diesen Autrey, der dich vor dem Marine-Monster gerettet hat«, verlangte Tizzy.

Maddy verbarg ihre Verlegenheit mit einem Lachen. »Sagst du mir, wo du warst, als ich um Viertel vor eins auf den Parkplatz kam?«

Jetzt lachte Tizzy. »Viertel vor eins, Maddy? Du hast dich um Mitternacht nicht blicken lassen, und ich war, äh, anderweitig beschäftigt, sagen wir mal. Schmeckt dir dieser kalifornische Wein? Ich habe nie einen schlechteren getrunken, du etwa? Und hast du schon diesen Dip probiert? Der ist absolut ...«

»Okay, okay, ich gebe auf. Erspar mir das Blabla, Tizzy.«

Tizzy biß in einen Cracker mit Käse und blickte Maddy mit glänzenden Augen an. Maddy sah, daß die Frau des Kapitäns zur Gartenlaube zurückgekehrt, jedoch nicht in Hörweite war. Dennoch senkte sie die Stimme.

»Autrey. Groß, schwarzes Haar, fast schwarze Augen, Indianergesicht. Er sah gar nicht so gewaltig groß aus, aber der Typ, der mich gepackt hatte, zog buchstäblich den Schwanz ein, als Autrey seinen Namen nannte. Er hat also so etwas Gewisses ... aber mehr weiß ich nicht. Oh, und er sagte, er sei Ausbilder im MCRD. Und er hat einen Chevy. Und er ist Raucher.«

»Toll. Du mußt zugeben, daß er dich beeindruckt hat.«

»Er hat mich gerettet und ja, er war beeindruckend. Und wie er den Marine verjagte, das war klasse. Aber ich bin mir nicht sicher, ob man mir dort alles erzählt hat.«

»Du ... willst ihn also wiedersehen?«

»*Tizzy!*« Maddy vergaß, die Stimme zu senken, und Mrs. Huntington blickte zu ihnen herüber. Tizzy mußte lachen und versuchte, es hinter vorgehaltener Hand zu verbergen. Maddy hoffte, daß Mrs. Huntington nicht annahm, Tizzy erzähle schmutzige Witze. Im Haus klingelte das Telefon, und Mrs. Huntington stand auf und ging hin.

»War nur ein Scherz«, sagt Tizzy und hörte mit dem Kichern auf.

»Das hoffe ich. Es ist schlimm genug, daß ich überhaupt zum MCRD gegangen bin.«

»Oh, Mädel!« sagte Tizzy. »Du hast ein bißchen Dampf abgelassen, na und? Gib zu, daß dir das Tanzen Spaß gemacht hat. Mir hat es jedenfalls toll gefallen.«

»Ich will nur nichts tun, was Brian schaden könnte«, sagte Maddy. »Er muß auf dem Schiff gut beurteilt werden, um Lieutenant Commander zu werden.«

»Nun, mein Fox verläßt nach der Dienstzeit auf der *Hood* vermutlich die Navy«, sagte Tizzy. »Wir beide sind es leid, daß er dauernd woanders stationiert wird, und das bei der lausigen Bezahlung. Ich werde uns finanziell über Wasser halten, während er eine gute Wirtschaftsschule besucht, und dann wird er richtiges Geld verdienen. Die Navy ist einfach hoffnungslos. Ich weiß nicht, wie die anderen Soldatenfamilien leben können.«

Maddy nickte. Im Augenblick würde es ihr nichts ausmachen, wenn Brian ebenfalls die Marinelaufbahn drangeben würde, aber bis jetzt nahm er die Navy ziemlich ernst und träumte davon, eines Tages Kommandant eines Schiffes zu werden. Und die Dienstzeit auf der *Hood* würde über seine Zukunft entscheiden, jedenfalls hatte er das gemeint. Sie fragte sich, wie er auf der *Hood* zurechtkam.

Mrs. Huntington kehrte zurück, und ihrer Miene war anzusehen, daß sie am Telefon Neuigkeiten erfahren hatte. Die Gepräche der Navyfrauen verstummten. Es wurde totenstill, und alle schauten Mrs. Huntington an.

»Oh, Scheiße, was ist los?« murmelte Tizzy.

»Mädchen, ich erhielt soeben einen Anruf des Stabsoffiziers vom Dienst der Flottille. Die *Hood* wurde irgendwo außerhalb von Nordvietnam in einen Zwischenfall verwickelt. Offenbar fielen die Maschinen aus, und das Schiff geriet unter Beschuß von der Küste aus, aber nur ein Mann, ein Radarbediener, wurde leicht verletzt. Es war ein anderes Schiff verwickelt – er nannte mir nicht den Namen, und da gab es mehrere Verluste, aber die *Hood* hat

Glück gehabt. Die Männer sind offenbar alle in Sicherheit, und das Schiff ist auf dem Weg zur Red Crown Position.«

Es setzte Stimmengewirr ein, und die Frauen versammelten sich um Mrs. Huntington, um Einzelheiten zu erfragen. Tizzy starrte auf die Steinplatten des Hofes.

»Das hatten wir fast vergessen, nicht wahr? Unsere Männer sind im Krieg.«

Maddy kämpfte noch gegen das flaue Gefühl im Magen an, das bei Mrs. Huntingtons Worten in ihr aufgestiegen war. Der aufregendste Zwischenfall, der sich bei Brians letzter Verwendung ereignet hatte, war eine Beinahekollision zwischen einem Flugzeugträger und einem der Schiffe bei einer Nachtübung im Mittelmeer gewesen. jedenfalls hatte Brian das als sehr aufregend empfunden. Aber jetzt war ihr Mann auf einem Schiff, das beschossen wurde? Von den Nordvietnamesen? So hatte Brian die Red Crown Station überhaupt nicht beschrieben. Es sollte ein Dienst in der Kommandozentrale sein. Er hatte erzählt, er werde den Luftraum über dem Golf von Tonkin überwachen und endlose Stunden auf Radarschirme starren. Maddy erhob sich abrupt, ließ Tizzy mit ihrem Wein allein und gesellte sich zu der Gruppe um Mrs. Huntington. In einer Gesprächspause stellte sie eine Frage.

»Mrs. Huntington, was haben die Männer so nahe an Nordvietnam getan, um unter Beschuß zu geraten? Ich dachte, diese Red-Crown-Sache spielt sich mitten im Golf ab.«

Mrs. Huntington nickte. »Ja, ich habe die gleiche Frage gestellt. Man sagte mir, sie wurde zu einer sogenannten Sea-Dragon-Operation abkommandiert – da fahren die Schiffe vor Nordvietnams Küste und bombardieren sie. Man sagt mir, es sei wirklich ungewöhnlich, daß sich PIRAZ-Schiffe an solchen Operationen beteiligen, aber die *Hood* hat ein weitreichendes Gechütz, und ich nehme an, deshalb wurde sie eingesetzt. Aber der Mann vom Stab hat mir versichert, daß sie auf dem Weg zur Red Crown Station sind und alles in Ordnung ist, Maddy.«

Maddy hörte bei einigen anderen Fragen zu und schlenderte dann zu Tizzy zurück, die eine weitere Flasche Wein öffnete.

»Macht dir so was keine Sorgen?« fragte Maddy.

»Fox hat mir hundertmal gesagt, daß er zum WESTPAC will, weil dort die Action stattfindet, wie er es nannte. Klingt, als hätte er einige Action erlebt. Fox wird überglücklich sein, wenn er diese Geschütze abfeuern kann. Wir werden mehr darüber in den Briefen erfahren.«

»Ah, da müssen wir noch drei Wochen warten«, stöhnte Maddy. Sie war erstaunt über Tizzys Gleichgültigkeit, und sie fragte sich, wieviel davon echt und wieviel nur gespielt war. Ihr hatte Mrs. Huntingtons Miene nicht gefallen. Die Sorge war ihr anzusehen gewesen. Tizzy gab Maddy ein Glas, das sie mit Wein gefüllt hatte.

»Ich hoffe, es gibt bald Abendesssen, mir ist schon ganz kribbelig«, sagte Tizzy.

»Du bist beschwipst«, entgegnete Maddy.

»Wie auch immer. Fährst du mit mir am nächsten Donnerstag wieder zum MCRD?«

»Nein, danke. Eine Beinahevergewaltigung reicht mir. Ich glaube, ich werde mehr Tennis spielen und öfter zu den Treffen der Offiziersfrauen gehen.«

»Du wirst dich zu Tode langweilen, Mädel.«

»Vielleicht. Aber ehrlich gesagt, ich möchte nicht der Grund sein, daß Brian kein Lieutenant Commander wird. Gott, ich hasse diesen Einsatz.«

»Wenn er zum Lieutenant Commander befördert wird, dann wirst du ihn öfter sehen als jetzt.«

Maddy schwieg eine Weile. »Ich nehme an, das stimmt. Aber Brian war offen und ehrlich zu mir, als wir heirateten: Er hat mir klipp und klar erklärt, daß er Berufssoldat ist und daß die Navy sein Leben ist. Ich liebe ihn zufällig. Tizzy, er war der erste grundehrliche Mann, den ich kennengelernt hatte. Wenn ich auch die Navy verfluche, so bin ich es Brian schuldig, ihm nicht zu schaden.«

Tizzy musterte sie abschätzend über den Rand ihres

Weinglases hinweg. »Es gibt Alternativen, weißt du«, sagte sie schließlich.

»Ja, das weiß ich«, erwiderte Maddy. »Und vielleicht wird es bei uns dazu kommen. Aber wenn wir uns entscheiden, dann gemeinsam. Wie es bei dir und Fox der Fall war, okay?«

Tizzy lächelte und prostete Maddy zu.

13

WESTPAC; Red Crown Station

»Auswerter, SWIC. Log Helo im Landeanflug unter Sichtkontrolle des Flugdecks.«

»Okay. Garuda. Wo ist unser SAR-Helo?«

»Big Mother dreiundfünfzig kreist in zehn Meilen Entfernung auf eins-fünf-null. Er wird dort bleiben müssen, bis wir diesen Log Helo vom Deck haben.«

»Hat man was dagegen, wenn ich auf die Brücke gehe und beobachte?«

Garuda schüttelte den Kopf. »Der Auswerter kann jederzeit auf die Brücke gehen, wenn es ihm beliebt. Aber ...«

»Ja?«

»Wenn während der Landung etwas schiefläuft, könnte sich der Captain fragen, warum Sie nicht hier waren, um es zu verhindern.«

»Gutes Argument. SWIC, ich habe mich soeben entschieden, hierzubleiben«, sagte Brian. Er erinnerte sich an den Blick des Execs, als er während der Sea-Dragon-Operation auf der Brücke aufgetaucht war. »Ich habe nur ein kleines Problem, mich daran zu gewöhnen, daß alles vom CIC aus erledigt wird.«

»Ja, Sir, das kann ich verstehen, besonders, wenn Sie

von der Kleine-Jungen-Truppe kommen. Aber es ist nun mal so, daß jedes Kommando- und Kontrollsystem auf diesem Schiff hier im Combat abgewickelt wird. Wir könnten diesen Hubschrauber landen, indem wir einen der Fluglotsen und das Leitradar benutzen, wenn wir das wollten; nur wegen der Sicherheitsvorschriften des Piloten lassen wir ihn vom Flugdeck aus runterholen. Sie wissen, wie diese Fliegerjungs sind – sie müssen einen Knaben haben, der Kellen schwenkt, wenn sie landen. Ich glaube, sie brauchen das als Aufmunterung.«

Brian grinste. Garuda zündete sich eine neue Zigarette an, verfolgte einen Kurs auf seinem Radarschirm, schaltete die Bordverständigungsanlage ein und stauchte einen Radarbediener zusammen, der eine Nachlässigkeit begangen hatte – alles gleichzeitig. Radarman First Class Rockheart von der Überwasserabteilung tauchte mit einem Telefon auf.

»Mr. Holcomb? Helo-Control sagt, daß einer mit vier Streifen an Bord dieses Helo ist. Ich habe es zur Brücke weitergeben. Er bringt ebenfalls etwas Post.«

»Auswerter, aye. Ich werde den Captain informieren.«

Brian nahm das schwarze Telefon entgegen, das von jungen Offizieren als ›radargelenkte Bombe‹ bezeichnet wurde. Es hatte eine direkte Verbindung zur Kabine des Kapitäns. Brian drückte auf den Knopf, hörte ein Knacken und dann die Stimme des Kapitäns.

»Captain.«

»Auswerter, Sir. Helo-Control sagt, daß ein Vierstreifer – äh, ein Navy Captain – an Bord dieses Helo ist.«

»Tatsächlich? Nun, das überrascht mich nicht sehr. Lassen Sie den JOOD runtergehen, ihn begrüßen und zu meiner Kabine führen.«

»Aye, aye, Sir.« Brian hängte den Hörer ein und gab den Befehl des Captains, daß der Junior Officer of the Deck den Navycaptain abholen und zur Kapitänskabine bringen sollte, an den Deckoffizier über die Bordsprechanlage weiter. Garuda schaute Brian an und hob eine Augenbraue.

»Was ist?« fragte Brian.

»Sie sollten ebenfalls den XO anrufen.«

»Da haben Sie recht, Garuda.« Brian wählte die Nummer des stellvertretenden Kommandanten über die reguläre Telefonleitung des Schiffes.

»XO.«

»Jawohl, Sir, Auswerter im Combat. Dieses Log-Helo hat vier Streifen an Bord. Der Captain läßt ihn zu seiner Kabine bringen.«

»Scheiße. Wissen wir, wer das ist?«

»Äh, nein, Sir. Ich kann fragen ...«

»Nein, vergessen Sie's. Ich wette, es ist der ACOS vom Stab der Flugzeugträger.«

»Dann ist das nicht unbedingt ein Freundschaftsbesuch?« fragte Brian. Er bemerkte, daß Garuda und der AIC die Ohren spitzten.

»Wenn es ein Freundschaftsbesuch wäre, hätten wir gewußt, daß er kommt. Der Deckoffizier läßt ihn abholen?«

»Der JOOD ist unterwegs.«

»Verstanden. Hat dieser Helo Post dabei?«

»Jawohl, Sir, das meldete das Flugdeck.«

»Nun, dann ist es keine totale Pleite. Ich werde unseren Besucher abfangen.«

Brian hängte ein. Rockheart sprach ihn an.

»Log Helo ist auf Deck. Helo-Control sagt, er bleibt auf Deck, bis sein Passagier zum Rückflug bereit ist.«

»Auswerter, aye. Garuda, wird das ein Problem für unseren SAR-Vogel?«

»Nein, Sir, er wird kreisen, bis dieses Helo fort ist.«

»Verstanden. Vielleicht dauert der Besuch nicht lange.«

Garuda drehte sich auf seinem Sitz und schaute Brian erwartungsvoll an. Brian zuckte mit den Schultern.

»Der XO meint, es ist einer vom Stab«, sagte er.

Das Telefon der Leitung zum Kapitän summte. Brian nahm schnell den Hörer ab. Garuda wandte sich wieder seiner Konsole zu.

»Auswerter, Sir.«

»Mr. Austin und Mr. Benedetti sollen sofort in meine Kabine kommen. Haben Sie dem XO gemeldet, daß wir einen Besucher haben?«

»Jawohl, Sir. Er wird ihn auf den Weg zu Ihrer Kabine abfangen.«

»Sehr gut, Brian. Wir werden Sie hier vielleicht ebenfalls brauchen.«

»Aye, aye, Sir.« Brian hängte ein und setzte sich auf den Drehsessel des Auswerters. Garuda betätigte eine Zeitlang Tastenauf der Konsole, gab einige Daten ein und zündete sich von der Kippe der Zigarette eine neue an. Der AIC setzte den Funkverkehr mit den BARCAP-Piloten fort, die fünfzig Meilen entfernt auf zweiundvierzigtausend Fuß kreisten. Sein Radarschirm war mit spinnenartigen Linien von computererzeugten geometrischen Linien erfüllt.

Der ACOS Ops, dachte Brian. Der Assistant Chief of Staff for Operations – der stellvertetende Stabschef für Operationen im Kommandostab der Flugzeugträgergruppe. Kein Handlanger. Ein Captain der U.S. Navy unangekündigt zu Besuch. Es mußte etwas mit dem Debakel der Operation Sea Dragon zu tun haben. Benedetti hatte vorausgesagt, daß es einigen Wirbel geben würde, vermutlich internen. Der Besuch ließ darauf schließen.

»Meinen Sie, es geht um die Sea-Dragon-Pleite?« Garuda wandte sich wieder mit dem Drehsessel um und blickte zu Brian, während er gleichzeitig die Symbole auf seinem Radarschirm im Auge behielt. Rockheart kam von der Abteilung Überwasser und schrieb die täglich neuen Funkkennungen auf die Anzeigetafeln.

»Höchstwahrscheinlich. Mr. Benedetti meinte, daß wir zusammengeschissen werden, besonders angesichts der Verluste auf der *Berkeley*. Aber er sagte auch, daß der Stab nicht allzuviel Kritik üben kann, weil es seine Idee war, ein PIRAZ-Schiff überhaupt in die Feuerlinie zu schicken.«

»Ja, da hat er recht. Das ist ein ganz spezielles Schiff. Es war verdammt blöde, die Red Crown Station dem Feuer von Küstenbatterien auszusetzen.«

»All der Radau draußen machte Ihnen nichts aus, nicht wahr, Garuda?«

»Jawohl, Sir, er machte mir nichts aus.« Garuda grinste. »Sie haben einen ernsthaften Spezialisten vor sich. Ich bin zu alt für diesen John-Wayne-Scheiß.«

»Den Jungs auf der *Berkeley* gefiel das Spiel ebenfalls kein bißchen. Besonders nicht denen, die gefallen sind. Und die Überlebenden geben uns die Schuld.«

Garudas Grinsen verschwand. Er drückte auf einige Tasten und Knöpfe und brachte die Daten auf dem Schirm auf den neuesten Stand. Anscheinend überlegte er eine Erwiderung. Brian beobachtete beeindruckt, wie schnell die kurzen und dicken Finger des Warrant Officers über die Tastatur der Konsole flogen.

»Sie wären erst richtig sauer, wenn sie wüßten, warum wir ausgefallen sind«, sagte Garuda schließlich.

Brian neigte sich näher zu Garuda. »Ich habe bereits einige Gerüchte gehört, daß einer im Feuerungsraum high war«, sagte er leise.

»Jawohl, Sir, das habe ich auch gehört.« Garuda senkte ebenfalls die Stimme, denn der AIC und Rockheart waren in Hörweite. »Ich hörte, daß ein paar der Chiefs sich diesen Knaben kaufen werden.«

»Auch meiner?«

»Jawohl, Sir. Höchstwahrscheinlich. Es heißt, daß dieser Typ, Gallagher, sich seit gestern versteckt hält. Einige der Kollegen bringen ihm Essen, und er schläft in der Werkzeugkammer im Kesselraum – mit einem offenen Auge.«

»Das ist vermutlich das Vernünftigste, was er tun kann.« Brian legte eine Pause ein und fragte sich, wieviel er dem Warrant Officer anvertrauen konnte. Was soll's, sagte er sich dann, wenn Garuda kein Berufsmarineoffizier ist, wer dann? Er entschloß sich, offen zu sein.

»Aber ich frage mich, ob das die richtige Art ist, mit einem Junkie umzugehen. Der Maschinist erzählte mir, daß der Chief diesen Kerl offenbar völlig weggetreten vorfand. Warum wird er nicht angeklagt und vom Kapitän verurteilt, nach den Vorschriften der Navy?«

Garuda schaute sich sichernd um, bevor er antwortete. Er sog tief an der Zigarette und stieß eine Rauchwolke zur Decke. Dann senkte er die Stimme noch mehr.

»Weil das hier auf der *J. B. Hood* nicht so läuft, Mr. Holcomb. Wenn wir jemals den Boss der Junkies schnappen, den Scheißer, der den Stoff verkauft, dann klagen wir ihn nach den Vorschriften an, bevor Chief Jesus ihn an die Schrauben verfüttert. Er käme vors Kriegsgericht und hätte wahrscheinlich eine harte Zeit in Leavenworth vor sich. Aber weil er Stoff konsumiert? Sie können keine Süchtigen verdonnern, wenn Sie den Betrieb hier aufrechterhalten wollen.«

»Aber wären wir nicht besser dran, wenn die Junkies fort sind? Der *Berkeley* wäre es bestimmt besser ergangen.«

Garuda schüttelte heftig den Kopf. »Sie würden letzten Endes ein Drittel der Crew verlieren, vielleicht noch mehr. Und einigen dieser Typen wäre nichts lieber, als aus der Navy entlassen zu werden. Sie wollen raus – raus aus der Navy und diesen Stationierungen. Sie wären überglücklich, wenn sie mit etwas Stoff erwischt und entlassen würden. Ehrenhaft oder unehrenhaft, das ist denen gleichgültig. Es juckt sie nicht, ob ihnen das später schaden kann. Sie wollen einfach raus. Ich meine, sehen Sie sich um, die meisten dieser Typen sind neunzehn, zwanzig. Für die ist jeder, der mehr als eine Dienstzeit in der Navy ist, automatisch ein Lebenslänglicher. Ich glaube, der XO sieht das richtig, Justiz unter Deck ist in diesem Fall die richtige Vorgehensweise. Laß dieses Monster einige Knochen brechen.«

Garuda richtete sich auf und widmete sich wieder seiner Konsole. Seine Finger flogen von neuem über die Tastatur, während er gleichzeitig über die Bordverständigungsanlage auf einen ›Penner‹ an einem der Schirme schimpfte. Brian setzte sich zurück und musterte die

Gesichter ringsum. Die zwei Dutzend Konsolen, die er von seinem Platz aus sehen konnte, waren in der Tat von sehr jungen Männern besetzt. Sein letzter XO hatte es so beschrieben: Wir fahren mit der letzten Klasse der High-School auf See. Die Konsolen der Luftüberwachung, Waffenkontrolle und Waffenkoordination waren mit dienstälteren Petty Officers oder Chiefs bemannt, von Lebenslänglichen, wie sie von den jungen Unteroffizieren genannt wurden. Die Inputkonsolen waren ausschließlich von Neunzehn- oder Zwanzigjährigen besetzt, und die meisten davon hatten sich bei der Navy gemeldet, um dem Armydienst an Land zu entgehen, dessen Schrecken sie im Fernsehen gesehen hatten. Das kann man ihnen nicht verdenken, dachte Brian. Aber er wünschte, daß sie ihre verdammte Drogengewohnheiten an Land gelassen hätten. Das Telefon mit der Leitung zum Kapitän summte wieder, und Brian meldete sich.

»Auswerter, Sir.«

»Brian, übergeben Sie bitte an Mr. Barry und kommen Sie her.«

»Aye, aye, Sir.« Brian hängte den Hörer ein. Ein flaues Gefühl machte sich in seinem Magen breit, während er darauf wartete, daß Garuda sein Telefonat mit der Computerkontrolle beendete. Nach einer Minute hängte Garuda ein und schüttelte den Kopf.

»Verdammt, diese Jungs kriegen das nicht auf die Reihe. Sie haben eine Kontrollkonsole mit drei Alarmsystemen, und ich muß sie noch anrufen. Nach meiner Schicht werden wir ein wenig üben müssen.«

»Nun, bleiben Sie hier, denn ich muß an der Sitzung in der Kapitänskabine teilnehmen. Sie sind hiermit zum Auswerter befördert.«

»O Scheiße«, sagte Barry. »Besser Sie als ich, wie die Quäker sagen.«

Brian griff nach seiner Uniformmütze.

»Mr. Holcomb?« Garuda stand auf, schob seinen Kopfhörer von den Ohren und trat näher.

»Ja?«

»Erinnern Sie sich an die Regel der Weißmützen?«

»An welche?«

»Sagen Sie niemals etwas freiwillig.«

Brian schaute Barry lange an. Nichts freiwillig sagen. Wenn eine Frage gestellt wird, sagt man ›Ja, Sir‹, ›Nein, Sir‹ aber nicht mehr. Man bietet keine Information an. Brian spürte Ärger in sich aufsteigen.

»Es ist meine Art, die Wahrheit zu sagen, Garuda.«

»Jawohl, Sir, das verstehe ich. Keiner erwartet von einem Offizier, daß er lügt. Aber wenn Sie nicht gefragt werden, brauchen Sie auch nichts zu sagen.«

»Was genau meinen Sie damit?«

»Versuchen Sie, dem Schiff nicht zu schaden, Mr. Holcomb. Sagen Sie nichts kostenlos, wenn es nicht sein muß, was dem Kommando oder dem Captain schaden könnte.«

»Ich werde es versuchen, Garuda.« Brian setzte seine Mütze auf und verließ das Combat Information Center. Er ging durch die Vorhalle des Kartenraums und stieg die Leiter hinab. Er war besorgt. Dies würde sein erster Loyalitätstest bei seiner neuen Verwendung sein, und er wußte noch nicht, wie er sich verhalten sollte. Er wußte, daß die Methoden auf der *Hood* nicht der richtige Weg waren, um mit dem Drogenproblem fertig zu werden. Aber die praktischen Konsequenzen waren ernst, wenn man die Junkies anklagte. Das Schiff konnte niemals den Personalverlust verkraften, der folgen würde. Und außerdem bezweifelte der Kapitän offenbar, daß es überhaupt ein Drogenproblem gab.

Und er mußte an seine Beurteilung denken. Weil er weniger als neunzig Tage an Bord war, hatte der Kapitän keine Verpflichtung, eine Beurteilung zu schreiben. Aber Brian hatte dem Exec gesagt, daß er eine gute Beurteilung der Dienstzeit auf der *Hood* brauchte, um seine Chancen auf eine Beförderung zu erhöhen. Es wäre die einzige Beurteilung in seiner Personalakte, die besser war als die von seinem letzten Schiff. Und diese Beurteilungen waren nicht so gut gewesen, weil er sich vielleicht nicht genügend dem System angepaßt hatte. Der ganze Zweck, wieder als Abteilungsleiter auf See zu gehen und eine weitere Trennung von seiner unglücklichen Frau zu erleiden, bestand darin, Lieutenant Commander zu werden und als stellvertretender Kommandant verwendet zu werden. Was auch immer in den nächsten Minuten geschehen würde, er würde nicht mehr der Neue sein.

Er wollte gerade an die Tür der Kapitänskabine klopfen, als sie geöffnet wurde und die Lieutenant Commanders Austin und Benedetti herauskamen. Austin verharrte nur für einen Moment, als ob er etwas sagen wollte, doch dann schaute er Brian nur an und ging weiter. Benedetti hielt den Kopf gesenkt und zeigte keine Anzeichen darauf, daß er Brian überhaupt gesehen hatte. Brian betrat die Kabine des Kapitäns.

Der Captain und der Exec saßen vorgeneigt in den beiden Polstersesseln. Der Stabsoffizier saß am Eßtisch, und ein kleines schwarzes Notizbuch lag vor ihm aufgeschlagen. Der Kapitän wies auf die Couch, und Brian nahm Platz. Er saß zwischen den beiden höchsten Offizieren des Schiffes mit dem Gesicht zum Eßtisch und dem Rücken zum nachmittäglichen Sonnenschein, der durch die Bullaugen hereinfiel.

Der Stabscaptain schrieb etwas ins Notizbuch. Es war ein großer, schlanker Offizier, das Gesicht spitz und verhärmt. Eine Brille mit Metallfassung und dicken Zweistärkenlinsen unterstrich seine ernste Miene. Captain Huntington wartete, bis der Stabsoffizier seine Notizen beendet hatte. Dann stellte er vor.

»Bill, dies ist Brian Holcomb, unser neuer Waffenoffizer. Er war zur Zeit des Zwischenfalls im Combat. Brian, dies ist Captain Bill Walsh vom Stab der Flugzeugträger.«

Brian erhob sich, um Captain Walsh die Hand zu schütteln. Dann kehrte er zur Couch zurück und setzte sich. Der stellvertretende Kommandant blickte mit ausdruckslosem Gesicht auf den Teppich. Der Kapitän sprach weiter.

»Brian, Captain Walsh möchte Ihnen ein paar Fragen über den gestrigen Zwischenfall stellen. Dies ist nur eine Besprechung nach dem Einsatz, wenn Sie so wollen; nichts Förmliches wie eine Ermittlung. Okay?«

Brian nickte. »Jawohl, Sir.« Der Kapitän wirkte nicht nervös und versuchte ihn keineswegs zu warnen. Captain Walsh blickte auf seine Notizen und sah dann zu Brian auf und fixierte ihn mit geschäftsmäßigem Blick. Es gibt Druck, dachte Brian. Das ist anscheinend ein scharfer Hund.

»Mr. Holcomb, wo waren Sie während des Zwischenfalls bei der Operation Sea Dragon?« Die Stimme des Stabsoffziers klang überraschend hoch, gar nicht wie die eines Captains der U.S. Navy.

»Sir, ich war auf meiner Gefechtsstation im Combat, in der Waffenkontrolle. Ich befand mich zwischen dem FCSC und dem EC.«

»Ich bin ein alter Dampfschiffmatrose, Mr. Holcomb. Habe nicht viel Zeit im CIC verbracht, und gewiß keine in einem NTDS-CIC, wie Sie eines haben. Könnten Sie erklären, was diese FCSC- und EC-Leute tun?«

»Jawohl, Sir. Die Namen beziehen sich auf die Konsolen im NTDS, dem Naval Tactial Data System. Der FCSC, also der Fire Control Sytems Coordinator, koordiniert und leitet Fernlenkgeschosse und Geschützfeuer per Radar zu möglichen Luftzielen auf Anweisung des SWIC, das ist der Waffenkoordinator eines Schiffes. Wenn ein Feuerleitradar ein Radarziel verfolgt und der Kapitän ein Fernlenkgeschoß abfeuern will, befiehlt der FCSC dem Engagement Controller, das ist der EC, die Abschußvorrichtung mit zwei Wasser-Luft-Fernlenkgeschossen zu laden. Dann nennt der EC der Bedienung der Abschußvorrichtung die Daten für das Ziel. Die Computer berechnen alles, und wenn das Ziel in Abschußposition kommt, melden sie das dem EC, der daraufhin die Geschosse abfeuert.«

»Und Ihre Aufgabe?«

»Nun, Sir, das NTDS, das Naval Tactical Data System,

ist automatisch, ich spiele also keine direkte Rolle an der Konsole. Alle Gefechtskommandos kommen vom SWIC über das Computernetzwerk und erscheinen als Symbolikbefehle auf dem Schirm des FCSC. Keiner muß etwas sagen. Der FCSC und der EC bestätigen und führen die Befehle durch Knopf- oder Tastendruck aus, und sie werden zugleich dem SWIC mitgeteilt, so daß er weiß, daß sie tun, was er ihnen gesagt hat. Ich bin dort, weil ich der Waffenoffizier bin. Ich muß eingreifen, wenn etwas schiefgeht.«

»Zum Beispiel?«

»Nun, wenn einer von ihnen etwas falsch eingibt, oder wenn es einen Computerfehler beim Planfeuer gibt oder eines der Radargeräte in einem kritischen Augenblick ausfällt. Ich kenne die Waffensysteme gut genug, um korrigierende Aktionen zu befehlen.«

»Welche Art Leute sitzen an diesen Konsolen?«

»FCSC hat einen Chief. EC hat entweder einen Second Chief oder einen der Petty Officers First Class von der Fernlenkgeschoßabteilung.«

»Und Sie kennen diese Feuerleitungs- und Waffensysteme besser als diese Leute?« Die Stimme des Stabsoffiziers klang zweifelnd.

Der Exec blickte auf, wie um etwas zu sagen, doch Brian sprach als erster.

»Die Frage ist berechtigt, Sir. Die Männer kennen ihre eigene Ausrüstung viel besser als ich, aber ich kenne das ganze System besser als die meisten. Der FTM-Chief, der Feuerleitungstechniker für die Fernlenkgeschosse, kennt seine Feuerleitungsradargeräte, und der GMM-Chief kennt seine Abschußvorrichtung und die Flugzeuge besser, als ich sie jemals kennenlernen werden. Aber ich bin ausgebildet, das Fernlenkgeschoßsystem als integrierten Teil des *gesamten* Waffensystems des Schiffs zu kennen. Ich bin praktisch einen Schritt von der Aktion entfernt, Sir. Es gibt großen Streß, wenn man eine Abschußfolge auf ein Ziel festlegen muß, das mit sechshundertsechsundsechzig

Metern pro Sekunde auf einen zufliegt. Natürlich wissen die Jungs an der Konsole viel mehr darüber, wie die Systeme ineinandergreifen und wo Dinge korrigiert werden können, aber wenn etwas schiefläuft, sehen sie vielleicht nicht die Möglichkeiten, das Problem so schnell zu beheben wie ich, denn ich konzentriere mich nicht darauf, auf Knöpfe zu drücken, und ich bin in dieser Funktion ausgebildeter als sie. Aber das ist der Hauptgrund, weshalb ich während eines Gefechts dort stehe.«

»Ich verstehe. Es ist also nicht wie bei einem Zerstörer, wo der Waffenoffizier mit dem CO auf der Brücke steht und jeden Schritt des Gefechts befiehlt.«

»Richtig, Sir, so ist es überhaupt nicht. Wir sind mehr wie Aufseher, die überwachen, wie die Computersysteme ihre Funktion erfüllen. Und wenn wir wollen, können wir das System auf volle Automatik stellen, einen Luftkontakt als feindlich eingeben und dem System befehlen, es zu vernichten. Die Hauptcomputer steuern das Feuerleitradar, laden die Abschußvorrichtung mit Fernlenkgeschossen und geben den Befehl, das Ziel abzuschießen.«

»Das halte ich für ein beeindruckendes Konzept, Lieutenant. Aber es muß einige Zeit gedauert haben, um all dies zu lernen.«

»Ich war Waffenoffizier auf meinem letzten Schiff, und bevor ich zu diesem Schiff abkommandiert wurde, habe ich die Fernlenkwaffenschule der Navy besucht. Das war drei Monate konzentriertes Studium. Jetzt lerne ich das gesamte Gefechtssystem des Schiffes, von dem das Fernlenkgeschoßsystem ein Teil ist. Ich bin noch nicht ganz firm, aber ich werde es noch.« Brian glaubte, die Andeutung eines Lächelns auf dem Gesicht des Exec zu sehen. Captain Huntington nickte zustimmend.

»Zweifellos«, sagte Walsh. »Und an dem fraglichen Tag ging nichts schief mit den Waffensystemen?«

»Nein, Sir. Wir hatten das Geschütz im Küstenbombardierungsmodus, was bedeutet, daß es unter Kontrolle des Waffensystemcomputers war, vom Fernlenkwaffensystem getrennt. Die Leute der Abteilung Überwasser navigieren und geben alle Daten in das Computersystem, wodurch das Geschütz eingestellt und abgeschossen wird. Es war ein Standard-NGFS, also eine Standard-Küstenbombardierung, Sir.«

Walsh nickte und schrieb etwas in sein Notizbuch.

»Und was passierte, als die *Hood* ausfiel?« Walsh blickte vom Notizbuch auf und schaute Brian an.

»Nun, Sir, wir hörten, daß die Belüftung ausfiel, und die Männer im Combat schalteten die Geräte aus, als der Strom ausfiel. Es ist ein unverkennbares Geräusch.«

»So? Fallen Sie so oft aus?«

Brian spürte die Falle. »Nein, Sir. Es ist einfach ein Geräusch, das jemand, der auf Dampfschiffen war, sofort erkennt.«

Captain Walsh runzelte die Stirn. Brian fragte sich, ob er einen Nerv getroffen hatte.

»Als ehemaliger Maschinist sollte mich die Bemerkung kränken«, sagte Walsh. »Aber ja, es ist ein unverkennbares Geräusch, wenn der Strom ausfällt. Und das gesamte Waffensystem versagte, als der Strom ausging?«

Brian mißfiel die Wortwahl versagte. »Nun, eigentlich nicht, Sir. Wir stellten das Feuer ein, als das Waffensystem keinen Strom mehr bekam. Das Waffensystem als solches versagte nicht.« Nach diesen Worten befürchtete Brian, daß er zu besserwisserisch geklungen hatte. Aber Captain Walsh nickte wieder vor sich hin, als akzeptiere er das Argument. Er warf einen Blick in sein Notizbuch, bevor er die Befragung fortsetzte.

»Wußten Sie, warum der Strom in diesem kritischen Moment ausfiel, Mr. Holcomb?« Captain Walsh blickte Brian durchdringend an, und seine Augen hinter den dicken Brillengläsern wirkten unnatürlich groß.

Diese Frage verblüffte Brian. Er war einen Moment lang sprachlos. Dahin also führten all die Fragen! Er spürte, daß Captain Huntington ihn aufmerksam beobachtete, aber er hielt den Blick auf Walsh gerichtet.

»Äh, nein, Sir. Ich weiß es nicht genau. Ich hörte ...«

»Ja, was genau haben Sie gehört, Mr. Holcomb?« unterbrach Walsh und neigte sich vor.

Nichts freiwillig sagen! dachte Brian. Aber er hatte es soeben getan. *Zeit der Entscheidung, kluger Junge.* Er entschied sich.

»Nun, Sir, ich hörte, daß der Kesselausfall durch Druckabfall der ACC-Kompressorluft bedingt war. Daß der ACC-Kompressor streikte, als wir mit siebenundzwanzig Knoten fuhren, und sie ihn nicht umschalten konnten.«

»Wissen Sie, warum er nicht umgeschaltet werden konnte, Mr. Holcomb? Warum leitete man nicht die ACC-Luft von einem Kesselraum in den anderen? Der Captain sagte, Sie haben die Zerstörerschule absolviert, und so haben Sie alles über Kessel- und Maschinenräume gelernt. Sie wissen, daß das ACC-System problemlos umgeschaltet werden kann, wenn ein Kompressor ausfällt, nicht wahr?«

»Jawohl, Sir. Aber die Antwort ist nein, ich weiß nicht, warum er nicht umgeschaltet werden konnte.«

»Sie haben nicht gehört, daß ein Maschinist, der mit Marihuana high war, der Grund sein soll?«

Brian bemühte sich um eine ausdruckslose Miene, aber es fiel ihm schwer. Woher hatte Walsh diese Information? Hatte Benedetti den wahren Grund des Zwischenfalls zugegeben? *Werde ich von diesem Kerl oder – schlimmer noch – vom Captain und dem Exec hereingelegt? Das kann doch nicht wahr sein!*

»Nein, Sir«, sagte Brian mit trockenem Mund. »Das höre ich zum ersten Mal.«

»Sie wirkten überrascht bei meinen Worten, Mr. Holcomb.«

»Jawohl, Sir, das bin ich auch. Das ist eine ziemliche schwere Anschuldigung ... Sir.«

»In der Tat, Mr. Holcomb.« Captain Walsh lehnte sich in seinem Sessel zurück und klappte das Notizbuch zu. »Wissen Sie, wir hatten einen Tag nach dem Zwischenfall eine Meldung von einem Mitglied der Hubschraubercrew der

America. Nachdem die Verluste der *Berkeley* abgeholt worden waren. Dieser Mann behauptete, jemand von der Flugdeckbesatzung der *Hood* hätte ihm erzählt, daß einer der Arbeiter im Kesselraum high war und das falsche Ventil öffnete, als er die ACC-Luft umschalten wollte. Wir alle wissen natürlich, wie fragwürdig solche Gerüchte sind, aber der Admiral befahl mir, mich mal umzuhören. Captain Huntington hier versicherte mir, daß im Kesselraum zwar ein Fehler begangen wurde, daß jedoch keine Drogen eine Rolle dabei spielten. Und Sie haben nichts davon gehört, daß jemand unter Drogeneinfluß war, ist das korrekt?«

»Nein, Sir, ich meine, jawohl, Sir, so etwas habe ich nicht gehört.«

»Nun denn, ich glaube, mehr brauche ich nicht von Ihnen, Mr. Holcomb. Danke für Ihre Mitarbeit.«

»Danke, Brian«, sagte der Kapitän und deutete damit an, daß er gehen konnte. Der stellvertretende Kommandant lächelte Brian kurz an und nickte ihm zu, als er die Kapitänskabine verließ.

Vor der Kabinentür verharrte Brian kurz und atmete tief durch. Dann ging er zu seiner Kabine, um vor seiner Rückkehr ins CIC die Toilette zu benutzen. In seiner Kabine wusch er sich das Gesicht, trocknete es ab und schaute in den Spiegel über dem Waschbecken. *Na, bravo!* dachte er. *Die erste Lüge ist die schwerste. Ich nehme an, du hast dich entschieden, wie du bei diesem Spiel mitmachst, Mr. Holcomb, Sir. Scheiße, was hätte ich denn sonst tun können? Hätte ich hinausposaunen sollen, ja, einfach jeder auf dem Schiff weiß, daß Gallagher bis an die Haarspitzen high war, daß das Schiff voller Junkies ist und jemand sich wirklich um die Zustände hier kümmern sollte? Schließlich weiß ich nicht als Tatsache, daß Drogen im Spiel waren; ich stütze mich wie jeder sonst nur auf Gerüchte. Haha. Und wo hast du Jura studiert?*

Er schüttelte den Kopf, wie um die höhnische innere Stimme zum Verstummen zu bringen. Als er seine Kabine verließ und die Leiter zum Combat hochstieg, rief er sich das Gespräch in Erinnerung, das er mit Benedetti geführt hatte. *Ich glaube, dies macht mich zu einem der guten Jungs,* dachte er. *Oder wenigstens zu einem der Jungs,* flüsterte sein Gewissen. Nun, er war vielleicht davon abgerückt, die Junkies auf die vorschriftsmäßige Weise zu verfolgen, aber er würde nicht wegschauen, wenn er einen erwischte. Er mußte mit seinem Chief Petty Officer, dem guten Louie Jesus, und den Offizieren seiner Abteilung reden. *Ich nehme an, ich werde es auf die Art und Weise der* Hood *regeln,* dachte er. Es blieb ihm wirklich nichts anderes übrig.

Austin und Benedetti waren im Combat, als Brian eintrat. Garuda stand neben der SWIC-Konsole, und die Verbindungskabel zur Bordverständigungsanlage baumelten über seine Schulter, während er auf die Tastatur des angrenzenden Computers einhämmerte. Als Brian zum Tisch des Auswerters ging, schaute Benedetti ihn erwartungsvoll an, und Austin hob fragend die Augenbrauen.

»Nun?« erkundigte er sich. Garuda tat, als höre er nicht zu. Die übrigen im Combat wirkten alle sehr beschäftigt.

»Nun«, sagte Brian und gesellte sich zu den beiden Lieutenant Commanders, »er hatte allerhand Fragen über meine Arbeit, aber in Wirklichkeit wollte er wissen, was ich über den Grund unseres Ausfalls weiß.«

»Und?« fragte Austin.

Brian schaute zu Benedetti. »Ich habe ihm gesagt, daß ich etwas von einer Panne bei einem ACC-Kompressor gehört habe.«

»Hat er sonst noch etwas gefragt?« wollte Benedetti mit gesenkter Stimme wissen und trat näher.

»Ja, er fragte, ob ich gehört habe, daß einer der Maschinisten high war, als es passierte. Ich habe das verneint.«

Austin lächelte und nickte langsam. Benedetti zeigte keine Regung. »Hat er gesagt, woher er das weiß?«

»Er sagte, ein Crewmitglied des Hubschraubers von der *America* hat es von jemandem aus unserer Flugdeckmannschaft gehört. Hat er euch beiden die gleiche Frage gestellt?«

Austin nickte. »Es kam zur Sprache, aber wir haben es abgestritten. Vince hier spielte sogar den Empörten, nicht wahr. Maschinenboss?« Austin lachte.

Benedetti war es nicht zum Lachen zumute. Er schaute Brian offen an und sagte: »Ich weiß das zu schätzen, Kollege.«

»Ist das nicht rührend!« Austin lachte von neuem. »Ich nehme an, die Gorillaabteilung des XO wird irgendeinen Unfall für den armen Gallagher inszenieren. Mal sehen, was es diesmal sein wird. Ich glaube, wir haben lange keine gebrochene Hand mehr gehabt – ja, ein Problem mit einer Lukenkimming.«

»Ich nehme an, Sie würden den Scheißer belobigen und ihm sagen, er soll weiter so gut arbeiten«, grollte Benedetti.

Austin blickte den Maschinisten reserviert an und schüttelte den Kopf.

»All dieser Schlägerkram, dieses Spiel Räuber und Gendarm, gute Jungs und böse Jungs – welchem Zweck dient er? Meinen Sie, dadurch können Sie dieses Pack –«, er wies mit einer allumfassenden Geste durch das CIC zu den Unteroffizieren, »– davon abhalten, weiter Drogen zu nehmen? Finden Sie raus, wer clean und wer süchtig ist, und sorgen Sie dafür, daß die Süchtigen nicht in einer Position sind, in der sie Ihrer Karriere schaden können.«

»Das können Sie leicht sagen, Austin«, schnaubte der Maschinist. »Die Leute auf Ihrer Wache sind altgediente Petty Officers, Chiefs und Offiziere. Jeder Blödmann in meinen Löchern da unten kann die Maschinenanlage lahmlegen und all Ihr ›feines‹ Personal mit.«

Austin hob die Augenbrauen. »Nun, Vince, ich kann nichts dafür, daß Sie den Job des Maschinisten gewählt haben. Sie hätten sich für einen Weiße-Kragen-Job wie Einsatz-, Waffen- oder Versorgungsoffizier entscheiden sollen. Versorgung ist wirklich gut, um abkommandiert zu bleiben.« Er machte eine Schau daraus, auf seine Armbanduhr zu schauen. »Ich muß runter zum Abendessen, damit ich Mr. Holcomb hier ablösen kann.« Austin nahm sein Notizbuch und die Mütze und verließ das Combat. Garuda blickte über die Schulter.

»Haben Sie kapiert, Mr. Holcomb? Keine Veränderungen, seit Sie fort waren. Ich mußte nur das Operationsprogramm neu laden.«

»Ja, Garuda, ich habe kapiert.« Brian schaute zu Benedetti, der auf den Boden starrte. »Dann ist die Sache also beendet?«

»Ja«, erwiderte der Maschinist. »Schwer zu sagen, was dieser Typ dem CO und XO sagt, aber die Stabshengste werden den Drogenaspekt nicht weiterverfolgen – besonders nicht, wenn sie es nicht wollen. Ich bin überzeugt, der Admiral und sein Stabsknabe wissen genau, daß es vermutlich stimmt, aber es ist ihnen ebenso klar, was sie dagegen unternehmen können und was nicht. Er wird vermutlich dort unten etwas sehr Geistreiches sagen, wie zum Beispiel: ›Sorgen Sie dafür, daß dies nicht noch einmal passiert.‹ Scheiße. Wie viele Tage haben wir noch?«

»Tage?«

»Ja, Tage. Das wird hier auf der Tafel notiert, sehen Sie?« Er wies auf eine Tafel an der Rückseite der Konsole, wo mit gelbem Fettstift in einem Kasten die Zahl hundertneunundsiebzig aufgemalt war. »Das sind die Tage bis zur Rückkehr nach San Diego. Eigentlich sind es hundertachtundsiebzig Tage und noch einmal Wecken. Aber wer zählt schon so genau? Jedenfalls haben Sie sich dort unten richtig entschieden. Und an Austins Worten ist was Wahres dran – man muß wissen, wer dreckig und wer sauber ist.«

»Die Chiefs fragen?«

»Richtig. In der Waffenabteilung sind das Ihr Martinez und Chief VanHorn. Und suchen Sie den Sheriff auf. Sie müssen unbedingt mit Jackson sprechen. Er ist Schwarzer, aber bei diesem Thema unnachgiebig wie keiner. Ich bin mir nicht sicher, wie es bei den anderen Chiefs im CIC ist, aber Fox Hudson und Jack Folsom sind auf unserer Seite. Und Garuda hier.«

Brian nickte und merkte sich alles. Er schaute sich in

den abgedunkelten Abteilungen des Combat Information Center um und sah all die jungen Gesichter, die vom Schein der Radarschirme bernsteinfarben schimmerten.

Benedetti mußte seine Gedanken erraten haben, denn er lächelte wehmütig und sagte: »Ja, es ist eine verdammte Scheiße. Da kamen Sie mit der Erwartung her, all dies technische Zeug zu lernen, jedoch mit der Überzeugung, daß Ihre Leute auf Ihrer Seite sind. Aber so kann man enttäuscht werden. Die bösen Jungs, die kennen sich untereinander und wissen auch, wer die guten Jungs sind. Wenn Sie diese Dienstzeit heil überstehen wollen, müssen Sie auf beiden Ebenen spielen. Und ich muß jetzt gehen.«

Benedetti verließ das Combat. Brian blickte auf seine Armbanduhr. In einer Dreiviertelstunde kehrte Austin zurück und löste ihn ab. Dann konnte er zu Abend essen. Garuda sprach denPlan für das Betanken der BARCAP-Maschine mit HooDoo durch. Brian sah, daß Rockheart mit dem Flugdeck telefonierte. Das Telefon mit der Leitung zum Kapitän summte.

»Auswerter, Sir«, meldete sich Brian.

»Melden Sie dem Flugdeck, daß Captain Walsh auf dem Weg dorthin ist, um zurückzufliegen.«

»Aye, aye, Sir.« Brian hängte ein und meldete das an die Abteilung Überwasser weiter. Garuda gab daraufhin Anweisungen, den eigenen SAR-Helikopter der *Hood* zu landen, wenn der logistische Vogel vom Flugdeck fort war.

»Verdammte Helikopter, Garuda«, bemerkte Brian.

»Jawohl, Sir, Sie werden die Dinger noch hassen, bis wir hier fertig sind. Jedesmal, wenn ein anderer Helo herkommt und jedesmal, wenn wir unseren Vogel aus dem Hangar holen und ein paar Operationsflüge machen wollen, halten wir Big Mother in der Luft und aus dem Weg. Für jede Stunde Flugzeit der Gefechts-SAR-Station gondeln sie zehn Stunden mit Vergnügungs-Helos rum. Ich hasse Helos. Jeder haßt sie.«

Brian fand in seiner Kabine einen Brief auf dem Schreibtisch vor. Auf dem gelben Kuvert sah er Maddys schöne Handschrift und roch schwachen Parfümduft. Er hängte seine Mütze auf den Haken, setzte sich an den Schreibtisch und riß den Umschlag auf. Dann las er. Drei Seiten, überwiegend Banalitäten, aber es war die Schlußzeile, die er ersehnt hatte. ›Ich liebe Dich, und Du fehlst mir so sehr.‹ Kein Haß und keine Unzufriedenheit wegen seiner Stationierung. Keine dunklen Andeutungen, daß ernsthafte Gespräche folgen würden. Ein guter Brief. Kein großartiger, aber ein guter. Gewiß kein Anzeichen auf einen Abschiedsbrief.

Er fragte sich jetzt, als er den Brief hinlegte, warum er das Gefühl gehabt hatte, es könnte ein Abschiedsbrief sein. Wie hatten sich die guten Jahren in Monterey, all die tollen Zeiten nach ein paar Wochen durch seine Rückkehr zum Dienst auf See in nichts auflösen können?

Jetzt wurde ihm klar, daß er beim Verlassen von San Diego geheime Ängste gehabt hatte, daß sich seine Frau in diesen hektischen letzten Wochen vor dem Einsatz geändert haben könnte. Bei ihren Ausflügen mit Fox und Tizzy Hudson hatte sich Brian oft über das völlig entspannte Verhalten der Hudsons gewundert, was den bevorstehenden Einsatz anging. Beide schienen sich fast auf den Einsatz zu freuen, als würde er eine Ehepause bedeuten, in der sie ihr Singleleben vorübergehend wiederaufnehmen konnten. Das war nicht Brians Vorstellung von einer Ehe, aber er war sich nicht sicher, ob Maddy die Meinung teilte, die er von den Hudsons hatte.

Er las noch einmal Maddys Brief, besonders die letzte Zeile. Ja. Es würde alles in Ordnung kommen. Er würde ihr heute abend zurückschreiben und von der Operation Sea Dragon berichten. Er war sich nicht sicher, ob er das Drogenproblem erwähnen sollte oder nicht. Das mußte er sich noch überlegen.

14

Rocky arrangierte, daß er Bullet kurz nach Sonnenuntergang auf den Bootsdecks über den Weg lief. Einige Männer standen in kleinen Gruppen beisammen und schöpften frische Luft oder rauchten eine letzte Zigarette an Deck, bevor sie nach unten gingen, und so fielen die beiden Petty Officers First Class, die Zigaretten rauchten, überhaupt nicht auf. Dennoch gaben sich die beiden Männer jede Mühe, damit ihre Begegnung zufällig wirkte.

Jeder in der Mannschaft spekulierte noch über Gerüchte über die Operation Sea Dragon und das, was der *Berkeley* widerfahren war.

»Glaubst du diesem Arschloch Gallagher?« fragte Rocky leise.

»Junge, das ist vielleicht ein Arschloch, das kannst du laut sagen.« Bullet blickte in die Dämmerung und sog ein letztes Mal an seiner Zigarette. Das kurze Aufglühen überzog für einem Moment sein dunkles Gesicht mit rötlichem Schimmer. Er rückte den schweren Arbeitsgurt des Elektrikers an seiner Hüfte zurecht; Bullet war nie ohne seine Werkzeuge, für den Fall, daß es Alarm gab und er zu seiner Instandsetzungsabteilung eilen mußte.

»Verdammte Maschinisten«, sagte Rocky. »Solche Blödheiten bringen die Gorillas ins Spiel. Jackson dreht Runden, als ob er die ganze Besatzung festnehmen will. Wir können so einen Wirbel nicht gebrauchen.«

»Wenn du Wirbel sehen willst, dann schnapp dir Louie Jesus. Wie ich hörte, hat sich Gallagher im Kesselraum versteckt, weil Louie Jesus gesagt hat, er will ihn fertigmachen.«

»Ich hätte nichts dagegen. Ich habe gehört, daß der Admiral einen Vierstreifer hergeschickt hat, um die ganze Scheiße zu überprüfen. Man sagt, sie haben gehört, daß Stoff im Spiel war. Der Typ war anderthalb Stunden beim Alten. Hoffentlich führen sie keine verdammte Ermittlung durch.«

Bullet nickte langsam und schnippte die Zigarettenkippe über die Reling. Dann wandte er sich Rocky zu.

»Du mußt cool bleiben, Rockheart. Der Alte wird nichts wegen Stoff unternehmen. Dadurch würde er ja in seine eigene Scheiße treten. Außerdem glaubt er felsenfest, daß es auf seinem Schiff keine Drogen gibt. Haha. Wir müssen uns vor den Chiefs in acht nehmen, vor Jackson und Martinez. Einer meiner Kumpel hat gehört, wie Jackson getönt hat, er hat es satt, verdammte Junkies zusammenzuschlagen, er will den Boss finden und die ganze Sache beenden. Davor müssen wir uns in acht nehmen, nicht vor dem Stabsmann des Admirals.«

»Was meinst du, wieviel Jackson wirklich weiß?«

Bullet schwieg eine Zeitlang. Rocky fragte sich oftmals, wie er Bullet einschätzen mußte. Jeder wußte genug über den anderen, um ihn fertigzumachen. Es gab sozusagen ein Gleichgewicht der Kräfte, weil keiner den anderen verpfeifen konnte, ohne sich selbst zu schaden. Aber es blieb immer die Frage, was Bullet tun würde, wenn er erwischt wurde und man ihm einen Handel anbot, falls er seinen Komplizen verpfiff. Rocky kannte Bullet lange genug, um zu wissen, daß er den dummen schwarzen Straßenjungen nur spielte, wenn er mit Weißen redete. Rocky hatte die Bücher in Bullets Regal gesehen und gehört, daß er mit anderen Schwarzen in einer ganz anderen Sprache redete, mit einer Wortwahl, die Bildung und Intelligenz verriet. Rocky behielt seine Meinung für sich. Sie waren keine Freunde.

»Keine Ahnung, was er weiß. Du siehst den Mann öfter als ich. Er führt sich auf, als wüßte er etwas, aber es ist schwer zu sagen, ob das tatsächlich der Fall ist. Er schnüffelt herum, spielt Dick Tracy, aber vielleicht ist er nur verrückt.«

Rocky strich sich über den Bart, bevor er etwas erwiderte. »Wenn Jackson wirklich etwas herausfinden will, dann wird er unten anfangen und sich nach oben vorarbeiten, indem er jedem einen Handel anbietet, den er erwischt, zum Beispiel die Süchtigen. Was hält die Kunden davon ab, einen unserer Jungs zu verpfeifen?«

Bullet grinste, und seine Zähne schimmerten weiß in der zunehmenden Dunkelheit. »Meine Kunden sind alle weiß. Wir lassen die weißen Jungs wissen, daß sie von den schwarzen Brüdern fertiggemacht werden, wenn sie plaudern. Wenn sie erwischt werden, sollen sie behaupten, daß sie den Stoff mit aufs Schiff gebracht haben. Das Gegenteil ist nicht zu beweisen.«

»Ich nehme an, das sollte reichen.«

»Es ist noch besser«, fuhr Bullet fort. »Dieser XO will nichts von einer Organisation wissen. Wenn so 'ne Scheiße herauskommt, sieht es schlecht für seine Karriere aus. Er schickt einfach King Kong los, um Leuten in den Arsch zu treten und ein paar Namen zu erfahren, wenn jemand Scheiße baut. Warum versteckt sich denn Gallagher in der Werkzeugkammer? Der Mann will kein Risko eingehen und sich nicht verplappern, indem er sich nicht blicken läßt und niemand ihm Fragen stellen kann.«

»Okay, ich weiß, wie es bisher war«, sagte Rocky und schaute über das jetzt dunkle Bootsdeck, um sich zu vergewissern, daß niemand in Hörweite war. »Aber jetzt bin ich mir nicht mehr so sicher. Zum Beispiel habe ich gehört, daß dieser neue Waffenoffizier Tamtam macht, als ob er sich an dem Spiel beteiligen will. Er meint, daß eine Ermittlung mit vollem Pipapo stattfinden und die Täter ordnungsgemäß angeklagt werden sollten.«

»*Weißt* du das, oder hast du das nur gehört?«

Rocky zuckte die Achseln. »Ich habe den Chefmaschinisten und Graf Austin oben im Combat gesehen, nachdem sie bei diesem Vierstreifer vom Stab antanzen mußten. Dann wurde Holcomb gerufen. Die anderen sahen aus, als schwitzen sie Blut und Wasser, weil sie nicht wußten, was der Neue in der Kabine des Alten sagen würde. Ich hörte Austin sagen, er hoffe verdammt, daß Holcomb sich nicht querlegt und alle versaut. Deshalb meinte ich, daß es vielleicht eine neue Entwicklung gibt.«

»Vergiß es, das sind nur Vermutungen.«

»Ja, einfach Gerüchte. Die Offiziere quatschen im Combat. Da bekomme ich vieles mit.«

»Darauf wette ich, Mr. Bulle«, sagte Bullet und tippte gegen Rockys Abzeichen der Schiffspolizei.

Rocky grinste. »Ja, ich muß zugeben, daß dies keine schlechte Tarnung ist. Wenn Jackson mir Scheiße in seinem Büro erzählt, kostet es mich manchmal wirklich Mühe, mir nichts anmerken zu lassen.«

»Also dann. Wie ich das sehe, bleiben wir cool.«

»Und du meinst, Gallagher hält das Maul?«

»Na, klar. Dieser Gorilla holt sich den Blödmann nicht, um sich mit ihm zu unterhalten, Mann. Wie soll er das Maul aufmachen, wenn er 'nen Schuh mit Stahlspitze darin hat? Ich muß jetzt abschwirren. Sei cool, Mann.«

Rocky lachte, als Bullet in die Dunkelheit davonschlenderte. Er schaute sich abermals um und stellte fest, daß er allein auf dem Bootsdeck war. Der Abendhimmel war mondlos, und nur das gelegentliche Schwappen ener Welle gegen den Schiffsrumpf wies darauf hin, daß sie fuhren. Die Atmosphäre blieb heiß und schwül. Der Geruch von abgestandener Luft, schmutziger Wäsche, Zigarettenrauch und Dampf, der aus dem Maschinenraum durch die Belüftung an Deck stieg, überlagerte den Geruch nach Salzluft und Meer.

Er hatte mit vielen der Crew beobachtet, als der Hubschrauber eintroffen war, um die Leichensäcke von der *Berkeley* zu holen. Verdammte Schande, daß das Schiff einen solchen Treffer abbekommen hatte. Er hatte Gerüchte gehört, daß die Mannschaft der *Berkeley* der Crew der *Hood* die Schuld an der ganzen Sache gab, aber das war einfach Blödsinn. Hölle, auf dem Geschoß stand einfach der Name der *Berkeley*, das war alles. Dieser Scheiß mit Gallagher hatte nichts damit zu tun. Der Idiot war so blöde, während eines Gefechtseinsatzes Stoff zu rauchen. Er, Rocky, hatte nichts dagegen, wenn Gallagher in Stücke geschlagen wurde. Rocky wünschte sich plötzlich schon wieder eine Zigarette, was ihn überraschte. Aber er mußte sicherstellen, daß in seinem Revier noch alles in Ordnung war. Er ging zur Backbordseite und zur Luke, die nach unten führte. Es war an der Zeit, um mit ›Knoblauch‹ zu reden.

15

Commissaryman First Class Wolcezjarski, Spitzname ›Knoblauch‹, betrachtete sein Königreich von der Türschwelle zum Büro der Messedecks aus. Der Unteroffizier der Verpflegungsausgabestelle war ein fetter Mann, dessen gewaltiger Bauch sich unter der Schürze des Kochs wölbte. Er trug eine schmutzigweiße Baumwollhose, ein weißes T-Shirt und besagte fleckige weiße Schürze. Die Brustseite seines T-Shirts war schweißgetränkt. Schwarzes Haar wucherte auf der Brust. Sein schütteres graues Haar lag in verschwitzten Strähnen flach an seinem massigen Schädel. Er hatte kleine Ohren und ein rötliches, feistes Gesicht mit Dreifachkinn. Seine engstehenden, dunkelgrauen Augen, die fast in Fettwülsten verschwanden, blickten verschlagen und mißtrauisch. In seinem rechten Mundwinkel steckte ständig eine halbgerauchte Zigarette. Seine gewaltigen Unterarme, die breiten Schultern und prankenartigen Hände ließen darauf schließen, daß Knoblauch ein sehr kräftiger Mann war.

Knoblauch war zweiundvierzig, ein ständiger Petty Officer Fist Class, der es nie zum Chief schaffen würde. Er hatte seinen Spitznamen erhalten, weil er nahezu alles, was er kochte, mit Knoblauch würzte. Als er sich an Bord zum Dienst gemeldet hatte, war er zunächst als Verbesserung nach dem schlechten Kochen des Chefs der Verpflegungsausgabestelle betrachtet worden, den er abgelöst hatte. Aber als die morgendlichen Rühreier und Bratkartoffeln, das frisch gebackene Brot, der Toast und fast jedes Gericht zu Mittag und Abend Knoblauch enthalten hatte, war die anfängliche Begeisterung verflogen, und die allgemeinen Beschwerden hatten begonnen. Mit Knoblauch gewürzte Eiskreme aus der Eismaschine des Schiffes führte zu einer regelrechten Revolte und veranlaßte den Exec, mit Lieutenant Hatcher, dem Versorgungsoffizier, zu reden.

Hatcher befahl Wolcezjarski, auf den Knoblauch zu verzichten, zumindest bis sich das Geschrei gelegt hatte. Mr. Hatcher mochte zufällig Knoblauch in seinem Essen, und so machte er den Knoblauchfan nicht mal richtig zur Schnecke. Aber der Spitzname blieb haften, hauptsächlich, weil ›Knoblauch‹ leichter auszusprechen war als Wolcezjarski.

Knoblauch blickte finster zu zwei Köchen, die nach dem Mittagessen die Messe ausfegten. Bei seinem finsteren Blick schwangen sie die Besen deutlich schneller. Knoblauch war nicht nur der Chefkoch auf der *John Bell Hood*, sondern auch der Schiffspolizist für die Messedecks. Diese letztere Rolle bedeutete, daß er der König der einundzwanzig Köche war, die allesamt zu den Mannschaften zählten und ihre ersten neunzig Tage auf dem Schiff als Küchenpersonal dienen mußten. Die Köche fürchteten Wolcezjarski, weil er die Macht hatte, sie über ihre normalen neunzig Tage Dienstzeit hinaus zu behalten, wenn sie seine Erwartungen nicht erfüllten, und ihnen war klar, daß Knoblauch seine Macht genoß. Unter dem Deckmantel, hohe Maßstäbe an Sauberkeit und Hygiene zu stellen, machte ihnen Knoblauch das Leben zur Hölle, und es gab einige Köche, die jetzt bereits vier Monate Dienst hatten.

Für die Offiziere und die Chiefs gab es separate Messen im Offizierskasino beziehungsweise im Chiefskasino. Der Rest der Mannschaft, von den Petty Officers First Class an abwärts, speiste auf den Messedecks. Da war der größte offene Bereich auf dem Schiff. Bis zu zweiundsiebzig Männer saßen beengt an Vierpersonentischen. Die Essenausgabe auf der Backbordseite war eine Kombination von Bar mit Bedienung und Selbstbedienung, von der die Messedecks durch die Kombüse getrennt wurden. An einem Ende der Essenausgabe waren die ›fünfundzwanzig‹-Gallonen-Kaffeemaschinen, von denen jeder auf dem Schiff sich rund um die Uhr Kaffee holen konnte. Zusätzlich als Kantine bei den vier Mahlzeiten pro Tag für dreihundert Männer dienten die Messedecks tagsüber zwischen den Essenszeiten als Ausbildungsbereich, nach dem Abendessen für die Mannschaft als Kino und als Platz für die Nachteulen, an dem sie sich nach dem Zapfenstreich versammeln konnten, um Briefe zu schreiben oder einfach nur herumzugammeln. Die Tatsache, daß sich die gesamten Unteroffiziere und Mannschaften der Besatzung dort mindestens dreimal pro Tag versammelten, machte die Messedecks zur täglichen Gerüchteküche auf dem Schiff. Es war ein alter Hut im Offizierskasino, daß jedes gute Gerücht seinen Ursprung auf den Messedecks haben mußte. Wenn dort die Quelle war, dann mußte das Gerücht stimmen.

Weil der Platz außer in den frühen Morgenstunden ständig benutzt wurde, mußten die Messeköche ständig die Decks reinigen, und es war Knoblauchs Aufgabe, die Männer bei der Arbeit anzutreiben. Nach jeder Mahlzeit mußten die Tische mit heißem Seifenwasser abgewaschen, die Fliesen des Decks geschrubbt und dann poliert werden. Der stellvertretende Kommandant führte jeden Tag eine Inspektion der Kombüse und Messedecks durch. Wenn nicht alles tipptopp war, teilte er das Mr. Hatcher mit, der seinerseits die Bedenken mit Knoblauch teilte. Dies war ein Zirkus, der Knoblauch gar nicht gefiel, und deshalb setzte er alles daran, die Köche bei ihren Reinigungsarbeiten anzutreiben und zu ermahnen, ihre Arbeit tadellos zu erledigen.

»Bronson! Refoe!« brüllte Knoblauch. »Reinigt diesen Bereich noch einmal, und diesmal verschwindet all der Scheiß, der unter den Tischen liegengeblieben ist! Ihr könnt die verdammten Fliesen nicht mit trockenen Lappen auf dem verdammten Deck polieren, ihr verdammten Idioten! Gottverdammich, müssen wir das üben, oder wollt ihr ständigen Dienst in der Messe haben, hä?«

Rocky betrat die Messedecks, während die beiden Köche sich ins Zeug legten, um ihren guten Willen zu zeigen. Knoblauch schüttelte angewidert den Kopf über ihren Mangel an Energie, Initiative und Können.

»Diese Hurensöhne werden das Deck schrubben, bis wir wieder in Diego sind, wenn sie weiterhin so beschissen arbeiten«, sagte Knoblauch grollend zu Rockheart, der sich an der Kaffeemaschine einen Becher mit Kaffee füllte.

»Das hört sich vernünftig an«, erwiderte Rocky und musterte den Kaffee mißtrauisch. Er glaubte, einen Fussel darin gesehen zu haben.

Knoblauch grinste. »Scheiß auf vernünftig; ich halte sie in jedem Fall hier.« Er ließ seinen Blick über das Deck schweifen, um sich zu vergewissern, daß niemand in Hörweite war. Dann senkte er die Stimme zum Flüsterton, obwohl die Köche ihre Reinigungsbemühungen auf der anderen Seite des Decks fortsetzten. »Hast du alles für die erste Lieferung vorbereitet?«

Rocky nickte und rührte Zucker mit einem Holzlöffel in den Kaffee, während er sich sichernd umsah, bevor er wieder den Kaffee betrachtete, um nach einem Fussel zu suchen. Dann wurde er abgelenkt. Ein großer kahlköpfiger Mann, der jedem auf dem Schiff als Papa Steiner bekannt war, schlenderte über Deck und verschwand in der Kombüse. Es war ein älterer Verpflegungsunteroffizier, ein deutschstämmiger Mann aus Pennsylvania, der mit starkem Akzent sprach. Er war der Nachtbäcker, der – entsprechend der Bezeichnung – die meiste Zeit der Nacht aufblieb und Brot, Brötchen und Kuchen für den folgenden Tag backte. Dann schlief er den größten Teil des Tages, erholte sich bis zum Nachmittag, und am Abend begann die Prozedur von neuem. Rocky zerbrach den Holzlöffel.

»Ich habe 'ne Menge Stoff und einen Mangel an Bedarf«, sagte er. »Wir sollten auf dieser Fahrt ranklotzen.«

»Das wollte ich hören. Mit deinem Dealen und meinen Geldgeschäften sollten wir ein paarmal groß absahnen.«

Rocky schaute sich um, bevor er etwas erwiderte. Keiner außer den Messeköchen war auf den Messedecks, und in der Kombüse hielt sich nur Steiner auf, der jetzt mit Geschirr klapperte.

»Ich mache mir Sorgen wegen einiger Maschinenjungs«, sagte Rocky. »Einige dieser Kerle schalten den Verstand ab, wenn sie ihren Stoff rauchen.« Er warf die beiden Stücke des Holzlöffels in einen großen Mülleimer am Ende der Essenausgabe.

»Die haben gar keinen Verstand«, sagte Knoblauch. »Wenn sie welchen hätten, wären sie keine Maschinisten – oder Junkies. Hast du etwas zu Bullet gesagt?«

»Ja, aber er geht nicht näher an sie ran, als er muß. Er kann nicht den Laufbahnberater für die Kunden spielen, weißt du?« Rocky schüttelte den Kopf. »Dabei wäre es so verdammt leicht, wenn sie nur ein wenig diskreter wären.«

»Diskret, du meine Güte. Sie nehmen den Stoff nicht ohne Grund, oder?«

Rocky grinste. Knoblauch erfüllte die Rolle eines Bankiers. Rocky und Bullet investierten ihren jeweiligen Profit bei Knoblauch, dem Kredithai des Schiffes. Knoblauch verlieh den Zockern, den Würfel- und Kartenspielern, Bargeld zum Rückzahlungspreis sechs zu fünf, zahlbar am nächsten Zahltag. Zahltag war alle zwei Wochen. Wenn es also ein Problem gab, hatte Knoblauch Zeit, daran zu arbeiten, was ein Aspekt seines Lebens war, den er so genoß wie das Schikanieren der Messeköche. Aber er hatte selten echte Probleme; seine Stammkunden hüteten sich davor, sich mit ihm anzulegen, und außerdem brauchten sie seine Dienste.

Jeder wußte natürlich, daß die Tätigkeit eines Kredithais an Bord eines Schiffes illegal war, aber in der Rangfolge der Straftaten an Bord nicht annähernd so gefährlich oder verhaßt wie der Drogenhandel. Auf jedem Schiff gab es wenigstens einen Kredithai, der für gewöhnlich mit der stillschweigenden Erlaubnis der Vorgesetzen operierte. Die Chiefs ließen ihn gewähren, weil manchmal sogar Chiefs etwas Bargeld brauchten. Der Unterschied war, daß die Chiefs keine Zinsen zahlten und als Gegenleistung den Kredithai unbehelligt ließen. Die Verbindung zwischen dem Kredithai und irgenwelchem Drogengeld, das auf dem Schiff die Runde machte, war nicht allgemein bekannt.

»Du hast in Subic den Vorrat aufgefüllt?« fragte Knoblauch.

»Nein. Ich habe reichlich auf Lager, und es gab ohnehin keinen Landgang. Es wäre zu gefährlich gewesen, Kontakt mit den Leuten aufzunehmen, die mich beliefern. Beim ersten Hafenbesuch werde ich einige Mamasans in Olongapo besuchen und meinen Warenbestand auffüllen. Das ist keine große Sache.« Rocky schaute sich wieder um. »Dieser verdammte Chief Jackson fängt an, die Drogenszene hier als persönliche Herausforderung zu betrachten.«

»Ja, verdammt, der verdächtigt jeden«, sagte Knoblauch. »Der Kerl hat Verfolgungswahn. Ein Nigger, der versucht, ein Weißer zu sein. Ich warte nur noch darauf, daß er mit 'ner Lupe und einem Detektivhut rumläuft. Aber ich sage dir, wer wirklich ein Problem werden könnte, das ist der verdammte Martinez. Nach diesem Gallagher-Scheiß soll Martinez getönt haben, daß er jetzt einige Leuten ernsthaft in den Hintern tritt, und ich meine nicht nur, daß jemand von 'ner Leiter fält. Er kommt nahe an unsere Organisation heran, und wir sollten vielleicht etwas dagegen unternehmen.«

Rocky schnaubte. »Ach ja? Wir? Hast du ein Bataillon vom Marine Corps in der Tasche oder was? Was sollen wir deiner Meinung nach gegen jemand unternehmen, der Trucks jagt und ihnen nur aus Spaß die Reifen durchbeißt, he? Dieser verdammte Indianer geht auf den Kriegspfad und jagt Typen wie Gallagher, aber das ist verdammt nicht *mein* Problem; das ist ihr Alptraum, Mann.«

Knoblauch schüttelte ungeduldig den Kopf. »Du denkst nicht mit«, sagte er. »Bei anderen Schiffen würde einer, der erwischt, gemeldet, degradiert, bestraft oder was auch immer wird, sagen, er hat den Stoff selbst mitgebracht. Doch hier wird der Junge terrorisiert, weil der verdammte Indianer hinter seinem Skalp her ist, und er könnte ausplaudern, von wem er in Wirklichkeit den Stoff hat, verstehst du? Und genau da wird es zu *deinem* Problem.«

Rocky starrte den fetten Mann hart an. »Wenn dieses Monster jemals herausfindet, woher das meiste Geld in deiner Bank kommt, so wird es auch dein Problem. Also spiel mir nicht den Heiligen, Mr. Rockefeller.«

Knoblauch hielt Rockys Blick stand. »Das kann er nur herausfinden, wenn du und/oder Bullet es ihm sagen, und ich kann mir vorstellen, daß er euch vorher die Arme rausreißen muß, also mache ich mir eigentlich keine großen Sorgen. Da niemand eine Verbindung zwischen der Bank und dem Stoff sieht, ist er auch nicht scharf auf mich, wenn er es auf den Stofflieferanten abgesehen hat.«

Sie starrten lange aufs Deck, während sie sich die Sache durch den Kopf gehen ließen. Beide erkannten, daß Rockheart und Bullet Knoblauch genauso in der Hand hatten, wie sie sich gegenseitig und er sie. Es war also unsinnig, mit dem Finger aufeinander zu zeigen. Knoblauch zog ein schmutziges Taschentuch hervor und schneuzte sich.

»Scheiße«, grollte er. »Jedesmal hole ich mir im Westpazifik eine Erkältung. Sieh mal, dies ist alles Blödsinn. Jeder weiß, daß Jackson ein verdammter Irrer ist. Bleibt die ganze Nacht auf und schleicht wie ein Wachhund rum. Niemand nimmt ihn ernst. Warum, zum Teufel, bist du so nervös?«

Rocky trank einen Schluck Kaffee und verzog das Gesicht. Er blickte zu den beiden Köchen und wartete, bis zwei Maschinisten auf ihrem Weg zum Maschinenraum vorbeigegangen waren. Erst dann antwortete er auf Knoblauchs Frage.

»Es geht nicht nur um Jackson. Es geht um die Kombination von Jackson und Godzilla. Es könnte bedeuten, daß die Führung auf die Drogenszene aufmerksam wird und etwas dagegen unternimmt. Ich habe gesehen, daß Jackson mit dem neuen Abteilungsleiter, Holcomb, gesprochen hat. Martinez arbeitet für Holcomb, und die beiden haben ein fast kameradschaftliches Verhältnis. Und Holcomb kommt von der Ostküstennavy. Ich hörte, daß er sich dafür stark macht, Jungs zu bestrafen, die mit Stoff erwischt werden. Zuerst dachte ich, der Neue wäre in Ordnung, aber jetzt ...«

Knoblauch schüttelte den Kopf. »Da habe ich was anderes gehört. Der Captain glaubt nicht, daß es so was wie Drogen gibt. Und selbst wenn er es glaubt, ist dies seine letzte Fahrt; er will keine Wellen machen. Er befiehlt keine Drogen-Säuberungsaktion gleich zu Beginn einer Fahrt. Niemals. Das Schiff und er würden schlecht aussehen. Reg dich ab. Vergiß die Vorgesetzten auf diesem Schiff – sie wollen nur ihren Dienst abreißen wie wir. Und die WESTPAC-Jungs werden den Neuen schon zurechtbiegen.«

»Mann, ich hoffe, du hast recht. Ich muß mich jetzt verpissen.«

Knoblauch klopfte ihm mit seiner Pranke auf die Schulter. Rocky bemühte sich, das Gleichgewicht zu bewahren. Knoblauch grinste wieder.

»Laß dich nicht hängen, Rocky-Baby«, sagte er. »Wir haben die ganze Fahrt vor uns, um zu kassieren. Denk daran, wie reich wir bei der Rückkehr sind. Und mach dir wegen Jackson nicht in die Hosen; er ist ein Nigger. Er wird nicht gegen seine schwarzen Brüder vorgehen. Wenn es sein muß, können wir immer dann und wann irgendeinen blöden Bastard opfern, den Arschlöchern einen Knochen hinwerfen, Jackson einen Junkie und Louie Jesus jemanden zum Zerschlagen geben. Füttere die Tiere, Mann, und sie fressen nicht die Halter.«

16

Rocky kletterte die Leiter vom Hauptdeck zur zweiten Ebene hinab und schloß behutsam die Luke hinter sich. Als Schiffspolizist vom Dienst führte er seine Kontrollrunde nach dem Abendessen durch, eine Überprüfung der Schotte und Luken im Bauch des Schiffes, um sicherzustellen, daß alles für die Nacht perfekt gesichert war. Es war eine ideale Tarnung für seine wahre Mission, die darin bestand, weiteres Bargeld in seinem Versteck im Belüftungschacht des Pumpenraums auf der Steuerbordseite unten auf dem dritten Deck zu deponieren. Die erste Leiter führte hinab in eine kleine Kammer, die kaum groß genug war, um zwei Männern nebeneinander Platz bei der Luke im Boden zu bieten, die zum Belüftungsschacht führte. Die Kammer war mit einer Glühbirne beleuchtet, aber es befand sich nichts darin außer elektrischen Anschlußdosen, einer Leitung aus dem Pumpenraum darunter und der Luke zum Verbindungsgang, der zum Belüftungsschacht führte.

Rocky trat von der Leiter, drehte sich am Boden herum, bückte sich und drehte das Rad an dem Schott, das zum Verbindungsgang zum Pumpenraum führte. Die runde Springluke öffnete sich mit einem schwachen Zischen von Luft, die nach Salzwasser und Sauerstoff roch. Er griff durch die Öffnung, fand den Lichtschalter für den Durchgang und knipste das Licht an. Eine zweite Stahlleiter führte zu einer schmalen Kammer, vier Meter tiefer. Das Außenbordschott der Kammer war der Rumpf des Schiffes, am Fuß nach innen gewölbt und mit Eisenregalen versehen, in denen Winkeleisen und Stahlrohre lagerten. Direkt unterhalb der Leiter befand sich ein Käfig, der die volle Länge der Kammer einnahm. Innerhalb des Käfigs war der Steuerbord-Schraubenschacht, eine Stahlsäule von dreißig Zoll Durchmesser, die sich lautlos drehte. Die Säule war mit roten Spiralen angestrichen, damit jemand, der sich näherte, sehen konnte, ob sie sich drehte oder nicht.

Rocky stieg die letzte Leiter hinunter. Abermals verschloß er sorgfältig die Luke über seinem Kopf, bevor er hinabstieg. Er hatte jedes Recht, hier zu sein, wenn jemand fragen sollte, denn er mußte auf seinem Rundgang als Schiffspolizist nach möglichen Lecks Ausschau halten. Er stieg die letzten Sprossen hinab und gelangte auf einen kleinen Steg über den Käfig mit dem Schraubenschacht. Er ging über den Steg und erreichte das Dach des Pumpenraums, auf dem Feuerpumpe Nummer fünf, eine Zweihundertkilozentrifugalpumpe, angetrieben von einem Sechzig-PS-Elektromotor, montiert war. Die Feuerpumpe war ebenfalls in Betrieb, verursachte ein leises Dröhnen von älteren Lagern. Die Feuerpumpe sorgte für Hundertfünfundzwanzig-psi-Seewasserdruck für die Schadenkontroll-Hauptleitungen. Ihr Kühlwasser tropfte mit einem stetigen Strom Salzwasser hinab in die Bilgen, und eine von Rockys Aufgaben als Schiffspolizist bestand darin, zu überprüfen, ob der Sicherheitsmann, der die Wassertiefe ausloten mußte, in den letzten zwei Stunden die Bilge ausgepumpt hatte.

Rocky ließ sich auf die Knie nieder und untersuchte den Kielraum, in dem sich das Leckwasser sammelt. Er leuchtete mit seiner Taschenlampe in die Stahltaschen, die durch den Zusammenschluß des gewölbten Schiffsrumpfs und den Stützpfeilern für die Feuerpumpe und für den Schraubenschacht gebildet wurden. Der Wasserpegel in der Bilge wirkte normal. Dann überprüfte er, daß die Abzugspumpe in Betrieb war, die ständig die Bilge absaugte, damit das Wasser nicht stieg.

Er schaltete die Taschenlampe aus, vergewisserte sich, daß die Luke über ihm immer noch geschlossen war, und ging zu einem elektrischen Schaltkasten am Schott nach achtern. Zum und vom Schaltkasten führten keine Kabel, und in eine Metalltafel auf der Tür war gestanzt: ERSATZ – KEINE ANSCHLÜSSE. Er tastete über die

Oberfläche des Schaltkastens und fand den durchsichtigen Klebestreifen über dem Spalt zwischen Tür und Rahmen. Der Klebestreifen war intakt. Er löste acht Flügelschrauben und zog die Tür des Schaltkastens auf, wobei er den Klebestreifen zerriß. Der Kasten war ungefähr einen Meter hoch, fünfundsiebzig Zentimeter breit und zwanzig Zentimeter tief und mit einer Dichtungsmanschette versehen, um die Anschlüsse trocken zu halten, sollte dieser Raum jemals überflutet werden. In dem Kasten befand sich ein Plastikbeutel, der mit Putzlappen gefüllt war.

Rocky nahm den Plastikbeutel heraus, kramte in seiner Hosentasche und zog ein dickes Dollarbündel hervor. Er fand einen losen Lappen im dem Beutel, wickelte die Geldrolle damit ein, verknotete die Zipfel des Lappens und steckte ihn wieder in den Beutel. Er hob den Beutel an. Nicht schlecht für die erste Dienstzeit an der Front. In den Putzlappen waren seiner Schätzung nach acht- bis zehntausend Dollar versteckt. Er faltete den Beutel, stopfte ihn zurück in den Schaltkasten, schloß und schraubte die Tür an, nahm ein Stück Klebestreifen von seinem Gürtel und klebte ihn über den Spalt zwischen Tür und Rahmen. Am Ende der Fahrt hoffte er, das Sechsfache dieser Summe im Versteck in dem Schaltkasten zu haben. Steuerfreies, unregistriertes Bargeld.

Er überprüfte den Pumpenraum noch einmal, um sich zu vergewissern, daß er nichts übersehen hatte. Als er daran dachte, daß er weit unterhalb der Wasserlinie war, ungefähr dreieinhalb Meter über dem Kiel, hatte er wie stets ein unheimliches Gefühl. Im Durchgang zum Schraubenschacht war es heiß und feucht von der Hitze des angrenzenden Feuerungsraums und dem Bilgenwasser, und da war diese riesige Schraubensäule, die sich lautlos in ihrem Stahlkäfig drehte. Trotz der Hitze erschauerte er. Er überprüfte den Schaltkasten noch einmal und machte sich dann auf den Rückweg zum zweiten Deck, stieg durch Luken und schaltete auf dem Weg nach oben Licht aus.

Sein Hemd war feucht vom Schweiß, als er den Kopf

durch die Luke des Durchgangs zum zweiten Deck steckte. Er stieg durch die letzte Luke auf seinem Weg und entdeckte, daß der Idiot der Decksabteilung, Seaman Coltrane, in dem Durchgang herumlungerte. Coltrane sah Rocky und grinste ihn an. Rocky starrte Coltrane finster an, woraufhin der sich prompt davonmachte. Rocky trat durch den Durchgang und nickte Ensign Folsom zu, der ihm entgegenkam. Radarman First Class Rockheart, der stets gewissenhafte Schiffspolizist, machte pünktlich seine vorgeschriebenen Runden.

17

Brian schreckte aus dem Schlaf und setzte sich kerzengerade in seiner Koje auf, als aus der Lautsprecheranlage des Schiffes eine Durchsage plärrte:

»SAR! SAR! SAR! EINSATZ DES HELO-KOMMANDOS FÜR START VON BIG MOTHER DREIUNDFÜNFZIG. ICH WIEDERHOLE: SAR! SAR! SAR! EINSATZ DES HELO-KOMMANDOS FÜR START VON BIG MOTHER DREIUNDFÜNFZIG, ALLES PERSONAL, DAS NICHT AN FLUGOPERATIONEN BETEILIGT IST, VOM BEREICH DES FLUGDECKS FERNHALTEN.«

Brian schaltete das Licht an und schaute auf seine Armbanduhr. 22 Uhr 40. Er war um 20 Uhr 30 in seine Koje gegangen, um etwas zu schlafen, bevor er seine sechsstündige Wache im CIC im Wechsel mit Austin antreten mußte. Er schüttelte den Kopf und versuchte, die Spinnweben vor seinen Augen zu vertreiben, während über das 1MC die ganze Durchsage wiederholt wurde. Er hatte von Maddy geträumt. Brian spürte, daß das Schiff den Kurs änderte und schneller wurde. Er konnte sich nicht erinnern, ob er eine Rolle beim Start des SAR-Hubschraubers spielte. Er erinnerte sich an die Ausbildung: jeden Abend wurden beim Search-and-rescue-(SAR-)Hubschrauber die Kontrollen vor dem Flug durchgeführt, und dann wurde der Such-und-Rettungs-Helikopter auf dem Flugdeck geparkt. Je nach dem Grad der Bereitschaft konnte die Besatzung, zwei Piloten und zwei Techniker, irgendwo schlafen, vom Hubschrauber bis zu ihrer Koje unter Deck. Ein normaler Start dauerte mit all den Inspektionen und Kontrollen vor dem Flug bis zu einer Dreiviertelstunde. Ein Notstart konnte in weniger als fünf Minuten erfolgen; in der Nacht dauerte er ein paar Minuten länger.

Brian blickte wieder auf seine Armbanduhr und entschloß sich aufzustehen und festzustellen, was los war. Das Schiff drehte, und das Deck vibrierte, als die Schrauben mit fast fünfeinhalb Meter Durchmesser die Drehzahl änderten. Brian zog seine Khakihose, das Hemd und schwarze Wellington-Seestiefel an, schnappte sich eine Sturmjacke und seine Taschenlampe mit rotem Glas und machte sich auf den Weg zum Combat.

Als er das Kommandozentrum betrat, fand er ein Chaos vor. Austin neigte sich an einer Seite über die SWIC-Konsole, der Kapitän über die andere. Fox Hudson saß vor der SWIC-Konsole. Drei Fluglotsen standen um die AIC-Konsolen herum, keiner von ihnen in voller Uniform. An den Kontrollschirmen fand ein Kreuzfeuer von Kommentaren und hitzigen Debatten statt. In all der Hektik sprach Hudson über Air Force Green mit dem Stab unten auf der Yankee Station und gab ihm einen Lagebericht.

»Was ist los?« fragte Brian einen der AICs, RD1 Monty Montana, der wie er ins Combat gekommen war, als der Notstart des SAR angekündgt worden war.

»Air Force F-vier wurde bei einem Aufklärungsflug über dem Red River Valley beschossen. Die Maschine hat nur Kameras für Luftaufnahmen an Bord, keine Artillerie. Die Besatzung versucht, über den Golf zu entkommen, damit wir sie holen können. Sie sagen, die Maschine brennt. Das ist sie auf dem Schirm dort. Ungefähr fünfzig Meilen nordwestlich über Wasser.«

In diesem Augenblick bemerkte Austin, daß Brian im Combat war.

»Mr. Holcomb«, sagte er. »Sie sollen Ihren Schönheitsschlaf halten, damit Sie mich pünktlich um Viertel vor zwölf ablösen können.«

»Die Lautsprecherdurchsage hat mich geweckt. Da wollte ich sehen, was los ist.«

»Ich glaube, wir können das allein schaffen, danke. Sie werden sich daran gewöhnen müssen, Notfälle den Diensthabenden zu überlassen.«

Der Captain wandte sich um und nickte Brian zu. Im Schein des Radarschirms wirkte Huntington viel älter. Die dunklen Ringe unter den Augen und die Falten seines Gesichts wurden durch das grünliche Licht noch betont. Brian sah, daß der Kapitän eine Khaki-Uniformhose und die Lederjacke eines Piloten trug, aber kein Hemd. Statt Schuhe oder Stiefel hatte er Pantoffeln an.

»Brian«, sagt er. »Der Graf hat recht. Hier ist es nicht wie auf einem Zerstörer, wo jeder auftaucht, wenn nachts Feueralarm gegeben wird. Aber wenn Sie zuschauen wollen, sollten Sie zur Geschützleitungs-Radarstation gehen. Ein Nachtstart ist ein ziemlich interessantes Manöver.«

»Aye, aye, Sir. Das werde ich tun. Ich wollte nicht stören.«

»O nein, nein, das meinte ich überhaupt nicht«, erwiderte der Kapitän. »Ich will nur nicht, daß meine Hauptauswerter beide jedesmal aus der Koje springen, wenn nachts etwas passiert. Dann werde ich bald zwei unausgeschlafene Männer hier haben. Aber jetzt sind Sie schon mal auf und können sich das hinten ansehen.«

»Aye, aye, Sir.« Brian verließ das CIC. Als er die beiden Leitern zur Ebene der Offiziersmesse hinunterstieg, hörte er wieder eine Lautsprecherdurchsage. Brian hörte, daß die Hubschrauberpiloten die Angaben für den Start über die Lautsprecheranlage erhielten, damit Zeit gewonnen wurde.

Als er aufs Flugdeck gelangte, bekam er gerade noch

den Start des großen SH-3-Helikopters mit. Jack Folsom und Martinez waren auf dem Flugdeck. Sie sahen Brian fast gleichzeitig, und Folsom nahm seine Kopfhörer ab.

»Besichtigungstour, Boss?« fragte Chief Martinez.

»Ja. Durch den Lautsprecher bin ich aufgewacht, und da wollte ich mir das mal ansehen. Was passiert als nächstes?«

Folsom antwortete. »Nun, der Fluglotse im Combat wird Big Mother zu der Maschine lotsen, die in Schwierigkeiten ist, und versuchen, den Helo in dem Gebiet in Position zu bringen, in dem die Besatzung mit dem Schleudersitz aussteigt.«

»Ich hörte, daß die Maschine Feuer gefangen hat«, sagte Brian.

Folsom setzte zu einer Erwiderung an, als auf dem Flugdeck Rufe erschallten. Brian sah, daß einige der Crew zum schwarzen Himmel im Westen wiesen. Brian schaute hin und sah ein flackerndes Glühen in der leichten Wolkendecke. Es färbte sich von Dunkelrot zu Orange. Kein Geräusch war zu hören außer dem Raunen des Windes in den Aufbauten. Der glühende Punkt verschwand für einen Moment, bevor er in einem Lichtblitz ausgelöscht wurde, und einen Augenblick später ertönte ein dumpfes Grollen.

»Der fliegt nicht mehr«, bemerkte der Chief.

»Ich hoffe nur, sie hatten Zeit zum Aussteigen«, sagte Folsom. Er schüttelte den Kopf, als wollte er anzeigen, wie gering die Möglichkeit war, daß es die Besatzung tatsächlich noch geschafft hatte, sich mit dem Schleudersitz zu retten.

»Scheiße«, murmelte Brian.

Folsom starrte zu Boden. »Nun, wir werden noch eine Weile hier oben sein. Der Helo wird dort draußen suchen, bis der Sprit fast bingo ist. Manchmal retten sie Leute, die aussteigen konnten. Ich habe ein paar Storys von Überlebenden im Golf gehört.«

»Was heißt, bis ihr Sprit fast bingo ist?«

»Bingo heißt, daß sie nicht mehr genug Sprit haben, um zurückzukehren und zu landen.«

»Ich glaube, ich hole mir Kaffee«, sagte Brian und warf einen Blick auf seine Armbanduhr. »Es ist nicht mehr lange bis zu meiner nächsten Wache.«

»Ich höre Sie dann über den Kopfhörer, wenn Sie im Combat sind, Mr. Holcomb.«

Brian ging hinab zur Offiziersmesse, um sich eine Tasse Suppe und ein Käsebrötchen zu holen, die Standardration für die Mitternachtschicht oder die ›Mitternachtsratten‹, wie man sie nannte. Die Wache von Mitternacht bis vier Uhr mußte um Viertel vor zwölf angetreten werden. Wer um Mitternacht die Wache antreten mußte, stand für gewöhnlich gegen 23 Uhr auf, machte sich frisch und holte sich in der Offiziersmesse etwas zu essen und zu trinken. Danach ging er zu seiner Wachstation. Die Ablösung von Unteroffizieren dauerte nur ungefähr eine Minute. Für die Auswerter im Combat Information Center konnte die Prozedur bis zu einer Stunde dauern, je nachdem, was los war.

Brian kehrte um halb zwölf ins Combat zurück, und Austin wies ihn die nächsten zwanzig Minuten ein, erläuterte die Bewegungen über dem Golf, zeigte Aktivitäten des Feindes auf, erläuterte die Zeitabstände, in denen es Nachtflüge von den Flugzeugträgern gab, und erklärte den Plan für den nächsten Tag und die Befehle des Kapitäns für die Nacht. Da für die nächsten vierundzwanzig Stunden keine Angriffe geplant waren, war die Ablösung Routine. Garuda Barry wickelte die gleiche Ablösungsprozedur mit Fox Hudson ab. Der letzte Teil der Übergabe betraf die Hubschraubersuche nach Überlebenden der Aufklärungs-F-4 der Air Force.

»Big Mother fünf-drei ist dort im möglichen Absturzgebiet«, sagte Austin und wies auf den SWIC-Radarschirm. »Obwohl sie gemeldet haben, daß sie nichts runterkommen sahen. Es gibt keinen Piepton und nichts auf der Notfrequenz, das auf einen Überlebenden hinweist. Aber sie suchen noch weitere zwei Stunden lang, dann müssen sie heimkehren.«

»Ich habe den Feuerball gesehen, beziehungsweise die Reflexion.«

»Ja. Manchmal haben sie Glück. Aber für gewöhnlich finden wir am nächsten Tag verbranntes Isoliermaterial, eine Öllache und einen Helm mit Gehirnmasse. Die Helme schwimmen, wissen Sie.«

»Wunderbar«, sagte Brian sarkastisch.

»Ja. Sie haben die alte Redensart gehört. Die Piloten verdienen mit all ihrem Flugsold nicht mehr Geld als der Rest der Navy; sie verdienen es nur schneller. Irgendwelche Fragen?«

»Wer leitet die Suche?«

»Einer der AICs ist der Leiter, er benutzt die Konsole der Abteilung Überwasser dort drüben.«

»Werden wir den Clementine-Helikopter einsetzen?«

»Nein. Das würden wir, wenn wir Anzeichen auf eine Betätigung des Schleudersitzes oder auf Überlebende hätten – einen Piepton, Leuchtkugeln, einen Notruf über Funk – etwas außer dem Feuerball. Für eine lange Suche ist der SH-3 die erste Wahl. Sie können den Helo aufs Wasser setzen, wenn es nötig ist, und sie haben eine größere Besatzung. Und wenn sie jemanden auffischen, während wir den Clementine-Helo auf Deck rollen, hätten wir das Deck blockiert, bis er starten kann. Manchmal kommt es auf Sekunden an, wenn jemand schnell aufs Schiff gebracht werden muß. Deshalb bleibt der Clementine-Helo im Stall.«

»Kapiert.«

»Dies ist Mr. Austin. Mr. Holbomb ist der Auswerter im Combat«, sprach Austin die vorgeschriebene Ablösungsformel.

»Dies ist Mr. Holcomb, ich übernehme die Auswerter-Wache«, erwiderte Brian. Es folgte ein Chor von »Aye, aye, Sir«, und ein paar Minuten vor Mitternacht verließen Austin und Fox Hudson das CIC. Sie würden um halb sieben zum Dienst zurückkehren. Garuda zündete sich seine erste Zigarette der Mitternachtswache an und griff zu den

Aspirintabletten, die in einem Regal über der SWIC-Konsole lagen.

»Bereits Kopfschmerzen?« fragte Brian und nahm vor der Konsole Platz.

»Jawohl, Sir, Die Mitternachtswache führt bei mir immer zu Schädelbrummen.« Garuda warf zwei Pillen in den Mund und kaute sie.

»Menschenskind, Sie kauen dieses Zeug?«

»Jawohl, Sir. Dann spüle ich es mit Kaffee runter und rauche noch eine, damit der Geschmack im Mund verschwindet. Das hält mich für die erste halbe Stunde nach Mitternacht wach; danach geht's abwärts.«

»Ich werde wach bleiben, wenn ich nur daran denke. Wo ist dieser Helo jetzt?«

»Ich empfehle, Sie gehen rüber zur Überwasserabteilung und lassen sich den Suchplan und alles erklären. Sie operieren im Zwanzigmeilenradius, und ich muß mich hier an der SWIC-Konsole an den Zweihundertfünfzigmeilen-Radius halten. Wenn mein Bild abstürzt, dauert es eine Weile, bis ich alles wieder eingestellt habe. Das alte Problem Luft – Wasseroberfläche, erinnern Sie sich?«

»Klar. Das hatte ich fast vergessen.« Brian ging zur Abteilung Überwassser, wo Radarman First Class Rockheart die Wache übernommen hatte. Rocky erklärte ihm das Suchschema im Gebiet der wahrscheinlichen Absturzstelle des Flugzeugs. Brian war beeindruckt von Rockys ruhigem Profitum; Rockheart hatte einen guten Ruf bei den Offizieren in der Messe.

»Es hilft nicht, daß dieser Knabe um Mitternacht eintraf«, sagte Rocky. »Wenn es Tag wäre, dann wären mehr Flugzeuge dort draußen, die suchen können, aber nachts und ohne Anzeichen darauf, daß sie aussteigen konnten, bevor sie ins Meer stürzten, nun ...«

»Ja. Sie suchen also dieses Gebiet ab, bis ihr Sprit knapp wird, und das wär's dann?«

»Sie kommen zum Tanken und zu einer Ruhepause zurück, und dann fliegen sie vermutlich beim ersten

Tageslicht noch mal raus. Wir werden in den nächsten paar Tagen noch in diesem Gebiet suchen – wir sind noch am Rand unserer PIRAZ-Position, es kostet uns also nichts, etwas zu trödeln und die Augen offenzuhalten.«

»Und es gab keine Funkverbindung mehr, bevor die Maschine explodierte?«

»Nein, Sir«, sagte der AIC. »Monty hatte sie auf der Frequenz und leitete sie über Red Crown. Der Pilot sagte als letztes: ›Wir gehen runter‹, und er nannte noch den Winkel. Da war er bereits in Flammen. BARCAP startete sofort vom Flugzeugträger, aber sie sahen nichts, bis ihnen der Sprit knapp wurde und sie zurückkehren mußten.«

Brian beobachtete ein paar Minuten lang den Radarschirm und kehrte dann zu Garuda zurück. Der Kapitän rief an, um sich den Status melden zu lassen, aber es gab wenig zu melden.

Im Combat Information Center wurde es still. Die meisten der Aufklärungs- und Überwachungsflugzeuge waren für die Nacht auf ihre Stützpunkte in Vietnam, auf den Philippinen, nach Guam oder Thailand zurückgekehrt. Auf der Statusanzeige war zu sehen, daß die beiden Flugzeugträger der Yankee Station für vierundzwanzig Stunden in Bereitschaft waren, die Crew jedoch ruhte. Der andere Flugverkehr war minimal, zum Beispiel der von der BARCAP-Station westlich der Position der *Hood*. Die Wetterberichte erzählten die Geschichte: In der vergangenen Woche hatte es im Norden starken Nebel gegeben, besonders im Red River Valley, das viele Ziele hatte. Die Angriffe von Maschinen von den Flugzeugträgern waren ausgesetzt, bis die nächste Wetterfront von China kam und den Nebel wegblies.

Brian blätterte den riesigen Stapel von Botschaften durch, die seit seinem Verlassen des CIC um achtzehn Uhr eingetroffen waren. Die tägliche Post des Combat. Seine Gedanken schweiften ab zu dem Brief, den er vor ein paar Stunden an Maddy geschrieben hatte. Er hatte ihr von der Operation Sea Dragon und dem Pech der *Berkeley* berichtet, wobei er die blutigen Einzelheiten ausgelassen hatte. Er hatte sich ebenfalls entschlossen, ihr vom Besuch des Captains vom Stab zu schreiben und von seinem Verdacht zu erzählen, daß das Drogenproblem auf dem Schiff ziemlich groß war. Zum Schluß des Briefes hatte er Aufmunterndes für die Heimat geschrieben und darauf hingewiesen, daß das Schiff in weniger als sechs Monaten zurückfahren würde, wenn sie diesen Brief erhalten würde. Da hatte er ein wenig untertrieben, aber was sollte es – das klang besser als sieben Monate.

Brian sortierte weiter den Stapel Botschaften, sonderte die meisten aus, aber behielt alle, die sich auf PIRAZ-Operationen bezogen. Flugpläne, Logistikberichte, Verwaltungsverkehr, Flottenpläne, zusammenfassende Berichte des Nachrichtendienstes und die endlosen Berichte aus dem Hauptquartier in Saigon, die sich zu sechshundert einzelnen Botschaften pro Tag summierten. Jeder der Auswerter mußte den Stapel während seiner Wache ständig sortieren, um auf dem laufenden zu sein.

»Ich fühle mich wie ein Postbeamter«, murrte Brian.

»Ja, Sir, da ist eine Tonne von diesem Scheiß. Und warten Sie nur, bis die Angriffe fortgesetzt werden – dann verdoppelt sich das.«

Brian stöhnte. Er hatte Mühe, die Augen offenzuhalten, und einige der Botschaften verschwammen vor seinen Augen. Dann gab es Aufregung bei der Abteilung Überwasser.

»Auswerter Überwasser«, ertönte eine Stimme über die Sprechanlage. »Fünf-drei meldet Leuchtkugel!«

»Verstanden, Leuchtkugel«, rief Garuda. Er schaltete auf eine Flugkontroll-Frequenz, um die Frühwarn-E-2-Maschine zu rufen, die die Nachricht an den Flugzugträger übermitteln sollte. Brian ging zur Abteilung Überwasser und hörte, wie der Fluglotse mit dem Piloten des SAR-Helos sprach.

»Wo ist die Leuchtkugel?«

Rockheart wies auf ein blinkendes Symbol neben dem

Punkt des Helikopters. »Hier, Mr. Holcomb. Die Piloten haben einen 38er mit Leuchtspurmunition dabei. Bei einem Nachtflug feuern sie die Waffe ab, wenn ein Helo nahe genug ist, um sie zu sehen. Der SAR-Helikopter sagt, er schwebt jetzt über der Position und wartet auf ein zweites Zeichen.«

»Zweite Leuchtkugel! Sie haben jemanden in Sicht!« rief der Mann am Kontrollschirm. »Fünf-drei im Anflug auf Normalfixpunkt. Schwimmer macht sich bereit.«

Brian rief den Kapitän an, um zu melden, daß Big Mother 53 einen möglichen Überlebenden geortet hatte und sich darauf vorbereitete, einen Schwimmer abzusetzen, um ihn aus dem Wasser zu holen.

»Rufen Sie den Exec an, und sorgen Sie dafür, daß ein Sanitätsteam auf dem Flugdeck ist, wenn fünf-drei landet«, befahl der Kapitän. »Haben Sie schon CTF siebenundsiebzig informiert?«

»Nein, Sir. Ich wollte warten, bis sie die gemeldete Person geborgen haben und uns ihre Verfassung melden, bevor ich CTF siebenundsiebzig anrufe.«

»Okay, aber dann melden Sie es sofort.«

»Aye, aye, Sir.« Brian hängte ein. Garuda grinste verlegen.

»Was ist?«

»Ich habe die Leuchtkugel auf der UHF-Sicherheitsfrequenz an die E-zwo gemeldet; Sie werden es dem Stab auf dem Flugzeugträger schon übermittelt haben. Ich wußte nicht, daß Sie ebenfalls dem Flugzeugträger melden wollen …«

»Ja, das ist in Ordnung. Ich wollte nur nicht mit Fragen bombardiert werden, bevor ich wenigstens ein oder zwei Antworten habe.«

»Das nächste Mal werde ich Sie fragen. Ich habe vergessen, wer der Auswerter ist.«

»Quatsch, Garuda, ich habe Ihnen nichts Gegenteiliges gesagt. Das ist keine große Sache.« Das rote Lämpchen der Sprechanlage leuchtete auf.

»Auswerter Überwasser. Big Mother fünf-drei meldet eine Person geborgen und RTB.«

»Auswerter, aye«, sagte Brian. »Garuda, was heißt RTB?«

»Returning to Base oder in der Pilotensprache ›Returning to Boat‹. Sie kehren also zurück. Sie sollten den XO anrufen.«

»Oh, verdammt, das hatte ich vergessen.« Brian telefonierte, während Garuda die Brücke informierte.

Zwanzig Minuten später kam Ensign Folsom von der Brücke ins CIC. Er trug immer noch seine Ausrüstung für das Flugdeck, hatte einen grünen Pullover über dem Khakihemd an und zwei Navytaschenlampen in den Taschen. Er trug eine Schwimmweste in einer Hülle um die Hüfte und hatte seinen Helm auf. Nach der Dunkelheit auf der Brücke blinzelte er gegen die relativ helle Beleuchtung im Combat Information Center an. Sein Gesicht war gerötet vom Wind an Deck und dem Rotorenwind. Er ging zu Brian.

»Wir haben einen zurückgebracht!«

»Ja. Der CO freut sich wirklich, ganz zu schweigen vom Kommandanten des Flugzeugträgers. Sie haben das sofort der Air Force gemeldet. Ist der Junge in der Lage zu erzählen, was passiert ist?«

»Einigermaßen, aber Sie hätten ihn sehen sollen.« Folsom schüttelte den Kopf, als wollte er die Erinnerung vertreiben. Garuda hatte sich in seinem Drehsessel umgewandt, und die Männer der Überwasserabteilung waren herübergekommen und lauschten angespannt.

»Was, ist er schwer verletzt?«

»Der Sani sagt nein. Aber offenbar geht es einem beschissen, wenn man aus einer F-4 in einiger Höhe mit dem Schleudersitz aussteigt. Seine Augen waren groß wie Tennisbälle. Ich dachte, ich sehe einen Marsmenschen. Das muß an dem plötzlichen Druckabfall liegen. Er blutete aus den Ohren, sein Gesicht sieht aus wie ein roher Hamburger und seine Knöchel sahen wie aufgepumpt aus. Als sie ihn auf einer Trage aus dem Helo holten, hätte ich fast gekotzt.« Er schüttelte wieder den Kopf.

»Und hat er gesagt, was mit dem anderen Jungen ist – war das der Kopilot oder der Mann auf dem Rücksitz?«

»Die Jungs im Helo sagten, der Gerettete ist der Funktechniker vom Rücksitz. Der Pilot befahl ihm, den Schleudersitz zu betätigen, als der Vogel an zwei Seiten brannte und nur ein paar Sekunden später explodierte. Der Gerettete sagt, es ging so schnell, daß der Pilot nicht mehr aussteigen konnte. Er rettete seinen Mann, ging aber selbst drauf.«

»Verdammt. Hat man den Jungen ins Krankenrevier gebracht?«

»Jawohl, Sir. Sie halten ihn unter Beobachtung durch den Sanitätsoffizier über Nacht dort und fliegen ihn morgen mit dem logistischen Helo aus. Sie ersparen besser jedem den Anblick von diesen Augen. Die Jungs würden Alpträume haben. Sie hätten Chief Martinez hören sollen, als er ihn sah – er begann indianischen Scheiß zu reden.«

»Ich nehme an, die Augen sind morgen wieder normal. Wir sollten dankbar sein, daß wir wenigstens einen gerettet haben. Garuda, müssen wir irgendwelche Meldungen schreiben oder so was?«

»Nein, Sir, ich habe das mündlich gemeldet. Die Leute von CTF siebenundsiebzig werden die Operationsberichte verschicken.«

Die Zuhörer zogen sich zu ihren Abteilungen zurück, und die Geschichte dieser Nacht machte die Runde. Brian schaute auf seine Armbanduhr. Halb drei. Für seine erste Mitternachtsschicht war die Zeit schnell vergangen. Zum ersten Mal seit Tagen fühlte er sich begeistert und energiegeladen.

Am Morgen zeigten sich jedoch die Auswirkungen des Aufseins seit Mitternacht. Um halb zehn, als Brian sich durch die Schreibarbeiten seiner Abeilung quälte, fielen ihm die Augen zu. Er entschloß sich, auf Deck etwas frische Luft zu tanken. Vielleicht sollte er sich ein bißchen mit

Louie Jesus unterhalten. Welch ein Name! Brian rief bei der Waffenabteilung an und befahl dem Unteroffizier, den Chief Petty Officer ausfindig zu machen. Fünf Minuten später klopfte Chief Martinez an die Tür von Brians Kabine. Es klang, als würde er mit einem Vierkanteisen gegen die Tür donnern. Er öffnete die Tür und steckte den Kopf herein, und Brian nahm seine Mütze und ging mit dem Chief zur Offiziersmesse, um Kaffee zu holen. Sie gingen hinaus aufs Vorderdeck und wechselten die Pappbecher mit heißem Kaffee von Hand zu Hand.

Es war ein typischer Tag im Golf von Tonkin. Der Himmel war bewölkt und dunstig, und warme feuchte Luft lag über der ruhigen See. Der Horizont war nur als schwache Linie zwischen See und Himmel zu erkennen. Die *Hood* bewegte sich kaum, behielt die Position in der PIRAZ-Zone und sparte Treibstoff. Es waren keine der üblichen Geräusche des Meeres oder auch nur eine Brise zu hören. Stellen von getrocknetem Seesalz glitzerten am Fuß der Abschußvorrichtung für die Fernlenkgeschosse.

Drei schwitzende Abteilungen von Matrosen erneuerten abgeblätterte Farbe und beseitigten Rostflecken auf dem Vorderdeck. Der Boatswain Mate Second Class namens Strickland leitete die Arbeiten in der Art wie fast jeder Bootsmann: Er lehnte lässig an der Seite der Abschußvorrichtung für die Fernlenkgeschosse, so daß er alle drei Gruppen im Auge behalten konnte. Der Beginn eines Bierbauchs wölbte sich über seinem Koppel. Er hielt einen Becher mit Kaffee in einer Hand und hatte seine Mütze tief in die Stirn gezogen, um nicht von der Sonne geblendet zu werden.

Sie schlenderten zum Bug. Brian blickte zurück zur Brücke, doch die grün getönten Fensterscheiben spiegelten den Sonnenschein wider und gaben nichts preis. Brian erkannte, daß für den Rest der Besatzung, der nicht direkt an den PIRAZ-Operationen beteiligt war, die fünfundvierzigtägigen Dienstperioden äußerst langweilig sein mußten. Er erwähnte das bei dem Chief.

»Ja und nein«, erwiderte der Chief. »Wir haben viel Zeit für das Entrosten und Anstreichen, was gut ist, denn wir haben nicht genug Jungs für all die Arbeiten an Deck bei einem Schiff dieser Größe. Ich habe Gruppen, die hier oben arbeiten und mittschiffs an den Booten und Davits, und wir betreiben einige Ausbildung für die Mannschaften und so. Und dann gibt es Helo-Operationen, manchmal am Tag und bisweilen nachts wie in der vergangenen. Die Jungs der Ersten Abteilung sind außerdem beim Feuerwehrteam, und wir müssen jedesmal das Motorboot bemannen, wenn es als Rettungsboot ausläuft. Der Trick ist, die Männer beschäftigt zu halten, damit sie keine Zeit für irgendwelchen Scheiß haben.«

Brian nickte. »Wir alle werden im Combat völlig in Anspruch genommen für die Red-Crown-Sache. Es ist, als wäre man in einer anderen Welt. Und wenn ich an Backbord und Steuerbord bin, reduziert sich das praktisch auf Wache halten und schlafen. Die Waffenabteilung muß mich für vermißt halten.«

»Nun, es ist nicht wie in Diego, aber dies ist WESTPAC. Fast jeder schiebt Wache, ißt und schläft. Der Routinekram kann warten.«

Coltrane und Hooper kamen vorbei. Sie trugen große Eimer mit rutschfestem Sand aus einem Lagerraum. Brian schüttelte den Kopf. Er erinnerte sich, wie er sie zum ersten Mal gesehen hatte, als er gerade ein paar Tage an Bord gewesen war. Während sie sich unterhalten hatten, war ein sonderbares Matrosenpaar aus einer Luke auf dem Vorderdeck aufgetaucht und hatte ein angestrichenes Aluminiumrohr die steile Leiter hinaufgeschoben. Am Ende des Rohrs hatte ein hagerer schwarzhaariger Mann von ungefähr zweiundzwanzig Jahren mit scharfgeschnittenem Gesicht, Adlernase und leicht hervorquellenden Augen und zwei fehlenden Schneidezähnen gestanden. Er hatte seinem Partner, der sich mit dem schwereren Ende des Rohrs abmühte, ständig Befehle in breitem Brooklynakzent erteilt.

Brian hatte den zweiten Matrosen fasziniert betrachtet. Er trug etwas, das wie eine Auswahl von Putzlappen der Maschinisten ausah, und selbst die Lappen waren noch schlampig. Dazu hatte er einen zerrissenen und mit Farbflecken beklecksten Arbeitsanzug und ein Hemd getragen, das drei Nummern zu groß war. Sein rundes, rotes Gesicht mit leicht schielenden Augen, einer Knollennase, abstehenden Ohren, dem einfältigen Lächeln und dem strohblonden Haar, das in alle Richtungen abstand, erinnerte an eine Comicfigur. Der lustig aussehende Typ hatte bei der Flut der Befehle des anderen Mannes jedesmal freundlich genickt. Brian dachte, daß er wie eine lebendig gewordene Vogelscheuche wirkte, als die beiden mit dem Aluminiumrohr an ihm vorbeikamen.

»Was sind denn das für Typen?« hatte Brian gefragt.

Der Chief lachte, und Jack Folsom erklärte. »Das ist das dynamische Duo der *Hood* – Coltrane und Hooper. Der Kleinere ist Jimmy Hooper; er hält sich für schlau. Der Idiot ist Marinegefreiter Hulanny Coltrane, das Produkt eines komischen Scherzes, der beim Rekrutierungsbüro der Navy schiefgegangen ist.«

Folsom erklärte weiter. Coltrane war vom Leiter eines dörflichen Rekrutierungsbüros zum Spaß zu einer Rekrutierungsstation im nordöstlichen Tennessee zur Einberufung geschickt worden. Dann hatte man ihn – wiederum aus Spaß – nach Memphis geschickt, um zu sehen, was geschehen würde. Durch eine Kette von Fehlern und Mißverständnissen, die nur in der Bürokratie entstehen können, hatte Coltrane es bis zum Ausbildungszentrum in San Diego geschafft, wo ein entsetzter Master Chief einen Tag lang die Telefonleitung heiß telefoniert hatte, um das Rekrutierungsbüro händeringend zu bitten, die Entscheidung rückgängig zu machen. Während sich der Master Chief am Telefon heiser brüllte, wurden Coltrane und an die vierhundert Altergenossen auf dem Paradeplatz feierlich für den Dienst in der Navy vereidigt, und die Proteste des Master Chiefs nutzten nichts mehr.

Es wäre nicht ganz so schlimm gewesen, wenn Coltrane sprechen könnte, doch das war nicht der Fall. Er konnte offenbar lesen, wenigstens ein wenig, und freundlich befolgte er jedermanns Befehle in der Grundausbildung; sogar andere Rekruten konnten ihn zu aller Belustigung auf Botengänge schicken. Aber wenn man ihn ansprach, konnte er nur ein paar Laute ausstoßen, die keinerlei Sinn ergaben, eine Tatsache, die von jedem Ausbilder im Ausbildungszentrum vertuscht wurde. Coltrane wurde langsam zu einem Geheimprojekt, bei dem die Chiefs feststellen wollten, ob sie ihn tatsächlich durch die Grundausbildung und auf ein Schiff bringen konnten, ohne daß jemand herausfand, was mit dem Jungen tatsächlich los war.

»Eigentlich heißt er nicht Coltrane, sondern Coaltrain«, erklärte Folsom. »In Abwesenheit eines Vaters nannte ihn seine Mutter offenbar nach dem wichtigsten Ereignis in ihrem Leben, den Kohlenzügen, die an dem Platz vorbeifuhren, an dem ihr Wohnwagen stand. Der Rekrutierer hörte Coaltrain und schrieb automatisch Coltrane wie der Jazzmusiker auf. Der XO hat ein bißchen nachgeforscht, nachdem Coltrane im vergangen Jahr an Bord geschickt wurde. O Mann, das war ein interessanter Tag. Ich sah diese Kreatur auf dem Achterdeck und wußte auf Anhieb, daß sie mir zugeteilt werden würde. Natürlich war ich entsetzt. Aber der XO erfuhr, daß die Navy unerhörten Mist gebaut hatte, der nicht rückgängig gemacht werden konnte, weil dann jede Menge Leute blamiert worden wären. So mußten wir ihn behalten.«

»Tatsache ist, daß er perfekt zum Reinigen der Seiten zu gebrauchen ist«, sagte der Chief. »Das ist ein Scheißjob, in einem Korb über der Wasserlinie zu hängen, während über einem all die Abwässer aus den Toiletten und Öl und Dreckwasser von Bord abgelassen werden.«

»Und er bereitet niemandem Probleme«, fügte Folsom hinzu. »Wissen Sie, ein Deckaffe, der nicht reden kann, riskiert bei niemandem eine große Lippe. Es ist nur schade, daß er nicht aus eigener Initiative in der Abteilung funktionieren kann. Er wandert einfach davon wie ein Kind oder ein Irrer, wenn man nicht auf ihn aufpaßt. Wir mußten ihn schon auf dem ganzen Schiff suchen. Jungs von anderen Abteilungen riefen uns an und meldeten, daß wir unseren Idioten abholen sollten. Er braucht einen Babysitter.«

»Und das ist Hooper, nehme ich an«, sagte Brian.

»Ja, so kam Hooper ins Spiel. Kam mit dem gleichen Trupp wie Coltrane an Bord. Wie ich schon sagte, er hält sich für schlau und meint, er macht Ferien bei der Navy. Erzählt all diese irren Geschichten über Manni die Maus und Bobby Bär und solches Comiczeug. Perfekter kleiner Gauner und meisterhafter Drückeberger, der ständig irgendeinen Trick versucht. Eine Nervenssäge, nahe daran, aus der Navy rausgeschmissen zu werden.«

»Bis wir ihn mit Coltrane zusammentaten«, fuhr der Chief fort. »Wissen Sie, im Hafen brauchen Reiniger der Schiffsseiten wegen ihrer Arbeit keinen Wachdienst zu verrichten, und so haben sie jede Nacht Ausgang. Es ist ein beschissener Job, aber dafür gibt es diesen Pluspunkt. Hooper war sofort hellauf begeistert, bis wir ihm sagten, daß er sich um Coltrane kümmern muß, dafür sorgen muß, daß er regelmäßig ißt und sich wäscht und nicht fortwandert. Und daß er mit ihm an den Seiten des Schiffs arbeiten muß.«

»Da sträubte sich Hooper?« fragte Brian.

Folsom lachte. »Ja, und wie, aber dann boten wir ihm als Alternative ein paar Tage Dienst in den Feuerungsräumen an, und er sagte sich, daß Coltrane und die Arbeit an den Seiten des Schiffs besser sind.«

»Und jetzt kommandiert er den armen Coltrane herum, der das auch noch liebt, nehme ich an, und die beiden reinigen die Schiffsseiten.«

»Wenn Hooper ihn nicht in irgendeine Gaunermasche hineinzieht«, sagte der Chief. »Coltrane geht von Zeit zu Zeit verloren, wenn Hooper nicht auf ihn aufpaßt. Aber er ist okay, wissen Sie, harmlos. Nicht wie der verdammte Hooper. Der ist oft unerträglich und aggressiv. Besonders wenn er an Land Feuerwasser trinkt.«

Brian beobachtete, wie das komische Paar vom Vorderdeck verschwand. Martinez nickte zufrieden vor sich hin, wie um zu bekräftigen, daß Coltrane und Hooper einen Platz in der Crew gefunden hatten. Sie standen schweigend eine Weile beisammen und blickten zum Horizont, und der Chief wartete anscheinend ab, worüber sein Abteilungsleiter mit ihm sprechen wollte.

»Chief«, sagte Brian schließlich.

»Ja, Boss?«

»Sie sagten vor kurzem, wir müssen miteinander reden – über dieses Drogenproblem. Ich habe mit dem Chefmaschinisten gesprochen, und ich muß sagen, es gefällt mir kein bißchen, wie mit dem Problem auf diesem Schiff umgegangen wird.«

Chief Martinez blickte zu Boden und schwieg, gab Brian Zeit, in Worte zu kleiden, was er zur Sprache bringen wollte.

»Ich meine, ich verstehe, daß alle Abteilungen das Problem haben, daß die Junkies nicht auf den Maschinenraum begrenzt sind. Mir ist auch klar, was passiert, wenn wir jeden degradieren oder gar entlassen, der Stoff nimmt oder dealt oder sonst Dreck am Stecken hat.«

»Jawohl, Sir.«

»Aber ... nun, ich meine, mir gefällt auch nicht, was wir tun, wenn wir sie erwischen. Ich habe gehört, daß Sie dabei eine große Rolle spielen. Zum Beispiel Gallagher. Er hat sich die Hand gebrochen.«

»Das war ein Unfall, wie ich hörte«, sagte der Chief.

Brian warf einen Seitenblick zu Martinez' ausdruckslosem Gesicht und fragte sich, wie weit er mit diesem Gespräch kommen würde. Dann schaute er sich um. Es war niemand in Hörweite. Er entschloß sich, alles offen zur Sprache zu bringen.

»Nun, Chief, nach dem, was *ich* gehört habe, versteckte

sich Gallagher in Feuerungsraum zwei, bis der Maschinist ihn dort rauswarf, und erst *dann* hatte er den Unfall. Und man hat mir berichtet, daß ein gewisser großer Chief Petty Officer, nämlich Sie, vielleicht mit etwas Hilfe vom Sheriff und einigen anderen CPOs und der Genehmigung vom XO, einige Selbstjustiz bei Scheißern anwenden, die Drogen konsumieren.«

Der Chief schwieg weiterhin. Der Blick seiner schwarzen Augen war auf den Horizont gerichtet. Brian mußte den Kopf drehen, um das Gesicht des Chiefs zu sehen. Eine einsame Möwe flog vorbei auf dem Weg nach achtern, um im Kielwasser nach Schätzen im Abfall zu suchen.

»Nun, ich verlange nicht, daß Sie irgend etwas zugeben oder leugnen. Und bitte, glauben Sie mir, wenn ich sage, daß ich Gerechtigkeit darin sehe, besonders wenn uns durch das System die Hände gebunden sind. Ich finde, ein Kerl, der Drogen an Bord dieses Schiffes konsumiert, gefährdet all seine Kameraden, ganz zu schweigen von dem Schiff. Ich wage gar nicht daran zu denken, was passieren könnte, wenn uns die Nordvietnamesen angreifen und einige Leute im Combat high sind. Aber das ist nicht das einzige, was mich nervt.«

Chief Martinez sagte nichts. Brian fragte sich immer noch, ob er einen Fehler beging, das Thema offen anzusprechen, aber er fuhr fort.

»Ich habe zwei Probleme. Erstens, wenn wir einen Junkie schnappen und den Fall nicht nach den Vorschriften der Navy abwickeln, sondern ihm in den Hintern oder sonstwohin treten, bringen wir uns selbst in Gefahr. Ich meine, wir wissen beide, daß es ungesetzlich ist, wenn ein Offizier oder Chief Petty Officer einen Rangniedrigeren zusammenschlägt. Mit anderen Worten, wir stellen uns auf eine Stufe mit dem Bösewicht, indem wir einen kriminellen Akt mit einem anderen kriminellen Akt vergelten.«

Der Chief nickte langsam, sah Brian jedoch immer noch nicht an.

»Das zweite Problem: Ich bin mir nicht sicher, ob wir den Junkie mit unserer Selbstjustiz davon abhalten können, wieder Stoff zu nehmen, denn wir haben ihn nur in dem bestärkt, was er bereits wußte: Wenn man erwischt wird, muß man dafür bezahlen. Ich gebe zu, dieser Gallagher war idiotisch leichtsinnig. Das Schiff ist im Gefecht, und er nimmt Stoff, bis er zu fliegen glaubt. So hatte er dann seinen kleinen ›Unfall‹. Aber hört er auf, Stoff zu nehmen? Ich meine, er wird nur viel vorsichtiger sein und sich genau überlegen, wo und wann er seinen nächsten Joint raucht. Vielleicht wird es von jetzt an erst nach der Wache um Mitternacht sein, wenn er sechs Stunden Zeit bis zur nächsten Wache hat. Aber das weiß der Feind nicht. Gallagher könnte wiederum high sein, wenn wir das nächste Mal angegriffen werden. Verstehen Sie, was ich meine?«

»Jawohl, Sir.«

»Sie möchten sicher wissen, welche Position ich einnehme. Nun, ich würde die Junkies anklagen, nach den Vorschriften vom Kapitän verurteilen lassen und unehrenhaft entlassen. Ja, das Personal hier würde knapp werden, aber dann wissen wir wenigstens, daß die übrigen Jungs nicht high zum Dienst erscheinen, wenn es mitten in der Nacht ein Gefecht gibt.«

Chief Martinez schaute eine Weile zu Boden. Er trank seinen Kaffeebecher leer, zerknüllte den Pappbecher und warf ihn über die Reling. Er lehnte sich gegen die Reling und schaute Brian an.

»Nein, Mr. Holcomb.«

»Nein was, Chief?«

»Sie wissen nichts über die Kerle, die noch nicht geschnappt wurden. Sie wissen nur, daß man sie noch nicht erwischt hat. Diese Ratte Gallagher? Ich werde Ihnen sagen, was ich über diesen jungen Scheißer weiß. Ich weiß, daß ihm klar ist, daß ihm das Rückgrat gebrochen wird, wenn er noch mal erwischt wird. Er wird für den Rest seines Lebens im Rollstuhl sitzen und Windeln tragen müssen. Das einzig Harte, das er unterhalb der Gürtellinie spürt, wird der verdammte Rollstuhl sein, auf dem er in seiner eigenen Scheiße sitzt. Ich sehe Gallagher dann jeden Tag. Ich sorge schon dafür, daß ich ihm über den Weg laufe. Und wenn ich ihn anschaue, erinnert er sich. Und wenn der Kerl, von dem Gallagher den Stoff kauft oder gekauft hat, seine alten Kunden besucht und Gallagher ihm vor Angst schlotternd sagt: ›Nichts mehr, Mann, nichts mehr von dem verdammten Stoff, weißt du, ich bin religiös geworden.‹ Das *weiß* ich über Gallagher, weil wir diese kleine Unterhaltung hatten. Und ich habe nicht die Sorge, etwas Ungesetzliches zu tun, denn die Junkies haben damit angefangen, verstehen Sie? Wenn Sie keinen Stoff nähmen, brauchte ich ihnen nicht in die Eier zu treten.«

»Sie wollen mir also erzählen, daß jeder, der erwischt wurde und mit dem Sie, äh, eine Unterhaltung gehabt haben, ein wiederbekehrter Christ ist?«

Der Chief grinste. »Ich weiß nichts über Christen, Boss. Ich bin nur eine Dreiviertelrothaut. Ein Christ war etwas, das mein Volk mit ein wenig Honig in Augen und Ohren über einem Ameisenhügel angepflockt hat.« Er grinste abermals, als schwelge er in der Erinnerung. »Aber diese Kerle, mit denen ich rede, werden Gläubige, bekehrt, wenn Sie so wollen. Ich, Jackson und ja, einige der anderen Chief Petty Officers sorgen dafür. Ihre Methode, Boss, würde einfach nicht funktionieren, nicht auf diesem Schiff. Aus zweierlei Gründen nicht.«

»Aber durch meine Methode würden die Junkies vom Schiff fortgeschafft werden.«

»Und dann bekommen wir nur weitere. Ja, es dauert eine Weile, aber dann schickt man Ersatz, und am Ende haben wir noch mehr Junkies. Sie werden dann die kleinen Scheißer überall auf dem Schiff finden. Sehen Sie, diese heutigen verdammten Kids, die nehmen Stoff wie wir als Halbstarke nach der Schule Zigaretten geraucht und Bier getrunken haben. Ich meine, Kids *lieben es*, Verbotenes zu tun, zum Beispiel zu rauchen, wenn sie das nicht dürfen. Und Bier schmeckt überhaupt nicht, bis man den Geschmack für den Alk darin entwickelt hat. Sie und ich, wir taten es, weil es verboten war, weil es schlecht war und alle Lehrer und Mama und Papa es als schlecht bezeichneten. Heutzutage sind Bier und Zigaretten Babykram. Damit begnügen sich die Pipimädchen, wenn sie nicht ihre kleinen Ärsche in den Miniröcken schwenken und dann ganz sauer werden, wenn irgendein Lüstling ihr Höschen sieht. Die heutigen Jungs, die nehmen härteren Stoff. Sie sehen in der Glotze, daß Drogen sich in der Wirkung kaum von Zigaretten oder Schnaps unterscheiden. Die langhaarigen Rock-'n'-Roll-Millionäre nehmen Stoff auf der Bühne. Die Collegejungs ziehen sich alle welchen rein, es ist alles nur ein chemischer Scheiß, warum also nicht? Sehen Sie, es ist das alte Spiel Räuber und Gendarm; die Kids sehen nichts Schlechtes daran.« Er schaute zu zwei Männern, die in der Arbeit innegehalten hatten. Unter seinem harten Blick wurden sie sofort wieder emsig.

»Nach unserer Methode finden wir heraus, wer die Junkies sind, und wir setzten sie ein wenig unter Druck. Wenn sie sich nicht bessern, erhöhen wir den Druck. Mann, ich erzähle ihnen, wie leicht man über die Reling fallen kann, wenn man nicht aufpaßt, und wie schwierig es ist, mit gebrochenen Armen zu schwimmen. Sie verstehen die Botschaft. Bei unserer Methode wissen wir, was Sache ist und wer was ist. Und wir müssen so vorgehen – wegen des zweiten Grunds.«

»Und der ist …?«

»Diese Führung wird Sie nie eine Horde Junkies anklagen lassen und dann entlassen. Das bringt das Schiff in Verruf, und folglich sieht auch die Führung schlecht aus.«

»Ja, ich weiß. Und am Ende müssen wir im Hafen Wache schieben.«

»Ja, aber das ist nicht der springende Punkt. Wenn sich herumspricht, daß die *Hood* ein wirklich schlimmes Drogenproblem hat, dann wird man den Kommandanten versetzen und durch irgendeinen wirklich scharfen Hund ablösen lassen, und das Leben auf der guten *Hood* wird beschissen.«

Brian dachte darüber nach. »Okay, das kann ich verstehen, aber ich finde, wir verlassen uns zu sehr darauf, daß alles gutgeht. Solange nichts passiert, keine große Sache mitten in der Nacht abläuft, keine Überraschungsangriffe kommen, könnten wir es schaffen und sozusagen einen Deckel auf dem brodelnden Topf halten. Aber der Captain sollte an das Risiko denken, das er eingeht.«

Chief Martinez schüttelte den Kopf. »Da bin ich anderer Meinung, Mr. Holcomb. Sie reden davon, daß es nach den Vorschriften der Navy gehandhabt werden sollte. Aber ich und die anderen Chiefs, wir fahren lange genug zur See, um zu wissen, daß man die Kapitäne nehmen muß, wie sie kommen. Man muß es mit dem schaffen, was man hat, und wir haben jetzt einen alten Mann, der nicht hart durchgreift. Hölle, er hat schon in Korea gedient, okay? Trägt das Navy Cross, weil er ein Schiff gerettet hat, als er eine Bombe oder was weiß ich entschärft hat. Wie ich hörte, glaubt er nicht mal, daß diese Drogenscheiße auf seinem Schiff tatsächlich abläuft. Ja, vielleicht will er nur nichts davon wissen; vielleicht hat er andere Gründe. Aber diesen Captain haben wir nun mal. Und dessen Stellvertreter will es vielleicht auf die richtige Weise regeln, vielleicht auch nicht, aber Sie wissen, wie das ist – es ist nicht sein Schiff. So tun wir alle unser Bestes. Wenn Sie meinen, Sie können sich mit dem Alten zusammensetzen und ihm die Augen öffnen, dann tun Sie es. Die Chiefs würden das ungemein begrüßen.«

»Sie meinen, es würde etwas nutzen, Chief?«

»Nein, es würde gar nichts nutzen, Sir.«

»Na, toll«, sagte Brian sarkastisch.

Dann schaute er schweigend über die Reling aufs Meer. Sein Gefühl sagte ihm, daß die Logik des Chiefs stark vereinfachend, aber vermutlich realistisch war. Die Feinheiten, was gesetzlich und ungesetzlich war, und all die Theorien über Ordnung und Disziplin waren für Chief Martinez und seinesgleichen belanglos. Brian war überzeugt, daß militärische Disziplin letzten Endes von der Bereitschaft von Untergebenen abhing, vom Admiral bis zum einfachen Matrosen, bei Fehlverhalten bestraft zu werden. Die Drogenszene stellte das in Abrede.

Dennoch kaufte er Martinez diese Einstellung nicht ganz ab. Er versuchte es auf andere Weise. »Wenn Ihre Methode so gut funktioniert, wie kommt es dann, daß wir solch einen Zwischenfall hatten, als ein einziger Junkie namens Gallagher das ganze Schiff lahmlegte?«

»Das ist das wirklich Schlimme an den Drogen, Mr. Holcomb. Wenn Sie keine Art Antidrogenprogramm laufen haben, schnappt man diese Arschlöcher für gewöhnlich nur, wenn sie etwas wirklich Wichtiges versauen. Und da ist noch eines: wir Chiefs haben hier eine Art Kodex – wir nehmen uns nur einen Junkie zur Brust, wenn wir ihn beim Konsumieren oder Dealen erwischen. Ich meine, der Verdacht reicht nicht, verstehen Sie? Hölle, wenn wir auf Verdacht hin handeln würden, müßten wir fast allen in den Hintern treten. Der Chief von Gallagher und Mr. Ames, das ist der Leiter der Abteilung B, die hatten schon vermutet, daß Gallagher Stoff nimmt. Aber keiner konnte ihn erwischen, bis er öffentlich high angetroffen wurde. Jetzt hat jeder die Botschaft erhalten. Wer so etwas macht, muß mit schlimmen Konsequenzen rechnen. Nicht mit einer Degradierung oder Entlassung, nicht mit irgendeinem Papier, sondern zum Beispiel mit einer gebrochenen Hand. Sogar in der Offiziersmesse weiß man Bescheid. Vielleicht haben einige Leute mit dem Gedanken gespielt, sich etwas Stoff zu kaufen, aber jetzt sagen sie sich, daß sie es vielleicht lassen sollten.«

Brian trank seinen Kaffeebecher leer und warf ihn über die Reling. Er war sich nicht sicher, wie es weitergehen sollte. Er wollte, daß der Chief ihn respektierte und ihn nicht für einen liberalen Eiferer oder einen pedantischen, überkorrekten Armleuchter hielt. Er wollte auch zu den

›guten Jungs‹ auf dem Schiff zählen, um einer der Eingeweihten zu sein. Die Chiefs konnten ihr Vigilantensystem nicht ohne den Schutz und sogar die Ermunterung von wenigstens dem stellvertretenden Kommandanten, wenn nicht gar vom Kapitän durchziehen. Aber Brian sah den Fehler im System der *Hood*. Sie sollten nicht nur herumsitzen und darauf warten, bis sich ein Junkie selbst bloßstellte; sie sollten die ganze Drogenorganisation – und es mußte eine geben – mit allen Mitteln bekämpfen.

»Ich habe Sie verstanden, Chief«, sagte Brian schließlich. »Ich kann nicht streiten, ob es falsch oder richtig ist, und mir gefällt der Gedanke, daß den Junkies in den Hintern getreten wird. Ich bin wohl nur nicht daran gewohnt, daß Selbstjustiz die Vorschriften der Navy abgelöst hat. Vielleicht ist das der Unterschied, wie die Dinge bei PACFLEET und LANTFLEET gehandhabt werden.«

»Ich wette, Sie hatten bei der LANTFLEET genauso viele Drogen wie wir hier im WESTPAC haben, Boss. Wie ich das sehe, ist das in der Navy überall so. Wir Petty Officers tun unsere Arbeit, wir gehen mit Munition um, fahren die Boote, reinigen die Abteilungen, reparieren und knüpfen die verdammten Knoten, die von der Navy vorgeschrieben sind, und das Tag für Tag. Aber mit dieser Drogenscheiße werden wir von der Navy überfordert. Diese Drogenscheiße ist tiefster Untergrund und muß mit Untergrundmedizin behandelt werden. Wenn Sie nichts davon wissen wollen, ist das okay. Sie brauchen nichts davon zu wissen.«

Brian lachte. »Kommt nicht in Frage, Chief. Ich will auf diesem Schiff mitspielen. Ich möchte nicht an der Seitenlinie sitzen und so tun, als ob es kein Problem gäbe. Ich habe einfach das Gefühl, daß das Problem nicht richtig angepackt wird, ganz gleich, wie logisch es klingt und wie befriedigend es ist, Typen wie Gallagher mit gebrochener Hand zu sehen. Die Methode der Drogenbekämpfung auf der *Hood* liefert uns alle an die Junkies aus. Wir sollten auf den Busch klopfen, die Dealer entlarven, den Boss des

Drogenrings finden und die ganze Organisation zerschlagen. Ich glaube, ich muß mir darüber noch mehr Gedanken machen.«

»Jawohl, Sir. Offiziere sollten sich Gedanken machen. Aber wie ich schon sagte, Sir, Sie können den Chiefs dieses Problem überlassen, wenn Sie wollen. Das gehört sozusagen zu unserem Job, wenn Sie verstehen, was ich meine.«

Martinez richtete sich zu seiner vollen Größe auf, verschränkte die Hände und ließ die Knöchel knacken. Bei der Bewegung spannten sich seine breiten Schultern und die Muskeln. Die Deckarbeiter schauten nervös herüber und arbeiteten schneller. Martinez grinste Brian an. »Man machte mich nicht zum Chief, weil ich die Prüfungen gut bestanden habe, wenn Sie verstehen, was ich meine.«

Brian lächelte. »Man machte sie wahrscheinlich zum Chief, weil man Angst davor hatte, es nicht zu tun.«

»Jawohl, Sir, Boss, so ist es also ein Teil meines Jobs, die Probleme auf meine Art zu lösen, richtig? Offiziere werden nichts Falsches tun, sie lassen die Chiefs die Probleme anpacken. Wissen Sie was, wenn Sie herausfinden, wer der Boss der Drogenhändler ist, wer all den Stoff an Bord bringt und hier das große Geld macht, dann gibt es einige Chiefs, die das wissen wollen, okay? Reden Sie mit Jackson. Ich glaube, der denkt genauso über die Sache wie Sie. Aber dann sollten Sie den Boss, diesen Scheißkerl, höllisch schnell von Bord schaffen.«

»Warum?«

»Weil ich ihn umbringe, wenn ich ihn zuerst finde. Mir macht das nichts aus, aber ich wette, daß Sie 'ne Menge Papierkram erledigen müssen, wenn man irgendwo im Maschinenraum eine Leiche mit gebrochenem Genick in einer Öllache findet.«

»Kapiert, Chief.«

18

San Diego

Maddy schob ein Abendessen aus der TV-Werbung in die Mikrowelle und ging dann ins Badezimmer. Sie zog ihre Tenniskleidung aus und duschte schnell. Alles tat ihr weh, nachdem sie die Herausforderung angenommen und ein Tennismatch mit dieser harmlos aussehenden kleinen alten Lady gespielt hatte, von der sie anderthalb Stunden über den Platz gescheucht worden war. Maddy war begeisterte Tennisspielerin. Wenn sie es einrichten konnte, spielte sie fast täglich eine Partie auf den öffentlichen Plätzen im Park gegenüber der Straße, in der sie wohnte. Heute war sie auf eine echte Könnerin gestoßen. Sie spielte nicht stark genug, um es mit einem Spieler mit mehr als durchschnittlicher Erfahrung aufnehmen zu können, aber sie hielt für gewöhnlich gut mit und besiegte oftmals Gegnerinnen. Nicht so heute nachmittag. Die verdammte Frau hatte einfach an der Grundlinie gestanden, ihren Schläger wie eine Fliegenklatsche geschwungen und jeden Schlag auf die Linie oder genau in eine Ecke gesetzt. Jeder Satz sechs null verloren. Beschämend. Sie hatte sich gefühlt wie eine Anfängerin.

Das Match hatte ausgerechnet nach ihrem ersten Arbeitstag in der Buchhaltung der Bank of America stattgefunden. Als leitende Angestellte wurde sie durch alle Abteilungen der San Diegoer Zentrale geschleust, und dazu zählte natürlich auch die Buchhaltung. Aber der Abteilungsleiter war einundsechzig und hielt sich für einen Typ, auf den die Frauen nur so flogen. Dabei hatte er schlechte Zähne, Mundgeruch, ein billiges Toupet, einen Bierbauch und war unglaublich eitel und arrogant. Einen großen Teil des Nachmittags hatte sie seine plumpen Annäherungsversuche abzuwehren müssen. Sie wußte, daß sie diesem Widerling in den nächsten paar Tagen mal energisch auf die Finger klopfen mußte, um ihn zur Räson zu bringen. Blöder Kerl.

Aber der Job war zu gut, um ihn aufzugeben oder leichtfertig zu gefährden. Sie erhielt achthundert Dollar pro Monat, genau zehn Dollar mehr als Brians Sold bei der Navy bei Dienst auf dem Stützpunkt. Nach den Maßstäben der Offiziersmesse waren die Holcombs nahezu reich.

Während Maddy sich einseifte, dachte sie an Brian. Sie duschten oft gemeinsam, und das Rituell des Einseifens führte oftmals zu viel besseren Aktivitäten. Sie erinnerte sich an das erste Mal, an dem sie Sex unter der Dusche versucht hatten. Der Versuch endete in einer mittleren Katastrophe. Die peinliche Situation war erst überwunden worden, als sie sich gegenseitig im Spiegel gesehen und Tränen gelacht hatten. Maddy erkannte plötzlich, daß das Leben ohne Brian freudlos war. Oh, es gab viele zwischenmenschliche Kontakte, die Kolleginnen und Kollegen, die anderen Offiziersfrauen, Männer, mit denen sie gelegentlich im Büro flirtete – aber das mit Brian geteilte Geheimnis, zusammen albern zu sein, fehlte ihr.

Maddy seufzte und stellte die Dusche ab. Sie trocknete sich ab, zog ihren Bademantel an und ging in die Küche, um nach ihrem Fertiggericht zu schauen. Sie nahm es aus der Mikrowelle und brachte es auf einem Tablett ins Wohnzimmer. Im Wohnzimmer war es bereits dunkel, obwohl es erst achtzehn Uhr war. Im Park gegenüber der Straße brannten schon die Laternen. Der Winter kommt, aber nicht wie in Boston, dachte sie, als sie die Vorhänge zuzog. Sie schaltete das Licht und den Fernseher an und schenkte sich ein Glas Wein ein. Als sie die Abendnachrichten im Fernsehen sah und geistesabwesend ihr Fertigmenü verzehrte, klingelte das Telefon.

Sie nahm den Hörer ab.

»Ja. Hallo?«

»Maddy Holcomb?«

O mein Gott, dachte sie, er. Seit ihrem denkwürdigen Ausflug zum Marine Corps Recruit Depot waren drei Wochen vergangen. Dennoch erkannte sie seine Stimme sofort.

»Maddy Holcomb?«

»Äh, ja?«

»Hier ist Autrey. Vom MCRD, das Sie in schlechter Erinnerung haben werden. Erinnern Sie sich an mich?«

Sie schluckte. »Äh, ja, natürlich, Mr. Autrey. Wie könnte ich das vergessen, ich meine, Mister …«

»Autrey, nur Autrey. Ja. Ich rufe an – ich wollte Sie fragen, ob Sie mit mir zu Abend essen.«

»Ich habe leider schon zu Abend gegessen, Mr. Autrey.«

»Bitte nur Autrey. Bei Mister werde ich nervös, und die Leute sehen sich um und halten Ausschau nach dem Cowboy.«

Maddy lachte nervös.

»Und ich meine natürlich nicht heute abend. Ich meinte … nun, wie wäre es mit Freitag? Im Grant Grill? Das ist ein wirklich schickes Restaurant, und es ist berühmt für erstklassige Rippchen. Ich werde einen Anzug mit Krawatte anziehen. Und Schuhe, wenn Sie darauf bestehen.«

Maddy lachte von neuem. »Mr. Autrey …«

»Autrey, nur Autrey.«

»Okay. Nur Autrey. Ich sollte mich wirklich noch einmal bedanken für alles, was Sie getan haben: Ich hätte überhaupt nicht dort im MCRD sein sollen, und ich werde niemals wieder dorthin fahren. Und ich finde …«

»Aber Sie schulden mir etwas.«

»Wie bitte?«

»Nun, eigentlich schulden Sie mir nichts. Aber ich dachte mir, ich habe Sie vor großem Schaden bewahrt, und es würde mich wirklich freuen, wenn Sie mit mir essen gehen. Ich möchte Sie wiedersehen, wenn Sie mal nicht in Todesangst sind und die Azaleen verunreinigen.«

»Autrey …«

»Ja, ich weiß. Es ist unfair von mir, Kapital daraus zu schlagen. Aber daran sehen Sie, wie gerne ich Sie wiedersehen möchte.«

»Nun, ja, es ist unfair. Ich meine …«

»Das liegt daran, daß wir hinterlistig sind.«

»Wieso …?«

»Wir Indianer. Wir sind bekannt als verschlagene Horde. Vielleicht sollte ich einfach nur ›bitte‹ sagen. Bitte? Nur ein gemeinsames Abendessen? Das klingt etwas gedämpfter, und Sie wären nicht so peinlich berührt.«

»Peinlich berührt? Wieso?«

»Wenn jemand ruft ›Hey, Schöner!‹, dann drehe ich mich für gewöhnlich nicht um, weil ich wohl kaum gemeint sein kann, wissen Sie.«

»Nun, du meine Güte, Mr. – ich meine Autrey – man kann Sie kaum als häßlich bezeichnen. Ich meine …«

»Ich weiß. Damit wollte ich um Mitleid heischen und ein Kompliment hören. Ich sagte ja, wir sind hinterlistig. Ich versuche alles.«

»Ja, das sind Sie gewiß.« Maddy wurde schwach. Der Mann war amüsant. Und sie schuldete ihm tatsächlich etwas, mehr als ein hastiges Dankeschön über die Schulter, als sie überstürzt aus seinem Wagen gestiegen war. Die einzige Möglichkeit, die ganze Sache sofort zu beenden, bestand darin, ihm zu bekennen, daß sie verheiratet war. Aber wenn er das vielleicht bereits wußte, war ihre Anwesenheit im MCRD nicht ganz so peinlich, solange sie nicht zugab, daß Sie eine Ehefrau war …

Mensch, du machst es dir wirklich nicht leicht, Mädchen, dachte sie.

»Autrey, okay. Abendessen. Freitag. Wo ist das Grant Grill?«

»Ich kann Sie abholen …«

Sie seufzte leise und wartete.

»Okay. Sie wollen mit Ihrem eigenen Wagen fahren. Wissen Sie, wir Rothäute sind verschlagen, aber manchmal können wir auch schwer von Begriff sein. Das Grant Grill ist im U.S. Grant Hotel, in der Innenstadt, Ecke Third und Broadway. Der Haupteingang ist am Broadway. Gehen Sie dort hinein, dann durch die Halle und nach rechts. Wie wäre es mit neunzehn Uhr?«

»Sagen wir neunzehn Uhr dreißig. Ich spiele jeden Tag nach der Arbeit Tennis.«

»Okay. Ich bin so froh darüber, daß Sie ja gesagt haben. Ich habe jetzt drei Wochen an Sie gedacht. Und ich brauchte so lange, um den Mut aufzubringen, Sie anzurufen, Maddy Holcomb.«

Maddy lächelte vor sich hin. »Genug. Ich sehe Sie am Freitag, Autrey.«

»Ja, prima. Wirklich prima. Nun ... gute Nacht.«

»Gute Nacht.«

Maddy legte den Hörer auf und setzte sich auf der Couch zurück. Ihr Puls hatte sich tatsächlich ein wenig beschleunigt. Was zur Hölle tat sie da? Sie ging zu einem Rendezvous? Nein, es war keines. Wirklich nicht. Der Mann hatte sie vor einem Vergewaltiger gerettet, und jetzt bat er sie auf nette Weise, mit ihm zu Abend zu essen. Das war alles. Er lud sie nicht in seine Wohnung ein, um ihr seine Briefmarkensammlung zu zeigen, oder auf eine Party oder sonst etwas. Und er klang so ängstlich und nervös wie ein Farmerjunge vor der ersten Verabredung. Zum Schreien. Drei Wochen lang hatte er Mut gesammelt, um sie anzurufen. Das Telefon klingelte wieder. Sie riß den Hörer von der Gabel.

»Ja?«

»Maddy, hier ist Tizzy.«

»O Tizzy.«

»Ja, o Tizzy. Tut mir leid, dich zu enttäuschen. Ich rufe nur an, um zu fragen, ob wir Freitag zusammen fahren.«

Maddy konnte keinen klaren Gedanken fassen. Freitag?

»Du weißt doch, der Ausflug der Frauen zur Del-Mar-Rennbahn? Die Fahrt da rauf dauert fast eine Stunde, und es wäre blöde, wenn jede von uns allein fährt. Außerdem mag ich nicht mit Suzanne Kirschning fahren, die angeboten hat, mich mitzunehmen. Ich würde lieber mit dir fahren.«

Maddy schluckte. »O Tizzy, ich glaube, ich werde die Rennbahn auslassen. Das interessiert mich wirklich nicht, und ich habe an diesem Abend schon was anderes vor.«

»So? Wer ist es? Wie sieht er aus?«

»Tizzy, du bist unmöglich. Es ist nichts in dieser Art.«

»Aber du willst es mir nicht verraten, oder, Schätzchen?«

In Maddy stieg Ärger auf. »Ich wußte nicht, daß ich dir Rechenschaft schuldig bin, Tizzy.«

»Oh-oh! Volltreffer! Jetzt weiß ich, daß es um einen Kerl geht. Sieh mal, Schätzchen, du sprichst mit Tante Tizzy, okay? Du weißt, daß es Tizzy sogar freut, wenn du mit einem Mann ausgehst. Ich halte es für die einzige Möglichkeit, um eine gesunde Frau zu sein, wenn die *Hood*-Gang heimkehrt. Und du weißt, daß ich darauf pfeife, was die anderen Frauen denken. Aber du mußt einige Dinge lernen. Zum Beispiel, wie man, beziehungsweise frau, ein Verhältnis tarnt. An welche Tarnung hast du gedacht?«

»Tizzy, ich brauche keine Tarnung. Ich habe Freitag abend etwas anderes vor, und mehr brauche diesen Frauen nicht zu erzählen.«

Tizzy seufzte laut. »Das meinst du. Hör mir zu, Maddy. Du hast völlig recht. Du brauchst dich bei den anderen Frauen nicht an- und abzumelden. Aber es ist viel einfacher, wenn du ihnen *etwas* sagst. Mädel, du arbeitest in einer Bank. In deiner Abteilung gibt es irgendeine Feier, zu der du gehen mußt. Du sagst den Frauen, daß du dich nicht drücken kannst. Die Erfüllung einer Pflicht – Navyfrauen können das nur zu gut verstehen, okay? Aber sei cool, Maddy. Rufe Mrs. Huntington an und sage ihr, daß du nicht mitkommen kannst und erzähle ihr das Märchen. Auf diese Weise kann die Frau des Kapitäns die Kätzchen mit Autorität stoppen, wenn sie die Krallen zu wetzen beginnen. So leicht ist das, Schätzchen.«

Maddy nickte vor sich hin. »Ja, Mama Tizzy. Das klingt vernünftig. Ich dachte nur nicht, daß ich mich bei jemandem abmelden muß, weißt du? Ich meine, ich habe gar nichts an den Offiziersfrauen und ihren regelmäßigen Treffen auszusetzen, aber …«

»Hey, Schätzchen, das brauchst du mir nicht zu sagen.

Aber ich muß mir eine andere Mitfahrgelegenheit suchen. Vielleicht fahre ich doch mit Suzanne. Ah, mir graust, wenn ich nur an die blöde Ziege denke. Aber was soll's. Grüß Mr. Autrey. Tschüs.«

Mr. Autrey! Tizzy legte auf, bevor Maddy etwas sagen konnte. Verdammte Frau. *Sie hat den Nagel auf den Kopf getroffen,* dachte Maddy. *Bin ich so leicht durchschaubar?*

Sie notierte sich im Geiste, Mrs. Huntington anzurufen, stellte den Ton des Fernsehers wieder lauter und aß zu Ende. Den nationalen Nachrichten folgte eine vertraute abendliche Bilderfolge, Szenen von jungen Männern, die im Schlamm von Vietnam starben, gefolgt von Szenen von alten Männern, die an einem Tisch mit weißem Tischtuch und Kristallkaraffen in Paris konferierten, gefolgt von Szenen fanatisch aussehender Studenten, die in irgendeiner Stadt protestierten, alles zusammengekittet von einem blasierten Moderator, der sich darüber ausließ, daß die Proteste bewiesen, wie schrecklich die amerikanische Regierung und ihr Militär waren.

Autrey. Sie würde mit Autrey zum Abendessen ausgehen. Okay, aber nur einmal. Sie war verheiratet, und sie würde sich nicht so gehenlassen wie Tizzy Hudson. Ihrer Ansicht nach war die sogenannte freie Lebensart nichts anderes als der Beweis für die sehr oberflächliche Beziehung zweier Egoisten, die verheiratet sein wollten, wenn es bequem war, und ledig, wenn sie geil wurden.

Maddy wußte, daß sie ihren Mann liebte. Liebe war nicht das Problem; es war diese verdammte Trennung. Sie liebte ihren Mann, und er war nicht da und würde ein weiteres halbes Jahr fort sein. Was war also Autrey? Eine Ablenkung. Ein Zeitvertreib an einem Freitagabend, an dem sie außer dem Gerede der Offiziersfrauen ›Mein Wagen ...‹ und ›Mein Baby ...‹ mal etwas anderes hören würde. Nur dieses eine Mal, Maddy, warnte eine innere Stimme. Verdammt, es sollte wirklich bei diesem einen Mal bleiben. Der Mann war attraktiv und fühlte sich zu ihr hingezogen. Und er war völlig anders als Brian. Sie war es gewohnt, daß Männer scharf auf sie waren; Gott hatte sie so erschaffen. Auf der anderen Seite ihr liebevoller, sanfter, patriotischer und gradliniger Ehemann, der Tausende Meilen entfernt war, auf der anderen der exotisch aussehende Mann mit den schwarzen Augen, dessen Name Marines erzittern ließ und der hier war.

Sie wußte, daß sie sich unter Kontrolle hatte, aber sie war sich ziemlich sicher, daß es einige Tiefen in ihrer Psyche gab, die sie nie richtig ausgelotet hatte. Bisher hatte sie gewußt, was sie tat. *Natürlich weiß ich das,* dachte sie. *Ich habe Männer manipuliert, seit ich auf dem College war. Sorge nur dafür, daß dieser nicht dich manipuliert und alles so harmlos ist, wie du es sehen willst. O verdammt, es handelt sich nur um ein Abendessen. Menschenskind, Maddy, du lebst im Jahre 1969.*

19

Für Brian vergingen die nächsten zwei Wochen, in denen sich die Besatzung des Schiffes in den Alltagsbetrieb der PIRAZ-Station eingewöhnte, sehr schnell. Tage und Nächte gingen scheinbar nahtlos ineinander über, während sich sechs Stunden Freizeit an sechs Stunden Wache reihten. Austin hatte ihm einen Gefallen getan, indem er ihm Garuda Barry als rechte Hand gegeben hatte, aber er hatte ihn auch für die härtere der beiden Wachschichten eingeteilt. Die Nachtschicht forderte ihren Tribut.

Austin hielt von 17 Uhr 45 bis fast Mitternacht Wache, danach konnte er bis 5 Uhr 45 schlafen. Brian hingegen hatte von Mittag bis fast 18 Uhr Wache. Nach dem Abendessen mußte er sich mit den Offizieren seiner Abteilung treffen, um sich den Tagesablauf schildern zu lassen. Bis gegen 21 Uhr erledigte er dann Schreibarbeiten, und danach legte er sich ein paar Stunden schlafen, bevor er sich, immer noch groggy, um 23 Uhr auf die Wache von Mitternacht bis sechs Uhr vorbereitete. Da Brian an die besondere Beurteilung dachte, die er bekommen wollte, sagte er sich, daß er die Wachen und den Dienst als Abteilungsleiter gleichermaßen tüchtig durchstehen mußte. Wenn er zum Frühstück abgelöst wurde, zwang er sich, an der täglichen Arbeit seiner Abteilung teilzunehmen, bis er um Mittag wieder Wache hatte.

Nach ein paar Tagen und nur zwei oder drei Stunden Schlaf pro Tag, zeigte sich seine Müdigkeit in kleinen Nachlässigkeiten, und der stellvertretende Kommandant nahm ihn zur Seite.

»Sehen Sie, Brian, so geht das nicht weiter. Solange Vince Benedetti keine Wache als Auswerter hat, frühstücken Sie am Morgen nach der Mitternachtsschicht, trinken keinen Kaffee und legen sich bis halb elf aufs Ohr. Dann stehen Sie auf, machen sich frisch, widmen sich eine halbe Stunde der Arbeit der Waffenabteilung, und dann essen Sie zu Mittag und übernehmen anschließend ihre Nachmittagswache. Das gleiche gilt für die Nacht. Sie essen und legen sich früh schlafen, sagen wir um siebzehn Uhr, und dann pennen Sie bis dreiundzwanzig Uhr.«

»Jawohl, Sir, aber was ist mit der Tagesarbeit? Da muß viel Schreibarbeit erledigt werden, Wartung muß beaufsichtigt werden, es muß ausgebildet werden, und ich muß mich um die Probleme der Leute kümmern.«

»Sie delegieren die Arbeit. Mit Ausnahme von Fox Hudson arbeiten alle anderen Offiziere und Chiefs in drei Schichten. Bei Fragen können die Männer Sie im Combat aufsuchen, wenn Sie Wache haben und nicht viel los ist. Handeln Sie nur nach Ihrem besten Ermessen.«

»Jawohl, Sir.« Brian zögerte, und dann fragte er: »Wie lange werden die Sechsstundenschichten noch durchgezogen, XO?«

»Ich werde diese Woche mit dem CO sprechen und mich bemühen, daß Vince Benedetti wieder zur Wache eingeteilt wird. Aber wie Sie wissen, haben wir dort unten im Maschinenraum immer noch Probleme.«

Und ob Brian das wußte. Die Maschinen waren zwei weitere Male ausgefallen, und einmal war das Feuerleitradar für die Fernlenkgeschosse beschädigt worden. Das Radar konnte jetzt nicht benutzt werden, bis ein Ersatzteil eingeflogen wurde. Einer der beiden Frischwasserverdampfer des Schiffes war ebenfalls durch den Stromausfall beschädigt worden. Der gesamten Besatzung war das Wasser rationiert worden, bis ein Meerwasser-Pumpmotor auf dem Flugzeugträger hatte überholt werden können. Brian hatte fast nichts von dem Chefmaschinisten gesehen, der anscheinend die meisten Stunden seiner Freizeit unten in den Maschinenräumen verbrachte und versuchte, die Dinge in den Griff zu bekommen.

Brian gewöhnte sich an die Routine der Red Crown Station, und er lernte täglich mehr über die komplizierten Waffensysteme. Die Bombardierung des Nordens war auf unterer Ebene als Störung der Friedensgespräche in Paris verurteilt worden. Die Flugzeugträgeroperationen gegen Nordvietnam konzentrierten sich auf Aufklärungsmissionen, und Angriffe galten nur als direkte Antwort auf den Beschuß von Aufklärungsflugzeugen. Es waren keine Angriffe auf militärische Ziele und die Infrastruktur in Nordvietnam. Die restlichen Flugzeuge der beiden Flugzeugträger waren in Südvietnam im Einsatz, wo Einheiten der nordvietnamesischen Hauptarmee längs der entmilitarisierten Zone aufmarschierten.

Während die Wache von Mitternacht bis sechs Uhr relativ ereignislos war, traf auf die Nachmittagwachen das genaue Gegenteil zu. Das Herbstwetter brachte dem Norden Nebel und Sprühregen, der sich für gewöhnlich erst am frühen Nachmittag auflöste und jeden Tag nur eine kurze Zeitspanne für die Aufklärungsflüge erlaubte. Brian hatte gelernt, wie sich die Aufklärungsflüge abspielten. Sie wurden normalerweise mit einer oder zwei besonders ausgerüsteten Aufklärungsmaschinen durchgeführt. Die Aufklärungsflugzeuge wurden von Kampfbombern namens Iron Hand eskortiert, deren Aufgabe darin bestand, bei jedem Angriff auf die langsam fliegenden, unbewaffneten Aufklärungsflugzeuge einzugreifen. Die Iron Hands wurden ergänzt durch die Wild Weasels, ebenfalls Phantoms, die als elektronische Störsender und Anti-SAM-(Surface-to-Air-Missile-)Maschinen umgebaut waren. Die Weasels provozierten die nordvietnamesischen Artilleristen, ihr Radar einzuschalten, indem sie direkt auf bekannte oder vermutete Stellungen von Fernlenkgeschossen zuflogen. Wenn die Kommunisten darauf hereinfielen, schossen die Weasels Shrike-Antistrahlungsgeschosse ab, die genau an den Radarstrahlen entlangflogen und die SAM-Position auslöschten. In einiger Entfernung von der Küste waren für gewöhnlich ein oder zwei Navy A-6 Intruders, speziell ausgerüstet als Störsender gegen die feindliche Radarerfassung.

Wenn eine Rettung über Land erforderlich war, flogen zwei SAR-Hubschrauber von Da Nang aus nach Südwesten und gingen unter dem Schutz der Fernlenkgeschosse des südlichen SAR-Schiffes in Position. Die BARCAP-F-4-Maschinen wurden von zwei auf vier verstärkt wegen der geringen Möglichkeit, daß die Kommunisten einige MiGs raufschickten, um die amerikanischen Aufklärungsflugzeuge anzugreifen.

Brian erkannte, daß die Zurschaustellung all dieser Luftüberlegenheit über dem Golf die Kommunisten warnte, daß etwas auf sie zukam, aber das war dem CTF 77, dem Commander Attack Carrier Task Force 77, nur recht. Je mehr Stellungen von Fernlenkkörpern, Radar und Raketen und der dazugehörigen Infrastruktur während der ›friedlichen‹ Aufklärungsflüge ausgeschaltet wurden, desto weniger Widerstand gab es, wenn die großangelegte Bombardierung fortgesetzt wurde.

In die Kommandozentrale der *Hood* kam jedesmal Leben, wenn es Luftoperationen im Norden gab. Alle AICs, die Air Intercept Controller, kamen herbei und schauten den beiden diensthabenden Männern über die Schulter, deren Aufgabe darin bestand, die Szene nach dem Angriff zu überwachen. Das bedeutete, daß sie im Auge behalten mußten, was über den Strand ins Landesinnere flog und was herauskam. Damit wurde sichergestellt, daß alle Guten herauskamen und keiner der Bösen versuchte, sich unter die Rückkehrer zu mogeln. Die SAR-Helos wurden eingesetzt, Big Mother und Clementine zusammen, und gingen an den vorausgeplanten Ausgangskorridoren in Position. Die *Hood* näherte sich dem westlichen Rand ihres Operationsradius, hauptsächlich, um mit ihren Fernlenkgeschossen mehr von dem Gebiet abzudecken, an dem die Aktion stattfand.

Der typische Aufklärungsflug dauerte ungefähr vierzig Minuten, katapultieren, zusammenschließen und formieren. In den beiden Wochen seit Stationierung der *Hood* war sie an der Durchführung von sechzehn Aufklärungsflügen beteiligt gewesen. Zwei Aufklärungflugzeuge waren über Nordvietnam abgeschossen worden, und zwei weitere waren getroffen worden, hatten es jedoch geschafft, zurück über den Golf zu fliegen und sich in die fähigen Hände von Big Mother 53 zu begeben.

Die Durchführung der Aufklärungsflüge brachte für gewöhnlich hektische Betriebsamkeit und viele Hubschrauberoperationen mit sich, wenn der logistische Helo am späten Nachmittag vom Flugzeugträger aus eintraf, für gewöhnlich genau zu der Zeit, an der Big Mother und Clementine zurückkehren mußten, um zu tanken. So entstand ein Verkehrsstau für die Helikopter, und die Crew des Flugdecks und die Feuerwehrleute hatten alle Hände voll zu tun. Garuda hatte recht: Brian begann Helikopter zu hassen.

In einer Nacht ließ der Admiral einen überraschenden Alfa-Scheinangriff durchführen, der Brian die Funktion der Red-Crown-Luftüberwachung in ihrer ganzen Kompliziertheit vor Augen führte. Die Flugzeugträger hatten beim Sonnenuntergang die am Aufklärungsflug beteiligten Maschinen wieder aufgenommen, und die *Hood* hatte schließlich all die Hubschrauber zu Bett oder zu ihrem Flugzeugträger geschickt. Austin hatte Brian um 17 Uhr 45 abgelöst und ihm befohlen, gegen 20 Uhr ins Combat Information Center zu kommen. Brian hatte früher am Nachmittag mitbekommen, daß der Kapitän und der Einsatzoffizier über eine streng geheime Botschaft diskutiert hatten, aber Austin weigerte sich, darüber etwas zu sagen.

Nach dem Abendessen und einem Treffen mit den Offizieren der Waffenabteilung ging Brian müde zum CIC hinauf. Dies sollte seine Schlafenszeit sein, und er sagte sich, daß Austin schon einen triftigen Grund haben sollte, wenn er ihn um diese Zeit ins CIC befahl. Als Brian die Zentrale betrat, war fast der gesamte Stab anwesend. Der Kommandant und sein Stellvertreter schauten Fox Hudson über die Schulter, der vor der SWIC-Konsole saß, der Konsole des Waffenkoordinators, und die ranghohen Fluglotsen saßen vor beiden Flugsicherungskonsolen. Garuda Barry saß mit einer Tasse Kaffee und einer Zigarette drüben bei der Waffenkontrolle, während die FCSC-Konsole, die Konsole für die Feuerleitung, von einem weiteren Fluglotsen besetzt war. Brian ging zu Garuda.

»Was läuft, Garuda?«

»CTF siebenundsiebzig wird einen Scheinangriff durchführen und die Kommunisten daran erinnern, daß wir mehr als nur Aufklärungsvögel hier im Golf haben.«

»Wie wird ein Scheinangriff durchgeführt?«

»Sie aktivieren beide Vogelnester der Yankee Station, statt nur eines, und die schicken ungefähr dreißig, vierzig Kampfbomber los, A-6-, F-4-Maschinen und die Jolly Greens SAR Helos von Da Nang. Dazu gibt es jede Menge taktische Unterstützung und alle Art Lärm von Elektronik und Funk. Sehen Sie diese Spur hier auf dem Schirm, die von den Flugzeugträgern kommt? Jedes dieser Symbole stellt zwei Flugzeuge dar.«

Brian konnte Dutzende von Spuren sehen, die sich um die Symbole sammelten, mit denen die Flugzeugträger symbolisiert wurden, die hundertzwanzig Meilen entfernt waren. Die Spuren lösten sich aus einer verwirrenden Ansammlung und bildeten Formationen, die nach Norden und Westen strebten, gen Nordvietnam. Garuda wies auf einige andere Symbole, die an der Küste der Insel Hainan zu kreisen schienen, einem rotchinesischen Bollwerk, das die äußere Grenze des Golf von Tonkin bildete.

»Diese Leuchtspurgeschosse hier sind sozusagen Spürhunde – die Navy-P-3-Geschosse, die DeepSea genannt werden. Bei einem Angriff schalten die Nordvietnamesen für gewöhnlich all ihr Radar ein, SAM, Erfassung, Feuerleitung und so weiter. Die DeepSea-Geschosse zapfen alles an und machen eine Kreuzpeilung. So wissen wir, wo die SAM- und anderen Stellungen sind, wenn unsere Jungs in Wirklichkeit angreifen.«

»Es ist also mehr als ein Mutprobespielchen«, sagte Brian.

»Jawohl, Sir, viel mehr. Die Piloten müssen diesen Scheiß üben, denn ein Angriff ist schon schwer genug, selbst bevor der Feind Verteidigungsmaßnahmen einleitet. Und als Piloten vergessen sie alles, was sie jemals gelernt haben, nach einem Tag auf dem Flugzeugtrräger.«

Brian grinste. »Und welche Rolle spielen wir?«

»Wir haben zwei Rollen: die erste ist PIRAZ. Wir stellen sicher, daß die gleiche Anzahl von Flugzeugen zurückkommt, die hingeflogen ist. Wenn etwas fehlt, müssen wir einen Rettungsflug durchführen. Wenn zu viele Maschinen zurückkehren, heißt das, ein paar MiGs versuchen, sich an die Formationen anzuhängen, wenn die Maschinen zu den Flugzeugträgern zurückkehren. Besonders nachts.«

»Mein Gott. Haben sie das schon getan?«

»Nein, aber die Japaner haben es während des Zweiten Weltkriegs vorgemacht. Und ich kann Ihnen sagen, das letzte, was wir bei der Landeprozedur gebrauchen können, ist ein feindlicher Jagdbomber, wenn jeder knapp an Sprit ist und in der Dunkelheit auf dem Flugzeugträger landen will. Wenn jemals ein Jagdbomber durchkommt, könnte er uns verheerenden Schaden zufügen. Aber es ist unser Job, das zu verhindern. Früher nannte man es Tomcat; jetzt ist es PIRAZ.«

»Und die zweite Rolle?«

»Die zweite Rolle ist das Verfolgen nach einem Angriffsflug. Die Jagdbomber fliegen über Land zurück. Sie stehen für gewöhnlich unter dem Kommando eines Staffelkommandanten, der sich hinter den Maschinen zurückhält und seine Jungs zu den Zielen leitet. Oder, wenn es sich um eine großangelegte Sache handelt wie hier, ist es das E-2, ein auf einem Flugzeugträger stationiertes Frühwarnflugzeug in der Luft. Das ist hier, mitten im Golf, wo es mit seinem Radar ins Land blicken kann. Unsere Überwachung erfaßt und verfolgt einzelne Angriffsgruppen von Bombern im An- und Rückflug über dem Strand. Unsere Jungs hören den Funkverkehr ab, reden jedoch nicht miteinander. Wenn ein Pilot getroffen wird oder die Orientierung verliert oder sonst etwas schiefgeht, hat Red Crown ihn auf dem Radarschirm und kann ihn mittels Radar aus den Schwierigkeiten leiten oder auf ein Ziel einweisen. Wir erfüllen praktisch die Funktion einer Henne, die über die Küken wacht, indem wir den E-2s helfen.«

»Ich hatte keine Ahnung, daß Angriffe von Flugzeugträgern aus so überwacht werden.«

»Ja, Sie sehen die Filme und glauben, tollkühne Flieger rasen in die Wolken. Aber in Wirklichkeit ist es höllisch kompliziert. Sie sehen, wir haben drei Fluglotsen an der Arbeit. Heute nacht werden wir nur beobachten und vielleicht mit dem E-2 Erfahrungen austauschen. Aber wenn es keine Übung, sondern der Ernstfall ist, wird hier der Schweiß in Strömen fließen.«

Brian beobachtete mit Garuda, wie sich der Schirm mit hellen bernsteinfarbenen Symbolen füllte, die drei Dutzend angreifende Flugzeuge darstellten, die jetzt sechzig Meilen von der Red Crown Station entfernt waren und sich auf die nordvietnamesische Küste zu bewegten.

Obwohl dies ein Scheinangriff war und die Angreifer in letzter Minute abdrehen würden, stieg in Brian Aufregung auf, als er sah, wie sich drei Kolonnen von Flugzeugen formierten und sich Dutzende Unterstützungs- und Sicherungsflugzeuge entlang der Küste versammelten. Die Abteilung elektronische Kriegführung registrierte einen stetigen Strom von Berichten, als die kommunistischen Radarschirme und die Luftabwehrsysteme an Land aktiviert wurden.

Austin stand hinter der Konsole des Waffenkoordinators, nahm Meldungen entgegen und leitete sie via Air-Force-Green-Netz an den Gefechtsstab des Admirals weiter. Der Kapitän und der Exec beobachteten angespannt. Im Combat war jeder Diensthabende auf seinen Schirm konzentriert. Von Konsole zu Konsole und Modul zu Modul wurden Daten ausgetauscht. Fox Hudsons Finger flogen förmlich über die Tastatur, während er zwischen der Bordverständigungsanlage im CIC über die Flugsicherung zum Angriffsschaltsystem umstellte und das, was er aus den Systemen in der Luft hörte, mit dem in Einklang brachte, was sein Radar auf den SWIC-Schirm zeichnete. Während der Schwarm von Symbolen unsichtbar und lautlos auf dreißigtausend Fuß Höhe wimmelte, fragte sich Brian, ob er je dieses Maß an Tüchtigkeit im Team erreichen würde. Dann meldete sich der Lautsprecher.

»Auswerter, Zielgeber. Ich habe die Dong-Ha-Berge auf dem Schirm, zwo-acht-fünf, siebzig Meilen. Möglicherweise Banditen. Löse Spürhunde aus.«

»MiGs!« stieß Garuda hervor, als aufgeregtes Stimmengewirr einsetzte. Der Scheinangriff hatte den Einsatz von MiGs provoziert.

»Was geschieht jetzt?« fragte Brian.

»Die Angriffsmaschinen werden alle umkehren, genau wie geplant. Hinter ihnen, vermutlich diese Jungs hier« – er wies auf einige leuchtende Punkte auf dem Schirm – »sind einige MiGCAPs, also Navy-Jagdflugzeuge, die MiGs jagen, sechs F-8 Crusaders, drei Abteilungen von jeweils zwei Maschinen. Paare aus Schütze und Flügelmann. Wenn die Angriffsmaschinen abdrehen, fliegen die MiGCAPs mit Überschallgeschwindigkeit zwischen ihnen hindurch und versuchen einen Commie für Mommy zu töten.« Er sah, daß Brian überlegte, erinnerte sich, daß er im WESTPAC neu war und übersetzte: »Einen Kommunisten für Mama abzuschießen.«

»Wo sind die MiGs?« fragte Brian.

Garuda wies auf drei dreieeckige Symbole, die größer als die übrigen waren. Die drei schienen über dem Land zu lauern und waren schwer von dem verschwommenen Videobild zu unterscheiden, das die gezackten Berge darstellte, die nordsüdlich der Küste von Nordvietnam verliefen. Plötzlich schossen helle weiße Linien aus einer kleinen Gruppe hinten an der Welle der zurückkehrenden Angriffsmaschinen und hängten sich an die MiG-Symbole.

»Ja, da ist die Zielerfassung. Die E-2-Maschinen haben die MiGCAPS den MiGs zugeteilt. Die Linien zeigen, welche CAPS sich paarweise welche MiGs vornehmen. Die Feuerleitung von E-zwei hat das Gefecht eröffnet. Die E-zwei-Computer werden sie in ungefähr dreißig Sekunden auf Überschallgeschwindigkeit programmiert haben. Die bösen Jungs werden sie nicht sehen, weil die Masse der Angriffsmaschinen vor ihnen ist. Wenn die Maschinen des Scheinangriffs abdrehen, werden diese F-8 Crusaders wie Schlangen auf die MiGs zustoßen. Sehen Sie diese Geschwindigkeitsanzeigen?«

Brian sah, daß die MiGCAP-Symbole plötzlich pfeilähnliche Linien hatten, die länger wurden, als die F-8-Maschinen in Sturzflug gingen und Nachbrenner zündeten, wodurch sie auf Geschwindigkeiten von eintausendzweihundert Meilen pro Stunde kamen und auf das Ende der Angriffsformation zuschossen. Als die Symbole der Angriffsformation abbogen, stachen die MiGCAP-Symbole durch die sich auflösenden Formationen und schossen hinab auf die MiGs, die perfekte Ziele für ihre Fernlenkgeschosse abgaben. Die AICs, die Air Intercept Controller, deren Aufgabe darin bestand, die amerikanischen Jäger zu leiten, sprangen vor Aufregung auf. Es kribbelte ihnen in den Fingern, sich einzuschalten, aber sie waren diszipliniert genug, um die Hände von ihren Tastaturen zu lassen, als die Feuerleitung in der Luft den Angriff vollendete.

Brian hielt den Atem an, als sich die Symbole über den Bergen einander näherten. Er versuchte sich vorzustellen, wie die Crusaders und die MiGs im Luftkampf durch die Gebirgstäler rasten, wie Fernlenkgeschosse durch die Nacht rasten und Flugzeuge mit Überschallgeschwindigkeit graue Schatten verfolgten, die verzweifelt manövrierten, um dem tödlichen Blitzstrahl zu entgehen, der durch die Dunkelheit auf sie zustach.

»Treffer! Treffer!« schrie jemand, und seine Stimme klang schrill vor Aufregung. Brian beobachtete, wie die Symbole verharrten, scheinbar in dem Gebiet des Luftkampfs schwebten. Der Rest der Angreifer formierte sich wieder zu geordnetem Rückzug im Abflug zu den Flugzeugträgern und bekam von dem Luftkampf hinter ihnen scheinbar gar nichts mit. Weitere Rufe ›Treffer!‹ Dann folgte ein Augenblick stiller Anspannung, als die Männer an den Konsolen die Symbole auf ihren Schirmen zählten. Erste Formation, die zurückkam, dann die zweite. Stille, quälende Sekunden der Spannung.

»Da!« HooDoo wies auf dem FCSC-Schirm der Konsole des Fire Control Systems Coordinator auf das Video der dritten Abteilung. »Im Süden. Sie haben den langen Weg gewählt. Das MiGCAP fliegt über Wasser!«

Im CIC brach Jubel aus. Das Navy-Jagdflugzeug hatte zwei, vielleicht sogar drei MiGs abgeschossen und war ohne die geringste Beschädigung zurückgekehrt.

»Ihr solltet die bösen Jungs hören«, sagte HooDoo und drückte lachend seinen Kopfhörer auf die Ohren. »Beim E-2 da oben wird auch gejubelt.«

»Hat prima geklappt«, sagte Garuda und sog tief an seiner Zigarette, bevor er die Kippe im Aschenbecher ausdrückte. »Wir haben lange keine MiG mehr abgeschossen. Die Fliegerjungs werden auf dem Rückflug zur Vogelfarm eine Rolle nach der anderen fliegen. Wer sind die Jungs, HooDoo?«

»Die Black Eagles von der *America*. Die reden jetzt vielleicht einen Scheiß.« Aber HooDoo lächelte, obwohl er leicht enttäuscht war, daß E-2 die Abschüsse für sich verbuchte, anstatt für die Feuerleitung der Red Crown Station. Aber das Zuschauen am Radarschirm war fast genauso gut wie die eigene Aktion.

Die PIRAZ-Controller blieben vor ihren Radarschirmen sitzen und notierten die Zahl der Symbole mit einem Filzschreiber. Brian bemerkte, daß sich die Menge im Combat allmählich auflöste. Austin sprach mit Air Force Green, und dann meldete Wager, daß er für seine nächtliche ›Happy hour‹ mit dem KC-135 Tankflugzeug die Station ausschaltete. Brian sah, daß der Kapitän sich auf seinem großen Drehsessel umwandte. Der Captain sprach ihn an.

»Nun, Brian, was halten Sie von diesem Alfa-Angriff?«

»Eine tolle Schau, Cap'n. Und es gab MiGs zum Nachtisch.«

»Ja, das war eine ungewöhnliche Zugabe. Normalerweise lassen sich die MiGs erst blicken, nachdem die Formationen zu den Flugzeugträgern zurückfliegen. Das war eine ziemlich gute MiG-Falle. Allerdings geht es manchmal andersherum.«

»Wie, Sir?«

»Manchmal tauchen die MiGs auf und kreisen über einer kürzlich errichteten SAM-Stellung, von der wir nichts wissen. Unsere Jäger verfolgen sie. Die MiGs flüchten und ziehen unsere Jungs über eine Batterie mit Fernlenkgeschossen. Das kann eine sehr häßliche Überraschung werden.«

»Woher wußte E-zwei, daß dies heute nacht nicht passiert, Sir?«

»E-zwei wußte es nicht. Aber es ist hier im Golf eine Art

ungeschriebenes Gesetz, Brian. Wenn man MiGs sieht, jagt man sie. Sie können sicher sein, daß jeder Controller der *Hood* aufs Ziel einweist, wenn er ein lohnendes sieht. So haben sie es gelernt: wenn die andere Seite sich zeigt, visiert man sie an und schießt.« Der Kapitän stieg von dem Drehsessel und zuckte zusammen. Er preßte eine Hand auf seine Seite. Brian sah, daß der Exec zum Kapitän eilen wollte und dann verharrte, als er sich aufrichtete. Der Captain sah Brians Miene.

»Alte Knochen, Brian, nur alte Knochen. XO, ich ziehe mich zurück. Graf, Sie lassen mich wissen, wenn es weitere Aktivität gibt. Wenn sie eine MiG verlieren, schicken sie manchmal ein paar weitere zur Küste, wie Kinder, die mutig werden, wenn keine Gefahr mehr droht. Halten Sie uns im westlichen Sektor wie bisher. Allen gute Nacht.«

Als der Kapitän das Combat Information Center verließ, fragte Brian Garuda, was Huntington gemeint hatte.

»Der Captain ist scharf darauf, selbst eine MiG mit unseren Terriers abzuschießen. Red Crown hat bisher erst eine MiG abgeschossen.«

»Müßten sie nicht über Wasser kommen, damit wir sie mit unseren Wasser-Luft-Fernlenkraketen erreichen?«

»Da müßten wir sie ziemlich nahe heranlassen. Sie kennen die Waffen besser als ich, aber nach meinem Wissen können wir mit den Terriers vierzig Meilen weit schießen. Wenn wir uns also vierzig Meilen vor der Küste herumtreiben, und ein MiG-Pilot wird sorglos und kommt über die See, könnte er in unseren Schutzschirm eindringen.«

»Eigentlich nicht. Das wäre sehr zweifelhaft, Garuda. Der Knabe würde abgefangen.«

Garuda schüttelte den Kopf. »Der Knabe müßte einfach hier sein, damit der Alte ihn abschießen kann.« Er schaute auf seine Armbanduhr. »Drei Uhr. Ich sehe Sie dann bei der Wache ab Mittag.«

»Bis dann, Garuda.«

In dieser und der nächsten Nacht ließen sich die MiGs nicht blicken. Der Kaptän hatte befohlen, daß die *Hood* ihre normale Position einnahm und die Position am westlichen Rand des Aktionsradius aufgab. Aber in der dritten Nacht nach dem Scheinangriff, als Garuda sich gerade Kaffee einschenkte, neigte sich der AIC vom Dienst, HooDoo, näher zu seinem Radarschirm, änderte eine Einstellung, starrte genauer hin und sagte dann leise das magische Wort: »Banditen.«

Garuda verschüttete Kaffee, als er hastig auf seinem Drehsessel Platz nahm, und das Wort verbreitete sich im Combat wie ein Lauffeuer. Garuda stellte den Maßstab auf sechzig Meilen und musterte die schwachen Videolinien, die unter den zwei unbekannten Symbolen schimmerten, die HooDoo in das System eingegeben hatte.

»Wo sind die BARCAPs?« fragte Brian, der annahm, das die Barrier Combat Air Patrol Fighters, die F-4-Jäger, eingesetzt wurden, wenn die MiGs ein Ziel boten.

»Sie tanken; sie sind beim Basketball, dem Tankflugzeug des Marine Corps, und ausgeschaltet. Höchstwahrscheinlich kommen die MiGs deshalb. Die BARCAPs sind nicht in Position.«

Brian betrachtete den Schirm und sah die schwache Spur des Kreises der Fernlenkgeschosse der *Hood*, der gerade über den Strand im Westen reichte. Die MiGs befanden sich kaum zehn Meilen jenseits dieses Kreises.

»Überwasser, SWIC. Wieviel Platz haben wir im Radius, um nach Westen zu gehen?«

»Moment«, antwortete Rockheart. »Sieben Meilen, SWIC.«

Garuda wandte sich an Brian. »Ich empfehle, der Brücke zu sagen, Kurs Westen zu nehmen, mit fünfzehn Knoten zu fahren und die westliche Grenze zu schließen. Dann rufen Sie den Captain an und melden ihm, daß wir MiGs auf den Schirmen haben.«

Brian nickte, informierte die Brücke über die Bordverständigungsanlage und rief dann den Captain an, um ihm zu melden, daß MiGs unterwegs waren und er veranlaßt hatte, den Kurs zu ändern.

»Gut gemacht. Ich bin gleich im CIC. Rufen Sie den Grafen und den Exec hinzu.«

Brian hängte ein und erledigte die Anrufe. Er war ein wenig enttäuscht über die Reaktion des Kapitäns, das erste Team ins CIC zu rufen. Wenn er darüber nachdachte, ergab es jedoch Sinn. Er war immer noch ein Lehrling.

»Was machen die MiGs?« fragte er.

Garuda veränderte eine Einstellung an seinem Schirm. »Sie kreisen westlich des Vinh-Militärflughafens. Sie sind ziemlich tief, halten sich in den Bergen, um dem Radar zu entgehen. Aber die Scheißer wissen natürlich ebenfalls, daß die BARCAPs nicht in Position sind. Der Captain will, daß sie nach Osten kommen, um festzustellen, ob sie uns vergessen haben, während sie sich auf BARCAP fixieren.«

»Sollten wir die BARCAPs nicht zurückrufen?«

»Negativ. Sie haben soeben das Betanken angefangen. Sie kämen mit einem Minimum an Sprit zurück, und das taugt zu nichts. HooDoo wird den BARCAPs nicht mal was von den MiGs sagen, weil die Jungs dann höchstwahrscheinlich von selbst zurückkehren würden.«

Der Kapitän kam durch die Tür, gefolgt von Austin.

»Okay, Garuda, Meldung«, sagte er. Austin trat vor Brian, um den Schirm zu betrachten. Brian fühlte sich plötzlich überflüssig, als Garuda dem Captain Meldung machte und Austins knappe Fragen beantwortete. Dann wandte sich der Kapitän an Brian.

»Sagen Sie der Brücke, auf zwanzig Knoten zu erhöhen, und dann halten Sie Ihre Waffenleute bereit. Der Graf hier wird Sie als Auswerter ablösen. Vielleicht können wir einen dieser Jungs abschießen. Sie haben CTF siebenundsiebzig informiert?«

Garuda antwortete für Brian. »Die Unbekannten sind in ihre Reichweite geraten, und CTF siebenundsiebzig hat uns über das HF-Netz um Bestätigung gebeten. Ich habe positiv gemeldet, bestätigt, daß wir beobachten und auf das Ende des Betankens der BARCAPs warten. Ich behalte im Augenblick die Symbole für Unbekannte. Wir müssen das ändern in ›Feind‹, bevor wir angreifen.«

Der Kapitän nickte und kletterte auf den Drehsessel. Huntington trug Khakihose, eine grüne Windjacke über seinem Unterhemd und Pantoffeln. Abermals wirkte er auf Brian in der Beleuchtung des Combat Information Center wie ein Hundertjähriger. Austin trug volle Uniform und sah nicht aus, als wäre er aus tiefem Schlaf geweckt worden.

»Dies ist Mr. Austin, ich habe die Auswerterwache«, meldete sich Austin vorschriftsmäßig.

Ein Chor von »Aye, aye, Sir«, schallte durch das Combat, und Brian zog sich zum Waffenmodul zurück, als der Exec eintrat. Chief VanHorn hatte die Wache des FCSC, des Fire Control Systems Coordinator, und ein Petty Officer First Class saß an der Konsole des EC, des Engagement Controllers. VanHorn wußte über die MiGs und über die Tatsache Bescheid, daß das Schiff mit zwanzig Knoten westwärts fuhr.

»Der Alte will einen Schuß.« Das war keine Frage, sondern eine Feststellung, und Brian, der zum Waffenmodul gegangen war, nickte bestätigend.

»Offenbar, aber die Jungs sind außer Reichweite.«

»Diese Terrier können fünfzig Meilen schaffen, wenn die Bedingungen stimmen«, bemerkte VanHorn. Er schaute Brian amüsiert an.

»Sie wissen so gut wie ich, Chief, daß die Treffwahrscheinlichkeit über dreißig, fünfunddreißig Meilen rapide sinkt. Wir würden nur Munition vergeuden.«

»Ich wette, er läßt schießen«, murmelte VanHorn.

»Sie sollten hoffen, daß Ihr Director One das verhindert«, erwiderte Brian. »Wie ist überhaupt der Status?«

VanHorn wurde geschäftig. Er tippte einige Codewörter in die Tastatur, und auf dem Bildschirm zeigte ein Display, daß das Feuerkontrollsystem für die Fernlenkgeschosse in zwei Minuten in Bereitschaft war, ein Leitradar war verfügbar, die Abschußvorrichtung war leer. Das zweite Leitradar war nach den jüngsten Stromausfällen teilweise noch immer nicht betriebsbereit. Dank der Maschinisten, dachte Brian ärgerlich. Das Schiff erzitterte, als die Maschinisten die Geschwindigkeit auf zwanzig Knoten steigerten. Brian rechnete aus, daß sie bei dieser Geschwindigkeit den westlichen Rand ihres Einsatzbereichs in zwanzig Minuten erreichen würden. Er starrte auf den Schirm und beobachtete die Symbole, die für die Unbekannten standen. Er konnte kein Videobild mehr unter den Symbolen sehen.

Austin meldete per Funk an den Stab von CTF 77 auf der Yankee Station. Da Wager, die 707 der Air Force, für die Nacht fort war, mußte ein unverschlüsselter Hochfrequenz-Schaltkreis benutzt werden. So mußte jetzt alles verschlüsselt werden, denn jeder hatte gelernt, daß sowjetische HF-Abfangstationen an der gesamten Ostküste von Asien ständig mithörten und die Nordvietnamesen warnen konnten, wenn die *Hood* preisgab, daß sie zwei ihrer MiGs verfolgte.

Der stellvertretende Kommandant kam zu Brian. »Sind Ihre Systeme einsatzbereit, Brian?«

»Jawohl, Sir, aber es ist nur ein System, keine Mehrzahl. Wir haben nur ein Leitradar. Aber die Abschußvorrichtung ist bereit, und eine Ladecrew ist in Bereitschaft.«

»Ich hasse es, nur ein Leitradar zu haben«, sagte der Exec. »Die verdammten Spook 55 sind schon unzuverlässig genug, wenn sie funktionieren. Mit zweien haben wir wenigstens eine doppelte Chance, einen Schuß ins Ziel zu bringen.«

Brian nickte zustimmend. Als Absolvent der Fernlenkgeschoßschule der Navy wußte er, daß die A/N-SPQ-55B Feuerleitradars, genannt Spook-55er, hochkomplizierte Systeme waren. Sie befanden sich in zwei Türmen über dem CIC und sahen wie zwei gigantische graue Suchscheinwerfer aus. Die Spook-55er waren die Augen und Krallen des Fernlenkwaffensystems der *Hood*.

Brian kannte die komplizierte Wirkungsweise des Systems auswendig. Aber wie jeder wußte er, daß jedes Element des Systems – die Computer, die Radars, die Abschußvorrichtung für die Fernlenkraketen, der Suchkopf der Fernlenkgeschosse – perfekt arbeiten mußte, damit alles funktionierte.

»Wenn wir versuchen, am Rand des Schutzschirms zu schießen, werden wir Munition vergeuden«, sagte Brian.

Der Exec hörte das mit und bedachte ihn mit einem mahnenden Blick. »Wir könnten auch Glück haben.«

Brian schüttelte den Kopf. »Nein, Sir, es sei denn, das Ziel kommt geradenwegs und mit hoher Gechwindigkeit auf uns zu. Die Terriers haben bei dieser Entfernung keine Energie mehr, um anders als frontal zu treffen. Sie können auf so große Entfernung nichts mehr verfolgen.«

Der Exec trat näher, legte Brian eine Hand auf die Schulter und zog ihn von der FCSC-Konsole fort. Er sprach leise. »Brian, ich schlage vor, Sie reden mit dem Captain über die Theorie ein anderes Mal, wenn keine MiGs oben sind. Aber ich möchte Ihnen einen Rat geben – wenn er sagt, schießen, dann schießen Sie.«

Brian war bestürzt. »Selbstverständlich, XO. Der Captain gibt einen Befehl, und ich führe ihn aus. Aber ...«

»Ja, ich verstehe Sie. Und ich sage nicht, daß Ihre Ansicht unbedingt falsch ist. Aber erinnern Sie sich an meinen Rat. Wenn seine MiG entkommt, weil der Chef der Waffenabteilung reden statt schießen will, dann wird das Leben für den Chef der Waffenabteilung äußerst unangenehm. Können Sie mir folgen?«

»Jawohl, Sir, völlig.«

»Nun seien Sie mal nicht eingeschnappt. Denken Sie daran, daß dies sein Schiff ist. Wenn etwas gar nicht machbar ist, melden Sie es. Wenn er sagt schießen, dann drücken Sie auf den verdammten Abzug.«

»Aye, aye, Sir.«

Der Exec ging davon. Brian starrte auf den Schirm, ohne etwas wahrzunehmen. Das Blut war ihm in die Wangen gestiegen. Chief VanHorn tat, als hätte er nichts mitbekommen. Sie irren sich, dachte Brian. Sie wollten ein Geschoß auf ein Ziel schießen, das praktisch außer Reichweite war. Jeder mit einem bißchen Verstand konnte das erkennen. Er versuchte sich auf die Position der MiG-Symbole zu konzentrieren. Der Exec sprach mit dem Kapitän, der kurz in Brians Richtung schaute.

»Geben Sie mir Ziel und Entfernung«, befahl Brian.

Der Chief betätigte einige Tasten und las dann die Daten von seinem Schirm vor.

Die MiGs hielten sich anscheinend so gerade außer Schußweite, als ob sie über die kritische Distanz zu der Position der *Hood* Bescheid wußten. Aber das Schiff näherte sich ihnen. Wenn sich nichts sonst änderte, und die MiGs auf ihrer gegenwärtigen Kreisbahn blieben, würde sich das Schiff bis auf einundvierzig Meilen nähern. Brian hörte, wie CTF 77 fragte, wie lange das Betanken des BARCAP noch dauerte. Austin blickte hinüber zu HooDoo, der fünfzehn Minuten meldete. Austin schaute zu dem Kapitän. Huntington nickte.

»Alfa Whiskey, hier ist Red Crown«, sagte Austin. »BARCAP braucht zwanzig Minuten.«

Brian schüttelte im Geiste den Kopf. HooDoo hatte fünfzehn Minuten gemeldet, Austin hingegen zwanzig. Warum? Dann wurde ihm der Grund klar. Der Admiral des Flugzeugträgers wollte offfenbar die MiGs mit seinen Phantoms verfolgen, und der Kapitän der *Hood* wollte sie mit seinen Fernlenkgeschossen abschießen. Rivalität. Nur darum ging es.

»Brian?« Der Kapitän wandte sich in seinem Drehsessel um.

»Sir?«

»Wenn sie in Reichweite sind, muß das schnell gehen. Wir können uns nicht den Luxus erlauben, ein paar Minuten lang die beste Einstellung zu berechnen, wie wir das für gewöhnlich bei einer Übung tun. In dem Moment, in dem wir das Geschoß in die Luft bringen, werden diese

Jungs versuchen, sich höllisch schnell davonzumachen. So gebe ich Ihnen den Befehl, sofort zu feuern, wenn das Leitradar okay meldet. Verstanden?«

Der Tonfall des Kapitäns wirkte alles andere als ermunternd für einen Dialog. »Jawohl, Sir, verstanden.« Brian schaute zum Exec, doch Austin blickte fort.

Brian fühlte sich in die Enge getrieben. Er starrte auf den Bildschirm und die Statusanzeigen auf der Seite. Die Anzeige für System eins war dunkel. Die Anzeige für System zwei zeigte, daß das System einsatzbereit war.

Brian befahl Chief VanHorn, einige Kontrollen durchzuführen. VanHorn meldete, daß der Computer die Wahrscheinlichkeit eines Treffers als zu niedrig bezeichnete, um nach den eingegebenen Daten einen Schuß zu rechtfertigen.

»Entfernung?« fragte Brian VanHorn.

Etwas über zweiundvierzig Meilen, meldete der Chief. Brian schaute auf seine Armbanduhr. Zehn weitere Minuten bis zur westlichen Grenze des PIRAZ-Bereichs. Solange die nächste MiG weiterhin den Kurs nach Norden entlang der Küste beibehielt, würde die Treffwahrscheinlichkeit gering bleiben. Brian blickte wieder zum Exec und schüttelte kaum wahrnehmbar den Kopf.

VanHorn wandte sich zu Brian und sagte leise: »Mr. Holcomb. Empfehle, einen blinden Gefechtskopf mit System zwei abzuschießen.«

»Können die das nicht feststellen?«

»Die Russen könnten das. Ich weiß nicht, ob es diese Jungs in den MiGs können. Aber so können wir direkt auf den erteilten Befehl reagieren; sonst müßten wir zwei Minuten warten. Ich empfehle, den Captain um Genehmigung zu bitten.«

Brian dachte darüber nach. Das System war auf zwei Minuten Einsatzbereitschaft programmiert. Der Chief hatte recht. Wenn sie sofort reagieren wollten, sollten sie eine sogenannte blinde Ladung abschießen, die wie eine Antenne fungierte, jedoch kein volles Signal in die Atmosphäre ausstrahlte. Die Leute vom Nachrichtendienst waren der Ansicht, daß Spezialschiffe ein Fernlenkgeschoßradar in einer blinden Ladung entdecken konnten, aber es war unbekannt, ob die Nordvietnamesen diese Fähigkeit hatten.

Brian bat um Genehmigung. Der Kapitän dachte einen Moment darüber nach und erteilte ihm die Genehmigung. Dann wandte er sich um und sprach mit dem SWIC.

»Was machen Sie jetzt, Garuda?« fragte der Kapitän.

»Nummer eins kreist langsam und tief über dem Flugplatz. Nummer zwei fliegt nordwärts die Küste rauf, scheinbar ohne Ziel. Diese Maschine ist am nächsten, Captain. Vierzig … äh … etwas über zweiundvierzig Meilen. Sie fliegt über die Hügel längs der Küste schnell hinauf und hinab und erlaubt uns nur zeitweilig aussetzende Aufnahmen.«

»Brian, wie sieht die Geometrie aus?« fragte der Kapitän über die Schulter.

Brian holte tief Luft, bevor er antwortete. VanHorn drückte einige Tasten und holte die jüngsten Daten auf den Schirm. Der Computer meldete immer noch eine äußerst geringe Trefferwahrscheinlichkeit.

Brians Kehle war trocken, als er das dem Kapitän meldete. Im CIC wurde es einen Augenblick lang totenstill. Der Kapitän wandte sich mit seinem Drehsessel wieder um. Brian sah Huntingtons ärgerlicher Miene an, daß das nicht die Antwort war, die er erwartet hatte. Der Exec schaute zu Boden. Austin blickte gequält zu Brian. Die Stille hielt an. Und dann drehte die MiG langsam, fast träge nach Osten ab, auf die *Hood* zu. HooDoo bemerkte es als erster.

»Bogey wendet«, meldete er. »Bogey fliegt *seewärts*.«

Diese Meldung elektrisierte jeden im CIC. Die Offiziere drängten sich um den SWIC-Schirm und beobachteten angespannt. Die MiG änderte weiterhin den Kurs, immer noch langsam und tief, bis offenkundig war, daß sie die Wendung ganz beschrieb und nicht auf die *Hood* zu, sondern zum Stützpunkt zurückflog. Aber das kostete die MIG ungefähr fünf Meilen Distanz, und sie gelangte in den Schirm der Fernlenkgeschosse der *Hood*.

»Entfernung?« fragte der Kapitän.

»Siebenunddreißig Meilen ... siebenunddreißig Komma fünfundzwanzig Meilen.«

»Nächster Annäherungspunkt?«

Garuda betätigte Tasten und las ab, was der Computer meldete. »Nächster Annäherungspunkt wird sechsunddreißigeinhalb Meilen sein, Sir.«

»Ändern Sie von unbekannten Flugzeugen zu feindlichen.«

»Unbekannte zu feindliche, aye.«

Der Captain drehte sich zu Brian um. »Bereit zu etwas Arbeit?«

Brian dachte schnell nach. Sechsundreißig Meilen auf ein kreuzendes Ziel, das war immer noch eine sehr geringe Trefferwahrscheinlichkeit. Er blickte zu VanHorn, der heftig nickte. Bevor Brian antworten konnte, sah der Kapitän die Geste des Chiefs, wandte sich mit dem Drehsessel wieder um, atmete tief durch und sagte: »Okay. SWIC, hier spricht der Captain. Feuer frei auf zwo-eins-drei-zwo.«

VanHorn gab die Daten ein. Jeder konnte hören, wie über dem Combat Information Center das Leitradar herumschwenkte. Austin mahnte die Brücke zu überprüfen, daß das Vorderdeck leer war. Die Spannung wuchs im CIC.

VanHorn meldete Brian die Daten und die Einsatzbereitschaft der einzelnen Elemente. Dann zog er die Plastikhülle vom Feuerknopf und blickte zu Brian.

»Feuer frei!« sagte Brian.

»Feuer frei, aye.« Der Chief drückte auf den Knopf, und ein Terrier-Geschoß raste draußen vom Vorderdeck donnernd in die Luft.

»Laden!« sagte VanHorn mit ruhiger Stimme. Es war eine Standardprozedur, die Abschußvorrichtung sofort wieder zu laden, selbst wenn ein weiterer Abschuß unwahrscheinlich war.

»Alfa Whiskey ruft auf HF, Sir«, meldete ein Konsolenbediener aus der ›Höhle‹. »Will Bestätigung, daß zwo-eins-drei-zwo feindlich ist, will Bestätigung, daß zwei-eins-drei-zwo angegriffen wird.«

»Bestätigen Sie«, sagte Austin.

Der Captain und der Exec schauten Garuda angespannt über die Schulter auf das MiG-Symbol, das auf dem Schirm sichtlich schneller wurde, als versuche es, mit dem Videostrich zu verschmelzen, der die Deckung der Berge darstellte. Auf dem FCSC-Schirm tickte eine Digitaluhr die Sekunden bis zum Zieleinschlag des Terrier-Geschosses. Fox Hudson eilte durch die Hinterür ins Combat Information Center. Er war drei Decks tiefer durch den Abschuß des Fernlenkgeschosses aus dem Schlaf gerissen worden.

»Entfernung?« fragte Brian, obwohl er die Antwort bereits wußte.

»Einundvierzig Meilen, und sie wird größer, Sir.«

»Unmöglich«, murmelte Brian. »Ein Treffer ist unmöglich. Dieser Vogel kommt davon.«

»Spürhund instabil«, kündigte VanHorn an. Er schaltete auf die Bordverständigungsanlage um, stellte eine schnelle Frage, nickte und blickte zu Brian. »Bogey ist entkommen.«

Brian nickte. Das Radar hatte Mühe, die MiG vom Hintergrund der Berge zu unterscheiden. Hoffnungslos. Sie warteten noch fünf Sekunden. Die Radarlinie der FCSC-Konsole setzte zeitweilig aus.

VanHorn meldete schließlich das Scheitern.

Die Anspannung löste sich. Fox Hudson, der neben Brian stehengeblieben war, erkundigte sich, was los war. Brian berichtete knapp. »Was soll's, dann ist sie eben weg. Wir können so weit draußen keine MiGs erledigen.«

»Ruhig«, erwiderte Brian leise, der wußte, daß der Kapitän in Hörweite war.

»Position des Bogey melden«, befahl der Kapitän.

»Bogey ist nicht zu erfassen«, sagte Garuda. »Vermutlich gelandet oder in der Landefolge auf Vinh, Sir.«

»Nun, was soll's, XO«, sagte der Kapitän seufzend und rieb sich übers Kinn. »Es war einen Schuß wert. Selbst wenn mir der Waffenoffizier vorhält: ›Ich habe es ja gleich gesagt‹.«

»Es könnte immer noch ein Treffer gewesen sein«, mischte sich Austin ein. »Das Bild des 48er Suchradars fiel genau zur Zeit des Zieleinschlags aus. Das Geschoß kann die MiG auf dem Rückflug nach Vinh erwischt haben.«

»Dann hätten wir die Trefferanzeige sehen müssen, als das Bild wieder da war, richtig, Waffenoffizier?«

Brian nickte. Das Radar hielt das Ziel in einer kerbenartigen Anzeige auf dem Schirm. Ein Treffer wurde für gewöhnlich angezeigt, wenn das Symbol des Geschosses durch diese Kerbe raste und mit dem Symbol des Ziels verschmolz.

»Jawohl, Sir. Wie es aussieht, haben wir nicht getroffen. Aber das Bild fiel aus – es könnte sein, daß gerade in diesem Augenblick der Treffer zu sehen und dann die Anzeige durch die Aufnahme der Berge blockiert war.«

»Es ist also möglich?«

Brian runzelte die Stirn. Ja, es war möglich. Nicht wahrscheinlich, aber möglich. »Entfernt möglich, ja, Sir. Aber wenn das Ziel ausgewichen ist, hatte das Terrier-Geschoß fast keine Energie mehr, um es zu verfolgen.«

»Mist. Ich werde einen möglichen Treffer melden; das klingt viel besser als ein Fehlschuß, nicht wahr, XO? Graf, melden Sie Alfa Whiskey, daß wir einen möglichen Treffer haben.«

»Aye, Aye, Sir.« Er wandte sich an Garuda. »SWIC, zeichnen Sie die Koordinaten nach den Computerangaben auf. Vielleicht können wir einen Aufklärungsflug in dieses Gebiet machen und sehen, ob es ein abgestürztes Flugzeug in der Nähe des Flugplatzes gibt.«

»Aye, aye, Sir.«

Am folgenden Morgen nach dem Frühstück, als Brian mit den Offizieren seiner Abteilung die morgendliche Konferenz abhielt, kam der stellvertretende Kommandant zu ihm.

»Ich muß mit Ihnen sprechen, sobald Sie hier fertig sind«, sagte er.

»Ich nehme an, wir sind fertig, XO. Jack, lassen Sie heute das Vorderdeck reinigen; wir müssen die Brandmale vom Terrier-Abschuß von der Farbe bekommen.«

Die Offiziere gingen zu ihren Abteilungen, und Brian schloß sich dem Exec an. Sie schlenderten mittschiffs zur Reling. Die Brise von der See war so stark, daß sie ihre Mützen festhalten mußten. Der Exec überreichte Brian ein Blatt mit einer Funkbotschaft.

»Dies ist soeben eingetroffen.«

Brian überflog den Text und stieß einen leisen Pfiff aus. »Eine persönliche Botschaft von CTF siebenundsiebzig an den Kapitän. Sieht aus, als wäre der Admiral unzufrieden mit uns.«

»Das ist milde ausgedrückt. Der Captain braucht Sie, um den gestrigen Abschuß unseres Terriers technisch zu verteidigen. Er will der Sache den richtigen politischen Dreh geben, aber das technische Zeug will er von Ihnen erklärt haben.«

Brian las die ganze Botschaft. Der Admiral kritisierte heftig den Einsatz des Terrier-Geschosses über eine anscheinend zu große Entfernung und mit falscher taktischer Berechnung. Er war ebenfalls unzufrieden, weil auf MiGs geschossen wurde, die nichts offenkundig Feindseliges getan hatten.

»Es ist schwer, den Abschuß zu rechtfertigen, XO«, sagte Brian. »Die Fernlenksysteme sind programmmiert, um kreuzende Ziele zu ignorieren – nach der Devise, was vorbeifliegt, ist keine Bedrohung. Der MiG-Pilot war offenkundig nicht darauf aus, den Schutzschirm zu durchbrechen. Im Grunde war dies ein vergeudeter Schuß.«

»Falsche Antwort. Sehen Sie, diese Sache hat eine politische Dimension. Dieser Fliegeradmiral will, daß MiG-Abschüsse ausschließlich Sache der Flugzeugträger und der darauf stationierten Flieger sind. Keiner der Flieger kann ein As werden, wenn ein Schiff die MiGs runterholt. Wie Sie gelesen habe, ist er der Meinung, wir hätten die BARCAP-Maschine mit einem Minimum an Sprit auftanken und zurückholen sollen, damit sie die MiGs verfolgen konnte.«

Brian nickte. Er hatte ranghohe Offiziere über die Spannung und Rivalität zwischen der seefahrenden Navy und der fliegenden Navy reden gehört. Die Admirale der Flugzeugträger wiesen bei jeder Gelegenheit darauf hin, daß die Schiffe, die im Golf stationiert waren, sich der Mission der Flugzeugträger unterordnen mußten, eine Behauptung, die stimmte. Trotz der wütenden Proteste der Überwassernavy hatte ein PIRAZ-Schiff im Grunde die Aufgabe, die Flugzeugträger zu schützen.

»Jawohl, Sir. Ich werde versuchen, mir etwas zu überlegen. Aber wenn dort jemand im Stab ist, der die Fernlenkgeschoßschule besucht und Erfahrung auf diesem Gebiet hat, wird eine Rechtfertigung von mir nicht viel nutzen.«

»Wir werden uns darüber Sorgen machen, wenn sich das Problem stellt. Entwerfen Sie eine Erwiderung und bringen Sie mir die. Ich werde sie nach oben weitergeben. Und wir bauchen sie noch heute morgen. Ich weiß, daß Sie von der Nachtschicht müde sind – aber hängen Sie noch eine halbe Stunde ohne Schlaf dran und bringen Sie mir die Rechtfertigung. Dann können Sie sich aufs Ohr legen.«

»Aye, aye, Sir.«

Brian ging hinunter in die Offiziersmesse, um Kaffee zu holen. Für gewöhnlich trank er keinen Kaffee zum Frühstück, damit er anschließend schlafen konnte. Seine Augen brannten. Er war seit 23 Uhr 15 in der vergangenen Nacht auf den Beinen. Er wußte, daß sein Verstand nicht auf Hochtouren arbeitete, was das Problem, auf die Funkbotschaft des Admirals zu antworten, doppelt schwer machte. Er las die Botschaft noch einmal, während er darauf wartete, daß der Steward frischen Kaffee brachte. Garuda Barry saß in einer Ecke und las seinen eigenen Stapel von Botschaften. Er blickte auf und sah Brian fragend an.

»Einen Abschiedsbrief bekommen?«

Brian lachte, obwohl bei dem Gedanken an diese Möglichkeit Unbehagen in ihm aufstieg. »Nein, dies ist eine Botschaft vom CTF siebenundsiebzig an den Captain.«

»Oh, ich hasse Post.« Garuda widmete sich wieder seinem Poststapel und gab damit stumm zu verstehen, daß seine Neugier bei persönlichen Botschaften an den Captain enden mußte. Brian erhielt eine Tasse Kaffee und ging damit hinüber zu Garuda. Er durfte Garuda die Botschaft nicht zeigen, aber er wollte seinen Rat hören. Er setzte sich Garuda gegenüber und wartete, bis Garuda wieder zu ihm aufblickte.

»Garuda, ich habe einen Befehl ... äh ... eine Aufgabe erhalten. Der XO will, daß ich eine Erwiderung auf die Botschaft des Admirals schreibe.«

»Ja, Sir?«

»Und mein Problem ist, daß CTF siebenundsiebzig im wesentlichen meint, wir hätten gestern nacht nicht schießen sollen. Der XO sagt, ich soll eine ›technische Verteidigung‹ für unser Verhalten schreiben. Sie sind doch ziemlich erfahren mit dem ganzen NTDS, einschließlich der Waffen, richtig?«

Garuda nickte, setzte sich zurück und nahm sich eine Zigarette aus der Packung. Er ließ sich ein bißchen länger Zeit beim Anzünden als sonst, als ob er seine Gedanken sammeln wollte. Er zündete die Zigarette langsam an, stieß eine Rauchwolke aus und wedelte den Qualm vom Gesicht fort. Dann spähte er durch den zerfasernden Rauch, sagte jedoch nichts. Er wartete darauf, daß Brian weitersprach.

»Nun, mein Problem ist, daß unser Abschuß gestern nacht technisch gesehen nicht zu verteidigen ist. Das Ziel hat den Schutzschirm nie richtig durchbrochen, weil es ihn während der gesamten Zeit entweder kreuzte oder sich außerhalb befand. Und jetzt weiß ich nicht, was ich dazu sagen soll.«

»Wenn Sie damit weitermachen, Mr. Holcomb, wären das zwei falsche Antworten.«

»Zwei?«

»Ja, Sir. Als Sie gestern nacht sagten, es sei unmöglich, war das die erste falsche Antwort. Der Alte wollte das nicht hören.«

»Das habe ich bemerkt. Jeder hat mich angeschaut, als hätte ich in der Kirche gefurzt.«

Garuda grinste bei dem Vergleich. Dann wurde er ernst. »Hier draußen schalten wir praktisch jedesmal von unbekanntem Flugzeug auf feindliches um. Als der Pilot nach Osten abdrehte und die Nase der Maschine auf uns richtete, bezeichnete ich ihn als feindlich, erinnern Sie sich? Zweitens kam er dabei über Wasser. Sie und ich wissen, daß er vermutlich nur drehte, um zum Stützpunkt Vinh zurückzufliegen, aber technisch gesehen war er unsere Beute, als er wendete, die Nase auf uns richtete und über Wasser kam. So können wir die Anzeichen auf einen Angriff als Grund anführen, weshalb wir gefeuert haben. Und weil es vermutlich irgendein Typ MiG war, hatten wir auf Grund ihres Herumlungerns jedes Recht, eher früher als später anzugreifen.«

»Ja, aber das klingt, als hätte die MiG direkten Kurs auf uns genommen. Wir beide wissen, daß sich der Pfeil auf dem Schirm gleichmäßig weiterdrehte und die Geschwindigkeit konstant blieb.«

»Ja, aber Alfa Whiskey weiß das vielleicht *nicht* und kann es erst wissen, wenn die Computeraufzeichnungen über diesen Zeitabschnitt ausgewertet werden. Die müssen erst bei uns angefordert werden. Und bis sie ausgewertet sind, können Wochen vergehen.«

Brian seufzte. »Ich verstehe, was Sie meinen. Aber, gottverdammt, ich müßte lügen. Diese MiG war nie eine Bedrohung für uns. Und wie ich hörte, waren die MiGs nie eine Bedrohung für die Schiffe hier draußen – sie haben ihren Luftraum gegen unsere Angriffe verteidigt, aber nur wenn unsere Maschinen über ihren Strand flogen.«

Garuda hob die Augenbrauen. »Mit Verlaub, Mr. Holcomb, ich dachte, Sie wollen eine Antwort hören, die Sie in Ihrer Botschaft verwenden können.«

Brian schaute zu Boden. Er wußte, daß Garuda völlig recht hatte. Hier brauchte er eine Antwort, die ihm weiterhalf. Er war todmüde und versuchte vergebens, ein Gähnen zu unterdrücken.

»Mr. Holcomb, darf ich Ihnen einen Rat geben? Ich bin nur Warrant Officer, und Sie sind Abteilungsleiter, aber ich bin ungefähr zehn Jahre länger als Sie bei der PACFLEET. Wie ich das sehe, sollten Sie nicht viel Zeit mit dieser Sache verplempern. Schildern Sie es, wie ich es Ihnen soeben gesagt habe, fügen Sie irgendwelches, möglichst unverständliches technisches Zeug hinzu, das zum Zeitpunkt der Entscheidung angeblich eine Rolle gespielt hat, und damit hat sich's. Dann lassen sie den XO und den Captain daran feilen und der Sache einen politischen Anstrich geben.«

»Selbst wenn ich es nicht glaube?«

Garuda sog ein letztes Mal an seiner Zigarette und drückte dann die Kippe im Aschenbecher aus. Er rieb sich übers Kinn, während er seine Antwort überlegte.

»Sagen wir es so. Die *Hood* ist kein Zerstörer. Die meisten Schiffe nehmen nicht am großen Spiel teil wie wir. Es ist eine große Schau, diese ganze Red-Crown-Sache, Attack Carrier Task Force Seventy Seven, der Golf. Es ist die größte Show der Navy. Und viele Leute wollen auf der Bühne auftreten, okay? Sie nehmen an dem alten Spiel ›fliegende Navy gegen seefahrende Navy‹ teil, ›braune Schuhe gegen schwarze‹. Wir schwarzen Schuhe wollen uns von den Marinefliegern niemals bei Fehlern erwischen lassen, denn das verschafft ihnen Pluspunkte. Sie könnten verlangen, immer das Kommando zu haben, weil sie die größten Schiffe hier draußen haben, die Flugzeugträger. Wenn Sie Auswerter der Red Crown Station sind, dann müssen Sie sich allzeit klar sein, daß dieser Wettkampf ständig läuft, weil der Stab dort unten alles kritisieren wird, was wir hier oben tun, genau wie der CINCPAC in Pearl Harbor über alles herzieht, was der Admiral des Flugzeugträgers tut. Und Tricky Dicky und der Streitkräfteausschuß mäkeln an allem herum, was der CINCPAC macht.«

»Sie sagen das, als wäre alles nur ein großes Spiel.«

»Nun, es ist kein Spiel, wenn wir einen Angriff fliegen oder F-4-Maschinen auf dem Rückflug zum Vogelnest entlausen oder wenn ein Pilot in dreitausend Fuß Höhe aus einem Jet aussteigt, weil seine Maschine getroffen wurde. Aber die Politik, die ist stets mit von der Partie, sitzt im Hintergrund bei allem, was wir hier draußen tun. Sie müssen sich einfach immer fragen: Was tue oder sage ich, damit wir nicht schlecht dastehen? Wenn Sie zu der Antwort gelangen, es könnte unserem Image schaden, dann fragen Sie den Captain, ob wir es tun sollten. Und wenn wir Scheiße bauen, dann suchen Sie nach einer Möglichkeit, daß es nach weniger Scheiße oder vielleicht sogar nach gar keiner aussieht, denn diese Stabshengste suchen immer nach welcher. Wie dieser Captain, der unangekündigt herflog, um wegen der Sea-Dragon-Sache herumzuschnüffeln, erinnern Sie sich?«

Brian schaute ihn einen Augenblick lang an. Er hatte lange genug in der Navy gedient, um zu wissen, daß all dies eigentlich nichts Neues war. Das Schiff ist die Familie eines Marineangehörigen; man kümmert sich um seine Familie.

»Okay, ich habe verstanden. Und ich akzeptiere es bis auf eines: Wenn wir weiterhin unsere Fehler vertuschen, werden wir schließlich an unseren eigenen Scheiß glauben. Und wenn wir wirkliche Schwierigkeiten bekommen, wird jemand zu Schaden kommen.«

Garuda zuckte die Achseln. »Ja. Nun, wir tun unser Bestes, Mr. Holcomb. Mehr kann ich Ihnen nicht sagen. Wir tun unser Bestes mit dem, was uns zur Verfügung steht. Ich muß noch zwei Jahre hierbleiben, und das ist die richtige Antwort.«

Brian nickte. »Okay, Sie haben recht. Und danke, Garuda. Ich weiß Ihre Hilfe zu schätzen.«

Brian ging nach oben in seine Kabine und entwarf die Antwort auf die Botschaft. Er benutzte die Argumente, die Garuda vorgeschlagen hatte. Als er den Entwurf ausgedruckt hatte, machte er sich auf die Suche nach dem stellvertretenden Kommandanten. Einer der Radarmen sagte ihm, der XO sei im CIC, und Brian stieg eine weitere Ebene hinauf. Es stellte sich heraus, daß der XO nicht im Combat Information Center war, aber Brian hatte einen Einfall; er bat Austin, die Botschaft und seinen Entwurf für eine Erwiderung zu lesen.

»Ich habe die Botschaft gesehen«, murmelte Austin. »Der Chef der Funkabteilung sorgt dafür, daß ich alles sehe, was über Funk reinkommt, es sei denn, der CO oder XO haben es ausdrücklich untersagt. Sehen wir mal, was Sie hier entworfen haben.«

Er überflog Brians Entwurf und nickte ein paarmal vor sich hin. Brian unterdrückte wieder ein Gähnen. Sein morgendliches Schlafpensum nahm rapide ab. Entweder mußte er sich mehr Kaffee holen oder sich ziemlich schnell in die Koje legen.

»Nicht schlecht, nicht schlecht«, sagte Austin. »Ändern Sie dieses Wort in *Notfall;* ansonsten finde ich alles prima. Ich werde es sogar absegnen.« Er paraphierte den Entwurf und sagte mit gesenkter Stimme: »Anscheinend kapieren Sie allmählich, wie es hier läuft.«

»Nun, das ist nicht besonders wahr, aber es klingt plausibel.«

»Genau.« Austin musterte Brian einen Augenblick lang. »Es widerstrebt Ihnen, das schreiben zu müssen, nicht wahr?«

»In gewisser Weise. Dieser Beschuß war unnötig.«

Austin gab ihm den Entwurf zurück. »Technisch mögen Sie recht haben. Aber bedenken Sie eines: Was der Captain in der vergangenen Nacht tat, war gewissermaßen eine Demonstration seiner unabhängigen Befehlsgewalt. Nach seiner besten Einschätzung, für die er und allein er bezahlt wird, um sie auf diesem Schiff auszuüben, war es nötig, auf ein feindliches Flugzeug zu schießen. Er hat nicht den Kommandanten auf dem Flugzeugträger angerufen und um Erlaubnis gebeten; er hat einfach selbst gehandelt. Und die Botschaft des Admirals zeigt seinen Ärger darüber, daß der Captain seine Befehlsgewalt ausgeübt hat. Sie erkennen die Befehlsgewalt des Captains an?«

»Selbstverständlich. Aber ...«

»Lassen Sie mich aussprechen. Zum Teil wurde sein Handeln davon bestimmt, eine MiG abzuschießen – das gebe ich zu; wir alle sind scharf darauf, MiGs abzuschießen – und zum Teil wollte er beweisen, daß er die Befugnis hat, einen Feuerbefehl zu geben. Der Stab dort unten auf dem Flugzeugträger will von uns um Genehmigung gefragt werden, bevor wir *irgend etwas* tun. Wen wir hier jemals in einen wirklichen Schlamassel geraten, werden wir keine Zeit haben, Mami zu fragen, ob wir etwas unternehmen dürfen. Wir werden es einfach tun und hoffen, daß all Ihre und meine teure Ausrüstung funktioniert und niemand im Magazin der Fernlenkwaffen Stoff raucht. Sie mögen es aus technischen Gründen mißbilligen, aber es könnte eines Tages äußerst wichtig für unser Überleben sein – besonders wenn *Sie* auf dem Schleudersitz hocken –, wenn der Captain von Zeit zu Zeit seine taktische Befehlsgewalt geltend macht. Hilft das Ihrer Einstellung gegenüber Ihrer Antwort auf die Botschaft des Admirals?«

Brian dachte über Austins Argumente nach, die sicherlich besser klangen als die Garudas. Er fühlte sich plötzlich viel mehr wie ein Lieutenant, der mit einem Lieutenant Commander sprach, als ein Abteilungsleiter, der mit seinesgleichen redete.

»Ich glaube, ja.« Er atmete tief durch. »Diese WESTPAC Navy unterscheidet sich sehr von der, an die ich gewöhnt bin.«

»Ich verrate Ihnen ein kleines Geheimnis, Mr. Holcomb. Betrachten Sie es als kostenlosen Tip: politisch gibt es überhaupt keinen Unterschied. Sie werden nur zum ersten Mal damit konfrontiert, weil Sie jetzt ein Auswerter und Abteilungsleiter auf einem PIRAZ-Schiff sind. Und jetzt sollten Sie den XO suchen.«

Brian rief über das Schiffstelefon in der Kabine des stellvertretenden Kommandanten an und erreichte ihn. Er ging hinab und nach achtern zu der Kabine und überreichte seinen Entwurf. Der XO bat ihn, Platz zu nehmen, während er las. Als er zu Ende gelesen hatte, nickte er.

»Gut. Das sollte reichen. Und ich sehe, der Graf hat es abgezeichnet. Das war klug. Jedesmal, wenn Sie es mit einer heiklen oder wichtigen Botschaft zu tun haben, sollten Sie das mit dem Einsatzoffizier absprechen. Er kennt die WESTPAC-Politik in- und auswendig.«

»Jawohl, Sir. Wir haben darüber gesprochen. Ich war überrascht über die politische Dimension von allem. Ich nehme an, ich muß mich noch vorantasten. Auf der *Decatur* war jeder Bericht, den ich als Waffenoffizier schrieb, rein sachlich und ohne politische Überlegungen.«

»Nun, vielleicht, aber ich kann mir denken, daß der stellvertretende Kommandant oder der Kommandant für den politischen Schliff gesorgt hat. Persönliche Botschaften erfordern einiges Fingerspitzengefühl, denn sie gehen direkt an den betreffenden Flaggoffizier oder Kommandanten. Hat Ihnen der Graf erklärt, was hinter dieser Botschaft steckt?«

»Jawohl, Sir, das hat er«, erwiderte Brian und unterdrückte ein Gähnen. »Ich hatte nicht bedacht, daß unser Handeln in der vergangenen Nacht eine Art Demonstration war. Ich sah nur die Tatsache, daß wir diese MiG nicht treffen würden.«

»Aber Sie haben heute morgen gesehen, wie aufgeregt Ihre Jungs waren – sie hatten einen Schuß mit einem Fernlenkgeschoß auf ein echtes Ziel. Das war auch eine Warnung für die MiGs. Paß auf deinen sozialistischen Arsch auf, wenn die *Hood* dort draußen ist: das sind schießwütige Yankee-Wachhunde. Und wir wissen nicht als Tatsache, daß wir die MiG verfehlt haben. Der Leitstrahl wanderte am Ende über das ganze Gebiet, aber nicht der Leitstrahl zählt, wenn der Vogel im Flug ist, sondern der Sucher des Geschosses. Solange er Energie vom Ziel ausmachte, konnte ihn das Geschoß verfolgen. *Ich* weiß, daß es nicht sehr wahrscheinlich ist, aber es ist möglich. Oder der Pilot ist in der Hast, uns zu entkommen, vielleicht gegen einen Berg gedonnert. Wer weiß. Wir werden sehen, was die Aufklärerjungs herausfinden.«

»Jawohl, Sir. Ich nehme an, ich bin noch im Anfängerstadium.«

»Ja. Nun, WESTPAC ist anders. Aber Sie kapieren das schon. Tut mir leid, daß ich Ihre Schlafenszeit verkürzen mußte. Hauen Sie sich vor Ihrer nächsten Schicht etwas hin.«

Brian verließ die Kabine des XO und ging zu seiner eigenen. Wenn nichts mehr dazwischenkam, konnte er anderthalb Stunden schlafen, bevor er sich auf die nächste Wache vorbereiten mußte. »Sie kapieren das schon«, hatte der stellvertretende Kommandant gesagt. Nun, das war ein recht gutes Zeichen. In seiner Kabine legte Brian sich sofort in die Koje. Bevor er einschlief, fragte er sich noch, was Maddy wohl tat.

20

San Diego

Maddy traf um 19 Uhr 45 beim U.S. Grant Hotel ein. Es war eines der älteren Hotels in San Diego, das über keine Tiefgarage verfügte, und auf dem Parkplatz gab es keinen freien Platz. Sie fuhr ein paarmal um den Block, bis sie einen freien Parkplatz am Broadway fand. Sie parkte, schaltete den Motor aus und verstellte den Innenspiegel, um ihre Kriegsbemalung zu überprüfen und noch einmal ihr Haar zu kämmen. Sie trug ein ärmelloses schwarzes Samtkleid, vorne züchtig geschnitten und knielang und mit einem schmalen, silbernen Gürtel. Die kurzärmlige cremefarbene Jacke über dem Kleid war fast durchsichtig und mit einer silbernen Brosche verziert. Schwarze Schuhe mit halbhohen Absätzen, eine schwarze Handtasche aus Lackleder und dunkle Nylonstrümpfe vervollständigten ihre Aufmachung. Und abermals trug sie keine Ringe. Sie fühlte sich schlecht deswegen. Der Verzicht auf die Ringe war eine Täuschung. Sie erinnerte sich, daß sie diese Bemerkung bei Tizzy auf dem Weg zum MCRD gemacht und was Tizzy überraschend erwidert hatte: »Wir sind verheiratete Frauen; unser ganzes Leben ist Täuschung.«

Maddy hatte sich am Tag nach Tizzys Anruf bei Mrs. Huntington entschuldigt, und die Frau des Kapitäns hatte den Anruf zu schätzen gewußt. Sie hatte keinerlei Frage gestellt, nur höflich bedauert, daß Maddys Job ihr nicht erlaubte, an einer weiteren Aktivität der Offiziersfrauen teilzunehmen.

»Nicht die Aktivitäten an sich sind wichtig«, hatte Mrs. Huntington gesagt. »Wichtig ist die Tatsache, daß wir alle in einem Boot sitzen, während unsere Männer im Einsatz sind, und wenn einem das Herz schwer wird, meine Liebe, ist die Gruppe eine gute Zuflucht. Und sie wird natürlich lebenswichtig, wenn etwas mit dem Schiff passiert.«

»Mit dem Schiff?«

»Nun, unsere Männer sind in Kriegsgebiet, nicht wahr? Der Einsatz der *Hood* ist relativ ungefährlich, aber es gibt immer Gefahren – Kollisionen, Brände, Strandungen, die üblichen Gefahren auf See, wissen Sie. Deshalb haben wir die Telefonverbindung und die Anrufe der Navy, die uns allen Informationen oder Neuigkeiten mitteilt, gute oder schlechte. Aber genießen Sie Ihre Cocktailparty und nehmen Sie sich vor all den Bankiers in acht.«

Bankiers. Wenn die nur wüßte. Maddy atmete tief durch und stieg aus dem Wagen. Der Haupteingang des Hotels befand sich auf der anderen Straßenseite. Maddy fütterte den Parkautomaten. Zu dieser Abendzeit gab es wenig Verkehr, und sie überquerte schnell die Straße. Der Portier starrte sie an, als sie sich dem Eingang näherte. Er tippte an seine Mütze und wünschte Maddy guten Abend in spanischem Akzent, als er eine der großen Glastüren öffnete. In der Haupthalle nach rechts, hatte Autrey gesagt. Maddy befolgte die Anweisung und sah rechts eine Schwingtür aus Eiche, hinter der ein Maître fast stillstand wie ein Soldat. Auf einem Messingschild neben der Tür stand GRANT GRILL.

Zwei Geschäftsleute, die sich am Empfangspult anmeldeten, wandten sich um und schauten ihr nach, als sie in das Restaurant ging, und sie fragte sich, ob all ihre Reißverschlüsse zugezogen waren. Aber vielleicht starrten sie nicht auf die Reißverschlüsse. Der Maître öffnete die Schwingtür für sie und fragte, ob sie Miss Holcomb war. Fast hätte sie ihn bei ›Miss‹ korrigiert, aber sie nickte nur, und er verneigte sich und sagte: »Bitte hier entlang, Miss Holcomb.«

Das Restaurant war groß, hatte eine hohe Decke und gedämpftes Licht, war mit rotem Teppich ausgelegt und mit Eichenvertäfelung und viel Messing ausgestattet. Etwa die Hälfte der Tische war besetzt, und auf jedem brannte eine Kerze in silbernem Halter. Die Kellner, allesamt um die Sechzig, trugen Smoking und Fliege.

Der Maître d'hôtel, der noch älter als die Kellner wirkte, bahnte sich einen Weg zwischen den Tischen, die so weit auseinanderstanden, daß sich die Gäste vertraulich unterhalten konnten, ohne daß es am Nachbartisch gehört wurde. Er ging langsam voraus, wie um Maddy den anderen Gästen vorzuführen. Es war ihm nur zu bewußt, daß schöne Frauen gut für das Geschäft in einem Lokal waren.

Autrey stand neben einem Tisch in einer Ecke, und Maddy ertappte sich dabei, daß sie ihn anstarrte. Er war ganz in Weiß gekleidet – weiße Freizeithose, weißes Leinensakko, weißes Rüschenhemd, weiße Boots – und statt einer konventionellen Stoffkrawatte trug er einen schmalen Streifen aus Silber und Türkis. Mit seiner ausgeprägten Nase, den exotischen Gesichtszügen, der bronzefarbenen Haut und den schwarzen Augen wirkte er auf Maddy wie ein spanischer Grande. Als sie sich näherte, wurde ihr klar, daß er viel größer war, als sie ihn in Erinnerung hatte. Er schaute sie mit offener Bewunderung an. Als sie beim Tisch war, verneigte er sich leicht.

»Maddy Holcomb«, sagte er.

»Nur Autrey, glaube ich.«

Er lächelte, und sein Gesicht wirkte einen Augenblick lang jünger, sogar jungenhaft. Sie fragte sich von neuem, warum der Marineinfanterist geflüchtet war, als er den Namen Autrey gehört hatte. Ihr Mann, Brian, hatte ein jungenhaftes Gesicht. Warum, zum Teufel, kam ihr das jetzt in den Sinn?

Der Maître rückte einen Stuhl zurecht, und Maddy nahm Platz. Dann holte der Maître die Speisen- und Weinkarte und zog sich zurück. Autrey schaute Maddy an, nahm alles von ihr in sich auf, versuchte jedoch, es nicht zu deutlich zu zeigen. Sie sah vor ihrem geistigen Auge, wie schrecklich sie auf dem Parkplatz ausgesehen haben mußte, als Autrey sie zum erstenmal gesehen hatte, und sie setzte sich unwillkürlich aufrechter hin. Sie spürte, wie ihr Herz schneller schlug und ihr das Blut in die Wangen stieg, als sie sich erinnerte, wie entblößt sie in jener Nacht gewesen war.

Dieser Mann war – interessant; sie schreckte vor dem anderen Wort zurück, das ihr in den Sinn gekommen war: sexy.

Sie überlegte, was sie sagen sollte, als ein Kellner mit einem Silbertablett und zwei gefüllten Champagnergläsern an den Tisch kam. Der Champagner war rötlich, wie sie erstaunt feststellte.

»Ein Kir Royal, Madam«, erklärte der Kellner, als er ihre

Verwunderung sah. »Champagner mit einer Spur Johannisbeerlikör.«

Er stellte die Gläser auf den Tisch und zog sich wortlos zurück. Autrey nahm sein Glas und prostete Maddy zu.

»Ich danke Ihnen, weil Sie mir heute abend Gesellschaft leisten«, sagte er. »Ich hatte schon befürchtet, Sie würden es sich anders überlegen.«

Sie lächelte, senkte den Blick und kostete den Kir Royal. Sie sagte nichts, wollte abwarten, was er tun würde. Ihre Gedanken rasten auf zwei Ebenen: auf einer fragte sie sich, auf was, zum Teufel, sie sich da einließ; auf der anderen Ebene, der vertrauten, bereitete sie sich glücklich auf den Beginn der verführerischen Spielchen vor, die sie so gut in Boston beherrscht hatte. Zu ihrer Überraschung schwieg Autrey ebenfalls und genoß seinen Kir Royal. Er schwieg so lange, daß sie sich schließlich gezwungen sah, das Schweigen zu brechen. Der erste Punkt ging an Autrey.

»Dies ist ein schönes Restaurant«, sagte sie.

»Ja«, erwiderte er. »Im alten Stil. Davon gibt es heutzutage nicht viele. Keine Rockmusik, kein psychedelisches Licht und alles Essen macht fett und ist ungesund.«

»Kommen Sie oft her?«

»Nein. Nur wenn ich mich vom Besten umgeben fühlen will.« Er legte eine kurze Pause ein, um sie in diese Kategorie mit einzubeziehen. »Hier ist es wirklich schön. Darf ich für Sie bestellen?«

Sie lehnte fast ab, um so etwas wie Distanz und Unabhängigkeit zu bewahren. Doch dann willigte sie ein.

»Wenn Sie möchten.«

»Okay. Wie wäre es mit kalten Medaillons von Abalone mit dem Spezial-Grant Dressing und dann Filetsteak englisch? Und vielleicht Crêpe Suzettes als Dessert?«

»Klingt göttlich.« Sie mochte ihr Steak eher medium als englisch, und sie hielt nicht viel von Abalone, doch sie hatte Abalone noch nie kalt gegessen. Crêpes Suzette war prima. Das würde sie ihm jedoch nicht sagen. Sie wollte nichts verderben. Er sollte nicht alles richtig machen. Der

Kir Royal war neu für sie und schmeckte köstlich. Sie bemerkte erst, daß sie ihr Glas leer getrunken hatte, als der Kellner wie aus dem Nichts auftauchte und die Gläser holte.

»Den Rest Champagner bitte mit dem ersten Gang«, sagte Autrey. Sie konnte seinen Akzent nicht einordnen. Manchmal klang er nach Südkalifornien, was für sie sozusagen überhaupt kein Akzent war. Doch bisweilen klang er nach Südwesten, nach einer Spur von Arizonacowboy. Ihr wurde klar, daß sie sich der Kontrolle seines Akzents angepaßt hatte, akzentfrei sprach, wenn er es tat, und dann in den Georgia-Tonfall verfiel, wenn seine Worte wie die eines Cowboys klangen. Er beobachtete sie wieder; von neuem spürte sie die Spur eines Prickelns.

Der Kellner tauchte von neuem auf, und Autrey bestellte. Der Kellner war ein stattlicher Mann mit enormer Würde und grauem Haar.

Maddy wußte sofort, daß es an diesem Abend keine atemlosen ›Hallo, ich bin John‹ von Stammgästen geben würde, und sie war belustigt, als der Kellner nur Autrey ansah, während er die Bestellung aufnahm. Das erinnert doch sehr an Boston, dachte sie. Und es war ziemlich angenehm. Sie fühlte sich noch unbehaglich wegen der aufdringlichen Zwanglosigkeit von Südkalifornien, wo sie sofort mit dem Vornamen angesprochen worden war. Sowohl bedingt durch ihre Erziehung in Atlanta als auch durch ihre Studienzeit ärgerte sie sich über die stillschweigende Kumpelhaftigkeit. Eine Frage kam ihr in den Sinn, als sich der Kellner entfernte.

»Also, Nur Autrey«, sagte sie. »Erzählen Sie mir, warum dieser Marine auf dem Parkplatz klein beigab, als er Ihren Namen hörte. Ich glaube, es hatte sehr wenig damit zu tun, daß Sie ihn zu Liegestützen verdonnern können.«

Einen Augenblick lang betrachtete Autrey seine Hände, die vor ihm auf dem Tisch ruhten. Sie zogen automatisch Maddys Blick an. Sie sah, daß er lange, sehnige Finger hatte und daß die Adern auf seinen Handrücken deutlich hervortraten. Gute Hände, dachte sie. Gut wofür, Mädchen? Der Kellner kehrte mit dem Champagner zurück. Autrey sprach erst, als sich der Kellner wieder zurückgezogen hatte.

»Ich bin der einzige Zivilist beim Ausbildungspersonal im MCRD«, begann er. »Und der einzige amerikanische Indianer dort. Ich bilde Second Lieutenants für das Marine Corps aus – das sind die nagelneuen Offiziere, die auf dem Land Aufklärungszüge führen werden. Bevor sie zu mir kommen, erhalten sie eine Menge Sonderausbildung als Aufklärer. Die Aufklärer im Marine Corps sind wie die SEALS in der Navy. Spezialeinheiten, die hinter den Linien arbeiten.«

»Und Ihr Beitrag?«

»Ich bilde sie als Raubtiere aus.«

»Raubtiere?«

»Außer der Fähigkeit, in der Wildnis zu überleben – Sie wissen, Überlebenstraining, wie man Feuer macht, Wasser filtert, Tiere erlegt, Werkzeuge und Waffen herstellt und so weiter – bringe ich ihnen das bei, was man vielleicht als letzten Schliff bezeichnen kann. Ich lehre sie, wie man Menschen bemerken kann, wenn sie hinter feindlichen Linien im Busch lauern, und ich bringe ihnen bei, wie man Feinde verfolgt, wie man vermeidet, selbst verfolgt zu werden, und wie man mit einem Verfolger fertig wird.«

»Das klingt unheimlich.«

»Nun, ja, aber ich glaube, das war die Antwort auf Ihre Frage, Maddy Holcomb.«

Sie nickte langsam und verstehend. Eine Abschlußausbildung für Menschenjäger. Autrey hielt die Fingerspitzen aneinander und schaute Maddy einen Moment lang an, bevor er weitersprach. Und in diesem Moment erkannte sie, daß er Raubtieraugen hatte. Sein Blick entdeckte einen, ganz egal, wo man sich versteckte.

»Wenn Sie davon ausgehen, daß der Ausbilder sein Metier versteht, dann gibt es nur ein Problem – den Auszubildenden zum Lernen zu motivieren. Ich benutze

Furcht als Motivation. Wir setzen die Rekruten in einem Feld aus und lassen sie für ein paar Tage allein, damit sie das Überleben in der Wildnis üben. Und dann pirsche ich mich an sie heran, ja, ich terrorisiere sie sogar. Die Furcht schärft ihre Sinne. Wenn sie gelernt haben, all ihre Sinne zu schärfen, ihre Umgebung zu *fühlen,* wie es die Tiere tun, dann lehre ich sie, was sie tun müssen.«

»Aber damit das klappt, halten Sie die Rekruten in Angst, nicht wahr?«

Er lächelte breit, zeigte weiße und gleichmäßige Zähne, und sie fand, daß sein Gesicht dadurch noch wilder wirkte.

»Ja, genau. Ich bin Autrey, der Mann, der ihnen des Nachts Angst und Schrecken einjagt. Deshalb ist der Betrunkene abgehauen. Aber ich muß Ihnen sagen, daß wir auch ein wenig Hollywood bei dieser Sache spielen.«

»Hollywood?«

»Ja, wie Filme drehen. Einbildung. Die stärkste Furcht vor dem Unsichtbaren, Ungewissen, entsteht in der eigenen Phantasie der Leute. So legt der Stab meine Rolle fest, die Phantasie der Rekruten zu manipulieren. Ein Ausbilder erwähnt zufällig meinen Namen, und der Staff Sergeant neben ihm erschauert. Zaubert einen erschreckten Ausdruck auf sein Gesicht und fleht ihn an, still zu sein. Das Fleisch bekommt es mit und stellt Fragen. Was soll dieses Gerede von Autrey? Wer ist dieser Typ? Warum fürchten sich die Ausbilder vor ihm – wenn sich sogar die fürchten, sollte ich vielleicht ebenfalls Angst vor ihm haben. Und der Sergeant sagt: Das solltest du besser glauben, Junge. Sie sehen mich erst in der dritten Nacht, wenn ich die Nummer bei ihnen abziehe – Äste im Wald knacken lasse, Tierlaute verursache, Dinge arrangiere, die am Morgen im Camp verändert sind. Auf diese Weise wird das Fleisch höllisch wachsam.«

»Das ›Fleisch‹?«

»Die Rekruten. Die neuen heißen bei uns Frischfleisch.«

»Entzückend. Und Sie sprechen vom U.S. Marine

Corps? Nicht vom Reich des Montezuma?« Maddy hatte von Brian und seinen Freunden von der Navy unzählige Witze der Marines gehört.

»Auf dem Gebiet der Kampftaktiken kleiner Einheiten hat das U.S. Marine Corps einige der raffiniertesten Ausbildungssysteme der Welt entwickelt. Es bringt auch einige der tödlichsten Stoßtrupps der Welt hervor. Trotz all der Witze der Marines bin ich zu der Ansicht gelangt, daß das Marine Corps genau weiß, was es tut. Lassen Sie sich nicht von all dem Hurra- und Gänsehautgerede täuschen.«

»Verzeihen Sie mir«, erwiderte Maddy weich. »Meine Erfahrung mit Marines war weniger ... äh ... intellektuell.«

»Ich entschuldige mich für sie«, sagte er, und seine Miene wurde plötzlich ernst. Er war offensichtlich bereit, seine Entschuldigung näher zu erklären, doch er sagte nichts mehr, als der Kellner mit dem ersten Gang zum Tisch kam.

Zu ihrer Überraschung war die Abalone, hauchdünn geschnitten und mit einer Soße auf Hummerbasis, köstlich, besonders wenn dazu kalter Champagner getrunken wurde. Das Filetsteak war rosig gebraten, was sie bei Versuchen mit Steaks aus dem Supermarkt nie geschafft hatte.

»Das ist perfekt«, erklärte sie, als der Kellner ihnen sieben Jahre alten Mondavi Cabernet einschenkte. »Und der auch«, sagte sie und kostete den Wein. Der Kellner nickte erfreut, als gelte das Kompliment nur ihm.

Sie wußte, daß sie sich nach dem Champagner mit dem Wein zurückhalten mußte, oder man würde sie hinaustragen – oder Autrey würde das tun. Er lächelte wieder, freute sich über ihre Zufriedenheit. Ihre Blicke trafen sich, und sie mußte sich zwingen, wegzuschauen. Ihr Körper schien ihr zuzuflüsteren, daß er nicht nur auf den Champagner und den Wein reagierte, doch ihr total logischer Verstand kämpfte gegen den Gedanken an. Plötzlich erinnerte sie sich an den Song des Kingston Trios mit dem unzüchtigen Refrain ›Trink etwas Madeira, Süße ...‹, und sie lächelte unwillkürlich. Als Autrey fragte, worüber sie lächelte, schüttelte sie nur den Kopf und kicherte. Sie hatte dieses Spiel lange entbehrt.

Nach den Crêpes bat sie um Kaffee. Ein Kir Royal, Champagner, Rotwein und der Likör im Dessert – das summierte sich zu mehr Alkohol, als sie seit einer scheinbaren Ewigkeit getrunken hatte. Sie fühlte sich köstlich entspannt, aber zugleich irgendwie auf der Hut. Ihre Gedanken wanderten, und sie versuchte sich an das alte Sprichwort zu erinnern, nach dem etwas schön war, aber Likör schneller wirkte. Sosehr sie sich auch bemühte, sie konnte sich nicht an den ganzen Text erinnern. Plötzlich hoffte sie, daß dies alles keine große Anmache war, eine Standardverführung mit der zwangsläufigen Einladung, mit in sein Apartment zu kommen und seine Briefmarkensammlung oder sonstwas anzuschauen. Oder sonstwas, ja. Oh, halt die Klappe, verdammte innere Stimme! Husch, husch ins Körbchen. Ja, richtig, hau ab!

»Gnade«, sagte sie laut und atmete tief durch, um die Gedanken zu verbannen, die ihre innere Stimme ihr zugeflüstert hatte. »Ich glaube, ich brauche noch mehr Kaffee.«

»Kein Problem«, sagte Autrey und machte den Kellner auf sich aufmerksam.

Nach einer zweiten Runde Kaffee zog Autrey zwei Eintrittskarten aus der Tasche.

»Mögen Sie Jazz?«

»Nun, einige Arten Jazz. Nicht sehr das New-Orleans-Zeug – das klingt für mich nach einer Viertelstunde alles gleich.«

»Nein, dies ist der wahre Jazz. Das Ramsey-Lewis-Trio spielt im Bali Hai auf Shelter Island. Dies sind die Karten für einen Tisch um zweiundzwanzig Uhr.«

Sie blickte auf ihre Armbanduhr. Es war 21 Uhr 30.

»Ich habe nur zum Abendessen zugesagt«, entgegnete Maddy, aber sie hörte selbst, wie schwach ihr Einwand klang.

»Nach einem solchen Abendessen ist Jazz perfekt zur Verdauungsförderung. Wir können mit meinem Wagen fahren; ich bringe Sie nach der Show hierhin zurück, und Sie können Ihren Wagen abholen. Sie wollen doch nicht fahren, oder?«

Er hatte völlig recht. »Und Sie sind fahrtüchtig?«

»O ja. Außerdem ist der Hafen nicht weit. Nur den Hügel hinunter.«

Sie verließen das Restaurant und stiegen in seinen Wagen. Erinnerungen an das erste Mal, an dem sie in diesem Auto gesessen hatte, schienen in den Schatten des Rücksitzes zu lauern. Sie drehte auf der Beifahrerseite die Fensterscheibe hinunter, um etwas von dem Alkoholgeruch zu vertreiben. Die kühle Abendluft war erfrischend, und Maddy schloß die Augen und versuchte am Geruch des Hafens und Salzwassers zu erkennen, wann sie sich dem Ziel näherten. Dabei döste sie ein. Autrey weckte sie, als er auf dem parkähnlichen Parkplatz des Restaurants geparkt hatte, der von Lampen in der Form von Fackeln im Innenhof und in den Palmen erhellt war. Die drohend aufragende Form eines nachgebildeten Monolithen der Osterinseln erschreckte sie, als sie erwachte, und Autrey lachte darüber. Er ging um den Wagen herum und öffnete die Tür, bevor Maddy erkannte, wie weit ihr Kleid bei der Fahrt hochgerutscht war. Sie versuchte, es zurechtzuzupfen, bevor sie ausstieg, aber sie zeigte immer noch viel Schnee im Süden, wie die Mädchen in Atlanta zu sagen pflegten. Was soll's, dachte sie, als Autrey ihre Hand ergriff, deshalb tragen Mädchen Kleider und Jungen helfen ihnen immer noch beim Aussteigen, nicht wahr?

Drinnen war das Lokal mit so viel kleinen Tischen gerammelt voll, wie nach den Feuerschutzbestimmungen zugelassen waren. Die Bühne war ebenfalls klein, aber das Trio – an diesem Abend in Wirklichkeit ein Quartett – brauchte sehr wenig Platz für den Jazz, den es spielte. Die Kellnerin wirkte verstimmt, als sie nur Kaffee statt Drinks bestellten, die ihr höheren Umsatz beschert hätten, aber Autrey gab ihr fünf Dollar Trinkgeld, und das Problem war anscheinend gelöst. Sie saßen gezwungenermaßen eng zusammen, berührten sich jedoch nicht, während sie der Gruppe lauschten, die gekonnt die komplizierten Rhythmen von ›Take Five‹ und anderen Jazz-Klassikern spielten. In der Pause bestellten sie noch einmal Kaffee.

Nach der Hälfte der Pause ging Maddy auf die Toilette und frischte ihr Make-up etwas auf, doch alles war ziemlich in Ordnung. Sie trat vom Spiegel über dem Waschbecken zurück, strich ihr Kleid glatt und betrachtete sich schnell abschätzend. Eine ältere, dicke Frau, die drei Spiegel weiter stand, beobachtete sie.

»Schätzchen, wenn du es in dieser Verpackung nicht schaffst, muß dein Mann impotent sein«, bemerkte sie, während sie sich die Lippen orangefarben schminkte.

»Ich will mir heute nacht keinen anlachen«, erwiderte Maddy gelassen und kämmte ihr Haar.

»Verdammt, wenn du keinen scharf machen willst, dann möchte ich nicht sehen, wenn du dich herausputzt, um einen Kerl zu angeln; dann können wir einfachen Janes alle nach Hause gehen.«

Maddy lächelte sie kurz an, verstaute ihre Verschönerungsutensilien in der Handtasche und verließ die Toilette. Autrey beobachtete sie, zusammen mit den meisten anderen Männern im Lokal, als sie sich einen Weg zwischen den eng beeinanderstehenden Tischen bahnte, und erhob sich, um ihr Platz zu machen. Die Musiker kehrten soeben auf die Bühne zurück. Als Maddy sich setzte, trafen sich wieder ihre Blicke, und diesmal dauerte es ein paar Sekunden länger, bis sie wegschaute. Sie hörten sich die weiche Tonfolge der Einleitung von der Bühne an, und Maddy dachte über ihre Gefühle nach. Obwohl der leichte Schwips verschwunden war, und der Kaffee Wirkung zeigte, hatte der Abend nichts an Reiz für sie verloren. In der nächsten halben Stunde wurden der Nachtclub, die Bühne und sogar die Musiker an den Rand ihrer Aufmerksamkeit gedrängt, und sie konzentrierte sich ganz auf Autrey, der dort dicht neben ihr in der Dunkelheit saß, anscheinend völlig versunken in die komplizierte Musik.

Sie beobachtete ihn, ohne ihn direkt anzusehen, wünschte sich seine Aufmerksamkeit, während er wie in weite Ferne starrte, und sie fragte sich, wie es wäre, einem solchen Mann einfach auf den Arm zu tippen, ihm in die Augen zu schauen und zu sagen: »Laß uns gehen.«

In ihrer Studienzeit, vor Brian, hatte sie das bei einem in sie vernarrten BWL-Professor getan, der sie in einen Nachtklub ausgeführt hatte, und sie hatten sich drei Minuten später ekstatisch auf dem Vordersitz des Wagens geliebt und waren auf dem belebten Parkplatz nur deshalb nicht beim Sex erwischt worden, weil die Scheiben des Wagens beschlagen gewesen waren. Als Maddy jetzt dem aufreizendem Rhythmus des Jazz lauschte, spürte sie die gleiche Hitze in ihrem Körper aufsteigen, das gleiche Verlangen nach dem Mann, der neben ihr saß und nichts Intimeres getan hatte, als sie anzuschauen.

Sie fragte sich, ob er es wußte, dieser Mann, der andere Männer lehrte, Menschen zu jagen und wie Tiere ihre Umgebung wahrzunehmen; sie fragte sich, ob er ihre Hitze spüren konnte, ihre sexuellen Vibrationen, die so köstlich mit dem Klang der Baßgitarre harmonierten, während sie völlig still saß und die Beine sittsam übereinandergeschlagen hatte. Ihr linker Arm ruhte auf dem Tisch, der rechte lag auf ihrem Schoß, und sie wagte sich nicht zu rühren, weil sie nicht das köstliche Gefühl zerstören wollte, kurz vor der Erfüllung ihrer Sehnsucht zu sein ...

Die Musiker gingen zu einem lebhafteren Titel über, und Maddys Stimmung verschwand wie eine Fata Morgana. Sie hörte sich seufzen. Ein mächtiger Jäger, dachte sie. Er brauchte mir in diesem Augenblick nur auf den Handrücken zu tippen, und ich würde dieses Lokal und das Ramsey-Lewis-Trio vergessen – und mich. Doch der zweite Auftritt endete, und als Maddy begeistert mit der Menge klatschte, war der Abend ebenfalls zu Ende. Sie lächelte Autrey an, dankte ihm für das Abendessen und die Show und erklärte, daß sie jetzt besser zum Wagen gehen sollte. Sein Gesicht hellte sich mit diesem jungenhaften Lächeln auf. Sie mußten einige Zeit warten, weil auf der von Geschäften für Jachtzubehör gesäumten Straße viel Verkehr herrschte, aber dann kehrten sie schnell zum Grant Hotel zurück. Maddy zeigte Autrey, wo ihr Wagen parkte, und er hielt auf einem freien Platz davor, stieg aus, umrundete die Schnauze des Wagens und öffnete die Beifahrertür. Sie stieg diesmal mit sittsam heruntergestrichenem Kleid aus, doch er schaute nicht hin, und sie glaubte, ein Lächeln in seinen Augen zu sehen. Er ging zur Fahrerseite ihres Wagen und wartete, während Maddy aufschloß, wobei er die Straße auf und ab blickte, um sicherzustellen, daß keine Fahrzeuge kamen. Sie öffnete die Tür und wandte sich ihm zu, und die Tür befand sich zwischen ihnen.

»Autrey, das war ein schöner Abend. Und ich danke Ihnen nochmals für die Rettung in jener Nacht.« Sie war kleiner als er und mußte zu ihm aufblicken. Er war dicht bei ihr, aber nicht zu nahe. Sein Gesicht war jetzt ernst.

»Sie hatten Glück, das ist alles«, sagte er. Sie nahm an, er meinte den Zwischenfall beim MCRD. Doch dann sprach er weiter. »Dort im Bali Hai. Sie hatten Glück.«

Ihr stockte der Atem. Hatte er bemerkt, was mit ihr los gewesen war? Daß sie nahe daran gewesen war …

»Ich glaube, Sie wissen, wovon ich rede«, sagte er. »Ich kann es sogar beweisen. Ich wette, Sie können den Zahlentest nicht bestehen.«

»Beweisen? Zahlentest?« Ihre Stimme klang schwach.

»Ja, der Zahlentest. Hören wir, wie Sie bis zehn zählen. Laut. Na los.«

Maddy war verwirrt. Wenn er sie gebeten hätte, die Augen zu schließen …

»Na los«, sagte er weich und lächelte jetzt. »Zählen Sie bis zehn. Laut.«

»Autrey …«

»Zählen Sie laut. Eins, zwei, drei … Sie wissen, wie das geht.«

Sie seufzte ungeduldig und begann zu zählen. »Eins, zwei, drei ...«

Er schaute ihr in die Augen, aber er bewegte sich nicht näher, wie sie erwartet hatte. Ohne sie aus den Augen zu lassen, griff er dann um die Kante der Tür herum, und mit dem ausgestreckten Zeigefinger, der sie kaum berührte, strich er mit dem Fingernagel langsam über ihr Kleid, hinab bis gerade unter den Gürtel. Ihre Stimme begann zu zittern, als sie die federleichte Berührung auf dem Körper spürte, und sie hörte mit dem Zählen auf. Ihre Stimme versagte, und sie schaute ihm wie hypnotisiert in die Augen.

»Sehen Sie«, sagte er leise, zog seine Hand zurück und richtete sich auf. Er trat zurück und lächelte sie wieder an. »Ich werde Sie wieder anrufen, Maddy Holcomb. Und jetzt steigen Sie ein, bevor wir von einem Wagen angefahren werden.«

Sie schaute ihn immer noch an, schluckte und schlüpfteauf den Fahrersitz. Als sie im Wagen saß, schob Autrey die Tür zu. Er neigte sich hinab. Sie kurbelte die Fensterscheibe hinunter.

»Ich werde Sie wieder anrufen, Maddy Holcomb.«

»Ja«, hörte sie sich sagen und spürte noch ein leichtes Prickeln gerade unterhalb ihres Gürtels. »Ja.«

Als sie heimfuhr, hallte dieses Ja in ihrem Verstand und sonstwo wider. Die Antwort ist nein, du Dummkopf, nein. Okay, du hattest einen kleinen Rückfall wie in deiner heißen Bostoner Zeit. Prima. Aber nein, du wirst Mister, wie auch immer er heißt, nicht mehr sehen. Du weißt nichts über ihn, und wir würden ihn bestimmt nicht Brian vorstellen, nicht wahr? Es ist keine gesellschaftliche oder berufliche Freundschaft oder auch nur Bekanntschaft. Es gibt keinerlei Grund für dich, diesen Mann wiederzusehen. Warum kann ich dann noch die Berührung seiner Fingerspitze spüren? Weil ich geil bin, das ist alles. Ich weiß über diesen Mann nur das, was er mir erzählt hat. Ja, aber ... in einem anderen Sinn weiß ich alles, was ich wissen muß.

Sie nagte an einem Fingernagel der linken Hand, während sie zur Seite des Gebäudes fahren mußte, um einen freien Parkplatz zu finden. Sie parkte, stieg aus, schloß den Wagen ab und ging zum Eingang. Es war eine herrliche Nacht, und im Schein der orangefarbenen Lampen wirkte der Park gegenüber der Straße wie bei der Eröffnung eines Volksfestes. Sie betrat das Haus und die beleuchtete Halle. Dann fiel ihr ein, daß sie nicht nachgeschaut hatte, ob Post im Briefkasten war. Sie öffnete den Briefkasten, fand zwei Rechnungen und einen verknitterten Luftpostbrief. Statt eines Stempels war das Wort ›Frei‹ darauf gekritzelt. Von Brian natürlich. Eine Woge der Verlegenheit schlug über ihr zusammen, als sie den Brief sah, der die ganze Zeit im Briefkasten gewesen war, während sie ausgegangen war mit ihrem – was? Mit einem Mann, mit dem sie zur Zeit ging? Gut gemacht, Mädchen. Prima, wie du das heimische Feuer in Gang gehalten hast.

Als sie in der Wohnung war, schaltete sie im Wohnzimmer das Licht ein, schloß die Wohnungstür ab, zog ihre Jacke aus und legte sich auf die Couch, um Brians Brief zu lesen. Er bestand aus mehreren Seiten, auf denen er die ersten Wochen seit dem Verlassen von Subic beschrieb, einschließlich des Zwischenfalls mit dem Beschuß. Ein paar Bemerkungen über seine Sorgen wegen Drogen auf dem Schiff. Maddy setzte sich auf. Drogen? Gewiß nicht auf einem Schiff auf See? Die sogenannte Drogenszene gab es hier. Hippies, Lucy in the Sky with Diamonds, Timothy Leary. Joints, LSD, Speed und dergleichen. Was, zum Teufel, hatte all dieses Dreckzeug mit der Navy zu tun? Oh, Brian, unternimm nicht wieder einen Kreuzzug! Aber dann schloß er mit einer ganzen Seite über die Anzahl der Tage bis zu seiner Rückkehr und wie die nächste Dienstzeit für zwei, vielleicht sogar drei Jahre an Land sein würde. Er liebte sie, und sie fehlte ihm, und er dachte jede Nacht an sie.

Scheiße! Maddy warf den Brief auf den Couchtisch und sank auf der Couch zurück. Sie schloß die Augen und versuchte sich Brian vorzustellen, wie er in seiner kleinen Kabine saß und einen Brief an sie schrieb. Welch ein Kontrast zu sündigen Gedanken und einem Kir Royal im Grant Grill! Genug, das reicht! sagte sich Maddy. Wenn Mr. Autrey wieder anruft, sage ich ihm höflich aber bestimmt, daß es reizend war, aber vorbei ist. Schluß. Finito. Aus. Er hat mich vor meiner eigenen Blödheit bewahrt, und ich habe mit ihm zu Abend gegessen. Genug. Verdammt, Brian, wenn du nur hier wärst. Aber was kann Brian dafür, daß er nicht hiersein kann? Sie stöhnte laut auf. Gottverdammte Navy! Gottverdammte Einsätze!

21

WESTPAC; Red Crown Station

In der Mitte der sechsten Woche des ersten Einsatzes der *Hood* an der Front änderte sich alles. Der Melder der Funkabteilung unterbrach den Film nach dem Abendessen in der Offiziersmesse, indem er eine Top-secret-Botschaft für den Captain überreichte. Der Captain las die Botschaft, ließ den Film stoppen, rief Austin im CIC an und befahl ihm, sich mit dem XO und allen Abteilungsleitern in seiner Kabine einzufinden. Zehn Minuten später traf Brian mit trüben Augen ein. XO Mains, Benedetti, Austin und Raiford Hatcher waren bereits in der Kapitänskabine.

Brian hatte nur eine Stunde geschlafen und Mühe, wach zu werden. Da Vince Benedetti immer noch als Auswerter ausfiel, arbeitete Brian nach einem äußerst ermüdenden Dienstplan und konnte nach dem Abendessen durchschnittlich nur drei Stunden schlafen und am Vormittag gerade mal ein Nickerchen von einer Stunde halten, bevor er dann wieder sechs Stunden Dienst am Nachmittag und sechs weitere Stunden von Mitternacht bis zum Tagesanbruch hatte. Der stellvertretende Kommandant hatte beim Kapitän erreicht, daß Benedetti wieder für jeweils drei Tage zur Wache eingeteilt wurde, was den beiden anderen Abteilungsleitern eine vergleichsweise leichte Sechsstundenschicht und zwölf Stunden freie Zeit erlaubte. Doch dann hatte es in Benedettis Abteilung ein erneutes ernsthaftes Kesselproblem gegeben, und der Chefmaschinist hatte abermals im Maschinenraum bleiben müssen. Austin, der jede Nacht fünfeinhalb Stunden schlafen und sich nachmittags noch einmal hinlegen konnte – genau nach dem natürlichen Schlafzyklus –, war viel besser dran. Brian erinnerte sich wehmütig an die drei Tage, an denen er durch Benedetti entlastet gewesen war und mehr Schlaf gehabt hatte. Jetzt sehnte er sich nach Kaffee, als der Captain seine Einsatzbesprechung begann; er konnte kaum die Augen offenhalten.

Der Captain kündigte an, daß die Vereinigten Staaten wieder großangelegte Luftangriffe gegen den Norden durchführen würden, um den Druck von den Marinestützpunkten am westlichen Ende der sogenannten entmilitarisierten Zone zwischen Nord- und Südvietnam zu nehmen. Der Captain faßte die Botschaft zusammen.

»Es ist zuerst ein zweiundsiebzigstündiger Alfa-Angriff geplant, beginnend morgen abend um achtzehn Uhr. Ziele sind hauptsächlich die Südhälfte von Nordvietnam, und zwar NVA-Truppenkonzentrationen und ihre Bereitstellungsräume. Beide Flugzeuträger werden an der Front sein, was bedeutet, daß wir drei Tage und Nächte lang in Intervallen von neunzig Minuten Angriffsoperationen haben werden.«

Der stellvertretende Kommandant stieß einen leisen Pfiff aus. »Alle neunzig Minuten? Die Männer auf den Flugzeugträgern werden kaum Zeit haben, die Verkehrsregelung in dieser Zeitspanne zu schaffen.«

Austin nickte. »Die abfliegenden Wellen werden den zurückkehrenden ungefähr auf halbem Weg zu den Flugzeugträgern begegnen«, sagte er. »Wir werden alle AICs dort oben im CIC brauchen, vielleicht jeweils drei im Wechsel.«

Der XO bemerkte, daß Brian fast die Augen zufielen. »Captain, ich möchte vorschlagen, daß Vince wieder Wachdienst als Auswerter übernimmt – heute nacht, wenn möglich, damit Brian mal eine ganze Nacht schlafen kann. Wenn dies anfängt, werden wir ebenfalls eine Verkürzung der Schichten brauchen.«

Der Captain überlegte und nickte dann. »Können Sie die Schicht von Mitternacht bis sechs übernehmen, Vince? Ich weiß, es ist sehr kurzfristig, aber ...«

»Jawohl, Sir, das kann ich. Ich werde um dreiundzwanzig Uhr raufgehen, damit der Graf mich lange einweisen kann.«

»Okay, gut. Brian, Sie sind noch nicht vertraut mit ständigen Alfa-Angriffen. Für gewöhnlich haben wir zwei Auswerter im Combat, wenn solche Operationen stattfinden. Einer beobachtet und überwacht, was nach den Angriffen geschieht. Der andere ist in Bereitschaft, wenn ein SAR eingesetzt werden muß oder irgendwelche anderen ernsten Probleme auftreten. Der Mann auf Wache kann Hilfe anfordern, wenn er welche braucht. Bei dreien von euch ist einer auf Wache, der gerade Abgelöste schläft und der dritte ist in Bereitschaft. Der XO und ich werden uns ablösen, wie es gerade nötig ist. Ein solcher Einsatz ist erschöpfend, aber auch ziemlich aufregend.«

»Jawohl, Sir. Und dieser dauert drei Tage lang?«

»Richtig. Nach drei Tagen sind die Crews auf den Flugdecks der Flugzeugträger erschöpft, und wenigstens einer der Flugzeugträger muß mit Bomben und Treibstoff versorgt werden. Zweiundsiebzig Stunden sind das Maximum, was beide Flugzeugträger im Dauereinsatz schaffen; danach gehen sie in periodische Operationen über. Dabei ist ein Flugzeugträger an der Front und führt sechzehn bis zwanzig Stunden Angriffsoperationen durch und wird dann von dem anderen abgelöst, während der erste ruht und auftankt.«

Brian dachte einen Moment darüber nach und zwang sich trotz seiner Müdigkeit zur Konzentration. »Aber wenn sie nach diesen drei Tagen sofort wieder in periodische Operationen übergehen, ändert das nichts für uns, Captain.«

»Richtig. Solange auch nur ein Flugzeugträger Bomber über den Strand schickt, müssen wir maximal arbeiten. Obwohl sie normalerweise die periodischen Angriffe – sagen wir mal – achtzehn Stunden fliegen und dann eine Pause von sechs bis acht Stunden einlegen. Wir müssen dann warten und sehen, was sie tun.«

Brian fragte sich, wie lange die *Hood* und er das schaffen konnten. Als ob der stellvertretende Kommandant seine Gedanken gelesen hätte, grinste er und sagte: »Solange die Jungs von den Flugzeugträgern das wollen; sehen Sie, von ihrem Standpunkt aus haben wir es leicht. Wir sitzen nur an den Konsolen in unseren Combat Information Center mit Klimaanlage. Diese Jungs klettern in Flugzeuge und fliegen nach Nordvietnam, um Bomben abzuwerfen, beschossen und vielleicht sogar abgeschossen zu werden. Ihnen droht die Gefangennahme, und wenn sie Glück haben, schaffen sie es bis in den Golf oder nach Laos, um von einem Rettungshubschrauber geborgen zu werden. Im Vergleich zu dem, was die Fliegerjungs in den nächsten zweiundsiebzig Stunden tun, ist Red Crown ein Zuschauersport.«

Brian verstand und nickte langsam. Dies war eine große Sache, das war ihm klar. Dennoch sehnte er sich nach einer ganzen Nacht Schlaf. Er hörte nur mit halbem Ohr zu, als der XO einige Veränderungen im allgemeinen Dienstplan auf dem Schiff und bei der Wache im CIC aufzählte. Raiford Hatcher bestätigte, daß seine Versorgungsabteilung und die Messedecks ständigen Dienst für die vielen Leute der Operations- und Waffenabteilung, die zusätzliche Stunden auf Wache sein würden, versehen konnten. Der Captain faßte es zusammen.

»Nun, dies ist alles geheim. Wir müssen besonders

sicherstellen, daß niemand im offenen Funkverkehr über die bevorstehenden Angriffe redet. Graf, informieren Sie Ihre wichtigsten Leute, daß es bald einen Großangriff geben wird, aber vergattern Sie sie zum Schweigen. Die Mannschaften werden morgen gegen Mittag herausgefunden haben, was läuft, und sie müssen daran erinnert werden, daß sie den Mund halten müssen. Machen wir morgen, sagen wir um achtzehn Uhr, eine Einsatzbesprechung, damit jeder noch soviel Ruhe bekommt wie möglich. Denn wenn es losgeht, ist es mit der Ruhe vorbei.«

Brian kam ein Gedanke, und er stöhnte laut auf. Dann ertappte er sich dabei und wurde verlegen. Die anderen Offiziere schauten ihn an.

»Helos«, sagte er. »Was geschieht mit dem täglichen Helo-Tanz?«

Der XO und Austin lachten laut; sogar der Captain lächelte.

»Keine Bange, Holcomb, Sie müssen immer noch Zirkusdirektor für ihre geliebten Helos spielen, jetzt jedoch haben Sie es mit ständigen Flugdeckoperationen für SAR-Vögel zu tun. Big Mother und Clementine werden bei jedem Angriff abwechselnd im Einsatz sein – zu allem sonst. Und Sie wissen ja gar nicht, was Sie versäumt haben, bis einer der Helos an Deck eine Panne hat, während der andere noch draußen ist.«

»Ich hasse Helos«, sagte Brian grollend. Seine Miene war so verdrossen, daß die anderen noch mehr lachten. Jeder auf der *Hood* haßte Helikopter.

Die Versammlung löste sich auf, und Brian kehrte in seine Kabine zurück. Er ließ sich voll bekleidet auf seine Koje fallen, weil er sich sagte, daß er in einer Stunde Dienst hatte, doch dann erinnerte er sich, daß Benedetti seine Schicht übernehmen würde. Er stand wieder auf, zog sich aus und duschte volle fünf Minuten lang, anstatt ›Wasser an, einseifen, abspülen, Wasser aus‹ wie sonst. Er stellte den Wecker auf halb sieben und legte sich in die Koje. Binnen einer Minute schlief er ein. Am nächsten Morgen erwachte er mit einem Schreck. Es war halb elf. Er hatte das Wecken, das Klingeln seines Weckers, das Frühstück und den halben Vormittag verschlafen. Er fühlte sich besser als seit Wochen. Er rasierte sich, zog sich an und verließ seine Kabine, um zur Offiziersmesse zu gehen. Beim Verlassen der Kabinestellte er fest, daß jemand ein Schild NICHT STÖREN an seine Tür gehängt hatte.

Um 16 Uhr waren fast alle Offiziere außer denen, die auf der Brücke Dienst hatten, im Combat Information Center versammelt. Brian und Garuda hatten Dienst im D & D, dem Display and Decision Module im Combat. Auf den Schirmen waren bereits Anzeichen darauf zu sehen, daß etwas im Gange war: Zusätzliche Unterstützungsflugzeuge begannen den östlichen Sektor des Golfs zu füllen. Seit Mitternacht hatten sechs Aufklärungsflüge stattgefunden, und Brian sagte sich, daß damit alles verraten war.

Der Captain wiederholte sein Briefing für die drei Auswerter, die SWICs, alle AICs, die ranghohen Hubschrauberpiloten, den LSO, Jack Folsom, und für die Modulleiter aus jedem Wachabschnitt. Brian fand es interessant, daß die Wachen auf der Brücke nicht inbegriffen waren, aber dann erinnerte er sich daran, daß in einem Umkreis von zweihundertfünfzig Seemeilen die Bewegungen des Schiffs selbst nicht besonders wichtig waren. Die *Hood* würde vermutlich während der Angriffe auf ihrer Position bleiben.

Austin wies die Überwacher der Kurierflugzeuge ein, und sie notierten alle Rufzeichen und Identifizierungskodes von den verschiedenen beteiligten Staffeln der Flugzeugträger. Der ranghöchste Hubschrauberpilot sprach über die Vorschriften für ständige SAR-Operationen und versuchte vorausschauend zu schildern, was sich in den nächsten drei Tagen auf dem Flugdeck der *Hood* abspielen würde. Jeder verdrehte im Geiste die Augen bei dem Gedanken an fast zweiundsiebzig Stunden ständige Helikopteroperationen; Chief Martinez' Feuerwehrmannschaften würden in den nächsten drei Tagen und Nächten auf dem Flugdeck kampieren.

Brian ging hinunter in die Offiziersmesse und aß zu Abend, doch dann fühlte er sich nach einer ganzen Nacht Schlaf nicht müde, und er kehrte ins Combat Information Center zurück, um zu beobachten. Er war nicht der einzige, der diese Idee hatte. In der Abteilung D & D wimmelte es von Khakiuniformen, denn die meisten der leitenden Offiziere waren heraufgekommen, um sich die ersten Alfa-Angriffe ihres Einsatzes anzusehen. Der Captain saß in seinem Drehsessel, und sein Stellvertreter Mains stand neben ihm. Sie beobachteten die Aktion auf dem Bildschirm des Waffenkoordinators. Auf dem bernsteinfarbenen Schirm war ein Gewimmel von Spuren zu und von den Flugzeugträgern und den ›Himmlischen Gastgebern‹ zu sehen, wie die Unterstützungsflugzeuge genannt wurden. Sie füllten den Himmel über dem Golf mit Störsendern und Abhörvorrichtungen der elektronischen Kriegsführung, mit den Flugzeugen für die taktische Funkübermittlung der Navy, den SAR-Maschinen und ihren Eskorten, den Iron Hands – Flugzeugen von Flugzeugträgern, die Positionen von Fernlenkgeschossen orteten –, mit den allgegenwärtigen E-2 – Frühwarnflugzeuge, auf Flugzeugträgern stationiert –, von denen die Angriffe überwacht und geleitet wurden, und mit Wager Bird – das Kommunikationsübermittlungsflugzeug von Air Force 707.

Brian konnte nicht nahe genug an den SWIC-Schirm herankommen und erkannte keine Einzelheiten. So ging er zur Überwasserabteilung. Dort hatten die Jungs ihre NTDS-(Naval Tactical Data System-)Konsole auf das Geschehen im Westen des Golfs eingestellt. Weil Brian Auswerter war, machten sie ihm Platz an der Konsole und fragten ihn sogar, wer was von den unzähligen Symbolen war, die über den Schirm strömten. Er empfand leichten Stolz, als er erklären konnte, welche Symbole die Bomber darstellten und welche die Iron Hands. Er konnte sogar die verrückt zuckenden Spuren der Wild Weasels erklären – Flugzeuge, die versuchten, SAM-Radars von Flugzeugträgern aus zu jagen. Er schaute eine Stunde lang zu, während eine Welle von Nordvietnam zurückströmte und von einer neuen Angriffswoge ersetzt wurde. Die Funker im Combat nahmen hektische Meldungen von Zielen im Gefecht und von neutralisierten SAM-Positionen entgegen, und sie schrien Warnungen an die Angriffsflugzeuge, daß SAM-Fernlenkgeschosse vom Feind in den nächtlichen Himmel aufstiegen. Der Stellvertretende Kommandant kam in die Abteilung Überwasser und stieß Brian mit dem Ellenbogen an.

»Sie müssen sich das einfach ansehen, wie?« sagte Mains.

»Jawohl, Sir. Das ist wirklich interessant.«

»Nun, die Show wird weitere drei Tage und Nächte im Gange sein. Ich empfehle Ihnen, sich in die Koje zu legen; der Graf wird nervös.«

Brian blickte ihn überrascht an. »Warum denn das, Sir?«

»Nun, er will sicherstellen, daß Sie pünktlich hier sind, um ihn abzulösen. Und denken Sie daran, die Ablösung mit der Einweisung wird bei dieser Show länger als eine Viertelstunde dauern. Sie sollten spätestens um dreiundzwanzig-null-null zur Ablösung hier oben sein.«

»Aye, aye, Sir. Und danke dafür, daß Sie Vince wieder zum Dienst im CIC geholt haben. Ich glaube, ich wäre zusammengebrochen.«

»Ja. Nun, das wird Ihnen wieder blühen, wenn Sie nicht schlafen, solange Sie das können.«

»Jawohl, Sir.« Brian zögerte und nickte dann zum Schirm hin. »Führt all dies zu etwas Gutem?«

Der XO zuckte die Achseln. »Ja, das nehme ich an. Sie greifen Truppenkonzentrationen an, Fahrzeugparks, Munitions- und Treibstoffdepots, all die Dinge, die von der NVA gebraucht werden, um ihre Operationen in der entmilitarisierten Zone und weiter südlich durchzuführen. Ihr Logistiksystem ist ziemlich primitiv, was es meistens erschwert, lohnende Ziele zu finden. Wenn die NVA irgendwo Einheiten und Ausrüstung zusammenzieht, dann richtet so ein Großangriff allerhand Schaden an.«

»Unternehmen die Commies nichts dagegen? Schicken sie nicht ihre MiGs rauf?«

»Für gewöhnlich nicht. Sehen Sie nur auf den Schirm. Die Hälfte von dem Scheiß besteht aus Angriffsvögeln; die andere Hälfte sind CAP – BARCAP. MiGCAP, SARCAP, Iron Hand –, im wesentlichen jede Menge Jäger, die herumgondeln und darauf lauern, daß eine MiG ihr kommunistisches Gesicht zeigt. Nein, wir werden keine MiGs sehen, bis sich der Staub senkt. Selbst die MiGs, die für gewöhnlich um Hanoi herum aufsteigen, werden in ihren Bunkern bleiben. Und jetzt hören Sie mit dem Zuschauen auf und legen sich hin.«

Brian grinste und verließ das Combat Information Center.

Für einen flüchtigen Beobachter fuhr das Schiff in den nächsten drei Tagen nur mit ruhigen fünf Knoten dahin, bohrte endlos Löcher in das Wasser des Golfs von Tonkin, nahm alle neunzig Minuten Geschwindkeit auf und drehte in den Wind, um den nächsten SAR-Helikopter aufzunehmen und abzuschicken. Die Wachen auf der Brücke kämpften gegen Langweile und Sonnenbrand an, und die Machinisten schwitzten in Hitze und Lärm der Maschinenräume. Während einige der Deckaffen weiterhin ihre endlose Arbeit des Entrostens fortsetzten, verbrachte das Gros der Deckabteilung die Zeit in Feuerwehrausrüstung auf der 01-Ebene achtern an den Seiten des Hubschrauberhangars, umgeben von Schläuchen und Schaumlöschern und fuhren alle neunzig Minuten hoch zu ihren Positionen, wenn Big Mother, der logistische Hubschrauber, oder Clementine die Plätze auf Deck tauschten.

Auf dem übrigen Schiff mühten sich die Köche mit der Zubereitung von vier Mahlzeiten pro Tag ab, während die Verwaltungsunteroffiziere, Zahlmeister und ihr Personal und die Personalabteilung weiterhin ihre Schreibarbeiten erledigten. Nur das gelegentliche Donnern von Jettriebwerken oder mannigfaltige Kondensstreifen am Himmel gaben der Rest der Crew Anzeichen darauf, was im Gange war. Für ungefähr die Hälfte der Besatzung war einfach nichts los; das Schiff schlug vor dem Besuch des Hafens Subic nur die Zeit tot.

Für Brian und die andere Hälfte der Crew vergingen die nächsten drei Tage und Nächte in einem Durcheinander von Symbolen auf Bildschirmen und Funkübermittlungen, während Hunderte von Feindflügen der Navy über die lange Küstenlinie von Nordvietnam stattfanden und Siebenhundertfünfzigpfundmehrzweckbomben, Napalm und Streubomben auf Fahrzeugparks, Treibstoff- und Munitionsdepots und Artilleriekonzentrationen im Landesinneren niederregneten. Einige der Angriffsflugzeuge flogen über die zahlreichen Kanäle und binnenländischen Wasserstraßen und warfen Fünfhundertpfundbomben mit eingebauten Minen ab, um den nächtlichen Schiffsverkehr zu unterbinden. Der Militärflughafen Vinh und drei andere südliche Luftstützpunkte wurden bombardiert, bis ihre Start- und Landebahnen nur noch Krater waren, aber es wurden keine MiGs gefunden.

Das grausame Tempo der Bombardierung begann am dritten Tag Tribut zu fordern, als bei den Fluglotsen die Konzentration nachließ und sie häufiger abgelöst werden mußten. Die Zielgeber in der Abteilung ›Orten und Verfolgen‹ begannen die Wechselbeziehung zwischen Radarvideo und Symbolen durcheinanderzubringen. Die Piloten wurden verdrossen, als ihre eigene Müdigkeit ihnen immer mehr zu schaffen machte. Am Morgen des dritten Tags, nachdem in den vergangenen dreißig Stunden keine Rettungsaktionen mehr stattgefunden hatten, mußten die Hubschrauber der *Hood* drei Einsätze in aller Eile fliegen. Alle Rettungsflüge der SAR-Hubschrauber fanden bei Tageslicht statt und waren erfolgreich. Aber an diesem Nachmittag kollidierten zwei A-6-Bomber zwanzig Meilen westlich der Red Crown Station, als sie in niedriger

Höhe ein Manöver flogen, um sich für den Rückflug zum Fugzeugträger zu formieren. Beide Maschinen stürzten in die See, bevor jemand mit dem Schleudersitz aussteigen konnte, was ein Zeuge in einer dritten A-6 veranlaßte, den Rettungshubschrauber mit der lakonischen Bemerkung »Es hat keinen Sinn – niemand ist aus dem Wasser rausspaziert« zurückzuschicken. Der Captain ersuchte um die Genehmigung, das Schiff dennoch für die wenigen Stunden Tageslicht in das Absturzgebiet zu fahren, und CTF 77 erteilte sie.

Als das Schiff zur Absturzstelle fuhr, gingen die meisten der Crew, die keine Wache hatten, an Deck, um bei der Suche der Wracks und eventueller Überlebender zu helfen. Die *Hood* dampfte langsam durch das Gebiet, und die Besatzung sah große Ölteppiche und Trümmer, aber sie fand nichts zum Bergen. Bei Sonnenuntergang blies der Kapitän die Suche ab und kehrte zu seiner Position im Golf zurück. Die meisten der Crew gingen wieder unter Deck und interessierten sich nicht für den spektakulären Sonnenuntergang. Brian mußte einen Bericht über den Zwischenfall schreiben, aber der Fluglotse, der die Kollision gesehen hatte, konnte ihm nur sagen: »Einer von ihnen hat Scheiße gebaut und den anderen gerammt; die Jungs waren müde.«

CTF 77 mußte der gleichen Meinung sein, denn die Angriffsflüge rund um die Uhr wurden an diesem Abend um 17 Uhr gestoppt, und für den Mittag des folgenden Tages wurde der Beginn der periodischen Angriffe von einem einzigen Flugzeugträger aus befohlen. Die Pause wurde im Combat Information Center begrüßt, denn viele der zusätzlichen Diensthabenden konnten zum ersten Mal seit drei Tagen wieder eine ganze Nacht schlafen. Brian löste Austin um 18 Uhr ab und sollte laut Plan um Mitternacht von Benedetti abgelöst werden. Eine Stunde nach Brians Dienstbeginn rief Austin ihn aus seiner Kabine an.

»Die Maschinenjungs haben es offenbar geschafft, das Süßwassersystem mit Salzwasser zu versauen. Vince ist seit Mittag dort unten, um den Schaden zu beheben, und so werde ich Sie um Mitternacht ablösen. Informieren Sie die Wachen.«

Brian stöhnte auf, als er den Hörer auflegte. Es grauste ihm vor neuem Wachdienst. Er schaute sich im CIC um. Im Vergleich zu den vergangenen drei Tagen wirkte das Combat Information Center verlassen und still. Garuda hatte wieder Dienst mit ihm zusammen. Sie hatten die Wache übernommen und kämpften gegen die Müdigkeit an. Der Schirm war fast klar. Nur die BARCAP flogen in vierzigtausend Fuß ihre endlosen Sechzigmeilenpatrouillen längs der Küste von Nordvietnam. Das Schiff befand sich am westlichen Rand der Position von Red Crown, wo es in den vergangenen drei Tagen geblieben war, um näher an den SAR-Helo-Stationen zu sein. Die einzige Aktivität in der Luft rings um die Flugzeugträger im Süden war der Einsatz des einzigen Tankflugzeugs, das die BARCAP-Maschinen betankte. Beide Helikopter der *Hood* warum zum ersten Mal seit drei Tagen auf Deck, und Wartungsmannschaften beschäftigen sich damit. HooDoo, der Fluglotse, der erst vor kurzem Schlaf gehabt hatte, war vom Rest der AICs als AIC vom Dienst ausgewählt worden, und RD1 Rockheart saß am Schirm der Abteilung Überwasser. Die Höhle, wie der Raum der Abteilung ›Orten und Verfolgen‹ genannt wurde, war ruhig; es gab fast nichts zu verfolgen, und die Bediener der Bildschirme schickten sich scherzhaft Muster von Konsole zu Konsole, um wach zu bleiben. Garuda, der für gewöhnlich noch vor den Jungs in der Höhle neue Videos auf dem Schirm entdeckte, ließ sie im Moment ihre Spielchen treiben.

»Im Augenblick tote Hose«, sagte Brian und rührte seinen Kaffee um. Garuda nickte. Sie waren beide froh für die Atempause.

»Ich wette, die bösen Jungs sind ebenfalls froh, daß es für eine Weile vorüber ist. Nach den vielen Angriffen müssen sie sich beschissen fühlen.«

»Es war zumindest laut für sie. Aber es sind Kommunisten; sie haben es verdient. Außerdem hat eines unserer Tankflugzeuge des Marine Corps gemeldet, daß wir 'ne Menge Artillerie in der entmilitarisierten Zone erwischt haben. Ungefähr nach einer Stunde Angriffe sind die Scheißer abgehauen.«

Brian schüttelte den Kopf. »Aber die Bastarde kommen anscheinend immer wieder zurück. Das erinnert mich daran, wenn man die Hände über dem Kopf zusammenschlägt, um einen Schwarm Mücken zu vertreiben – einen Moment lang hat man Ruhe, und dann schwirren sie wieder um einen herum. Ich finde, es gibt einfach zu viele davon.«

Garuda schnaubte. »Das Problem ist, daß wir den Scheißern im Dschungel Saures geben, die feigen Arschlöcher in Washington uns jedoch davon abhalten, etwas gegen all die russischen Schiffe mit neuen Panzern, Trucks und SAMs zu unternehmen, die im Hafen von Haiphong anlegen. Wenn wir diesen Scheiß abschießen könnten, dann kämen sie nicht so schnell zurück.«

»BARCAP meldet sich zur Happy hour ab«, kündigte HooDoo an.

»SWIC, aye«, sagte Garuda und hüllte sich in eine Wolke aus Tabaksqualm ein. Brian schaute über seine Schulter auf den Schirm und sah die vertraute bernsteinfarbene Küstenlinie im Westen in der Nähe des Flugplatzes Vinh. Die beiden Symbole der BARCAP-Maschinen zogen nach Südosten zu ihrem Rendezvous mit dem Tankflugzeug. Brian musterte das unheimlich klare Bild der nordvietnamesischen Küstenberge, die vom digitalen Luftsuchradar produziert wurden. Wenn die atmosphärischen Gegebenheiten stimmten, konnte das große SPS-48-Radar ein so gutes Überwasserbild liefern wie die SPS 10. Nach einem Moment der Stille sah er, daß sich etwas bewegte, das wie ein winziges Stück Schattenbild des Radars aussah. Er blinzelte und wartete darauf, es wieder zu sehen. Da war es von neuem.

»Hey, bewegt sich das?« fragte er Garuda und zeigte auf

den Schirm. Garuda hielt im Paffen inne und richtete den Cursor auf den Fleck des Videobildes. Beim nächsten Absuchen des Radars hatte sich das Videobild nach rechts bewegt, nördlich an der Küste entlang. HooDoo hatte Brians Frage mitgehört und den Ausschnitt des Landflecks auf seinem Schirm vergrößert. Er sah die Bewegung fast gleichzeitig, als sie von Garuda bestätigt wurde, und er ein Suchsymbol für ein unbekanntes Objekt darauf richtete.

»Wo sind diese BARCAP?« fragte Garuda.

»Zum Tanken abgemeldet, wie ich soeben sagte. Sie haben ein Minimum an Sprit.«

»Wir können das Tankflugzeug umleiten. Mal sehen, ob wir die Jungs zurückholen können, damit sie diesen Knaben abschießen.«

»Ist das eine MiG?« fragte Brian, obwohl er die Antwort bereits wußte. Ein paar Jungs nahe der Tür der Höhle horchten auf, als sie MiG hörten.

»Es ist kein Vogel von uns, das ist verdammt sicher. Gut, daß Sie diesen Hurensohn gesehen haben, Mr. Holcomb. HooDoo, bereithalten zum Gefecht veranlassen.«

»Roger«, erwiderte HooDoo. »Aber die BARCAPs haben nur noch ein Minimum an Sprit. Sie können sich kein Gefecht leisten, Mr. SWIC. Sie kennen die Regeln.«

»Ja, Scheiße. Und dieser Knabe ist zehn Meilen, nein fünfzehn außer Reichweite unserer Fernlenkwaffen. Die Commies wissen, daß die BARCAPS nicht einsatzfähig sind. Scheiße!«

»Vielleicht sollten wir sie mal austricksen«, sagte Brian. »Die BARCAP vor der angenommenen Position auftanken und dann auf den richtigen Zeitpunkt lauern lassen. Wenn dann 'ne MiG auftaucht, wird sie runtergeholt.«

»Da haben Sie verdammt recht. Genau das sollten wir versuchen.«

»Auswerter, Alfa Whiskey will von uns Bestätigung der unbekannten Spur im System.«

Garuda antwortete. »Melden Sie, wir haben sie deutlich auf Video, aber die BARCAP sind verhungert. Und ihr

Jungs in der Höhle hört mit den verdammten Spielchen auf und schaut auf eure Schirme. Der Auswerter sollte nicht vor euch eine verdammte MiG entdecken.«

»Aye, aye, Sir.«

Brian und Garuda starrten frustriert auf den Schirm. Das unbekannte Flugobjekt flog auf stetigem Kurs die Nordküste hinauf. Laut Datenanzeige befand es sich auf fünfzehntausend Fuß Höhe und flog mit dreihundertfünfzig Stundenmeilen. HooDoo neigte sich zu seinem Schirm und verfolgte angespannt das Symbol.

»Haben Sie den Alten angerufen?« fragte Garuda und änderte die Position seines Cursors.

»Verdammt, das habe ich vergessen!« Brian griff zum Telefon, um dem Kapitän Meldung zu machen, als die Warnung vor einem spät georteten Flugobjekt auf dem Schirm des Waffenkoordinators angezeigt wurde.

»Das kann doch nicht wahr sein!« stieß Garuda hervor und erhob sich halb aus seinem Drehsessel.

Im Südwesten, ungefähr siebzig Meilen entfernt, näherten sich drei Videos. Während Brian noch verarbeitete, daß etwas Schlimmes geschah, kennzeichneten die NTDS-Computer die spät entdeckten Symbole automatisch auf dem Video als unbekannte Objekte. Garuda wechselte fast gleichzeitig die unbekannten Objekte in feindliche und gab einen Gefechtsbefehl an den FCSC, den Fire Control Systems Coordinator. Plötzlich war das ganze CIC von Hektik erfüllt.

Das Geräusch der Verstärkermaschinen der Abschußrampe für die Fernlenkraketen auf Deck über dem Combat Information Center erfüllte den vorderen Teil des CIC, und dann war zu hören, wie die Spook 55er herumschwangen, um die Nacht mit Erfassungsstrahlen des Radars zu durchdringen.

»Entfernung?« fragte Brian.

»Sechzig und abnehmend. Diese Hurensöhne! Ich kann nicht glauben, daß sie diesen Scheiß machen! Hey, Mr. Holcomb – haben Sie den Alten angerufen?«

»Verdammt, nein.« Brian griff wieder zum Telefon.

Rockheart hörte die Befehle, die Garuda gab, und warnte über die Bordverständigungsanlage die Brücke, um das Vorderdeck zu räumen. Brian rief in der Kabine des Kapitäns an, aber niemand meldete sich. Verdammt. Es war Filmzeit. Der Kapitän würde in der Messe sein. Brian drückte den Knopf für die Offiziersmese. Als er hörte, daß jemand den Hörer abnahm, plärrte die Durchsage aus der Lautsprecheranlage.

»... BACK FÜR RAKETENABSCHUSS RÄUMEN ... ICH WIEDERHOLE ...«

Brian hörte die Befehle zwischen den einzelnen Abteilungen und kam sich vor wie inmitten eines schlimmen Verkehrsunfalls.

»Messe, XO«, meldete sich Mains, der Stellvertretende Kommandant. »Was, zum Teufel, ist da oben los?«

»XO, äh, drei MiGs nähern sich von Südwesten, Entfernung jetzt unter fünfzig Meilen, und wir bereiten Abschuß vor. Und da ist noch eine – im Norden; siebzig Meilen entfernt, aber sie nähert sich. Soll ich den Generalstab anrufen?«

Statt einer Antwort hörte Brian, daß der Hörer abgelegt wurde. Was soll ich jetzt tun? dachte er.

Befehle und Meldungen wurden von Abteilung zu Abteilung gegeben.

»SWIC, D & T, Bogeys drehen ab, Bogeys drehen ab. Entfernung fünfundvierzig Meilen.«

»Scheißer!« brüllte Garuda und spuckte seine kalte Zigarettenkippe aus.

»SWIC, AIC – ich habe das BARCAP zurückgeholt. Diese Bogeys bleiben über Wasser, vielleicht können wir eine festnageln.«

Garuda gab widerstrebend den Befehl, die südlichen MiGs nicht anzugreifen. Der FCSC schaltete sofort auf die nördliche MiG um, die sich immer noch näherte. Der stellvertretende Kommandant stürmte ins CIC, als eines der Erfassungsradars geräuschvoll neunzig Grad nach rechts drehte und das neue Ziel verfolgte. Die drei Videoechoimpulse im Südwesten verschmolzen zu einem Punkt, der ins Innere von Nordvietnam beschleunigte, als das BARCAP sich gerade von dem Tankflugzeug löste.

»Was, zum Teufel, ist hier oben los?« rief der stellvertretende Kommandant. Austin folgte ihm dichtauf und knöpfte dabei sein Hemd zu.

»SWIC, FCSC, nördliche Bogey dreht ab. Ich wiederhole: Dreht ab. Alle Bogeys im Abflug.«

»SWIC, FCSC. Gefechtsvorbereitungen abbrechen.«

»Brian, gottverdammt, was ist los? Brian?«

Brian wußte nicht, wo er beginnen sollte. Alles war so schnell gegangen. Er blickte den Stellvertretenden Kommandanten an und brachte nur ein »Äh, Sir …« heraus.

Eine halbe Stunde später saß Brian mit dem XO, Austin, dem Captain und Garuda Barry zusammen. Der Captain sah aus, als wäre er aus dem Winterschlaf geweckt worden. Sein graues Haar war zerzaust, und seine Augen blickten noch verschlafen. Er trug einen Morgenmantel über seiner Unterwäsche. Brian bemerkte zum ersten Mal, wie dünn und knochig die Knie und Beine des Captains waren.

Sein Stellvertreter war sichtlich verärgert. Brian erkannte, daß der Captain dem XO offenbar die Besprechung nach dem Einsatz überlassen wollte. Brian hielt immer noch seinen zum Teil eingedrückten Kaffeepappbecher in der Hand, als er erklärte, was passiert war, wie sie sich auf das eine Ziel konzentriert hatten, das die Küste hinaufgeflogen war, weit außer Reichweite, und wie die anderen drei feindlichen Maschinen auf den Schirmen aufgetaucht waren und sich mit hoher Geschwindigkeit von Südwesten genähert hatten.

»Garuda nahm sie sofort ins Visier, jedenfalls zwei von den dreien, sobald wir sie mit Radar erfassen konnten«, sagte Brian.

»Warum wurde der Captain nicht angerufen, als die erste MiG auftauchte?« fragte der Stellvertretende Kommandant angespannt. Brian atmete tief durch.

»Das war mein Fehler, Sir. Als die erste MiG auftauchte, diskutierten wir, ob wir die BARCAP zurückholen sollten oder nicht, aber HooDoo sagte, sie hätten nicht mehr genug Sprit, um anzugreifen. Da erinnerte Garuda mich daran, den Captain anzurufen, und ich wollte gerade telefonieren, als die anderen MiGs auf dem Schirm auftauchten.«

»Und?«

»Nun, zu diesem Zeitpunkt hatte Garuda das System auf Automatik gestellt, und ich konzentrierte mich auf das bevorstehende Gefecht. Garuda erinnerte mich abermals daran, anzurufen, und ich versuchte, den Captain in seiner Kabine anzurufen. Dann wurde mir klar, daß er vermutlich in der Messe ist, weil es Filmzeit war. Als ich den Knopf für die Messe drückte, wurde gemeldet, daß die MiG im Norden im Anflug war, und ich überlegte, ob ich Gefechtsbefehl geben sollte oder nicht, denn wir hatten es mit einem Luftangriff von vier MiGs zu tun.«

Der stellvertretende Kommandant rang sichtlich um Beherrschung. Der Captain saß neutral in seinem Sessel und wirkte verwirrt durch all die plötzliche Aufregung in seiner Kabine. Brian fand die Gleichgültigkeit des Captains beunruhigend. Austin hatte seine übliche mißbilligende Miene aufgesetzt, aber er wartete anscheinend ebenfalls ab, worauf der stellvertretende Kommandant mit seiner Befragung abzielte. Brian starrte auf die Tischplatte und zwang sich, den Pappbecher nicht noch mehr zu zerknüllen. Der XO erhob sich und ging um den Tisch herum.

»Okay«, sagte er. »Okay. Ihnen ist hoffentlich klar, daß dies völlig unbefriedigend ist. Aber wir brauchen jetzt Licht in das Dunkel, kein Öl ins Feuer. Mal sehen, ob ich den Ablauf richtig mitbekommen habe. Als erstes habt ihr eine einzelne MiG entdeckt, die nordwärts flog?«

»Jawohl, Sir.«

»Eigentlich«, unterbrach Garuda, »hat Mr. Holcomb sie entdeckt. Er sah als erster das Video auf meinem Schirm, und dann wurden auch wir darauf aufmerksam.«

Brian empfand Dankbarkeit für Garudas Einwurf.

Austin seufzte. »Das klingt, als hätte die Höhle gepennt; Zielerfassung und -verfolgung ist nicht die Aufgabe des Auswerters.«

Der Stellvertretende Kommandant nickte. »Richtig«, sagte er. »Das ist sehr interessant. Sie haben also die erste MiG entdeckt und dann diskutiert, was damit geschehen soll. Sie war außer Reichweite der Fernlenkgeschosse, und BARCAP war nicht in Position, sondern auf dem Weg zum Tanken. Ist Ihnen klar, Brian, daß Sie zu diesem Zeitpunkt den CO hätten anrufen sollen?«

»Jawohl, Sir«, sagten Brian und Garuda wie aus einem Munde.

»Okay. Aber das haben Sie nicht getan. Und als Sie es tun wollten, tauchten drei neue MiGs aus dem Nichts auf, und plötzlich näherten sich drei feindliche Maschinen vom Strand aus. Richtig?«

»Jawohl, Sir.«

»Und Garuda traf die Gefechtsvorbereitungen, was völlig korrekt war, und erinnerte Sie abermals, den CO anzurufen, aber Sie drückten den falschen Knopf.«

»Nun, ich drückte den Knopf für die Kabine des CO. Als sich niemand meldete, drückte ich den Knopf für die Messe. Dann nahmen Sie den Hörer ab, Sir.«

Brian fragte sich kurz, warum sich der stellvertretende Kommandant in der Offiziersmesse gemeldet hatte – der Captain versäumte nie den Abendfilm. Wenn er nicht in der Messe gewesen war, warum hatte er sich nicht beim Anruf in seiner Kabine gemeldet? Der XO setzte sich wieder.

»Okay, das ist das erste, was wir in Ordnung bringen können. Graf, ich will, daß das Telefonsystem des Schiffs – die Verständigungsanlage auf der Brücke, in der Kapitänskabine und in der Offiziersmesse – so hergerichtet wird, daß es jedesmal klingelt, wenn entweder die Brücke oder das Combat einen dieser Knöpfe drückt.«

»Aye, aye, Sir.« Austin notierte das in sein Notizbuch.

»Nun, Brian, ich sage es nur ungern, aber ich glaube, Sie gerieten ein wenig ins Schwimmen, als alles gleichzeitig passierte. Stimmen Sie mir da zu?«

Brian starrte auf den Tisch. Sie gerieten ins Schwimmen: die alte Formulierung auf der Marineakademie für Versagen unter Streß. Ein äußerst ernster Fehler für einen Offizier an der Front. Aber es gab keine Ausrede. Er hatte keinen klaren Kopf behalten. Er hatte versagt.

»Jawohl, Sir, ich glaube, so war es.«

Austin blickte verächtlich zur Seite. Der Captain wirkte ein wenig verlegen, als sei etwas Obszönes beim Abendessen zur Sprache gekommen, aber er sagte nichts. Der XO sprach weiter.

»Okay, das ist der zweite Punkt, der in Ordnung gebracht werden muß, doch dieser liegt nicht an der Technik, sondern an menschlischem Versagen. Brians Problem war, daß er versuchte, die taktische Lage einzuschätzen, während er gleichzeitig versuchte, den Captain zu finden. Ich meine, wir brauchen ein Paniksignal.«

»Wie wäre es mit einem dreimaligen Piepton, piep, piep, piep – mit der Bedeutung: Captain sofort zum Combat. Oder wir können es über die Lautsprecheranlage durchsagen lassen«, schlug Austin vor.

»Ja, etwas in dieser Art. Etwas mit der Bedeutung: Ich habe keine Zeit für langes Reden, aber kommen Sie bitte so schnell wie möglich her. Das mit der Lautsprecheranlage gefällt mir. Okay. Nun der dritte Punkt: Sie und Garuda hatten eine Diskussion, ob der Gefechtsbefehl gegeben werden sollte oder nicht. Nach unseren Dienstvorschriften sind wir verpflichtet, das Schiff nach Paragraph drei zu verteidigen, aufgrund unserer normalen Wachfunktion, wenn wir hier draußen die Red Crown Station sind. Das interessiert mich, Brian: Warum kam der Gefechtsbefehl überhaupt zur Sprache?«

Brian zögerte mit der Antwort. Der XO verbarg offenbar seinen Ärger hinter beruflichem Interesse.

»Nun«, begann er, »ich kenne die Dienstvorschriften,

und ich weiß, daß wir uns nach Paragraph drei verteidigen müssen – wir haben die Fernlenksysteme sofort aktiviert, als wir die MiGs auf dem Schirm sahen.«

»Sie meinen, Garuda hat sie aktiviert, nicht wahr?« fragte Austin.

Brian ärgerte sich über den billigen Seitenhieb. »Nun, ich dachte, das ist ebenfalls unser Prinzip – Befehlen durch Gewährenlassen. Wenn das Combat-System das richtige tut, hält der Auswerter den Mund. Oder irre ich mich da?«

Austin zuckte mit den Schultern, sagte jedoch nichts.

»Wir sprachen vom Gefechtsbefehl«, sagte der Stellvertretende Kommandant.

»Die Frage, ob er gegeben werden soll oder nicht, kam mir in den Sinn, weil wir mehr Ziele als Zielerfasser hatten – vier zu zwei, um genau zu sein. Ich hielt es für möglich, daß mindestens eine MiG, wenn nicht gar zwei, eine Chance hatten, ihre Waffen in Schußposition zu bringen.« Er schaute sich am Tisch um. Der XO und Austin hörten aufmerksam zu. Austin schüttelte langsam den Kopf wie ein Schüler, der dem Lehrer zeigen will, daß ein Mitschüler die falsche Antwort gibt. Der Captain wirkte nur mäßig interessiert. Was war mit ihm los?

»Nun«, fuhr Brian fort. »Ich dachte, der Gefechtsbefehl würde das Schiff binden, und wir hätten die wichtigsten Leute an den Konsolen, anstatt zur Verfügung, wenn das Schiff getroffen werden würde.«

Der Stellvertretende Kommandant seufzte. »Okay«, sagte er. »Ich verstehe, was Sie meinen. Aber bei diesen Entfernungen reden Sie von sechzig bis neunzig Sekunden von Anfang bis zum Ende, und wenn einige der bösen Jungs durch unseren Verteidigungsschirm gebrochen wären, hätten Sie mit einem Gefechtsbefehl nur erreicht, daß die ganze Crew durch das Schiff rennt und, um zu den Gefechtsständen zu gelangen, während die bösen Jungs uns fortbomben. Sie hätten die gesamte Crew in Bewegung gesetzt. Das Team des Gefechtstandes strömt ins Combat, schreit Fragen, versucht, die Konsolen zu übernehmen und lenkt die Jungs ab, die bereits daran sitzen, genau in dem Moment, in dem maximale Konzentration erforderlich ist. Und anstatt das Schiff abzusichern, hätten sie verdammt fast jede Tür und Luke geöffnet, durch die vierhundert Leute versuchen, zu ihren Positionen zu gelangen.«

Er lehnte sich im Sessel zurück, hob die Augenbrauen und blickte Brian an. Austin lächelte triumphierend.

»Wissen Sie, Brian«, fuhr der XO fort, »Sie haben es selbst gesagt: Wir befinden uns hier in einer harten taktischen Lage. Nach dem Standard von Jets, die angreifen, sind wir ungefähr hundertzwanzig bis hundertachtzig Sekunden von ihrer Küste entfernt, besonders wenn sie außer Sicht unseres Radars in diesen Küstenschluchten Geschwindigkeit aufbauen können. Wenn wir einen früheren Hinweis gehabt hätten, daß ein Angriff stattfindet, dann hätten wir natürlich Gefechtsbereitschaft befohlen.«

»Zum Beispiel, als diese erste MiG auftauchte und nach Norden flog«, sagte Austin im ›Ich-habe-es-ja-gesagt‹-Tonfall.

»Nein«, widersprach der XO in einem Tonfall, der verriet, daß er Austins Schüsse von der Seitenlinie leid war. »Die MiGs sind nie zuvor über See gekommen, und wir haben nie auch nur erwogen, für nur eine MiG die Gefechtsstationen zu besetzen – auch nicht, wenn wir auf eine geschossen haben.«

»Nun, heute nacht kamen sie gewiß über See«, bemerkte der Captain, der bisher geschwiegen hatte. »Vielleicht wird CTF siebenundsiebzig seine Verfahrensweisen ändern müssen. Vier feindliche Flugzeuge machen ein offenbar koordiniertes Scheinangriffsmanöver, während die BARCAPs zum routinemäßigen Auftanken unterwegs sind. Ich frage mich, ob der Feind für etwas übt.«

»Mr. Holcomb hatte bereits eine diesbezügliche Idee«, sagte Garuda. »Er schlug vor, sie auszutricken, indem wir die BARCAPs heimlich betanken, es aussehen lassen, als wären sie zum Betanken fort, und dann zuschlagen, wenn sich MiGs zeigen.«

Der stellvertretende Kommandant nickte begeistert. »Das gefällt mir. Graf, schreiben wir das auf«, sagte er. »Ich nehme an, wir alle bewegen uns in einem ausgefahrenen Gleis, weil wir uns an den Ausfall der CAPs durch das Betanken gewöhnt haben. Sie waren ebenfalls unterwegs, als wir auf die MiG geschossen haben, nicht wahr?«

»Jawohl, Sir.« Austin notierte noch etwas und runzelte die Stirn.

»Captain, darf ich einen Vorschlag machen«, sagte der Stellvertretende Kommandant und neigte sich vor. »Vielleicht sollten wir hin und wieder üben, die Gefechtspositionen zu besetzen. Wenn der Feind sich darauf vorbereitet, einen Luftangriff auf uns durchzuführen, sollten wir vielleicht unsere Sicherheitsmaßnahmen verschärfen.«

»Wann haben wir zum letzten Mal Gefechtsbereitschaft geübt?«

»Ohne Ankündigung? Ich meine, nicht als planmäßige Übung? Ich kann micht nicht genau erinnern – vor Subic jedenfalls.«

»Ja. Okay. Vielleicht haben Sie recht. Machen wir eine Übung.«

»Und ich möchte immer noch Geschützschießen üben, Captain«, warf Brian ein. »Zugegeben, daran habe ich heute nacht nicht gedacht, aber ich hätte das Geschütz-Feuerleitradar auf eine der MiGs ansetzen können.«

»Also wirklich!« sagte Austin empört. »Was bewirkt schon ein Fünfzollgeschütz gegen ein Luftziel mit Schallgeschwindigkeit? Das ist nur Zeitverschwendung, und die Vibrationen schaden dem Schiff mehr, als das Geschütz von Nutzen ist.«

»Eine Gefechtsbereitschaftsübung wäre der perfekte Zeitpunkt für ein Übungsschießen mit dem Geschütz«, sagte Brian und ignorierte Austin.

Der Captain sprach ein Machtwort. »Okay, ja, machen wir einige Übungen zur Gefechtsbereitschaft und schießen wir wenigstens mit dem Fünfzollgeschütz. Die meisten Schäden durch Vibrationen entstehen mit den Dreizollgeschützen. Ich bin mir nicht sicher, womit wir es hier zu tun haben, ob es nur eine Reaktion auf drei Tage Angriffe rund um die Uhr oder vielleicht etwas Bedrohlicheres ist. Politisch kann ich mir immer noch nicht vorstellen, daß die Schiffe hier draußen tatsächlich angegriffen werden.«

»Aber es wäre möglich«, sagte Brian ruhig. Die anderen schauten ihn an. »Sie *könnten* es tun.«

Der Kommandant sah Brian einen Moment lang an. Brian glaubte eine Spur von Ärger in den Augen des Captains zu sehen. Oder war es Schmerz? Aber dann sank Captain Huntington in seinem Sessel zurück und entzog sich wieder der Diskussion.

Der stellvertretende Kommandant spitzte die Lippen und nickte langsam. »Ja, ich nehme an, der Feind könnte hier im Golf einen Luftüberfall durchführen. Wir müssen an diese Möglichkeit denken. Aber wir haben einige betriebsinterne Probleme, die zuerst gelöst werden müssen. Okay, ich glaube, das reicht. Heute nacht hätten wir verdammte Schwierigkeiten bekommen können, und es ist am besten, einen solchen Zwischenfall sofort kritisch zu besprechen. Die gute Nachricht ist, daß wir einige Schwachpunkte in unserer Verfahrensweise und im Telefonsystem aufgedeckt haben.« Er nickte Garuda und Brian zu. »Gehen Sie beide jetzt wieder auf Wache, und wir werden uns später noch etwas mehr über das Thema unterhalten.«

22

Der Rest der Wache schien sich nach den nordvietnamesischen Scheinangriff endlos lange dahinzuziehen. Brian und Garuda vermieden jede weitere Diskussion über den Zwischenfall. Brian war noch verlegen nach der Erklärung des stellvertretenden Kommandanten, daß er versagt hatte. Garuda war anscheinend verlegen wegen Brians Verlegenheit. Eine halbe Stunde nach dem Treffen in der Kapitänskabine kam der Stellvertretende Kommandant ohne Austin ins Combat Information Center und rief den Chefelektriker des Schiffs an, um ihm zu befehlen, das System des Bordtelefons umzustellen.

Der Chefelektriker blickte demonstrativ auf seine Armbanduhr. »Noch heute nacht, XO? Es ist fast Zapfenstreich.«

»Heute nacht, Chief. Die Elektriker bekommen anscheinend jede Menge Schlaf. Ich will es jetzt erledigt haben – noch vor Mitternacht.«

Der Chief seufzte und verließ das CIC, um einige Männer seiner Abteilung zusammenzurufen. Die Elektriker an Bord galten als nicht besonders tatkräftig, und der XO machte sich anscheinend ein Vergnügen daraus, einige Überstunden von ihnen zu verlangen. Dann befahl er Garuda, die Wache zu übernehmen, und forderte Brian auf, ihm auf den Flügel der Brücke zu folgen.

Nach dem hellbeleuchteten CIC waren sie beide in den ersten Sekunden nachtblind, als sie auf die Brücke hinaustraten. Sie ertasteten sich ihren Weg durch die Schatten im Ruderhaus zum Steuerbordflügel der Brücke, nachdem der Bootsmann auf Wache angekündigt hatte: »XO auf der Brücke.« Der ODD – der Deckoffizier – gesellte sich für ein paar Minuten zu ihnen, froh für jede Abwechslung von seinem ermüdenden Rundgang auf dem Schiff von einem Ende zum anderen, doch dann spürte er, daß sie allein sein wollten, zog sich zum anderen Flügel der Brücke zurück und nahm den JOOD – den Junior Officer of the Deck – mit.

»Es erstaunt mich immer, wie lange es dauert, bis ich meine Nachtsicht wiederhabe«, begann der stellvertretende Kommandant. Die Nachtluft war drückend schwül, und die Brise, die für gewöhnlich durch die Fahrt des Schiffes entstand, brachte keine Erleichterung. Die Positionslampe steuerbords warf einen Kreis aus grünem

Licht in die dunstige Nachtluft, und gelegentlich puffte Qualm aus dem vorderen Schornstein. Brian spürte, daß sein Uniformhemd schweißfeucht wurde. Er war durch die Klimaanlage im Combat verwöhnt worden.

»Brian, ich möchte nicht, daß Sie denken, wir hätten uns heute unten in der Kabine gegen Sie zusammengerottet«, begann der XO. »Besonders was Ihre Nervosität anbetrifft, als die MiGs kamen.«

Brian atmete tief durch. »Ich fühlte mich mehr überflüssig als nervös, XO. Garuda ließ die Systeme arbeiten, und ich konnte nichts an den Zahlen ändern – zwei Zielerfasser, drei, vier Ziele. Und als der Captain sich nicht am Telefon meldete ...«

»Ja. Nun, er fühlte sich heute nacht nicht gut. Ich glaube, der Arzt hat ihm was gegeben. Ich weiß es nicht. Aber deshalb nahm ich in der Messe den Hörer ab. Und so haben wir heute nacht etwas Wichtiges über das telefonische Schaltsystem und die Verbindung zum Captain erfahren.«

»Jawohl, Sir.«

»Ich meine, Sie sollten der ganzen Sache keine zu große Bedeutung beimessen. Der Captain ist nicht wirklich böse auf Sie. Und er ist nicht nachtragend, wenn er mal sauer auf jemanden ist, also machen Sie sich in dieser Hinsicht keine Sorgen.«

Brian sorgte sich nicht deswegen. Viel mehr Unbehagen bereitete ihm die offensichtliche Gleichgültigkeit des Captains wegen des ganzen Zwischenfalls. Nein, nicht genau Gleichgültigkeit; es war noch etwas anderes – *Zerstreutheit*, das war vielleicht das richtige Wort. Der stellvertretende Kommandant sprach weiter.

»Ich finde, Sie haben für jemanden, der brandneu zu diesem Waffensystem und der ganzen Red-Crown-Angelegenheit kommt, Ihre Sache gut gemacht. Wir müssen uns jetzt darauf konzentrieren, was die Nordvietnamesen damit bezwecken, MiGs über See zu schicken.«

Sie sprachen noch ein paar Minuten über die Bedeutung der plötzlich geänderten Taktik der Nordvietnamesen und die Tatsache, daß man sich vielleicht auf höherer Ebene für die Ereignisse dieser Nacht interessieren würde. Vermutlich würden einige interessante Botschaften zu dem Thema ausgetauscht werden. Brian hatte das Gefühl, daß der XO aufrichtig versuchte, die Schärfe aus dem Gespräch in der Kabine des Kapitäns herauszunehmen, besonders als er einige Dinge aufzählte, die er selbst vermasselt hatte, als er Einsatzoffizier gewesen war. Als die Unterhaltung versiegte, erkannte Brian, daß das Gepräch, das der Aufmunterung diente, zu Ende war und er wieder auf Wache gehen sollte.

»Ich weiß Ihren Trost zu schätzen, XO. Ich nehme an, ich sollte jetzt zurück zur Arbeit gehen. Es war eine gute Lektion über die Konsequenzen, die Nichtstun haben.«

Der stellvertretende Kommandant lachte. »Konsequenzen? Haben Sie jemals von der neunzigjährigen Lady gehört, die die Polizei rief und den Cops erklärte, daß sie soeben ihren einundneunzigjährigen Mann aus dem Fenster im zweiten Stock gestoßen hat? Die Cops fragen sie, warum sie so etwas getan hat, obwohl beide um die neunzig und seit fünfundsechzig Jahren verheiratet sind. Sie antwortet, er hat sich eine jüngere Freundin gesucht, und sie hat sich gesagt, wenn er vögeln kann, dann kann er auch fliegen. Kopf hoch, Brian. Denken Sie daran, daß nichts so heiß gegessen wird, wie es gekocht wird.«

»Jawohl, Sir.« Brian lachte.

Brian kehrte ins Combat zurück und hielt weiter Wache. Ein mürrisch wirkender Elektriker arbeitete an der Telefonleitung unter der Konsole des Auswerters, und ein sehr großer, dünner Schwarzer beaufsichtigte ihn. Garuda kochte Kaffee und rauchte gleichzeitig, und das Kabel seines Kopfhörers erstreckte sich von der D-&-D-Konsole bis zur Kaffeemaschine.

»Alles ruhig an der Westfront?«

»Jau, Sir, Boss. Keine weiteren MiGs; Wager Bird ist außer Betrieb, und der Verbindungsweg ist unterbrochen.«

»Okay. Ich übernehme.«
»Sie übernehmen.«
Garuda leierte die vorgeschriebenen Worte der Übergabe herunter, kam zu seinem Drehsessel zurück und setzte sich. Der Elektriker verließ das CIC, um noch ein Relais und weiteres Arbeitsmaterial zu holen. Brian nahm im Drehsessel des Auswerters neben dem Tisch des SWIC Platz und rieb sich übers Gesicht. Normalerweise hätte er noch eine Tasse Kaffee getrunken, aber nach den Ereignissen des Abends war er nicht mehr müde. Er schaute auf seine Armbanduhr. In neunzig Minuten würde Austin ihn ablösen.
»Hat Ihnen der XO dort draußen Absolution erteilt?« fragte Garuda, ohne Brian anzusehen.
»Ja, so etwas in der Art. Ein wenig Schadensbegrenzung nach der Sitzung in der Kabine des CO. Aber wissen Sie, bei all dem war etwas komisch.«
»In der Kabine des Alten?«
»Ja. Haben Sie das bemerkt? Wer zum Beispiel dort unten das Sagen hatte? Bestimmt nicht der Captain.«
Garuda schwieg lange. »Nun«, sagte er dann, »Sie müssen sich vor Augen halten, daß Captain Huntington fast sechzig ist. Er wacht aus tiefem Schlaf auf, und jemand sagt ihm, daß sein Schiff fast von MiGs versenkt worden wäre. Da wären Sie auch durcheinander.«
Brian blickte zu Garuda, doch der Warrant Officer konzentrierte sich auf seinen Bildschirm – seinen leeren Bildschirm.
»Erzählen Sie mir vom CO, Garuda.«
Garuda drückte seine Kippe aus und zündete sich eine neue Zigarette an.
»Huntington kam 1940 aus dem Krieg zurück. Hatte hauptsächlich im Pazifik Dienst, auf einem Kreuzer, der '42 bei Savo sank, dann auf einem Zerstörer mit Arleigh Burke's Eager Beavers, dann auf einem anderen Zerstörer, der von dem Kamikazes bei Okinawa versenkt wurde. Daher bekam er das Navy Cross.«

»Er entschärfte eine Bombe, wie ich mich erinnere.«

»Ja, Sir. Die Japse flogen bei einem Luftangriff tief über die Brücke und warfen eine Bombe durch das Ruderhaus und in den CIC, bevor sich die Maschine ins Schiff bohrte. Der CO wurde getötet und viele andere Leute schwerverletzt, und jeder lag auf der Brücke flach. Diese Bombe lag in all den Trümmern im CIC, eine Art Lunte daran. Huntington war oben in Sky One, Sie wissen, so hieß die Feuerleitabteilung in jenen Tagen – und fiel tatsächlich durch das Loch im Dach in den CIC. Und da lag diese Bombe, und all die verwundeten und verbrannten Jungs starrten darauf. So kletterte er über all das verbogene und zerrissene Metall und versuchte die Bombe zu entfernen. Unmöglich, das Ding war dreihundertfünfzig Pfund schwer. So zog er sein Messer hervor und schraubte die Zündkappe ab. Dann entschärfte er die Bombe. Ende der Geschichte. Keiner konnte das glauben. Dafür erhielt er das Navy Cross.«

»Ich nehme an, wenn man durch das Dach fällt und praktisch auf einer rauchenden Bombe landet, hat man wenig zu verlieren, wenn man versucht, sie zu entschärfen. Aber …«

»Ja, verdammtes Aber. Ich weiß nicht, ob meine Hände ruhig genug wären, um einen Zünder mit meinem Messer aus einer Dreihundertfünfzigpfünder zu entfernen. Obendrein bei brennender Lunte.«

»Und danach?«

»Danach fuhr er ein paar Jahre mit Zerstörern herum und stieg dann aus. Besuchte Schulungen, arbeitete bei CivPac, was ihm nicht gefiel, und kehrte beim Ausbruch des Koreakriegs zurück und kam mit Zerstörern und Kreuzern zum Frontdienst. War stellvertretender Kommandant auf dem Kreuzer *St. Paul*, bevor er vor ein paar Jahren ausgemustert wurde, und dann bekam er die *Hood*. Ist seit zwei Jahren hier. Der netteste Vierstreifer der ganzen Welt. Hat eine Superfrau – Sie haben sie kennengelernt. Sie kümmert sich um die Offiziersfrauen wie er sich um uns. Er ist wirklich ein Menschenfreund, und die Leute – Hölle, *wir* mögen ihn.«

Brian musterte ein paar Minuten lang geistesabwesend den SWIC-Schirm, und dann stellte er die Frage, die ihn im Unterbewußtsein die ganze Zeit über beschäftigt hatte.

»Ist er möglicherweise krank?«

Garuda blickte ihn an. »Krank?« fragte er vorsichtig. »Wie meinen Sie das?«

»Ich meine herzkrank oder so etwas. Er sieht einfach ungesund aus. Heute nacht sah er aus wie … nun, fast wie unter Drogen. Sie haben ihn gesehen.«

Garuda schüttelte heftig den Kopf. »Nein. Das bezweifle ich. Ich nehme an, es liegt einfach an seinem Alter und fast dreißig Jahren Navy. Einige dieser Jahre waren ziemlich hart, muß man bedenken.«

»Ja, ich nehme an, Sie haben recht.« Brian gähnte. »Es wird schön sein, dienstfrei zu haben und mal zur Abwechslung eine Nacht zu schlafen«, sagte er.

»Ist der Benedetti wieder vom Wachdienst entbunden?«

»Ich hoffe nicht, aber wenn nicht, dann kann Mr. Austin gerne die Mitternachts- und Nachmittagsschicht übernehmen.«

23

Brian schaute auf den ölig-schwarzen Kaffee in seinem Becher. Sein Magen zog sich zusammen. Er stellte den Becher zurück auf den Tisch des Auswerters und klemmte ihn zwischen ein Ringbuch und den Stapel von Botschaften der Nacht. Die *Hood* rollte langsam durch unruhige See, das Ergebnis von drei Tagen schlechten Wetters. Der Seegang war nicht so stark, daß die Leute seekrank wurden, aber man fühlte sich unbehaglich und paßte auf Kaffeebecher auf, damit sie nicht herumkullerten und ihren

Inhalt verspritzten. Garuda, der seinen Kampf, den Zigarettenkonsum zu reduzieren, verloren hatte, hockte unbehaglich auf seinem SWIC-Drehsessel. Um halb zwei führte Brian den vertrauten Kampf gegen die Müdigkeit. Seine Hoffnungen auf eine Änderung des Wachplans hatten sich zerschlagen, als Benedetti eine weitere Schicht als Auswerter übernommen und sich dann zurück in den Maschinenraum verabschiedet hatte. Austin, der das Privleg hatte, der ranghöchste Wachoffizier zu sein, hatte es so eingerichtet, daß Brian wieder die Mitternachtsschicht übernehmen mußte. Brian versuchte an Maddy zu denken, aber er konnte sich kaum konzentrieren, und ihm fielen fast die Augen zu. Seine Versuche, sich einige der besseren Erlebnisse in ihrem Schlafzimmer auszumalen, endeten in der Sehnsucht, sich einfach mit Maddy auf die Couch vor einem Kamin zu kuscheln und …

»SWIC, Track Supe, E-Two is RTB!«

»SWIC, aye.«

Der SWIC-Schirm war fast leer. Die BARCAP waren auf Station, aber alle Unterstützungsflugzeuge über dem Golf und jetzt der E-2 vom Dienst – das auf einem Flugzeugträger stationerte Frühwarnflugzeug – hatten sich für die Nacht abgemeldet. Die Hauptsuchradars waren beeinträchtigt durch tiefhängende Wolken, die schnell durch die Dunkelheit trieben. Der Landfleck von Nordvietnam war an den Rändern verschwommen und zum Teil verborgen durch die Regenfälle, die auf die Küstenberge niedergingen.

Brian blickte wieder auf seine Armbanduhr. Noch viereinhalb Stunden. Er blieb neben dem Tisch des Auswerters stehen, denn er wuße, daß er binnen einer Minute einschlafen würde, wenn er sich setzte. Die übrigen Wachen im Combat versuchten auf ihre Weise, wach zu bleiben: Sie standen vor ihren Konsolen, rieben sich die Augen, tranken den starken Kaffee der Mitternachtsschicht, rauchten eine Zigarette nach der anderen, lasen in einem Handbuch oder trieben Unfug mit den Kontrollen auf ihren Konsolen.

Jeder versuchte verzweifelt, die Müdigkeit zu vertreiben.

Noch eine Woche, und dann löst uns die *Long Beach* ab, dachte Brian. Und dann ein paar Wochen in Subic, gefolgt von Reparaturarbeiten in Kaohsiung, Taiwan. Und dann hierhin zurück. Brian stöhnte innerlich bei dem Gedanken auf weitere sieben Wochen auf Station, aber dann verdrängte er ihn und stellte Spekulationen über den Besuch von Subic an. Nach allem, was er gehört hatte, waren Subic und Olongapo City etwas Besonderes. Selbst wenn er die Hälfte der Geschichten über Olongapo, der wilden Matrosenstadt am Rand des Marinestützpunkts, als Lügenmärchen abtat, konnte er kaum glauben, was ihm die alten WESTPAC-Matrosen erzählt hatten.

»SWIC, AIC, Tankflugzeug auf dem Weg zur BARCAP Station zur Happy hour.«

»SWIC, aye«, sagte Garuda. Nach dem letzten MiG-Zwischenfall hatte CTF 77 den Plan geändert. Jetzt flog das Tankflugzeug zu den BARCAPs auf ihrer Patrouillenroute, anstatt umgekehrt die BARCAPs zum Tankflugzeug, wodurch sie nicht einsatzfähig gewesen waren. Wenn jetzt etwas passierte, konnten sie theoretisch den Tankvorgang abbrechen und binnen Sekunden eingreifen. Brian schaute wieder auf den Schirm und sah das einsame Symbol zur Darstellung des Tankflugzeugs, das sich langsam auf die bernsteinfarbene Linie der BARCAP-Station zubewegte. Eine A-6 mit Tanks an den Tragflächen anstatt Bomben. Das wäre ein gutes Übungsziel – was ihn auf eine Idee brachte.

»Garuda, lassen Sie den AIC dieses Tankflugzeug anfunken und ihm sagen, daß wir eine Radarübung mit ihm machen wollen. Lassen Sie mich wissen, wenn der Pilot sein Okay gibt.« Er sprach leise, wollte nicht den FCSC, Chief Correy, darauf aufmerksam machen, daß er etwas vorhatte.

»SWIC, aye.« Garuda gab dem AIC Anweisungen über die Bordverständigungsanlage. Der AIC schaltete auf die Frequenz des Tankflugzeugs und erhielt von dem Piloten die Genehmigung, ihn mit Radar zu verfolgen. Es war mehr als eine Formalität. Wenn die Suchradars die A-6 erfaßten, würde es allerlei Alarm im Cockpit geben.

»Tankflugzeug ist einverstanden«, meldete der AIC.

»SWIC, aye. Wir werden den Übertragungsweg unterbrechen müssen, wenn wir diese Übung durchziehen, Mr. Holcomb. Ich muß ihn als feindlich kennzeichen, bevor ich den Gefechtsbefehl geben kann. Der Computer greift kein befreundetes Flugzeug an.«

»Verstanden. Nur zu. Dies wird nicht lange dauern. Ich will nur sehen, ob die Jungs von der Zielerfassung dort unten wach sind.«

»Roger.« Garuda informierte die Radarkontrolle auf dem Flugzeugträger, daß Red Crown die Verbindung für fünf Minuten wegen ›Wartungsarbeiten‹ unterbrach. Brian musterte das Symbol des Tankflugzeugs. Es war ungefähr auf halbem Weg zwischen dem Flugzeugträger und der BARCAP-Station und tauchte in Wolkenfetzen ein. Garuda beendete seine Vorbereitungen, übernahm dann die Radarerfassung des Tankflugzeugs und verwandelte es per Computer in ein feindliches Flugzeug. Dann gab er dem FCSC den Angriffsbefehl. Der Fire Control Systems Coordinator setzte sich abrupt auf; ebenso der EC, der Engagement Controller.

»Welche Scheiße ist das denn?« rief er und drückte schnell Tasten auf seiner Konsole, um die Kennzeichnung einzugeben. Der EC wollte die Abschußvorrichtung für die Fernlenkwaffen laden lassen, doch Brian fiel ihm ins Wort.

»Nur eine Radarübung«, rief er. »Das ist ein A-6-Tankflugzeug. Holen Sie es sich, Chief.«

Die Radarschirme über dem CIC drehten sich grollend auf ihren Schildzapfen und suchten dann in sechzig Meilen Entfernung und fünfundzwanzigtausend Fuß Höhe nach Aluminium zwischen den Regenwolken. Director One, das Feuerleitradar des Geschützes, stellte sich ein. Für einen Beobachter sah es aus, als nicke das große Radargerät und schüttele gleichzeitig den Kopf in winzigen

Bewegungen, als der Strahl das statistische Suchmuster durchführte, um das Ziel zu erfassen. Im Combat klangen die Bewegungen, als werde der Öffner eines großen Garagentors in einem rhythmischen Muster gestartet und gestoppt.

Nach einer Minute wurde klar, daß kein Radar das Ziel erfaßte. Brian ging hinüber zum Waffenmodul. Chief Correy sprach hektisch über das Bordtelefon mit der Zielerfassung.

»Was ist das Problem, Chief?« fragte Brian. »Dies ist eine A-sechs mit Luft-zu-Luft-Treibstofftanks an den Tragflächen und mit Breitseite zu uns. Das sollte ein Stück Kuchen für die Radars der Fernlenkwaffen sein.«

»Jawohl, Sir, aber sie können die Maschine anscheinend nicht erfassen.«

»Warum nicht?«

»Ich – äh – ich habe noch nicht viele Informationen, Mr. Holcomb, ich … warten Sie 'ne Sekunde.«

Brian wartete, während Chief Correy lauschte. Dann hörte er, daß der Chief ärgerlich wurde.

»Gottverdammt, Marcowitz, diesen Scheiß will ich nicht hören! Dann gehen Sie an den Schirm, wenn es sein muß. Wir hätten das Ziel längst erfassen müssen.«

Brian beobachtete und wartete, während der Chief weiter zuhörte. Etwas war nicht in Ordnung. Die Systeme waren voll einsatzbereit gemeldet worden, und dies war ein leichtes Ziel. Und er hatte das Gefühl, daß ihm der Chief auswich. Was war da los?

»SWIC, FCSC, System zwo verfolgt das Ziel. System eins verfolgt das Ziel.« Der Chief setzte sich zurück, entspannte sich leicht und blickte erwartungsvoll zu Brian auf.

»Verfolgung abbrechen und alles noch einmal«, sagte Brian.

Die ganze Prozedur wurde wiederholt. Diesmal erfaßten die Radars das Ziel unabhängig voneinander binnen zehn Sekunden.

»Schon besser«, murmelte Brian. »Schalten Sie CWI ein.«

Der Chief schaltete die Continous-wave illumination, den Fernlenkgeschoß-Leitstrahl, ein. Nach ein paar Sekunden meldete der AIC, daß der Pilot der A-6 im Cockpit Alarm hatte.

Brian befahl: »CWI abstellen, Verfolgung einstellen. In Bereitschaft halten.«

»CWI abgestellt, Verfolgung eingestellt, in Bereitschaft, Sir.«

Brian ging zurück zur Abteilung D & D und dachte darüber nach. Garuda kennzeichnete das Tankflugzeug um in freundlich, ließ den AIC dem Piloten ausrichten, auf weitere Alarmierungen zu achten und schaltete die *Hood* wieder in den Kommunikationsweg und die Datenverbindung des gemischten Kampfverbandes. Der Chief machte immer noch jemanden unten in der Zielerfassung zur Schnecke, aber er bemühte sich, es Brian nicht hören zu lassen. Brian neigte sich zu dem SWIC.

»Garuda, ich mache einen unangekündigten Spaziergang runter zur Zielerfassung«, flüsterte er. »Da ist etwas nicht in Ordnung. Übernehmen Sie die Wache, okay?«

Garuda nickte. Brian stand auf und reckte sich.

»SWIC, ich muß mal zur Toilette«, sagte er laut. »Sie übernehmen.«

»Ich übernehme, aye.«

Brian ging zur Leiter am Ende des CIC und stieg hinab. Er passierte die Ebene mit seiner Kabine und gelangte auf die Ebene der Offiziersmesse. Dann stieg er ein weiteres Deck hinab zum Broadway. Als er sich von der Leiter umdrehte, sah er den Chef der Schiffspolizei, der offenbar einen seiner spätnächtlichen Rundgänge machte.

Brian erinnerte sich an das erste Gespräch mit Jackson über das Drogenproblem in der Navy, bei dem er ihn über das Antidrogenprogramm auf der *Hood* befragt hatte. Er erinnerte sich auch an seine Überraschung bei der Antwort des Sheriffs: daß es so gut wie kein Antidrogenprogramm auf der *John Bell Hood* gebe. Dieser Gedanke kam ihm in den Sinn, als er Jackson in dem Durchgang begegnete.

»Sheriff«, sagte er, »Sie sind genau der Richtige, den ich brauche.«

Jackson hob die Augenbrauen. »Ja, Sir?«

»Ich mache einen kleinen unangekündigten Besuch in der Zielerfassung für die Fernlenkgeschosse. Ich habe das komische Gefühl, daß dort unten irgendwas faul ist. Macht es Ihnen etwas aus, mitzukommen?«

»Nein, Sir. Es ist mir ein Vergnügen.« Jackson sah grimmig drein, als freue er sich wirklich, mit Brian etwas Faules aufzudecken. Jackson verdächtigte jederzeit jeden. Sie schritten schnell über den Broadway, der zu dieser Stunde verlassen war. Alle Büros des Schiffs waren verschlossen, und in der Passage brannte die rote Notbeleuchtung. Sie erreichten den Durchgang, der zum Magazin für die Fernlenkgeschosse führte, wandten sich nach links und stiegen die Leiter zum nächsten Deck hinab. Dort gingen sie nach achtern zur Tür der Radarabteilung mit der Zielerfassung. Auf dem Weg durch die dunklen Durchgänge hatte Brian den Sheriff über den Ablauf der Ereignisse im Combat Information Center ins Bild gesetzt und erklärt, warum er argwöhnte, daß etwas nicht in Ordnung war.

Als erstes bemerkten sie, daß der Lukendeckel vor der Tür der Abteilung völlig verschlossen war. Brian verharrte und schaute Jackson an, der nachdenklich nickte. Unter normalen Umständen war der Lukendeckel bei Wache nur halb geschlossen. Luken wurden nur bei Gefechtsbereitschaft völlig geschlossen, oder wenn die Leute drinnen gewarnt werden wollten, bevor jemand durch die Tür kam.

Chief Jackson neigte sich vor und lauschte an der Luke. Zuert hörte er nichts, und dann nahm er ein Lachen und einen hohen kichernden Laut wahr. Die Geräusche waren so laut, daß auch Brian sie hörte. Wie von einem Betrunkenen, dachte er. Jacksons Augen glitzerten, als er sich aufrichtete. Er blickte zu Brian, der nickte. Der Chief ging in die Hocke, packte den Griff des Lukendeckels mit beiden Händen, holte tief Luft, riß dann die Luke mit einem plötzlichen Ruck auf und stieß die Tür auf. Er trat in das weiße Licht des Raums, gefolgt von Brian.

Es waren zwei Männer in der Abteilung. Der ranghöhere war FTM2 Marcowitz. Er saß auf dem Boden zwischen zwei Feuerleitradar-Konsolen und grinste stupide vor sich hin. Seine Augen wirkten wie zwei große schwarze Kreise. Er kicherte von neuem, als er die beiden Gestalten in Khakiuniformen sah. Der zweite Mann, FTM3 Warren, hockte an der Konsole von System eins, hatte noch die Kopfhörer auf, und die Augen in seinem schwarzen Gesicht weiteten sich schockiert, als er den Leiter der Waffenabteilung und den Chef der Schiffspolizei sah. Der Geruch von Marihuanarauch erfüllte die Luft.

»Aha, Verdacht bestätigt«, erklärte Brian und starrte Marcowitz wütend an. Jackson ging zu Marcowitz, packte ihn an der Hemdbrust, riß den schmächtigen Petty Officer auf die Füße und schüttelte ihn.

»Morgen, Arschlosch«, grollte Jackson. »Wir haben ein wenig M geraucht, nicht wahr?«

Brian beobachtete von der Türschwelle aus. Marcowitz versuchte zu grinsen, doch es wurde nur eine Grimasse daraus. »Hey, Mann, ich doch nicht, Chief«, sagte er. »Ich rauche keinen Stoff.«

»Du braver Junge. Dann hat also Warren hier Unkraut geraucht und die Luft verpestet, wie?«

»Ich weiß nich', Mann. Keine Ahnung, wovon Sie reden. Ehrlich, Mann.«

Der Chief, der immer noch die Hand in Marcowitz' Hemdbrust verkrallt hatte und ihn auf Zehenspitzen hielt, blickte zu dem rangniedrigeren Warren, der schweigend bei seiner Konsole hockte. »Also gut, Warren, was, zum Teufel, ist hier los?«

»Ehrlich, Chief, ich weiß nichts. Ich meine …«

»Chief«, unterbrach Brian, »Sie sollten diesen Scheißer in Ihr Büro bringen und melden. Holen Sie den Doc dazu, damit er eine Urinprobe nimmt. Lassen Sie mich mit Warren reden.«

Jackson verstand sofort. Sie trennen, damit Brian vielleicht die Story von Warren erfuhr. Jackson riß Marcowitz herum und zerrte ihn durch die Luke in den Durchgang. Brian starrte Warren eine halbe Minute lang an, bevor er sprach.

»Sagen Sie dem FCSC, daß ich hier unten bin und daß Sie eine Ablösung für Marcowitz brauchen. Sagen Sie ihm, warum.«

Warren übermittelte die Botschaft an Chief Correy. Er hörte einen Augenblick lang zu und nickte dann. »Aye, aye, Sir«, sagte er mit schwacher Stimme und blickte wieder zu Brian auf.

Brian stellte sich rechts neben Warrens Drehsessel und zwang den jungen Petty Officer, sich fast den Hals zu verrenken, um ihn anzuschauen.

»Nun reden wir mal Tacheles, Warren. Entweder habt ihr beide Rauschgift genommen, oder nur Marcowitz hat M geraucht. Sie sehen nicht berauscht aus, und er ist zweifellos high. Also, wie war das, heraus damit!«

Warren starrte ängstlich zu ihm auf, schluckte, sagte jedoch nichts.

»Sie rauchen hier unten Marihuana, Warren? Rauschgift auf Wache? In einem Kriegsgebiet? Sind Sie bereit für einen Kriegsgerichtsprozeß wegen Pflichtversäumnis? Wie wäre es mit zehn Jahren Staatsknast im Steinbuch von Fort Leavenworth, Warren? Sind Sie deshalb zur Navy gegangen?«

»Nein, Sir«, stieß Warren hervor, den Tränen nahe. »Ich habe nichts getan. Ich will keinen verpfeifen, Mr. Holcomb. Aber ich habe nichts getan. Sie können eine Urinprobe von mir verlangen, wenn Sie wollen. Aber ich habe diesen Scheiß nicht gemacht.«

»Haben Sie gesehen, daß Marcowitz Marihuana geraucht hat?«

»Ich … äh … ich will es nicht sagen, Mr. Holcomb. Einige dieser Typen werden mich …«

»Was werden sie, Warren? Haben Sie Angst, daß Ihnen jemand in den Arsch tritt, wenn Sie Marcowitz verpfeifen?«

»Ja, Sir. Ich hörte – ich hörte, daß man über Bord geworfen werden kann, wenn man etwas ausplaudert. Bitte, Mr. Holcomb. Ich habe keinen Stoff genommen. Zwingen Sie mich nicht, etwas zu sagen.«

»Erklären Sie mir, weshalb die Radars für die Fernlenkgeschosse das Ziel beim ersten Mal nicht erfaßt haben, beim zweiten Mal aber erfolgreich waren.«

»Äh, es liegt am Wetter, Sir. Die Automatik versagte bei all dem Regen und Dunst. Wir mußten auf Handbetrieb umschalten, um das Ziel zu erfassen.«

»Sie haben meine Frage nicht beantwortet. Warum klappte es nicht beim ersten Mal und funktionierte beim zweiten Mal? Wer war zum ersten Mal am Schirm?«

»Äh, er war das, Sir – Marcowitz.«

»Und beim zweiten Mal?«

»Da-das war ich, Sir.«

Brian atmete tief durch. »Okay. Sie bleiben hier, bis Marcowitz' Ablösung auftaucht. Dann gehen Sie ins Büro von Chief Jackson. Er und der Doc werden Sie zur Urinprobe bitten. Sie kommen besser nicht high rauf, verstanden? Über den Rest sprechen wir später.« Er wandte sich ab, verharrte dann. »Übrigens, wo ist das Versteck, in dem er seinen Stoff aufbewahrt ?«

»Versteck? Ich weiß es nicht, Mr. Holcomb. Er hatte nur die eine ...«

Brian lächelte grimmig, als der Junge erkannte, was ihm soeben herausgerutscht war. »Danke, Warren. Lassen Sie die Luke offen, bis es hier wieder menschlich riecht, verstanden?«

»Jawohl, Sir«, sagte Warren mit kläglicher Stimme. Jetzt war ihm die Furcht deutlich anzusehen. Als Brian die Abteilung verließ, dachte er darüber nach, daß der Junge soviel Angst davor hatte, als Plauderer von den Drogenlieferanten erkannt zu werden, wie er Angst davor hatte, von den Vorgesetzten erwischt zu werden. Es war schlimm genug, daß ein Petty Officer Second Class Rauschgift auf Wache konsumierte; aber es war noch schlimmer, wenn der Drogenring straff genug organisiert war, um Zeugen zu bestrafen, wenn sie aussagten.

Als Brian das Büro des Chefs der Schiffspolizei erreichte, blickte einer der Maschinisten, der auf dem Messedeck eine Thermosflasche mit Kaffee aus der Maschine füllte, neugierig herüber. Brian bedachte ihn mit einem harten Blick, und der Mann sagte sich, daß er genug Kaffee hatte, und verschwand. Brian traf einen schnell ernüchterten Marcowitz an, der starr auf einem Lehnstuhl hockte, während der Chefsanitäter dem Sheriff zuschaute, der einer Urinprobe eine Chemikalie hinzufügte. Als Brian an der Türschwelle stehenblieb, nahm der Sanitätsoffizier die Flasche mit der Urinprobe vom Sheriff entgegen und hielt sie gegen das Licht. Die gelbe Probe färbte sich blau.

»Volltreffer, du Bastard. Du bist erledigt«, sagte Jackson. Marcowitz starrte nur schweigend vor sich hin.

»Doc«, sagte Brian, »Ich brauche eine Urinprobe von FTM drei Warren, wenn er abgelöst wird. Er wird in ein paar Minuten hiersein.«

»Aye, Sir. Kein Problem. Wir haben diese Scheißer auf frischer Tat erwischt, nicht wahr?«

»Sieht so aus. Sheriff, ich gehe wieder ins Combat rauf. Ich nehme an, wir sehen den XO am Morgen bei der Abteilungsleiterbesprechung?«

Jackson trat um Marcowitz herum und ging hinaus auf den Gang, während der Sanitätsoffizier das Formular für die Urinprobe ausfüllte. Jackson winkte Brian, ihm zu folgen, und zog die Tür bis auf einen Spalt zu, bevor er auf Brians Frage antwortete.

»Jawohl, Sir, obwohl Sie ihn vielleicht noch heute nacht anrufen sollten, damit er Bescheid weiß, bevor er Gerede darüber hört. Sie wissen, wie schnell sich etwas auf dem Schiff herumspricht.«

»Richtig, ich werde darauf achten. Ich muß Ihnen sagen,

dies macht mich wirklich sauer. Wir erwischten den Kerl mitten in einer Übung, aber es hätte genauso gut ein echter Einsatz sein können. Sie sind Exartillerist. Sie wissen, wovon ich rede.«

»Und ob, Mr. Holcomb.« Jackson schwieg einen Moment und wählte sorgfältig seine Worte. »Aber ich bin überzeugt, die Reaktion des XO wird Sie nicht befriedigen.«

»Was heißt das genau?«

»Ich halte es für das beste, Sie sehen selbst, wie es läuft. Dann können wir uns vielleicht noch einmal unterhalten. Ich bitte darum, Sir.«

Brian starrte ihn an, aber das schwarze Gesicht des Sheriffs war ausdruckslos. Er hatte offenbar noch mehr zu sagen, wollte jedoch warten.

»Okay, Sheriff. Sie haben mein Interesse geweckt, und so spiele ich mit. Aber es ist kein Spiel für mich. Fernlenkwaffentechniker, die auf Wache Marihuana rauchen, könnten uns hier draußen alle umbringen.«

»Da bin ich ganz Ihrer Meinung, Mr. Holcomb. Ich schreibe den Bericht sofort.«

»Okay, Chief. Ich werde den XO noch heute nacht anrufen, und wir sehen ihn dann morgen früh.«

Brian ging hinauf ins Combat Information Center und setzte die Wache als Auswerter fort. Nachdem ihm der Sanitätsoffizier telefonisch mitgeteilt hatte, daß Warren sauber war, rief Brian den Stellvertretenden Kommandanten an und meldete den Marihuanazwischenfall. Der XO hörte sich die Geschichte an und befahl Brian, Stillschweigen über die Sache zu bewahren, bis er am Morgen Zeit hatte, den Kommandanten zu informieren.

»Ich bezweifle, daß der junge Warren irgend etwas damit zu tun hatte oder darüber sagen wird, XO«, schloß Brian. »Und seine Urinprobe war sauber. Der andere Typ ist dreckig. Ihn müssen wir degradieren.«

»Wir reden darüber am Morgen, Holcomb.«

Brian legte den Hörer auf und sah, daß Garuda auf seinem Drehsessel herumschwang.

»Nichts los; BARCAP wird in ungefähr dreißig Minuten abgelöst. Das Wetter wird schlechter, und das Radarbild ist beschissen, aber es bewegt sich anscheinend nichts an Land, und so macht das lausige Radar wohl nicht allzuviel aus. Was hat der XO über den Rauschgiftsüchtigen gesagt?«

Brian schaute ihn einen Moment lang an. Soviel zum Stillschweigen. Garuda grinste. »Der FCSC hat mir erzählt, was unten los war, nachdem Sie ... äh ... auf die Toilette gingen.«

»Nun, es sieht aus, als ob der FTM zwei einen Joint geraucht hat und der andere Junge den Mund gehalten hat. Wir können den FTM zwei verdonnern, weil er auf Wache Rauschgift konsumiert hat; das bringt ihm einige Zeit Bau ein. Wir können auch den FTM drei belangen, weil er nichts dagegen unternommen hat, aber das ist anscheinend ein wenig dürftig – und vielleicht auch unfair. Der XO sagte, wir sprechen darüber am Morgen.«

»Es würde mich überraschen, wenn tatsächlich jemand verdonnert würde«, sagte Garuda.

»Sie wollen mich wohl verarschen. Ich meine, ich weiß, wie wir bei einfachem Besitz von Rauschgift vorgehen, aber dies war ein eklatanter Verstoß. Angenommen, die MiGs wären rausgekommen und dieser Scheißer wäre high und dienstuntauglich gewesen? Er hätte das ganze Schiff und das Leben aller aufs Spiel gesetzt.«

Garuda steckte sich eine Zigarette an, bevor er etwas erwiderte. Sein letzter Versuch, das Rauchen aufzugeben, hatte zwei Wochen gedauert. »Jawohl, Sir, das glaube ich«, sprach er durch die blaue Qualmwolke. »Und ich mag mich irren, aber ich bezweifle einfach, daß der Alte bereit ist, wirklich jemanden wegen Drogenkonsums zu verdonnern, während er hier an der Front ist. Wenn wir in Subic wären, und dieser Kerl wäre beim Rauchen eines Joints erwischt worden, dann wäre das was anderes. Das wäre ein Drogenzwischenfall auf dem Stützpunkt, nicht an Bord des Schiffes. Aber wie ich schon sagte, ich kann mich irren.«

Brian dachte darüber nach, als Garuda sich wieder seinem Schirm zuwandte, und er erinnerte sich daran, was der Bootsmann ihm gesagt hatte. Er schaute hinüber zum Waffenmodul und sah, daß Chief Correy zu ihm blickte. Der Chief widmete sich sofort wieder seiner Konsole. Fox Hudson hatte ihm erzählt, daß Chief Correy der Typ war, der mit dem Strom schwamm und von seinen Untergebenen nicht viel Disziplin verlangte. Das ist ein Teil meines Problems, dachte Brian. Es reicht nicht, das Waffendeck von diesem Abschaum zu säubern. Wir müssen auch diese Schleimer aus der Crew entfernen, wenn wir sie finden, und wir müssen die Drogenorganisation zerschlagen. Es ist, als ob man einen Tumor entfernt, und in der Lymphe haben sich bereits Knoten gebildet. Er erschauerte bei dem Gedanken, was vielleicht passiert wäre, wenn es keine Übung, sondern der Ernstfall gewesen wäre. Wir werden sehen, sagte er sich. Wir werden sehen.

Als Brian nach der Wache zu Ende gefrühstückt hatte, kam der stellvertretende Kommandant in die Offiziersmesse. Er setzte sich zu Brian und Raiford Hatcher an den Tisch und bestellte sein Frühstück. Dann schaute er Brian an.

»Der Captain möchte Sie sehen, bevor Sie sich zu Ihrem morgendlichen Nickerchen in die Koje legen«, sagte er. »Er hat ein Papier für Sie.«

»Aye, Sir. Wissen Sie, worum es geht?«

»Lassen Sie sich das von ihm sagen. Aber es wird Ihnen gefallen, also entspannen Sie sich.«

Brian nickte und trank den Rest seiner Milch. Er hätte beinahe den Zwischenfall bei der Zielerfassung zur Sprache gebracht, doch der stellvertretende Kommandant war damit beschäftigt, seine Morgenpost durchzusehen, und so entschuldigte sich Brian und machte sich auf den Weg nach oben. Er ging zu seiner Kabine, um sich das Gesicht zu waschen und die Haare zu kämmen. Er überlegte, ob er sich rasieren sollte oder nicht, und dann verzichtete er darauf, ging nach oben und klopfte an die Tür der Kapitänskabine.

»Herein.«

»Jawohl, Sir, Captain«, sagte Brian, als er eintrat. »Der XO sagte, Sie haben mich herbefohlen, Sir?«

Captain Huntington saß im Morgenrock und mit Pantoffeln an seinem Eßtisch. Er sah besser aus als beim letzten Mal, an dem Brian ihn gesehen hatte – Brian versuchte sich zu erinnern, wann das gewesen war. Dennoch wirkte das Gesicht des Captains immer noch grau im schwachen Licht, das durch die regennassen Bullaugen hereinfiel. Der Captain forderte ihn mit einer Geste auf, am Tisch Platz zu nehmen.

»Setzen Sie sich. Möchten Sie Kaffee? Vermutlich nicht, wie? Sie müssen sich von der Mitternachtsschicht erholen.«

Brian nahm gegenüber dem Captain am Eßtisch Platz. Der Captain überreichte ihm ein Kuvert. Biran öffnete es und fand eine Beurteilung mit seinem Namen darauf. Er schaute zu dem Captain auf und stellte überrascht fest, daß Huntington ihn mit einem Blick beobachtete, der Brian an den eines Falken auf ein Kaninchen erinnerte. Doch dann zeigte der Captain die Andeutung eines Lächelns und sagte: »Nur zu, lesen Sie. Es ist eine besondere Beurteilung. Ich reiche sie im nächsten Monat dem Ausschuß zur Beförderung zum Lieutenant Commander ein.«

Brian las und lächelte unwillkürlich. Dies war genau das, was er brauchte. Er überflog den Text. Weniger als neunzig Tage der Dienstzeit, aber hervorragende Leistungen in Kampfeinsätzen. Ein Lieutenant, der im Aufgabenbereich eines Lieutenant Commander diente. Schnell lernte. Seine Abteilung gut führte. Voll zur Beförderung empfohlen. Das würde reichen. Er schob die Beurteilung in das Kuvert und legte es auf den Tisch.

»Danke, Sir. Das wird sicherlich helfen.«

»Nun, was darin steht, meine ich ernst. Sie haben sich

schnell eingewöhnt, und wir haben einige interessante Zeiten miteinander verbracht, wie die Chinesen sagen. Arbeiten Sie weiterhin so gut, und ich werde mich freuen, in einem Monat Ihren Namen auf der Beförderungsliste zu sehen. Und jetzt schlafen Sie etwas.«

»Jawohl, Sir«, sagte Brian und erhob sich. »Und nochmals vielen Dank.«

Brian verließ die Kabine des Kapitäns, ging nach achtern zu seiner eigenen Kabine und warf sich auf seine Koje. Er fühlte sich erleichtert und in Hochstimmung. Als er abkommandiert worden war, hatte man ihm gesagt, daß eine gute besondere Beurteilung viel bei der Beförderung zum Lieutenant Commander helfen würde. Aber ein Kommandant war nicht verpflichtet, sie zu geben. Daß Captain Huntington ihm eine gegeben hatte, war ein starkes Anzeichen darauf, daß er seine Sache gut machte. Er war beruflich wieder auf dem richtigen Gleis. Diese Verwendung zahlte sich durch Eichenblätter auf seinem Kragen aus. Und die Eichenblätter öffneten die Tür zu einer Verwendung als stellvertretender Kommandant, und der XO-Job ermöglichte es, eines Tages Kommandant zu werden.

Brian hatte sich auf seine Koje fallen lassen, ohne das Licht in der Kabine einzuschalten. Regen trommelte auf das Aluminium der Decksaufbauten über der Decke seiner Kabine. Er begann mit offenen Augen von dem Tag zu träumen, an dem er Kommandant sein würde, aber dann erinnerte er sich daran, daß dazu noch einige große Tore geöffnet werden mußten. Bevor er eindöste, dachte er kurz an den sonderbaren Ausdruck auf dem Gesicht des Captains.

Um halb elf wurde er von der Brücke telefonisch geweckt. Er war noch schlaftrunken und brauchte eine Weile, bis er sich erinnerte, warum er in der Koje und immer noch angezogen war. Er stöhnte, stand auf und begann seine Morgentoilette. Als er vom Duschen in die Kabine zurückkehrte, klingelte das Telefon.

Er nahm den Hörer ab und meldete sich mit krächzender Stimme.

»Sir, hier ist der Brückenmelder. Der XO möchte, daß Sie ihn in seiner Kabine aufsuchen. Wenn es Ihnen paßt.«

»Hat er gesagt, worum es geht?«

»Nein, Sir.«

»Okay.«

Brian legte auf und zog sich an. Marcowitz. Er hatte die Drogensache vergessen. Jetzt würde er erfahren, was das gute Schiff *Hood* mit auf frischer Tat erwischten Rauschgiftsüchtigen machte. Er holte sich in der Offiziersmesse einen Becher Kaffee und setzte den Weg dann nach achtern zur Kabine des Stellvertretenden Komandanten fort. Er mußte zehn Minuten lang vor der Kabine des XO warten, der mit dem Sanitätsoffizier über die wöchentliche Inspektion der sanitären Einrichtungen sprach. Schließlich rief ihn Mains herein.

»Nehmen sie Platz, Brian. Lassen Sie mich noch einmal den Bericht des Sheriffs lesen.«

Brian setzte sich auf die Couch, die zugleich als Ausziehbett diente. Der Stellvertretende Kommandant setzte sich an einen Schreibtisch, der in eine Eisenkommode eingebaut war. Vier Ablagekörbe mit Papierkram standen auf Aktenschränken, und unter einem Stapel von Papieren war sehr wenig von dem kleinen Schreibtich zu sehen. Der XO las den dreiseitigen Bericht einschließlich der Ergebnisse der Urinproben. Dann legte er den Bericht in seinen Eingangskorb.

»Ich bin neugierig«, sagte er. »Was hat Sie veranlaßt, in die Zielerfassung zu gehen?«

»Im Combat schlief fast jeder im Stehen ein. Uns bot sich die Gelegenheit zu einer perfekten Zielerfassungs-Übung mit einem A-6-Tankflugzeug, und so entschloß ich mich zu einer Radarübung. Das hätte eine Sache von zwei Minuten sein sollen, ein Klacks.« Brian schüttelte den Kopf. »Sie konnten das Ziel nicht erfassen und verfolgen. Und als ich nach dem Grund fragte, erhielt ich keine klare Antwort und entschloß mich, die Sache zu überprüfen.«

»Sie hatten den Verdacht, daß vielleicht jemand Marihuana rauchte? Nahmen Sie deshalb den Sheriff mit?«

»Nein, Sir. Ich bin Jackson durch Zufall begegnet. Eigentlich hatte ich überhaupt keinen Verdacht. Erst als ich sah, daß die Luke völlig geschlossen war, wurde ich stutzig. Ich dachte mir, daß der Ranghöhere vielleicht in einer Ecke schläft und der Rangniedrigere bei der Arbeit versagte und es nicht schaden konnte, sie zu vergattern und Namen aufzuschreiben.« Er legte eine Pause ein, um sich die Ereignisse in Erinnerung zu rufen. »Aber als wir dort unten waren, wußte Jackson vielleicht schon Bescheid. Er hatte sofort den Verdacht, daß Rauschgift im Spiel war.«

Der stellvertretende Kommandant lachte. »Jackson denkt schon an Rauschgift, wenn jemand nur gähnt.«

»War es falsch, das zu überprüfen?«

»Nein. Ihr Gefühl sagte Ihnen, daß etwas nicht in Ordnung ist, und Profis hören stets auf ihr Gefühl, besonders wenn sie es mit Fernlenkwaffensystemen zu tun haben. Okay, wir werden folgendes tun. Warren war, wie Sie berichtet haben, sauber in puncto Drogen, obwohl er als Petty Officer auf dem Schiff und auf einer Wachstation eines Waffensystems keinen Drogenkonsum hätte dulden sollen. Aber wir beide wissen, daß er in der Praxis nicht viel tun konnte, besonders nicht bei einem weißen Petty Officer, der ranghöher ist. Ich werde ihn vielleicht herbefehlen und ihm bei einer Beratung meinen Standpunkt verklickern. Marcowitz ist ein anderes Problem.«

»Jawohl, Sir. Ich nehme an, wir degradieren ihn heute und bringen ihn vor das Kriegsgericht.«

»Da nehmen Sie etwas Falsches an, jedenfalls für den Augenblick.«

»*Sir*!?«

»Wir klagen ihn an, aber erst wenn wir im Hafen Subic sind. Keiner hat Zeit für eine Anklage in einem so ernsten Fall, während wir hier draußen auf der Red Crown Station sind. Keine Sorge, der Fall wird im Auge behalten. Es ist ja nicht so, daß er abhauen könnte. Wir haben diesen Bericht, die Urinproben, Ihre Aussage über das, was Sie vorgefunden haben, und Warrens Aussage, wenn wir sie brauchen. Wir werden in einer Woche im Hafen sein. Marcowitz läuft uns nicht fort.«

»Jawohl, Sir. Aber wir werden vielleicht keine Aussage von Warren bekommen. Er hat anscheinend große Angst vor möglichen Vergeltungsmaßnahmen, wenn er redet. Aus seinen Worten entnahm ich, daß der Drogenhandel an Bord organisiert ist und Verräter bestraft werden.«

Der Stellvertretende Kommandant starrte ihn lange an.

»Nun«, sagte er schließlich, »das mag sein, oder sie reden es jedenfalls den Leuten ein. Aber ich erwarte auch keine große Aussage von Warren, und wir können eigentlich auch darauf verzichten. Der Captain kann Marcowitz allein auf Ihr Wort und die Urinprobe hin verurteilen. Und wir haben Möglichkeiten, um Warren zu schützen. Ich glaube, Sie kennen eine davon ziemlich gut.«

Martinez. »Jawohl, Sir. Aber bei einem Kriegsgerichtsprozeß wären stichhaltige Beweise nötig – dann brauchen wir Warren, nicht wahr, XO?«

»Wenn es dazu kommt.«

Brian war verwirrt. Natürlich würde es dazu kommen. Eine Degradierung war keine ausreichende Strafe für dieses Vergehen, das mit einer Haftstrafe geahndet werden mußte. Eine Verurteilung in diesem Fall durch den Kapitän würde einfach eine Formalität sein, eine Vorstufe zu einem Prozeß vor dem Kriegsgericht.

»XO«, begann Brian, aber der stellvertretende Kommandant hob die Hand und ließ ihn nicht zu Wort kommen.

»Sehen Sie, Brian, wir werden damit fertig. Ich weiß, daß Sie denken, dieser Fall geht automatisch vor das Kriegsgericht und daß wir heute schon die Grundlage für die Anklageerhebung schaffen sollten. Nun, es gibt andere Möglichkeiten, diese Sache zu handhaben, und Sie müssen mir einfach vertrauen, bis Sie sehen, wie sie funktionieren. Glauben Sie mir, Marcowitz wird nicht ungestraft davonkommen. Unterdessen streichen wir ihn vom Wachplan und befreien ihn vom Dienst.«

»Sie meinen, er sitzt nur in der Abteilung herum?«

»Trauen Sie ihm zu, an den Konsolen des Waffenradars zu sitzen?«

»Nein, Sir, aber ...«

»Aber was? Er ist immer noch ein Petty Officer der Besoldungsstufe E-Fünf. Ich kann ihn nicht zu den Küchenbullen stecken oder zu den Decksarbeitern versetzen. Bis das System ihn juristich verurteilt, kann ich ihn nur vom Dienst suspendieren. Aber bedenken Sie dies: seine Kollegen in der Abteilung werden erst grinsen und denken, er ist ungestraft davongekommen. Aber je länger sie zusätzliche Wachen schieben müssen, während er tatenlos herumsitzt, desto weniger freundschaftlich werden ihre Gefühle. Bis wir im Hafen sind, wird er sich einen Kriegsgerichtsprozeß *wünschen*.«

Brian lehnte sich zurück. »Aber Sir, dies ist wirklich unorthodox. Ich meine, nach den Vorschriften sollte er auf dem Schiff verurteilt werden. So ist ihm ein Kriegsgerichtsprozeß sicher, er bekommt einen Verteidiger, und dann kann er in den nächsten zwei Wochen schmoren.«

»Nein. Wir werden warten. Ich habe bereits mit dem Captain darüber gesprochen, und er will, daß es so gehandhabt wird. Folglich werden wir es so durchziehen. Wir kümmern uns um Marcowitz in Subic, okay?«

Brian atmete tief durch. Der Kapitän war für Gerechtigkeit und Disziplin auf seinem Schiff verantwortlich. »Aye, aye, Sir.«

»Gut. Und der Captain hat Ihnen heute morgen Ihre besondere Beurteilung gezeigt?«

»Jawohl, Sir, ich weiß das zu schätzen.«

»Gut. Das ist alles ein Teil der Bemühungen, den Teamgeist hier zu förden. Ich sehe Sie dann beim Mittagessen.«

»Aye, aye, Sir.«

Brian verließ die Kabine, schaute auf seine Armbanduhr und ging durch die Passage, die zu den Bootsdecks führte. Er hatte eine Viertelstunde Zeit, bevor er zum Mittagessen und dann wieder für sechs Stunden Dienst ins Combat Information Center gehen würde. Das Wetter blieb schlecht, und aus der tiefen Wolkendecke fiel warmer Regen. Das Schiff rollte und schlingerte in der gelblich aufgewühlten See.

Brian blickte auf dem Bootsdeck hinaus auf das unruhige Wasser des Golfs und dachte über die Worte des Stellvertretenden Kommandanten nach. Den Teamgeist fördern. Nun, diese Botschaft war ziemlich deutlich. Gefällt Ihnen Ihre besondere Beurteilung? Wollen Sie sicherstellen, daß Sie mit dem nächsten logistischen Helo abgeschickt wird? Dann spielen Sie mit, Junge. Wir wissen, wie *wir* mit diesem Drogenfall umgehen. Wir schicken die Beurteilung ab, und Sie werden einer von uns. Das ist doch fair, oder? Der Captain braucht keine besondere Beurteilung zu schreiben, aber er hat es getan, was fast sicher Ihre Beförderung bedeutet. Nun wollen *wir* die Marcowitz-Sache auf *unsere Weise* handhaben, und Sie spielen mit, klar? Verdammt, sogar Garuda hatte gewußt, daß es so ausgehen würde. Brian fragte sich, was jetzt geschehen würde, ob Marcowitz bis zur Ankunft im Hafen einen schlimmen Unfall erleiden würde.

Als er sich umwandte, um das Bootsdeck zu verlassen, näherte sich Chief Jackson. Er bahnte sich vorsichtig einen Weg durch die schlüpfrige Kombination von Regen und Öllachen aus den Bootswinden. Jackson wollte offenbar mit ihm reden.

»Mr. Holcomb. Ich hörte, der XO wollte Sie wegen Marcowitz sehen?«

»Sie haben gute Spione, Sheriff.«

Jackson lachte. »Manchmal sind sie gut. Manchmal ...« Er schnitt eine Grimasse.

Brian verstand. »Nun, Sie haben recht. Und die Entscheidung ist, nichts zu tun – bis Subic, wo eine Art juristische Prozedur gegen ihn stattfinden wird.«

»Keine Verurteilung auf dem Schiff?«

»Keine. Bis Subic.«

Jackson dachte mit gefurchter Stirn über diese Neuigkeit nach. Dann schüttelte er den Kopf.

»Die können es nicht einfach unter den Teppich kehren. Das ganze Schiff weiß, daß der Kerl erwischt worden ist. Marcowitz ist vom Wachplan gestrichen, und einige meiner Hauptverdächtigen schnüffeln herum.«

»Meinen Sie, er wird in die Mangel genommen?«

Jackson schüttelte den Kopf. »Nein, Sir, das meine ich nicht. Nicht direkt, im Sinne, daß er einen Unfall haben wird. Nein, ich meine, etwas wird in Subic passieren, aber ich weiß nicht, was genau das sein wird.«

Brian war versucht, seine Zweifel mit Jackson zu teilen, aber dann würde er die Beurteilung erwähnen und erklären müssen.

»Nun«, sagte er, »der Captain hat die Entscheidung getroffen, und es ist schließlich sein Schiff.«

Jackson nickte. »Als erstes kommt das Schiff der Navy; als zweites ist es sein Schiff. Und Marcowitz ist ein kleiner Fisch. Ich meine, was er verbrochen hat, ist zwar eine große Sauerei, aber die Jungs, die wir wirklich festnageln wollen, sind die Dealer des Stoffs, den sie an Süchtige wie Marcowitz verkaufen.«

»Sie erwähnten Ihre Hauptverdächtigen. Ich nehme an, Sie haben zumindest eine Vermutung, wie der Drogenhandel hier läuft?«

»Ich bin jetzt ein Weilchen an Bord. Ich glaube, eine kleine Gruppe der jüngeren Schwarzen ist darin verwickelt, aber diesen Gedanken auch nur zu äußern, ist heutzutage ein Stolperdraht, auch wenn ein Nigger wie ich ihn zur Sprache bringt. Diese Kerle zählen alle zur Gruppe vier.«

Brian wischte sich Regen von der Stirn. »Was, zum Teufel, ist Gruppe vier?«

»Es ist alles ein Teil dieses unsinnigen Projekts ›Hunderttausend‹. Sie erinnern sich? Als LBJ das Verteidigungsministerium anwies, hunderttausend der geistigen Gruppe vier zu akzeptieren. Dies sind Typen, die von den

Rekrutierern für gewöhnlich abgelehnt werden, weil sie die Tauglichkeitsprüfungen nicht bestehen, ganz zu schweigen davon, daß sie für gewöhnlich Asoziale sind – Mitglieder von Gangs in Städten, Straßenpöbel, Punks und so weiter. Der Gedanke war, sie von der Straße und in den Militärdienst zu holen, um ihnen Gelegenheit zu geben, ihrem ›unterprivilegierten Erbe‹ zu entkommen, um LBJs Großer Gesellschaft zu helfen.«

»Ich erinnere mich. Aber ich dachte, das galt nur für die Army.«

»Das wäre prima. Aber alle Streitkräfte mußten eine bestimmte Quote aufnehmen. Und es war eine Katastrophe von Anfang an. Im Vergleich zu einer disziplinierten Schiffsbesatzung sind diese Jungs völlige Außenseiter der Gesellschaft; sie sind ungebildet und dumm und wissen grundsätzlich nicht, wie sie sich benehmen müssen. Sie können keine Prüfungen bestehen, und so werden sie automatisch Deckaffen oder Feuerwehrleute – ständige Handlanger, die nie über ihren niedrigen Mannschaftsdienstgrad hinauskommen. Kein Wissen, kein Aufstieg, keine Perspektiven. Sie wissen nicht, wohin sie gehören. Leider sind die meisten von ihnen Schwarze, und so haben wir Ex-Kriminelle in der Crew, die ihre schlimmsten Vermutungen über ein rassistisches Militär bestätigt sehen.«

Brian nickte. »So fühlen sie sich natürlich zueinander hingezogen.«

»Richtig, und das ist die Horde. Angesichts des Milieus, aus dem sie stammen, ist es nur natürlich, daß sie sich zu irgendeiner Art Gang zusammenschließen. Ich hatte zwei Hinweise darauf, daß sie zur Drogenszene gehören, was passen würde: schließlich stammen sie aus dieser Szene. Aber der Kerl, auf den ich wirklich scharf bin, ist der Anführer. Wenn ich den schnappen könnte, hätten wir einen echten Erfolg.«

»Würde es soviel ändern, einen dieser Typen festzunageln?«

»Jawohl, Sir. Im Augenblick bringt vermutlich nur einer

all den Stoff an Bord. Wenn man den ausschaltet, muß jeder Dealer freischaffend arbeiten. Dieser eine Typ weiß, wie das Geschäft aufgezogen wird. Er hat eine Art Verteilersystem aufgebaut und Sicherheiten ausgeklügelt. Freischaffende hätten keine Zeit, das alles zu organisieren, und so würden wir mehr von ihnen schnappen. Wenn man also den großen Drahtzieher, den Boss, aus dem Verkehr zieht, wäre das der große Erfolg.«

»Chief Martinez sagte ungefähr das gleiche – er will nur mehr als einen einzigen Erfolg.«

Jackson lächelte und wischte sich mit seinem Taschentuch Regen aus dem Gesicht. »Ja. Ich sympathisiere mit seinen Methoden mehr, als er weiß, obwohl sie verdammt illegal sind. Aber hier fehlt die Führung. Wir sind auf diesem Schiff außerhalb des Systems, und da sind Führungsqualitäten gefragt. Ich hoffe, ich trete nicht in Scheiße, indem ich Ihnen das sage, Mr. Holcomb.«

Brian schüttelte den Kopf. »Ich bin der gleichen Meinung, Chief. Aber ich bin ein bißchen in der Mausefalle. Sie wissen, man spielt mit, um zurechtzukommen.«

»O ja, Sir. Glauben Sie mir, ich weiß, wie das läuft. Es ist einfach … nicht, daß ich den CO und XO für unehrenhaft oder in den Drogenhandel verwickelt halte oder denke, daß sie ihn stillschweigend dulden. Ich meine, sie halten einfach die Dinge zusammen, so gut sie können und bemühen sich, so wenig Schaden wie möglich anzurichten. Das Problem ist …«

»Das Problem ist, daß wir alle gefährdet sind. Gestern nacht haben vier MiGs einen Scheinangriff auf uns durchgeführt. Vier MiGs, zwei Zielerfasser – da hätten sie topfit sein müssen. Statt dessen war einer high. Wenn Marcowitz im Ernstfall …«

»Kapiert.«

»Ich bin froh, daß ich Ihnen auf dem Weg nach unten begegnet bin. Vielleicht hätten wir nicht mal ein Versprechen erhalten, daß etwas unternommen wird, wenn ich allein Marcowitz erwischt hätte.«

»Ja, Sir«, sagte Jackson und blickte kurz zum Horizont. »Ich nehme an, Sie sollten wissen, daß Mr. Barry mich anrief, nachdem Sie das Combat verlassen hatten, und wir vielleicht deshalb zusammentrafen.«

Brian schaute ihn an. Garuda mußte ebenfalls gespürt haben, was los war. Vielleicht war er, Brian, nicht ganz allein auf seinem kleinen Kreuzzug. Der Lautsprecher plärrte, als der Bootsmann auf der Brücke zum Essenfassen pfiff. Brian blickte auf seine Uhr und schaute dann Jackson an.

»Davon hatte ich nichts gewußt. Ich muß früh essen, weil ich dann Dienst habe. Warten wir ab, was in Subic geschieht, Chief. Dann können wir vielleicht einen Plan ausarbeiten.«

»Sie wissen, wo Sie mich finden, Mr. Holcomb.«

Brian nickte und ging nach unten.

24

Rocky ging nach achtern über den Durchgang des Hauptdecks und unter das Hubschrauberdeck. Gleich hinter dem Helo-Deck stieg er eine Leiter zum zweiten Deck hinunter und setzte den Weg durch das Labyrinth von Räumen im Heck fort, zu denen die Werkstatt, die elektrische Abteilung, die Wäscherei und die Räume für den Notgenerator und die Ruderanlage zählten. Er blieb an der Tür der Wäscherei stehen und schaute hinein. Zwei schwarze Bügler schwitzten bei ihrer Arbeit ungefähr fünf Schritte von der Tür entfernt. Das Geräusch der Bügelmaschinen und der Trockner übertönte jeden Laut, den Rocky verursachte. Er nahm das Telefon vom Haken und wählte die Nummer der Elektroabteilung, die keine zehn Meter von ihm entfernt war. Bullet nahm den Hörer ab.

»Elektrische Abteilung, EM eins Wilson am Apparat, Sir.«

»Ich bin's. Alles klar?«

»Hm-hm.«

Rocky hängte ein und ging um die Ecke zur Elektroabteilung. Die Werkstatt war ein rechteckiger Raum von ungefähr fünf Metern Länge und drei Metern Breite, der sich an der Wasserlinie am Rumpf befand. Eine einzige Luke diente als Eingang. Rocky öffnete sie und trat ein. Er zog die Luke dreiviertel hinter sich zu. So würde es eine Warnung geben, wenn jemand hereinkam, aber sonst keine Aufmerksamkeit erregen. In der Abteilung standen Werkbänke zu beiden Seiten; ein großes Sortiment von Elektrokabeln, Lampenfassungen, Schaltern, kleinen Motoren, Sicherungen und Werkzeugen waren zwischen den Eisenstreben des Rumpfes gestapelt.

Bullet saß im vorderen Teil der Werkstatt auf einem Hocker, rauchte Pfeife und hielt einen Schmöker auf dem Schoß.

»Hast du das von Marcowitz gehört?« fragte Rocky.

»Klar.«

Rocky lehnte sich gegen eine der Werkbänke und steckte die Hände in die Taschen. »Sie haben ihn vom Wachplan gestrichen, aber noch nichts sonst unternommen. Jackson sagt, Holcomb will den Jungen anklagen und degradieren lassen.«

»Wäre mal was Neues.«

»Das kannst du laut sagen. Aber noch ist nichts passiert. Ich frage mich, ob dieser Junge mit dem Gedanken an einen Handel spielt.«

»Warum?«

»Wenn es zur Anklage kommt, schickt der Alte ihn vor das Kriegsgericht. Das heißt eine genaue Ermittlung, Anwälte, Einschaltung des Bundes. Das wäre ein großer Ansporn für Marcowitz, ihnen Informationen zu geben.«

Bullet paffte lange und nachdenklich an seiner Pfeife. Dann schüttelte er langsam den Kopf. »Er kann ihnen nichts verraten. Der Junge weiß nur, daß er mit einem seiner Blutsbrüder geredet und erfahren hat, wo er etwas

Stoff finden kann. Kein Geld und kein Stoff hat den Besitzer gewechselt.«

»Aber er kann deinen Jungen verpfeifen. Und dein Junge kann dich verpfeifen.«

»Das wird nicht passieren. Wenn sie meinen Jungen in die Mangel nehmen, leugnet er. Welchen Beweis gibt es, daß mein Mann irgendwas Verbotenes getan hat?« Bullet wirkte gelangweilt, völlig unbesorgt. Rocky ärgerte sich über dieses scheinbare Desinteresse.

»Ja, ich verstehe das«, sagte Rocky. »Es macht mich nur nervös, daß sie anfangen, anders vorzugehen. Und da ist noch etwas. Jackson ist an dir interessiert.«

Bullet blickte auf. Ah, jetzt wirst du aufmerksam, dachte Rocky.

»Ja«, fuhr Rocky fort. »Er hat deine Personalakte auf seinem Schreibtisch. Ich sah es heute morgen bei der Ablösung als MAA.«

»Was will dieses Arschloch mit meiner Personalakte?«

»Das hat er nicht gesagt, und ich habe nicht gefragt. Aber ich sage dir eines: Ich schließe daraus, daß Jackson an dem Problem arbeitet, ganz gleich, wie der CO und XO es anpacken. Und du weißt, daß er gestern nacht Hilfe hatte: Lieutenant Holcomb fing mit der Razzia an.«

»So?«

»So. Holcomb ist Abteilungsleiter. Steht auf der Liste zur Beförderung zum Lieutenant Commander. Da ist was im Gange. Und da gibt es noch was.«

»Mann, du bist heute vollgeladen mit Scheiße.«

»Ja, das kann ich dir sagen – ich mache mir Sorgen. Wenn wir nicht höllisch aufpassen, packen sie uns am Arsch.«

»Was ist diese andere Sache?«

»Die Tatsache, daß Louie Jesus nicht auf dem Kriegspfad ist, um sich Marcowitz' Skalp zu holen. Ich hörte, daß die Jungs in seiner Abeilung Marcowitz liebend gern in den Arsch treten möchten, weil sie für ihn Wache schieben müssen. Aber Geronimo hat überhaupt nichts gegen ihn unternommen, ihn weder mit dem bösen Blick angestarrt noch seine Geistermasche abgezogen.«

Bullet ließ die Pfeife sinken und schaute auf seine Stiefel. Rocky schwieg und gab ihm Zeit zum Denken. Schließlich nickte Bullet.

»Vielleicht hast du recht. Vielleicht treten wir eine Weile kürzer. Lassen das Geschäft ruhen bis nach Subic.«

»Gute Idee. Dies könnte alles heiße Luft sein, aber es ist zuviel im Gange, was mir nicht paßt. Ich werde versuchen, herauszufinden, was Jackson vorhat, aber ich muß dabei verdammt vorsichtig sein.«

Bullet schielte zu ihm. »Jeder weiß, daß du wirklich vorsichtig bist«, sagte er. »Füllst du den Vorrat auf, wenn wir in Subic sind?«

»O ja. Aber ich werde ihn leicht halten – Gras und Hasch. Kein Schnee, kein LSD, bis ich weiß, was hier los ist.«

»Ja. Genau das wollen sie. Daß niemand raucht oder auf den Trip geht, jedenfalls noch nicht.«

Rocky nickte. Eine andere Frage beschäftigte ihn.

»Läuft es mit Knoblauch?«

»Nehme ich an«, sagte Bullet. »Ich bekomme an jedem Zahltag mein Geld. Genau wie du.«

»Ja, aber ich meine, ist er ehrlich zu uns? Ich hörte Gerüchte, daß er einigen Jungs sieben zu fünf berechnet, nicht sechs zu fünf.«

Bullet zuckte die Achseln. »Juckt mich nicht. Wir haben sechs zu fünf abgemacht, und wir teilen durch drei. Wenn er mehr rausholt und für sich behält, habe ich dadurch keinen Schaden. Du ebenfalls nicht, Mann.«

»Stimmt. Aber bedenke eines: Wenn Jackson und Co. jemals auf das Geldgeschäft stoßen, nehmen sie sich als ersten Knoblauch vor, denn er ist der Geldhai. Wir beide müssen auf seinen Arsch aufpassen, denn er kann uns verpfeifen.«

Bullet schnaubte. »Du spinnst, Mann. Du hast zu viele Horrorfilme gesehen.«

Die Luke bewegte sich, verharrte und schwang hoch.

Rocky ging zur Tür. Bullet steckte seine Pfeife in den Mund und nahm eine lässige Haltung bei der Werkbank ein. Ein junger schwarzer Elektriker der Feuerwehr tauchte in der geöffneten Luke auf und trat ein, die Arme voller durchgebrannter Glühbirnen. Er verharrte, als er einen Schiffspolizisten in der Werkstatt sah und schaute zu Bullet. Rocky blickte zurück zu Bullet.

»Sprechen Sie mit diesem Matrosen, EM eins. Sagen Sie ihm, wenn er kein anständiges Leben beginnt, reißt Jackson ihm den Arsch auf.«

»Danke, Mann. Das tu' ich«, sagte Bullet. Rocky verschwand durch die Luke.

Der Schwarze legte die defekten Glühbirnen in eine Abfalltonne und blickte zu Bullet.

»Danke, Mann. Das tu' ich. Was soll das Gelaber?« fragte er.

Bullet kicherte. »Solche Antworten erwartet der Weiße Mann von allen Niggern. Ich erfülle nur ihre Erwartungen. Halte sie selbstzufrieden, Bruder, bis andere Zeiten kommen.«

25

Chief Jackson schloß sein Büro auf, gähnte und setzte sich hinter seinen Schreibtisch. Bei einem Wendemanöver in schneller Fahrt nach einem Hubschraubereinsatz war ein Stapel von Papieren vom Schreibtisch gefallen und lag auf dem Boden. Der verdammte Papierkram würde bei dem Schlingern des Schiffes nicht lange auf dem Schreibtisch liegenbleiben, also lohnte es sich nicht, ihn aufzuheben, Jackson nahm EM 1 Wilsons Personalakte und schlug die Seite zwei mit den Daten für den Todesfall auf. Darauf waren Verwandte, nächste Angehörige, Geburtsort und -datum aufgelistet.

Wilson war in Macon, Georgia, geboren worden. Er war fünfunddreißig Jahre alt. Seine Eltern lebten immer noch in Georgia, wohnten jedoch nicht mehr in Macon. Die Spalten für Geschwister, Ehegattin und Kinder waren leer. In der Rubrik Begünstigte/r im Todesfall war eingetragen, daß das Sterbegeld zwischen einer Frau namens Alice Byron in San Diego und seinen Eltern in Georgia aufgeteilt werden sollte. Ansonsten war Seite zwei leer.

Seite neun enthielt eine Überraschung für Jackson. Darauf war Wilsons Bildungsweg aufgeführt. Der Electrician's Mate First Class (EM 1) hatte sowohl die High-School als auch zwei Jahre auf dem College in Macon absolviert und einen akademischen Grad in Politologie erhalten. Politologie? Jackson ließ die Akte sinken und dachte darüber nach. Er schaute wieder auf das Bildungsprofil und sah, daß Wilson gute Noten in Sprache und Mathematik bekommen hatte. Etwas stimmte nicht überein, angefangen mit dem schauderhaften Slang, den Wilson benutzte und der fast eine Mischung aus Kinder- und Gossensprache war. Ein Collegeabsolvent?

Jackson widmete ich wieder der Personalakte. Ausbildung zum Elektriker: Klassendritter von einundvierzig Schülern. Lehrgänge in Führung, Management, Pädagogik und Ausbildung: zweiter von sechzehn. Zwölf Fernkurse der Navy in acht Jahren, alle mit guten Noten abgeschlossen. Kein Dummkopf, dieser Junge. Jackson blätterte zu der Seite mit dem Leistunsprofil. Gute Benotung vom Beförderungsausschuß, mit Ausnahme der mündlichen Aussprache. Schneller Aufstieg zum E-6 Petty Officer. Aber dann vor vier Jahren eine Verschlechterung der Noten mit einigen Tiefpunkten in militärischem Verhalten und Loyalität. Das erklärte, warum er nicht zum Chief befördert worden war. Jackson blätterte die aktuellen Beurteilungen durch. Etwas hatte sich verändert, das nicht genau ausgesprochen wurde. Das waren also die Minuspunkte, die seine Karriere stoppten: schlechtes militärisches Verhalten und ungenügende Loyalität. Wilson war ein Schwarzer, und nach dem geheimen Code der Navy waren diese beiden negativen Beurteilungen ausschlaggebend, wenn jemand mit seinem Verhalten in Rassenfragen die Vorgesetzen aufregte, ob er nun schwarz oder weiß war.

Wilson war dreieinhalb Jahre auf der *Hood*. Jackson blätterte wieder seine Beurteilungen durch und stellte fest, daß die Verschlechterung während einer Dienstzeit in der San Diego Naval Station angefangen hatte, wo er MAA, also Schiffspolizist, gewesen war. Schiffspolizist? Verdammt. Noch eine Überraschung. Warum hatte der XO ihn nicht den Schiffsprofos der *Hood* zugeteilt? Jackson runzelte die Stirn. Hier stimmte etwas nicht, und er war jetzt ziemlich überzeugt, daß es in Zusammenhang mit dem Rassenproblem stehen mußte. Er hatte gesehen, daß Wilson seinen eigenen Kreis ausschließlich schwarzer Freunde hatte, aber das war nicht ungewöhnlich. Und es hatte nie das geringste Anzeichen auf radikale Aktivitäten gegeben, die Bullet direkt zugeschrieben werden konnten. Der Mann hielt sich für sich. Solider Aufstieg bis zum Petty Officer E-6. Weshalb also der Sambodialekt?

Jackson schaute auf seine Armbanduhr und kam auf eine Idee. Es war 22 Uhr 10. Das bedeutete, daß Baker, einer seiner Spitzel im Kommunikationszentrum, jetzt im Filmraum sein mußte, um den Film zurückzuspulen. Baker hatte für gewöhnlich diesen Dienst. Jackson griff zum Telefon und wählte.

»Filmraum, Baker am Apparat, Sir.« Jackson hörte im Hintergrund das Surren des Filmbandes, das zurückgespult wurde.

»Baker, hier ist Chief Jackson.«

»Ah, Chief, worum geht's?«

»Baker, ich brauche Sie, damit Sie mein Telefon mit dem in der Elektrowerkstatt verbinden. Wenn es dort klingelt, soll auch meines klingeln, und wenn auf dem Apparat in der Elektrowerkstatt gesprochen wird, muß ich das hier oben mithören können.«

»Jetzt gleich, Chief?«

»Ja, jetzt gleich. Und, Baker – dies ist eine offizielle Sache, die besser unter uns bleibt. Verstehen wir uns?«

»Kapiert, Chief. Sie werden in zwei Minuten verbunden sein.«

»Okay. Koppeln Sie mich um dreiundzwanzig Uhr dreißig wieder aus.«

»Wird gemacht, Chief.«

Jackson legte auf. Vor einem halben Jahr hatte er Baker und einen anderen Matrosen erwischt, als sie sich nach dem Zapfenstreich in der Dusche gegenseitig eingeseift hatten. Statt sie wegen homosexueller Aktivitäten zu melden oder – schlimmer noch – ihren Kollegen in der Abteilung davon zu erzählen, hatte er sie zu seinen Spitzeln gemacht. Die gesamte Kommunikation des Schiffes, einschließlich der Telefone der Verwaltung, wurde über die Zentrale abgewickelt. Baker, der Schwule, hatte sich als äußerst nützlich erwiesen.

Das Telefon klingelte und dann noch einmal. Jackson wartete ein paar Sekunden lang und hob dann vorsichtig den Hörer ab. Es war einer der Elektriker in der Leitung, die Stimme eines Weißen. Er rief die Hauptkontrolle an. Jackson hörte mit und legte den Hörer auf, als die beiden Gesprächsteilnehmer ihr Telefonat beendeten. Zehn Minuten später klingelte es von neuem. Ein anderer Anruf, diesmal zum CIC. Dieselbe Stimme. Der Mann wollte etwas über den neuen Schaltkreis wissen – irgendein Summer funktionierte nicht. Ob sie das heute nacht testen konnten? Nein, der Alte durfte nicht gestört werden. »Versuchen Sie es morgen.« Jackson legte auf, als die beiden das Gespräch beendet hatten.

Eine halbe Stunde später klingelte sein Telefon. Er wollte abheben, doch dann zögerte er. Es war nur ein kurzes Klingeln, das sofort verstummte – es war kein Gespräch für ihn, sondern eines zum Mithören. Er nahm schnell den Hörer ab und hielt die Sprechmuschel zu. Diesmal hörte er die Stimmen von zwei Schwarzen, die eines jüngeren Mannes und eine Stimme, die nach Bullet klang. Endlich. Die Stimme des jungen Mannes wurde überlagert von Maschinenlärm.

»Hey, Mann, was soll ich mit der Meerwasserpumpe machen? Ich habe kaum fünfzig Ohm drauf, aber der First Class will, daß ich sie laufen lasse.«

»Schalte ein Hitzegebläse zu«, sagte Bullet. »Trockne sie aus. Miß noch einmal am Ende der Wache mit dem Megohmmeter. Wenn dann immer noch zuwenig Druck drauf ist, schalte sie ab, montiere sie ab und bring sie her, damit wir sie überholen können. Sag dem Wachhabenden vom Dienst Bescheid. Wenn er ein Problem damit hat, soll er mich anrufen.«

»Ja, gut, Mann. Aber ich glaube, die Scheißpumpe krepiert mir.«

»Dann schalte sofort das Gebläse zu, Mann.« Bullet legte auf, und Sekunden später auch der Elektriker aus dem Maschinenraum. Jackson legte ebenfalls den Hörer auf die Gabel und lehnte sich in seinem Drehsessel zurück.

Genauso habe ich es gewollt, dachte er. Das war kein rassistisches Gerede, das waren präzise technische Anweisungen von einem ranghöheren Elektriker. Wir haben es also mit einem Weißen und den schwarzen Brüdern zu tun. Jackson lachte leise. Bullet sprach Jargon. Zugleich hatte er Collegebildung, Verstand und ein Verhaltensproblem, das ihm schlechte Beurteilungen eingebracht hat, jedoch nicht genau genannt wurde. Interessant. Er nahm den Hörer ab und wählte die Nummer der Unteroffiziersmesse.

Chief Hallowell meldete sich.

»Hey, Hally. Hier Jackson. Ist Martinez da?«

Petty Officer Second Class Marcowitz saß in kalten Schweiß gebadet in Jacksons Büro. Der Sheriff hatte ihm soeben erklärt, was ihn erwartete: Degradierung durch den Kapitän, Überführung ins Militärgefängnis Subic, das

Warten auf den Kriegsgerichtsprozeß, der Prozeß selbst, vermutlich auf der Clark Air Force Base in Manila, dann die Verschiffung in die Staaten und nach Kansas für mindestens zehn Jahre Haft im Bundesgefängnis Leavenworth.

Es war 21 Uhr; auf dem Schiff bereitete man sich für die Nacht vor. Draußen auf dem Broadway war schwach der Ton der Filmvorführung auf den Messedecks zu hören. Jackson widmete sich den Papieren auf seinem Schreibtisch und steigerte die Spannung. Er wußte bereits, daß die Jungs der Abteilung Feuerleitung auf Marcowitz sauer waren, weil er nur herumsaß und sie seine Wache übernehmen mußten. Und Jackson hatte auf einem seiner Rundgänge Marcowitz beiläufig gefragt, ob er Chief Martinez gesehen hatte. Das war gestern gewesen, und als Jackson Marcowitz vor ein paar Minuten in sein Büro gebracht hatte, war er so verängstigt gewesen, daß er sich in jeder Ecke nach Martinez umgesehen hatte. Um Marcowitz noch mehr einzuheizen, hatte Jackson eine Antwort auf einen angeblichen Anruf von der Brücke vorgetäuscht.

»Ja, Chief. Nein. Ich weiß nicht, wo er ist. Er soll in seiner Koje bleiben und darf nur zu den Mahlzeiten und Toilettenbesuchen raus. Ja, das werde ich. Danke.« Dann hatte er sich wieder angeblich seiner Schreibarbeit gewidmet und Marcowitz immer noch nicht angeschaut. Als er schließlich annahm, die volle Aufmerksamkeit des Petty Officers zu haben, blickte er zu ihm auf.

»Nun, Marcowitz, ich hoffe, der Stoff war gut. Denn du wirst einen hohen Preis dafür zahlen.«

Marcowitz blickte sich besorgt in dem kleinen Büro um. Er schluckte, sagte jedoch nichts.

»Natürlich gibt es eine Möglichkeit für dich, die Strafe zu mildern. Aber ich weiß nicht ... du warst high im Dienst, im Kriegsgebiet, wo feindliche Flugzeuge das Schiff bedrohten. Diese Fliegerjungen der Air Force in Clark werden wenig Verständnis für diesen Scheiß haben, weißt du das?«

Marcowitz nickte und knetete die Hände auf dem Schoß. Jackson bearbeitete ihn weiter.

»Ich muß die Richtigkeit der Adresse deiner nächsten Angehörigen überprüfen – das sind laut Akte deine Eltern.«

Marcowitz räusperte sich. »Meine Eltern?«

»Ja, deine Eltern. Wir müssen ihnen schreiben und ihnen mitteilen, warum du vom Schiff entfernt worden bist. Gib ihnen Zeit, herauszufinden, wie der Knast Leavenworth ist. Der ist ziemlich abgelegen, irgendwo dort draußen in den Great Plains. Verdammt dicke Mauern wie eine Festung, Stahltore und ein paar tausend Mörder, Vergewaltiger und Kinderschänder im Käfig.«

»Käfig?«

»Bau. Knast. Kittchen, such dir die Bezeichnung aus. Alles läuft auf Käfig für Tiere hinaus.«

»Sie werden meine Eltern informieren?«

»Na, klar. Wir lassen Typen wie dich nicht einfach verschwinden. Und diese Central High, das war deine High-School, richtig?«

»Meine High-School?«

»Ja. Weißt du, wir benachrichtigen immer die Schulen eines Jungen, den wir aus der Navy entfernen, damit sie eine Statistik führen können, wie sich ihre ehemaligen Schüler im Leben bewährt haben. Leider müssen wir der Schule mitteilen, daß du zehn, vielleicht zwanzig Jahre im Bundesknast bist. Dann will die Schule wissen, welchen Scheiß du gebaut hast. Und die Navy muß natürlich eine Presseverlautbarung an die Zeitungen deiner Heimatstadt liefern. Das steht alles in den Vorschriften.«

Marcowitz war sichtlich erschüttert. »Sie müssen es sagen ...«

»O ja. Das muß sein. Das muß öffentlich bekanntgegeben werden. Sonst behaupten all diese kommunistischen Kriegsgegner, wir wären ein geheimer Polizeistaat und stecken Leute ohne Prozeß in den Knast, lassen sie einfach verschwinden wie die Gulagsache in Rußland. Nein, wir müssen die ganze Sauerei öffentlich bekannt machen. Es ist in gewissem Sinne eine Schande, aber wer schert sich schon einen Dreck um einen Scheißkerl, der auf Wache in einem Kriegsgebiet Stoff raucht?«

Marcowitz schlug die Hände vors Gesicht und neigte sich auf dem Stuhl vor. Jackson wartete, damit er sich erinnern konnte, womit das Gespräch begonnen hatte. Marcowitz nahm die Hände vom Gesicht und schaute ihn an.

»Sie sagten ... Sie sagten, es gibt eine Möglichkeit, um die Strafe ...«

»Zu mildern?«

»Ja. Zu mildern. Daß ich weniger bekomme, wenn ich was tue, oder?«

Jackson gab sich eine Minute lang nachdenklich. »Vermutlich nicht, wenn ich darüber nachdenke. Ich meine, was könntest du schon für mich tun, das man vielleicht gegen das aufrechnen kann, was du uns und dem Schiff angetan hast?«

Marcowitz starrte wieder zu Boden und nagte an der Unterlippe. Jackson beobachtete ihn. Ein fünfundzwanzigjähriger Petty Officer Second Class, ein E-5 mit achtzehn Monaten elektronischer Ausbildung für Fortgeschrittene und drei Jahren Erfahrung bei der Flotte. Er hätte ehrenhaft aus der Navy ausscheiden und mit dieser Ausbildung und seinem Entlassunggeld als Startkapital in Dutzende von Geschäften einsteigen können. Aber jetzt sah er wie das aus, was er war: ein Junge mit schrecklicher Angst. Schließlich blickte Marcowitz auf.

»Ich kann Ihnen sagen, woher ich den Stoff bekommen habe.«

»Hölle, Sohn, ich *weiß*, woher du ihn bekommen hast. Du hast mit einem schwarzen Kerl gesprochen, und er hat ihn dir besorgt.«

Marcowitz blinzelte. »Wollen Sie nicht wissen, wer es ist?«

»Was hätte ich davon? Ich kann ihn nicht nur auf deine Aussage hin verhaften.«

Marcowitz biß sich auf die Unterlippe, aber dann nahmen seine Augen einen verschlagenen Ausdruck an.

»Aber wenn ich einen Kauf für Sie machen würde? Etwas, das Sie beobachten könnten? Dann könnten Sie ihn auf frischer Tat verhaften.«

»Du meinst, dieser Kerl wagt sich jetzt noch an dich heran? Nachdem du erwischt worden bist?«

»Scheiße. Aber jetzt ist es wohl egal«, sagte Marcowitz. »Ich wollte es nicht sagen, aber ihr habt mich in der Hand. Es ist nicht nur ein Kerl, und es sind nicht ein paar. Es ist jeder von ihnen.« Marcowitz starrte Chief Jackson an. »Jeder der schwarzen Mannschaftsdienstgrade. Scheiße, ich dachte, Sie wissen das – sie sind selbst schwarz. Wenn Sie auf diesem Schiff Stoff haben wollen, Mann, dann brauchen Sie sich nur an einen Nig… äh … Schwarzen zu wenden.«

Jackson starrte zurück und versuchte seinen wachsenden Zorn zu zügeln.

»Und wer ist der Boss?«

Marcowitz schnaubte. »Woher soll ich das wissen, Mann? Aber ich wette eines.«

»Was?«

»Daß er verdammt kein Weißer ist.«

26

Brian stand mit Jack Folsom, der die OOD-Wache von vier bis acht Uhr hatte, auf der dunklen Brücke. Es war eine warme, feuchte, mondlose Nacht mit gelegentlichen Schauern. Brian hatte sich das Fernglas aus dem Kartenraum geliehen und spähte nach Steuerbord, um im Dunkel den Nuklearkreuzer *Long Beach* zu erkennen. Der Kreuzer war nur zweitausend Yard entfernt, kaum eine Seemeile, aber total abgedunkelt und deshalb bis auf eine blinkende rote Signallampe unsichtbar.

»Meinen Sie, es wird funktionieren, Mr. Holcomb?« fragte Folsom.

»Ja, wenn einige MiGs aufsteigen. Wir haben diskret über unverschlüsselten Funk durchsickern lassen, daß uns die *Long Beach* in zwei Tagen ablösen wird.«

»Gibt es einen Grund, warum wir MiGs erwarten?«

»In unserer Gegend? Nein. Aber sie fliegen ständig um Hanoi und Haiphong. Das ist das Schöne an dieser kleinen Operation – sie wissen, daß wir nichts außerhalb von vierzig Meilen treffen können, und so fühlen sie sich in achtzig Meilen Entfernung im Binnenland sicher, solange dieser Kreuzer dort drüben nicht da ist. Sie wissen, daß seine Talos, die Vögel mit Wasser-Luft-Fernlenkgeschossen, eine Reichweite von hundert Meilen haben.«

»Aber wenn die *Long Beach* das Radar einschaltet, verschafft ihnen das nicht Zeit, sich auf einen Angriff von uns vorzubereiten?«

»Nun, das ist der springende Punkt. Die *Long Beach* kam mit Funkstille von Subic, und so wissen die sowjetischen Ortungssysteme nicht, wo sie ist – jedenfalls theoretisch. Wir werden *unser* Radar einschalten und die fernen MiGs erfassen und verfolgen. Das wird sie nicht jucken, weil sie ein Terrier-Boden-Luft-Fernlenkgeschoß mit einer Reichweite von vierzig Meilen erkennen und wissen, daß wir sie nicht erreichen können. Aber wir übermitteln präzise Verfolgungsdaten via Naval Tactical Data System an die *Long Beach*, und wenn die MiGs in der Luft sind und sich sicher fühlen, schickt die *Long Beach* die Talos mit hundert Kilometer Reichweite nach unseren Daten auf die Reise. Wenn sie etwa achtzig Prozent ihres Flugwegs zurückgelegt haben, nimmt die *Long Beach* sie auf ihre eigenen Leitstrahlen und, ja, die MiGs werden gewarnt, aber der Zeitpunkt zum Abfangen ist ungefähr sechzig Sekunden überschritten. Diese Talos sind Rammjets – sie beschleunigen einfach, bis sie etwas treffen.«

»Ich habe mal eines dieser Boden-Luft-Fernlenkgeschosse gesehen – es war riesig. Sieben Meter lang und über einen Meter im *Durchmesser*.«

»Ja. Sie fliegen mit ungefähr dreitausend Stundenmeilen durch ihre Ziele.«

»Der Trick besteht also darin, die bösen Jungs nicht wissen zu lassen, daß die *Long Beach* schon hier ist.«

»Sie haben es kapiert.«

Folsom suchte die Dunkelheit mit seinem eigenen Fernglas ab. »Wer hat sich diese kleine Gaunermethode ausgedacht?«

»Ob Sie es glauben oder nicht, jemand dort unten vom Stab von CTF siebenundsiebzig. Die Jungs auf dem Flugzeugträger haben sogar die Täuschung um Subic und Olongapo herum verbreitet.«

Folsom nickte. »Hoffentlich. Diese Barmädchen wissen mehr über Schiffsbewegungen als die Planer der Siebten Flotte.«

»Ja, das habe ich gehört. Natürlich habe ich nicht viel über Olongapo erfahren.«

Folsom lachte. »Es ist alles wahr, was darüber erzählt wird. Wenn Sie was erleben wollen, dann lassen Sie sich von Chief Martinez mit an Land nehmen.«

Brian dachte darüber nach. »Ich bin es eigentlich nicht gewohnt, mit Unteroffizieren die Freizeit zu verbringen«, sagte er dann.

Folsom grinste. »Jawohl, Sir. Das liegt an all Ihrer Ostküsten-Navy-Ausbildung. Ich hörte, daß es dort etwas förmlicher zugeht. Aber ich meine es ernst. Der Chief wird Ihnen alles Sehenswerte zeigen, und er ist groß und stark genug, um aufzupassen, daß Ihnen nichts passiert. Daran sollte ein WESTPAC-Neuling denken. Der Trick besteht darin, zu wissen, wann das Feuerwasser den Indianer im Griff hat; dann sollten Sie sich schleunigst verdrücken. Sie wissen von der Sperrstunde?«

»Nein. Welche Sperrstunde?«

»Wenn Sie in Subic an Land gehen, müssen Sie sich entscheiden, welche Pläne Sie haben. Der Stützpunkt hat eine

Sperrstunde mit Zeitbeschränkungen je nach Dienstgrad. Unteroffiziere müssen bis Mitternacht durch das Haupttor zurückgekehrt sein; Lieutenant Commanders und darüber bis halb zwei. Jeder sonst liegt irgendwo dazwischen. Die Tore werden um sieben wieder geöffnet. Sie müssen es also rechtzeitig durchs Tor schaffen oder sich verlieben und über Nacht in der Stadt bleiben.«

»Das fällt bei mir flach; ich bin bereits verheiratet.«

Jack schnaubte. »Im WESTPAC ist niemand verheiratet, Mr. Holcomb.«

Brian erwiderte nichts darauf. Er hatte diese Regel schon gehört. Wenn man die internationale Datumsgrenze überquerte, wurde der Ehestand wohl nicht so genau genommen.

»Was passiert, wenn man am Tor, sagen wir mal, erst um zwei Uhr auftaucht?« fragte er schließlich, um das Thema Ehe zu wechseln.

»Man läßt Sie rein und schreibt Sie auf.«

»Auch Offiziere?«

»Jawohl, Sir, besonders Offiziere. Die Marines lieben diesen Scheiß. Sie erwischten mal den XO, aber er redete ihnen aus, ihn aufzuschreiben, indem er darauf hinwies, daß ihn drei Frauen auf dem Weg zum Tor verfolgten. Die Marines waren so beeindruckt, daß sie ihn laufenließen.«

Brian grinste in der Dunkelheit. Als es zu regnen begann, wichen er und Folsom zur Tür des Ruderhauses zurück. Folsom überprüfte das Radar, um sicherzustellen, daß der große Kreuzer ungefähr tausend Yards steuerbord der *Hood* blieb. Brian zog seine Taschenlampe mit rotem Glas hervor und schaute auf seine Armbanduhr. Er mußte ins Combat Information Center zurückkehren.

»Ich muß gehen«, sagte er. »Jeder packt emsig für die Ablösung. Es geht im CIC zu wie an einem Umzugstag.«

»Jawohl, Sir, das hörte ich. Die Lichtsignale werden nonstop ausgetauscht, seit die *Long Beach* aufgetaucht ist. Alle Arten von ›Haben-Sie?‹-Botschaften treffen beim Versorgungsoffizier ein.«

»Ja. Ich wäre froh, wenn ich die Ablösung mit intakten Systemen hinter mich bringen könnte. Obwohl es der Graf ist, der für gewöhnlich das meiste Zeug übergeben muß.«

»Könnte keinem netteren Typen passieren.«

»Na, na, Mister. Leutnants zur See haben Commanders nicht zu kritisieren.«

»Wenn Sie meinen, Sir.«

Brian lachte. »Die Bullaugen haben Ohren, wie es heißt. Ich sehe Sie später.«

Brian steckte das Fernglas zurück in die Halterung beim Kartentisch und kehrte ins CIC zurück. Fox Hudson war der SWIC; er konzentrierte sich auf den nordwestlichen Radarsektor und suchte nach MiGs.

»Ist was los?« fragte Brian.

»Nein, Sir. Aber es ist noch ein wenig früh. Wenn die MiGs fliegen, steigen sie für gewöhnlich im Morgengrauen von den Stützpunkten auf. Wir haben noch gut eine Stunde. Andernfalls wird sich nichts tun. Die *Long Beach* hält weiterhin Funkstille, und die Programmverbindung der Computer und das Radar sind ausgeschaltet. Und wir kommunizieren auch nicht mit ihr.«

Brian nickte und schaute sich im Combat um. Die Höhle war nur mit halber Mannschaft besetzt, während der Rest der Radarbediener die Akten und Datenauswertungen in Aluminiumkisten verpackte, um sie am Morgen bei der Ablösung den Kollegen der *Long Beach* zu übergeben. Es herrschte allgemeine Aufregung, weil sich die erste Dienstzeit an der Front dem Ende näherte. Die älteren Hasen versuchten sich gegenseitig mit Geschichten über Subic zu übertreffen.

»Das klingt, als würden im Combat allerhand Lügenmärchen aufgetischt«, bemerkte Brian.

»Jawohl, Sir. Den neuen Jungs werden die Ohren vollgestopft.«

»Das kann ich mir vorstellen. Sind die Fernlenksysteme einsatzbereit?«

»Jawohl, Sir. Wir haben unten in der Feuerleitung das

erste Team an den Konsolen. Sobald wir einen Kontakt haben, nehmen wir ihn auf den Leitstrahl und gewöhnen die MiG-Piloten daran, daß sie ihren Alarm im Cockpit sehen.«

»Aber keinen Feuerleitstrahl, richtig?«

»Richtig, Sir. Ein Feuerleitstrahl bedeutet, daß ein Flugkörper unterwegs ist. Sie sind an unser Erfassungsradar gewöhnt – wir erfassen sie sogar, wenn sie noch hundert Meilen entfernt sind, auch wenn Sie wissen, daß wir sie nicht erreichen können.«

»Aber sie würden die Talos-Radars erkennen, nicht wahr?«

»Im Nu. Wenn Sie eine MiG flüchten sehen wollen, dann brauchen Sie den Commies nur einen Hauch von Talos-Radar zu zeigen. Deshalb sollte die Überraschung klappen.«

Brian blickte hinüber zum Waffenmodul. Die Konsolen des FCSC, des Fire Control Systems Coordinator, und des EC, des Engagement Controller, waren von Chief Petty Officers bemannt. Nach dem Zwischenfall mit Marcowitz hatte Brian auf dem Einsatz des ersten Teams bestanden, als die Botschaft vom Täuschungsmanöver der *Long Beach* eingetroffen war. Er hatte den Eindruck gewonnen, daß der stellvertretende Kommandant das befohlen hätte, wenn er ihm nicht zuvorgekommen wäre. Es war ihm klar, daß diese Mission mit der *Long Beach* eine präzise Koordination erforderte, wenn sich ein Ziel zeigte. Der Kreuzer würde im wesentlichen seine Talos, die Boden-Luft-Fernlenkgeschosse mit hundert Meilen Reichweite, abfeuern, auf einen Punkt, den die Computer der *Hood* vorausberechnen würden. Um ausgetrickst zu werden, mußten den Computern der *Hood* schon einige sorgfältig ausgearbeitete falsche Daten vorgegeben werden.

»Der CO und XO wollen gerufen werden, wenn sich etwas tut, Mr. Holcomb.«

»Ja. Austin ebenfalls. Und wir müssen daran denken, das BARCAP aus dem Weg zu bekommen, wenn wir uns entscheiden, eine Kampfhandlung zu unternehmen.«

»Das ist kein Problem«, sagte der AIC – der Air Intercept Controller, der Jagdflugzeuge leitete –, der zugehört hatte. »Ich werde die Jungs rechtzeitig vor einem Einsatz der Talos warnen.«

»Gut«, sagt Brian. »Wir werden nicht viel Zeit haben, um herumzutändeln, wenn die kleine Operation erst im Gange ist.«

Er ging hinüber zur Abteilung Überwasser, um sich zu vergewissern, daß der Kreuzer nicht auf die *Hood* zutrieb. Mit seinem abgeschalteten Radar konnte der große Kreuzer in der Dunkelheit nicht die Position zu der *Hood* halten, und so war es die Aufgabe der *Hood,* die Distanz von zweitausend Yards zu gewährleisten. Der Kreuzer war noch auf seiner Position. Die Jungs der Abteilung Überwasser waren froh, etwas zu tun zu haben; abgesehen von der monatlichen Versorgungsfahrt zum Flugzeugträger fuhr seit Wochen kein anderes Schiff im Umkreis von fünfzig Meilen der *Hood*.

Um 5 Uhr 20 machte Fox die Meldung, auf die alle warteten.

»Unbekanntes Flugobjekt, unbekanntes Flugobjekt …«

Brian blickte über Fox' Schulter auf den Schirm. Fox hatte sofort das Symbol für unbekannte Flugobjekte eingegeben. Zwei MiGs tauchten nördlich und westlich von Hanoi auf, wo es mehrere Militärflughäfen gab. Die Video-Echoimpulse waren winzig, aber sie waren definitiv da.

»Müssen wir die *Long Beach* alarmieren?« fragte Brian.

»Nein, Sir. Sie sind passiv mit uns verbunden. Sie wissen bereits, daß diese Jungs in der Luft sind. Wir sollten aber vermutlich unsere Position so verändern, daß sie ihre Talos nicht über uns hinweg starten müssen.«

»Gut gedacht«, sagte Brian. Er gab der Abteilung Überwasser Befehle zur Übermittlung an die Brücke und rief dann den CO, XO und den Einsatzoffizer an. Als sie im CIC eintrafen, waren die MiGs fast auf dreitausend Fuß Höhe, und um das D & D, dem Display-und-Decision-Modul im Combat, hatte sich eine Gruppe gebildet. Die MiGs kreisten weiterhin langsam, näherten sich aber mit jeder Umkreisung mehr dem Datenpunkt auf den Schirmen, der die nordvietnamesische Hauptstadt markierte. Brian sah, daß der AIC mit den Zähnen knirschte; zwei langsam fliegende MiGs waren auf seinem Schirm, und er hätte liebend gern die BARCAP eingesetzt, auch wenn es gegen die Vorschriften war, MiGs in der Nähe von Hanoi anzugreifen. Aber er konnte nichts über die unverschlüsselten Funkkreise sagen, weil es Zuhörer an Land gewarnt hätte.

Obwohl Brian der Auswerter war, agierte Austin in dieser Funktion, als er die taktische Lage eingeschätzt hatte. Brian wurde nach hinten in die Menge der Männer mit den Khakiuniformen gedrängt, die sich um die SWIC-Konsole scharten. Der Captain bat Fox Hudson um die neuesten Daten.

»Zwei Bogeys als Kandidaten für die *Long Beach*, Captain, gegenwärtig im System als unbekannte Flugobjekte. Wir wollen sie in feindliche umwandeln und erfassen und verfolgen.«

Der Captain neigte sich näher zum Schirm. »Bekommen wir hier einen Schuß?« fragte er.

»Jawohl, Sir. Sie operieren anscheinend in einem Muster, das sie zwischen einundneunzig und hundertfünf Meilen an unsere Position heranbringt, also auf maximale Reichweite. Die *Long Beach* wird auf Befehl unserer Feuerleitung feuern, und wir werden sie mit dem Radar verfolgen. Zum Abfangzeitpunkt minus zwanzig Sekunden werden wir die *Long Beach* den eigenen Leitstrahl einsetzen lassen, und sie wird die Fernlenkgeschosse ins Ziel schicken. Danach ...«

»Danach heißt es ›Guten Morgen, Vietnam‹, wie der Discjockey sagt«, vollendete der Stellvertretende Kommandant.

»Jawohl, Sir.«

»Okay, informieren Sie Alfa Whiskey, daß wir das Programm starten, und fangen wir an«, sagte der Captain und nahm in seinem Drehsessel Platz.

»Aye, aye, Sir.« Fox betätigte einige Tasten, stellte die beiden Symbole auf feindliche um und schickte den Gefechtsbefehl an die Waffenkontrolle. Brian ging dorthin, als er den Befehl hörte. Aus dem Augenwinkel sah er Garuda Barry ins Combat kommen. Wenn etwas hier los war, sprach sich das natürlich herum. Der Alarm summte beim FCSC, als er zu der Konsole des Fire Control Systems Coordinator ging. Der FCSC gab die Daten ein, und die Radarschirme schwangen herum und erfaßten die beiden Flugzeuge, die über der nordvietnamesischen Hauptstadt kreisten.

»SWIC, FCSC, System eins verfolgt.« Eine Pause. »System zwei verfolgt.«

Brian versuchte sich den Ablauf der Ereignisse auf dem Kreuzer vorzustellen: Die Daten von der *Hood* wurden in die Computer für die Talos der *Long Beach* eingegeben. Ihr eigener EC, der Engagement Controller, würde das Kommando zum Laden geben, und die Abschußvorrichtung für die Fernlenkgeschosse auf dem Heck des Kreuzers würden automatisch aktiviert und auf das Ziel eingestellt werden. Binnen Sekunden würden die Fernlenkgeschosse abschußbereit sein.

Brian sah, daß Austin über den gesicherten UHF-Kreis mit dem Kreuzer sprach. Austin nickte und hängte den Hörer ein.

»Die *Long Beach* ist bereit und will, daß wir den Feuerbefehl geben, sobald die MiGs auf ihrer Kreisbahn die maximale Reichweite verlassen und näher sind«, meldete er dem Captain. Es herrschte angespannte Stille im D & D, während Fox auf dem Schirm die beiden nichtsahnenden MiGs beobachtete.

»Unwissenheit ist eine Wonne«, murmelte der Stellvertretende Kommandant.

»Aber sie wissen, daß wir sie mit dem Radar erfassen, nicht wahr?« fragte Brian.

»Ja, aber das juckt sie nicht. Wir erfassen sie dauernd. Sie meinen, wir sind fünfundvierzig Meilen außer Reichweite.«

»Aber der Achthundertpfundgorilla nebenan ist das nicht«, bemerkte Garuda.

»Geben Sie ihnen sechzig Sekunden Bereitschaft«, sagte Fox. Austin übermittelte es über den gesicherten Funk. Sechzig Sekunden vergingen, dann weitere fünfzehn.

»Okay«, sagte Fox, »sie drehen, geben Sie den Feuerbefehl.«

Austin drückte auf die Taste und sagte: »Feuer frei!« Fast gleichzeitig donnerte das Antriebsaggegrat einer Talos-Rakete irgendwo steuerbord der *Hood,* ein gewaltiges Krachen und Röhren, als die Rakete mit hundert Meilen Reichweite in den grauen Himmel heulte, Sekunden später von seinem Zwilling gefolgt. Das Donnern der beiden Fernlenkgeschosse ließ fast eine Minute lang die Schotts des Combat erzittern.

»Vielleicht hätten wir die Crew vorwarnen müssen«, bemerkte der XO. »Bei diesem Krach werden einige Jungs aus der Koje fallen.«

»Wie lange ist die Flugzeit, Graf?« fragte der Captain, als das Donnern der Raketen nachließ und verstummte.

Austin wandte sich um und sah Brian an, als wollte er sagen: »Das ist eine Frage an den Waffenoffizier.«

Brian hatte es mit dem FCSC ausgearbeitet. »Ungefähr hundertzehn Sekunden, Captain. Wir sollten sie in weiteren fünfunddreißig Sekunden in die Luft bringen«, antwortete Brian und sah auf die Countdownuhr auf der Konsole des FCSC.

Der Captain nickte. »Okay. Brian, Sie sind dran.«

Brian starrte auf die Uhr, während er im Geiste noch einmal schnell rechnete. Fünfundachtzig Meilen, Geschwindigkeit dreitausend Stundenmeilen, aber einige Sekunden, um diese Höchstgeschwindigkeit zu erreichen.

»Mr. Austin, in Bereitschaft halten, in zehn Sekunden Einsatz.«

Austin stellte die Verbindung zum Kreuzer her. »*Long Beach*. In Bereitschaft halten« – er wartete, bis Brian zehn sagte und zählte dann »– ten, nine, eight, seven, six –«, eine

Pause, um das Wort five zu vermeiden, das mit fire verwechselt werden konnte, »- four, three, two – aktivieren! Ich wiederhole: aktivieren!«

Aus dem Lautsprecher der Bordverständigungsanlage ertönte eine verzerrte Stimme: »Auswerter, EW, *Long Beach*-Erfassungsstrahl aktiviert!«

Brian betrachtete den kleinen Schirm an der Seite der Konsole des Engagement Controller, als der Rest der Offiziere sich um die SWIC-Konsole drängte. In der Theorie leuchteten bereits die Warnlämpchen in den Cockpits der MiGs wegen des Erfassungsradars der *Hood;* hoffentlich bemerkte man nicht die zusätzlichen Talos-Strahlen.

»Auswerter, EW, Talos-CWI ist aktiviert.«

Brian hatte auf die Meldung gewartet, daß der Leitstrahl für die Fernlenkgeschose mit hundert Meilen Reichweite im Einsatz war. »Okay, einstellen«, befahl er. Der FCSC nahm die Terrier-Radars von den beiden MiGs, um eine gegenseitige Störung zu vermeiden. Stimmengewirr brandete im D & D auf, als die Höhenanzeigen auf den Symbolen der MiGs die Computerzahlen der SPS-48-Suchradars angaben.

»Die Bogeys wollen abhauen!« rief Garuda. »Sie wissen, was auf sie zukommt!«

Plötzlich stoppten die Höhenangaben bei achtzehntausendfünfhundert Fuß.

»SWIC, 48er Suchradar: kein Video. Ich wiederhole, ich habe das Video auf den Koordinaten Null-drei-zwo-drei und null-drei-zwo-vier verloren!«

Hurrarufe hallten durch die Abteilung. Zum ersten Mal meldete sich die *Long Beach* für den Funklautsprecher, da jetzt keine Funkstille mehr nötig war.

»*Hood,* hier *Long Beach.* Ziel abgefangen, Ziel abgefangen. Wir haben die Bastarde erwischt. Zwei Abschüsse.«

Garuda stieß einen Jubelschrei aus und vollführte einen kleinen Siegestanz hinter seinem Drehsessel. Der Kapitän und sein Stellvertreter grinsten breit, und sogar Graf Austin lächelte.

»*Hood*, hier *Long Beach*, wir werden beim ersten Tageslicht für die Ablösung bereit sein. Erbitte ersten Helo um null-sieben-dreißig.«

Der Captain nickte, und Austin bestätigte. Der Captain winkte Brian zu sich.

»Das war gute Arbeit, Holcomb. Sagen Sie Ihren Leuten ›gut gemacht!‹ Ihr Jungs könnt euch eine der MiGs anrechnen. Die *Long Beach* hat sie zwar abgeschossen, aber wir waren die Zielgeber.«

»Danke, Sir.«

Der Captain lehnte sich zurück in seinem Drehsessel, offenbar sehr zufrieden mit dem Ausgang der Operation. Brian, der neben dem Kapitän stand, hatte das Gefühl, etwas sagen zu sollen. Plötzlich dachte er an Marcowitz. Er räusperte sich und hielt schnell Ausschau, ob der XO in der Nähe war. Mains sprach außer Hörweite mit Austin.

»Äh, Captain, ich habe mich gefragt, was mit Marcowitz geschehen wird.«

»Marcowitz?« Der Captain schaute Brian verwirrt an.

»Ja, Sir, FTM zwei Marcowitz – der Kerl, den wir gestern nacht in der Zielerfassung erwischt haben.«

»Nun, Sie haben mich etwas durcheinandergebracht, Brian. Der XO hat mich über nichts informiert, das etwas mit einem Marcowitz zu tun hat. Gibt es irgendein Problem, das ich wissen sollte?«

In diesem Augenblick kehrte der stellvertretende Kommandant zurück, und Brian geriet fast in Panik.

»Nein, Sir«, sagte er hastig. »Es ist Routine. Ich nehme an, ich habe nur an Verwaltungsdinge gedacht, weil wir in den Hafen zurückkehren.« Der XO gesellte sich zu dem Captain und Brian.

Der Captain lächelte. »Nun, es warten wohl viele Verwaltungsdinge für alle von uns im Hafen.« Er blickte auf seine Armbanduhr. »Frühstückszeit«, sagte er und gähnte und reckte sich. »Dann muß die Ablösung stattfinden. XO, dies war ein gutes morgendliches Schießen.«

Der Captain und sein Stellvertreter begannen dann eine

Unterhaltung über den Abschuß der MiGs, während Brian sich zur Waffenabteilung zurückzog. *Er wußte es nicht! Er wußte überhaupt nichts über die Drogensache mit Marcowitz!* Brian dachte angstrengt nach. Der XO hatte ihm klar und deutlich gesagt, daß der Captain mit einer Anklage von Marcowitz warten wollte, bis sie in Subic waren. Was, zum Teufel, wurde hier gespielt?

Der Captain und sein Stellvertreter gratulierten noch einmal dem Team auf Wache und verließen das Combat Information Center. Der XO hatte anscheinend keine Ahnung, daß Brian wegen Marcowitz gefragt hatte. Und was wäre passiert, wenn der Captain den Namen beim XO erwähnt hätte? Brian wollte nicht an diese Möglichkeit denken. Er ging zur SWIC-Konsole und fühlte sich äußerst unbehaglich. Hudson blickte über die Schulter.

»Wieder auf Wache?« fragte er.

»Nachdem all die wichtigen Leute weg sind, darf ich wieder Auswerter spielen, nehme ich an.«

Fox lachte. »Verstanden. Aber Sie werden sich daran gewöhnen, Brian. Wann immer es sich um eine größere Sache handelt, schreiten der Graf und der CO und XO wie Könige her. Der Offizier vom Dienst ist stets sauer, wenn Austin einfach herumkommandiert. Einmal hat er angekündigt, daß Mr. Austin die Wache hat, und ist einfach hinausspaziert.«

»Und was ist geschehen?«

»Der Alte hat ihn zur Schnecke gemacht.« Fox blickte über die Schulter, um sich zu vergewissern, daß niemand in Hörweite war. »Wissen Sie, es gibt Insider und wirklich *Eingeweihte*, wenn Sie verstehen, was ich meine. Nichts Persönliches, nur um zu sagen, wie dies hier läuft.«

Das finde ich gerade heraus, dachte Brian. »Okay. Was steht für den Rest der Wache an?«

Fox schaute auf seine Armbanduhr. »Wager Bird sollte sich ziemlich bald anmelden. Ich sah eine Spur von Osten kommen, bevor wir auf MiG-Jagd gingen. Der Rest der Unterstützungsflugzeuge über dem Golf wird ebenfalls bald eintreffen. Aber die heutige große Sache ist die Ablösung. Wir werden unser Symbol im Übertragungsweg übergeben und dann Big Mother, die BARCAP-Kontrolle, den TACAN-Kanal und schließlich das Rufzeichen abgeben. Wenn sich die *Long Beach* auf allen Netzen als Red Crown meldet, sind wir bereits fort.«

»Ich bin bereit. Ich glaube, ich werde in Subic die ganze Zeit schlafen.«

»Ich wette, das tun Sie nicht, Sir.«

27

Die Ablösung war endlich vorüber, und Brian Holcomb entspannte sich in der Gesellschaft von Jack Folsom auf dem Brückenflügel in der Brise, als Chief Jackson ihn fand. Der Sheriff hielt sich zurück, blieb auf dem Steg, der vom Brückenflügel nach achtern führte. Er genoß scheinbar das Abendrot des Sonnenuntergangs, aber in Wirklichkeit wartete er darauf, daß er mit Brian reden konnte. Eine leichte Brise strich über die Reling, als das Schiff durch das Südchinesische Meer auf dem Weg zu den Philippinen, rund sechshundert Meilen im Osten, pflügte. Folsom bemerkte schließlich den Chef der Schiffspolizei.

»Sheriff«, rief er. »Bereit für Subic?«

»Kaum, Mr. Folsom«, sagte Jackson und gesellte sich zu ihnen auf den Brückenflügel. »Dienstfreie Nächte in Subic sind großartig für die Truppe, aber die Hölle für den Sheriff. Stellen Sie sich vor: zwei-, dreihundert Jungs entdecken jede Nacht ihre Liebe zum Bier neu.«

Folsom lachte. »Matrosen gehören auf Schiffe, und Schiffe gehören auf See, richtig, Chief?«

»Völlig richtig, Sir.«

Folsom verdrehte die Augen. Sein Kollege auf Wache rief ihn ins Ruderhaus, und Folsom ließ Brian und Jackson allein. Jackson setzte Brian über die Informationen ins Bild, die er aus Marcowitz herausgeholt hatte. Brian schwieg lange und dachte über die Konsequenzen nach.

»Wenn stimmt, was er sagt«, fuhr Jackson fort, »dann ist das der dritte Zeuge, der ausgesagt hat, daß der Drogenring hier eine Operation von Schwarzen ist.«

»Mit einem Schwarzen als Boss.«

Jackson schwieg eine Weile. »Es ist mir peinlich, das zu sagen, aber so sieht es aus, ja, Sir«, erwiderte er dann.

Die große Gestalt von Chief Martinez tauchte auf dem Steg an der Steuerbordseite aus der Abenddämmerung auf. Er verharrte, als er sah, daß Jackson und Brian sich unterhielten, aber Brian winkte ihn heran. Chief Martinez' Gesicht wirkte wie ein großer, runder Schatten in der beginnenden Dunkelheit. Er hielt eine lange Zigarre in der linken Hand und einen Kaffeebecher in der anderen. Seine Mütze thronte zurückgeschoben auf dem massigen Schädel wie die Kopfbedeckung einer Puppe.

»Weiß Martinez, was Sie mir soeben erzählt haben?« fragte Brian.

Jackson verneinte und faßte seine Sitzung mit Marcowitz noch einmal zusammen, während Martinez aufmerksam zuhörte. Schließlich schüttelte Chief Martinez den Kopf.

»Sackgasse«, stellte er fest. Jackson sah, daß Brian zustimmend nickte.

»Warum?« fragte Jackson und schaute Brian fragend an. Brian ließ seinen Blick über den Brückenflügel und zum Ruderhaus schweifen, bevor er antwortete. Es war schnell dunkler geworden. Die Positionslampe an der Steuerbordseite warf einen roten Kreis in den Nebel, der um das Schiff wallte.

»Weil Sie keine solche Anschuldigung erheben können, ohne ein größeres Rassenproblem heraufzubeschwören.«

»Nicht, wenn *ich* als Schwarzer die Anschuldigung mache«, meinte Jackson.

Brian schüttelte den Kopf. »Sie sagen, Marcowitz hat

behauptet, jeder Schwarze ist beteiligt. Das ist lächerlich. Jeder Schwarze, das würde Sie einschließen, die Chiefs, ein halbes Dutzend E-6 Petty Officers und den Versorgungsoffizier. Wir beide wissen, daß nicht jeder Schwarze an Bord dieses Schiffes in das Drogengeschäft verwickelt ist. Die wahren Drogenhändler versuchen vielleicht, das ihren Kunden einzureden, damit sie glauben, es handelt sich um eine ziemlich mächtige Organisation. So hat hat jeder Konsument, besonders wenn er Weißer ist, große Angst, jemanden zu verpfeifen. Ich bezweifle wirklich, daß Sie im Augenblick etwas dagegen unternehmen können.«

»Vielleicht, aber vielleicht auch nicht«, überlegte Jackson. »Ich habe mir EM eins Wilsons Personalakte angesehen. Sie enthielt einige Überraschungen. Zum Beispiel war er mal Schiffspolizist. Und er hat ein College besucht, sogar mit akademischem Grad.«

»Warum macht ihn das verdächtig?« fragte Brian.

»Weil er sich wie ein ungebildeter Blödmann gibt, wenn er mit jemandem spricht, der ranghöher ist. Er zieht eine Schau ab.«

»Sie meinen, Bullet könnte der Boss sein?« fragte Martinez.

»Ich weiß es nicht«, erwiderte Jackson mit einem Seufzen. »Ich habe keine Beweise – nur ein paar besorgte kleine Fische, die sich verplappern und Andeutungen machen. Es müßte eine andere Möglichkeit geben, dahinterzukommen.« Jackson seufzte von neuem. Holcomb hatte recht. Er hätte das selbst erkennen müssen. Vielleicht war er zu engagiert in dieser Sache. »Es müßte eine andere Möglichkeit geben«, widerholte er.

»Diese Drogenscheiße«, grollte Martinez. »Für die Jungs ist das ein Räuber-und-Gendarm-Spiel, bei dem sie high werden, der Navy den Stinkefinger zeigen und über die Vorschriften lachen. Für die Dealer ist es Zaster. Wenn man einen Typen mit viel Geld fände, mit mehr Moos, als er haben sollte, und ihn unter die Lupe nähme, hätte man vielleicht Glück.«

»Ich habe keinen an Bord gesehen, der Bankierkleidung trägt«, sagte Brian.

»Bankier?« fragte Jackson und schaute Martinez an.

»Scheiße, ja, der Bankier«, sagte Martinez. »Der Kredithai.«

»Knoblauch«, sagten Jackson und Martinez wie aus einem Munde.

»Da komme ich nicht mehr mit«, bekannte Brian.

»Knoblauch, der MAA auf den Messedecks. Großer fetter Kerl. Er ist der Kredithai des Schiffes. Wissen Sie, wenn wir in Subic sind und jemand kein Geld mehr hat, dann geht er zum Kredithai und leiht sich welches. Knoblauch gibt ihm für fünf zu sechs Kredit: für fünf Bucks, die man sich leiht, muß man am nächsten Zahltag sechs zurückzahlen. Wenn Sie sich zweihundert leihen, schulden sie am nächsten Zahltag zweihundertvierzig. Das Schiff kehrt sechs Wochen lang an die Front zurück, das sind drei Zahltage. Viel Zeit, um den Kredit zurückzuzahlen, besonders wenn man nirgendwo den Sold ausgeben kann, wenn man an der Front auf See ist.«

»Und Knoblauch hat Bargeld. Er hat stets 'ne Menge cash«, sagte Jackson.

»Bei diesen Zinsen sollte er auch Bargeld haben«, murmelte Brian. »Ich dachte, solche Geschäfte sind illegal.«

»Sind sie auch«, sagte Jackson. »Aber auf den meisten Schiffen drückt man ein Auge zu, solange die Chiefs die Sache im Griff haben und sicherstellen, daß das Geld nicht mit Gewalt durch Vollstrecker eingetrieben wird. Jemand steigt immer in das Geschäft ein, und so lautet die Theorie, es lieber zu dulden, wenn man weiß, wer dahintersteckt und was er tut, anstatt die Kontrolle darüber zu verlieren.«

Brian dachte an Martinez, als Jackson von ›Vollstrecker‹ sprach: Was sonst war der Chief Boatswain für den XO? Ein Vollstrecker. Aber was war die Verbindung zwischen dem Kredithai und dem Drogengeschäft?

»Wir müssen also die Verbindung zwischen Bullet und Knoblauch beweisen«, sagte Jackson. »Wenn wir beweisen können, daß bei Knoblauchs Kreditgeschäften Drogengeld im Spiel ist, dann könnten wir die ganze Sache auffliegen lassen – sofern was dran ist.«

»Ja«, stimmte Martinez zu. »Wenn wir ihr Geld kassieren, können sie keinen Nachschub an Stoff kaufen. Das würde ihnen wirklich einen Schlag versetzen.«

»Und wie wollen Sie das schaffen?« fragte Brian.

»Ich lasse einen meiner Spitzel mit markiertem Geld Stoff kaufen, sagen wir mal mit einem Bündel Zwanziger«, sagte Jackson. »Dann warte ich ein paar Wochen und besorge mir eine Schuldnerliste von Knoblauch. Wie ich schon sagte, er operiert sozusagen mit der Genehmigung der Chiefs. Ich überprüfe sein Geld und suche nach markierten Scheinen. Außerdem überprüfe ich, ob einige von den Zwanzigern oder alle noch im Umlauf sind. Wenn das der Fall ist, investiert der Drogenknabe, anstatt das Geld nur einzusacken.«

»Wie bringt uns das zu dem Boss?«

»Nur der Anführer wird genug Geld haben, um es bei Knoblauch zu investieren. Martinez und ich setzen Knoblauch unter Druck.«

»Ich habe Knoblauch gesehen. Da gehört schon einiges dazu, ihn unter Druck zu setzen.«

»Ich werde ihn in einen ausgeschalteten Kessel einsperren. Ein fetter Kerl wie der wird schon bei mir reden, wenn er Hunger und Durst hat«, sagte Martinez. Brian erschauerte bei dem Gedanken.

»Aber zuerst bringen wir einiges markiertes Geld in Umlauf«, sagte Jackson. »Ich muß damit warten, bis wir Subic verlassen haben und wieder auf See sind, denn sonst würde das markierte Geld nur an Land ausgegeben.«

»Verdammt, das wird eine Weile dauern«, sagte Brian.

»Es ist die einzige Spur, die wir im Augenblick haben, es sei denn, der Fall Marcowitz ergibt etwas, bei dem wir nachfassen können. Unterdessen werde ich Bullet Wilson im Auge behalten.«

28

San Diego

Maddy schaltete die Abendnachrichten ein und schaute angewidert auf ihre sonnenverbrannten Arme. Die Haut würde sich heute nacht abschälen, und sie würde morgen auf der Arbeit wie eine verdammte Leprakranke aussehen. Sie hatte den Samstag mit den Offiziersfrauen auf dem Strand der North Island Naval Air Station verbracht, wo Mrs. Huntington für den Nachmittag und Abend ein Familien-Umkleidezelt gemietet hatte. Es waren so viele Kinder am Strand herumgeflitzt, daß alle Frauen Mamapflichten hatten übernehmen müssen. Sie hatten sich mit der Aufsicht der spielenden Kinder abgelöst und sich dann gegenseitig beim Grillen von Hamburgern und Würstchen auf dem Holzkohlengrill behindert. Sogar Tizzy Hudson hatte sich blicken lassen, was eine Seltenheit war. Sie hatte sich nicht an den Aktivitäten der Ersatzmütter beteiligt, sondern ein großes Badetuch ausgebreitet und sich gesonnt. Maddy hatte belustigt beobachtet, wie sich die Wege der männlichen Strandbesucher verändert hatten, als Tizzy sich in ihrem goldfarbenen Bikini in der Nachmittagssonne geräkelt hatte. Sie war zu ihr gegangen.

»Woraus besteht dieser Bikini, aus Zellophan mit einem Hauch Gold?«

Tizzy rückte die Sonnenbrille zurecht, die im Gegensatz zu ihrem Bikini undurchsichtig war, und grinste. »Woraus genau, weiß ich nicht, aber wenn er naß wird, sieht er noch interessanter aus.«

»Das glaube ich, Tizzy. Man könnte denken, du willst dir Männer angeln statt sonnenbaden.«

»Na und, Maddy? Ich bin bestimmt nicht hergekommen, um in diesem kalten Wasser zu schwimmen. Was tut sich mit dir und Mr. Autrey, Schätzchen?«

Maddy schaute sich schell um, ob die anderen Frauen in

Hörweite waren. Sie legte sich neben Tizzy. Mit ihren Bermudashorts und der am Busen verknoteten Jeansbluse kam sie sich neben der großen Bikinischönheit wie ein Mauerblümchen vor.

»*Wenn* du ausnahmsweise mal dein Plappermäulchen halten kannst, dann erzähle ich es dir. Und die Antwort ist, wir haben *nichts* getan. Er hat mich zum Abendessen eingeladen und ich ... nun, ich habe zugesagt, denn ich fühlte mich zu dieser Höflichkeit verpflichtet, nachdem er soviel für mich getan hat.«

»Und was genau tut er für dich, Maddy?«

»Getan *hat*, Tizzy, darauf kommt es an. Er ist wirklich ein ziemlich exotischer Typ – bildet Offiziere des Marine Corps in Überlebenstechniken aus für den Fall, daß sie hinter feindliche Linien geraten oder so. Aber ich bin mit ihm nur zum Abendessen ausgegangen, und das war alles, okay?«

Tizzy wälzte sich auf den Bauch und zupfte langsam das Oberteil ihres Bikinis zurecht, was zwei Offiziere, die über den Strand wanderten, so ablenkte, daß sie zusammenprallten.

»Wenn du es sagst, Maddy«, meinte Tizzy. »Aber warum reagierst du so empfindlich auf meine Fragen? Wenn du mit diesem Typen nur zum Abendessen ausgegangen bist, dann ist das doch keine große Sache. Er hat dich doch nicht noch mal eingeladen, oder?«

»Nein. Und wenn er das tun sollte, stehe ich nicht zur Verfügung. Mensch, Tizzy, stell dir vor, in welche Schwierigkeiten ich komme, wenn jemand herausfindet ...«

»Was herausfindet, verdammt noch mal? Du bist zum MCRD gefahren – mit mir, möchte ich hinzufügen, obwohl das bei diesen Frauen vielleicht nicht für dich spricht –, bist ein wenig in die Klemme geraten, dieser Typ hat dir geholfen und du bist mit ihm essen gegangen, um dich zu bedanken. Na und? Fox würde nur lachen.«

»Brian würde nicht lachen«, erwiderte Maddy. »Bestimmt nicht.«

Tizzy stemmte sich auf einen Arm auf. »Würde er annehmen, daß du etwas Falsches getan hast?«

»Nein, nicht, wenn er darüber nachdenkt. Aber ich finde, es gehört sich einfach nicht – er sitzt dort auf diesem Schiff fest, und seine Frau geht mit einem unverheirateten Mann ins Restaurant.«

»In welches?«

»Ins Grant Grill.«

»Oh, ins Grant Grill. Der Junge hat Stil. Wenn er das nächste Mal anruft, sagst du ihm, daß du verheiratet bist und die Ehe ernst nimmst, und dann gibst du ihm meine Telefonnummer.«

Maddy lachte. »Und wie soll ich dich beschreiben, Tizzy? Als verheiratete Frau, die die Ehe nicht ernst nimmt?«

Tizzy hatte ihre Sonnenbrille auf die Nasenspitze gerückt und Maddy angeschaut. »Warum nicht, Schätzchen – du willst ihn, nicht wahr?«

Maddy hatte den Sonntag morgen mit Hausarbeit verbracht und sich von dem Sonnenbrand erholt. Sie hatte sich wieder einmal von der kühlen Brise am Strand und dem sanften San Diegoer Sonnenschein täuschen lassen und die Intensivität der Sonne unterschätzt. Die Sonnenschutzcreme hatte nicht verhindert, daß ihre Haut rot geworden war, und nachdem sie eine weiße Creme gegen Sonnenbrand dick aufgetragen hatte, glaubte sie, nach Mottenkugeln zu riechen.

Nach einem ganzen Tag mit ihrer ›Navyfamilie‹, wie Mrs. Huntington sie zu nennen pflegte, hatte Maddy das Gefühl, für diese Woche ihre Pflicht getan zu haben. Und der Samstag war ein guter Tag gewesen, obwohl alle Anwesenden den Zweck erkannt hatten – eine Ablenkung, die Möglichkeit, einen Tag außer Haus und in Gesellschaft der anderen Frauen zu verbringen, die alle ohne ihren Ehemann im selben Boot saßen. Eine Frau fühlt sich kaum einsam und deprimiert, wenn sie eine Horde Kinder durch die Brandung jagt, selbst wenn kein eigenes dabei ist. Sie dachte an das Thema Kinder. In ihrem Herzen wünschte sie wirklich eine Familie mit Brian zu gründen, aber sie konnte sich nicht dazu durchringen, wenn er für scheinbar endlose Monate fort auf See sein würde. Sie fragte sich manchmal, ob das eine Ausrede war, ein Versuch, den wahren Grund zu vertuschen – ihre alte krankhafte Furcht. Ihr Vater hatte ihre Mutter und sie verlassen; ihre Kinder würden bei Gott nicht von ihrem Vater verlassen werden.

Durch ihre Beschäftigung hatte Maddy es gerade fast geschafft, Autrey aus ihren Gedanken zu verbannen. Sie hatte im Geiste Schutzschichten von Ausreden zwischen das, was sie empfunden hatte – sie mußte es zugeben, was ihr Körper empfunden hatte – und ihren Gefühlen für Brian und ihre Ehe gelegt. Aber das war genau das Problem. Wenn Brian sieben Monate lang fort war, hatte sie keine Ehe. Okay, sagte sie sich, konzentriere dich auf Brian und deine Gefühle für ihn, auf eure gegenseitige Liebe. So ist es richtig, dachte sie. Ihr Verstand hatte kein Problem, den Trennstrich zu ziehen, aber sie hatte mehr Schwierigkeiten als erwartet, einen weiteren Aspekt ihrer Persönlichkeit im Zaum zu halten. Verdammter Mann: Tatsache war, daß er Brian durch seine Anwesenheit einfach verschwinden lassen konnte. Und verdammte Tizzy Hudson. Sie verhielt sich, als arbeite sie Hand in Hand mit Autrey, nur um sie, Maddy Holcomb, in Schwierigkeiten zu bringen.

Das Teleon klingelte. Maddy stand auf und stellte den Ton des Fernsehers leiser. Dann ging sie zum Telefon und nahm den Hörer ab.

»Hallo?«

»Maddy Holcomb.«

Sie umklammerte den Hörer, drückte ihn fest ans Ohr und versuchte zu überlegen, was sie sagen sollte.

»Ich bin heute abend zurückgekommen«, sagte er. Sein Tonfall war ungezwungen, als führten sie dieses Gespräch schon eine Stunde lang. »Ich war oben in Warner Springs – in den Bergen östlich von San Diego, wo die Navy das Ausbildungslager für Marines betreibt, die wegen besonders heiklen Dienstes möglicherweise in Kriegsgefangenschaft geraten, Mensch, das hätten Sie sehen sollen. Es gibt dort tatsächlich ein Gefangenenlager: Stacheldraht, bösartig aussehende Wachhunde, Wachtürme, Scheinwerfer, große, furchteinflößende Wärter, sogar schaurige Verhörräume, das ganze Pipapo. Jeder Offizier, der nach Nam ins Binnenland geht, und alle Piloten müssen diesen Lehrgang absolvieren. Die Ausbildung besteht aus mehreren Komponenten. Es wird gelehrt, wie man in Gefangenschaft überlebt, entkommt, dem Feind ausweicht und Widerstand leistet. Eine Klasse von ungefähr vierzig Offizieren wird in einem zweihundert Morgen großen Wüstengebiet ausgesetzt und mit Hunden und Hubschraubern eingefangen. Dann müssen die ›Gefangenen‹ lernen, wie es in einem Gefangenenlager zugeht. Verdammt feine Ausbildung. Und Sie, Maddy Holcomb, versuchen, sich zu entscheiden, was Sie mir sagen, richtig?«

Sie zögerte und schluckte. »Ja.«

»Nun, das ist ein guter Anfang. Alle Götter lächeln über eine Frau, die ja sagt. Sie brauchen nichts sonst zu sagen, denn *ja* ist die richtige Antwort. Mittwoch abend spielt eine tolle Folksonggruppe im Parker's Place in der College Avenue, im Univiertel. Sie heißt ›The Three of Us‹. Sie bringt Songs von Peter, Paul und Mary und Karen Carpenter. Die Gruppe stammt aus Long Beach, und das Konzert ist ausverkauft. Ich werde von halb zehn an dort sein. Ich habe einen Tisch direkt vor der Bühne und zwei Eintrittskarten bekommen, weil ich den Manager bestochen habe. Er schuldete mir einen großen Gefallen, und den habe ich eingefordert. Bitte kommen Sie, Maddy Holcomb. Mittwoch abend. Halb zehn. Saloppe Kleidung. Parker's Place. Bitte.«

Sie schloß die Augen, ließ den Telefonhörer sinken und umklammerte ihn mit beiden Händen, legte ihn jedoch nicht auf. Jetzt. Sag es. Sag ihm, danke, aber nein. Gib ihm Tizzys Nummer. Tu irgendwas. Aber beende es. Gute Nacht. Auf Wiedersehen. Dann leg auf. Es ist leicht. Tu es!

Aber sie tat es nicht. Okay, sag ihm nichts, dachte sie. Leg einfach auf.

Aber auch das tat sie nicht.

Er ebenfalls eine Zeitlang nicht, doch dann, bevor sie Worte fand und Luft holte, hörte sie ein Klicken und dann das Amtszeichen. Sie seufzte und legte den Hörer auf die Gabel. Sie hatte nicht ja gesagt. Aber auch nicht nein. Ich brauche einfach nicht hinzugehen, dachte sie. Ich kann einfach zu Hause bleiben oder zu Tizzy rüberfahren oder ... oder zum Parker's Place fahren und mir Folksongs anhören. Zum Teufel mit diesem Mann! Mr. Cool in Person. Jedesmal überläßt er mir die Entscheidung.

Eine Jazzbar. Diese Szenerie hatte sie in Boston oftmals ausgewählt, für gewöhnlich, wenn sie mit einem Mann gespielt und ihn ein wenig aufgereizt hatte. Die Musik ... nun, die Musik war nicht das Entscheidende, oder? Die Musik, die Bar, die Drinks, das war das Spielfeld, und sie hatte ein Heimspiel gehabt. Ihre Regeln, ihr Spiel. Aber Autrey ... nun, Autrey verhielt sich, als seien es seine Regeln, als sei es sein Spiel. Sie spürte die alte vertraute Herausforderung. Und was soll's, sagte sie sich, es geht nicht um das Spielergebnis. Er wird nichts tun – das ist das Schöne daran. Er begrapscht mich nicht, er ist kein heimlicher Fummler, keiner dieser Clowns, der einer Frau zu nahe tritt und ihr ins Ohr säuselt. Maddy, du fährst in deinem eigenen Wagen und kommst im eigenen Wagen heim. Genau wie beim letzten Mal.

Beim letzten Mal – nun, das ist das verdammte Problem. Ja, beim letzten Mal war all der Alkohol schuld – Champagner, Rotwein, Likör. Das war der Fehler. Du kannst diesmal bei Cola bleiben. Oder vielleicht bei einem Bier. Pfui Teufel, ich hasse Bier. Okay, aber kein Alkohol. Laß nicht diese andere Seite von dir außer Kontrolle geraten. Bleib cool, hör dir die Musik an und fahr dann heim. Erobere das Spiel und die Regeln zurück. Nur eine weitere Ablenkung, nicht anders als der Strandbesuch mit den Offiziersfrauen; noch ein Tag weniger bis zu Brians Rückkehr.

Sie setzte ich auf die Couch und nagte an der Unterlippe. Letzteres war natürlich Blödsinn. Es war überhaupt nicht wie ein Tag am Strand mit den anderen WESTPAC-Witwen. Wie nannte Brian die alte Navyregel? *Washington-Post*-Test? Wenn du nicht darüber in der *Washington Post* lesen willst, dann laß es sein. Wenn sie nicht bereit war, Mrs. Huntington zu sagen, daß sie mit einem Mann allein in eine Bar im Univiertel gehen würde, um Musik zu hören, dann sollte sie es sein lassen. Wie wäre es, wenn ich es Brian sage?

Prima. Ich werde es einfach nicht tun. Ich habe nicht zugesagt. Ende des Problems. So einfach ist das.

Am Dienstag erhielt sie Post von Brian. Sie freute sich, war fast erleichtert, als sie den Brief fand – bis sie ihn las. Es war ein nichtssagender Brief, nur eine weitere Aufzählung seiner Arbeit, PIRAZ-Jargon, Blabla über das Wetter und die Waffenabteilung. Kein weiterer Dreck über den Drogenzwischenfall oder Neuigkeiten über die Aussicht auf eine gute Beurteilung oder Einzelheiten, wie er mit dem Kapitän und dessen Stellvertreter und den anderen Abteilungsleitern zurechtkam. Er schloß mit seinem üblichen ›Ich liebe dich, und du fehlst mir‹.

Abgesehen vom Schluß war der Brief ungefähr so persönlich wie ein Rundschreiben der Navy. Maddy seufzte und legte den Brief zu den Rechnungen auf den Tisch. Es war gut, Post zu bekommen, aber sie wünschte sich andere. Während seiner Dienstzeit auf der *Decatur* hatte Brian gelegentlich glühende Briefe spät in der Nacht geschrieben – okay, Liebesbriefe. Diese Briefe hatte sie beim Eintreffen geöffnet, ein paar Zeilen gelesen, sie als heiß erkannt und sofort wieder weggesteckt, um sie dann vor dem Einschlafen immer wieder zu genießen. Sie seufzte von neuem.

Als sie den Rest der Post durchblätterte – die Rechnungen, Reklame, ein Schreiben, in dem das San Diegoer Gas- und Elektrizitätswerk eine Gebührenerhöhung ankündigte –, mußte sie zugeben, daß ihre Briefe an Brian nicht viel anders waren. Sie schrieb über ihren Job, über die Aktivitäten mit den Offiziersfrauen und über Fortschritte mit ihrer Rückhand beim Tennis. Sie klagte über einen zu spät eingetroffenen Scheck, über ein geheimnisvolles Geräusch am Auto und schilderte all die alltäglichen Ereignisse ihres Lebens, die sie begierig aufgriff und noch aufbauschte, damit die Tage vergingen. Brian war seit über zwei Monaten fort, und sie hatte ebenfalls noch keinen Liebesbrief geschrieben. Warum nicht?

Brian verbrachte seine Zeit fast ausschließlich mit Wachdienst und Schlafen, wie er schrieb. ›Backbord und steuerbord mit Austin‹ bezeichnete er es. Maddy wußte nicht, was das bedeutete. Weil sie sich nicht auf eine neue verbale Auseinandersetzung mit Tizzy einlassen wollte, besonders nicht nach Autreys letztem Anruf, rief sie Angela Benedetti an, ebenfalls die Frau eines Abteilungsleiters. Angela war eine resolute, sensible Frau aus einer italienischen Großfamilie in New Jersey; sie erzog vier kleine Kinder mit eiserner Hand. Sie war mit Vince Benedetti verheiratet, seit er als frischer Leutnant zur See aus der Offiziersanwärterschule gekommen war. Angela war normalerweise fröhlich und munter am Telefon, aber heute abend wirkte sie deprimiert. Sie erzählte Maddy, daß sie fast keine Post von Vince erhalten hatte, was für gewöhnlich bedeutete, daß er bei seiner gegenwärtigen Verwendung Streß hatte.

»Vinnie ist ganz Soldat, wissen Sie. Was man ihm befiehlt, erledigt er, und er schafft es für gewöhnlich. Aber er kann keine Probleme lösen, wenn die Führung sie nicht zugibt wie zum Beipiel all die Drogensüchtigen, die er im Maschinenraum hat.«

»Brian erwähnte in einem seiner Briefe, daß Drogen im Spiel waren, als bei einer Mission etwas schiefging, aber er hat seither nichts mehr darüber geschrieben.«

»Auf der *Hood* spielt sich etwas Komisches in der Drogenszene ab. Ich nehme an, Vinnie weiß, daß er sich damit abfinden muß, und es gefällt ihm nicht. Und wenn er solche Probleme wälzt, schreibt er mir nicht, um mich nicht auch noch zu belasten. Wie geht es denn bei Ihnen? Wie fühlen Sie sich, Maddy?«

»Deprimiert, einsam, sehnsüchtig. Voller Selbstmitleid.«

»Ja, das Übliche.« Angela lachte.

»Aber ich habe eine Frage. Brian schreibt, er hat ›Backbord und Steuerbord mit Austin‹. Was bedeutet das?«

»Das heißt, daß er sechs Stunden Wache und sechs Stunden frei hat, abwechselnd mit Mister Großkotz. Das ist mieser Dienst, obwohl die Unteroffiziere ihn dauernd haben. Das heißt praktisch, daß die Jungs Wache schieben, etwas essen, sich in die Koje legen und fünf Stunden später wieder aufstehen und die Prozedur wiederholen, und das Tag für Tag. Für die Unteroffiziere ist das okay; sie haben ohnehin nichts anderes zu tun, wenn das Schiff auf See ist. So vergeht die Zeit. Aber für die Offiziere mit all der Schreibarbeit und der Führung des Personals zusätzlich zu ihrem Wachdienst ist Backbord-und-Steuerbord-Dienst verdammt hart. Besonders, wenn sie die mittlere Schicht haben, und ich nehme an, daß Prinz Austin oder wie sie diesen Blödmann nennen, sie Brian aufgehalst hat. Hey, das könnte ebenfalls erklären, weshalb ich kaum Post bekomme. Vielleicht hat Vinnie keine Wache, damit er ein Auge auf all diese Junkies in den Maschinenräumen halten kann. Und wie ich Vinnie kenne, hat er ein mieses Gefühl, wenn die beiden anderen dauernd Wache schieben müssen, und so legt er sich im Maschinenraum doppelt ins Zeug, um sie abzulösen. Ja, das könnte eine Erklärung sein, weshalb er nicht schreibt. Ich bin froh, daß Sie mich angerufen haben.«

»Tatsächlich?«

»Ja. Wissen Sie, wenn ich keine Briefe bekomme, weiß ich nie, ob er einfach nicht schreibt, ob die Briefe bei der Navy verlorengehen oder ob ich etwas Falsches getan oder gesagt habe und er sauer auf mich ist. Aber nach dem, was Sie gesagt haben, kann ich mir den Grund zusammenreimen.«

»Können Sie ihn nicht einfach fragen?«

»Unmöglich, Maddy. Wissen Sie, wenn Sie so etwas fragen, ist es automatisch eine Kritik. Denken Sie darüber nach. Wie wollen Sie es formulieren? Warum schreibst Du mir nicht? Hast Du mir geschrieben? Kommen meine Briefe an? Deine nicht, und ich habe seit Deiner Abfahrt jede Woche drei geschrieben. Und dann warten Sie fünf, sechs Wochen auf eine Antwort. Es ist fast wie jemanden zu fragen, ob er aufgehört hat, seine Frau zu schlagen. Es gibt einfach keine gute Antwort auf Fragen nach Post bei einem WESTPAC-Einsatz. Man kann bei den anderen Frauen meckern, aber man kann nicht fragen.«

»Ich schreibe Brian ungefähr einmal pro Woche, und ich erhalte ungefähr einmal pro Woche Post von ihm, aber da ist natürlich all die tote Zeit dazwischen. Für mich ist es eine Art Monolog. Ich erzähle ihm von mir, er schreibt mir von sich, aber wir haben eigentlich keine richtige Verbindung.«

»Sie haben die Verbindung, indem Sie den Brief in den Briefkasten werfen.«

»Vermutlich. Aber ich frage mich jetzt, ob ich ihm genug Briefe schicke. Einen pro Woche – reicht das?«

»Wahrscheinlich nicht. Sie müssen sich vor Augen halten, daß jeder vierte oder fünfte Brief verlorengeht. Es braucht nur ein Postsack vom Flugzeugträger zu fallen oder fortgeweht zu werden, und die Briefe einer ganzen Woche sind futsch. Das ist eine Katastrophe. Vinnie hat mir das tausendmal gesagt; es geht nicht um die Neuigkeiten. Es geht um das Stück Papier, um den Kontakt. Es geht darum, Post zu bekommen, wenn jeder andere Briefe erhält. Nicht der einzige zu sein, der *keine* Post bekommt. So schreibe ich jede Woche drei Briefe und hoffe, daß sie alle eintreffen. Ich lasse die schlechten Neuigkeiten weg und meckere und stöhne nicht zuviel – die Männer können nichts an unseren Problemen ändern und wir nichts an ihren. Und selbst das Wissen darüber ist ziemlich frustrierend. Sie haben Probleme – wer hat keine? –, und sie bewältigen sie, das ist alles. Die Frau muß das schaffen.«

»Ganz gleich, welches Problem es ist?«

»Ja. Wie ich schon sagte, der Mann kann nichts für Sie tun, drei Wochen später und Tausende Meilen entfernt. Sie werden staunen, wie viele Krisen sich sechs Monate später bei der Rückkehr der Männer in Luft aufgelöst haben. Er weiß natürlich, daß er nicht das ganze Bild sieht, aber ich bezweifle, daß er es wirklich sehen will. Er hat ja selbst Probleme, wie zum Beispiel all diese Süchtigen in seiner Abteilung. Ist Ihr Mann zum erstenmal auf See?«

»Nein, eigentlich nicht, aber seine erste Dienstzeit auf See dauerte nur drei Monate, und da war Brian im Mittelmeer. Aber er konnte aus Europa anrufen. Und es war kein Krieg.«

»Ja, nun, dann werden Sie sich auf dem laufenden halten wollen, wann die Männer nach Subic zurückkehren. Sie können dort vom Stützpunkt aus in die Staaten telefonieren, obwohl es nur zehn Telefone für alle gibt. Wenn Sie ausgehen, sollten Sie sicherstellen, daß Sie in der Woche, in der die Männer im Hafen sind, zu Hause zu erreichen sind.«

Maddy glaubte plötzlich, einen Kloß in der Kehle zu haben. »Ausgehen?« sagte sie schwach.

»Hey, das war nur so dahergesagt, sollte ein Scherz sein. Sie wollen einfach nicht den einzigen Anruf versäumen, den Sie während der Dienstzeit Ihres Mannes bekommen werden. Die Männer können uns erst wieder anrufen, wenn sie in Hongkong sind. Sobald Ihr Mann Ihnen mitteilt, wann er im Hafen sein wird – und das sollte recht bald der Fall sein, in ein paar Wochen, nehme ich an –, nennen Sie ihm ein paar Daten, an denen er einen Anruf versuchen kann. Und denken Sie an die Zeitverschiebung; die Männer werden anrufen, wenn es hier so gegen zwei Uhr morgens ist. Es ist teuer, aber es ist schön, seine Stimme zu hören.«

»Ja, ich halte mich bereit. Danke, Angela. Ich bin froh, daß ich mit Ihnen telefoniert habe.«

»Sie können jederzeit anrufen, Maddy. Es ist gut, in Verbindung zu bleiben. So werden die Probleme nicht so groß.«

Arme Frau, dachte Maddy, als sie den Hörer auflegte. Keine Post. Sie würde Angelas Ratschlag über die Anzahl der Briefe bestimmt beherzigen. Jeder vierte ging verloren? Wie sollte sie bei der langen Laufzeit wissen, welcher verlorengegangen war? Sie würde Brian heute nacht schreiben, gleich nach dem Abendessen. Und was sollte sie schreiben – daß sie morgen abend eine heiße Verabredung hatte? Sie stöhnte und schüttelte den Kopf. Dann zog sie sich für das Tennistraining um.

Am Mittwoch mittag war sie mit den Nerven am Ende. Ihr Abteilungsleiter in der Bank hatte den Kopf geschüttelt, als er am Morgen ihren Rechnungsabschluß gesehen hatte; er hatte ihr freundlich vorgeschlagen, beim nächsten Mal einen Taschenrechner zu benutzen. Maddy hatte einen Taschenrechner benutzt, aber sie war nur teilweise mit den Gedanken bei ihrer Arbeit in der Bank of America. Der andere Teil, der besorgte, war in Parker's Place. Sie nahm sich heimlich ein paar Minuten Zeit, um sich die Adresse anzuschauen. Und dann widmete sie noch mehr Zeit dem Studium einer Straßenkarte von San Diego, die an einer Tür in einem Büro der Buchhaltung hing. Vom Balboa Park aus war der Weg einfach – über die Route 163 zum Highway 80, sechs Meilen ostwärts, dann die Abfahrt College Boulevard zur College Avenue. Maddy hatte sich tatsächlich im Büro umgesehen, ob jemand sie beim Studium der Karte beobachtete.

Sie legte den Rechnungsabschluß auf ihren Schreibtisch und dachte an die nächsten acht Stunden. Halb zehn. Vielleicht sollte sie Mrs. Huntington anrufen und heute abend dorthin gehen, ihr sagen, daß sie Gesellschaft brauchte. Mrs. Huntington hatte oftmals gesagt, jede der Offiziersfrauen könne sie jederzeit besuchen, wenn sie das brauchte. Ich brauche es, dachte Maddy. Ich will ihn wiedersehen. Verdammter Kerl! Er spielt mit mir. Dabei war es dein Spiel, Missy! Sie konnte sich nicht darüber klarwerden, ob sie ihn sehen wollte, weil er so attraktiv war oder weil sie dieses kleine Spiel ein für allemal gewinnen wollte. Und wie, um Himmels willen, willst du wissen, ob du gewonnen hast? dachte sie. Wie erklärt sich eine Frau zur Siegerin über einen ›nur‹ Autrey?

Sie spielte unbewußt mit den Rändern des Papierstapels, richtete die Kanten sorgfältig aus. Verdammt! Sie fühlte sich schwindlig, als stünde sie am Rand einer Klippe und beobachtete den Kampf zwischen ihrem Verlangen und ihrem Herzen, das verlor. Was war so Besonderes an diesem Mann? Okay, er war attraktiv, aber das waren viele andere ebenfalls. Er war von einer Aura aus Gefahr umgeben, teils durch seine Tätigkeit, teils durch die Reaktion anderer Männer auf ihn. Das war aufregend. Er beherrscht sich, wenn er sich auf mich konzentriert, dachte sie, was darauf schließen läßt, daß er ein sehr guter Liebhaber ist. Es ist also Sex. Ich bin nur geil, und dieser Kerl könnte mir im Bett das geben, was ich brauche. Er ist nett, schüchtern, manchmal sogar linkisch, zurückhaltend und bei alldem scharf auf mich. Er will mich. Dessen bin ich sicher. Und ich will ihn. Okay, jetzt wissen wir, worum alles geht. Es hat nichts mit Brian oder der Tatsache zu tun, daß ich eine verheiratete Frau bin. Es geht nur darum, daß ich einsam bin. Und da ist dieser starke Mann, bei dem ich weiche Knie bekomme, wenn er nur leicht mit der Fingerspitze über meinen Körper streichelt.

Sie lehnte sich auf dem Schreibtischsessel zurück und schloß die Augen. Auf ihrer Oberlippe glänzte ein Schweißfilm. Was, zum Teufel, ist mit mir los? dachte sie. Ich bin Mrs. Brian Holcomb, kirchlich verheiratet, trage einen Ehering und habe meinem Mann das Jawort gegeben. Mein Mann ist auf See, dient diesem Land, auch wenn der größte Teil jeden Abend in den Nachrichten auf seine Tätigkeit spuckt. Er tut etwas Ehrenhaftes. Warum kann ich nicht ebenfalls ehrenhaft sein? Ich liebe diesen Mann. Ich mag diesen Mann. Er ist lustig und liebevoll, und er liebt mich, und er ist stark, wenn er mich liebt. Was ist diese andere Hälfte, diese teuflische Seite von mir, die mich dazu treibt, sich wie eine Motte von der Flamme anziehen zu lassen, mit ausgebreiteten Flügeln und zitternden Beinen, hin zu diesem Mann, diesem Autrey, nur weil er nett fragt und mein Feuer mit einem Blick entfachen kann? Ist es das, was ich auf dem College getrieben habe? Aber diese armen Kerle waren leichte Jagdbeute. Vielleicht ist dies die Faszination an Autrey: vielleicht bin ich diesmal das Wild.

»Mrs. Holcomb? Maddy? Alles in Ordnung? Wollen Sie nach Hause gehen?«

Sie lächelte dem Vorgesetzten schnell zu und nickte heftig. Ja, das war genau das, was sie brauchte. Sie stürzte förmlich aus dem Büro und kämpfte auf dem Nachhauseweg gegen das Verlangen an, Autrey wiederzusehen. Sie dachte sich Alternativpläne aus: ins Kino gehen, die Bücherei besuchen, eine Autofahrt. Aber ihr Körper wußte bereits, wofür sie sich entscheiden würde. Sie würde nach Hause fahren, ihr Haar waschen, aufreizende Kleidung auswählen, sich Zeit für die Kriegsbemalung nehmen und dann heute abend ausgehen, um zu sehen, wohin dies alles führen würde.

Um 22 Uhr fand sie einen Parkplatz gleich an der Hauptstraße, parkte und blieb noch eine Minute lang im Wagen sitzen. Die Gegend hieß wegen der San Diego State University Univiertel. Die Universität befand sich am Rand eines Plateaus mit Blick auf das Tal, durch das der Highway 80 durch die Gebirgsausläufer östlich von San Diego nach Yuma, Arizona, führte. Die College Avenue enthielt die für Universitätsstädte übliche Ansammlung von Bars, billigen Restaurants, Buchhandlungen, Waschsalons, Lebenmittelgeschäften und chemischen Reinigungen.

Die Bürgersteige waren voller junger Leute, die sich krampfhaft bemühten, individuell zu wirken. In Wirklichkeit tragen sie alle das gleiche Kostüm, dachte Maddy und lächelte. Die meisten Jungen hatten verwaschene Jeans, offenstehende Hemden und Sandalen oder abgelatschte Slipper an und trugen Stirnbänder, Nickelbrillen und verschiedene Arten von indianischem Schmuck, als gebe es eine Kleidungsvorschrift für Studenten zu Ehren des Wassermannzeitalters. Viele der jungen Frauen sahen fast aus, als wollten sie unattraktiv wirken. Sie trugen Mother-Hubbard-Kleider, sackartige Röcke, zu weite Blusen, keinen BH darunter, absichtlich ungekämmtes oder gekräuseltes Haar, kein Make-up. Gammellook. In ihrem dunklen Wagen schüttelte Maddy den Kopf. Sie war damit aufgewachsen, die weiblichen Attribute zu betonen, die Gott ihr geschenkt hatte.

Attribute. Ja, sie war heute abend gekleidet, um Probleme geradezu herauszufordern. Sie trug einen engen, cremefarbenen Rock, der gerade bis an die Knie reichte, wenn sie stand, weiße glänzende Strümpfe, Schuhe mit halbhohen Absätzen und einen pfirsichfarbenen, kurzärmeligen Sweater über einem BH, der eindeutig betonte, was sie zu bieten hatte. Sie hatte ihre Haarfülle so frisiert, daß die linke Gesichtsseite zum Teil verdeckt war, und das Haar wurde von einem schwarzen Samtband gehalten. Sie blickte über die Schulter. Das Lokal Parker's Place befand sich ungefähr zehn Türen entfernt. Maddy wartete, bis der Strom der Passanten dünner wurde, stieg aus dem Wagen, schloß ihn ab und machte sich auf den Weg zu der Bar.

Sie mußte den Blick senken, um nicht laut über die Jungen zu lachen, die sich bemühten, ihrer Rolle als lässige Hippies gerecht zu werden und zugleich fast über ihre eigenen Beine stolperten, während sie ihre weiblichen Reize anstarrten. Maddy wußte, daß sie so etwas wie der feuchte Traum eines Studenten war, als sie schnell zum Parker's Place schritt und die Jungen durcheinanderbrachte, während sie von den Mother Hubbards giftige Blicke erntete, sogar von den wenigen, die gut aussahen.

Das Parker's Place war ein langes und schmales Lokal, dekoriert mit einem Westernmotiv. Im Vorzimmer, in dem sich die Gäste drängten, versuchte ein Mädchen, das wie eine indianische Prinzessin kostümiert war, komplett mit Zöpfen und Wildlederkleidung, sich Klarheit über die Tische und Reservierungen zu verschaffen. Hinter ihrem Podium befand sich der Eingang zum eigentlichen Barbereich, durch den ein langer Raum mit eng beieinander stehenden Tischen, eine Bar mit Hockern an einer Wand und eine kleine Bühne im Hintergrund zu sehen waren, wo sich die Gruppe auf den ersten Auftritt vorbereitete. Maddy machte den letzten Mann in der Schlange auf sich aufmerksam, indem sie ihren Busen gegen seinen Rücken drückte, und als er sich umwandte, bahnte sie sich einen Weg durch die Menge. Sie murmelte in ihrem besten Atlantaslang »Verzeihung«, während die Männer sie durchließen und anstarrten, während ihre Freundinnen die Augen verdrehten. Vor dem Podium wartete Maddy, bis die Hosteß auf sie aufmerksam wurde. Dann fragte sie nach dem Manager.

»Gibt es ein Problem?« Die Hosteß runzelte die Stirn.

»Überhaupt nicht, aber ich glaube, er hält einen Tisch für einen Freund frei.«

Der Manager löste das nicht vorhandene Problem, indem er aus dem Rauchschleier der Bar auftauchte, einen Blick auf Maddy warf und sie um das Podium herum winkte. Der Manager war ein bulliger junger Mann mit sehr kurzem Haar und einer *Semper-Fi*-Tätowierung auf dem rechten Bizeps.

»Maddy?« fragte er, als sie um das Podium herum trat.

»Ja.«

»Verdammt. Ich habe soeben zwanzig Bucks verloren. Habe mit Autrey gewettet, daß Sie nicht kommen. Nachdem er Sie beschrieben hatte, dachte ich, er flunkert mir was vor, um einen guten Tisch zu bekommen. Kommen Sie mit. Er ist vorne, wie er es versprochen hat.«

Maddy senkte die Lider, lächelte und folgte dem Manager, der sich einen Weg zwischen den Tischen bahnte. Sie bewirkte so etwas wie eine Welle von Bewegung, als sich

Köpfe zu ihr drehten, und ein Absinken des Geräuschpegels, als sie vorbeiging. Sie blickte starr geradeaus und fragte sich, warum Leute sich die Mühe machten, im Vorraum zu warten – alle Tische waren besetzt. Und dann sah sie Autrey. Er stand vor der Bühne und grinste breit. Er trug ein fließendes weißes Seidenhemd, das sich um seine breiten Schultern spannte und am Hals offenstand. Das Hemd hätte aus einem Film über die Drei Musketiere stammen können; Maddy hielt fast Ausschau, ob er Degen und Schärpe trug. Statt dessen sah sie enge, abgenutzte Jeans, braune Freizeitschuhe und einen Gürtel mit silberner Schnalle, in die ein türkisfarbenes Muster eingearbeitet war.

Autrey lächelte weiterhin, als er an den Tisch kam. Er nahm den Zwanziger vom Manager entgegen, ohne den Blick von Maddy zu wenden. Sie lächelte sittsam und setzte sich. Autrey klopfte dem Manager auf die Schulter; der Manager tippte mit einem Finger an die Stirn und zog sich zur Bar zurück.

Die Gesangsgruppe bestand aus zwei Männern und einer sehr gutaussehenden jungen Frau. Anscheinend gab es mehr Musikinstrumente als Gesangskünstler, und alles paßte kaum auf die kleine Bühne. Die Sängerin war bereit, aber die beiden Kollegen stimmten Gitarren und hantierten an der Reglern der Verstärkeranlage. Die Sängerin lächelte und nickte Maddy zu, die zurücklächelte. Autrey sprach.

»Nettes *Stirnband*«, sagte er und betonte das Wort, als sei der Rest der Verpackung ohnehin prächtig.

Maddy lachte laut, als eine Kellnerin mit zwei Gläsern Weißwein auftauchte. Sie schaute auf die beiden Gläser.

»Sie sind sich Ihrer Sache ziemlich sicher, Mister Krähenfänger?«

»Autrey, nur Autrey. Und dieser Wein repräsentiert mehr hohe Hoffnungen als sonst etwas.«

»Und die Zwanzigdollarwette – was repräsentierte die?«

»Rache. Buddy sagte, ich könnte unmöglich eine so schöne Frau, wie ich Sie beschrieben habe, irgendwo treffen außer im Himmel.«

Jetzt lachte er, als sie nach einer Antwort auf dieses Kompliment suchte. In diesem Moment kündigte Buddy über das Mikrofon die Three of Us an, was zu begeistertem Applaus führte. Das Trio trug das erste Lied vor, und Maddy entspannte sich, als sie erkannte, daß die Gruppe sehr gut war. Die Sängerin hatte eine wohlklingende Stimme, und die Musiker entlockten ihren Instrumenten und der Technik den Klang einer siebenköpfigen Rockgruppe. Maddy konzentrierte sich darauf, die Sängerin zu beobachteten. Sie hütete sich, Autrey direkt anzuschauen und drehte sich auf ihrem Stuhl so, daß Mister Klugscheißer einen guten Blick auf sie hatte – auf das Stirnband.

Während Maddy an ihrem Wein nippte und die Songs in sich aufnahm, überlegte sie, worüber sie reden würde, wenn der erste Auftritt des Trios endete. Sie wußte, daß sie beim letzten Zusammensein mit Autrey die Kontrolle über sich verloren hatte und daß dies nicht die Art war, in der sie Beziehungen mit Männern handhaben wollte. Das wäre in der Studienzeit nie passiert, es sei denn, sie hätte es gewollt. Wie hieß also diesmal das Spiel? Ihn reizen, zappeln lassen und dann heimfahren? Ihm zeigen, wer das Kommando hat? Was soll das? dachte sie. Er ist ein attraktiver Mann; heute gehst du zum zweitenmal mit ihm aus. All die anderen Male, bei denen du Männer aufgegeilt und dann nicht rangelassen hast, hattest du ein Ziel, wolltest etwas erreichen, das nichts mit Sex zu tun hatte. Was willst du also von Nur Autrey? Sie sah vor ihrem geistigen Auge, was sie von ihm wahrgenommen hatte, als er beim Tisch gestanden hatte, seinen großen, muskulösen Körper, die enge Jeans. Sie glaubte, wieder seine Fingerspitze auf ihrem Leib zu spüren. Und sie dachte an seine Bewegungen und seinen Gang, der Kraft, Anmut und Beherrschung verriet. Bei der leisen Passage eines Songs sagte er etwas.

»Bitte?« flüsterte Maddy.

»Ich muß Ihnen etwas sagen«, wiederholte Autrey und neigte sich vor, so daß sie ihn ansehen mußte. »Ich nehme an, ich bekomme Gelegenheit zu sehen, wie es wirklich ist.«

»Wie was wirklich ist?«

»Was ich diesen Jungs beigebracht habe. Ich gehe nach Vietnam.«

Sie setzte sich ruckartig auf und konnte kaum ein lautes »Nein!« unterdrücken. Er sah es in ihren Augen und nickte.

»Man ist der Meinung, ich sollte es aus erster Hand sehen, ein besserer Ausbilder werden und bei den neuen Jungs und den anderen Ausbildern an Glaubwürdigkeit gewinnen.«

»Aber Sie sind Zivilist.« Weil die Musik immer noch spielte, sprachen sie im Flüsterton. Madddy neigte sich zu ihm. Ihre Gesichter berührten sich fast.

»Ja. Aber dort sind auch andere Zivilisten, von verschiedenen Regierungen, äh, Agenturen, wenn Sie verstehen, was ich meine. Sie werden mit Dschungelkleidung ausgerüstet; jeder sieht gleich aus.«

»Wann?« Plötzlich war das wichtig. Maddy spürte, daß sein Knie ihres unter dem Tisch leicht berührte.

»In zwei, drei Wochen. Das Planen ist nicht ihre starke Seite. Man hat mir nur gesagt, daß ich mich bereit halten und mich um die Impfungen und die Gültigkeitsdauer des Passes kümmern soll. Man wird mir das Datum dann mitteilen.«

Der erste Auftritt des Trios endete, und sie setzten sich auf ihren Stühlen zurück. Maddy war plötzlich sehr durstig; sie trank ihr Weinglas leer. Autrey wollte von der Kellnerin eine weitere Runde bringen lassen, doch Maddy bestellte Ginger Ale, weil sie sich an ihren Vorsatz erinnerte. Nach dem Applaus war der Geräuschpegel stark gestiegen, und Maddy mußte sich näher zu Autrey neigen, um verstehen zu können, was er sagte. Wenn er irgendein Rasierwasser benutzte, konnte sie es nicht wahrnehmen.

»Es ist eigentlich eine ziemlich gute Sache«, sagte Autrey. »Dieser Krieg kann nicht ewig dauern, und ich möchte wissen, was ich tun werde, wenn Nixon ihn einstellt. Aber wenn ich einige Erfahrungen vor Ort gesammelt habe, wird mir das helfen, nach dem Krieg einen Job beim Militär zu behalten.«

»Wie lange werden Sie in Vietnam sein?«

»Das kann im Augenblick keiner sagen. Vermutlich so lange, wie ich will. Als Zivilist kann ich vielleicht zurückkehren, wann ich will.«

Sie dachte an Brian, der eine siebenmonatige Dienstzeit ableisten mußte. Warum hatte Autrey ihr erzählt, daß er nach Vietnam mußte? Ich muß weg, Baby, wie wäre es mit einer Nummer, bevor ich zu feindlichen Stränden aufbreche?

»Es freut mich sehr, daß Sie heute abend hergekommen sind«, sagte er und starrte auf sein Weinglas. »Ich wollte Sie wirklich wiedersehen.«

»Warum?« fragte sie und schaute auf.

Er sah sie lange an. »Dies sind interessante Zeiten. Jeder denkt nur an sich und nimmt kein Blatt vor den Mund – Sie kennen diese Geisteshaltung. So lautet die Antwort auf Ihre Frage: weil Sie eine sehr schöne Frau sind und mich sehr reizen.«

Nun, das war sehr offen. Maddy spürte, wie ihr Vorsatz, die Kontrolle zu behalten, schwächer wurde. Plötzlich wollte sie ihm die Wahrheit sagen.

»Wissen Sie«, sagte sie, »Sie sind ein sehr attraktiver Mann, und ich ... ich bin etwas im Nachteil. Ich bin verheiratet.« Sie blickte ihn von der Seite an, um zu sehen, ob das für ihn neu war. »Vielleicht wußten Sie das.«

»Ja, ich wußte es«, sagte Autrey. Er bildete mit den Händen eine Pyramide vor seinem Gesicht, so daß nur seine Augenpartie zu sehen war.

Sie blickte auf ihre Hände, die sie flach auf den Tisch gelegt hatte, und wußte nicht, was sie sagen sollte. »Mein Besuch im MCRD war ein Zufall, die Laune einer Freundin, mit der ich unterwegs war. Ein dummer Einfall. Ich hätte nie dorthin fahren sollen, aber ich war neugierig, gelangweilt und deprimiert bei dem Gedanken, daß mein Mann sieben Monate lang auf See ist. Und das Abendessen mit Ihnen … nun, ich dachte, ich schulde Ihnen etwas, weil Sie verhindert haben, daß ich … nun, Sie wissen schon.«

Autrey nickte nachdenklich. »Und heute abend?« fragte er.

»Heute abend? Da wollte ich Sie wiedersehen.« Maddy spielte ihm seine Worte zu wie einen Ball. »Weil Sie ein sehr attraktiver Mann sind und mich ebenfalls reizen. Aber mit dem Herzen, dem Verstand, kann ich es einfach nicht. Ich meine …«

»Ich verstehe, Maddy Holcomb. Und wenn Sie es so empfinden, ist das okay.« Er berührte kurz ihren rechten Handrücken mit seiner Linken; seine Hand war warm. »Sehen Sie«, sagte er, »wir sind als Mann und Frau aufeinander aufmerksam geworden. Sie müssen gewußt haben, daß ich Sie haben will. Aber entspannen Sie sich, denn ich werde mich mit Ihrer Gesellschaft begnügen.«

Sie nickte, fühlte sich erleichtert und dann – enttäuscht. Sie hätte fast gesagt: »Du gibst ziemlich schnell auf, Nur Autrey.« Er musterte ihr Gesicht, versuchte ihre Gedanken zu lesen. Sie befürchtete, er könnte ihre Reaktion sehen, senkte den Blick und rührte die Eiswürfel in ihrem Glas um.

»Sie denken, ich habe versucht, Sie zu verführen, nicht wahr?« fragte er nach langem Schweigen.

Sie schüttelte den Kopf, sagte jedoch nichts.

»Selbst wenn ich wüßte, wie ich das erreichen kann, würde ich das nicht tun. Wissen Sie, ich kenne ein Geheimnis.«

»Welches Geheimnis?«

»Männer verführen keine Frauen, keine schönen Frauen mit Verstand, keine selbstbewußten Frauen. Wenn Frauen sich überhaupt verführen lassen – und ich frage mich oftmals, ob es das wirklich gibt –, dann verführen sie selbst. Die Frau wählt den Mann, nicht umgekehrt. Wir

Männer können uns nur verlieben und hoffen, daß wir Glück haben. Sie sagen mir, daß aus unserer Bekanntschaft keine Liebe werden kann. Das akzeptiere ich. Sie haben sich entweder entschieden oder noch nicht, aber wie auch immer, ich akzeptiere das, weil es so funktioniert. Wenn ich versuche, etwas zu erzwingen, wird das Resultat vermutlich häßlich und unbefriedigend sein. Wenn Sie wählen, ist es Leidenschaft und Liebe.«

Maddy wußte nicht, was sie sagen sollte. Du wolltest die Kontrolle und Initiative behalten, dachte sie. Nun, das hast du jetzt. Er sagt dir, daß es nur an dir liegt. Wie du es gewollt hast, nicht wahr?

Dann lächelte er. »Und außerdem ist es aufregend, einige Dinge nicht zu wissen.«

»Wie bitte?«

»Ja, es ist aufregend, *nicht* zu wissen, ob Sie sich entschieden haben oder noch über eine Entscheidung nachdenken.« Seine Augen spiegelten Humor wider, und unwillkürlich mußte sie lächeln. Du Teufel!

»Ich denke, ich habe das klargemacht, Autrey. Ich ...«

»Ja, oder zumindest haben Sie damit angefangen, aber jetzt habe ich Ihnen gesagt, was ich *nicht* wissen will, also können Sie wenigstens ein wenig Mitleid mit mir haben und die Neuigkeit für sich behalten – wenigstens bis wir den zweiten Auftritt gehört haben. Da kommt die Gruppe.«

Maddy schaute auf ihr Glas und wußte nicht, was sie sagen oder tun sollte. Sie saßen etwas entspannter beisammen und hörten sich den zweiten Auftritt an. Maddy war von vielerlei Gefühlen erfüllt: Erleichterung, Enttäuschung, Dankbarkeit und sogar Zärtlichkeit gegenüber diesem Mann, der freundlich bereit war, sich abweisen zu lassen, um das Privileg ihrer Gesellschaft zu haben. Sie hätte fast seine Hand ergriffen, aber sie wußte mit plötzlicher Klarheit, daß sie dann entflammen würde. Verdammt! Es war wieder soweit. Der Mann war einfach da, und ihr drehte sich alles. Sie verbannte die Gedanken und konzentrierte sich auf die Musik.

Als der Auftritt vorüber war, begleitete Autrey sie zur Bar, und sie verabschiedeten sich von Buddy, dem Manager, der mannhaft versuchte, nur ihr Gesicht anzusehen. Maddy wollte sich auch von Autrey verabschieden und zum Wagen flüchten, doch dann wurde ihr klar, daß sie dadurch Autrey vor seinem Freund in eine peinliche Lage versetzen würde, und so bat sie ihn, sie zum Wagen zu bringen. Die Kühle der Herbstluft war ein starker Kontrast zu dem Mief in der Bar, und Maddy fröstelte trotz des Pullovers, der anderen Zwecken als dem Wärmen diente.

Als Maddy die Wagentür aufschloß, stand Autrey wieder geduldig neben ihr, nicht zu nahe, sie nicht bedrängend. Sie zog die Tür auf und schlüpfte auf den Fahrersitz. Sie traute sich nicht zu, noch einmal das Zählen zu überstehen wie beim ersten Mal. Erst als sie die Tür bis auf einen Spalt zugezogen hatte, blickte sie zu ihm auf. Eine Zeile aus einem Film kam ihr in den Sinn.

»Nun, Nur Autrey«, sagte sie. »Zu einer anderen Zeit an enem anderen Ort …«

Er lächelte auf sie hinab, als wären ihm die Worte vertraut. Sie fand, daß er trotz der buschigen schwarzen Augenbrauen, der Hakennase und den harten Gesichtszügen sehr gut aussah. Von ihrer Perspektive aus schien er mit seiner breiten Brust die ganze Straße zu blockieren. Sie wollte ihn berühren und ihn den Test mit dem Zählen machen lassen. Verdammt. Das würde sie vielleicht bereuen – bitter bereuen.

»Ja, Maddy Holcomb«, sagte er. »Halten Sie sich von jetzt an von ungesunden Orten fern. Sie können nie wissen, welchen Typen Sie begegnen.«

Dann drückte er die Tür zu, trat zurück und hielt nach Autos Ausschau. Sie ließ den Motor an, wandte sich um, winkte Autrey und fuhr an. Sie blickte in den Innenspiegel und sah Autrey dort zurückbleiben. Sein weißes Hemd war noch im Rückspiegel sichtbar, als sie den Rest von ihm nur noch undeutlich erkennen konnte. Verdammt. Verdammt. Verdammt!

29

Brian hatte einen Plan, als er auf dem Stützpunkt Subic über den von Palmen gesäumten Bürgersteig zum Offiziersklub ging. Er spürte, daß die frisch gewaschene weiße Uniform in der tropischen Feuchtigkeit klamm wurde, obwohl die Sonne bereits hinter den Hügeln von Cubi Point versank. Zu seiner Linken befand sich das ölige Wasser der Bucht Subic oder das, worauf er durch die Ansammlung der Kriegsschiffe der Siebten Flotte hindurch einen Blick erhaschen konnte. Voraus sah er den Offiziersklub von Subic, ein niedriges Gebäude mit Flachdach, das am Ende der Pier stand. Brian ging schneller, um die nächste Oase mit Klimaanlage zu erreichen.

Nach der Ablösung durch die *Long Beach* war die Luftraumüberwachung durch das Combat Information Center praktisch geschlossen worden, und Brian hatte wieder Dienst als Leiter der Waffenabteilung geleistet. Den ersten Tag der zweitägigen Fahrt nach Subic hatte er damit verbracht, die Stapel von Routinepapierkram aufzuarbeiten, den die Offiziere seiner Abteilung im Laufe der vergangenen sechs Wochen gewissenhaft für ihn aufbewahrt hatten. Er wußte glücklicherweise nicht, daß zweimal soviel Schreibarbeit auf der Pier in Subic auf ihn warten würde.

Zur Erleichterung aller war die *Hood* für ihren zweiwöchigen Aufenthalt im Hafen eingetroffen, als kein Flugzeugträger dort gewesen war. Das bedeutete, daß der Hauptverkaufsladen für Angehörige der Streitkräfte noch Ware hatte und die Chance bestand, einen Tisch in der Messe des Offiziersklubs zu ergattern. Als er zum Klub ging, hatte sich Brian kaum vom allgemeinen Durcheinander am Ankunftstag erholt, als anscheinend jeder zugleich zu dreißig verschiedenen Zielen geeilt war. Sie waren ein paar Minuten nach acht Uhr im Hafen eingelaufen und von zwei Schleppern mit lautem Getute zum Liegeplatz manövriert worden. Der Liegeplatz war markiert durch eine Menge von Lastwagen und Tiefladeanhängern und Paletten und den ersten der gelben Versorgungswagen vom Versorgungszentrum, die täglich eintreffen würden. Und obwohl Lebensmittel, Frischware, neue Leute, Treibstoff, Post, Ersatzteile und allgemeiner Nachschub verladen werden mußten, waren die meisten der Crew und die rangniedrigeren Offiziere Hals über Kopf an Land und in die verschiedenen Klubs geströmt, um das erste kühle San-Miguel-Bier zu trinken und vielleicht mit dem Pendelbus zu den Läden zu fahren, um zum ersten Mal mit ihrem WESTPAC-Sold einzukaufen. Die Abteilungsleiter hatten am Morgen alle Hände voll zu tun, um mit der Lawine der Ereignisse fertig zu werden und Hunderte von Gesuche um frühen Ausgang, Sonderurlaub, Tagesurlaub und andere Tricks abzulehnen. Kurz vor dem Mittagessen hatte Brian die Offiziere seiner Abteilung zu einem Gedankenaustausch über das Thema versammelt und die Beherrschung verloren, als sich sein Lieutenant Fox Hudson über das Tollhaus am ersten Tag lustig gemacht hatte. Brian hatte die Anweisungen des Stellvertretenden Kommandanten wiederholt und erklärt, daß schon Schiffe am zweiten Tag bei einem Hafenbesuch aus Subic geschleppt worden waren, aufgrund des Wetters oder weil sie für eine Operation gebraucht wurden, und daß am ersten Tag alles, was auf der Pier wartete, sicher an Bord gebracht werden mußte. Erst danach konnten Urlaub und Ausgang genehmigt werden. Er hatte den Eifer der Offiziere seiner Abteilung als Pflichtvernachlässigung bezeichnet und gedroht, jeden zur Rechenschaft zu ziehen, der die Mannschaften und Unteroffiziere nicht unter Kontrolle bekam.

Als er von den Bootsdecks zurück zu seiner Kabine gegangen war, hatte er erkannt, daß er nach seiner ›Brüllkonferenz‹ immer noch schrecklich müde war. Die körperliche Erschöpfung nach sechs Wochen Wachen als Auswerter, die Anspannung, sich technisch und politisch zurechtzufinden und die zunehmende Erkenntnis, daß er mit der Drogensache schachmatt gesetzt worden war, hatten ihn zermürbt. Der XO hatte sein bleiches, wie versteinert wirkendes Gesicht beim Mittagessen gesehen, ihn zur Seite gezogen und ihm empfohlen, lange zu schlafen und seinen Leuten am Ankunftstag den Rest der Arbeiten zu überlassen.

»Hauen Sie sich ein paar Stunden in die Koje, Sie brauchen das. Sagen Sie Ihren Chiefs, Sie machen mit ihnen eine Tour an Land gegen sechzehn Uhr, kurz vor dem Ausgang. Sie werden sehen, daß die Männer es allein schaffen.«

Brian hatte den Rat des XO befolgt und bis 18 Uhr geschlafen. Die Chiefs hatten um 16 Uhr an seine Tür geklopft, aber offenbar nicht laut genug, denn er war nicht wach geworden. Als er aufgewacht war, hatte er sich viel besser gefühlt, und als er jetzt zum Offiziersklub ging, sagte ihm sein Gefühl, daß jeder Besuch der Kneipen von Olongapo vermutlich eine Katastrophe werden würde. Außerdem mußte er um acht Uhr am Morgen als Offizier vom Dienst antreten; es blieb genügend Zeit, die berühmten Fleischtöpfe von Olongapo übermorgen zu sehen. So plante er, in den Klub zu gehen, eines der berühmten Fünfdollarsteaks zu essen und ein Glas Wein zu trinken und dann aufs Schiff zurückzukehren und weiterzuschlafen. In der Tasche hatte er drei Briefe von Maddy. Aus Gründen, die ihm nicht ganz klar waren, wünschte er sich etwas Alkoholisches zu trinken, bevor er sich mit der Post von daheim beschäftigte.

Er betrat den Offiziersklub, und eine Woge von kühler, klimatisierter Luft drang ihm entgegen. Rechts befand sich die Doppelglastür des Eingangs zur Hauptbar und zu den Räumen mit den Spielautomaten. Geradeaus ging es zum Speiseraum. Brian zögerte, als andere Offiziere an ihm vorbei zur Bar strömten. Er nahm an, daß die übrigen Offizierskollegen in der Bar waren, an ein paar Tischen hockten und die dritte oder vierte Runde tranken. Aber nach der Szene mit seinen jungen Offizieren am Morgen hatte er wirklich keine Lust auf irgendeine Sauferei, der eine Nacht in der Stadt folgen würde. Er betrat den Speisesaal. Eine kleine philippinische Hosteß mit einem langen Pailettenkleid kam ihm entgegen. Er bat um einen Tisch außer Sicht des Eingangs und fühlte sich ein wenig schuldig, als er ihr nach hinten in eine Ecke des betriebsamen Speisesaals folgte. Echte WESTPAC-Matrosen verbrachten ihre erste Nacht im Hafen nicht mit einem stillen Abendessen und mieden nicht die Offizierskollegen. Eigentlich ist das blöde, dachte er, verärgert über sich selbst. Seit er an Bord dieses Schiffes gegangen war, hatte er sich immer isolierter gefühlt, was noch durch all das abfällige Gerede über Matrosen der Atlantikflotte und das Insiderwissen der alten WESTPAC-Hasen verstärkt worden war. Plötzlich wurde ihm klar, daß er seit fast fünf Monaten auf diesem Schiff war und immer noch keine echten Freunde hatte, keine Kameraden, mit denen er wirklich reden konnte. Nach seinen Tagen auf dem Zerstörer war der Dienst auf der *Hood* bis jetzt eine völlig neue Erfahrung.

Die Filipina wußte anscheinend, daß er von der *Hood* und zum ersten Mal in Subic war. Sie empfahl als Cocktail einen Subic Special, und Brian stimmte zu und fragte sich, woher sie all dies wußte. Sie servierte den Cocktail, und Brian nippte an dem Gebräu in dem hohen Glas und fragte sich, warum jeder grinste, wenn die Sprache auf Subic Specials kam. Er schmeckte hauptsächlich nach Fruchtsaft mit einem Schuß Rum. Während Brian auf eine Kellnerin wartete, ging die Beleuchtung auf einem Podium an, und ein Quintett von asiatischen Musikern, alle gekleidet wie Elvis Presley, trug einen Peter-Paul-und-Mary-Song über einen Zauberdrachen vor. Die Sängerin war eine kurvenreiche Filipina mit enorm großen Brüsten. Ihre Augen – chirurgisch verändert zu runden – waren mit so viel Mascara geschminkt, daß sie wie eine Pandabärin aussah. Die übrigen Gruppenmitglieder waren dünne, junge Japaner, die kaum groß genug waren, ihre elektrischen Gitarren zu schwingen. Brian sagte sich, daß sie nicht ganz schlecht waren, wenn man die Augen schloß und nicht zu genau auf die Worte mit R achtete. Als Brian seinen Fruchtsaftcocktail getrunken hatte, kam die Hosteß mit einem neuen. Er hatte gerade diesen getrunken und einen dritten in Angriff genommen, als die Kellnerin ihn in der schummrigen Ecke fand und seine Bestellung aufnahm, die er wegen der lauten Musik auf der Bühne fast schreien mußte. Er bestellte zu seinem Abendessen eine halbe Flasche Wein und nippte an dem dritten Subic Special.

Als sein Steak serviert wurde, klang die Gruppe richtig gut, und die Sängerin brachte ihn wirklich in Fahrt. Er ertappte sich bei dem Wunsch, mit dem Mikrofon zu tauschen, das sie des öfteren an ihre gewaltigen Brüste preßte. Er warf sein leeres Subic-Special-Glas um, was die Kellnerin geflissentlich übersah. Sie schenkte etwas Paul-Masson-Rotwein ein und unterzog Brian dem Ritual des Kostens, was er ziemlich lustig fand. All diese Asiaten bemühten sich zu handeln und auszusehen wie Amerikaner. Die Gruppe legte eine Pause ein, und Brian konzentrierte sich auf das Essen. Es überraschte ihn, wieviel Konzentration die vertraute Handhabung von Messer und Gabel erforderte. Er dachte flüchtig an die drei Subic Specials und verbannte die Gedanken daran, als er sein Weinglas nahm und vorsichtig wartete, bis sich die Wellen im Glas glätteten, bevor er trank. Er verschüttete nur ein wenig auf seine Folienkartoffel; vielleicht verbesserte er dadurch den Geschmack. Dann nahm er verschwommen wahr, daß jemand an seinem Tisch stand. Er schaute auf und sah das lächelnde, wenn auch etwas unscharfe Gesicht des stellvertretenden Kommandanten.

»Mr. Holcomb?« Mains' Lächeln wurde zu einem breiten Grinsen. »Darf ich mich zu Ihnen setzen? Es gibt keine freien Einzeltische mehr.«

»Aber bitte, XO«, sagte Brian und fragte sich, ob er aufstehen sollte oder konnte. Der stellvertretende Kommandant war ein Vollcommander, und Brian war schließlich nur Lieutenant. Der XO nahm Platz, während Brian immer noch über diese komplizierte Frage der Etikette grübelte, was dem XO nicht ganz entging. Sein Blick streifte über das leere Subic-Special-Glas.

»Ich sehe, Sie haben den Subic Special entdeckt. Was halten Sie davon?«

»Nun, Sir, schrecklich süß, aber eigentlich mag ich ihn. Sie, Mehrzahl. Was ist darin?«

»Sieben Schnapsgläser Rum, alles verschiedene Sorten, ein Schnapsglas Wodka, etwas Ananas- und Orangensaft und Grenadine für die Farbe. Oh, und eine Kirsche.«

»Sie… sieben Sorten Rum? Ich verstehe.«

»Aber nicht sehr gut, befürchte ich. Und wie viele hatten wir davon?«

»Wir hatten nur zwei. Nein, drei. Kein Problem, ehrlich, doch dieser Wein steigt mir zu Kopf.«

»Es überrascht mich, daß er noch Platz dazu hat. Aber was soll's, dafür ist der Klub da.« Mains winkte einer vorübergehenden Kellnerin und bestellte ein Steak mit Beilage. Dann schaute er wieder zu Brian, der sich zu entscheiden versuchte, wie er seine Gabel von der linken Hand in die rechte wechseln sollte, nachdem es ihm gelungen war, ein Stück Steak abzuschneiden. Es war eine schwere Entscheidung, was er mit dem Steakmesser anfangen sollte. Der XO versuchte, sich ein Lachen zu verkneifen.

»Wir haben Sie in der Bar vermißt«, sagte er schließlich.

Brian schaffte es, Messer und Gabel zu tauschen und konzentrierte sich dann auf Mains' Worte. »Ich habe verschlafen, XO. Als ich hier eintraf, dachte ich, die Offiziere sind mir mit dem Trinken schon weit voraus, und so …«

»Ja, das kann ich verstehen. Sie wollen also heute nacht nicht ausgehen, nehme ich an.«

»Jawohl Sir, ich will an Bord bleiben. Ich bin immer noch ziemlich müde. Jeder erzählt mir, daß ich mir das ansehen muß, Olongapo, meine ich. Aber nicht heute nacht. Und es gibt noch einen anderen Grund. Welcher war das? Ah ja, ich habe morgen Dienst.«

»Gut gedacht. Und wenn Sie nach Olongapo gehen, sorgen Sie dafür, daß Sie Begleitung haben. Olongapo ist interessant, aber nicht gerade sicher für Offiziere auf ihrer ersten Safari.«

»Warum, Sir? Wenn jeder Zivil trägt, wie erkennt man dann, daß wir Offiziere sind?«

»Glauben Sie mir, Brian, die Leute in Olongapo erkennen das. Sie werden nicht nur wissen, daß Sie Offizier sind, sondern auch, daß Sie von der *Hood* und zum ersten Mal in Olongapo sind.«

Brian dachte ein paar Minuten lang darüber nach, während er die einzelnen Bewegungen ausrechnete, um an einen weiteren Bissen Steak zu kommen. Das war anscheinend kompliziert und schwer. Dann erinnerte er sich an den Chief.

»Chief Martinez hat angeboten, mir Olongapo zu zeigen«, sagte er. »Ich war mir nicht sicher, ob es schicklich ist, das Angebot anzunehmen und mit einem der Unteroffiziere an Land zu gehen. Andererseits sagte Mr. Hudson, äh … verdammt, ich kann mich nicht erinnern, was er gesagt hat.« Brian hatte wieder das Problem mit Messer und Gabel.

Der XO schaffte eine ausdruckslose Miene, als sein Essen serviert wurde. »Ich nehme an, er sagte etwas in der Art, daß der Chief groß und stark genug ist, um Sie aus Schwierigkeiten herauszuhalten. Und machen Sie sich keine Sorgen wegen der Schicklichkeit. Wie Sie schon sagten, werden Sie in Zivil sein, und jeder auf dem Schiff, mich inbegriffen, würde es für sehr klug von Ihnen halten, mit Louie Jesus als Begleiter zum ersten Mal an Land zu gehen. Wirklich sehr klug. Aber lassen Sie mich Ihnen noch etwas Wein einschenken.«

Während Brian seine liebe Not mit dem Handhaben des Bestecks hatte, beendeten sie das Essen gleichzeitig. Der Stellvertretende Kommandant, ein Mann mit wenig Erbarmen, bestellte für sie beide Brandy. Unterdessen spielte die Band wieder, und so genossen sie beide die Musik, während Brian mannhaft versuchte, wach zu bleiben. Die

Kellnerin räumte das Geschirr ab, und dann mußte sich Brian entscheiden, ob er zuerst den Wein oder seinen Brandy trinken sollte. Er entschied sich, das Weinglas in einer Hand und den Brandyschwenker in der anderen zu halten, was den Entscheidungsprozeß erleichterte. Nach einer halben Stunde Musik komplizierte die Kellnerin für Brian das Leben, indem sie ihm eine Tasse vom starken schwarzen Kaffee des Klubs brachte. Er spürte beginnende Kopfschmerzen um die Schläfen herum. Es wurde ihm klar, daß der XO Zivil trug, und er fragte ihn, ob er in die Stadt gehen würde.

»Ganz recht! Eine Horde von uns geht rüber. Normalerweise würde ich darauf bestehen, daß Sie mitkommen, aber ich finde, Sie haben die richtige Idee, schlafen zu gehen, besonders weil Sie morgen Dienst haben.«

»Ich fühle mich ein bißchen abgeschlafft«, hörte sich Brian zu seiner Überraschung sagen. Der XO betrachtete einen Moment lang sein Brandyglas, bevor er etwas erwiderte.

»Machen Sie sich deswegen keine Sorgen. Sie hatten die harten Wachen mit all den Mitternachtsschichten. Graf Austin hat jetzt Wache, Rafe Hatcher ist bereits wieder an Bord, und Vince geht heute nicht mit uns an Land, aber nur, weil er am Tag nach Ihnen Offizier vom Dienst ist und dann keinen dicken Kopf haben will.«

Brian fand, daß der Kaffee ihn etwas belebte. »Jawohl, Sir«, sagte er. »Ich nehme an, ich wollte sagen, ich fühle mich immer noch nicht wie ein richtiges Mitglied der Offiziersmesse. Hölle, bei all diesen Wachen, Backbord und Steuerbord, fühle ich mich nicht mal wie ein Mitglied der Waffenabteilung. Ich habe mehr vom Combat und meiner Konsole gesehen als sonstwas auf dem Schiff.«

»Ich weiß. Es hat Ihnen den Rest gegeben, daß Vince vom Wachplan gestrichen werden mußte. Aber jeder versteht das, glauben Sie mir. Ich hoffe, bei der nächsten Periode an der Front haben wir Sie alle drei abwechselnd auf Wache.«

»Sie hoffen, XO?«

»Ja. Nun, wir kennen das Problem dort. Und ich bin mir nicht sicher, daß sich viel ändern wird, besonders nicht nach einem Besuch im Hafen Subic.«

»Warum, XO?«

»Weil sich die Scheißer hier mit Stoff versorgen. Marihuana. Pillen. Sogar Heroin ist in Olongapo erhältlich. Und wer auch immer der Drahtzieher ist, der unsere Süchtigen mit Stoff beliefert, er wird hier Nachschub besorgen. In den ersten paar Wochen draußen werden wir vermutlich eine kritische Zeit überstehen müssen.«

Brian schüttelte den Kopf. Der Speiseraum schien sich dabei ein wenig zu drehen. Aber dies war wichtig.

»Ich kann nicht glauben, daß wir dieses Problem nicht in den Griff bekommen, XO. Ich meine, wir sprechen hier über einen Drahtzieher, um einen Drogenboß, und es klingt, als müßten wir einfach damit leben.« Brian erkannte, daß er etwas offener sprach, als er sollte, aber er erinnerte sich nur allzugut an seine Gespräche mit Jackson und Martinez über den Drogenring. Er nahm an, daß Jackson seine Theorien mit dem stellvertretenden Kommandanten teilte.

Der XO runzelte die Stirn, nickte aber widerstrebend zustimmend. »Wir tun, was wir können, Brian. Einige der Chiefs und ich haben einige Dinge angeleiert, über die ich nicht sprechen will, aber ich glaube, daß wir sozusagen Gefangene unseres eigenen Rechtssystems sind, bis die Flotteneinheiten, die Navyschiffe und Luftgeschwader die Befugnis erhalten, obligatorische Urinproben beim Personal durchzuführen. Das heißt also, daß jeder zur Probe pinkeln muß, und ich meine die ganze Schiffsbesatzung, Offiziere, Unteroffiziere und Mannschaften.«

»Jawohl, Sir, aber all die COs und XOs in der Navy müssen das wissen, was bedeutet, daß die Admiralität davon Kenntnis hat. Warum tut die Navy es dann nicht einfach?«

»Es gibt zwei Gründe, glaube ich. Der erste Grund ist

politischer Art, der zweite praktischer Natur. Politisch, weil die sechziger Jahre alles aus den Angeln gehoben haben, was wir Militärs seit dem Zweiten Weltkrieg für garantiert gehalten haben. Fast jeder verdammte Bengel unter einundzwanzig protestiert in den Staaten gegen diesen Krieg, läßt sich das Haar bis zum Arsch wachsen, nimmt Stoff, marschiert nackt herum, hört sich diesen gekreischten Scheiß an, der sich Rock 'n' Roll nennt, und benimmt sich ganz allgemein wie ein ausgeflippter Marsmensch. Ich erkenne diese Kids nicht wieder, was heißt, daß ich diese Matrosen auch nicht wiedererkenne. Und ich finde, die hohen Tiere im Pentagon sind sich nicht ganz sicher, wo *sie* stehen, denn man braucht sich nur das TV anzusehen, um zu wissen, daß es mehr Langhaarige und Liberale gibt, denen sie nach dem zum Mund reden, als Admiräle und Generäle. Deshalb glaube ich, daß sie ein wenig Angst haben, obligatorische Urinproben einzuführen, denn das würde uns zu weit vom Rest des Landes absetzen, besonders im ersten Jahr einer neuen Regierung.«

»Und der praktische Grund?«

»Der ist ein wenig klarer. Wenn wir zwei Tage nach unserem Aufenthalt hier diese ganze Crew Urinproben unterziehen, dann müßten wir umkehren und das Schiff stillegen. Hölle, wir würden vermutlich dreißig Prozent der Mannschaften und vielleicht sogar einige Offiziere erwischen. Es dreht sich im wesentlichen um die alte Washingtonregel: Stellen Sie keine Fragen, wenn Sie all die möglichen Antworten nicht ertragen können.«

»Aber, XO, wenn das stimmt, was, zum Teufel, tun wir dann dort draußen mit der Red Crown Station? Wir überwachen den Luftraum, setzen Helos ein, feuern Fernlenkgeschosse ab, bombardieren die Küste. Ich meine, diese Piloten sind von uns in jeder Hinsicht abhängig. Und was passiert, wenn die MiGs beim nächsten Mal bis zu uns durchkommen?«

Der XO starrte auf seinen Kaffee. »Wir tun unser Bestes,

Brian«, sagte er ruhig. »Wir machen uns nichts vor, wenn Sie das meinen. Wir bringen einfach die Stationierung, die Dienstzeit an der Front, hinter uns wie jeder sonst. Wir überstehen den nächsten Einsatz und den übernächsten. Und wir hoffen, eines Nachts keinen so großen Mist zu bauen, daß wir das Schiff nicht mehr heimbringen können. Und wissen Sie was, Brian? Bis jetzt funktioniert es. Und es erfordert die Bemühungen aller, verstanden? Wir sitzen buchstäblich im selben Boot.«

Brian schwieg einige Minuten lang. Durch den Alkoholnebel verstand er völlig, worüber der Stellvertretende Kommandant sprach, aber der Fall Marcowitz beschäftigte ihn sehr. Mains hatte anscheinend gelogen, als er gesagt hatte, der Captain wolle bis Subic warten. War der Captain übergangen worden, weil Drogen im Spiel waren? Das war nicht richtig. So durfte es einfach nicht gehandhabt werden. Brian entschied sich, absichtlich die Worte des XO mißzuverstehen und ein wenig auf den Busch zu klopfen.

»Nun, wir haben wenigstens Marcowitz erwischt. Ich nehme an, daß wir ihn ziemlich schnell vor ein Kriegsgericht bringen können.«

Der XO schaute ihn flüchtig an, sagte jedoch nichts. Brian wollte schon nachhaken, doch dann blickte Mains demonstrativ auf seine Armbanduhr und schob seinen Stuhl zurück.

»Zeit zum Rock 'n' Roll, wie es heißt«, sagte er und stand auf. »Ich sehe Sie frisch und munter morgen früh. Das Essen war mir ein Vergnügen.«

Der Stellvertretende Kommandant nahm beide Rechnungen und ging, bevor Brian auch nur seine Gedanken sammeln konnte. Beklommen erkannte er, daß er einen Fehler begangen hatte. Der XO hatte ihn freundlich gebeten, einfach mitzuspielen. Statt dessen hatte er den Fall Marcowitz zur Sprache gebracht. Der XO hatte sagt, Marcowitz würde in Subic angeklagt werden. Warum war er nicht bereit, das zu bestätigen?

Brian suchte nach seiner Rechnung, und dann erinnerte

er sich daran, daß der XO sie mitgenommen hatte. Es wurde ihm wieder schwindelig, als die Wirkung des Kaffees nachließ. Er stand auf und bahnte sich schwankend einen Weg durch den Speiseraum, begleitet von einem Höllenlärm, als die Band ihren dritten Auftritt begann. Er spürte bereits den Beginn eines schlimmen Katers.

Auf dem Rückweg zum Schiff wurde sein Kopf ein wenig klarer, aber sofort setzten Kopfschmerzen ein. Die feuchte Luft an den Kais war von einer Mischung aus Gerüchen nach tropischen Blumen, frisch gemähtem Gras, brennender Kohle, Treibstoff und dem gelegentlichen Ausstoß von Gasen aus den Schornsteinen der ankernden Schiffe erfüllt. Das grelle Licht der Natriumdampflampen bildete einen starken Kontrast zu den weichen Schatten der Palmen und dem Schimmern kleiner Wellen im Hafen. Brian überlegte, wie er sein Gespräch mit dem XO besser hätte führen sollen, aber die Subic Specials, der Wein und der Brandy beeinträchtigen immer noch sein Denkvermögen.

Er ging gerader und straffte die Schultern, als er sich dem Schiff näherte. Als er die Gangway erreichte, schwitzte er stark und glaubte sogar den Alkohol zu riechen, der aus seinen Poren drang. Er fragte sich, ob die Leute auf dem Achterdeck seine Fahne riechen konnten. Er kletterte die Eisentreppe zum Achterdeck hoch und war außer Atem, als er oben war. Er grüßte zackig den OOD, Ensign McCarthy, und achtete darauf, bei seinem Weg über das Achterdeck nicht zu stolpern. Der Leutnant zur See und Deckoffizier erwiderte den Gruß und bemühte sich, keine offizielle Notiz von der Verfassung des Waffenoffiziers zu nehmen.

»Mr. Holcomb, Sir?« fragte er, als Brian ihn passierte.

»Ja?« Brian wandte sich um und schwankte nur ein bißchen.

»Haben Sie das mit Petty Officer Marcowitz gehört?«

Brian fühlte sich plötzlich ernüchtert. Ensign McCarthy fungierte zusätzlich als juristischer Offizier des Schiffs. Er war kein Anwalt, doch er war für all die Schreibarbeit zuständig, die für Anklagen auf dem Schiff und vor dem Kriegsgericht erforderlich waren. Am Morgen hatte Brian einige der einleitenden juristischen Papiere im Fall Marcowitz unterzeichnet.

»Nein«, erwiderte Bian. »Was ist mit Marcowitz? Er hat Ausgehverbot, nicht wahr?«

»Äh, nein, Sir«, sagte McCarthy. »Marcowitz hat heute abend Ausgang an Land gehabt.«

»Was?« Die Kopfschmerzen bestraften Brian für sein lautes Sprechen.

»Jawohl, Sir. Der XO hat kein Ausgehverbot verhängt. Jedenfalls stand Marcowitz nicht auf der Liste, aber das macht jetzt auch nichts mehr aus.«

»Warum nicht?« Brian versuchte, sich zu konzentrieren.

»Weil ihn die Marines am Tor des Stützpunkts wegen Rauschgiftbesitz festgenommen haben. Sie fanden drei Beutel Marihuana in seiner Reisetasche, als er durchs Tor ging. Sie haben ihn in den Bau des Stützpunkts gebracht. Und bei drei Beuteln werden sie davon ausgehen, daß er vorhatte, den Stoff zu verkaufen. Die wirklich gute Nachricht ist, daß sie ihn vors Kriegsgericht bringen. Wir brauchen das nicht zu tun, weil er die Tat auf dem Stützpunkt begangen hat.«

Brian nickte langsam und versuchte den Verdacht zu erfassen, der in seinem benebelten Kopf aufstieg. Was hatte der XO genau über den Fall Marcowitz gesagt? Wir klagen ihn an, wenn wir in Subic sind. Oder hatte er gesagt: Wir kümmern uns um ihn, wenn wir in Subic sind? Brian konnte sich nicht konzentrieren. Er verfluchte sich, weil er sich betrunken hatte. Nur etwas Fruchtsaft, XO …

»Danke«, murmelte er und ging zur Backbordseite auf die Sicherheit seiner Kabine zu. Er stieg die inneren Leitern hoch, bog nach rechts ab und folgte dem Gang bis zu seiner Kabine. Dann trat er ein. Er schloß die Tür, zog in der Dunkelheit seine verschwitzte Uniform aus und warf sie auf den Sessel. Dann ließ er sich auf die Koje sinken und atmete tief die Luft der klimatisierten Kabine ein. Abermals versuchte er die Bedeutung seines Gesprächs mit dem Stellvertretenden Kommandanten zu erfassen, doch sein Verstand gehorchte ihm nicht, und jedesmal wenn er die Augen einen Spalt öffnete, drehte sich alles davor. Binnen Minuten schlief er ein. Er hörte nicht, daß seine Uniformhose, in der immer noch Maddys drei Briefe steckten, vom Sessel auf den Boden rutschte.

Brian wachte ein paar Stunden später durch das Wecken über die Lautsprecheranlage auf. Er setzte sich auf seiner Koje auf, schnappte nach Luft und sank zurück. O Gott! Sieben Sorten Rum. Er hatte das Gefühl, daß siebentausend entschlossene asiatische Teufel auf seinen Gehirnzellen herumhämmerten. Er setzte sich wieder auf, diesmal langsamer, und schwang die Füße von der Koje. Nach mehrmaligem tiefen Durchatmen, um diese Großtat zu feiern, wunderte er sich darüber, daß es so dunkel war, und er öffnete versuchsweise ein Auge. Der weiße Lichtstreifen unter der Tür kam ihm vor wie der Scheinwerfer eines näher kommenden Zuges. Brian blinzelte ein paarmal und dachte über das Problem nach, wie er von den Schienen herunterkommen konnte, bevor er von dem Zug überfahren wurde. Dann sagte er sich, daß es besser war, auf den Schienen zu bleiben und sich überrollen zu lassen. Er konnte sogar das Donnern des Zuges höre, ein Klopfen, das in seinem Kopf widerhallte. Dann kam ihm in den Sinn, daß irgendein Kommunist an seine Kabinentür klopfte.

»Was ist?« krächzte er.

Die Tür wurde geöffnet, und eine riesige Silhouette verdunkelte das Licht auf der Türschwelle. Er hatte recht gehabt. Es war ein Zug. Auch noch ein sprechender.

»Mr. Holcomb? Leben Sie?«

»Nein, verdammt. Ich bin gestorben und will meine Ruhe. Mein Gott, Chief!«

»Ja, nun, man sagte mir, Sie hätten ein wenig getankt, als Sie in der Nacht an Bord zurückkehrten. Ich bin nur gekommen, um Sie daran zu erinnern, daß wir heute Dienst haben.« Er musterte Brians Gesicht und schüttelte den Kopf. »Ich hole sofort den Doc. Bleiben Sie da sitzen, und rühren Sie sich nicht.«

Die Tür wurde geschlossen, und Brians Augen schmerzten nicht mehr in der plötzlichen Dunkelheit. Er hörte die Geräusche des erwachenden Schiffs, die Lautsprecherdurchsagen, die das Frühstück für die Crew ankündigten, den Appell der Männer mit Ausgehverbot. Er dachte kurz ans Frühstück, und das war ein Fehler. Bunte Bilder von Rindfleisch in Sahne, Rühreier, die in Ketchup schwammen, von fettem Schinken und Würstchen tauchten vor seinem geistigen Auge auf, und all das veranlaßte ihn, mit Höchstgeschwindigkeit die Toilette aufzusuchen. Als die Krämpfe seines gepeinigten Magens so lange aufhörten, daß er sich aufrichten konnte, wankte er zurück in seine Kabine und versuchte, sich die Zähne zu putzen, aber selbst das kam ihm zu schmerzhaft vor. Er saß in Unterwäsche in seinem Sessel, und seine Stirn ruhte auf der Kante des stählernen Wachbeckens, als der Chefsanitäter leise anklopfte und die Kabine betrat. Er hatte eine kleine grüne Stahlflasche mit Sauerstoff dabei, an die eine Atemmaske angeschlossen war. Außerdem brachte er Pillen und einen Becher mit Eiswasser. Er schaltete die Lampe auf dem Schreibtisch an und schnitt eine Grimasse, als er Brians Gesicht sah.

»Jau, das ist ein ausgewachsener Kater. Morgen, Mr. Holcomb. Schon gekotzt?«

Brian nickte langsam, darauf bedacht, nicht die Teufel aufzuregen.

»Ja, Sie mögen noch nicht den Kopf bewegen. Er könnte abfallen, über den Gang rollen und die Stewards erschrecken. Hier, atmen Sie in diese Maske.«

Brian nahm die Maske entgegen und atmete tief reinen Sauerstoff ein. Er fühlte sich fast sofort besser. Der Doc nahm die Maske weg.

»Und jetzt nehmen Sie all diese Pillen.«

»Was ist das?« krächzte Brian. Sein Mund war trocken vom Sauerstoff. Der Doc hielt ihm eine Handvoll Pillen hin.

»Teil der Kur. Hauptsächlich Vitamine. B-eins, B-sieben, B-zwölf und ein paar E. Die größeren sind gegen Kopfschmerzen und beruhigen den Magen. Nehmen Sie alle und trinken Sie den Becher mit Eiswasser leer.«

Brian befolgte die Anweisung und schluckte zuerst die größeren Pillen. Als er fertig war, gab ihm der Chefsanitäter abermals die Sauerstoffflasche. Brian lehnte sich im Sessel zurück und atmete gierig den Sauerstoff ein. Seine Kehle wurde trocken, aber das machte ihm nichts aus. Nach fünf Minuten forderte ihn der Doc auf, die Maske abzunehmen. Brian fühlte sich fast normal. Die Kopfschmerzen waren fort, sein Magen hatte sich beruhigt, und er fühlte sich von Energie erfüllt.

Der Doc verstaute seine Utensilien. »So werden Sie anderthalb Stunden normalen Dienst schaffen. Das reicht, um Mr. Austin abzulösen und als Offizier vom Dienst anzutreten. Nach den anderthalb Stunden läßt die Wirkung der Behandlung nach, okay? Dann wird es Ihnen wieder dreckig gehen. Möglicherweise müssen Sie in Ihre Kabine gehen, sich flach legen und Licht meiden. Aber sie haben wenigstens neunzig Minuten, okay? Tragen Sie eine Sonnenbrille, damit die Leute nicht Ihre Augen sehen und sich schieflachen. Und denken Sie daran: neunzig Minuten lang werden Sie sich wie Cinderella fühlen, und danach könnten Sie befürchten, daß sich der Anker aus der Klüse löst und Ihnen auf den Kopf fällt, okay? Bis später dann, Mr. Holcomb. Ich wünsche Ihnen einen schönen Tag.«

Der Doc ging. Brian staunte über die Veränderung. Er duschte schnell, rasierte sich, putzte sich die Zähne und zog eine frische Khakiuniform an. Als er die weiße Uniform in seinen Wäschesack stopfte, fand er Maddys verknitterte Briefe. Er legte sie mit einer Spur von Verlegenheit auf seinen Schreibtisch, aber es blieben ihm nur neunzig Minuten, und Maddys Briefe mußten warten. Er verließ die Kabine, um den Tag zu beginnen, solange er das noch konnte. Gott sei Dank gab es Louie Jesus und seinen großartigen Freund, den Doc.

30

Bei Einbruch der Dunkelheit war der Rest seines Katers fast verschwunden. Brian fühlte sich leicht, als wäre er den ganzen Tag mit einem U-Boot in den Tiefen der See getaucht und lebend wieder aufgetaucht. Im Vergleich zum Morgen fühlte er sich ziemlich gut. Er stand auf der Back, als die Sonne über der Bucht unterging, genoß einen Becher Kaffee und versuchte die Klumpen von stark konserviertem Navyschinken zu ignorieren, die ihm im Magen lagen. Matrosen in Zivil strömten über die Pier und die Bürgersteige, die zu der Haltestelle des Pendelbusses führten. Der letzte der Versorgungstrucks rumpelte um die Ecke zurück zum Versorgungsdepot. Gegenüber der Straße schlossen philippinische Arbeiter geräuschvoll die Eisentore des Lagerhauses. Der Wachhabende stand beim Fahnenmast, um die Zeremonie des abendlichen Einziehens der Fahne zu befehlen. Auf dem Schiff wirkten alle etwas entspannter, nachdem es betankt worden war und all die Waren und das Versorgungsmaterial sicher unter Deck verladen waren. Morgen würde die Waffenstation zwei Paletten von Fünfzollmunition und ein Terrier-Fernlenkgeschoß liefern, was die Ladung vervollständigen würde. Brian war dankbar, weil er den Tag überstanden hatte, ohne daß sein Schädel zersprungen war. Die Katerbehandlung des Doc hatte funktioniert, wie er es prophezeit hatte, mit Kopfschmerzen nach den neunzig Minuten, mit allgemeiner Benommenheit, Schwindelgefühl und rasendem Puls. Brian hatte gerade noch die Ablösung des Offiziers vom Dienst und die Befehlsausgabe an die Offiziere und Chiefs seiner Abteilung überstanden. Chief Martinez war diskret fürsorglich gewesen, als Brian ihm gedankt hatte, weil er den Doc geholt hatte. Der Stellvertretende Kommandant war bei der Offiziersbesprechung dienstlich, aber nicht unfreundlich gewesen, aber er war anscheinend ebenfalls interessiert daran gewesen, die ersten Aufgaben des Morgens schnell hinter sich zu bringen. Brian fragte sich, ob der Doc heute morgen all die Offiziere behandelt hatte, die in der Nacht ausgegangen waren, denn viele litten anscheinend noch unter den Nachwirkungen der Zechtour, und jeder wollte offenbar den Morgen schnell hinter sich haben. Brian hatte den Vormittag in seiner Kabine verbracht und abwechselnd eine Stunde geschlafen und eine Stunde Schreibarbeiten erledigt und den Stapel neuen Papierkram in Angriff genommen, der mit der Post eingetroffen war.

Brian drehte sich nach achtern, stand still und salutierte, als der lange Pfeifton über die Lautsprecheranlage das Einholen der Flagge ankündigte. Der Ton hallte aus den Lautsprechern von jedem Schiff im Hafen. Der Wachhabende ließ langsam die Flagge vom Mast einholen. Nach ein paar weiteren Sekunden ertönten drei Pfeifsignale ›weitermachen!‹, die anzeigten, daß Gott nun die Vollendung des Sonnenuntergangs erlaubte. Ein weiterer Tag der Navy war offiziell vorüber.

Brian hörte, daß die Luke zum Vorderdeck geöffnet wurde. Der massige Kopf und die breiten Schultern von Chief Martinez schoben sich aus der runden Luke wie eine Polaris-Rakete in Zeitlupe. Der Chief hielt einen Becher mit Kaffee in einer Hand und zwei lange Tabacalera-Grande-Zigarren in der anderen. Er stieß die Luke mit dem Ellenbogen zu und ging dann zu Brian. Er überreichte ihm eine der Zigarren.

»'n Abend, Boss«, sagte er. »Hab 'ne Grande für Sie. Verdammt gute Zigarre und sogar frisch.«

Brian holte pflichtschuldig sein Messer hervor und schnitt ein Ende der langen Zigarre ab. Der Chief gab

Feuer mit dem Zippo-Feuerzeug, in welches das Wappen der *Hood* eingeprägt war. Sie pafften blaue Rauchwölkchen in die Abendluft und hörten mit Genugtuung, wie die Moskitos des Hafens in die zunehmende Dunkelheit abschwirrten, um sich andere Opfer zu suchen.

»Wissen Sie, wie diese Zigarren hergestellt werden?« fragte Martinez.

»Ich bin mir nicht sicher, ob ich alt genug bin, um das zu wissen.«

»Da sind diese wirklich fetten, alten Weiber, wissen Sie, und wenn die Jungs die Zigarren stramm und ordentlich gerollt haben, übergeben sie sie diesen verschwitzten alten Weibern, und die ziehen ihr Kleid hoch und versiegeln sie, indem sie ...«

»Chief.«

»Ja, Sir?«

»Ich mußte Navyschinken zu Abend essen. Lassen Sie uns nur die Zigarren genießen, okay?«

»Jawohl, Sir.«

Sie standen ein paar Minuten lang schweigend beisammen und beobachteten, wie der Sonnnenuntergang die Berggipfel im Osten mit orangefarbenem Schimmer überzog. Die Pastellfarben wurden allmählich verdrängt durch das Licht der Natriumdampflampen längs der Pier. Brian stellte fest, daß ihm die Zigarre tatsächlich schmeckte.

»Chief.«

»Ja, Sir?«

»Ich bin neugierig. Wie wurde Marcowitz hereingelegt?«

»Marcowitz, Sir?«

»Ja, Marcowitz, Sir. Der Kerl, den ich in der Zielerfassung high erwischte. Der Kerl, der von den Marines am Haupttor mit Stoff in seiner Reisetasche geschnappt wurde. Ich bin einfach neugierig, Chief: Warum hatte er kein Ausgehverbot, und welcher Typ nimmt drei Beutel Rauschgift für eine Nacht Ausgang in Olongapo mit, Chief?«

Martinez schwieg eine Weile. »Ein saublöder Junkie vielleicht?« sagte er dann. Er grinste, nickte und schnippte Asche über die Reling. Eine vorbeifliegende Möwe wich kurz von ihrem Kurs ab, um die Asche zu untersuchen und setzte dann den Flug fort.

»Okay. Vielleicht hat ihm jemand ein bißchen Stoff aus dem Schrank untergejubelt, in dem der XO beschlagnahmte Drogen aufbewahrt. Sie wissen, daß der OOD auf dem Achterdeck die Reisetaschen überprüft und sicherstellt, daß keiner mehr als zwei Päckchen Zigaretten in die Stadt mitnimmt – Waren aus dem PX des Schiffes. Vorschriften zur Bekämpfung des Schwarzmarkthandels und so. Wer war also gestern nacht der OOD auf dem Achterdeck?«

»BTC Franklin; das ist der denstälteste Chief der Kesselabteilung.«

»Okay. Was ist also gelaufen?«

»Vielleicht hat der BTC das Büro des Stützpunktkommandanten angerufen, mit einem Chief gesprochen, den er dort kennt und ihm geflüstert, was in die Stadt gebracht werden soll. Und der Chief hat die Marines am Haupttor angerufen. Franklin hat einen Jungen vom Schiff mit einem Truck geschickt, der Junge ist zum Tor gefahren, hat dem Wachhabenden unseren Knaben gezeigt und ist zum Schiff zurückgefahren. Die Marines filzen unseren Knaben, finden den Stoff genau dort, wo er sein soll, und unser Scheißer wandert in den Bau.«

»Und jetzt ist der Fall ein Problem für den Stützpunkt, und wir haben ihn vom Hals.«

»Und Marcowitz ist dran, vergessen Sie das nicht.«

Brian nickte langsam. Er hatte sich so etwas gedacht. Er schnippte Asche in die Dunkelheit jenseits der Reling. Eine Schar Möwen flog kreischend über die Pier, als die Messeköche den Abfall des Abendessens hinaustrugen.

»Und ich nehme an, Chief Franklin hat all dies nicht auf eigene Faust getan, oder?«

Chief Martinez blickte hinüber zu der Reihe von Lagerhäusern, die in der frühen Dunkelheit abkühlten. Weiter unten auf der Pier rumpelte ein Kran über die Gleise, begleitet von zwei Werftarbeitern, die ihn mit ihren Warnglocken laut ankündigten. Die Menge der Matrosen, die an Land gingen, teilte sich wie ein Strom, der um einen Fels herum spült.

»Ich bin mir nicht sicher, wieviel ich sagen kann, Boss. Ich meine, Sie sind mein Abeilungsleiter und alles, aber ...«

»Ich glaube, ich verstehe, Chief. Da ist eine interne Operation im Gange, und Sie wissen nicht, ob ich schon zu den Eingeweihten zähle. Richtig?«

»Ja, nun, so etwa in der Art. Ich will nicht ...«

»Keine Sorge. Der XO und ich hatten gestern abend im Klub einen kleinen Plausch. Ich nehme an, ich überlege noch, wie ich mich verhalten soll, und der XO will wohl abwarten, wie ich mich entscheide. Mein Problem ist, daß ich es immer noch nach den Vorschriften der Navy handhaben will. Der XO hat offenbar eigene Ansichten und hält Ihre interne Operation für den einzig richtigen Weg. Er erklärte es gestern abend ein wenig.«

»Wenn wir nach Vorschrift handeln, verlieren wir die meisten Junkies und schaden uns letzten Endes selbst.«

»Ja, ich kenne diese Argumente. Aber auf Ihre Weise, auf die Methode der *Hood*, bleiben die meisten Drogenabhängigen an Bord und schaden uns eines Tages, weil sie in einem kritischen Augenblick an einer Feuerleit- oder Zielerfassungskonsole sind und versagen, weil sie high sind.«

»Ja, Sir, das verstehe ich«, sagte Chief Martinez. Er blickte Brian abschätzend durch den Zigarrenqualm an. »Haben Sie das dem XO gesagt?«

»Nein. Ich war zu blau und zu müde. Hauptsächlich blau. Ich war nie ein großer Säufer.«

Der Chief lachte. »Ich auch nicht, aber das hindert mich nicht daran, einen gehörig zur Brust zu nehmen.«

Brian lächelte und schnippte seine Zigarrenkippe ins Wasser des Hafens. »Sehen Sie, Chief, ich werde die

Methoden hier nicht vermasseln, okay? Ich billige sie nicht, weil ich meine, das Vorgehen nach den Vorschriften der Navy ist das beste. Sie wissen, daß es heißt, jede Navyvorschrift ist mit dem Blut geschrieben, das durch den Fehler von irgend jemandem einmal vergossen wurde. Wenn die Insider Sorgen habe, daß ich sie verpfeife, dann können sie das vergessen. Aber wenn ich noch einmal einen Junkie wie Marcowitz erwische, dann werde ich ihn melden – genau nach Vorschrift. Was danach geschieht, ist die Entscheidung der Führung, auch wenn so etwas wie mit Marcowitz passiert.«

»Verstanden«, sagte der Chief. »Das klingt fair genug.« Er schaute auf seine Armbanduhr. »Ich muß mich bereit machen, weil ich mich um zwanzig Uhr zum Dienst melden muß, Boss. Ich sehe Sie dann auf dem Achterdeck.«

»Okay, Chief.«

Brian schaute Chief Martinez nach, als er über die Back ging und dann auf der Steuerbordseite verschwand. Er schüttete den kalten Rest seines Kaffees über die Reling und hörte, wie er fast neun Meter tiefer ins Wasser tröpfelte. Die Abendluft senkte sich über ihn wie ein feuchtes Tuch. Die Temperatur war mit Einbruch der Dunkelheit nur langsam gesunken und betrug immer noch über dreißig Grad Celsius. Brian fragte sich, ob er das Richtige getan hatte. Was er dem Chief gesagt hatte, würde Martinez vermutlich dem XO weitererzählen. Das war in Ordnung. Der XO würde vielleicht erleichtert sein, weil der Neue nicht vorhatte, sich querzulegen und mit irgendwelchen Außenseitern zu reden.

Andererseits wollte Brian selbst zu den Eingeweihten gehören. Auf jedem Schiff war es das gleiche: Stets gab es eine kleine Gruppe von Offizieren und Chiefs, die in Wahrheit das Sagen hatten. Manchmal stimmte diese Gruppe zufällig mit dem offiziellen Befehlsweg überein, manchmal nicht. Hier auf der *Hood* führte in puncto Drogenproblem der Befehlsweg anscheinend direkt vom Stellvertretenden Kommandanten zu einigen der Chiefs, mit stillschweigendem Einverständnis von mindestens zwei Abteilungsleitern, Austin und Benedetti. Aber im Augenblick war er, Brian, der Außenseiter. Bis jetzt schlossen sie ihn nicht mit ein. Nicht, weil sie ihm noch nicht genug vertrauten, um ihn in die wahre Machtstruktur aufzunehmen. Vielleicht war es eine Art Test, was mit Marcowitz geschehen war. Sie wußten, daß er es herausfinden würde, und jetzt warteten sie ab, was er tun oder unterlassen würde. Nun, er hatte soeben seine Antwort darauf gegeben.

Und vielleicht hatten sie recht. Marcowitz war rauschgiftsüchtig, daran gab es keinen Zweifel. Er würde jetzt vors Kriegsgericht kommen, aber es würde auf dem Stützpunkt sein, ein Drogenfall auf dem Stützpunkt, keiner auf der *Hood*. Und auf indirektem Weg hatten sie sein eigenes Ziel erreicht, den Junkie vom Schiff zu verbannen, bevor er Schaden anrichten konnte. Brian war zunehmend besorgt, daß Schaden entstehen konnte. Die alten WESTPAC-Soldaten waren so lange im Golf und vor Vietnam, daß für die meisten von ihnen alles, was passierte, Routine war. Für Brians uneingeweihte Denkweise war das, was mit den MiGs passiert war, eine enorme Bedrohung gewesen, doch der geheimnisvolle Nimbus von WESTPAC machte es wohl erforderlich, daß jeder die Sache lässig sah. Wenn sowjetische MiGs einen solchen Scheinangriff gegen Schiffe der Sechsten Flotte im Mittelmeer durchgeführt hätten, dann hätten sie den Ausbruch des Dritten Weltkriegs riskiert.

Brian schaute wieder in den Hafen hinaus. Die Bojen der Fahrrinne blinkten und warfen rotes und grünes Licht auf das ruhige, dunkle Wasser. Drüben auf der Großen Insel schimmerte der Schein eines Grillfeuers durch die Palmen. Brian überlegte, welche Rolle der Captain bei allem spielte. Sein Stellvertreter hatte offenbar die Verantwortung bei der Strafverfolgung von Drogenfällen und jedem anderen Disziplinarfall. Nun, in gewisser Weise war das normal: Es war die Aufgabe des Stellvertretenden Kommandanten, für die Einhaltung von Ordnung und Disziplin zu sorgen.

Aber es war, als wäre der Captain – der Kommandant und Kapitän – gar nicht anwesend. Er wurde selten außerhalb seiner Kabine gesehen, und Brian hatte außer im Combat Information Center wenig Kontakt mit ihm gehabt.

Benedetti meinte, der CO bezweifelte, daß es überhaupt ein Drogenproblem an Bord seines Schiffes gab. Und Brians kurzes Gespräch mit dem Captain über den Fall Marcowitz bewies anscheinend, daß der XO den alten Mann abschirmte, damit ihm nichts von Drogenzwischenfällen zu Ohren kam. Oder der Captain war ein sehr guter Schauspieler. Und dann war da seine Verfassung. War etwas mit seiner Gesundheit nicht in Ordnung? Brian dachte an die Zeiten, an denen er ihn während des ersten Abschnitts der Dienstzeit an der Front gesehen hatte. Huntington hatte nie besonders gut ausgesehen, gewiß nicht im Vergleich zu dem gesunden und munteren XO. Okay, im Vergleich zu den übrigen Offizieren und der Besatzung war Captain Huntington ein alter Mann, aber manchmal sah er aus … nun, als stünde er unter Drogen! Brian stutzte bei diesem Gedanken, doch dann wurde er durch die Lautsprecheransage abgelenkt, die den Appell um zwanzig Uhr ankündigte. Er ging zum Achterdeck, wo die Abteilungsleiter vom Dienst dem Offizier vom Dienst meldeten, daß ihre Abteilungen für die Nacht gesichert waren.

Danach machte Brian einen Rundgang auf dem Schiff vom Heck bis zum Bug und überprüfte, ob wirklich alles für die Nacht gesichert war. Gegen 23 Uhr würde er alles noch einmal überprüfen und sich dann selbst für die Nacht sichern. Auf dem Rückweg zur Offiziersmesse kam er am Büro des Sheriffs vorbei. Es überraschte ihn, Jackson zu sehen, der eine Lesebrille trug und in der Freizeit an seinem Schreibtisch arbeitete. Er betrat das Büro.

»Sheriff, es erstaunt mich, daß Sie an Bord sind. Ich dachte, es ist Pflicht für einen Chief, jede Nacht in Olongapo die Puppen tanzen zu lassen.«

Jackson lächelte. »Es sind die Mannschaften, die jede

Nacht die Puppen tanzen lassen. Wir Chiefs wissen uns zu mäßigen. Sie kennen ja die Story von den alten und den jungen Bullen.«

»Ich glaube, ich habe gestern nacht etwas Erfahrung in diesem Punkt gesammelt.«

»Ja, Sir, ich hörte, daß Ihnen heute morgen der Doc die letzte Ölung gebracht hat.«

»Die letzte Ölung! Welch eine Formulierung. Das hat er in der Tat. Ich habe gestern nacht ein Gebräu gekostet, das sich Subic Special nennt. Ein erneuter Beweis, daß ich keinen Alkohol vertrage. Was tut sich zur Zeit in der Räuber-und-Gendarm-Abteilung? Ich hörte, daß unserem Jungen Marcowitz ein, äh, Mißgeschick am Haupttor widerfahren ist.«

Jackson lehnte sich mit ausdrucksloser Miene auf seinem Schreibtischsessel zurück. »Jawohl, Sir. Ich habe den Bericht hier.«

»Er hat anscheinend Eulen nach Athen gebracht.«

»Sir?«

»Ein englisches Sprichwort. Wie Eis nach Alaska bringen oder Kohle nach Newcastle. Wenn ich das richtig gerafft habe, dann *kauft* ein Amerikaner in Olongapo Stoff und verkauft keinen.« Brian spähte auf den Gang hinaus, um sich zu vergewissern, daß niemand mithören konnte. »Ich könnte mir denken, daß er reingelegt wurde. Jemand hat ihm den Stoff in die Reisetasche gesteckt und ihn dann am Tor verpfiffen.«

Der Sheriff blickte ihn abschätzend an, sagte jedoch nichts.

Brian setzte sich auf einen der beiden Stühle. »Ich möchte Ihnen eine Geschichte erzählen«, begann er, und dann berichtete er von seinem Gespräch mit dem Captain im CIC, bei dem er herausgefunden hatte, daß der XO den Captain *nicht* über den Fall Marcowitz informiert hatte.

Jackson nahm die Lesebrille ab und rieb sich über die Augen. Dann setzte er die Brille wieder auf. »Nun, Sir, ich nehme an, das ist möglich«, sagte er. »Daß der XO dem Alten nichts erzählt hat, meine ich. Ich habe den Eindruck, daß Captain Huntington in der Erinnerung an die alte Navy lebt. Vielleicht weigert er sich einfach, die Tatsache zu akzeptieren, daß seine Matrosen hier auf dem Schiff Rauschgift nehmen. Oder vielleicht hat es der XO aufgegeben, den Alten zu überzeugen, daß wir ein Problem haben, und sich entschieden, das Problem auf eigene Faust zu lösen.«

»Wer hat Marcowitz den Stoff untergeschoben und ihn dann verpfiffen?«

Jackson schien sich in sich selbst zurückzuziehen. Brian erkannte, daß der Sheriff überlegte, wieviel er sagen konnte und wieviel nicht.

»Vergessen Sie meine Frage«, sagte er. Er überlegte kurz. Dann schaute er den Sheriff an.

»Der XO hat mich gestern abend im Offiziersklub sozusagen eingeweiht. Er sagte, das juristische System kann nichts für ihn tun, und so erledigt er die Probleme auf seine Weise. Wenn jemand auf dem Stützpunkt mit Drogen erwischt wird, ist der Stützpunkt für den Fall zuständig, und es ist kein Drogenfall der *Hood*. Und ein Typ, der Dreck am Stecken hat, wird vom Schiff entfernt. Er nennt das Gerechtigkeit.«

»Das klingt für mich eigentlich auch nach Gerechtigkeit.«

»Ja, aber …«

Jackson neigte sich vor. Die Gläser seiner Brille glänzten im Schein der Leuchtstofflampe. »Ja, Sir, ich weiß, was das ›aber‹ zu bedeuten hat. Der XO betreibt hier eine Vigilanten-Methode.«

»Der XO hebt hier auf dem Schiff Militärgerichtsbarkeit auf, und die soll das einzige Vorrecht des Captains sein – der offenbar bei der ganzen Sache ein Auge zudrückt.«

Jackson setzte sich zurück und spielte mit dem Bleistift auf seinem Schreibtisch. Brian versuchte, das berufliche Dilemma zu begreifen, mit dem er es zu tun hatte. Er wurde zunehmend überzeugter, daß das System des Stellvertretenden Kommandanten eine ungesetzliche Umkehrung des Systems der Militärgerichtsbarkeit war, die nur das Drogenproblem weiter in den Untergrund trieb. Eines Tages würde irgendein junger Junkie sie alle umbringen. Andererseits, abgesehen von der wahren Machtstruktur auf dem Schiff, war er besorgt, daß seine Karriere, die am Rande einer Beförderung und der Möglichkeit bestand, XO/CO zu werden, ruiniert werden könnte, wenn er das Thema Drogen weiterverfolgte. Der XO hatte ihn gestern abend freundlich darauf hingewiesen. Er konnte es auch nicht so freundlich handhaben. Brian wußte, daß der Stellvertretende Kommandant ein sehr mächtiger Mann auf dem Befehlsweg war: Er konnte auf ungefähr zwanzig verschiedene Arten die Karriere eines Abteilungsleiters gefährden, und alle Methoden waren so tödlich wie legal. Und da war Maddy. Welche Chance hatte er, Maddy zu behalten, wenn seine Karriere scheiterte? Vielleicht hatten Typen wie Austin die richtige Einstellung: Spiel mit, paß auf, wo du Leute einsetzt, laß den XO seine Methoden durchziehen, erhalte eine gute Beurteilung und steige beruflich auf. Brian blickte auf und sah, daß Jackson ihn beobachtete. Er schüttelte den Kopf.

»Ich bin mir nicht sicher, wie ich all dies handhaben soll, Sheriff. Wie jemand sagte – es ist das Schiff des Captains. Wenn er es so führen will, kann ich wohl nicht viel sagen.«

Jackson nickte langsam.

»Verstehen Sie mich nicht falsch«, fuhr Brian fort. »Ich denke an die Welt von Captain Huntington. Er ist anscheinend aufrichtig um das Wohl seiner Leute bemüht. Und ich will nicht andeuten, daß es hier Korruption gibt. Aber ich glaube, er täuscht sich selbst in dieser Drogensache, und eines Tages gehen wir deshalb alle drauf.«

Jackson nickte wieder. »Er war ein verdammt feiner CO, Mr. Holcomb. Jeder, der bei einem Bombenräumkommando arbeitete und persönlich ein Schiff rettete, indem er eine Bombe entschärfte, ist für mich okay. Ich weiß nicht, ob er sich selbst täuscht oder ob es einfach die Art ist, wie er die Sache handhaben will. Ich persönlich bezweifle, daß der XO so vorgehen könnte, wenn der Alte es nicht absegnete. Aber das ist ein Thema, das über meine Soldstufe hinausgeht. Deshalb blicke ich weg, nicht hin. Ich versuche, herauszufinden, wer wirklich den Drogenring betreibt. Aber ich stimme Ihnen in einem Punkt zu – es kommt vielleicht Schlimmes auf uns zu.«

»Haben Sie mehr über diesen Bullet herausgefunden?«

»Schließen Sie bitte die Tür?«

Brian tat es.

»Ja, das habe ich. Ich habe mit einigen der anderen Chiefs gesprochen.«

Jackson berichtete Brian, was er in der Personalakte gefunden hatte. »Die anderen schwarzen Chiefs bestätigen, daß Bullet eine Clique um sich geschart hat, aber sie würden nicht so weit gehen, sie als Gang zu bezeichnen. Wenn er mit Drogen handelt, so haben sie keine Anzeichen bemerkt. Ich habe jedoch etwas markiertes Geld in das System eingeschleust. Wenn der Drahtzieher mit Knoblauch zusammen investiert, finde ich es vielleicht heraus, während wir im Hafen sind und den Jungs das Bargeld ausgeht.«

Brian nickte. »Die schwarzen Chiefs – wie fühlen sie sich bei der Tatsache, daß Sie sich auf einen anderen Schwarzen konzentrieren?«

Jackson grinste. »Nun, es war nicht die angenehmste Diskussion, die ich hatte. Aber es ist in unserem Interesse und eine Sache der Ehre, den Drogenring zu sprengen, wenn er aus Schwarzen besteht.«

»Das akzeptieren sie?«

»Ich nehme es an. Diejenigen, die sich in der Rassenfrage sicher fühlen, sind wohl damit einverstanden. Aber diejenigen, die noch überlegen, wo sie stehen …«

Brian stand auf. »Ich wollte nicht schnüffeln«, sagte er. »Dieses ganze Rassenthema ist so heikel, daß jeder sozusagen Angst hat, auch nur darüber zu sprechen und einen Nigger Nigger zu nennen.«

Dann wurde Brian klar, was er soeben gesagt hatte, aber Jackson grinste ihn an. »Sozusagen, Mr. Holcomb.«

»Ah, Scheiße, Chief …«

Jackson lachte und winkte bei Brians Entschuldigung ab. »Ich weiß, was Sie meinen – wenn Sie nicht farbenblind wären, hätten Sie diesen Ausdruck nicht benutzt. Irgendwann solten wir über dieses Thema reden.«

»Aber es wird Sie bei Ihren Ermittlungen stören, nicht wahr, Chief?«

»Doch, vielleicht. Das hängt davon ab, wie sehr ich mich stören lasse. Wäre nicht das erste Mal, daß ich schlafende Hunde wecke. Aber in Wirklichkeit ärgert mich das. Diese fanatischen Jungs erhalten eine Gelegenheit, die sie nicht verdienen.«

Jetzt lachte Brian. »Vielleicht weiß ich mehr über diese Lage, als Sie denken. Ich setze jetzt meine Runden fort. Dann werde ich mich gründich ausschlafen, denn morgen abend werde ich mit Godzilla persönlich an Land gehen.«

Jackson grinste. »Mit Chief Martinez? Da müssen Sie vorher *viel* schlafen, Mr. Holcomb.«

»Das werde ich tun, aber ich mache gegen dreiundzwanzig Uhr dreißig eine weitere Runde, um zu sehen, wie die Jungs nach dem Ausgang zurückkehren.«

»Das werde ich ebenfalls tun, Sir.«

»Gut. Dann sollten wir uns um dreiundzwanzig Uhr dreißig auf dem Achterdeck treffen.«

31

San Diego

Maddy lag um 2 Uhr 30 an einem Freitagmorgen im Bett und kämpfte gegen Tränen an. Brian hatte schließlich aus Subic telefoniert, und es war eine völlige Katastrophe gewesen.

Zuerst waren sie falsch verbunden worden. Sie war aus

unruhigem Schlaf aufgewacht, hatte den Hörer abgenommen und nicht begriffen, wer anrief, bis die atmosphärischen Störungen nachgelassen hatten und die Verbindung plötzlich klar gewesen war. »Brian, bist du das? Oh, ich kann es nicht glauben!«

»Hey, Maddy«, hatte er in der traditionellen Georgia-Begrüßungsfloskel gesagt.

»Brian, wo bist du – wie spät ist es – ich bin durcheinander. Ich bin noch nicht wach.«

»Verzeih mir, Baby. Ich hatte Glück, daß ich überhaupt eine Leitung bekommen konnte. Ich ...«

Und dann war die Leitung tot gewesen, und statt seiner Stimme hatte sie atmosphärische Störungen gehört. Sie hatte gestöhnt, geflucht und aufgelegt. Brian hatte ihr erzählt, daß dies vielleicht passieren würde; jetzt bestand der Trick darin, die Vermittlung zurückzubekommen, ohne den Platz in der Schlange zu verlieren. Sie hatte gewartet, sich die Augen gerieben und es nicht gewagt, das Telefon zu verlassen, um auch nur ins Badezimmer zu gehen.

Zehn Minuten später kam Brian wieder durch, und nach einem kaum verständlichen Wortwechsel mit einem philippinischen Telefonisten – sie begriff schließlich seine Frage, ob sie die Kosten für ein R-Gespräch übernehmen werde – war Brian wieder in der Leitung.

Er fragte sie, wie es ihr ging, und sie sagte: »Prima, so gut, wie es zu erwarten war. Du fehlst mir. Fehle ich dir auch?«

Brian erzählte ihr vom großen PX, in dem er eine Stereoanlage und ihr ein Überraschungsgeschenk kaufen würde. Sie fragte ihn, wie es ihm auf der *Hood* ging, und er berichtete, daß er die besondere Beurteilung gesehen hatte und sie gut für seine Befördrung sein würde, wenn man sie abschickte, auch wenn einige Dinge auf der *Hood* nicht in Ordnung waren ... nun, davon würde er ihr später erzählen.

»Was meinst du damit, *wenn* man sie abschickt? Warum würde man die so wichtige Beurteilung nicht abschicken?«

Zuerst zögerte er, aber als sie nachhakte, sprach er über das Drogenproblem, bemühte sich, seine Äußerungen unverfänglich zu halten, weil all die Telefonleitungen von Subic von einer Sicherheitsgruppe der Navy überwacht wurden. Er erzählte ihr von seiner etwas ›abnormen‹ Position gegenüber dem Stellvertretenden Kommandanten und dem Kommandanten, von ihren unterschiedlichen Meinungen, was mit Leute geschehen sollte, die mit Drogen auf dem Schiff erwischt wurden. Er ließ durchblicken, daß seine künftigen Beurteilungen davon abhingen, wie er mit dem System des Schiffes mitspielte und daß er Probleme hatte, damit zurechtzukommen.

»Brian, ist das klug?« fragte sie. »Ich meine, das ganze Ziel der verdammten Verwendung auf diesem Schiff ist doch, Lieutenant Commander zu werden, oder? Vielleicht solltest du einfach mitspielen, es hinter dich bringen und von Bord gehen, sobald deine Dienstzeit um ist.«

»Aber Maddy, es ist falsch, was sich hier abspielt. Ich meine, es könnte der politisch richtige Schritt sein, und es gibt Leute wie Austin, die der Ansicht sind, daß wir es genau so durchziehen sollten, aber ich hasse den Gedanken, daß irgendein Süchtiger an den Radars für die Fernlenkgeschosse herumfummelt. Laß uns jetzt nicht mehr davon reden, okay?«

»Okay, aber wirf nicht diese ganze Verwendung fort, Brian. Ich meine, ich hasse dein Fortsein, und ich … ich bin vermutlich keine gute Verteidigerin der Navy, aber bitte, laß nicht alles für die Katz sein.«

»Maddy, du verstehst nicht. Als Abteilungsleiter habe ich eine Verantwortung für das Schiff, nicht das politische Interesse daran, daß der CO und der XO das Drogenproblem unter den Teppich kehren. Ich bin mir einfach nicht sicher, wie lange ich bei dieser Sache mitspielen kann.«

»Brian, denk darüber nach, okay? Überlege es dir gut. Es ist nur für diese eine Dienstzeit. Das hast du gesagt, erinnerst du dich? Daß wir dies überstehen müssen, damit du wieder eine Chance hast, Lieutenant Commander zu werden. Wenn du das bist, hast du die Möglichkeit, selbst Stellvertretender Kommandant zu werden; dann kannst du ein Schiff nach deinen Maßstäben führen. Das hast du mir gesagt, erinnerst du dich?«

»Ja, ich weiß. Aber hier passiert soviel – Dinge, über die ich nicht reden kann. Alles ist ganz anders, als ich erwartet habe. Und die Backbord-und-Steuerbord-Wachen. Ich werde nach fast zwei Tagen im Hafen kaum wieder normal.«

»Okay, Schatz, ich weiß. Angela hat mir erklärt, was das zu bedeuten hat. Erhole dich, während du im Hafen bist. Aber, Brian? Sei kein Missionar. Ich bezweifle, ob die Navy Missionare mag.«

Brian schwieg eine Weile. Maddy befürchtete schon, daß die Verbindung wieder unterbrochen war, doch dann sprach er wieder.

»Maddy, ich muß diese Sache nach meinem Gewissen handhaben. Wenn die Navy so mit dem Drogenproblem umgeht, will ich vielleicht gar nicht Lieutenant Commander werden. Aber ich bezweifle, daß es an der Navy liegt. Deren Politik ist ziemlich klar. Ich glaube, es liegt an diesem Schiff, an dieser Führung. Da stimmt etwas nicht mit dem Captain, und ich komme nicht dahinter, was es ist.«

Nichts von alldem klang gut für Maddy. Zum ersten Mal während des Gesprächs fragte sie sich, ob Brian getrunken hatte. Er neigte dazu, sehr ernst, fast grämlich zu werden, wenn er getrunken hatte. Er konnte nur wenig Alkohol vertragen.

»Brian, mach dir einfach keine Gedanken und erledige deinen Job.«

»Davon rede ich ja, Maddy – ich tue meine Pflicht als Offizier und nicht als Speichellecker, der unbedingt befördert werden will. Ich dachte, du unterstützt dieses Verhalten.«

»Nicht, wenn dadurch diese Verwendung für nichts und wieder nichts war, Brian. Das wäre sinnlos. Ich weiß, daß ich vieles nicht verstehe, aber versuche dich zu erinnern, warum wir das alles auf uns nehmen ... diese abscheuliche Trennung.«

»Nun, ich werde es versuchen, Maddy. Weißt du, hier stehen die Leute Schlange ...«

Seine Stimme klang gequält, und Maddy erkannte, daß sie irgendwie das Falsche gesagt hatte. Aber sie hatte wirklich nicht gewußt, was sie sagen sollte. Sie griff auf etwas Bewährteres zurück.

»Ich liebe dich, Brian. Erzähl mir mehr in deinen Briefen, damit ich es besser verstehen kann. Ich wollte nicht egoistisch klingen. Ich brauche dich einfach hier.«

»Ich weiß, Maddy, ich weiß. Und ich liebe dich auch. Die Dinge sind nicht so schlimm. Ich mag mich bei alldem irren, aber ich bezweifle es. Ich glaube, ich muß dir mehr erklären, damit du es verstehst. Ich kann hier über diese Leitung wirklich nicht mehr sagen.«

»Okay. Ich bin wirklich froh über deinen Anruf. Tu nur, was sie wollen, und komm schnell heim.«

»Du wirst all dies überstehen?«

»Einigermaßen, Brian. Nur einigermaßen. Wenn ich nicht den Job bei der Bank hätte, würde ich wahnsinnig werden. Ich weiß jetzt, daß ich einen Job oder sogar eine Karriere haben muß, wenn du nach dieser Dienstzeit wieder fort zu einem Einsatz mußt.«

»Wenn ich auf ein Schiff komme, werde ich auf See fahren. So ist das bei uns.«

»Ich weiß, und ich hasse es.« Das letzte sagte sie ohne zu denken, und sie zuckte zusammen, als sie seine Antwort hörte.

»Nun, Maddy, vielleicht hätte ich dir vor unserer Heirat ein klareres Bild von meinem Beruf zeichnen sollen.«

»Oh, Brian, laß uns nicht streiten. Du bist weit fort, und ich bin hier. Wir können nichts daran ändern, laß es uns einfach überstehen. Deshalb meine ich, du solltest nicht gegen das System ankämpfen oder was immer dich bei diesem Schiff nervt.«

»Nun, wie ich schon sagte, ich muß mir über diese

Sache selbst erst klarwerden. Ich dachte, du ... nun, es macht nichts. Man starrt mich an, weil ich das Telefon blockiere. Ich liebe dich, und ich werde dir bald schreiben. Tschüs.«

Und damit war das Gespräch beendet gewesen, einfach so. Maddy hatte den Hörer aufgelegt, und als sie auf dem Bett zurückgesunken war, hatten Tränen in ihren Augen gebrannt. Sie hatte versucht, sich seine Worte genau in Erinnerung zu rufen, und sie hatte sich gefragt, wie sie es geschafft hatte, während des einzigen Anrufs, den sie vermutlich während der ganzen Dienstzeit auf See von Brian erhalten würde, genau das Falsche zu sagen. Sie trommelte mit den Fäusten auf die Matratze. Es war so verdammt hart. Die Kommunikation war auf Briefe beschränkt, die Wochen alt waren, wenn sie eintrafen, und einen fünfminütigen Anruf. Was für eine Ehe war das? Und wenn Brian wirklich gut bei seiner Arbeit war, dann würde man ihn weiterhin einsetzen. Vielleicht gleich nach dieser Dienstzeit. Wunderbar. Eine der anderen Offiziersfrauen hatte sogar gesagt, daß die *Hood* im nächsten Jahr vielleicht wieder in den Einsatz mußte. Brian war ihr für zwei Jahre zugeteilt. Maddy bezweifelte, daß sie das noch einmal überstehen konnte.

Aber Brian hatte versucht, ihr etwas zu erzählen. Etwas lief falsch auf dem Schiff, und da gab es irgendein Geheimnis über Drogensucht. Dies war die Neuigkeit. In seinen Briefen hatte er etwas von einem Drogenproblem erwähnt, aber es hatte keine Andeutung gegeben, daß Brian sich vielleicht mit dem Captain und dessen Stellvertreter anlegte. Die meisten seiner Briefe waren alltäglich gewesen, das Spiegelbild ihrer eigenen wöchentlichen Berichte über die Heimat. Die Frau des Captains hatte eindringlich davor gewarnt, Briefe mit Selbstmitleid an die Männer zu schreiben. Vielleicht hatte der Captain oder dieser große Commander, der XO, das gleiche den Offizieren eingetrichtert – erzählt der Heimat, daß einfach alles prima ist; so regen wir die Mädchen nicht auf. Guter Gott. Zwei

Gruppen, die verzweifelt miteinander Kontakt halten wollten, beieiander sein wollten, wenn auch nur in Briefen und Telefongesprächen, und beide spielten nach Regeln, die wahre Kommunikation fast unmöglich machten.

Maddy schaltete die Nachttischlampe aus und starrte durch die Fenster zum wolkenverhangenen Himmel des späten Herbstes, der von einer Stadt voller rosafarbenen Straßenlampen erhellt wurde. Sie konnte sich nie an den Anblick gewöhnen, daß der Himmel jeden Morgen aussah, als würde es regnen, bis sich die Dunstglocke zu einem prächtig klaren, sonnigen Tag auflöste. Tag für Tag. Sie war ständig schönes Wetter leid. Sie vermißte die Jahreszeiten, das Wetter daheim in Atlanta oder New England.

Es war so lustig mit Brian gewesen, als ihre Verlobung und Heirat bevorgestanden hatte. Aber seither war das Leben in der Navy zu einer langen Wartezeit geworden. Sie konnte verstehen, warum sich einige der anderen Offiziersfrauen früh für Kinder entschieden hatten, wenn auch nur um ihr tägliches Leben auszufüllen und das Fehlen von Daddy zu einem Zeitvertreib zu machen, der auf die langen Stunden nach Mitternacht beschränkt werden konnte. Oder sie suchten sich Jobs, bauten sich eine eigene Karriere auf und lachten sich vielleicht jemanden an, mit dem sie die Einsamkeit in Zweisamkeit umwandeln konnten.

Das brachte sie auf Autrey. Auf Autrey, den Kämpfer. Sie glaubte jetzt, daß er ein erfahrener Pirschjäger war, der geduldig warten konnte, bis er das Wild erlegt hatte. Sie fühlte sich keineswegs bedroht durch ihn. Aber sie fühlte sich wie der weiße Mann in den Westernfilmen, der sich von Zeit zu Zeit sichernd umschaute und ringsum auf den Hügeln in der Ferne Gestalten sah. Autrey kämpfte, in dem Sinne – wie hatte er es bezeichnet? –, sich zu verlieben und zu hoffen. Ruhig, beharrlich, wobei er viel Sex-Appeal ausstrahlte, ohne ein Machoidiot zu sein; indem er sehr klarmachte, daß sie ihn faszinierte und er sie begehrte.

Nichts Kompliziertes, keine Ehe, keine Liebesaffäre, keine gemeinsame Lebensgeschichte. Er wollte sie einfach haben, begehrte sie, ein Mann, der eine Frau haben wollte und stark und furchtlos genug vor einer Ablehnung war, um ihr das zu sagen. Sie lächelte. Wenn die Männer wüßten, welch eine mächtige Kraft das war, würde keine Ehe jemals sicher sein.

Und jedesmal, wenn sie sich getrennt hatten, war er mit Würde und einem Lächeln verschwunden. Und dann war er wieder auf einem dieser fernen Hügel aufgetaucht, ebenfalls würdevoll und lächelnd, genau so konzentriert auf sie und fasziniert von ihr, selbst wenn sie etwas Unerhörtes getan hatte wie zum Beispiel das Cheerleader-Outfit im Parker's Palace zu tragen wie auf der High-School. Er hatte sie nur angeschaut und gelächelt und dann den Druck verstärkt, indem er ihr erzählt hatte, daß er nach Vietnam gehen werde. Und dann hatte er mit seinem unbekümmerten Lächeln gesagt, daß die Nachricht ein Trick war, um ihr Herz zu gewinnen. Vor drei Monaten hätte sie nicht einmal über einen Autrey nachgedacht, aber jetzt lebte sie in zwei gutentwickelten Sphären der Phantasie: in einer, in der sie ihren Mann liebte, sich nach seiner Rückkehr sehnte und sich Gedanken über ihre Zukunft machte, und in einer, in der sie sich manchmal danach sehnte, Autrey einfach anzurufen und ihn zu sich zu bitten. Sie war versucht, das Licht anzuschalten und seine Telefonnummer im Buch zu suchen. Worunter – Krähen? Der-Krähen-fängt? Es wurde ihr klar, daß sie nichts über ihn wußte. weder wo er wohnte noch seine Telefonnummer noch seine häuslichen Gepflogenheiten. Was einer der Gründe für seine Anziehungskraft ist, dachte Maddy.

Sie war fast geschockt, als sie Regen gegen die Fenster prasseln hörte. Sie lauschte angestrengt. Dem Lied nach regnete es niemals in Südkalifornien. Wie hieß noch mal der Song. *It never rains in Southern California*. Es gießt. O ja, machmal gießt es.

32

Brian stieg vor dem Haupttor mit Chief Martinez aus dem grauen Pendelbus der Navy. Es war eine heiße und schweißtreibende Fahrt vom Pier aus zur Ostseite des Stützpunkts gewesen. Brian hatte den Chief nach dem Anruf in die Heimat beim Fernsprechamt des Stützpunkts getroffen. Er hatte erwartet, sich nach dem Telefonat mit Maddy gut zu fühlen, aber statt dessen ... nun, er war enttäuscht. Sie hatte sein ganzes Dilemma auf der *Hood,* ob er das Richtige tun sollte oder nicht, überhaupt nicht verstanden. Sie hatte nur davon geredet, wie miserabel und einsam sie sich fühlte, und wie deprimierend der Gedanke an weitere Einsätze für sie war. Natürlich würde es weitere Verwendungen geben – erfolgreiche Offiziere der Navy fuhren nun mal mit ihren Schiffen auf See. Aber unter seiner beruflichen Empörung befürchtete er, daß seine Frau sich mit der Frage zu beschäftigen begann, die wie ein dunkler Stern am Nachthimmel jeder Navyehe stand. Eines Tages mußt du dich vielleicht entscheiden: entweder ein Eheleben mit mir oder eine Karriere in der Navy. Sie hatte es nicht ausgesprochen, aber er hatte bei dem Telefonat gespürt, daß sie sich mit dem Problem beschäftigte. Gott sei Dank habe ich einen Job, hatte sie gesagt. Und ich werde ihn behalten. Ich hasse den Gedanken an weitere Einsätze. Und ich hasse dich, weil du sie uns eingebrockt hast. Nein, nein, das hatte sie überhaupt nicht gesagt. Aber bestimmt gedacht. So etwas stand jedoch nicht in ihren Briefen. Natürlich nicht, so etwas gehörte nicht in einen Brief. Wann spricht man also darüber? Wenn du, Brian, nicht im Einsatz bist, du Dummkopf. Brian seufzte und sagte sich, daß er wirklich Landgang eines Matrosen brauchte. Er hatte das plötzliche Verlangen, sich zu betrinken und den Mond anzuheulen. Und nach dem Aussehen dieser Menge, die an Land strömte, würde er nur ein weiterer Kojote sein.

Als sie aus dem Bus stiegen, waren sie von einer lärmenden Menge aus Männern der Navy umgeben: Mannschaftsdienstgrade, Unteroffiziere und Offiziere. Die Offiziere trugen Freizeithosen und Sporthemden; die Unteroffiziere und Mannschaften Jeans und T-Shirt, einige sogar Sakkos. Das Haupttor von Subic erinnerte Brian an die Startboxen auf einer Pferderennbahn. Es gab tatsächlich ein Dutzend Tore in einem hohen Zaun, der sich über eine breite Brücke erstreckte. Jedes Tor wurde von einem bewaffneten Marineinfanteristen bewacht, der die Truppenausweise der Offiziere und Chiefs, den Truppenausweis und die Ausgeherlaubnis der anderen Unteroffiziere und Mannschaften und jedes Gepäckstück überprüften, das mitgeführt wurde. Um 20 Uhr 30 war es völlig dunkel, doch die Hitze des Tages hatte noch nicht nachgelassen. Jeder schwitzte in der feuchten Abendluft, besonders die Marines in ihren Uniformen. Beide Seiten der Tore wurden von Scheinwerfern angestrahlt, die auf den hohen Zaun montiert waren. Das Licht der Scheinwerfer schien zu flackern, weil Schwärme von Insekten darin schwirrten. Die Sperrstunden, gestaffelt nach Dienstgrad, standen auf Tafeln neben jedem Tor.

Chief Martinez hatte eine kleine Reisetasche mitgenommen, aber Brian war ohne Gepäck. Er hatte nicht vor, in der Stadt zu übernachten. Er war vor Taschendieben und Straßenräubern gewarnt worden und hatte seine Brieftasche und die Ringe auf dem Schiff gelassen und nur Pesos im Gegenwert von fünfzig Dollar und seinen Truppenausweis mitgenommen. Als sie sich dem schwitzenden Marineinfanteristen näherte, der an ihrem Tor Papiere und Gepäck kontrollierte, sah Brian jenseits der Brücke den Rand von Olongapo. Die Stadt war eine Farbenpracht aus Neonlichtern an der unbefestigten Hauptstraße, auf der es von Leuten mit buntverzierten Fahrzeugen wimmelte. Die Straße ähnelte der in einer Stadt in der Siedlungsgrenze. Falsche Fassaden mit grellen Neonschildern ragten über baufälligen, rostigen Dächern auf, die sich in der Dunkelheit dahinter duckten.

Als sie durch das Tor hindurch waren, gingen sie über die Brücke, die stinkende Schlammzonen der Küste und einen Kanal überspannte, der anscheinend ganz um Olongapo herumführte wie ein Stadtgraben. Als sie die Brücke überquerten, blickte Brian in den Kanal hinab, um bestätigt zu finden, was ihm seine Nase bereits verriet. Der Chief begann seinen Vortrag als Fremdenführer, als sie inmitten eines Stroms von ausgelassen lärmenden Matrosen über die Brücke gingen.

»Dieser Kanal hier wird Shit River genannt; Sie riechen bestimmt, warum. Es ist eine Art Abwasserkanal für die ganze Stadt. Sehen Sie diese Kids?«

Erst jetzt bemerkte Brian eine Ansammlung nackter Filipinobengel, die sich ins Unkraut unter der Brücke duckten. Die mageren Jungs sprangen auf und ab und versuchten mit ihren piepsigen Stimmen die Matrosen auf sich aufmerksam zu machen. Wenn sie Erfolg hatten, warfen einige Matrosen Münzen in das stinkende Wasser, und die Jungen tauchten danach und verursachten braune Strudel in der Mischung aus stinkendem Wasser und Abfällen, und nackte Beine traten in die Luft, wenn die Jungs den Schlamm auf dem Boden des Abwasserkanals nach den Münzen absuchten.

»Ich kann nicht glauben, daß sie in diese Brühe springen«, sagte Brian.

»Ja, aber sehen Sie mal, was passiert, wenn sie eine Münze ergattern.«

Noch während der Chief sprach, kroch eines der Kinder zurück aufs schlammige Ufer und hielt eine glänzende Münze in der hocherhobenen Hand, woraufhin die Matrosen jubelten. Im nächsten Augenblick trat ein Halbwüchsiger aus den Schatten unter der Brücke, schlug dem kleineren Jungen auf den Kopf und nahm ihn die Münze ab. Der kleine Junge protestierte wütend in einem Schwall von Wörtern auf tagalog, doch der

Teenager ignorierte ihn und verschmolz wieder mit der Dunkelheit, um auf den nächsten Erfolg zu warten.

»Guter Handel, wie?« sagte der Chief. »Die kleinen Jungs müssen die großen bezahlen, damit sie einen Standplatz nahe der Brücke bekommen. Das ist organisierte Erpressung.«

Kopfschüttelnd ging Brian weiter mit dem Strom der Menge. Der Asphalt endete auf der Stadtseite der Brücke, und die Straße wurde unbefestigt. Als sie auf den festgestampften Dreck traten, wurden sie von einer Masse aus Filipinos bedrängt, die allesamt versuchten, sie in diese Bar oder zu jener *mamasan* zu locken, einen Jeep für die Nacht zu mieten oder eine jungfräuliche Verwandte kennenzulernen. Der Lärm war unglaublich. Brian schaute sich die Mietfahrzeuge an, die hier Jeepneys hießen, wie Martinez erklärte. Dutzende von grellbemalten Fahrzeugen warteten an der Brücke, jedes mit blinkenden Lichtern behängt wie fahrbare künstliche Weihnachtsbäume. Die Musik von mindestens einem sehr lauten Radiosender plärrte aus außen an den Wagen angebrachten Lautsprechern. Die Jeepneys waren außerdem mit verchromten Medaillen, Radkappen, Fellen, Wimpeln und Heiligenbildern geschmückt. Kleine Jungen hingen von den Seiten, vom Dach und sogar an den Griffen und auf der Haube. Jeder Fahrer hupte, um die Aufmerksamkeit potientieller Mieter zu erheischen. Wenn sie einen Wagen voll mit Matrosen besetzt hatten, röhrten sie über die Hauptstraße in einer Wolke von Auspuffgasen davon und ließen jubelnde Filipinos zurück.

»Wir gehen zu Fuß«, rief der Chief gegen den Lärm an und bahnte sich einen Weg durch die Menge, dicht gefolgt von Brian, der Kapital aus dem breiten Kielwasser des Chiefs schlug. Mehrere der philippinischen Anreißer begrüßten Martinez mit Rufen wie »Hey, Chief!« oder »Hier ist was los, Chief!« Einige musterten Brian und riefen dann: »Wer ist der Offizier bei dir, Chief? Ist das 'ne

Jungfrau? Zum ersten Mal in Olongapo, wie? Komm mit mir, und du wirst es nicht bereuen, Charlie!«

»Diese Jungs wissen, wer Sie sind?« rief Brian gegen den Lärm an.

»Nö. Sie wissen nur, daß ich Chief Petty Officer bin.«

»Woher, zum Teufel, wissen Sie das? Woher wissen sie, daß ich Offizier bin?«

»Sie haben einfach ein Gespür dafür. Diese kleinen Scheißer wissen alles. Außerdem sehen Sie wie ein Offizier aus.«

Brian rief sich die Anweisungen des Chiefs über Bars für Offiziere und Unteroffiziere in Erinnerung.

»Die Filipinos kennen den Unterschied«, hatte der Chief auf dem Weg durch das Haupttor gesagt. »Sie können einen Offizier auf eine Meile Entfernung erkennen, und sie wissen, wenn ein Uffz in eine Offziersbar geht.«

»Es gibt getrennte Bars für Offiziere und Unteroffiziere und Mannschaften?«

»Na, klar. Alles ist hier organisiert. Offiziere gehen in Kneipen für Offiziere oder Unteroffiziere. Aber Mannschaften werden rausgeschmissen, wenn sie in Bars für Offiziere gehen. Chiefs werden in beiden Arten von Bars geduldet. Man sieht, daß sie Chiefs sind, aber man weiß, daß sie mal zu den Mannschaften gehört haben. Wenn ein Mädchen in 'ner Offiziersbar arbeitet, rümpft es die Nase über jedes Mädchen, das in einer Bar für Mannschaften anschafft. Und die *mamasan*, das ist die Frau, die das Etablissement betreibt, läßt kein Mädchen aus einer Bar für Uffze und Mannschaften in ihre Offiziersbar.«

»Das klingt kompliziert. Woher weiß ich, welche Bar was ist?«

»Das wird man Sie wissen lassen, und wenn Sie ein paarmal hier waren, kennen Sie sich aus. Offiziersbars sind für gewöhnlich ruhiger, es sei denn, es ist ein Flugzeugträger im Hafen. Diese verdammten Marineflieger sind allesamt verrückte Bastarde. Die Girls in Offiziersbars sprechen besser Englisch und sehen besser aus. Und sie kosten natürlich mehr.«

»Natürlich. Ich nehme an, sie denken, die Offiziere haben mehr Geld.«

Der Chief lachte. »Nö, sie wissen, daß die Offiziere mehr Geld *bekommen,* daß die Unteroffiziere und Mannschaften ihren Sold jedoch *ausgeben.* Und was die Nutten interessiert, sind die spendablen Freier. Soweit ich das sagen kann, ist eine Offiziersbar nur eine Möglichkeit, daß die Offiziere geneppt werden, ohne von den gemeinen Soldaten gesehen zu werden.«

»Mit anderen Worten, der gleiche Nepp, nur ein bißchen vornehmer.«

»Ja, so in der Art. Aber alles ist besser als die Wache der Mitternachtsschicht.«

Nachdem die Brücke hinter ihnen lag, wies der Chief zur linken Seite der Hauptstraße, die sich ungefähr einen Kilometer vor ihnen in die Dunkelheit erstreckte. Die unbefestigte Straße war auf beiden Seiten von Bars, Restaurants, Hotels, Souvenirläden und Tanzhallen gesäumt, und es wimmelte darauf von Matrosen, Barmädchen, jungen Filipinos, bunten Mietwagen und Handkarren. Gelegentlich war auch ein Wasserbüffel zu sehen. Die Gehsteige bestanden aus erhöhten Brettern, und bei jedem Lokal hatten sie eine unterschiedliche Höhe. Straßenkinder drängten sich in kleinen Gruppen bei jeder Stufe und warteten darauf, daß jemand stolperte, damit sie ihm ›helfen‹ konnten, während sie ihn bestahlen. An jeder Ecke verkauften lautstarke Händler mit großen Kohlepfannen auf Fahrradkarren Essen, Olongapo-Souvenirs, kalte Getränke, Eis, geschmuggelte Zigaretten, T-Shirts, billigen Schmuck, Teller, Becher, Schüsseln und Tiere. In den rauchenden Kohlepfannen wurden aromatische Fleischstücke auf Bambusspießen gebraten, die von den Matrosen allgemein als Affenfleisch bezeichnet wurden.

Brian fand all dies faszinierend, als er Chief Martinez folgte und versuchte, im Strom der Matrosen und Filipinos, der sich über die Gehsteige wälzte, dicht bei ihm zu bleiben. Jedermann schien gleichzeitig zu schreien, um sich in dem Lärm der Autohupen, der Rock-'n'-Roll-Musik aus den Bars und dem ständigen Plärren der philippinischen Radiosender verständlich zu machen. Als sie sich einen Weg durch die Menge bahnten, spürte Brian zweimal kleine Hände an Gesäßtaschen und Handgelenk, als Kinder ihn als mögliches Opfer nach Brieftasche oder Armbanduhr abtasteten. Er stand plötzlich einer atemberaubend schönen Filipina gegenüber, die sich in einer Wolke von süßlichem Parfüm an ihn preßte und ihm etwas ins Ohr flüsterte, bevor der Chief sie grob zur Seite stieß, Brian mit einer Geste aufforderte, ihm zu folgen und »Verdammter Benny-Boy!« grollte.

»Was ist ein Benny-Boy?« schrie Brian gegen den Lärm an.

»Ein Schwuler in Frauenkleidern, der Freiern einen bläst.«

Brian blickte erstaunt über die Schulter. »Das ist ein Mann?«

»Sie sehen verdammt gut aus, das muß ich zugeben. Es gibt hier ein paar Bars, die auf Benny-Boys spezialisiert sind. Die Cops des Stützpunkts observieren sie manchmal, wenn sie Schwule bei der Navy suchen.«

Brian holte den Chief ein, als der Strom der Passanten dünner wurde und sie nebeneinander gehen konnten. »Wohin gehen wir, Chief?«

»Zunächst mal zu Josie's. Das ist eine schöne Bar, und die Weiber sind sauber, wenn Sie vögeln wollen. Wir trinken ein paar Bier und gehen dann vielleicht rüber zur Krokodil-Bar. Danach werden wir weitersehen.«

»Bleiben Sie über Nacht?«

»Jawohl, Sir. Ich übernachte immer hier. Ich habe mir ein Zimmer für den gesamten Aufenthalt im Hafen gemietet. Das ist sicherer. Hier ist Josies Bar.«

Das Lokal erwies sich als ein einziger schummrig beleuchteter Raum, der gleichzeitig als Bar und Tanzhalle diente. Der größte Teil der Fläche war mit kleinen Tischen zugestellt, die fast alle mit lärmenden Amerikanern und

Filipina-Mädchen besetzt waren, die in Größe, Alter und Aussehen für jeden Geschmack etwas boten. Die niedrige Decke war mit Rattanmatten und einigen nautischen Requisiten dekoriert; einige Ventilatoren verteilten den Zigarettenqualm. Der Boden aus Holzplanken war großzügig mit Sägemehl bestreut. Auf der rechten Seite des Lokals versuchte sich auf einer erhöhten Bühne eine Gruppe asiatischer Elvis Presleys mannhaft an einem amerikanischen Rock-'n'-Roll-Song. Eine Stehbar nahm die ganze Rückseite der Tanzfläche ein, von der ein ständiger Strom von Kellnerinnen Tabletts mit Bier zu den durstigen Matrosen brachte. Ein halbes Dutzend Paare tanzte oder pflegte anderen intimen Kontakt auf der freien Fläche vor der Band. Die Amerikaner ragten über ihren winzigen ›Partnerinnen‹ auf. Der Chief entdeckte einen freien Tisch auf der linken Seite des Raums, fort von der Band, und bahnte sich einen Weg zwischen den Tischen hindurch. Brian folgte ihm gehorsam und setzte sich dann auf einen wackligen Holzstuhl. Sofort tauchte eine Kellnerin auf, gefolgt von zwei stark geschminkten Olongapo-Debütantinnen mit Miniröcken.

»San Magoo, Krug«, sagte der Chief dröhnend. Er scheuchte die Debütantinnen fort, deren hoffnungsvolles Lächeln sofort verschwand; statt dessen machten sie verächtliche Bemerkungen über Benny-Boys. Der Chief ignorierte sie. Eine Minute später wurden ein gekühlter Krug mit Bier und zwei leidlich saubere Gläser gebracht. Brian kramte nach Geld, aber der Chief schüttelte den Kopf und schenkte aus dem Krug Bier ein.

»Die schreiben das auf die Rechnung; sie sagen sich, wenn der Gast blau ist, rechnet er nicht so gut nach.«

Brian grinste und kostete das San-Miguel-Bier, für das Subic berühmt war. Es schmeckte gut, aber er war nach seinem Erlebnis mit den Subic Specials sehr vorsichtig.

»Das ist nur Bier, oder? Keine sieben Sorten mit einem Schuß Wodka?« Er schrie fast, um sich im Lärm der Band veständlich zu machen.

Der Chief grinste. »Sie müssen einige Subic Specials geschluckt haben.«

»Nein, das war nur etwas Fruchtsaft mit Rum als Geschmacksverstärker. Ich nehme an, der Fruchtsaft war schlecht.«

Der Chief nickte wissend. »Ja, von dem Saft kann einem übel werden. Wenn Sie von diesem San Magoo ein schlechtes trinken, haben Sie 'ne Woche lang die Scheißerei.«

»Woran erkennt man, ob eines schlecht ist? Schmeckt man das?«

»Nö. Aber die schlechten sind immer in Flaschen abgefüllt. Deshalb bestellt man die frisch gezapften Krüge.«

»Das klingt wie eine Geschichte von der Werbeabteilung von San Miguel, um mehr Bier zu verkaufen.«

Der Chief nickte. »Ich sage immer, mehr Bier ist besser als weniger Bier.«

Sie tranken eine Weile Bier und schauten sich das Treiben an. Fast jeder Tisch hatte seine Zuteilung von Hostessen, die entweder auf dem Schoß ihres Gefährten oder sehr eng dabeisaßen. Unter den Tischplatten mußte so einiges im Gange sein, wie dem vielen Quieken und Kichern zu entnehmen war. Die Männer tranken überwiegend Bier, während die Hostessen an Gläsern mit Tee nippten, der angeblich Whiskey sein sollte, und den Preis für sexuelle Dienste aushandelten. Der Chief erklärte, daß diese Dienste von der Bedienung gleich am Tisch bis zum Kauf des Mädchens aus der Bar für die ganze Nacht reichten.

»Von wem kaufen die Freier die Mädchen?« fragte Brian.

»Von der *mamasan*, der Chefin des Lokals. Hier ist es Josie.«

»*Mamasan*, das klingt mehr nach Japanisch als nach Filipino-Slang.«

»Es ist alles ein Begriff der WESTPAC-Navy. Ich habe hier im WESTPAC nie einen Mann eine Bar führen sehen, ob in Korea, Taiwan, Japan oder hier. Es ist immer eine *mamasan*.«

»Das müssen harte alte Frauen sein.«

»Nicht immer alt. Wie Josie hier. Die sieht toll aus. Wollen Sie sie kennenlernen?«

Brian wußte nicht, was er sagen sollte. Er war neugierig, wußte jedoch überhaupt nicht, wie man sich gegenüber einer asiatischen Version einer Madame verhalten sollte. Der Chief grinste ihn an und flüsterte dann einer vorübergehenden Kellnerin etwas ins Ohr. Ein paar Minuten später: der Chief stieß Brian mit dem Ellenbogen an. Brian wandte den Kopf und sah eine statuenhafte Asiatin zum Tisch kommen. Sie war größer als die anderen Frauen in der Bar und trug ein enges, tief ausgeschnittenes, bodenlanges Goldlamékleid, das sich um die Kurven einer vollentwickelten Frau schmiegte. Ihr Gesicht war rund und zweifellos asiatisch, mit gewölbten schwarzen Augenbrauen, dunklen Augen und sinnlichem Mund. Ihre Haltung und ihr sicheres Auftreten verrieten Klasse. Sie unterschied sich völlig von den braunen Flilipina-Mädchen, die an den Tischen arbeiteten. Die geschäftigen Kellnerinnen und die Olongapo-Debütantinnen lächelten nervös und verneigten sich leicht, als sie vorüberging. Sie ignorierte die Mädchen und das lüsterne Starren der Matrosen, wenn das an der Seite geschlitzte Kleid aufklaffte und einen Blick auf ihren Oberschenkel gewährte. Brian fragte sich, wie alt sie sein mochte, und dann spürte er, daß ihm das Blut in die Wangen stieg, als ihm klar wurde, daß sie ihn direkt anschaute und bemerkte, wie er sie anstarrte.

Sie traf beim Tisch ein, bevor Brian sich überlegen konnte, was er sagen oder tun sollte. Er wollte von ihr fortblicken, konnte es jedoch nicht; es war soviel bei ihr zu sehen, was ihn faszinierte. Der Chief stellte vor, als kenne er Josie seit langem.

»Josie, dies ist Mr. Holcomb, der neue Waffenoffizier auf der *Hood*. Boss, dies ist Josie.«

Brian wollte aufstehen, aber Josie legte ihm eine Hand auf die Schulter, und der Beginn eines Lächelns spielte um ihre Lippen. »Freut mich, Sie kennenzulernen, Mr. Holcomb. Willkommen in meinem Lokal.«

Brian blickte zu ihr auf und nickte. Er brachte kein Wort heraus und fühlte sich plötzlich wie ein Idiot. *Freut* mich, hatte sie gesagt, nicht *fleut* mich. Er wünschte sich, zu wissen, was sie war, ob Chinesisin, Japanerin oder welche andere exotische Mixtur. Er nahm den schwachen Duft eines Parfums wahr, das ganz anders als das billige Parfüm der Barmädchen roch. Josie sprach wieder mit ihm.

»Wie finden Sie Olongapo? Sie sind zum ersten Mal hier, nicht wahr?«

»Es ist, äh, toll«, erwiderte Brian. »Und ich bin zum erstenmal hier. Zum erstenmal im WESTPAC, was das anbetrifft.« Ihre großen Brüste waren genau vor seinem Gesicht. Sie hatte die Hand auf seiner Schulter gelassen, und einen Moment lang glaubte er, daß sie leicht darüber rieb, während sie mit ihm sprach.

»Brauchen Sie irgend etwas? Können wir irgend etwas für Sie tun?«

Bevor er klar denken konnte, fragte Brian, ob sie tanzen möchte. Der Mund des Chiefs begann zu zucken, und er unterdrückte ein Lachen. Josie lächelte auf Brian hinab und schüttelte leicht den Kopf.

»Nein, nein, Mr. Holcomb. Das geht nicht. Ich bin die Besitzerin, wissen Sie. Aber es ist süß, daß Sie fragen. Bitte, amüsieren Sie sich in meinem Lokal. Ich werde später wieder vorbeikommen. Louie Jesus, gut, dich wiederzusehen.«

»Aber sicher, Josie.«

Brian schaute Josie fast andächtig nach, als sie davonschritt und zur Stehbar zurückging; er fand, daß höllisch viel in Bewegung bei nur einer Frau war. Dann schaute er verstohlen zum Chief.

»Ich nehme an, das hab' ich vermasselt«, sagte er leise, blickte auf den Tisch und betrachtete sein Bierglas. Die Gläser auf dem Tisch schienen sich zu bewegen, und als Brian einen Seitenblick zu dem Chief warf, sah er, daß Martinez nur mühsam ein Lachen unterdrücken konnte.

»Nun, Boss, das ist wirklich ein Teufelsweib. Wenigstens haben Sie Josie nicht rundheraus gefragt, ob Sie es gleich hier und jetzt mit ihr tun können, was für gewöhnlich passiert, wenn ein geiler Sailor Josie zum erstenmal sieht. Wenn Sie mich fragen, so finde ich, Sie haben ihr ziemlich gut gefallen.«

Brian schüttelte den Kopf. »Das ist tatsächlich ein Prachtweib. Sehen alle *mamasans* so aus?«

»Teufel, nein. Die meisten sind klein, fett, häßlich und bösartiger als ein Sumo-Ringer, der seit der Mitternachtsschicht nichts mehr gegessen hat. Nein, Josie ist was Besonderes.«

»Was ist sie?«

»Was meinen Sie damit?«

»Ich meine, ist sie Japanerin oder Chinesin? Sie ist bestimmt keine Filipina.«

Der Chief schnaubte. »Nehmen Sie mir's nicht übel, Mr. Holcomb, aber ihr Weißen habt es immer mit den Rassen. Sie ist eine schöne Frau, die nicht nur einen phantastischen Körper, sondern auch noch Klasse hat. Ich meine, das ist Ihnen aufgefallen, habe ich recht? Sie konnten kaum ein Wort rausbringen, weil auch Ihre Zunge steif wurde, wie? Ich schlage vor, wir trinken das Bier aus und gehen in die Krokodilbar.«

Sie verließen Josies Bar. Am Eingang warf Brian einen letzten hoffnungsvollen Blick über die Schulter, aber Josie war nirgends zu sehen. Sie schlossen sich dem Strom der Passanten an und gingen tiefer in die Stadt hinein. Nach ungefähr hundert Metern durch den Lärm und die Menge überquerte der Chief die Straße. Voraus gab es ein viel größeres Lokal als Josies Bar. Zu Brians Erstaunen drang anscheinend noch mehr Lärm aus dem Lokal, als auf der Straße herrschte.

»Dies ist die Krokodilbar«, rief der Chief. »Was Besonderes, sogar für Subic. Bleiben Sie dicht bei mir.«

Brian folgte dem Chief in das Lokal. Diese Bar war gerammelt voll mit Amerikanern, die alle Bier tranken, mit einer anderen Elvis-Gruppe sangen, die irgendwo in einer verrauchten Ecke tobte, oder hinter den Barmädchen her waren. Es gab keinen Platz für Tische, und die Barmädchen taten ihr Bestes in dem Gedränge. Es war heiß, und die Atmosphäre aus Zigarettenqualm, billigem Parfüm, menschlichen Schweiß, Bier und etwas, das Brian nicht identifizieren konnte, war fast überwältigend. Eine begierige Menge staute sich am Eingang und wollte hinein, aber der Chief drängte sich einfach durch die Tür und auf die Tanzfläche. Einige Personen beschwerten sich, wurden jedoch schnell kleinlaut und machten den Gesetzen der größeren Tonnage Platz, als sie sahen, daß sie vom Hünen glatt platt gewalzt werden konnten. Brian blieb dicht im Kielwasser des Kolosses und hoffte, unsichtbar zu sein.

Die wahre Menge, die Quelle des meisten Lärms und das Ziel des Chiefs, befand sich in der Mitte des Lokals, wo es ein Viereck gab, das von einem brusthohen Gitter eingezäunt war. Innerhalb des Zauns befand sich ein Wasserbecken, in dem ungefähr ein Dutzend Krokodile schwammen, deren Größe von einem Meter bis zu einem Monster reichte, das auf Brian so lang wie das ganze, ungefähr sieben Quadratmeter große Becken wirkte. Matrosen drängten sich an allen Seiten des Zauns und feuerten brüllend ihre Kameraden an, die auf einer kleinen Plattform an einem Ende des Quadrats standen. Jeder der Männer hielt einen Segeltuchbeutel in der linken Hand. Was auch immer in den Beuteln sein mochte, es lebte. Brian beobachtete fasziniert, als ein Mann in den Beutel griff und ein Küken hervorholte. Das Küken war rosa gefärbt, wie angemalt für Ostern. Beim Anblick des Kükens drehte jedes der Krokodile die schreckliche Schnauze in Richtung des Mannes, der das Küken hochhob und zu den Krokodilen hin schwenkte. Ein Chor von Zischen und Grunzen stieg aus dem Becken, und die Zuschauer stießen laute Anfeuerungsrufe aus. Dann warf der Mann das Küken in das Becken, und die Krokodile stürzten sich darauf, während der Jubel der Zuschauer sich bei dem blutigen Getümmel im Wasser noch steigerte. Als das Küken verschwunden war, nahm der zweite Mann ein neues lebendes Küken – diesmal ein blaues – aus dem Beutel und verfütterte es an die Krokodile, und die Zuschauer tobten von neuem.

»Nicht zu glauben!« schrie Brian gegen den Lärm an.

»Ja, das muß man gesehen haben«, sagte der Chief. »Sie können ein Hühnchenbaby für fünfhundert Pesos kaufen, wenn Sie wollen.«

»Ich möchte nur zuschauen.« Wieder brandete Geschrei auf, als das Küken ins Becken geworfen und diesmal von dem Monster aus der Luft geschnappt wurde. Brian sah, daß Geld den Besitzer wechselte, und erkannte, daß Wetten abgeschlossen wurden.

Er und der Chief schauten fast eine Stunde lang zu. Martinez nahm einer vorübergehenden Kellnerin vier Flaschen San Miguel ab und stopfte ihr einige Pesos in den Ausschnitt, als sie protestieren wollte. Sie zuckte die Achseln, grinste und verschwand in der Menge. Geschrei brandete auf, als es einem Küken gelang, nicht gefressen zu werden. Es flatterte über die Rücken dreier zuschnappender Krokodile und in die Hände eines mitfühlenden Matrosen auf der anderen Seite des Beckens. Der Matrose trug das Küken triumphierend zur Hintertür und ließ es unter Beifall- und Buhrufen seiner Kameraden in der Gasse frei. Das Entkommen des Kükens löste im Wasserbecken einen Kampf aus, der damit endete, daß das Monster sich eines der kleineren Krokodile schnappte und im aufgepeitschten Wasser fraß. Brian sah Coltrane und Hooper, die Reiniger der Ersten Abteilung, in der Menge. Hooper sprach heftig auf einen der Aufseher ein, und Coltrane starrte mit seinem üblichen stupiden Grinsen auf die Reptile, die das Wasser aufpeitschten. Hooper wies auf die Krokodile im Pool und rief etwas über Geld.

Nachdem der Chief vier Wetten hintereinander verloren hatte, forderte er Brian mit einer Geste zum Gehen auf. Als sie sich einen Weg aus dem Lokal gebahnt hatten, fragte Brian nach der Uhrzeit. Der Chief schaute auf seine Armbanduhr, die mit einem massiven Stahlarmband diebstahlsicher an seinem Handgelenk befestigt war.

»Dreiundzwanzig Uhr fünfzehn«, verkündete er. »Wir haben noch Zeit, um was zu essen, und dann muß ich Sie zum Tor zurückbringen.«

»Essen? Sie essen hier draußen?«

»Ich bekomme zwar immer noch Blähungen, aber ich esse es. Bei Ihrer ersten Nacht hier müssen Sie das Affenfleisch versuchen.« Der Chief führte Brian zu einem Straßenhändler, der sofort einen Spieß drehte, als er den Chief sah.

Brian blieb zurück. »Äh, ich weiß nicht ...«

»Na los, versuchen Sie es. Es ist ganz durchgebraten, und es schmeckt viel besser als der verdammte Navyschinken. Hier, probieren Sie.«

Brian nahm den Spieß mit dampfenden Fleischstückchen entgegen. Er kostete vorsichtig und fand das Fleisch köstlich. Er nickte, während der Chief den Rest davon aß. Der Chief grinste und kaufte zwei Spieße für sich selbst, die er in ungefähr drei Sekunden hinunterschlang. Als sie weitergingen, fragte Brian, ob es wirklich Affenfleisch war.

»Nö, das ist Hund. Sie fangen einen alten Hund, mästen ihn ungefähr drei Wochen lang mit Reis und schlagen ihn dann mit Knüppeln tot, machen ihn richtig zart. Dann legen sie ihn in Sojasauce ein und – was ist los, haben Sie in der Krokobar ein schlechtes Bier erwischt?«

Brian schluckte und versuchte das Bild eines toten Hundes zu verbannen, der in irgendeiner Gasse ›zart‹ geschlagen wurde. Sie gingen über den Gehsteig in Richtung Shit River und Haupttor zurück. Auf der anderen Straßenseite sah Brian das Schild von Josies Bar. Der Chief sah seinen Blick, und sie verließen den Strom der Passanten und blieben gegenüber der Bar stehen. Der Betrieb auf der Straße hatte nachgelassen, weil es auf die Sperrstunde zuging.

»Wollen Sie Josie wiedersehen? Sie mag Sie, und wenn

Sie dort reingehen, werden Sie allein zum Tor gehen müssen. Sie haben nur noch 'ne knappe Stunde geöffnet. Und Josie läßt sich Zeit dabei, wenn Sie verstehen, was ich meine.«

Brian war verlegen. Ja, er wollte sie wiedersehen. Und er konnte noch ein Bier trinken – bei all dieser Hitze hatte das San Miguel kaum Wirkung erzielt. Und, bei Gott, sie war die aufregendste Frau, die er jemals gesehen hatte. Er wollte sich nicht eingestehen, daß er sich vielleicht Sex wünschte. Vielleicht? Fast hätte er laut aufgelacht. Aber er war verheiratet. Der Chief musterte ihn aufmerksam.

»Nun, ich möchte einfach nur mit ihr reden, wissen Sie. Ich meine, ich bin verheiratet und kann es nicht mit Olongapo-Huren treiben. Aber …«

»Ja, dieses ›Aber‹ ist beschissen, nicht wahr? Ich verrate Ihnen was. Wenn Sie dort reingehen, nehmen Sie sich einen Tisch in einer fernen Ecke, okay? Der Betrieb sollte jetzt nachgelassen haben. Sagen Sie der Kellnerin, Sie möchten etwas mit der *mamasan* trinken – nennen Sie sie bei der Kellnerin nicht Josie –, bevor Sie zum Stützpunkt zurückkehren. Wenn was läuft, wird sie Ihnen die größte Überraschung Ihres Lebens bereiten. Wenn nicht, nehmen Sie einen Nachttrunk und kehren zum Tor zurück. Springen Sie einfach auf einen Jeepney und sagen Sie ›Haupttor‹. Das kostet höchstens zwanzig Pesos, okay? Ich muß jetzt eine Bekannte besuchen und freikaufen, okay?«

»Okay, Chief, und danke für die Führung. Wir sehen uns dann an Bord wieder.«

»Vielleicht, vielleicht auch nicht.« Der Chief grinste, als er davonging.

Brian, der zurückwich, um einem Strom von Mietwagen zu entgehen, verstand die Worte nicht mehr. Er ging in Josies Bar und suchte sich einen Ecktisch. Er wimmelte drei Debütantinnen ab, winkte die Kellnerin zu sich und sagte ihr, was er wünschte. Sie wirkte sehr belustigt, als sie zur Bar ging. Dort brach dann ein Kichern aus. Eine Viertelstunde lang geschah nichts. Die Bar war jetzt nur noch halbvoll, und der Elvis-Verschnitt hatte gnädig Pause gemacht. Brian fragte sich, warum er sich zum Narren machte und wie spät es war, als einer der Barkeeper durch die Halbtür der Bar schlüpfte und zu seinem Tisch herüberkam. Als sich der Mann näherte, schien er größer zu werden, und Brian sah, daß er nicht wie ein Filipino aussah. Das Gesicht des Mannes war ausdruckslos.

»Kommen Sie«, sagte er im Befehlston und machte kehrt, als setze er voraus, daß Brian auf sein kurzes Kommando hin gehorchte. Brian atmete tief durch, erhob sich und folgte dem stämmigen Mann nach hinten ins Lokal. Sie gingen an der Bar vorbei zu einer Tür, die Brian zuvor noch nicht bemerkt hatte. Der Mann klopfte an, zog die Tür auf, steckte den Kopf hinein, sagte etwas, verneigte sich knapp und förmlich und trat zur Seite. Er forderte Brian mit einem Nicken auf, einzutreten. Brian ging durch die Tür und betrat eine andere Welt.

Er gelangte in eine Art Vorzimmer, dessen Wände mit rötlichem Holz getäfelt waren. Er sah orientalische Teppiche und kleine Tische mit Messinglampen. Es war kühl und ruhig, und Brian nahm nichts von dem Rauch- und Biergeruch der Bar in diesem Zimmer wahr. Am anderen Ende des Vorraums befand sich eine mit kunstvollen Schnitzereien verzierte Tür. Ein sehr hübsches Mädchen tauchte auf, dessen Gewand an einen weißen Seidenpyjama erinnerte. Das Mädchen verneigte sich stumm vor ihm und wies auf seine Schuhe. Brian begriff, daß er die Schuhe ausziehen sollte, und er gehorchte. Sie gab ihm weiche Pantoffeln. Dann führte sie ihn zu der anderen Tür. Sie wiederholte die Prozedur des Barkeepers, klopfte an, steckte den Kopf ins Zimmer, verneigte sich, zog sich zurück und forderte ihn mit einer Geste auf, einzutreten. Sie verneigte sich, als er an ihr vorbeiging, und er versuchte eine linkische Verbeugung, was das Mädchen veranlaßte, eine Hand auf den Mund zu legen.

Das Zimmer, das er betrat, war viel größer als der Vorraum. Die hohe Decke und die Wände waren mit dicker

Tapete in verschiedenen Rottönen tapeziert. Drei Sessel aus Rosenholz und eine Couch standen im Vordergrund. Ein chinesischer Teppich bedeckte den gesamten Boden. An der rechten Wand befanden sich Stehlampen aus Messing und mit elfenbeinfarbenen Schirmen und Bücherregale. Auf der anderen Seite stand ein großer Schreibtisch aus Mahagoni mit kunstvollen Schnitzereien. Neben dem Schreibtisch stand ein in Rosenholz gerahmter chinesischer Schirm mit vier verschiedenen Bespannungen; bemalte Seide wechselte mit durchsichtigem Pergament ab. Der Raum enthielt keine Fenster, nur eine Tür am anderen Ende, identisch mit derjenigen, durch die er eingetreten war. Brian nahm eine Spur von Weihrauchduft wahr, gemischt mit Bienenwachs der Möbelpolitur und dem Geruch von altem Leder. Josie saß am Schreibtisch.

Sie ließ ihn die Farben und die elegante Ausstattung des Zimmers betrachten und den Kontrast zwischen der Bar und diesem luxuriösen inneren Heiligtum in sich aufnehmen. Dann erhob sie sich. Sie hatte sich umgezogen. Sie trug jetzt ein grünes Kleid, das mit silbernen Drachen bestickt war. Es hatte an der Seite einen Schlitz bis gerade über das Knie, und der Kragen war hoch geschlossen. Wie zuvor konnte Brian nur starren. Ihr Kleid und ihre Bewegungen waren sittsam und zurückhaltend, aber zugleich betonte dieses Kleid ihren prächtigen Körper bei jedem Schritt. Im Vergleich zu dieser königlichen Schönheit fühlte sich Brian mit seinem verschwitzten Sporthemd und der Freizeithose, deren Beine unten staubig von den Straßen Olongapos waren, zu einfach gekleidet. Er bemerkte, daß Josie viel größer war, als er in Erinnerung hatte. Mit einer anmutigen Geste forderte Josie ihn auf, in einem der Sessel Platz zu nehmen.

»Möchten Sie etwas Champagner?« fragte sie. Ihre Stimme klang leicht rauchig, aber melodiös. Ihr Englisch war tadellos, ohne Akzent, und ließ auf Bildung schließen. Als sie Platz nahm, schätzte er sie auf Anfang Dreißig, obwohl ihre makellose, sogar um die Augen faltenlose

Haut ihm das Schätzen erschwerte. Ihre Lippen waren blutrot geschminkt, aber das war anscheinend das einzige Makeup. Sie saß gerade aufgerichtet in ihrem Sessel, die Beine nicht gekreuzt, die Hände auf dem Schoß. Er bemerkte, daß sie kleine Hände und Füße hatte.

»Ja«, sagte er und verkniff sich gerade noch das *Ma'am,* das er auf der Zunge gehabt hatte. Als hätte sie es erraten, lächelte sie leicht amüsiert und klatschte einmal in die Hände. Das Mädchen mit dem weißen Seidenpyjama tauchte hinter dem Schirm auf. Es trug ein Silbertablett mit einer Flasche Champagner in einem silbernen Eiskübel und zwei Champagnerflöten aus Kristall. Das Mädchen stellte das Tablett ab, entkorkte die Flasche, schenkte Champagner ein, reichte Brian ein Glas und Josie das andere und zog sich mit einer Verneigung zurück.

»Auf Ihr Wohl«, sagte Josie.

»Auf Ihres«, erwiderte Brian und kostete den Champagner. Er war fabelhaft. Der Geschmack vom Bier der Bars in Olongapo verschwand.

»Nun, Mr. Holcomb, Sie sind gekommen, um mich wiederzusehen?«

»Bitte, nennen Sie mich Brian. Wenn Sie das möchten, meine ich.«

»Sehr gut. Brian.«

»Nun, um ehrlich zu sein, ich, äh, ich wollte Sie wirklich wiedersehen. Ich habe nie jemanden wie Sie gesehen. Ich nehme an, das ist ziemlich blöde. Aber es ist nun mal so.«

Er lächelte lahm und wußte nicht mehr weiter. Er wollte sie wirklich einfach nur anschauen.

Sie erwiderte seinen Blick, schaute ihm in die Augen. Ihre Augen glänzten, und ihre Lippen teilten sich leicht.

»Finden Sie mich schön?«

»O ja, sehr. Ich hätte nicht gedacht ... hier in Olongapo, meine ich, hätte ich das nicht erwartet ... Sie ... all dies.« Er umfaßte das elegante Zimmer mit einer Geste. »Verdammt. Ich benehme mich wie ein Idiot. Vielleicht sollte ich mich einfach entschuldigen und gehen. Ich sollte nicht hiersein. Ich sollte Sie nicht stören.«

Josie lächelte wieder; diesmal mehr freundschaftlich als belustigt. »Bitte, entspannen Sie sich, Mr. Holcomb. Brian. Sie stören keine Frau, indem Sie ihr sagen, daß sie schön ist. Sie sind neugierig auf mich und fragen sich, wie es einen solchen Salon in einem Ort mit unbefestigten Straßen, dreihundert Bars, zweihundert Bordellen und hölzernen Gehsteigen geben kann.«

Brian erwiderte das Lächeln und trank einen Schluck Champagner, um einen Moment Zeit zu gewinnen und seine Gedanken zu ordnen. »Ja. Aber ich wußte nichts über all dies, diesen Salon, als ich Sie sah. Ich bin immer noch am meisten Ihretwegen neugierig.«

»Sie denken an Sex, Brian?«

Brian stieg das Blut in die Wangen. »Nein, nein. Ich meine, ich bin verheiratet. Ich bin nicht hergekommen, um – eine Frau zu finden. Es ist meine erste Dienstzeit im WESTPAC, in Subic. Der Chief nahm mich mit, um mir Olongapo zu zeigen. Es tut mir leid, wenn Sie ...«

Sie winkte ab, wie um seine Einwände abzuweisen.

»Dann sollte ich Ihnen etwas über mich erzählen. Mein Vater war Chinese; meine Mutter war die Tochter eines amerikanischen Matrosen und einer Filipina. Ich bin in Hongkong aufgewachsen. Mein Vater war wohlhabend. Er kam in einem Taifun um, als unser Haus unter einem Erdrutsch begraben wurde. Meine Mutter zog wieder nach Manila, wo sie Angehörige hatte. Man akzeptierte sie nicht, weil sie ein Mischling war. Aber sie hatte Geld, und so entschied sie sich, nach Olongapo zu gehen. Sie kaufte einige dieser Etablissements, in denen die amerikanische Navy bedient wird. Als der Vietnamkrieg ausbrach, wurde sie sehr reich. Ich war ihr einziges Kind und wurde ihre Geschäftspartnerin, und jetzt führe ich die vielen Geschäfte. Wäre ich ein Mann, wäre ich in Hongkong ein *taipan*.«

Brian nickte langsam. »Aber ich dachte, daß es Frauen

in Asien nicht erlaubt ist, das zu sein, was wir als Boss bezeichnen. Wie haben Sie es geschafft, sich durchzusetzen?«

»Sie sind scharfsichtig. Der Haß existiert auf vielen Ebenen. Als Frau habe ich meinen traditionsgemäßen Platz – auf dem Rücken im Boudoir – aufgegeben. Als Geschäftsfrau, die über ein Drittel der Bars und Etablissements in Olongapo besitzt, nimmt man mir meinen Reichtum übel. Als Mischling werde ich von den Filipinos und den Chinesen gleichermaßen verachtet. Ich habe mich durchgesetzt, weil ich sehr reich bin und mir die Macht kaufen kann, meinen Feinden zu schaden oder sie sogar zu vernichten, wenn ich das will.«

Brian lächelte. »Komisch. Ich habe den Chief gefragt, was Sie sind, und er hat die Frage nicht verstanden. Ich meinte, welcher Abstammung Sie sind. Er sagte, wir Weißen interessieren uns zuviel für die Rasse. Er sagte, Sie sind eine schöne Frau, und nichts sonst zählt.« Vor seinem geistigen Auge sah er Josie auf dem Rücken im Boudoir liegen.

»Chief Louie ist ein besonderer Mann. Sie und ich hätten uns nie kennengelernt, wenn Sie nicht mit ihm zusammengewesen wären.«

»Ja, er ist etwas Besonderes. Er ist der Größte der Chiefs, und niemand legt sich mit ihm an.«

»Wir sind uns in dieser Hinsicht ähnlich«, sagte Josie. »Trinken Sie noch etwas Champagner.«

Sie unterhielten sich noch eine Weile, die Brian sehr kurz vorkam. Die Rockband spielte wieder in der Bar, aber hier war die Musik kaum hörbar. Flüchtig fragte er sich, wie spät es sein mochte, aber er war so fasziniert von dieser Frau, daß alles andere keine Bedeutung für ihn hatte. Selbst als sie ihm vom Aufschwung der Stadt seit dem Beginn des Krieges erzählte und erklärte, daß Olongapo jetzt von Geld, Drogen und Verbrechen überflutet war, hörte er nur mit halbem Ohr hin. Er verschlang sie förmlich mit den Blicken. Hingerissen betrachtete er ihr

Gesicht, ihre Lippenbewegungen und wie sie gelegentlich geistesabwesend über ihren Oberschenkel strich. Plötzliche Stille riß ihn aus seiner Verzückung, und er spürte, daß etwas verändert war. Sie schaute ihn jetzt an.

»Kennen Sie die asiatische Sitte des Badens?« fragte sie mit leiser Stimme.

»Die Offiziere auf dem Schiff haben über diese Bäder geredet«, erwiderte Brian. Er spürte, wie ihm das Blut in die Wangen stieg. Vielleicht war das auf die Wirkung des Champagners zurückzuführen. Seine Kehle war plötzlich wie zugeschnürt.

»Mein Dienstmädchen wird Ihnen behilflich sein. Ich muß mich jetzt zurückziehen. Wenn Sie fertig sind, werde ich Sie wiedersehen.«

Sie erhob sich aus dem Sessel, strich ihr Kleid mit einer fließenden Bewegung glatt, neigte leicht den Kopf und verschwand hinter dem Schirm. Das Dienstmädchen erwartete Brian an der Tür am Ende des Salons.

Brian atmete tief durch. Nur eine Minute dort ... Dann erinnerte er sich an die Sperrstunde. Aber er hatte keine Wache. Wie spät war es? Und was machte er, wenn die Ausgehzeit vorüber war? Zum Tor zurückgehen? Aufgeschrieben werden wie ein betrunkener Matrose? Das Dienstmädchen sagte etwas.

»Wie bitte?«

»Kommen Sie jetzt.«

»Aber ich muß ...«

»Sie kommen jetzt.« Sie wies auf die Tür, als sei er begriffsstutzig. Zum Teufel, was soll's? sagte sich Brian. Ich kann ebensogut sauber zum Schiff zurückkehren. Er ging auf die Tür zu, und das Mädchen öffnete sie für ihn. Er schritt hindurch, und sie schloß die Tür hinter ihm. Dann führte sie ihn über einen langen, schwachbeleuchteten Gang mit Teppichboden. Es waren Türen auf jeder Seite, aber nichts wies darauf hin, wohin sie führten. Auf dem Gang waren keine Geräusche von der Straße oder der Bar zu hören.

Am Ende des Gangs befand sich eine weitere Tür mit kunstvollen Schnitzereien. Das Mädchen führte ihn in einen feuchten Raum mit Holzboden und Holzwänden, in dem Bänke auf drei Seiten und ein Metallspind an der vierten standen. Eine nackte Glühbirne an der Decke war die einzige Beleuchtung. Neben dem Spind sah er eine Doppeltür, deren Eisenbeschlag feucht war.

»Ihre Kleidung«, sagte das Mädchen. »Ich nehme sie.« Sie streckte beide Hände aus, wie um ein unsichtbares Tablett entgegenzunehmen. Er begriff, daß er sich ausziehen und ihr seine Sachen geben sollte. Sie schaute sittsam zu Boden. Nun, wer A sagt, muß auch B sagen. Brian zog Hemd und Hose aus und dann das Unterhemd. Sie wartete geduldig und blickte immer noch zu Boden. Er zog etwas verlegen die Unterhose aus und fragte sich, ob er ihr die ebenfalls geben sollte oder nicht. Schließlich nahm sie ihm die Unterhose ab und wies auf die Doppeltür.

Im nächsten Raum befand sich ein Becken mit warmem, grünlichem Wasser. Das Becken war ungefähr fünf Quadratmeter groß, und an einer Seite führten Stufen hinein. Zu seiner Linken sah er eine weitere Doppeltür. Es war fast kein Rand um das Becken, nur ein schmaler Steg, der zu der Treppe führte. Er stieg hinab in das Becken, zuerst vorsichtig, doch dann stellte er fest, daß das Wasser nicht heiß war, und er stieg schneller hinein. Er streckte sich aus und stellte überrascht fest, daß es eine Steinbank an der Beckenwand gab. Als er sich darauf setzte, ragte sein Kopf gerade über das Wasser, das von unsichtbaren Pumpen sanft aufgewühlt wurde. Er entspannte sich im Wasser und ließ es den Schweiß und den Geruch nach Bier und der Stadt aufsaugen. Er war leicht benommen vom Champagner, aber die feuchte, warme Luft, die lautlos von der Wasseroberfläche aufstieg, hatte etwas Wohltuendes.

Nach ungefähr zehn Minuten kehrte das Dienstmädchen zurück. Es forderte ihn mit einer Geste auf, aus dem Wasser zu steigen. Aus irgendeinem Grunde war ihm seine Nacktheit nicht mehr peinlich. Er stieg die Stufen hinauf aus dem Wasser und blieb gehorsam vor ihr stehen. Sie war winzig. Ihr Kopf reichte nur bis zu seiner Brust, und sie schaute ihn nicht direkt an. Sie wandte sich um, ging durch die nächste Doppeltür, und er folgte ihr in den Raum, in dem sich ein anderer Pool befand. Das Wasser in diesem zweiten Becken war aufgewühlter als im ersten, und der Raum war voller Dampf.

»Heiß«, sagte das Mädchen, verneigte sich und verschwand. Hier gab es die gleichen Stufen ins Becken, aber diesmal dauerte es ein paar Minuten, bis Brian im Wasser war. Es war fast unbehaglich heiß, aber zunehmend entspannend. Er fand die Bank unter Wasser und setzte sich darauf, streckte die Arme über den Rand des Pools aus und nahm die Hitze in sich auf. Die Decke des Baderaums war fast dunkel. Das einzige Licht kam von einer kleinen Leuchtstoffröhre, die hoch in der Wand eingelassen war. Der Dampf war so dicht, daß er die andere Seite des Pools verhüllte. »Reich«, hatte Josie gesagt. Hier gab es wirklich Reichtum. Ein Pool für warmes und einer für heißes Wasser. Dieses Bad mußte riesig sein. Brian döste behaglich im Wasser, als das Mädchen zurückkehrte und ihm winkte.

»Ich folge dir überallhin, Ma'am«, sagte Brian fröhlich, als er aus dem Wasser gestiegen war. »Was kommt als nächstes?«

Sie führte ihn durch eine dritte Doppeltür in einen weiteren Baderaum. Darin war das Wasser ruhig, und es gab keinen Dampf. Als er einen Zeh in das Wasser tunkte, um die Temperatur zu prüfen, stellte er fest, daß es kühl war. Dieser Baderaum war heller beleuchtet, und diesmal blieb das Mädchen bei ihm. Er sah, daß es ein großes, weißes Badetuch mitgebracht hatte. Er tauchte ein paarmal unter, um abzukühlen, und stieg dann aus dem Wasser, als ihm klar wurde, daß das Mädchen darauf wartete. Sie trat hinter ihn und hüllte ihn geschickt in das Badetuch ein. Dann führte sie ihn zu der letzten Doppeltür.

Sie wandten sich nach rechts, gingen über einen kurzen, mit Teppichboden ausgelegten Gang und in einen Raum, der ungefähr so groß war wie die Baderäume. Er hatte holzgetäfelte Wände, und der Boden war mit einer Art Matte bedeckt. Zwei Ventilatoren drehten sich sehr langsam über einem Massagetisch in der Mitte des Raums. Ein kleiner Beistelltisch auf Rädern stand neben dem Massagetisch. Brian sah vier Rauchglasflaschen auf dem kleinen Tisch. Der Massagetisch war am Kopfende gepolstert und ein weißes, zusammengerolltes Handtuch diente als Kopfkissen. Das Mädchen forderte ihn mit einer Geste auf, sich auf den Tisch zu legen. Das wollte er auch tun, aber er wußte nicht, was er mit dem Badetuch anfangen sollte, in das er eingehüllt war. Sie löste das Problem für ihn, indem sie es ihm abnahm, und als er mit dem Gesicht nach unten auf dem Massagetisch lag, es sittsam über seinen Hintern legte.

Er lag dort ein paar Minuten lang, seine Muskeln entspannten sich noch mehr, die Augen fielen ihm zu, und der leichte Luftzug der Ventilatoren trocknete seine Haut. Er hörte die Rückkehr des Mädchens nicht, sondern bemerkte es erst, als es hinter ihm stand und die Flaschen öffnete. Er hatte sich niemals massieren lassen, und prickelnde Erwartung stieg in ihm auf. Sie begann mit seinem Rücken, stand an seiner Hüfte und massierte die Muskeln der oberen Rückenpartie, dann die Haut an seinen Seiten hinab. Brian fragte sich, wie sein Körper aussehen mochte. Er hatte auf der Schule an allem obligatorischen Sport teilgenommen und sogar eine Zeitlang Gewichte gestemmt, aber seither hatte er nicht mehr viel zur Körperertüchtigung getan. Vermutlich war er nach der Zeit draußen im Golf und den quälenden Mitternachtswachen ein wenig abgemagert.

Ihre Hände waren mit einer duftenden Salbe eingekremt, und sie knetete ihn in Wellenlinien vom Nacken bis zum Gesäß hinunter. Brian legte den Kopf auf eine Seite des Handtuchs und verschränkte die Arme unter dem Kinn. Er fühlte sich schläfrig, aber er wollte sich nichts von den wundervollen Gefühlen entgehen lassen. Ihre Hände waren fähig und stark, viel stärker, als er bei so einem kleinen grazilen Mädchen gedacht hätte.

Dann änderte sie die Position, ging um den Kopf des Tisches herum, so daß sie über seinen Kopf und den Rücken hinuntergreifen konnte. Als sie sich über ihn neigte, spürte er die Wärme ihres Körpers, der nur Zentimeter von seinen Armen entfernt war, und er nahm ein schwaches Parfum wahr. Dieses Parfum hatte er schon einmal gerochen. Er wunderte sich. Sehr langsam hob er den Kopf und öffnete blinzelnd ein Auge. Er sah ein durchsichtiges, weißes Gewand. Das konnte doch nicht wahr sein! Zweifellos nicht das Dienstmädchen. Sie war zu groß, zu stark. Mein Gott, konnte es sein …

»Entspannen, Brian. Die Massage wirkt nicht, wenn Sie angespannt sind.« Die Stimme klang leicht belustigt.

»Josie?« sagte er krächzend.

»Halten Sie den Kopf gerade, Brian.« Sie legte die Hände auf seine Wangen und drehte seinen Kopf. »Ja, so. Legen Sie das Kinn auf die Fingerspitzen. Einfach so. Ja, so ist es viel besser.«

Als sie sich über ihn neigte, ragte das Oberteil ihres Gewandes über den Rand des Tisches, und er sah ihren nackten Körper auf sein Gesicht zu und dann zurückschwingen. Die cremefarbene Haut schimmerte durch den durchsichtigen Stoff. Aus dem Augenwinkel heraus nahm er die Kurve ihrer Hüfte wahr, und er spürte seine Erektion unter dem Handtuch. Dann begann sie seinen Nacken zu massieren, trat dabei etwas von dem Tisch zurück und gewährte ihm einen besseren Blick auf ihren üppigen Körper, um den sich das durchsichtige Gewand schmiegte, das sich bei ihren Bewegungen aufreizend spannte und lockerte. Dann nahm sie seinen rechten Arm mit der linken Hand und streckte ihn aus und drehte sich, so daß sie seine Armmuskeln massieren konnte. Sie massierte sie von der Schulter bis zu seinen Fingerspitzen, preßte ihr Gesäß gegen die Kante des Tischs und ließ seinen Unterarm ganz leicht über ihre rechte Brust reiben. Als sie die erregende

Prozedur an seinem linken Arm wiederholte, kostete es ihn Beherrschung, sie nicht anzurühren, aber er spürte, daß es noch nicht der richtige Zeitpunkt dafür war, was immer auch hier geschehen würde.

Sie verschränkte seine Arme wieder unter dem Kinn und trat um den Beistelltisch herum, wo sie die Salbe auf ihren Händen ergänzte. Dann ging sie zum Fußende des Massagetisches und begann seine Füße zu massieren, zuerst den linken, dann den rechten. Brian wollte sie sehen, wollte sich umdrehen und sie anschauen, aber er konnte es nicht, noch nicht. Und plötzlich wurde ihm klar, daß es keine Überraschung für die Lady sein würde, wenn er sich herumdrehen würde. Sie massierte seine Beine von den Knöcheln an aufwärts, knetete die Kniekehlen, massierte dann höher mit kräftigen Fingern, ertastete die Muskeln und entspannte sie. Dann ging sie wieder zu dem Beistelltisch, nahm neues Massageöl und kehrte ans Kopfende des Massagetischs zurück.

Sie stand vor ihm, ergriff seine Hände und forderte ihn mit einer Geste auf, sich umzudrehen. Er tat es, und das Handtuch rutschte von ihm. Sie hielt seine Hände fest, und er war nicht verlegen. Sie murmelte ein anerkennendes ›hmm‹ und schob dann seine Hände flach unter seine Hüften. Sie schüttete warmes Massageöl auf seine Brust und begann seine Vorderseite zu massieren. Sie neigte sich immer tiefer über ihn, ihre Brüste wippten unter dem durchsichtigen Stoff, senkten sich weiter über ihn, um sein Gesicht einzuhüllen und leicht über seine Brust zu reiben. Er nahm ihren Duft wahr, ihr Parfum, ihren Schweiß, und als er glaubte, sich keine Sekunde länger beherrschen zu können, trat sie zurück, streifte das Gewand ab, ging um die Seite des Tischs herum, stieg auf ihn und nahm ihn in einer glatten, köstlichen Bewegung in sich auf, die ihn sofort zum Höhepunkt brachte. Als er um Atem ringend erbebte, griff er nach ihr, aber sie drückte seine Arme zurück und schob sie wieder unter seine Hüften. Als er schließlich still lag, begann sie auf ihm die Hüften zu bewegen, richtete ihn allmählich wieder auf, indem sie ihr Gewicht von seinem Körper hob, eine Fortsetzung der Massage auf einem weniger vertrauten aber nicht weniger wirkungsvollen Weg, bis er spürte, daß ihre Selbstkontrolle schließlich nachließ. Er öffnete die Augen und schaute ihr ins Gesicht. Ihre Augen waren offen, nahmen jedoch nichts wahr, ihr Mund klaffte auf, und sie atmete schneller. Er erkannte den Moment, und diesmal wurde er nicht abgewehrt, als er sie in die Arme nahm. Er zog ihr Gesicht an seines und küßte sie tief, während er die Initiative übernahm, sich jetzt härter und fester bewegte, sie hinab und auf sich zog. Als er spürte, daß es ihr kam, steigerte er noch den Rhythmus, bis sie aufschrie und auf ihm zusammenbrach. Sie atmete stoßweise, wie schluchzend, ihre Glieder erschlafften, und sie schien zu schmelzen.

Danach lagen sie eine Weile umschlungen auf dem Tisch. Brian streichelte ihren Rücken und beruhigte sie, und sie beide rangen um Atem. Zum ersten Mal seit Monaten war sein Verstand perfekt klar, und all seine Sorgen wegen der Karriere und Beförderung waren verschwunden. Er forschte nach dem erwarteten Schuldgefühl, weil er seine Frau betrogen hatte, und fand es nicht. Vielleicht später, aber nicht jetzt. Nicht während dieses perfekten Augenblicks, in dem er mit dieser einzigartigen Frau vereinigt war, die ihn nur mit den Händen gespannt hatte wie eine Sprungfeder, ihn dann erlöst hatte und es dann lange genug und gut genug von neuem getan hatte, damit er sie zum Höhepunkt bringen konnte. Er hatte nie gewußt, welche Befriedigung darin lag, einer Frau solche Wonnen zu verschaffen. Maddy war in all der Zeit mit ihm niemals so gekommen, und ein Teil von ihm fragte sich, warum nicht. Aber Josie bewegte sich wieder auf ihm, und er schloß die Augen und dachte nicht mehr an Maddy.

33

San Diego

Am Nachmittag nach dem mißlungenen Anruf von Subic nahm sich Maddy eine Stunde früher bei der Bank frei. Die Arbeit in der Buchhaltung war schrecklich langweilig, und Maddy hatte gegen fünfzehn Uhr das Gefühl, schreien zu müssen, wenn sie blieb. So nahm sie ihre Handtasche und ging. Der Abteilungsleiter war in einer Konferenz, die bis siebzehn Uhr dauern sollte. Maddy hoffte, daß es stimmte – sie hatte die Geduld dieses netten Vorgesetzten bis zur Grenze strapaziert.

Zu Hause sichtete sie die Post, fand einen Brief von Brian und öffnete ihn diesmal nicht gleich an der Haustür. Nachdem sie am Morgen mit Brian gesprochen hatte, würde bestimmt alles veraltet sein, was in dem Brief stand. Sie entschied sich, ihn ungeöffnet aufzubewahren und zu lesen, wenn sie eine Zeitlang keine Post bekommen hatte.

Sie ging ins Schlafzimmer, zog sich aus und nahm ihr Tennisdreß aus dem Schrank. Es war ein einteiliger weißer Minidreß, in dessen Oberteil der BH eingearbeitet war. Darunter trug sie Baumwollunterwäsche und ein weißes Tennishöschen. Der Faltenrock war vermutlich fünf Zentimeter kürzer, als er beim Kauf ausgesehen hatte. Weiße Turnschuhe und kurze weiße Socken vervollständigten ihr Outfit, zusammen mit einer Tasche für ihren Schläger, ein paar Dosen mit Tennisbällen und einem Handtuch.

Maddy spielte fast jeden Tag auf den öffentlichen Plätzen im Park gegenüber der Straße, in der sie wohnte. Für gewöhnlich konnte sie mit einer der Frauen, die jeden Tag gegen siebzehn Uhr auftauchten, eine Partie spielen. Sie wies die männlichen Spieler ab, indem sie vorgab, nicht mit Männern mithalten zu können; sie behauptete, auf eine Freundin zu warten. Sie hatte einen zweiten Tennisdreß, das Brian ihr gekauft hatte, aber es war scheußlich grün. Sie trug ihn nur, wenn er sie auf den Tennisplatz begleitete, und das war heutzutage ja höchst selten, nicht wahr?

Sie blickte auf ihre Armbanduhr. Es war ein wenig früh, aber am Ende der Sommerzeit wurde es schnell dunkel, und es konnte nicht schaden, ein wenig mehr Tageslicht zu haben. Sie konnte sich schon mal aufwärmen, bevor eine Mitspielerin auftauchte. Sie kämmte ihr Haar zurück und band es zu einem Pferdeschwanz, nahm ihre Schlüssel und ging zur Tür, als das Telefon klingelte. Sie legte ihre Tasche und die Schlüssel ab und meldete sich. Die Anruferin war die Frau des Stellvertretenden Kommandanten, Barbara Mains.

»Maddy, ich stelle für heute abend ein Überraschungsessen zusammen. Die meisten der Offiziersfrauen können kommen, oder jedenfalls diejenigen, die einen Babysitter finden. Ehrlich, das ist heutzutage ein echtes Problem – kennen Sie einen guten Babysitter? Aber natürlich, Sie wohnen ja in einem anderen Viertel. Wie dumm von mir. Jedenfalls steigt die Party um neunzehn Uhr in meinem Haus. Kommen Sie?«

Maddy zögerte. Sie hatte keinen wahren Grund, nicht hinzugehen, aber so plötzlich wollte sie sich nicht entscheiden; sie fühlte sich regelrecht überrumpelt. Sie hatte keine Lust, die anderen Frauen zu sehen, über die Navy zu sprechen oder sich die jüngsten Kinderkrisen von der Windel-und-Dreirad-Clique anzuhören. Maddy hielt Barbara Mains für eine süße Lady, aber sie war eine dieser verrückten südkalifornischen Blondinen, die oftmals wirkten, als hätten sie beim Stolpern durch den Zauberwald eine falsche Spur mit Brotkrümeln gelegt.

»Barbara, ich fange um fünfzehn Uhr dreißig ein Tennismatch an, und das dauert für gewöhnlich anderthalb Stunden. Dann werde ich vermutlich duschen, beim Fernsehen etwas essen und ein Glas Wein trinken und zu Bett gehen. Aber danke für den Anruf. Ein anderes Mal komme ich gern, okay?«

»Klar, Maddy. Es ist auch sehr kurzfristig. Na, macht nichts. Ein paar von uns haben sich zu Tode gelangweilt, wissen Sie, Freitagnacht und so. Aber Mrs. Huntington sagte, ich soll jede von uns anrufen, damit keine das Gefühl hat, sie wird übergangen, verstehen Sie?«

»Es war sehr nett von Ihnen, an mich zu denken, Barbara. Danke. Grüßen Sie alle von mir. Tschüs.«

Maddy schlenderte über die Straße vor dem Apartmentgebäude und in den öffentlichen Park, der an den berühmten Balboa-Zoo-Park grenzte. In dem Park gab es Softball-Spielfelder, zehn Tennisplätze und eine Bocciabahn. Große, alte Eukalyptusbäume ragten überall zwischen Rasenflächen und kiesbestreuten Wegen auf. Es war eine schöne Oase in den ausgedörrten Hügeln Südkaliforniens und einer der Hauptgründe, weshalb sie die Wohnung in dieser Gegend gemietet hatten. Maddy durchquerte den Park, bahnte sich einen Weg durch ein paar Frisbeespieler hindurch, ignorierte ihre frechen Blicke und einen Pfiff und ließ sich bei einer der beiden Spielwände am südlichen Ende der Tennisplätze nieder. Die Tennisplätze füllten sich allmählich, aber es war noch keine ihrer üblichen Spielpartnerinnen aufgetaucht. Sie wärmte sich auf und trainierte dann an der Spielwand ihren Aufschlag. Heute war sie nicht in Form. Es mangelte ihr an Kraft, und sie hatte ungefähr zwanzig Minunten Bälle unter die Netzlinie auf der Wand gedroschen, als eine Stimme sie unterbrach.

»Schauen Sie über das Netz, wenn Sie schlagen, dann werden die Bälle drübergehen.«

Maddy bückte sich gerade, um den zurückprallenden Ball aufzunehmen, wobei sie nicht daran dachte, daß ihr Höschen unter dem Minirock zu sehen war. Sie richtete sich hastig auf und wandte sich um. Autrey stand bei der Bank, auf der sie ihre Tasche abgelegt hatte. Er lächelte wie üblich, und sie spürte, wie ihr plötzlich Wärme in die Wangen stieg. Er trug ein graues Sweatshirt, das zu einer Weste umgearbeitet worden war, Khakishorts, die vielleicht einmal eine Badehose gewesen waren, und alte Turnschuhe ohne Socken. Er stützte sich mit einer Hand auf die Bank, posierte fast anmaßend lässig mit seinem braunen Körper. Er wirkte entspannt und dennoch wie sprungbereit, wenn es sein mußte. Sie schaute ihn lange an, den Schläger in beiden Händen. Dann ging sie zu ihm.

»Sind Sie auch Tennisexperte?« fragte sie.

»Kein Experte. Aber ich bin gut genug, um einigen Schaden anzurichten, besonders beim Aufschlag. Wenn Sie den Aufschlag gewinnen, brauchen Sie den Punkt nicht durch Spielen zu machen.«

Sie reichte ihm Schläger und Ball und nickte zur Spielwand, damit er ihr zeigen konnte, was er meinte. Autrey grinste, nahm den Schläger und nickte anerkennend, als er die Marke sah. Er ging zur Grundlinie und tippte den Ball ein paarmal auf. Dann warf er den Ball unglaublich hoch über seinen Kopf, holte aus, wartete einen Sekundenbruchteil und schlug so hart zu, daß sie den Flug des Balles kaum verfolgen konnte. Der Tennisball donnerte so hart gegen die Spielwand, daß Spieler auf Plätzen in der Nähe aufmerksam wurden. Auch bei Autreys nächstem Aufschlag knallte der Ball laut gegen die Spielwand. Er fing den zurückprallenden Ball geschickt ab und hielt ihn auf dem Schläger.

»Auf die Höhe kommt es an. Auf lange Arme. Sie haben den Aufschlag richtig raus, aber Sie sind nicht groß genug, um mit Kraft zu punkten. Statt dessen müssen Sie tricksen. Soll ich Ihnen das zeigen?«

Er straffte die Schultern; dabei schien sich jeder Muskel seiner Arme und Beine zu bewegen. In diesem Augenblick ging es nicht mehr um Tennis. Als er hinter sie trat, ihre Haltung korrigierte und dann ihren Arm beim Aufschlag führte, wußte Maddy, daß es damit nicht enden würde. Sie zögerte, hielt fast die Luft an, wartete darauf, daß er sich grinsend zurückzog und sie aus seinem Bann entließ. Aber diesmal tat er das nicht. Statt dessen drehte er sich zur Spielwand und sprach weiter, wies eine unsichtbare Person an seiner Seite an, erklärte, wie die Füße stehen mußten, wie der Ball geworfen wurde, während zum Schlag ausgeholt wurde, wie durch Kontrolle Kraft ersetzt wurde. Sie stand jetzt hinter ihm und bemühte sich, nicht auf das Spiel seiner Muskeln zu blicken, als er den Ball schlug. Er sprach weiter, ruhig, sachlich, faszinierte sie, bis sie unwillkürlich näher an ihn herantrat, und er ihre Nähe spürte. Und dann ließ sie sich den Schläger in die Hand drücken, die Haltung korrigieren und die Bewegungen des Aufschlags zeigen. Sie roch den feinen Schweißfilm auf seinem Gesicht, ein starker männlicher Duft, und wartete darauf, daß er näher von hinten an sie herantrat. Das tat er jedoch nicht. Er blieb außerhalb ihrer Reichweite, berührte nur ihre Hand und den Ellenbogen und zwang sie schließlich, sich auf seine Worte zu konzentrieren und nicht auf ihre Empfindungen.

Nach ungefähr einer Dreiviertelstunde begann sie zu ermüden. Einige bisher selten benutzte Muskeln in ihrem Arm und der Schulter schmerzten. Aber er hatte ihr etwas über den Aufschlag beigebracht, und bis zum Ende der Lektion hatte sich ihre Leistung gebessert. Anschließend saßen sie zusammen auf der Bank. Maddy teilte mit Autrey das Handtuch, während sie darüber redete, wie hart sie am Tennis arbeiten mußte. Sie war verschwitzt, und ihr Haar klebte feucht an ihrem Kopf. Aber nach einer Viertelstunde ging die Sonne hinter dem Apartmenthaus unter, in dem sie wohnte, und plötzlich war es kühl. Sie wollte ihren Pullover anziehen. Und sie sehnte sich nach einem Drink.

»Wann brechen Sie nach Vietnam auf?« fragte sie und legte das Handtuch auf ihre Oberschenkel.

»Ich glaube, in zwei Wochen. Ich habe heute die Ausbildung meiner letzten Klasse von Rekruten abgeschlossen, und danach steht nichts mehr auf dem Ausbildungsplan. Vielleicht habe ich in der nächsten Woche eine Schießausbildung in Pendleton. Aber ich weiß es noch nicht.«

»Wie fühlen Sie sich deswegen? Ich meine, die Nachrichten sind voller Gerede, daß der Krieg bald vorüber sein wird, daß wir uns zurückziehen.«

Er schüttelte langsam den Kopf. »Ich glaube, es wird zuerst viele Gespräche geben. Das Militär hat Tet nicht vergessen; das war erst im vergangenen Jahr. Es war eine Überraschung, aber wir haben ihnen dafür in den Hintern getreten, und die Leute, für die ich arbeite, denken immer noch, wir können den Krieg im Felde gewinnen. Ich glaube, es wird noch eine Weile interessant bleiben.«

Maddy rieb geistesabwesend mit dem Handtuch über ihre Oberschenkel. »Ich glaube manchmal, die Kriegsgegner haben recht, daß dies eine hoffnungslose Sache ist, die uns nichts angeht – weil sie sogar den Leuten, die wir unterstützen, im Grunde gleichgültig ist.«

»Den Leuten, die dort leben müssen, ist es nicht gleichgültig. Der Generalität, den Leuten mit Schweizer Bankkonten und französischen Frauen ist es gleichgültig. Aber es sind Leute dort, die bleiben müssen, wenn die Kommunisten siegen. Die machen sich Sorgen. Doch nicht die Politik ist für mich ausschlaggebend. Ich nehme an, es geht mir um mich. Um das, was ich bin. Teufel, ich will dorthin. Es geht um meine Arbeit. Ich will sehen, wie gut ich wirklich bin.«

Maddy nickte diesmal. Das leuchtete ihr ein. Es ging um seine Tätigkeit, wie die Verwendung auf See zu Brians Arbeit gehörte. So waren die Männer eben. Frauen waren ein Teil ihres Lebens, würden jedoch nie ihr Lebensziel sein. Eine Brise strich über die Tennisplätze. Die Spieler freuten sich darüber, aber Maddy fröstelte.

»Es wird Zeit für Sie, nach Hause zu gehen«, sagte Autrey.

»Ja, das glaube ich auch. Ich bin nicht mehr in der Verfassung für ein Spiel; ich glaube, mein Arm würde abfallen.« Maddy wandte sich ihm zu. Ihre Entscheidung war gefallen, erstaunlich leicht mit ihrem Verstand und dem

Gefühl zugleich. »Aber ich danke Ihnen für die Lektion. Sie haben mir viel beigebracht.«

Er erwiderte nichts, schaute sie nur an. Sie neigte den Kopf und erwiderte seinen Blick.

»Möchten Sie etwas mit mir trinken?« fragte sie leise. »Ich sterbe fast vor ... Durst.«

»Ja.«

Sie gingen schweigend durch den Park, er mit der Tennistasche, sie mit gesenktem Kopf und dem Tennisschläger in den Händen. Der dünne Stoff ihres Rocks hob sich in der Brise, und sie hatte fast das Gefühl, in der kühlen Abendluft nackt zu sein. Es wurde ihr bewußt, daß ihr Haar unordentlich war, daß sie eine Dusche brauchte und ihr Herz nur ein wenig schneller pochte. Sie durchquerten die Halle des Apartmenthauses und fuhren mit dem Aufzug. Maddy schaute Autrey nicht an, als sie im Aufzug eng beisammenstanden. Sie schloß die Wohnungstür auf, warf den Schläger auf die Couch und ging in die Küche. Dort nahm sie zwei Gläser aus dem Schrank und stöberte im Kühlschrank herum. Sie sah einige Cola Light, eine Dose Bier, eine halbe Flasche Wein und eine Flasche Mineralwasser.

Autrey kam in die Küche. Aus dem Augenwinkel beobachtete sie ihn. Er stand dort im schwachen Licht, und sein großer muskulöser Körper war eine Studie in Bronze. Seine Augen glänzten, und sein dunkles Gesicht spiegelte freundliches Interesse wider. Er verschränkte die Arme vor der Brust und lehnte sich mit der linken Hüfte an die Arbeitsplatte, aber er wirkte angespannt. Sie war froh darüber, daß sie das Licht nicht angeschaltet hatte; so konnte er nicht sehen, was mit ihr los war.

Sie nahm die verschiedenen Flaschen aus dem Kühlschrank und stellte sie auf den Küchentisch. Dabei versuchte sie, Autrey nicht anzusehen, hielt den Kopf gesenkt, so daß ihre Haare vor die Augen fielen. Aber vor ihrem geistigen Auge sah sie die mahagonifarbene Haut seiner Beine, die muskulösen Oberschenkel. Sie spürte Wärme in sich aufsteigen, und ihre Gedanken gerieten durcheinander. Sie begann Dinge auf dem Tisch zurechtzurücken, und ihr wurde bewußt, daß sie das Licht einschalten oder sonst etwas tun sollte, um den Zauberbann zwischen ihnen zu brechen. Ihre Fingerspitzen prickelten, als sie den Hals der Weinflasche umfaßte und bei der Berührung verbotene Bilder vor ihrem geistigen Auge sah, Bilder von Autrey, mit den langsamen Bewegungen und der lässigen Grazie seines muskulösen Körpers. Er verharrte reglos und schweigend. Ihre Hand verweilte.

»Autrey.« Es überraschte sie, daß ihre Stimme so fest klang. Dann sagte sie leiser, während das Verlangen ihr Hitze ins Gesicht trieb und übermächtig wurde: »Autrey … um Himmels willen.«

Dann bewegte er sich, kam mit lautlosen Schritten zu ihr, blieb hinter ihr stehen und zog sie an sich. Sie spürte seine Hände auf ihrem Leib, auf den Hüften und fordernd an ihren Oberschenkeln, und er küßte ihr Haar, während er sich langsam an ihrem Körper bewegte, durch die Bewegungen den Tennisrock anhob und sich gegen ihr Höschen preßte, bis sie aufstöhnte. Er drehte sie herum, berührte dabei nur ihre Hüften und hob sie auf den Küchenstuhl. Dann stand er zwischen ihren Knien, und die Außenseiten seiner Oberschenkel berührten die Innenseiten ihrer Schenkel. Seine Hände lagen auf der Tischkante hinter ihr, und er küßte Maddy auf den Mund, preßte sich an sie, bis sie die Hände auf seinen Rücken legte und ihn noch fester an sich zog. Er küßte ihre Lippen und dann ihren Hals, während er mit den Oberschenkeln ihre Knie weiter spreizte. Er streifte die Träger ihres Oberteils ab und hakte es am Rücken auf. Als das Oberteil fiel, neigte er sich zu ihren Brüsten und küßte sie, dann hinauf zum Hals, zum Mund und wieder abwärts. Schließlich krallte sie die Hände in sein Haar, und er kniete sich zwischen ihre Beine, streifte den Rest ihrer Kleidung ab und küßte ihren ganzen Körper, bis sie in einem gewaltigen Höhepunkt erbebte. Als sie wieder zu Atem kam, erhob er sich, entledigte sich seiner eigenen Kleidung und hob dann ihre Beine in seine Armbeugen, um in sie einzudringen. Seine Bewegungen waren beherrscht und tief, und er ließ ihr Zeit, sich seinem Rhythmus anzupassen. Maddy umklammerte jetzt die Tischkante, und ihr Gewicht ruhte teils auf dem Stuhl, teils auf ihm, als sie jetzt gemeinsam den Gipfel hinaufstiegen, schneller und schneller, bis er hinabgriff und sie ganz auf sich hob, ihr gesamtes Gewicht hielt und mehr vibrierte als sich bewegte, bis es geschah.

Danach hob er sie auf die Arme und trug sie ins Schlafzimmer. Dort lagen sie zusammen in der Dunkelheit. Sie spürte, wie jede Faser ihres Körpers auf seine starken Hände reagierte, die zärtlich ihren Körper streichelten. Als sie es schließlich nicht mehr aushalten konnte, drückte sie ihn auf den Rücken und legte sich auf ihn, preßte die Lippen auf seinen Mund und küßte dann den Rest seines Gesichts und hinab zu seinem muskulösen Brustkorb. Er griff nach ihr, aber sie drückte seine Arme aufs Bett zurück und hielt seine Handgelenke fest, während sie seinen Körper küßte. Sie ließ sich Zeit dabei und staunte über den Kontrast zwischen den glatten Flächen seiner Haut und der Härte der Sehnen und Muskeln darunter, über den Geruch ihres Liebesaktes und das erneute Schwellen seines Gliedes. Sie stemmte sich hoch und ließ sich dann auf ihn sinken, neigte sich vor, so daß die Fülle ihrer Haare ihr Gesicht verhüllt und zugleich einzelne Strähnen über seine Brust streichelten. Jedesmal, wenn er sich bewegen wollte, signalisierte sie ihm, damit aufzuhören, denn sie wollte es unter Kontrolle behalten, wollte es perfekt machen, und sie bewegte sich lange Zeit auf und ab, die Augen geschlossen, als sie spürte, wie sich die Woge hob und zurückwich, und dann bewegte er sich trotzdem, und sie konnte ihn nicht stoppen und wollte es nicht, und sie klammerte sich an ihn, als er härter und härter zustieß, bis sie aufschrie und auf ihm zusammenbrach. Er hielt sie in den Armen, bis sie einschlief.

34

Die nächsten zehn Tage in Subic vergingen für Brian ohne Zwischenfall. Er kehrte nicht nach Olongapo zurück, weil er Josies Rat beherzigte, daß Perfektion nicht verbessert werden sollte. Nach dem Mißerfolg bei seinem ersten Anruf daheim wartete Brian am Tag nach seinem nächsten Wachdienst drei Stunden lang in der Schlange, um noch einmal anzurufen, aber Maddy war nicht zu Hause. Nun, er hatte es versucht. Er setzte sich hin und schrieb ihr einen längeren Brief, in dem er jedes politische Problem herunterspielte, das er an Bord des Schiffes hatte, auch deshalb, weil er herausgefunden hatte, daß seine Beurteilung tatsächlich abgeschickt worden war. Der Beförderungsausschuß tagte vermutlich in nur einem Monat, und wenn nichts Spektakuläres geschah, war seine Beförderung ziemlich sicher. Er konzentrierte sich in dem Brief auch auf die Möglichkeiten des Dienstes an Land nach der Dienstzeit auf der *Hood,* aber er erwähnte nichts von der entfernten Möglichkeit, daß er während seiner Dienstzeit als Waffenoffizier auf der *Hood* noch einmal an einem Einsatz teilnehmen mußte. Er betrachtete den Brief als Schadensbegrenzung, als er ihn abschickte.

Chief Martinez war eifrig bemüht, so zu tun, als wäre nichts Ungewöhnliches in Olongapo passiert, und Brian achtete sorgfältig darauf, nicht an seine Nacht mit Josie zu denken, wenn er sich mit dem Problem herumschlug, das er daheim in San Diego mit Maddy hatte. Am Tag nach jener Nacht hatte er ein kompliziertes Gebilde aus vernünftigen Erklärungen aufgebaut, um seine Schuldgefühle zu mildern, weil er Sex mit einer Frau gehabt hatte, die eine – wie sollte er Josie bezeichnen? Gewiß keine Prostituierte, und eigentlich keine Madam – ihr Lokal war kein Bordell. Die ganze Stadt war ein Bordell. Hey, Mann, wie der Chief sagte, warum machst du dir Sorgen, *was* Josie ist? Wie wäre es, wenn du sie einfach nur als exotische, schöne, reife, reiche, aufregende, sinnliche Frau betrachtest, die es dir besorgt hat wie noch keine? Ja, das ist sie. Dann betrachtete er das Problem mit der Ausrede des Weißen: Es zählt nicht; sie ist nur eine Asiatin. Richtig. Nur eine Asiatin. Da hast du dich ziemlich herabgelassen, Junge. Und dann: dies ist der WESTPAC; es gibt keine verheirateten Männer westlich der internationalen Datumsgrenze. Jeder geht mindestens einmal nach Subic und erleichtert seine Eier. Das zählt nicht. Es ist ja nicht, als würdest du ausgehen und ein richtiges Liebesverhältnis anfangen; es ist nur eine flüchtige Zeit in einer Bar mit einer Nutte. O Gott, wenn ich mir etwas bei ihr geholt habe? Von wem könnte ich mich untersuchen lassen? Ich kann nicht zum Doc oder diesem teiggesichtigen Stabsarzt gehen – sie würden den Fall dem Captain oder Mains melden müssen.

Drei Tage lang hielt er beim Urinieren den Atem an und befürchtete, daß es irgendwelche Probleme geben könnte. Aber nach einer Weile gelangte er – verlegen über seine fast jugendliche Besorgnis – zu dem Schluß, daß Josie eine dieser geheimen Erfahrungen im Leben gewesen war, eine phantastische Frau, die direkt auf seine unverhohlene Bewunderung und sein Verlangen reagiert und ihm eine unvergeßliche Nacht bereitet hatte. Er fragte sich, ob eine amerikanische Frau ebenso reagiert hätte, wenn sie gemerkt hätte, daß er scharf auf sie war. Er bezweifelte es.

Auf dem Schiff wurden die Routinearbeiten bei einem Hafenaufenthalt durchgeführt, gefolgt von nachlassendem Landgang, als die Brieftaschen leerer wurden. Brian beschränkte seine Ausgänge auf den Besuch des Offiziersklubs in Subic, trank San-Miguel-Bier und mied die verhängnisvollen Subic Specials. Nach ein paar Tagen tauchte der Captain auf und gab ein privates Essen für den XO und die vier Abteilungsleiter, das er sich in einen der Bungalows hatte liefern lassen, die in der Nähe des Klubs für ranghohe Offiziere reserviert waren. Sämtliche Offiziere besuchten einen ›Lunch‹ an Bord einer britischen Fregatte, die zu Besuch war, und Brian lernte die Tradition der Royal Navy kennen, zum Lunch alles außer Essen zu servieren. Mehrere der WESTPAC-Offiziere mußten nach dem Besuch auf der Fregatte an Bord der *Hood* getragen werden, und Brian, der ziemlich nüchtern geblieben war, hatte das Vergnügen, einige davon mit LANTFLEET-Wissen zu tadeln.

Der Rest der Zeit verging mit Reparaturarbeiten im Maschinenraum, mit dem Aufpolieren des Motorboots, mit dem Verlegen eines neuen rutschfesten Belags für das Hubschrauber-Flugdeck und dem Anstreichen der Schiffsseiten nach ihren fünfundvierzig Tagen im Golf. Besonders die Maschinisten wollten Reparaturen in Subic durchführen lassen, denn die Ausführung der Arbeiten waren viel besser und billiger als in den von der Gewerkschaft kontrollierten Werften in San Diego.

Brian machte einen dreistündigen Ausflug mit Fox Hudson zur großen Einkaufsstelle für Angehörige amerikanischer Streitkräfte. Er staunte über das große Angebot des PX, der wie ein gewaltiges Warenhaus im Versorgungszentrum war, gefüllt mit den neuesten japanischen Stereoanlagen und Fernsehern, mit chinesischen Kleidungsstücken, die von Schneidern nach Maß angefertigt wurden, philippinischen Holzarbeiten und unzähligen Regalen mit Waffen, Schmuck, Porzellan, Kristallwaren, orientalischen Teppichen, Kunstgegenständen und Möbeln, alles zu einem Drittel des US-Preises. Der PX war eines der Hauptziele eines jeden WESTPAC-Matrosen, übertroffen nur von seinem japanischen Gegenstück, dem Gebäude A-33 in Yokosuka, Japan, oder einem Hafenbesuch von Hongkong.

Der Kauf im PX war für die meisten jungen Ehepaare der Navy die einzige Möglichkeit, sich ein erstklassiges Tafelservice aus Porzellan oder eine moderne Stereoanlage zu leisten, und jeder verheiratete Mann traf in Subic mit einer Wunschliste seiner Frau in der Tasche ein. Brian, als Neuling im WESTPAC, hatte keine Liste, aber er kaufte ein

Porzellanservice, acht Waterford-Kritallgläser und eine Mikkimoto-Perlenhalskette für Maddy. Er würde noch etwas sparen müssen, bis er sich eine Stereoanlage leisten konnte, aber das Schiff sollte laut Plan vor der Heimfahrt zu einem letzten Einkauf in Subic anlegen, und er hoffte, bis dahin genug Geld für die gewünschte Anlage beisammenzuhaben. Fox Hudson deckte sich mit Waren ein, weil er wußte, daß dies sein letzter Besuch in Subic war.

Am Tag nach seiner Einkaufstour hatte Brian wieder Dienst. Insgeheim begrüßte er inzwischen die Zeit als Offizier vom Dienst, die jeden dritten Tag kam, weil er dadurch nicht mit den übrigen Offizieren des Abends an Land zu gehen brauchte. Die meisten Offiziere betrachteten es fast als ihre Pflicht, in die Stadt zu gehen und einen draufzumachen, denn sie waren schließlich in Subic, und dafür war Subic da. Brian gewöhnte sich an, seine Verwaltungsarbeit am Morgen zu erledigen, und an den Nachmittagen die Techniker der Waffenabteilung zu beaufsichtigen, während sie die Waffensysteme warteten, was eine komplette Überholung des Feuerleitsystems zwei einschloß, das durch den Stromausfall der Red Crown Station beschädigt worden war. Wenn er keinen Dienst hatte, ging Brian zum Abendessen in den Offiziersklub, aber er war für gewöhnlich um 21 Uhr wieder an Bord.

Nach ein paar Stunden Schreibarbeit ging Brian in seiner Eigenschaft als Offizier vom Dienst um Mitternacht auf Deck, um die Rückkehrer vom Ausgang zu beobachten. Er nahm seinen üblichen Aussichtspunkt auf dem Flugdeck ein, wo er eine Ebene tiefer das Achterdeck sehen konnte, das von Scheinwerfern angestrahlt war. Ein paar Minuten nach Mitternacht lud der erste Pendelbus eine ziemlich betrunkene Fracht am Ende des Piers ab. Brian schaute zu, wie die Männer mühsam und schwankend zum Achterdeck emporstiegen, wo sie vom OOD erwartet wurden. Wenn sie Gepäck hatten, kontrollierte der diensthabende Petty Offizier der Wache, ob es Drogen, Alkohol oder andere verbotene Substanzen enthielt. Wenn ein Mann stark betrunken war, ließ der OOD ihn zu seiner Abteilung bringen. Danach war der Trunkenbold theoretisch auf sich allein gestellt, und wenn er unangenehm auffiel oder seine Abteilung beschmutzte, würden seine Kameraden ihn zur Schnecke machen.

Nachdem Brian eine halbe Stunde beobachtet hatte, entdeckte er eine Gestalt in Khakiuniform an der Reling hoch oben auf der Fernmeldebrücke. Die Gestalt beobachtete anscheinend ebenfalls die Rückkehrer. Ein zweiter Satz Scheinwerfer strahlte hinab auf die Pier in der Nähe des Achterdecks, um den Heimkehrern mit Sehschwierigkeiten gutes Licht zu bieten. Brian, der ins Scheinwerferlicht blickte, konnte nicht erkennen, wer die Gestalt dort oben war, aber er nahm an, daß es sich um Chief Jackson handelte. Er entschied sich, hinzugehen und sich zu vergewissern.

Er ging an der Backbordseite nach vorne, vorbei am Dreizollgeschütz, über die Bootsdecks und stieg dann die zwei Leitern hinauf.

Es war tatsächlch Chief Jackson, der an der Reling lehnte, eine Zigarette rauchte und einen Becher Kaffee in der Hand hielt.

»Hallo, Sheriff. Halten Sie wieder Ausschau nach Bösewichtern?«

»Jawohl, Sir, Mr. Holcomb. Erstaunlich, was man von hier oben sieht, das einem vielleicht vom Achterdeck aus entgeht.«

Unterhalb von ihnen, ungefähr von der Mitte des Schiffs bis zum Bug, lag die *Hood* im Schatten. Nur etwas schwaches Licht von den Straßenlampen längs des über hundert Meter entfernten Kais fiel darauf. Das Gebiet um das Achterdeck des Schiffs war hell beleuchtet. Ein Korridor von Dunkelheit erstreckte sich zwischen der *Hood* und dem Zerstörer, der davor ankerte, wo helles Licht ebenfalls das Achterdeck und dessen Umgebung anstrahlte. Das abwechselnde Muster von hellem Licht und tiefem Dunkel war Brian nie aufgefallen.

»Ich war auf dem Flugdeck und habe mir die Rückkehr der ersten Gruppe angesehen«, sagte Brian. »Bis jetzt waren alle ziemlich manierlich.«

»Jawohl, Sir. Wir haben fast die Hälfte unseres Aufenthalts hinter uns, und den meisten wird das Geld knapp. Aber das ist die Zeit, in der die Dealer den Stoff an Bord bringen. In der ersten Woche sind die Kontrollen scharf, aber danach läßt die Aufmerksamkeit der Wachhabenden nach.«

Brian nickte in der Dunkelheit. Von der Pier aus waren sie beide unmöglich zu sehen. Sie beobachteten, wie einem anderen Bus vom Haupttor eine Gruppe fröhlich klingender Betrunkener entstieg. Die Rückkehrer vom Ausgang schlenderten in kleinen Gruppen über die Pier und warfen Zigarettenkippen ins Wasser zwischen Schiff und Kai, bevor sie hochstiegen. Als der vierte Bus auftauchte und seine Ladung ausspuckte, langweilte sich Brian ein wenig. Die meisten der Männer, die Landgang gehabt hatten, waren an Bord gewankt, und auf dem Schiff wurde es ruhig. Er wollte Jackson gute Nacht wünschen und gehen, als der Sheriff ihn an der Schulter antippte und nach unten wies.

Über die Pier, weit hinter der letzten Gruppe, kamen zwei Personen, deren Anblick stets langweilte – Coltrane und Hooper. Der Größere der beiden, Hooper, ging schwankend und trug etwas mit Coltrane, das wie eine große Golftasche aussah. Hooper ging voraus und schleppte scheinbar die Hälfte des Gewichts der Tasche, aber für Brian sah es aus, als mühte sich Coltrane mit der meisten Last ab. Hooper gab seinen üblichen Schwall von lästerlichen Kommandos, und Coltrane versuchte mannhaft, sie zu befolgen. Als das Paar jedoch im Schatten des Bootsdecks stehenblieb, wurde Brian aufmerksam.

»Aha«, murmelte Jackson. »Das dachte ich mir. Wir wollen etwas an Bord schmuggeln.«

»Sie meinen, diese beiden gehören zur Rauschgiftszene?« fragte Brian.

»Nein, Sir, zumindest nicht Coltrane. Die Jungs haben ihm einmal eine Zigarette gegeben, und er hat sich damit die Lippen verbrannt. Hooper dagegen ist ein schmieriger Saufkopf an Land; ich würde diesem Kerl alles zutrauen.«

Sie beobachteten interessiert, wie das Paar die Golftasche zwischen zwei Poller klemmte. Hooper band ein Seil um den Griff der Golftasche und warf das andere Ende in das Dunkel auf den Bootsdecks. Bei seiner Verfassung dauerte das Festbinden des Seils und das Werfen ein paar Minuten. Dann führte Hooper Coltrane wieder über die Pier zurück zum Achterdeck. Jackson blickte auf seine Armbanduhr.

»Sie schnappen sich die beiden auf dem Bootsdeck?« fragte Brian.

»Nein, Sir. Ich werde ihnen folgen und feststellen, wohin sie damit gehen. Es könnten andere darin verwickelt sein.«

»Was dagegen, wenn ich Sie begleite?«

»Überhaupt nichts. Vielleicht führen die beiden auch gar nichts im Schilde.«

Sie stiegen schnell die zwei Leitern zu den Bootsdecks hinunter, vergewisserten sich, daß das Ende des Seils tatsächlich dort lag und versteckten sich hinter einem Davit. Es dauerte ungefähr fünf Minuten, bis Hooper und Coltrane auftauchten. Hooper hielt den Zeigefinger auf die Lippen und ermahnte Coltrane immer wieder mit ›Pst-pst‹, und Coltrane nickte gehorsam und plapperte ein paarmal ›Pst-pst‹ nach. Die beiden wankten ein paar Minuten lang durch die Dunkelheit, bis sie das Seil fanden. Es folgten Hieven und Grunzen, als die Golftasche an Bord gezogen wurde. Sie hoben sie auf und schleppten sie zu der Luke, die hinab zur Passage der Offiziersmesse führte. Hooper setzte die Tasche einmal ab, während er versuchte, das schwere Ende in Coltranes Richtung zu zerren.

»Heb an, Coltrane, verdammt, heb an und hilf mir,

Mann – ist ziemlich trocken geworden, wenn du verstehst, was ich meine. Ja, so ist's richtig, laß nicht fallen, nicht fallen lassen! Ja, ja, so geht's. Jetzt gehen wir damit zu dieser Luke, und dann steigst du die Leiter rauf, Scheiße, ich meine runter, und ich reiche dir an, klar? Ja, so ist's richtig. Paß auf, Mann! Um Himmels willen, du Arsch, paß auf! Vorsichtig …«

Von ihrem Aussichtspunkt hinter den Davits schauten Brian und der Chief mit einiger Belustigung zu.

»Ich könnte schwören, daß sich etwas in der Tasche bewegt hat«, flüsterte Brian.

»Wir werden wohl den Doc rufen müssen, wenn das mit den beiden so weitergeht«, erwiderte der Chief. »Ich glaube, Hooper hat Coltrane ebenfalls besoffen gemacht.«

Das dynamische Duo grunzte und schleppte die Golftasche mit großer Anstrengung durch die Luke, wobei es sich gegenseitig ermunterte, Hooper die Befehle gab und Coltrane mit unverständlichen Lauten antwortete. Brian gewann den Eindruck, daß Hooper Coltrane vielleicht sogar verstehen konnte. Als die beiden die Leiter hinab verschwanden, verließen Brian und der Chief das Versteck und schlichen zur Luke. Unerhalb von ihnen wurde die Tasche bereits die zweite Leiter hinabgeschleppt, die zum Broadway führte. Hooper gab ständig Kommandos, und Coltrane brabbelte besorgt, als die Tasche auf ihn zu fallen drohte. Als die Geräusche verrieten, daß sie den Fuß der Leiter erreicht hatten, stiegen Brian und der Chief schnell die erste Leiter hinunter und spähten vorsichtig über die Lukenkimming zur zweiten Leiter.

An deren Fuß saß Coltrane in dem Durchgang, die Tasche zwischen den Knien, während Hooper sich abmühte, das Rad der Luke unter der Leiter zu drehen. Hooper richtete einige interessante Beschimpfungen an das Rad, das sich nicht drehen ließ. Coltrane hielt die Golftasche mit beiden Armen fest und versuchte, sie zuzuhalten. Brian bemerkte ein rotes Tuch, das als Abdeckung oben in die Tasche gestopft war. Er sah, wie sich das Tuch bewegte, obwohl Coltrane sich abmühte, die Tasche zuzuhalten.

»Sie haben irgendein Tier in dieser Tasche«, flüsterte Brian dem Chief zu.

Jackson spähte über die Lukenkimming. »Tier? Welches Tier würde in eine Golftasche passen?«

Bevor Brian etwas sagen konnte, richtete sich Coltrane wankend auf, packte die Tache oben an und zog sie in Richtung Messedecks durch den Gang. Hooper schaffte es, seine Beine zu entwirrren und sich aufzurappeln. Dann folgte er Coltrane. Brian und der Chief schlichen die Leiter hinab. Sie wollten erst eingreifen, wenn feststand, was da vorging. Als sie den Fuß der Leiter erreichten, sahen sie die beiden Matrosen, die jetzt die Tasche zwischen sich trugen, durch die Tür auf die Messedecks treten, die jetzt bis auf die Notbeleuchtung dunkel war. Das einzige weiße Licht fiel aus der Kombüse, wo der Nachtbäcker, Poppa Steiner, Teig für das Brot und die Brötchen des nächsten Tages rollte.

Brian und Chief Jackson schlichen langsam durch den Gang, hielten sich an den Seiten und drückten sich schnell in Türöffnungen, wenn sie befürchteten, einer der beiden würde sich umdrehen. Als sie bis auf zehn Schritte vor der Tür zu den Messedecks waren, konnten sie Hooper hören. Er kommandierte Coltrane wie üblich herum. Dann hörte sein Schimpfen auf, und sein Tonfall wurde versöhnlicher.

»Okay, Mann, soweit haben wir's geschafft. Jetzt müssen wir diesen Bastard zur Abteilung bringen, klar? Zur Abteilung, und dann in den Spind. Und dann erzählen wir den Jungs davon, und dann, dann schließen wir den Spind ab, damit niemand was findet, und dann, dann – *Scheiße*! *Scheiße*! Wir sind den falschen Weg gegangen, Coltrane, gottverdammich! Du solltest den anderen Weg nehmen, zur Ersten Abteilung – dies ist das verdammte Messedeck, Mann! Wer – wer ist das? Wer ist da?«

Brian und der Chief preßten sich mit dem Rücken an das Schott neben der Tür zum Messedeck. Brian war überzeugt, daß einer der beiden Betrunkenen sie durch den Türspalt gesehen hatte, aber dann wurde ihm klar, daß Hooper Poppa Steiner meinen mußte, denn Geräusche kamen von der geschlossenen Essensausgabe. Sie lauschten, als Hooper und Coltrane sich anschickten, hastig hinter einem der Tische in Deckung zu gehen. Hooper fluchte, und Coltrane brabbelte vor sich hin, während sie die Golftasche hinter den Tisch zerrten. Dann folgte eine lange Stille. Der Chief blickte zu Brian, der mit den Schultern zuckte. Schließlich hörten sie wieder Hooper.

»Coltrane, weißt du was? Dieser verdammte alte Scheißer ist das. Du kennst Steiner? Das ist das verdammte Arschloch, das die ganze verdammte Nacht arbeitet und den ganzen verdammten Tag pennt. Ja. Das ist der Scheißer. Dem wir auf der Vier-bis-acht-Schicht Brötchen klauen. Hey, Coltrane, jagen wir dem Arsch einen kleinen Schrecken ein? Da machst du mit, wie? Ja, ficken wir den Kerl ein bißchen. Komm, hilf mir mit der verdammten Tasche. Ja, dort rüber. Ja, ficken wir den alten Poppa Steiner.«

Brian beobachtete, wie die beiden die Golftasche zur Tür der Kombüse schleppten. Er signalisierte dem Chief, daß er einen Blick durch den Türspalt riskieren konnte. Der Chief spähte zur Kombüse. Coltrane und Hooper verharrten mit der Golftasche an der Tür der Kombüse. Dann hatte Hooper eine weitere brillante Idee.

»Bleib hier, Coltrane. Laß niemanden an die verdammte Tasche ran, klar? Ich mache das verdammte Licht aus, damit es hier richtig gruselig dunkel ist, okay? Dann tun wir es. Du wartest genau hier und rührst dich nicht von der Stelle, *capito*, Mann?«

Hooper wankte hinüber zum hinteren Schott des Messedecks und öffnete den Schaltkasten, den er von seinen Tagen als Küchenbulle kannte. Nach ein paar Fehlversuchen gelang es ihm, alles Licht auszuschalten, auch die Notbeleuchtung auf dem Messedeck. Jetzt fiel nur ein Lichtstreifen unter den Jalousien der Essensausgabe hervor. Der schwache Umriß des Nachtbäckers, der in der Kombüse hantierte, war durch die Lamellen der Jalousie zu sehen. Dazu war ein Klatschen zu hören, als Poppa Steiner ein paar Klumpen Teig auf den Tisch knallte und zu kneten begann. Hooper torkelte zur Kombüsentür zurück und duckte sich neben Coltrane, der sich mucksmäuschenstill verhielt, seit das Licht ausgegangen war. Zusammen manövrierten sie die Tasche gegen die Tür.

»Sie haben irgendein Tier darin, das ist jetzt klar«, flüsterte Jackson und schob sich neben Brian. »Ich wette, es ist ein Affe. Steiner wird überschnappen, wenn ein Affe in seiner Kombüse herumhüpft.«

»Lassen wir das zu?«

»Nun, Sie sind der Offizier vom Dienst ...«

Brian grinste bei der Vorstellung, daß ein Affe in der Kombüse herumlief. Er hörte, daß zuerst Hooper und dann Coltrane ein Heulen und schauriges Wehklagen vor der Kombüsentür anstimmten und sich offenbar bemühten, wie Gespenster zu klingen. Zuerst war ihr Geistergebrüll gedämpft, doch bald erwärmten sich die beiden für ihren Job. In der Kombüse verstummte das Klatschen, mit dem Steiner den Teig auf den Tisch warf und knetete.

»Hey, Hey«, ertönte Steiners Stimme jenseits der Jalousien. »Wer will mich da verscheißern und warum? Das klingt ja nach jämmerlichen Geistern. Kann mich nicht schrecken. Müssen Besoffene sein. Verduftet, Jungs. Haut euch in die Falle und schlaft den Rausch aus. Seid jetzt gute Jungs, ihr Arschlöcher, bevor Poppa Steiner den Sheriff ruft.«

Hooper bemühte sich um weitere Geisterstimmen, aber er mußte lachen und hielt abwechselnd eine Hand vor den Mund, um das Lachen zu unterdrücken, und stieß schaurige Laute aus. Coltrane wirkte besorgt, aber er versuchte wie stets, Hoopers Befehle zu erfüllen, und übte sich weiterhin in seiner Version des Stöhnens und Grunzens der Laute, die er für gespenstisch hielt. Steiner gab seine gutmütigen Ermahnungen der Betrunkenen auf. Statt ihnen weiterhin zu empfehlen, ihn in Frieden zu lassen und den Rausch auszuschlafen, schloß er die Kombüsentür auf.

Als Hooper das hörte, zog er das rote Tuch aus der Golftasche und zog den Verschluß etwas weiter auf. Die Kombüsentür schwang auf, und Poppa Steiner tauchte mit mehlbedecktem dickem Bauch in dem hellen Licht auf, das aus der Kombüse fiel. Er hielt einen großen Klumpen Teig mit beiden Händen, und sein glänzendes, rötliches Gesicht zeigte Ärger.

»Ihr verdammten Scheißkerle, jetzt werde ich euch – *Gott im Himmel*!«

Mit einem unglaublich lauten Zischen sprang ein metergroßes Krokodil aus der Tasche und auf die Türschwelle. Steiner wollte sich herumwerfen, rennen, zurücktaumeln und die Beine in die Hand nehmen – alles gleichzeitig –, um dem ebenfalls erschreckten Reptil zu entkommen, das seinerseits mit hoher Knotenzahl der Tasche entfliehen wollte. Steiner tat das einzig Vernünftige. Er schleuderte den ganzen Zehnpfundklumpen Teig auf das Krokodil, das den Teig gehorsam aufschnappte, weil es den Nachtbäcker nicht erreichen konnte. Steiner plumpste auf seinen beträchtlichen Hintern und kroch zurück, fort von dem Monster auf der Türschwelle. Auf seiner eiligen Flucht warf Steiner den Tisch mit den Brotformen um, und in der Kombüse wolkte Mehl auf. Das Krokodil erstarrte auf der Stelle, versuchte, nicht zu niesen, war aber hauptsächlich damit beschäftigt, nicht an dem Brotteig zu ersticken. Es stieß ähnliche Laute aus wie Hooper, der sich auf dem Deck kugelte und Tränen lachte. Sogar Coltrane grinste.

Brian wurde vom Lachen so durchgeschüttelt, daß er sich setzen mußte, und Chief Jackson, der sich um eine strenge Miene bemüht hatte, gab schließlich auf und brach in brüllendes Gelächter aus. Das Babykrokodil torkelte mit dem Teig im Maul über das Deck und versuchte tapfer, ihn zu fressen, während es nach einem Ausweg aus der Situation suchte. Sechzig Millionen Jahre Evolution rieten ihm, ins nächste Loch zu flüchten, das sich als die Spülküche erwies. Das Krokodil mit Teig und allem schlitterte über das Messedeck und tauchte in die offene Tür der Spülküche. Jackson rannte zu der Tür und knallte sie zu. Dann rief er das Achterdeck an und forderte Hilfe an.

Es dauerte ein paar Minuten, den Petty Officer der Wache zu überzeugen, daß tatsächlich der Chefpolizist des Schiffes in der Leitung war und er wirklich etwas Unterstützung brauchte, um auf dem Messedeck ein entlaufenes Krokodil einzufangen. Die Zweifel des Petty Officers wurden auch noch genährt, weil Chief Jackson immer wieder zwischen seinen Worten in Gelächter ausbrach. Der Offizier vom Dienst war keinerlei Hilfe; Brian saß immer noch auf dem Deck, und vor Lachen rannen ihm Tränen übers Gesicht.

Es dauerte eine weitere Stunde, um eine angemessene Einsatzgruppe zum Einfangen des Krokodils zu bilden, und eine halbe Stunde, um Steiner dazu zu bewegen, aus der Kombüse zu kommen, deren Tür er mit jedem beweglichen Ausrüstungsstück verbarrikadiert hatte, nachdem das Krokodil die Spülküche bemannt hatte. Das mehlbekleckerte Krokodil, das beträchtliche Fortschritte mit dem Fressen des Teigs erzielt hatte, als der letzte Sturmangriff auf die Spülküche durchgeführt wurde, wurde von sechs Freiwilligen mit einem großen Wäschesack eingefangen. Dann wurde es ohne große Zeremonie vom Heck aus in den Hafen geworfen, während es immer noch Teig kaute. Zwei Filipinos, Schweißer, die zur zweiten Hälfte der Schicht für die Reparaturarbeiten an Bord gehen wollten, glaubten ihren Augen nicht trauen zu können. Sie machten auf dem Absatz kehrt und meldeten ihrem Vorgesetzten, daß ein Krokodil einen Weißen auf der *Hood* gefressen hatte und über Bord gesprungen war. Als alles vorüber war, fragte der OOD Brian, was er ins Logbuch schreiben sollte.

»Kein Wort, Chief. Kein verdammtes Wort.«

Auf der Fahrt zum Haupttor setzte sich Rockheart auf seinem Sitz im Pendelbus zurück. Es war einer der späten Busse. Er hatte ihn absichtlich gewählt, um sicherzugehen, daß die Masse der Männer, die an diesem Abend Ausgang hatten, bereits das Tor passiert hatten, wenn er dort eintraf. Die Sonne war längst untergegangen, und der Stützpunkt mit all den sorgfältig gemähten Rasen, den Blumenbeeten und Palmen wirkte fast idyllisch am frühen Abend. Die größte Hitze des Tages ließ nach. Rockheart wollte, daß die Marines am Tor gelangweilt waren und keine Lust mehr hatten, bei einem Nachzügler Gepäck und Truppenausweis sorgfältig zu kontrollieren.

Er spürte das Geldbündel unter seinen T-Shirt. Er hatte seinen Kontakt angerufen, und heute nacht war es soweit. Dies war ein weiterer Deal, der von Rackman eingefädelt worden war und von Rocky durchgeführt wurde. Um sich mit neuem Stoff zu versorgen, brauchte er nur in der Stadt anzurufen und sich dann jeden Nachmittag um fünfzehn Uhr zu melden. Wenn der Stoff bereit war, klebte Rocky sich den Geldpacken auf den Körper, besuchte eine gewisse Bar, verlangte ein heißes Bad und ließ das Geld in seiner Kleidung, die er im Baderaum abgab. Nach dem Bad war dann seine Kleidung gereinigt und gebügelt, und die fünfzehntausend Dollar waren entnommen. Dann konnte er ausgehen und ein Bier trinken, vielleicht in der Krokodilbar wetten und vor Mitternacht an Bord zurück sein.

Der süße Teil war die Übergabe. Seine Quelle hatte einen Mann, einen philippinischen Zivilisten, im Postamt des Stützpunkts. Der Stoff würde in zwei Päckchen aufgeteilt, eingepackt und versiegelt werden, damit Drogenhunde sie nicht erschnüffeln konnten, und dann würde der Mann im Postamt die Päckchen mit allerlei Zoll- und Poststempeln und Kontrollaufklebern versehen, sie ein wenig verbeulen, mit dem Aufkleber ›Gebäck, bitte nicht stürzen!‹ und einem erfundenen Absender in den Vereinigten Staaten beschriften, an den internen Zollbeamten vorbeischleusen und in einen Postsack stecken, der für die *Hood* bestimmt war. An Bord würde die Poststelle des Schiffes Rocky unten in seiner Abteilung anrufen und ihn lachend auffordern, sich sein jüngstes Päckchen mit Krümeln von in der Heimat gebackenen Plätzchen abzuholen. Sein größtes Problem war es dann, gehänselt zu werden, weil er den Inhalt seines Päckchens nicht mit den anderen Jungs der Abteilung teilte. Er hatte sich sogar daran gewöhnt, Tüten mit Gebäck in der Verpflegungsstelle des Stützpunkts Subic zu kaufen, damit er etwas abgeben konnte. Solange sie den Mann in der Post hatten, war die Sache narrensicher. Rocky erhielt Sonderbehandlung von seinem freundlichen Postamt.

Der Bus hielt am Haupttor, und die wenigen Matrosen stiegen aus. Rocky hielt sich in der Mitte. Er hatte seine Polizeimarke an die Innenseite seiner Brieftasche geklebt, gegenüber von seinem Truppenausweis, damit der Posten am Tor sofort eine verwandte Seele erkannte. Als er die Brieftasche aufklappte, um sich auszuweisen, winkte ihn der Posten mit einem Gähnen weiter. Als Rocky den Shit River überquerte und an den Beginn der Hauptstraße gelangte, hatte der Betrieb stark nachgelassen. Die Action hatte sich weiter stadteinwärts verlagert. Er fand sofort den Fahrer, der an der Spitze der Mietwagen parkte, und stieg hinten in den kleinen japanischen Wagen ein. Fünf Minuten später setzte ihn der Fahrer bei der Bar ab.

Rocky betrat die Bar und ging zu der hinteren Reihe der Tische. Er bestellte ein San Miguel und hörte sich ein paar Minuten lang die Musik der Band an. Der ersten Hosteß, die an den Tisch kam, sagte Rocky, daß er ein Bad nehmen wollte. Sie verschwand, und er zählte die Minuten. Er lächelte, als er spürte, daß sich ihm jemand von hinten näherte. Er roch das vertraute Parfum und spürte eine weiche Hand auf seinem Nacken. Er bedeckte die Hand mit seiner, umfaßte sie, zog sie vor und küßte leicht den Handrücken.

»Josie«, sagte er, ohne aufzublicken. »Schön, dich zu sehen.«

35

Am Abend nach dem Zwischenfall mit dem Krokodil lud Chief Jackson Brian zum Essen im Chief Petty Officer's Club in Subic ein. Brian erkannte, daß die Einladung ein Freundschaftsangebot des Chiefs war. Nach den ungeschriebenen Gesetzen der Marineetikette konnte ein Chief Petty Officer einen Berufsoffizier in seinen Club einladen, doch umgekehrt war es selten der Fall. Jackson wollte vielleicht ihre offizielle Beziehung zu etwas Persönlicherem gestalten, und Brian vermutete, daß es mit dem Drogenproblem der *Hood* in Zusammenhang stand. Sie trafen um 18 Uhr 30 im Subic CPO Club ein, beide in Zivil. Brian stellte überrascht fest, das der CPO Club größer als der Offiziersklub und sogar feudaler war. Jackson erklärte, daß die Chiefs einfach bereit waren, mehr Geld für die Ausstattung des Klubs auszugeben als die Offiziere, und außerdem gab es mehr von ihnen. Sie setzten sich an einen Tisch im Hauptspeiseraum, und Brian war abermals überrascht, als er Chiefs sah, die mit Frauen zu Abend aßen, die anscheinend ihre Ehefrauen waren. »Viele CPOs sind hier in Subic stationiert«, sagte Jackson. »Es ist eine Dienstzeit, bei der sie von Angehörigen begleitet werden können, und es sind auch viele Familien hier. Es soll eigentlich ein großartiger Dienst sein. Jede Familie hier hat mindestens ein Hausmädchen und für gewöhnlich einen Gärtner – die Arbeiter kommen aus Olongapo und sind spottbillig.«

Chief Jackson und Brian bestellten Steaks mit Beilage und schwelgten in Erinnerungen über das berüchtigte Krokodil. Der Stellvertretende Kommandant hatte bei der Offiziersbesprechung am nächsten Morgen mit todernster Miene einen Vortrag gehalten, daß es verboten war, gefährliche Tiere an Bord des Schiffes zu bringen. Bei seinen ernsten Worten hatten sich alle vor Lachen gekringelt. Der Chefmaschinist war weniger belustigt, weil er die philippinischen Schweißer erst dazu gebracht hatte, wieder an Bord zu gehen, als die Filipinos unter den Stewards das ganze Schiff nach Krokodilen abgesucht und ihren Landsleuten versichert hatten, daß sie keine gefunden hatten. Der Versorgungsoffizier hatte Brot und Brötchen von einem Zerstörer leihen müssen, weil Poppa Steiner sich weigerte, vor dem Tageslicht aufs Messedeck zurückzugehen.

Beim Essen kamen sie auf die Rassenprobleme in der Navy zu sprechen. Brian erkannte, daß er im Offiziersklub ein wenig aufgefallen wäre, wenn er mit einem Schwarzen am Tisch gesessen hätte, doch hier im CPO Club fühlte er sich völlig entspannt. Er zögerte, doch dann brachte er diese Beobachtung zur Sprache.

»Das kommt daher, weil das Offizierskorps der Navy fast völlig aus Weißen besteht«, sagte Jackson. »Die Chiefs sind an der Spitze der Kette der Unteroffiziere, und so haben wir alle Arten – Weiße, Schwarze, Filipinos und so weiter.«

Brian nickte. Er schaute sich im Speiseraum um und erinnerte sich an Chief Martinez' Bemerkung ›Weiße haben es mit der Rasse‹.

»Aber wenn wir wirklich den Drogenring hier auf der *Hood* sprengen wollen, bringt Sie das als schwarzer Chief Petty Officer in Schwulitäten?«

»Nein – aber es wird mich einfach als Schwarzen in Schwulitäten bringen. Ein Schwarzer in der Navy hat zwei Identitäten – eine berufliche und eine persönliche.«

»Welche Identität herrscht vor?«

Jackson löffelte Zucker in seinen Kaffee und lächelte. »Für mich diejenige, die dazu führt, daß man sein Ziel erreicht. Ich habe mich verpflichtet, wollte aufsteigen und eines Tages Chief werden. So wurde der Schwarze in einer von Weißen geführten Navy in den Hintergrund gedrängt, und ich wurde Chief. Das Problem besteht für die Jungs, die keine Chancen haben, befördert zu werden, aus welchen Gründen auch immer, und dann tritt der Schwarze aus den Schatten und ist sauer.«

»Deshalb haben wir die sogenannten Radikalen.«

»Ja, das glaube ich. Einige dieser Jungs erreichen nichts im Leben, weil ihnen das Zeug dazu fehlt, wissen Sie? Vielleicht kommen sie aus einem Ghetto oder aus dem Knast und können nicht zwei und zwei zusammenzählen. Keine Ausbildung, kein Elternhaus, nichts. Sie treten fast ohne Hoffnung auf eine Zukunft in die Navy ein, in der alles technisiert ist und sie Prüfungen bestehen müssen, um voranzukommen. Die Navy macht einen großen Fehler, indem sie versucht, diesen Jungs eine Chance zu geben; sie haben nicht das Zeug, um die Chance zu nutzen.«

Brian nickte. Dies waren die Deckarbeiter oder Arbeiter in der Wäscherei. Es fiel ihm ein, daß alle Arbeiter in der Wäscherei des Schiffes Schwarze waren.

»Aber selbst wenn der Drogenring aus Schwarzen besteht, bezweifle ich, daß sie Druck auf Sie ausüben werden, damit Sie wegschauen«, sagte Brian.

»Keinen direkten Druck. Aber ich werde von einigen meiner Brüder in der Chiefsmesse und vielleicht auch von anderen Leuten auf das Thema angesprochen werden. Wenn wir uns Jungs greifen, und es sind Schwarze, dann wird es nur eine Frage der Zeit sein, bis man mir einheizt.«

Brian rührte in seinem Kaffee. Der Betrieb im Speiseraum ließ nach. Er blickte Jackson an und wählte seine Worte sorgfältig.

»Sie haben es bis zum Chief gebracht. Würde es Ihnen etwas ausmachen, wenn man versucht, Ihnen einzuheizen?«

Jetzt überlegte Jackson und wählte sorgfältig seine Worte.

»Es würde etwas ausmachen, und zwar in dem Sinne, daß ich jetzt Chief bin und als Jackson, der Navymann, mein Soll erfüllt habe und mich deshalb verantwortlich fühle, als Jackson, der Schwarze, mein Soll zu erfüllen. Es ist fast eine Frage der Ehre.«

Brian war sich nicht ganz sicher, ob er Jackson ganz verstand, aber er war ja auch kein Schwarzer in einer Navy der Weißen. Das mit der Frage der Ehre verstand er jedoch. »Sie geben also trotzdem nicht auf?«

»Es würde helfen, wenn ich einige Unterstützung von oben hätte, Mr. Holcomb.«

»Das heißt, Unterstützung von mir.«

»Das heißt es, jawohl, Sir.«

»Nun. Ich habe ein ähnliches Problem wie Sie, nur ist es politisch und hat nichts mit der Rasse zu tun.«

»Die Führung. Der XO.«

»Ja. Der XO hat mir ziemlich klargemacht, daß ich am besten mitspiele. Man hat eine besondere Beurteilung abgeschickt, die mir die Beförderung zum Lieutenant Commander so gut wie garantiert. Als Lieutenant Commander hat man die Chance, eine Verwendung als XO zu bekommen, und der XO-Job führt zu einem Kommando, verstehen Sie? Eines Tages Kommandant eines Schiffes zu sein, das ist mein Ziel. Aber ich bin mir ziemlich sicher, daß auf dieser Beurteilung ein Preisschild war.«

»Wie üblich. Zeigen Sie mir, daß Sie nach unseren Regeln spielen. Das war der Tip im Fall Marcowitz.«

»Ja.«

»Aber was soll's, die Beurteilung wurde abgeschickt. Wann tagt der Beförderungsausschuß?«

»Ende des Monats.«

»Dann sind Sie doch fein raus.«

»Wie ich das sehe, habe ich ihre Regeln sozusagen anerkannt, wenn auch nur stillschweigend. Folglich sitze ich im selben Boot wie Sie – ich habe eine Pflicht, mitzuspielen; es ist ebenfalls eine Sache der Ehre.«

»Sie meinen, der XO geht davon aus, daß er sie eingekauft hat, indem er die Beurteilung abgeschickt hat?«

»Genau.«

Jackson nickte.

»Jetzt muß ich mich wohl entscheiden, welche Pflicht für mich größer ist – meine Verpflichtung, bei dem System mitzuspielen, weil ich mich kaufen ließ, oder meine Pflicht, das Schiff von Drogensüchtigen zu säubern. Ich habe es bereits gesagt: Wenn ich einen anderen Junkie in *meiner* Abteilung beim Konsumieren von Drogen erwische, dann melde ich ihn. Wenn ich eine schriftliche Meldung mache, dann ist es offiziell. Dann können sie es nicht deichseln wie mit Marcowitz. Entweder müssen sie ihn anklagen oder die schriftliche Meldung unterschlagen oder fälschen, und ich bezweifle, daß Lieutenant Commander Mains der Typ ist, der eine offizielle Meldung unterschlägt oder fälscht.«

»Ja. Ich verstehe. Bis jetzt hat er dafür gesorgt, daß es keine schriftlichen Meldungen gibt.«

»Richtig, und so ist das eine Art Kriegserklärung von mir, wenn ich eine schriftliche Meldung einreiche.«

»Können die Ihnen schaden?«

»Und ob! Sogar wenn ich befördert werde, kann der XO meine Karriere auf ungefähr zwanzig verschiedenen Wegen ruinieren.«

»Das klingt, als müßten wir beide uns einige Gedanken machen, Mr. Holcomb.«

Brian trank einen Schluck Kaffee. »Ja und nein«, sagte er. »Ich habe mich so gut wie entschieden, daß das Schiff Vorrang vor meiner Karriere haben sollte, denn wenn das nicht der Fall ist, bin ich mir nicht sicher, ob ich überhaupt Karriere bei dieser Navy machen will. Wissen Sie, wir alle spielen diese politischen Spielchen, aber wenn es um das Schiff geht, müssen wir alle unsere Pflicht tun. So einfach ist das. Klar und einfach.«

»Und manchmal verdammt hart.«

»Ja«, sagte Brian. Dann grinste er. »Aber wenn Sie mit einem Schiff auf See fahren, haben die Götter so eine Art, ausgleichend einzugreifen, wenn keiner seine Pflicht tut. Ich glaube, Sie haben ein größeres Dilemma: Wir werden eines Tages alle versetzt werden, aber Sie werden immer ein Schwarzer bleiben.«

»Wem sagen Sie das, Mr. Holcomb, wem sagen Sie das?«

Montag mittag traf die Wetterwarnung ein. Brian war Offizier vom Dienst, und folglich sah er als erster die Botschaft, die den Taifun Mary ankündigte, der jetzt Mindanao erreicht hatte. Der Wirbelsturm zog nach Nordwesten, und man rechnete damit, daß er Luzon überquerte, ins Südchinesische Meer zog und dann seinen Weg nach Nordwesten fortsetzte und die oberen Küsten von Vietnam erreichte. Brian ging mit der Botschaft in den Kartenraum und steckte die gegenwärtige Position und den erwarteten Kurs des Taifuns auf einer Karte ab. Wenn die Voraussage stimmte, dann kam das Auge des Taifuns bis auf sechzig Meilen an Subic heran. Verdammt! Dann würden sie aus dem Hafen verjagt werden. Kein Schiff wollte in einem Hafen gefangen sein, wenn sich ein Taifun näherte. Sicherheit, wenn überhaupt, lag draußen in tiefem Gewässer. Brian rief Mains. Der XO kam in den Kartenraum, sah sich die Karte an und schüttelte den Kopf.

»Das ist zu nahe. Wir werden wahrscheinlich auslaufen müssen. Informieren Sie den Chefmaschinisten, daß er keine Reparaturaufträge mehr vergibt.«

Mains nahm einen Stechzirkel und maß die Entfernung.

»Ja«, murmelte er. »Bei einer Geschwindigkeit von zwanzig Knoten könnte der Taifun übermorgen hier sein. Sagen Sie Vince, er soll bis morgen früh die Vorbereitungen zum Auslaufen abschließen. Wir werden morgen gegen acht Uhr den Hafen verlassen.«

»Äh, werden Sie den Captain informieren? Ich weiß nicht, wo ich ihn erreichen kann«, sagte Brian. Er hatte Captain Huntington seit Tagen nicht mehr gesehen, und auch die anderen Abteilungsleiter hatten ihn nicht zu Gesicht bekommen.

»Ja.« Der stellvertretende Kommandant ging nicht auf die indirekte Frage nach dem Aufenthaltsort des Captains ein. »Aber zunächst müssen wir handeln. Sie informieren die übrigen Abteilungsleiter. Dieser Sturm kommt vielleicht noch schneller. Gott sei Dank haben wir in der ersten Woche allen Nachschub an Bord geschafft. Oh, und alarmieren Sie zuerst Chief Martinez – er wird von jetzt an jede Menge festzurren müssen.«

»Meinen Sie wirklich, daß wir auslaufen müssen?«

»Ja, verdammt. Holen Sie die Karte von früheren Taifunkursen; fast jeder dieser Zyklone, die in dieser Jahreszeit bei Mindanao entstehen, zieht stets über Luzon, wütet in Manila und Umgebung und reißt dann das Südchinesische Meer achtundvierzig Stunden lang auf, bevor er sich in Kotschinchina austobt. Was soll's, wir sind hier ohnehin fast fertig.«

»Werden wir immer noch nach Kaohsiung fahren, nachdem wir dem Sturm ausgewichen sind? Wir müssen laut Plan erst in zwei Wochen im Golf zurück sein.«

»Richtig. Aber zuerst müssen wir dem Sturm ausweichen. Dort draußen, nicht hier. Sie haben keine Taifune bei der LANTFLEET erlebt, oder?«

»Nein, Sir, wir haben Hurrikane, aber sie bleiben meistens in der Karibik. Das Schlimmste, was ich erlebt habe, war der Nordatlantik im Winter, der ziemlich mies sein kann.«

Der XO lächelte. »Dann haben Sie praktisch noch gar nichts erlebt. Geben Sie bekannt, daß wir hier abhauen.«

Die Kunde der ungeplanten Abreise sorgte für hektische Aktivität, hauptächlich berufliche, aber auch einige persönliche. Alle Maschinenteile, die zur Reparatur oder Wartung nach Subic geschickt worden waren, mußten zurückgeholt werden, ob sie fertig waren oder nicht. Da jedes Schiff im Hafenbecken in den nächsten sechsunddreißig Stunden auslaufen mußte, schickte die Versorgungsabteilung des Stützpunkts eine Waggonladung Frischware für all die Schiffe auf die Piers, und es entstand ein Rummel mit Arbeitstrupps, als die Versorgungsoffiziere um ihren gerechten Anteil an Obst und Gemüse kämpften.

Jeder wußte, daß ein Ausweichen vor dem Taifun nicht automatisch eine Rückkehr der Schiffe in den Hafen bedeutete, wenn die Gefahr vorüber war. Die Planer der Flotte schlugen oftmals Kapital daraus, daß die Schiffe wieder auf See waren, und schickten sie wieder in die Feuerlinie oder zum Eskortieren von Flugzeugträgern. Zauderer eilten in das Warenhaus des Stützpunkts, um noch Schätze einzukaufen, und am nächsten Morgen standen Berge von Kisten und Kartons auf dem Kai. Chief Martinez beobachtete alles mit einem zynischen Grinsen von der Back aus, wo er, Folsom und Brian überprüft hatten, ob die Ausrüstung an Deck festgezurrt war.

»Wenn wir dort draußen sind, wird all dieser Scheiß durch die Schlafquartiere fliegen. Sie werden jede Menge zerdeppertes Geschirr und kaputte Stereogeräte sehen«, prophezeite er Brian.

Brian ging in seine Kabine, um seine Sachen festzuzurren. Der Chief hatte ihn gewarnt: Das Schiff würde wie ein Korken durch die See rollen, wenn es nicht gelang, dem Taifun auszuweichen. Brian nahm diese Voraussage ernst. Er nahm sich auch zwanzig Minuten Zeit, um einen Brief an Maddy zu schreiben. Er berichtete ihr von dem Besuch des Krokodils und dem Grund, weshalb sie Subic überstürzt verlassen mußten. Er schrieb auch, daß er versucht hatte, sie wieder anzurufen, jedoch keine Verbindung bekommen hatte. Er entschied sich, das Gespräch mit Jackson absichtlich irreführend zu deuten. Wenn die Junkies unauffällig blieben und keine Schwierigkeiten machten, war das Drogenproblem vielleicht überhaupt kein Thema. Noch als er das niederschrieb, erkannte er, daß dies vermutlich Wunschdenken war.

Aber Maddy hatte schnell erkannt, daß ihn seine Einstellung gegenüber den Drogensüchtigen in Teufels Küche bringen konnte, und so bagatellisierte er das Thema diesmal. Er schickte den Brief mit dem letzten ausgehenden Postsack ab und hoffte mit dem Rest der Crew, daß der Mann von der Poststelle mit einem letzten Sack eingehender Post für das Schiff zurückkommen würde. Das war jedoch nicht der Fall. Die *Hood* lief um 18 Uhr 30 aus, das dritte Schiff in der Reihe von Zerstörern, die den Hafen verließen, um in die relativ größere Sicherheit der offenen See zu gelangen.

36

Der nahende Taifun machte sich bemerkbar, als die *Hood* die Leeseite der Insel Luzon verließ. Als das Schiff auf Westkurs fuhr, geriet es in unruhiges Gewässer und begann zu rollen. Der Wellengang wurde stärker von Südosten her, und als die *Hood* den Schutz von Luzon verlassen hatte, wirkten die Wellen, die auf ihrem Weg zur chinesischen Küste vorbeirauschten, wie eine endlose Serie von gläsernen Gebirgsausläufern, die sich lautlos unter dem Schiff bewegten und es mühelos backbord achtern anhoben, es erst auf die Steuerbordseite legten und dann auf die Backbordseite zurückrollten. Die schaumgekrönten Wellen waren von der Spitze bis zum Tal an die sechs Meter hoch und vielleicht vierhundert Meter breit.

Brian beobachtete die Wogen vom Backbord-Brückenflügel. Die Steuermannsmaate trugen den Kurs des Sturms auf der großen Karte des Südchinesischen Meers ein. Nach dem jüngsten Wetterbericht hatte das Auge des Taifuns gerade das Südchinesische Meer erreicht, als die *Hood* sechshundert Seemeilen entfernt westwärts gen Vietnam fuhr. Laut Vorhersage nahm der Taifun Kurs nach Nordwesten, also auf das Festland Chinas zu, aber keiner konnte sagen, wohin diese Monster wirklich zogen.

»Wohin er will«, hatte Mains geantwortet, als die Frage bei einer Offiziersbesprechung vor dem Auslaufen gestellt worden war. »Unsere beste Chance besteht darin, durch das Südchinesische Meer in den westlichen Halbkreis des Taifuns zu kommen, bevor uns das Auge einholt. Diese Wirbelstürme drehen sich entgegen dem Uhrzeigersinn. Wenn das Ding nach Norden zieht und Sie in die östliche Hälfte geraten, kommt die Windgeschwindigkeit zusätzlich zu der eigenen Geschwindigkeit des Sturms. Wenn es gelingt, in die westliche Hälfte zu gelangen, können Sie die Vektoren abziehen und somit zwanzig, dreißig Knoten

Windgeschwindigkeit weniger rechnen. Das kann ein großer Unterschied sein.«

Brian hatte auf der Karte gesehen, daß das Südchinesische Meer anscheinend nicht viel Platz zum Manövrieren bot, wenn man bedachte, daß es nur sechshundert Meilen groß war, in denen einem Sturm ausgewichen werden mußte, der von Rand zu Rand zweihundert Meilen umspannte.

»Da haben Sie recht, Brian«, sagte Mains. »Wir geraten in den Sturm rein, wie man es auch dreht und wendet. Einige der Schiffe fahren vom Hafen aus vermutlich nach Norden und dann ostwärts hinter Luzon. Aber wenn der Taifun die Richtung ändert, könnten sie in verdammt große Schwierigkeiten geraten. Wie ich schon sagte, am besten versuchen wir, zum westlichen Halbkreis zu gelangen. Wenn wir in den nächsten zwölf Stunden zwanzig, zweiundzwanzig Knoten fahren können, haben wir eine Chance, durch die Bahn des Taifuns zu gelangen, bevor er uns einholt, vorausgesetzt, wir können die Geschwindigkeit halten. Wenn diese Wellen zu hoch werden, müssen wir langsamer fahren. Ich hasse diese gottverdammten Taifune. Ich habe eine Heidenangst davor!«

Brian hatte zwei Winterstürme im Nordatlantik erlebt, aber die legendären Taifune im westlichen Pazifik waren etwas Neues für ihn. Er schaute über die Backbordseite und sah jetzt eine keilförmige schwarze Wolke am südöstlichen Horizont. Der Sonnenschein des späten Nachmittags schimmerte bronzefarben auf dem Wasser, und die Seeluft wirkte bedrückend dicht und feucht, als ob die Atmosphäre vor dem Sturm komprimiert wurde. Obwohl das Schiff mit zweiundzwanzig Knoten fuhr, spürte Brian keinen Wind über den Bug streichen, was bedeutete, daß der wahre Wind von achtern ungefähr mit der Geschwindigkeit des Schiffes kam. Der Rumpf ächzte jedesmal, wenn sich das Heck so weit aus dem Wasser hob, daß die Spitzen der Schrauben zu sehen waren.

Brian schaute ins Ruderhaus und sah den Captain in

seinem Sitz auf der Steuerbordseite. Trotz der Hitze trug Huntington einen Schlechtwetter-Uniformrock. Er saß zusammengesunken da und hatte die Mütze tief in die Stirn gezogen. Der Captain war in der Nacht vor dem Auslaufen wieder an Bord gekommen. Er war bleich und schwach in einem Dienstwagen der Navy eingetroffen. Als Brian ihn auf dem Achterdeck gesehen hatte, war er fast schockiert gewesen. Zuerst hatte er gedacht, Huntington hätte einen Kater, aber dann sagte er sich, daß das Aussehen und der unsichere Gang des Captains auf dessen gesundheitliche Verfassung zurückzuführen waren. Der Stellvertretende Kommandant hatte Huntington fast sofort vom Achterdeck fortgebracht und all den Offizieren in der Nähe hastig Befehle erteilt, wie um sie abzulenken. Brian hatte mit Vince Benedetti gesprochen und sich laut gefragt, wo der Captain während des Hafenbesuchs gewesen sein mochte und warum er so bleich und schwach aussah.

»Keine Ahnung, Mann«, hatte Vince erwidert. »Aber er sieht aus, als ob er beschossen und verfehlt worden wäre, darauf geschissen hätte und getroffen worden wäre.«

Seit der Captain beim Auslaufen des Schiffes aus dem Hafen aus seiner Kabine gekommen war, hatte er in den vergangenen zwei Stunden auf seinem Sitz auf der Brücke gesessen und stumm durch die grüngetönten Fensterscheiben gestarrt. Der XO hatte ein paarmal mit ihm über das Wetter und den Kurs gesprochen, sich jedoch sonst verhalten, als sei alles in Ordnung. Die übrigen Offiziere auf der Brücke hatten Distanz gewahrt wie Brian. Er blieb auf dem Brückenflügel und saugte etwas Sonnenschein auf, während andere Offiziere durchs Ruderhaus kamen und gingen, um Mains den Abschluß ihrer Vorbereitungen auf den Sturm zu melden, sich den auf der Karte eingezeichneten Kurs des Taifuns anzusehen oder um zu beobachten, wie der Wellengang zunahm.

Tief unten auf dem Vorderdeck sah Brian Chief Martinez beim Beaufsichtigen der Ersten Abteilung, die Ausrüstung festzurrte. Das Nylongeflecht, das durch die Rettungsleinen geflochten war, um einen Mann aufzufangen, bevor er durch die Leinen und über Bord gespült werden konnte, mußte paradoxerweise aufgerollt und für wirklich schwere See tiefer geschnallt werden, denn sonst wäre das Netz von den Wellen weggefetzt worden. Die Männer wankten auf dem Vorderdeck beim Schlingern des Schiffes. Da die Brecher von achtern kamen, war das Vorderdeck noch trocken, aber wenn der Sturm sie einholte, mußte die *Hood* zwangsläufig drehen und sich der See stellen, damit sie nicht vollief. Dann konnte es sehr interessant werden, sagte sich Brian, besonders, wenn es bei Nacht geschehen würde. Brian winkte Jack Folsom und dem Chief zu. Beide winkten zurück, und dann spürte Brian den ersten heißen Atem des Taifuns.

Brian schreckte in der Nacht aus dem Schlaf. Er war mit den Rippen gegen das Sturmgitter seiner Koje geprallt, und der Aluminiumstab drückte so stark in seine Seite, daß er kaum atmen konnte. Während er noch benommen war, wurde er auf die andere Seite der Koje geworfen und prallte gegen das mit Aluminium verkleidete Schott. Er stieß mit dem Kopf gegen seine Büchersammlung, die vom Kopfende seiner Koje rutschte. Als er sich aufsetzen wollte, wurde er von neuem nach Backbord geworfen, und die Bewegung wurde verstärkt durch ein tiefes Sinken des Bugs, bei dem sich sein Magen drehte. Dem Eintauchen des Bugs folgte Sekunden später das Klatschen eines Brechers gegen das Außenschott. Er schüttelte den Kopf und war jetzt hellwach, aber das Schiff rollte wieder, diesmal nach Steuerbord, und er wurde abermals gegen das Schott geworfen. Ich muß mich an etwas festhalten, dachte er. Oder mich festbinden. Er hörte in der Kabine nur das Tosen des Sturms draußen, ein stetiges Brausen, in dem sogar ferner Donner und das Klatschen von Brechern kaum hörbar waren. *Taifun.*

Brian hatte sich mit Jack Folsom und Chief Martinez nach dem Sonnenuntergang auf dem Flugdeck getroffen. Sie alle hatten Schwimmwesten getragen und waren dicht bei den Rettungsleinen geblieben, die an strategisch wichtigen Stellen auf dem Schiff gespannt waren. Der Clementine-Hubschrauber war im Hangar festgezurrt worden. Die *Hood* hatte die Fahrt auf nur zehn Knoten verlangsamt. Am Horizont ballten sich auf neun Zehnteln seines Umfangs schwarze Wolken und zuckten ferne Blitze, und nur ein blutroter Lichtkeil im Westen zeigte den Sonnenuntergang an. Das Schiff versuchte immer noch, westwärts zu fahren, aber die Wellen wurden rapide höher. Manchmal war die *Hood* in einem Wellental von Wogen eingehüllt, manchmal schwamm sie auf einem Wellenkamm und krachte dann in gischtendes Wasser hinab, das vom Licht des Sonnenuntergangs rot gefärbt war. Was hatte der Chief gesagt? »Gott ist unterwegs.« Brian zuckte zusammen, als er den Halt in der Koje verlor und gegen das Schott geworfen wurde. Klingt, als ob Gott hier und ziemlich wütend ist, dachte Brian.

Brian wälzte sich auf den Rücken und klemmmte sich quer in der Koje ein, stemmte seine Füße in den Rahmen der oberen Koje, um sich zu stützen. Der Bug hob sich unglaublich hoch, schien eine Weile zu schweben und fiel dann mit einer zum Brechen reizenden Schnelligkeit in einen Grand Canyon aus Wasser hinab. Ein gewaltiger Brecher ergoß sich über das Vorderdeck, laut genug, um das Heulen des Windes für einen kurzen Augenblick zu übertönen. Etwas traf Brian ins Gesicht: seine Taschenlampe mit rotem Glas. Er schnappte sie, als sie fast über die Seite der Koje rollte, verlor den Halt mit den Füßen an der oberen Koje und wurde wieder gegen das Schott geschleudert. Wie er das liebte!

Er brauchte zwei Versuche, um sich abzustützen, und als er Halt gefunden hatte, schaltete er die Taschenlampe an. Im nächsten Augenblick mußte er sich wieder festklammern. Im tanzenden roten Licht sah er das wüste

Durcheinander in seiner Kabine. Seine Sessel, Uniformen, der Papierkorb und das meiste seiner Schreibarbeit rutschten über den Boden herum. Nur die Kartons mit den Einkäufen aus dem PX waren an Ort und Stelle geblieben, weil er sie sorgfältig festgezurrt hatte. Er schaute auf seine Armbanduhr: 0215. Als er um 2200 schlafen gegangen war, hatte das Schiff zwar geschlingert und gerollt, aber das war relativ harmlos gewesen. Nun, vermutlich hat uns der Taifun eingeholt, dachte er, als der Bug in eine weitere Monsterwelle tauchte und das Schiff vom Bug bis zum Heck zu erbeben schien.

Dann hörte er ein anderes Geräusch, aber er konnte es nicht ganz deuten, weil das Heulen des Sturms von einem wiederholten Schrillen durchbrochen wurde, bevor es vom Donnern eines weiteren Brechers übertönt wurde. Schließlich erkannte er, was es war: Das Telefon klingelte. Der Apparat war am Schott neben seinem Schreibtisch befestigt. Sein Mut sank. Er würde aus der Koje steigen müssen, um das Telefon zu erreichen. Kein Problem, sagte er sich. Warte einfach ab. Das Schiff wird dich wieder zur anderen Seite der Kabine werfen, und wenn du zurückprallst, wirst du auf dem Telefon sein …

Er klemmte die Taschenlampe zwischen Matratze und Kojenrahmen, um etwas Licht zu haben, wälzte sich auf die Seite und klammerte sich mit beiden Händen an der Sturmstange an der Seite der Koje fest. Beim nächsten Rollen nach Backbord fand er sich halb rutschend, halb fallend am Boden der Kabine wieder, wo er liegenblieb, bis sich das Schiff wieder aufrichtete und sich nach Steuerbord legte. Als die *Hood* wieder rollte, gelangte Brian auf die Knie, schlang den rechten Arm um die Sturmstange der Koje und griff mit der linken Hand zum Telefonhörer. Aber der Hörer entglitt ihm prompt, als der Bug des Schiffes in ein weiteres Wellental eintauchte. Brian verlor den Halt an der Stange der Koje und rollte über den Boden bis zur Spüle. Er klammerte sich an der Spüle fest und stemmte die Beine ein. Der Telefonhörer baumelte am Kabel gegen seinen Rücken. Brian schnappte sich den Hörer und rief seinen Namen.

»Mr. Holcomb, hier spricht der OOD«, ertönte eine Stimme, kaum hörbar im Heulen des Sturms. »Die Gig ist aus der Verankerung gerissen worden. Ich habe den Chief und die erste Abteilung aufs Bootsdeck gerufen.«

»Wo ist Mr. Folsom?«

»Er ist jetzt nach mir OOD; der Captain sagte, ich soll Sie sofort anrufen.«

»Okay«, erwiderte Brian. »Ich werde versuchen, nach achtern zu kommen.«

Er bemühte sich, den Telefonhörer einzuhängen, gab es jedoch auf, nachdem er durch die Kabine geschleudert wurde und mit den Schienbeinen gegen einen umgekippten Sessel stieß. Er brauchte ein paar Minuten, um in all dem Durcheinander auf dem Boden seine Schuhe zu finden und anzuziehen, und er benötigte eine weitere Minute, um die Taschenlampe in die Hand zu bekommen. Das war der leichte Teil. Über das Schiff zu den Bootsdecks zu gelangen, würde der lustige Teil werden.

Er brauchte eine Viertelstunde, in der er durch die Gänge kroch und robbte, Leitern hinauf- und hinabkletterte, bis er die Luke erreichte, die zum Bootsdeck führte. Während der ganzen Zeit war er keiner Menschenseele begegnet. Er stellte sich vor, daß jeder, der keine Wache hatte, sich in seiner Koje oder auf dem Boden in den Schlafquartieren festklammerte. Viele Quartiere der Crew befanden sich vorne, wo es ziemlich lebhaft sein mußte. Er hatte es geschafft, seine Taschenlampe zu behalten, was gut war, denn durch einen Kurzschluß war die rote Notbeleuchtung bei der Luke zum Bootsdeck ausgefallen. Auf der anderen Seite der Luke versuchten der Sturm und die See ihr Äußerstes, die Luke einzuschlagen, obwohl sie nach achtern führte. Die Luke war ganz geschlossen, doch Salzwasser schwappte über den Boden in den Vorraum. Der Lärm – das Rauschen und Tosen, Klatschen der Brecher und Heulen des Sturms – war hier ohrenbetäubend, und

Brian hatte Mühe, sich beim Auf und Ab des Schiffes festzuklammern.

Er spürte, daß jemand an seinem Hosenbein zupfte. Er schaute zur Leiter, die zum Bootsdeck führte. Chief Martinez grinste ihn im Licht der Taschenlampe an. Er hielt sich mit einer Hand am Geländer der Leiter fest; in der anderen hatte er ein Nylonseil. Der Chief trug eine Schwimmweste und ein Klettergurtwerk. Eine Seilrolle war um seine linke Schulter geschlungen. Zwei Deckaffen waren hinter und unter ihm. Ihre ängstlichen Gesichter wirkten weiß im Dunkel. Brian wollte etwas sagen, doch eine Verständigung war im Heulen des Sturms einfach unmöglich. Es war, als stünde man neben einem Jagdflugzeug, dessen Triebwerke liefen; ein Donnern und Röhren, das mit Kreischen und Pfeifen in höherem Frequenzbereich vermischt war.

Der Chief machte seine Absichten durch Gesten klar: Ich gehe raus. Brian schüttelte den Kopf. Unmöglich. Der Chief nickte heftig und formte in der Luft das Bild eines Bootes in den Gleitschienen des Davits. Seine Gesten machten klar, daß sich das Boot aus der Verankerung gerissen hatte, er das Seil darum zurren wollte und einige Männer im Gang unterhalb an der Leine ziehen und das Boot zurück in die Schienen ziehen sollten. Brian wußte, daß die Gig zwölf Tonnen wog. Vermutlich waren die Seile zum Festmachen gerissen, und das Beiboot schwang lose in den Armen des Drehkrans. Wenn es ganz losgerissen wurde, würde es steuerbord auf die Seite krachen und mit Glück von einer Welle erfaßt und vom Schiff weggerissen werden. Und wenn sie Pech hatten, würde es von einer Welle durch den Hubschrauber-Hangar geworfen werden. Sie konnten es nicht einfach loslassen.

Der Chief stieg die Leiter hinauf in den Vorraum vor der Luke. Zu den beiden Männern am Fuß der Leiter gesellten sich zwei weitere, und dann waren es sechs, die Seile in den Gang unterhalb der Leiter entrollten, bis ungefähr fünfzig Meter Nylonseil bis zum Fuß reichten. Brian erhaschte einen Blick auf Männer, die haltsuchend mit den

Armen ruderten und sich festklammerten, als das Schiff schlingerte. Der Chief forderte Brian mit einer Geste auf, die Seilrolle zur Leiter hinauf bis zur Luke zu entrollen, deren Süll sichtlich vibrierte. Dann signalisierte der Chief einem der Männer, ihm ein Klettergurtwerk hochzuwerfen. Er gab es Brian und forderte ihn mit einer Geste auf, es anzulegen. Brian tat es, und der Chief ließ die Stahlspangen um die Halterung des Feuerlöschers neben der Luke zuschnappen. Er ließ Brian ungefähr einen Meter Bewegungsfreiheit. Dann band Martinez das dicke Nylonseil um seine Hüften und sicherte es mit einem Bulin. Er gab wieder einen Wink, und einer der Männer warf ihm einen Stahlhelm zu. Martinez setzte ihn auf und schnallte den Kinnriemen zu. Er überprüfte, daß sein Messer griffbereit in der Scheide am Stiefel steckte und schob Brian zurück gegen das innere Schott des Vorraums. Dann packte er den Griff der Luke und hob sie an.

Die dreißig Pfund schwere Luke wurde ihm aus der Hand gerissen und knallte gegen das Schott. Brian vergaß vor Schreck, sich festzuhalten und wurde vom Sturm für eine scheinbare Ewigkeit aufs Bootsdeck herausgerissen. Während der Chief den Rücken von Brians Gurtwerk packte und versuchte, ihn zurückzuziehen, sah Brian dem Taifun ins Auge.

Im Röhren des Sturms ging alles andere unter, einschließlich Donner und Blitz. Fast ständig zuckten Blitze über den Nachthimmel und die tobende See. Der Sturm peitschte Regen waagerecht über das Bootsdeck und traf Brians Gesicht so hart, daß er die Hände schützend vor die Augen riß. Alle paar Sekunden zog an der Seite des Schiffes ein Berg von Wasser vorbei, gefolgt von gischtenden Brechern, als der Bug durch die nächste Welle pflügte. Alle Geitaue auf den Davits und Spanndrähte knisterten mit bläulichweißen statischen Entladungen. Das Bootsdeck sah wie die Schlammzone einer Küste aus, wenn die Flut kommt, und weite Flächen von Wasser spülten über das Metall.

Und dann war Brian wieder im Vorraum der Luke, eingeklemmt zwischen dem Schott und dem Chief. Sie saßen eingerahmt von der offenen Luke die Bootsdavits auf der Backbord- und Steuerbordseite, und jeder der drehbaren Kräne hielt zwei Boote übereinander. Ein Blitz erhellte die Gig, das oberste Boot im Steuerborddavit. Bei jedem Rollen des Schiffes schwang es nach Backbord und glitt dann zurück auf der Schiene, wenn sich das Schiff wieder nach Steuerbord neigte.

Wie, zum Teufel, wollte der Chief über das offene Bootsdeck gelangen? Brian blickte fragend zu dem Chief, doch Martinez grinste nur, ein Blitzen von weißen Zähnen in dem dunklen Gesicht. Martinez verharrte in der Luke und wartete, bis sich das Schiff nach Steuerbord neigte. Als es sich wieder zur anderen Seite senkte, rannte der Chief aufs Bootsdeck hinaus, bis er vom Sturm erfaßt wurde. Da hechtete er in das über Deck spülende Seewasser und rutschte fast bis zum hinteren Ende des Bootsdecks. Als das Schiff rollte, wurde er mitgespült und in einem großen Bogen zu den Rettungsleinen an Steuerbord geworfen, an denen er sich festklammerte. Ein Brecher begrub ihn unter gischtendem Wasser.

Brian packte die Halteleine und zog sie an sich heran, um Martinez weiteren Spielraum zu geben. Er forderte einige der Männer mit Gesten auf, die Leiter heraufzukommen, und ihm zu helfen. Aber der erste Mann, der die Leiter herauf und in den Vorraum kam, war der XO mit Schwimmweste, Khakihose und T-Shirt. Er drängte Brian an der Halteleine zurück, spähte aus der Luke und schüttelte ungläubig den Kopf bei dem Anblick, der sich ihm bot. Drei Männer folgten ihm, um zu helfen, die dicke Leine zu halten und den Chief zu sichern. Als Brian hinausschaute, sah er entsetzt, daß die Halteleine *über* die Steuerbordseite hing, was bedeutete, daß Martinez, wenn er noch dort war, über der Seite des Schiffes hing. In diesem Augenblick kam die nächste Welle, und Martinez wurde davon erfaßt und hoch über die Rettungsleine gehoben. Er klammerte sich daran fest. Brian und der XO zogen hart an der Halteleine, die sich unter der Rettungsleine spannte. So konnte Martinez unter der Rettungsleine hindurch zurück an Deck kriechen, doch das Schiff neigte sich wieder zur Seite, und der Chief wurde nach Backbord gespült.

»Nachgeben!« brüllte der XO. Brian ließ das Halteseil durch seine Finger rutschen, und Martinez' Bogen wurde verlängert, und er rutschte bis unter den Davit. Der Chief hatte sein Ziel erreicht. Er tauchte, von einem Blitz erhellt, im Wasser an Deck auf und signalisierte, ihm mehr Leine zu geben. Das Seil glitt durch Brians Hände, und er wünschte sich, Handschuhe zu haben.

Es dauerte fast eine Viertelstunde, bis der Chief, der zwischen dem Sockel des Steuerborddavits und einem Teil der Aufbauten eingeklemmt war, genügend Leine hatte. Brian stockte jedesmal der Atem, wenn der Chief unter einer Sturzflut von Wasser verschwand. Dann wurde es schwierig und gefährlich: die Gig festzurren. Das Beiboot war auf den Schienen aus der Verankerung gerissen, und die zwölf Tonnen schwangen bei jedem Rollen des Schiffes zwischen Steuerbord und Backbord hin und her.

Der Chief mühte sich ab, die Halteleine einzuholen. Er rollte sie ein, kam unter dem Davit hervor und stieg die Leiter zur Höhe der Gigschiene hoch. Dies war der wirklich gefährliche Teil der Aktion, denn das zwölf Tonnen schwere Beiboot schwang auf den Schienen hin und her, je nachdem, auf welche Seite sich das Schiff neigte.

Brian sah, was der Chief versuchte. Martinez schlang die Beine um die Innenbordleiter, wollte warten, bis das Boot hereinschwang und dann das Seil über das Boot werfen. Danach würde er ein Stück hinunterklettern, darauf warten, daß das Boot zur anderen Seite und wieder zurückschwang, und versuchen, das Seilende zu packen. Wenn das Seilende festgebunden war, konnten die Männer im Schiff am Seil ziehen und das Boot wieder einholen.

Brian packte den XO am Arm und versuchte ihm zu

sagen, daß sie diesen Wahnsinn stoppen sollten, doch Mains konnte ihn ihm Heulen des Sturms nicht verstehen. Martinez warf sich auf das Boot, das Tau zum Vertäuen um die Brust, und wartete das nächste Auf und Ab des Schiffes ab. Als die Gig wieder zurückrollte, ließ sich der Chief am Halteseil über ihre Seite fallen, schwang unter dem Boot hindurch und klammerte sich am Unterbau des Davits fest, während das Boot wieder zurückrollte und über der See schwebte. Er hatte genug von dem Seil nachgegeben, um die Bewegungen des Boots auszugleichen, aber er kam nicht schnell genug unter den Davit zurück. Eine Woge erfaßte ihn und warf ihn zurück, als er den Halt verlor.

Die Männer an der Luke konnten nichts tun, als sich die Halteleine unter dem Davit verhedderte. Zweimal wurde der Chief im gleißenden Schein von Blitzen sichtbar, auf der Spitze einer riesigen Welle, die vorbeischwappte, und wurde zum Schiff zurückgerissen, war jedoch zu hilflos, um aus eigener Kraft an Bord zu gelangen. Brian starrte entsetzt und beobachtete wie unter Schock, als er Martinez' breites Gesicht deutlich im Schein eines Blitzes sah: der Chief grinste! Mein Gott, dachte Brian, er grinst, als wäre alles ein großer Spaß! Die nächste schwarze Woge zog den Chief unter Wasser. Brian wollte die Spangen seines Gurtwerks von der Halterung des Feuerlöschers lösen, an der Halteleine befestigen und hinausgehen, um zu versuchen, den Chief zu retten, als der XO ihn an der Schulter packte und durch die Luke hinauswies. Martinez war zurück an Bord gespült worden, doch diesmal auf die Steuerbordseite des Sockels des Dreizollgeschützes, fast sieben Meter achtern des Davits mit der Gig.

In den nächsten zehn Minuten kämpfte sich Martinez zurück über Deck bis zum Davit, und er schaffte es, das Ende des Taus zu packen und am Unterbau des Davits zu befestigen. Dann wartete er auf einen kurzen Moment, in dem das Schiff relativ ruhig in der See lag und hangelte sich Hand über Hand am Halteseil entlang, wobei seine

Knie Wasser aufwirbelten wie ein Wasserskifahrer, der versuchte, aufzusteigen. Er schaffte es bis zur Luke.

Brian und der XO packten ihn und rissen ihn durch die Luke, als das Schiff sich tief nach Backbord neigte. Brian wollte die Luke schließen, doch natürlich war das Tau zum Festmachen im Weg, das von der Crew gehalten wurde, gespannt vom Gewicht des Bootes. Der Chief rutschte und taumelte die Leiter hinab und brach inmitten der Deckaffen zusammen. Er grinste breit, und sein Stahlhelm war eingebeult und verschrammt. Er blieb auf dem Rücken liegen, rang um Atem und spreizte Arme und Beine in dem Gang, um Halt zu finden, während seine Männer am Haltetau zogen und jedesmal das hin und her schwingende Beiboot etwas mehr einholten, wenn es auf den Schienen zurückrollte. Brian starrte den Chief von der Luke aus an, und der XO schlug Brian auf den Rücken und schrie begeistert, wenn auch im Heulen des Sturms unhörbar: »Gut gemacht!«

37

Das Schiff kämpfte sich die nächsten elf Stunden lang durch die hintere Hälfte des Taifuns, bevor er die ersten Anzeichen auf ein Nachlassen zeigte. Am Vormittag konnten sie wieder Kurs nach Osten auf Subic zu nehmen, nachdem der stärkste Abschnitt des Sturms vorbeigezogen war und das Rollen des Schiffes bis auf fast angenehme zwanzig Grad nachgelassen hatte. Außer den Wachen blieb die gesamte Crew in ihren Kojen, der sicherste Platz, um das Schlingern und Stampfen des Schiffes unbeschadet zu überstehen. Der Sturm ließ im Laufe des Vormittags schnell nach, und der Himmel hellte sich ein wenig auf, aber erst gegen fünfzehn Uhr war es richtig hell, und der Sturm hatte so weit nachgelassen, daß man sich in normaler Lautstärke auf den Decks unterhalten konnte. Brian und Chief Martinez inspizierten die Wetterdecks und trugen dabei Helme und Schwimmwesten. Brian stellte überrascht fest, daß die Decks mit toten Fischen bedeckt waren. Der Geruch von Salz und Jod erfüllte die Luft. Der Schaden an Deck der Waffenabteilung beschränkte sich auf auf das verschrammte Beiboot, drei verschwundene Werkzeugkästen, eine aus der Verankerung gerissene Leiter und zwei Dutzend Pfosten für Rettungsleinen.

Es hatte sich herumgesprochen, was Chief Martinez geschafft hatte, und man gratulierte ihm als Held oder verschmähte ihn als Vollidioten; letzteres sagte man ihm nicht ins Gesicht. Den Rest des Tages blieb das Südchinesische Meer rauh, als der Sturm in den Golf von Tonkin und zum Festland zog. Während des Sturms waren die meisten Crewmitglieder zu beschäftigt mit sich selbst gewesen, um seekrank zu werden, aber als jetzt das Schiff stampfend und rollend in den Abend fuhr, nahm der Besuch der Messen rapide ab. Brian litt ebenfalls, nicht so sehr an Übelkeit, sondern an bohrenden Kopfschmerzen, vom Streß verursacht. Er nahm zwei Kopfschmerztabletten vor dem Abendessen in der Offiziersmesse, wo er am Tisch der ranghohen Offiziere nur den stellvertretenden Kommandanten und den Chefmaschinisten antraf. Die anderen Abteilungsleiter, Raiford Hatcher und Graf Austin, waren seit dem Verlassen von Subic kaum in der Messe gewesen, und viele der anderen Offiziere des Schiffs verzichteten heute auf das Abendessen. Es gab Rindfleischeintopf.

Die Unterhaltungen beim Essen drehten sich um das Wetter und wer seekrank war und wer nicht, und Austin, der oftmals damit geprahlt hatte, an Hochsee-Jachtrennen teilgenommen zu haben, mußte einigen Spott und Sticheleien über sich ergehen lassen. Das Essen war bei dem starken Seegang nicht gerade einfach. Man mußte den Teller festhalten und aufpassen, daß Würzflaschen und Salzstreuer und dergleichen nicht vom Tisch purzelten, wenn das Schiff besonders stark rollte. Der XO erzählte gerade, was er beim letzten Taifun erlebt hatte, als ein blasser Melder der Funkabteilung in die Offiziersmesse trat.

»XO, ich habe eine Eilbotschaft für Sie, Sir«, meldete er. Er wurde noch blasser, als er den Rindfleischeintopf sah.

»Okay, lassen Sie mich sehen«, erwiderte Mains. Er musterte das Gesicht des Melders und fragte: »Sie möchten vielleicht lieber draußen warten, wie?«

»Äh, ja, Sir, das möchte ich«, sagte der Melder gepreßt. Er eilte aus der Offiziersmesse. Nicht weit entfernt gab es eine Toilette.

»Dieser Junge wird die Fische füttern«, bemerkte der Chefmaschinist.

»Und wir kehren in den verdammten Golf zurück«, kündigte Mains an, der die Funkbotschaft überflog.

»O verdammt!« Brian seufzte. »Was ist mit der *Long Beach* passiert? Sie sollte noch zwei Wochen Dienst haben.«

»Wollen Sie sagen, daß wir nicht nach Kaohsiung fahren?« fragte Vince Benedetti.

»Ja«, sagte der XO und reichte Brian die Funkbotschaft. »Würden Sie glauben, daß die *Long Beach* im Sturm ihre TACAN-Antenne verloren hat? Die Jungs haben anscheinend ein wenig zu lange gewartet, um aus dem Golf herauszukommen, und es hat sie dort schlimm erwischt – Sie wissen, wie seicht der Golf ist. Keine Antenne, kein TACAN, kein TACAN, keine Red Crown Station. Nun raten Sie mal, weshalb man uns holt.«

»Machen wir einfach unsere TACAN-Antenne kaputt, XO«, schlug Vince vor. »Das war eben der Sturm. Ich klettere rauf und erledige das. Ich muß noch einige Arbeit im Kesselraum erledigen lassen, und dafür brauche ich Ersatzteile und Wartungspersonal aus Kaohsiung.«

»Das müssen Sie sich leider abschminken«, erwiderte der XO. »Man will uns unverzüglich auf Station haben. Wir haben den Befehl, mit schnellstmöglicher Geschwindigkeit in den Golf zu fahren.«

»Ich verstehe nicht, was die Eile soll«, sagte Brian. »Niemand fliegt bei diesem Wetter von den Flugzeugträgern ab.«

Der stellvertretende Kommandant schnappte seinen Kaffeebecher, der auf Brians Schoß zuzurutschen drohte, als das Schiff stark rollte. Kaffee schwappte aus dem Becher, und es gab zusätzliche Flecken auf der Tischdecke. »Nun, vielleicht hat jemand etwas für die Nordvietnamesen geplant«, sagte Mains nachdenklich. »Wenn sich ein Sturm dieser Stärke über dem Norden austobt, sind vielleicht viele Ziele schutzlos und können erst wieder verteidigt werden, wenn die Kanäle befahren werden können. Das könnte ein sehr guter Zeitpunkt sein, um einige Commies zu erledigen. Ich gehe rauf zu dem Alten.«

»Wie geht es ihm, XO?« fragte Brian und bemühte sich um einen beiläufigen Tonfall.

Der stellvertretende Kommandant schaute Brian forschend an. »Wie es ihm geht? Nun, er ist müde. Er war fast vierundzwanzig Stunden auf der Brücke. Meinten Sie das mit Ihrer Frage?« Es war eine Spur von Schärfe in Mains' Tonfall.

Brian dachte schnell. Das hatte er überhaupt nicht gemeint, aber beim Ausdruck in Mains' Augen hatte er das Gefühl, verbotenes Terrain zu betreten. Er räusperte sich nervös.

»Jawohl, Sir. Ich hatte ihn eine Weile nicht gesehen. Ich nehme an, ich muß öfter auf die Brücke gehen.«

Der XO entspannte sich und war offenbar zufrieden mit Brians Antwort. »In einem solchen Sauwetter ist die Koje der einzige sichere Platz. Und da Sie nicht seekrank sind und der Graf das ist, sollten Sie ins Combat gehen. Mit Garuda. Sagen Sie ihm die guten Nahrichten und nehmen wir das CIC wieder in Betrieb. Vorausgesetzt, Sie finden einen Radarbediener an Bord, der nicht so grün wie sein Radarschirm ist.«

»Aye, aye, Sir.«

Der XO ging und nahm die Funkbotschaft mit; der Melder der Funkabteilung kehrte offenbar nicht zurück. Vince Benedetti sah Brian über seinen Kaffeebecher hinweg an.

»Da haben wir einen wunden Punkt berührt, wie?« sagte er.

Brian verdehte die Augen. »Es war eine fast unschuldige Frage.«

»Und das war eine fast ernste Warnung, die Nase nicht in fremde Angelegenheiten zu stecken.«

»Sie haben den Captain gestern nacht gesehen. Ich meine, ich dachte erst, er hat neun Tage lang gesoffen, aber je mehr ich darüber nachdenke, desto mehr bezweifle ich das. Ich nehme an, da stimmt etwas nicht, und zwar gesundheitlich. Er sah tatsächlich aus wie unter Drogen.«

»Interessanter Gedanke«, sagte Vince. Er griff unter den Tisch zum Knopf des Summers, um den Steward zu rufen. Sie konnten das Geschirr nicht auf dem Tisch lassen, wenn das Schiff durch so schwere See fuhr. Dann fiel ihm ein, daß der philippinische Steward das Abendessen serviert und sich dann so blaß und eilig auf Deck zurückgezogen hatte wie der Melder der Funkabteilung. »Das hatte ich vergessen; wir müssen heute abend Steward spielen.«

Sie stellten das Geschirr auf die Mitte des Tisches. Die Tischdecke war absichtlich naß gemacht worden, um die Rutschfestigkeit unter den Tellern zu verstärken, und so hüllten sie das Geschirr mit der Tischdecke ein, knoteten sie zu und stellten das Bündel auf den Boden im Anrichteraum der Messe. Brian bemerkte, daß viel Eintopf übriggeblieben war.

38

San Diego

Maddy würde dieses Wochenende als zwei Nächte und zwei Tage in Erinnerung behalten, in denen sie von der Realität losgelöst war. Alles war wie ein Marathon der Sinne. Keine Telefonate, keine Offiziersfrauen, keine Arbeit in der Bank, kein Tennis, nur Autrey. Selbst ihre leidenschaftlichsten Wochenenden mit Brian in New York waren nie so intensiv gewesen. Und es ging nicht nur um Sex. Sie unterhielten sich, dösten, saßen in der Dunkelheit beisammen und beobachteten das Spiel der Stadtlichter mit den Nachtwolken, aßen in den frühen Morgenstunden Rühreier, hörten sich Jazz im Radio an und schliefen gelegentlich. Maddy glaubte, in einem Traum gefangen zu sein. Sie ignorierte das Telefon, wenn es klingelte und blieb manchmal wach, während Autrey einschlief, genoß seine Anwesenheit, das Gefühl, die Wärme eines Mannes neben sich zu spüren, und oftmals tastete sie nach ihm, um sich zu vergewissern, daß er noch da war.

Am Sonntag morgen war sie hohläugig und bewegte sich wie ein Zombie. Sie war erschöpft, sexuell und emotional befriedigt, und sie wich nicht von seiner Seite. Es war Liebe oder Verblendung: Sie berauschte sich, übersättigte sich absichtlich an diesem Mann, dessen Wesen ihr so fremd blieb wie seit ihrer ersten Begegnung, sogar nachdem sie körperlich so stark aufeinander reagierten, daß bei einer einfachen Berührung die Ekstase von neuem beginnen konnte.

Autrey, das Geheimnis, Autrey, der Mann. Maddy nahm an, daß es zum Teil an seinem indianischen Erbe lag, obwohl er keine große Sache daraus machte. Es gab kein Medizinmann-Hokuspokus, keine Erwähnung obskurer Geister, keine Rothautdialekte à la Hollywood, wie sie im Fernsehen gezeigt wurden, wenn Indianerfilme in die Welt des jungen weißen Establishments drangen. Statt dessen war da eine stille Würde, wohl geboren aus der Mischung seiner Abstammung, seiner Körperkraft und seinem Wissen. Bei den jungen Offizieren des Marine Corps, die er ausbildete, war er der Erste unter Gleichen, ein Vorbild an körperlicher Kondition, geistiger Stärke, Gewandtheit und ein Musterexemplar an Selbstbewußtein. Bei Maddy verhielt er sich wie ein aufmerksamer Mentor, der darauf achtete, wohin ihr Verlangen sie führte. Er paßte seine Kraft ihrer Leidenschaft an, hielt sich zurück, wenn sie sich unter Kontrolle hatte, und dominierte, wenn sie die Beherrschung zu verlieren begann. Und immer war er sehr einfühlsam und zärtlich bei allem, was er tat.

Sie spürte, daß er die ganze Zeit über gewußt hatte, daß sie weniger am Reden als am Zusammensein mit ihm interessiert war. Er schien zu erahnen, wenn sie sich nach ihm sehnte, und er liebte sie mit Händen und Lippen so oft wie mit seinem Penis. Sie erfuhr einiges über ihre geheimen Wünsche, die sie sorgfältig unterdrückt hatte, Dinge, die sie eines Tages ihrem Mann auf eine solche Weise würde mitteilen müssen, daß er von selbst daran dachte. Aber das war ihr einziger Gedanke an die Zukunft. Für sie zählte nur die nächste Stunde mit Autrey, mit seinen zärtlichen Berührungen und den Wonnen, die er ihr mit seinem Körper verschaffte.

Sonntag abend hatte sie sich schließlich völlig verausgabt. Sie war vor Erschöpfung kaum in der Lage, die Augen offenzuhalten, während sie im Bademantel im Apartment auf und ab ging wie eine Schlafwandlerin und die Schuldgefühle so schnell verbannte, wie sie in ihr aufstiegen. Autrey folgte ihr bei ihrer ruhelosen Wanderung, beobachtete sie, nahm sie in die Arme, wenn sie stehenblieb. Sie hatte gerade noch die Kraft, seine Hand zu ergreifen und zu halten, um ihm ihr Verlangen mitzuteilen. Bei Einbruch der Nacht trug er sie zum Bett, schlug die Decke zurück und legte Maddy auf den Bauch, die Arme verschränkt auf dem Kissen. Er drehte sanft ihren Kopf zur Seite und strich zärtlich ihr Haar aus dem Gesicht. Dann zog er die Decke über ihren Unterkörper und streichelte sie, bis sie einschlief.

Autrey duschte, zog sich an und hinterließ eine Notiz, daß er am Mittwoch nach San Diego zurückkehren und sie anrufen werde, bevor er zu ihr kommen würde. Er legte den Zettel auf den Nachttisch. Eine Minute lang stand er dort und beobachtete die schlafende Frau. Dann nahm er den Zettel an sich, steckte ihn ein und ging.

39

Zwei Tage nach dem Erhalt des Befehls, die *Long Beach* abzulösen, führte die *Hood* eine abgekürzte Übergabe durch. Die See war im Golf immer noch unruhig und gesprenkelt mit Trümmern, die der Taifun an der Küste Nordvietnams hinterlassen hatte. Große Flächen braunes Wasser mischten sich mit dem Grau im Sonnenuntergang, und die Wasseroberfläche war kilometerweit mit Ästen und Zweigen, Stroh von Hüttendächern, Resten von Booten und leeren Ölfässern übersät. Der Sturm hatte seinen Tribut auch bei Tieren gefordert. Durchnäßte Vögel hockten verloren auf Baumzweigen im Wasser, die zwischen den aufgedunsenen Kadavern von Schweinen und Wasserbüffeln schwammen. Die See war noch zu rauh für sichere Hubschrauberoperationen, und so wurden die PIRAZ-Boxen auf dem Wasserweg übergeben, und die Einweisung erfolgte über Lautsprecher, während die beiden Schiffe nebeneinander fuhren.

Austin ging es besser, aber er sah immer noch schlecht aus. Brian und Garuda hatten die weniger seekranken Radarbediener zusammengetrommelt und zur Red-Crown-Wache eingeteilt. Die gleiche See, in der die beiden Schiffe mit den Fernlenkwaffen auf und ab schaukelten, hatte überhaupt keine Wirkung bei den Neunzigtausendtonnenflugzeugträgern im Süden. So war der Luftkrieg bereits wieder im Gange, während die kleinen Jungs immer noch Trümmer von den Wetterdecks räumten und Fischfutter von den Decks spülten. Brian hörte über Lautsprecher mit, während Austin sich über die Telefone von Brücke zu Brücke von der *Long Beach* einweisen ließ. Vince Benedetti war in der Hauptkontrollstation des Maschinenraums wie jedesmal, wenn die *Hood* längsseits eines anderen Schiffes fuhr. Brian sah den Captain auf seinem Sitz auf der Brücke; Huntington sah etwas besser aus als beim letzten Mal, an dem Brian ihn gesehen hatte. Er sprach über einen separaten Schaltkreis mit dem Kommandanten der *Long Beach. Vielleicht war er nur seekrank,* dachte Brian. Der Stellvertretende Kommandant war auf dem Brückenflügel und erteilte einem der jungen Leutnants zur See Nachhilfeunterricht, wie man ein Schiff steuert, wenn die Distanz zwischen zwei Schiffen nur sechsundreißig Meter beträgt. Auf dem Vorderdeck bediente eine durchnäßte Erste Abteilung den Entfernungsanzeiger und duckte sich unter dem ständigen salzigen Spray, der über den Bug der *Hood* gischtete.

Der Einsatzoffizier auf der *Long Beach* hatte die Einweisung beendet und fragte, ob es noch Fragen gab. Austin schüttelte den Kopf und wollte offensichtlich nach unten in seine Kabine gehen. Er wandte sich um und blickte Brian fragend an. Brian nickte, und Austin überreichte ihm den Telefonhörer.

»Was ist mit MiGs?« fragte Brian. »Hat es irgendwelche Aktivitäten über Wasser gegeben?«

»Negativ«, erwiderte der Commander am anderen Ende der Leitung. »Wir haben keine MiG gesehen, seit ihr Jungs uns vor ein paar Wochen geholfen habt, diese beiden MiGs zu erledigen. Sie wagen sich einfach nicht in die Luft, wenn ein Talos-Schiff in der Nähe ist. Vielleicht seht ihr Jungs mehr Action, aber ich muß euch warnen, die CAP sind scharf darauf, etwas abzuschießen.«

»Wir haben eine Meldung gesehen, daß das Auge des Sturms über den Militärflughafen Vinh gezogen ist«, sagte Brian. »Ich nehme an, wir werden einige Zeit lang keine MiGs zu Gesicht bekommen.«

»Ja, nun, diese kleinen Scheißer sind ziemlich gut darin, schneller was zu reparieren, als wir annehmen. Halten Sie die Augen auf. Wenn das alles ist, sind wir bereit, die Red Crown Station zu übergeben.«

Brian bat ihn, zu warten. Er fragte den Captain, ob sie die Genehmigung hatten, die Station zu übernehmen. Der Captain winkte kurz zustimmend, und Brian sprach die magischen Worte.

»Wir übernehmen, Commander. Gute Fahrt.«

Brian hängte den Hörer ein und kehrte ins Combat Information Center zurück, wo Fox Hudson und Garuda Barry Daten für die beiden Flugzeugträger studierten. Beide Männer waren zwischen Konsolen und Posten eingeklemmt, um sich aufrecht halten zu können. Das Schiff rollte immer noch so stark, daß die Benutzung von Sicherheitsgurten auf den Drehsesseln vor den Konsolen gerechtfertigt war.

»Wir haben übernommen«, sagte Brian.

»Red Crown, aye«, erwiderte Garuda und setzte sich auf den SWIC-Sitz. Er drückte auf einige Knöpfe und überprüfte, daß die *Long Beach* sich aus dem Funk ausgeschaltet hatte. »Ja. Wir haben übernommen.«

Im Laufe der nächsten sechs Tage nahm das Schiff wieder die Routineaufgaben der Red Crown Station auf. Das Wetter beruhigte sich, und es wurde kühler. Der indochinesische Winter nahte, und der Nordost-Monsun bildete sich, als hätte der Taifun die letzten Reste der heißen Jahreszeit weggeblasen. Vince Benedetti hielt wieder Wache als Auswerter. So wechselten die Wachen turnusmäßig, und alle drei Auswerter freuten sich über genügend Ruhezeit zwischen dem Dienst im CIC. Für Brian bedeutete die zweite Dienstzeit an der Front viel weniger Streß als in den ersten fünfundvierzig Tagen. Er kannte sich jetzt im Combat aus und hatte die erste Dienstzeit frisch genug in Erinnerung, um sich auch ein Bild vom Luftraum über dem Golf machen zu können. In der Woche nach dem Wirbelsturm hatte es Aufklärungsflüge gegeben, um den Schaden an Land einzuschätzen und festzustellen, welche Verwundbarkeiten beim Feind durch den Taifun entstanden waren. Beide Flugzeugträger waren die ganze Woche aktiv, aber es gab keinen Befehl, wieder massierte Angriffe gegen den Norden durchzuführen. In der sechsten Nacht nach der Abfahrt der *Long Beach* tauchten die MiGs wieder auf. Brian hatte die

Wache von achtzehn bis vierundzwanzig Uhr und wühlte sich durch den nächtlichen Stapel von Funkbotschaften auf dem Tisch des Auswerters, als Garuda die Meldung ›unbekanntes Flugobjekt‹ erhielt. Sofort entstanden hektische Aktivität und Kommunikation zwischen den einzelnen Abteilungen. Brian rief den Captain an. Er erreichte ihn zur Filmzeit in der Offiziersmesse.

»Captain.«

»Captain, Auswerter. Wir haben eine MiG auf dem Schirm, Entfernung etwa fünfundvierzig Meilen, Kurs Norden, sehr tief und sichtbar nur auf dem Überwasserradar.«

»In der Nähe von Vinh? Ich dachte, die sind wegen des Taifuns aus dem Geschäft?«

»Jawohl, Sir, das sagen die Leute vom Nachrichtendienst. Aber ich nehme an, niemand hat das den bösen Jungs gesagt.«

»Die MiG ist außer Reichweite, richtig?«

»Unserer Systeme? Jawohl, Sir. Und wir haben im Augenblick kein BARCAP zur Verfügung – dort wechselt gerade die Schicht.«

»Diese kleinen Bastarde halten sich auf dem laufenden, nicht wahr? Okay. Stellen Sie ein Feuerleitsystem auf sie ein, damit der Pilot weiß, daß er beobachtet wird. Informieren Sie mich, wenn sich etwas ändert.«

»Aye, Sir.« Brian hängte ein und gab Garuda Anweisungen. Garuda gab Befehle ins Netzwerk ein, und kurz darauf erwachte das SPQ-55-Radar über ihnen rumpelnd zum Leben. Das Telefon summte. Brian nahm den Hörer ab und meldete sich.

»Auswerter, Sir.«

»XO. Stellen Sie sicher, daß noch jemand am 48er Radar ist; wenn ihr Jungs euch alle auf eine Entfernung von fünfundzwanzig Meilen konzentriert, dann könnten wir Probleme auf fünfundsiebzig oder hundert Meilen bekommen, nicht wahr?«

»Äh ja, Sir. Kapiert.«

Brian hängte ein und befahl Garuda, das SPS-48-Radar, das dreidimensionale Luftsuchradar, einsetzen zu lassen. Als er ihm den Grund erklärte, nickte Garuda heftig.

»Er hat völlig recht. Wir haben uns hier alle auf die Überwassererfassung konzentriert, weil der Vogel von der Abteilung Überwasser entdeckt wurde. Wir hätten den Luftraum nicht vernachlässigen dürfen. Klassischer Fehler.«

»Was macht unsere MiG?«

»System zwo verfolgt sie; Video setzt zeitweilig aus, verursacht durch Bodenerhebungen«, meldete der FCSC.

»SWIC, aye«, sagte Garuda. »Er kutschiert nur an der Küste herum, wie immer. Offenbar kennt er die Entfernung ebenfalls.«

»Mr. Holcomb, Sir?« Es war der FCSC. Er bat Brian mit einem Wink zu einem privaten Gespräch zum Waffenmodul. Brian blickte noch auf den Schirm und ging hinüber.

»Ja, Chief?«

Der Chief sprach leise, damit an der Nachbarkonsole nicht mitgehört werden konnte. »Äh, Sir, ich bin mir nicht sicher, aber ich befürchte, daß wir vielleicht eine weitere kleine Party unten in der Zielerfassung haben, wissen Sie, so eine wie die, bei der Sie Marcowitz erwischt haben. Wollen Sie Jackson informieren, damit er sich dort mal umsieht?«

Brian schaute ihn beklommen an. »Natürlich, Chief, Aber ich hoffe, Sie irren sich.«

»Das hoffe ich auch, Sir, das hoffe ich auch. Aber wir sind gerade erst aus Subic gekommen, und all die Junkies werden sich mit Stoff versorgt haben, wenn Sie verstehen, was ich meine.«

»Nur zu gut. Ich rufe den Sheriff an.« Brian ging zurück zur Abteilung D & D und erledigte einen diskreten Anruf, während er über Garudas Schulter auf den Schirm schaute. Das Symbol für die MiG war immer noch über den Bergen der Küste zu sehen. Jackson erklärte, daß er sich sofort mit der Sache befassen werde. Brian legte den Hörer auf.

»Welche Entfernung jetzt?« fragte Brian.

»Sechsundvierzigeinhalb«, antwortete Garuda. »Und er fliegt nicht in unsere Richtung. Nur der übliche Scheiß, nachdem die *Long Beach* weg ist.«

»Aber sie haben diesmal sechs Tage damit gewartet, nicht wahr?«

»Ja. Das letzte Mal muß eine böse Überraschung für Hanoi gewesen sein.«

»Wie ist Ihr Bild, Chief?« fragte Brian den Fire Control Systems Coordinator.

Der FCSC wedelte mit der Hand. »Ziemlich mies. Viele Aussetzer wegen der Berge.«

Das Telefon summte. Der stellvertretende Kommandant meldete sich. Im Hintergrund konnte Brian einen Filmdialog hören.

»Was macht unser Bandit?«

»Er trödelt in sechsundvierzig Meilen Entfernung über der Küste herum und bleibt über Land. Äh, XO?«

»Ja?« Mains' Tonfall wurde schärfer.

»Vielleicht ist unten in der Zielerfassung wieder einer high wie beim letzten Mal. Ich habe den Sheriff losgeschickt. Vielleicht ist es falscher Alarm, vielleicht auch nicht. Möchten Sie mich in einer Viertelstunde anrufen, XO? Dann weiß ich, was los ist.«

Es folgte ein Moment Stille. »Ja«, sagte der XO dann. »Das werde ich tun. Halten Sie uns bezüglich der MiG auf dem laufenden, besonders wenn sich etwas verändert.«

Brian hängte ein. Er hoffte inbrünstig, daß der FCSC sich irrte.

»Auswerter, SWIC«, sagte Garuda. »Bogey wird langsamer, kehrt anscheinend zum Stützpunkt zurück. Und der AIC meldet, daß BARCAP zurückkehrt, voraussichtliche Ankunftszeit in fünfzehn Minuten.«

»Okay, Garuda. Informieren Sie mich, wenn Sie das Video von ihr verlieren. Und sagen Sie der Höhle, sie soll auf Überraschungen von der Küste aufpassen. Wir möchten nicht kalt erwischt werden.«

»Roger. Aber wenn BARCAP heimkehrt, werden wir vermutlich eine Zeitlang keine Bogeys sehen.«

Radarman First Class Rockheart steckte seinen Kopf in die Abteilung D & D. »Mr. Holcomb, ein Anruf für Sie über die Leitung Überwasser.«

»Okay, Rocky.« Brian ging zur Abteilung Überwasser und fragte sich, warum jemand ihn dort anrief, anstatt in seiner Abteilung. Und dann verstand er.

Chief Jackson war der Anrufer.

»Mr. Holcomb, wir haben ein Problem hier in der Zielerfassung. Ich habe drei Mann beim Rauchen von Gras erwischt. Sie sind so high, daß sie es nicht mal leugnen. Sie boten mir tatsächlich einen Joint an, wenn Sie das glauben können.«

Brian fluchte. »Sind Sie allein, oder haben Sie einen Zeugen?«

»Ich habe Mr. Hudson bei mir, Sir. Hab' ihn unterwegs getroffen und mitgenommen.«

»Gute Tat. Lassen Sie mich mit ihm sprechen, Chief.«

Es folgte ein Moment Stille, und dann meldete sich Fox.

»Mr. Hudson, Sir.«

»Fox, wie schlimm ist es?«

»Eine verdammte Katastrophe, Sir. Marcowitz ist weg, und wenn wir diese Jungs aus dem Verkehr ziehen, haben wir kein E-5-Personal mehr für die Feuerleitung. Der nächsthohe Dienstgrad ist ein E-4 mit nur einem Jahr Erfahrung in der Abteilung.«

»Gibt es irgendwelche Zweifel am Tatbestand?«

»Nein, Mr. Holcomb. Diese Blödmänner sind high und auch noch stolz darauf. Der Wachhabende ist Warren, derselbe Mann, der bei Marcowitz war, der Schwarze, und es ist fast der gleiche Fall, nur daß sie diesmal nach hinten in den Schaltraum gingen, um ihren Stoff zu rauchen. Die Luke war geschlossen, und Warren wurde aufmerksam, als diese drei laut wurden. Der Chief oben im Combat bekam das mit, und so sind wir hier.«

»Melden Sie diese drei«, sagte Brian. Er glaubte zu

spüren, daß Rockheart mithörte. »Veranlassen Sie eine Urinprobe, und dann machen Sie eine schriftliche Meldung. Ich werde als Mitankläger unterzeichnen.«

»Sir, wenn wir das tun, dann …«

»Haben Sie ein Hörproblem, Fox? Tun Sie es!«

»Aye, aye, Sir, aber …«

»Tun Sie es, Fox«, wiederholte Brian, diesmal etwas freundlicher. »Ich weiß, was Sie mir klarmachen wollen.« Brian hängte ein und und kehrte zur Abteilung D & D zurück. Garuda meldete ihm den neuesten Stand.

»Bogey hat abgedreht. BARCAP ist fast einsatzfähig. Im Augenblick keine weiteren Aktivitäten an der Küste, aber wir beobachten. Ich habe System zwei gesichert, als es bereit war. Aber die Zielerfassung war nicht sehr gut. Ist da etwas …«

»Ja, da ist etwas.« Brian griff zum Telefon, um den Captain anzurufen.

»XO«, meldete sich Mains. Der stellvertretende Kommandant bewachte also das Telefon des Captains. Gut.

»XO. Bogey kehrt zum Stützpunkt zurück. Ich schreibe einen Bericht für den Nachrichtendienst und bestätige, daß der Militärflugplatz Vinh wieder in Betrieb ist. Oh, und die BARCAPs sind wieder einsatzbereit.«

»Okay. Irgendwelche anderen Aktivitäten?«

»Nicht außerhalb des Schiffes, Sir.«

Eine Pause. »Ja?«

»Auf dem Schiff haben der Sheriff und Fox Hudson drei FTMs erwischt, die im Schaltraum der Zielerfassung Marihuana geraucht haben. Ich habe Jackson und Hudson angewiesen, eine Urinprobe zu veranlassen und die drei schriftlich zu melden.«

Stille in der Leitung. Brian hatte das Gefühl, daß der XO ihm Abwarten befehlen wollte, um die Meldung zu stoppen, bis er sich um den Fall kümmern konnte, aber der Captain war ja bei ihm und hörte mit.

»Okay«, sagte Mains. »Halten Sie uns auf dem laufenden.« Es klickte, als der XO auflegte. Vermutlich saß er noch ein paar Minuten da und überlegte, und dann machte er sich auf den Weg zu Jacksons Büro. Brian war entschlossen, vor ihm dort einzutreffen. Er telefonierte abermals.

»Büro des Chief Master-at-arms, Baby Doc am Apparat, Sir.«

»Baby Doc, ist der Sheriff mit diesen drei Typen eingetroffen? Hier spricht Holcomb.«

»Jawohl, Sir, er ist hier.«

»Jackson am Apparat, Sir«, meldete sich der Sheriff kurz darauf.

»Sheriff, Mr. Hudson hat einige Zweifel, ob es klug ist, diese drei Typen offiziell zu melden. Ich würde es schätzen, wenn Sie die Meldung schnellstens weiterleiten, bevor es eine, äh, Störung gibt, wenn Sie verstehen, was ich meine. Und ich werde sie unterzeichnen, schicken Sie also jemanden damit hier ins Combat.«

»Jawohl, Sir. Aber es sollte keine ...«

»Ja, ich weiß. Merken Sie sich nur, daß ich Sie angerufen habe.«

»Aye, aye, Sir.«

Der Rest der Wache bis vierundzwanzig Uhr verlief ereignislos.

Eine halbe Stunde nach Brians Anruf brachte Chief Jackson die Meldung in dreifacher Ausfertigung ins CIC, und Brian unterzeichnete sie. Er versuchte, sich auf die Arbeit der Red Crown Station zu konzentrieren, aber der Zwischenfall in der Zielerfassung belastete ihn wie einer von Goyas Alpträumen. Als der stellvertretende Kommandant um 23 Uhr 30 mit Graf Austin und Fox Hudson ins Combat kam, wußte Brian, daß er Probleme bekommen würde.

Brian ließ sich von Austin und Garuda ließ sich von Hudson ablösen. Der XO beschäftigte sich mit seinem Stapel Funkbotschaften am Tisch des Auswerters und wartete offenbar auf die Wachablösung. Als Brian mit den vorgeschriebenen Worten die Wache an Austin übergab, stand

Mains auf und forderte Brian mit einer Geste auf, ihm zu folgen. Der XO ging zu der Leiter, stieg vor Brian hinab auf die nächste Ebene und marschierte schnurstracks zu Brians Kabine. Brian atmete tief durch und folgte ihm. In Brians Kabine ließ sich Mains in einen Sessel sinken und forderte Brian auf, ebenfalls Platz zu nehmen.

»Nun«, begann Mains, »das ist ein verdammter Schlamassel in der Feuerleitabteilung.«

»Jawohl, Sir«, pflichtete Brian ihm bei. »Vier E-5 weniger in einem Monat.«

»Der Sheriff hat mir die Meldungen gezeigt. Darüber wollte ich mit Ihnen sprechen.«

»Jawohl, Sir, das dachte ich mir.«

»Ich komme gleich zur Sache: Wir haben hier unser System, um so was zu regeln, Brian.«

»Jawohl, Sir, und es funktioniert nicht. Ich finde, diese Kerle sollten gemeldet und angeklagt werden. Degradierung, Kriegsgericht, und dann können die Junkies auf die Straßen zurückkehren.«

»Haben Sie die Konsequenzen bedacht?«

Brian seufzte. »Jawohl, Sir. Ich habe zwei FTM Chiefs, einen First Class, und der nächsthohe Dienstrang ist FTM drei Warren, frischgebacken und ziemlich unerfahren. Wenn wir diese drei Typen vom Schiff werfen, haben wir eine schlimme Personallücke in der Feuerleitung.«

»Und Sie wollen es trotzdem tun?«

Brian rieb sich die Augen und sammelte seine Gedanken. Das einzige Geräusch in der Kabine war das Summen der Klimaanlage. Wollte er dies wirklich tun? Abgesehen davon, daß er die Abteilung schwächte, konnte es ebenfalls bedeuten, daß es nichts mit seiner hervorragenden Beurteilung für die Dienstzeit auf diesem Schiff werden würde. Denn wenn er auf der schriftlichen Meldung bestand, verärgerte er die Führung, weil der Kommandant Drogenfälle an Bord hatte. Da fragte Mains ihn wirklich: Wollen Sie das tun?

»XO, ich verstehe, was Sie meinen. Und ich bin nicht

blind gegen das System, das Sie hier bei Drogenfällen anwenden. Aber ich finde einfach, daß die *Hood* das Problem falsch anpackt. Die Vorschriften der Navy bei Drogenkonsum an Bord eines Schiffes sind kristallklar: Man entfernt die Täter vom Schiff.«

Der stellvertretende Kommandant schüttelte den Kopf. »Scheiß auf die Navyvorschriften. Sie müssen noch eine Menge lernen, Brian. Die Politik der Navy hat zwei Gesichter: Wenn man die Junkies entfernt, kommt das Schiff in schlechten Ruf, weil es ein Drogenproblem hat, und Sie dezimieren die Crew, was bedeutet, daß die Abteilung keine gute Leistung bringt. Und raten Sie mal, Mr. Abteilungleiter, wer leidet darunter?«

»Ich weiß das, XO. Aber jedesmal, wenn wir ein Ziel erfassen und verfolgen oder einen Helo losschicken oder der AIC ein Jagdflugzeug leitet, müssen diese Jungs clean sein. Wir können uns nicht erlauben, daß sie high sind oder einen Kater haben oder nach ihrer nächsten Dosis Stoff gieren. Das ist für mich das Entscheidende.«

Der stellvertretende Kommandant blätterte in seinem Stapel Botschaften. Seine Miene war grimmig. Brian spürte, daß Mains zwar der gleichen Meinung war wie er, jedoch andere Loyalitäten berücksichtigen mußte. Schließlich blickte Mains auf.

»Es ist Ihnen natürlich klar, daß der Skipper sehr wenig Ahnung davon hat, wie schlimm dieses Drogenproblem ist? Sie haben herausgefunden, daß unser ›System‹, wie Sie es nennen, von mir angewandt wird, nicht von ihm? Wenn Sie auf diesen Meldungen bestehen, muß ich Sie nach oben geben, und der Captain ist gezwungen, zu handeln. Und das möchte ich ihm wirklich nicht antun.«

Brian neigte sich vor. »Aber, XO«, sagte er, »wenn das Schiff Risse im Rumpf hätte, und Sie hätten Jungs dort unten Tag für Tag beim Flicken, um sie zu stopfen, wären sie verpflichtet, es dem Captain zu sagen, ob er es hören will oder nicht. Ich meine, er ist der Captain. Der Kommandant dieses Schiffes. Er sollte es wissen. Nach den Vorschriften der Navy und zweihundert Jahren Navytradition muß er davon erfahren. Und weil er nicht überall gleichzeitig sein kann, ist er darauf angewiesen, daß seine Offiziere es ihm sagen, auch wenn es Hiobsbotschaften sind. Ich kann einen Mann in seinem Alter und mit seinem Naturell verstehen, wenn er seinen Offizieren sagt: ›Kümmern Sie sich um Ihre Männer, dafür habe ich Sie, ich kann ja nicht alles allein machen.‹ Ich kann verstehen, warum …«

Mains hob eine Hand. »Nein, das können Sie nicht«, fiel er Brian ins Wort. »Und leider kann ich Ihnen nicht mehr als das sagen. Aber halten Sie in Erinnerung, daß er eine besondere Beurteilung für Sie abgeschickt hat. Das hätte er nicht nötig gehabt. Wir hätten das nicht nötig gehabt. Nicht, daß diese Beurteilung unverdient wäre – Sie haben verdammt gute Arbeit geleistet. Aber wir haben Ihnen einen großen Gefallen getan. Ich hatte gedacht, Sie wären geneigt, uns ebenfalls einen Gefallen zu tun. Und jetzt fordere ich ihn ein. Ziehen Sie diese Meldungen zurück. Um des Schiffes willen und um Captain Huntingtons willen.« Er legte eine Pause ein. »Und um Ihrer Karriere willen.«

Mains blätterte in seinem Stapel Papieren, zog die drei Ausfertigungen der Meldung hervor und legte sie auf Brians Schreibtisch. »Denken Sie darüber nach. Ich kann Ihnen so gut wie garantieren, daß diese drei Kerle nie wieder Rauschgift anrühren werden. Aber selbst wenn ich das nicht könnte, möchte ich, daß Sie darüber nachdenken. Kommen Sie am Morgen nach dem Wecken zu mir. Okay?«

»Aye, aye, Sir«, sagte Brian steif.

Der stellvertretende Kommandant stemmte sich mit einem Stöhnen aus dem Sessel auf. »Werde selbst alt«, murmelte er. »Wie Sie es eines Tages werden.«

Als Mains gegangen war, blieb Brian in seinem Sessel sitzen. Er lauschte dem Trappeln von Schritten auf dem Gang vor seiner Kabinentür, als die Männer von der Wache kamen und zu ihren Kojen strebten. Dann war es still bis auf das leise Summen der Klimaanlage. Denken Sie darüber nach, hatte der XO gesagt. Er hatte die Meldungen gelesen; da stand alles schwarz auf weiß. Verstoß gegen Artikel 92, ›Uniform Code of Military Justice‹, Absatz zehn, ›United State Code‹. Unter Drogen im Dienst. Urinprobe bei allen drei Beschuldigten positiv. Festgenommen und bezeugt von einem Chief und einem Lieutenant.

Brian suchte in den Formularen nach Hintergrundinformationen. Boyle, Lanier und Corey: alle FTM 2 – Fire Control Technician Second Class, alle E-5 mit fast vier Jahren Dienst, Ausbildung an der Raketen- und Elektronikschule. Kluge Jungs. Brian drehte die Formulare um und sah die Vorgeschichte. Er setzte sich ruckartig auf. Corey und Lanier waren wegen Rauschgiftbesitzes auf der Raketenschule vorbestraft. Boyle war degradiert worden, weil er bei einer Urinstichprobe in einer Durchgangskaserne auf dem Weg zur *Hood* erwischt worden war. Verdammt! Diese Kerle waren Gewohnheitstäter. Brian legte die Formulare auf seinen Schreibtisch. Der XO konnte nur garantieren, daß diese Burschen keinen Stoff mehr anrührten, indem er ihnen den Mund zunähte und sie auf Schritt und Tritt bewachen ließ. Einige der Chiefs würden das sicherlich gerne erledigen, aber Brian bezweifelte, daß dies das Drogenproblem der drei Männer beenden würde.

Wenn Brian im Ernstfall den Abschuß eines Fernlenkgeschosses befehlen würde, konnte er nie sicher sein, ob diese drei Männer sauber waren. Deshalb besagten die Vorschriften, daß sie aus dem Dienst entfernt werden mußten. Die alte Redensart: Navyvorschriften sind mit Blut geschrieben; jede Vorschrift führte auf einen denkwürdigen Zwischenfall zurück, dessen Lektion zuerst in den Rumpf eines gesunkenen Schiffes eingraviert wurde oder sich denjenigen eingeprägt hatte, die tote Matrosen betrauerten. Es läuft also auf folgendes hinaus, alter Junge, dachte Brian. Du mußt dich entscheiden, ob du das Ehrenhafte tust oder nicht. Mir ist klar, daß die besondere Beurteilung einen Haken hat. Ich habe nie ausdrücklich eingewilligt. Aber ich habe auch nicht dagegen aufbegehrt. Ich habe die Beurteilung freudig angenommen. Und jetzt verlangt man den Preis. Okay, aber wenn ich mitspiele, schwärt das Drogengeschwür, und wir sind an der Front mit Süchtigen an den Konsolen für die Fernlenkwaffen …

Es klopfte leise an die Tür.

»Ja, herein.«

Die Tür würde geöffnet, und Brian sah Chief Jackson mit seiner roten Taschenlampe auf der Schwelle auftauchen. »Man hat mir gesagt, daß Sie mit dem XO fortgegangen sind. Ich dachte mir, daß es etwas mit diesen Meldungen zu tun hat, und die Neugier treibt mich her.«

»Kommen Sie rein, Sheriff«, sagte Brian und warf die Meldungen auf seinen Schreibtisch. »Nehmen Sie Platz. Es ist die Zeit der Entscheidung.«

Chief Jackson trat ein, nahm seine Mütze ab und setzte sich in den freien Sessel. Er wies auf die Formulare, die auf Brians Schreibtisch lagen.

»Die sind wasserdicht«, sagte Jackson. »Haben Sie die Vorstrafen gesehen?«

»Ja. Ich habe mich soeben fast entschlossen.«

»Nur fast, Sir?«

Brian lächelte. »Der XO war hier und hat mir den Preis für meine Beförderung genannt.«

»Ah.«

»Aber ich glaube, ich weiß die richtige Antwort darauf, Chief. Lassen Sie mich die Vorgeschichte zusammenfassen. Wissen Sie, ich brauchte eine besondere Beurteilung, sozusagen eine Empfehlung für den Ausschuß zur Beförderung zum Lieutenant Commander, durch die eine nicht so gute Beurteilung von meinem vorherigen Schiff wettgemacht wird. Sie schickten hier eine solche Beurteilung ab, und damit wäre die Beförderung so gut wie sicher.«

»Und dafür erwartet man von Ihnen eine Gegenleistung?«

»Richtig.«

»Ja, Sir, das kann ich nachvollziehen.«

Brian musterte das schwarze Gesicht des Chiefs im schwachen Licht seiner Kabine. Jackson kritisierte ihn nicht. Er saß da und wartete ab, wie er, Brian, sich entschieden hatte. Wie viele dieser Zwangslagen hat Jackson erlebt und seine Gefühle und Ambitionen verraten müssen, um Chief zu werden? fragte sich Brian. Plötzlich wurde ihm klar, daß sie geistesverwandt waren.

»Und die Antwort ist folgende: Ich habe eine moralische Verpflichtung, den Handel mit dem XO einzuhalten. Aber ich finde, ich habe eine größere moralische Verpflichtung, dem Schiff gegenüber meine Pflicht zu erfüllen. Und diese Pflicht gebietet mir, die Junkies vom Schiff zu entfernen.« Brian seufzte. »Maddy – das ist meine Frau – sagt immer, daß ich ein Idealist bin, ein Kreuzfahrer, was in Amerika kein Kompliment ist. Aber so bin ich nun mal. Ich habe diese Meldungen unterzeichnet. Wenn man sie zerreißen will, dann soll man das tun. Aber ich nehme sie nicht zurück. Ich reiche sie ein.«

Der Chief nahm die Formulare, schaute sie an, nickte und stand auf.

»Das ist härter, als es aussieht, nicht wahr, Mr. Holcomb?«

»O ja, Chief, das ist es verdammt.«

Der Chief nickte von neuem. »Und Sie sind nicht der einzige, der unter Druck gesetzt wird.«

»So?«

»Jawohl, Sir. FTM drei Warren hat ebenfalls Probleme. Er war zum zweiten Mal bei einem Drogenfall dabei. Er suchte mich heute abend auf. Seine Kollegen in der Abteilung zeigen ihm die kalte Schulter.«

»Tut mir leid, das zu hören. Aber er hat keinen verpfiffen. Die Junkies sind jedesmal von Offizieren beziehungsweise Chiefs erwischt worden.«

»Jawohl, Sir, aber die Erwischten haben geredet: komischer Zufall, daß Warren bei beiden Festnahmen Wache hatte; das ist aber ein seltsamer Zufall, oder nicht? Und da gibt es einen anderen Aspekt.«

»Welchen?«

»Warren ist ein Schwarzer, erinnern Sie sich? Er tut so, als ob das keine Rolle spielt, aber ich glaube, er befürchtet, daß die Drogendealer etwas gegen ihn unternehmen.«

»Hat er das gesagt? Ist er bedroht worden?«

»Nein, Sir, jedenfalls bisher nicht. Verstehen Sie mich nicht falsch – Warren ist ein guter Kerl. Aber ich glaube, er hat sich einigen Scheiß anhören müssen. Vermutlich von den drei Bastarden, die wir soeben einkassiert haben. Und wenn der Drogenring aus Schwarzen besteht, redet man ihm vielleicht Schuldgefühle ein, weil er selbst schwarz ist. Mindestens.«

»Verdammt. Daran habe ich überhaupt nicht gedacht.«

Der Chief wandte sich mit den Meldungen in der Hand zur Tür.

»Es wird ziemlich kompliziert, nicht wahr?« sagte er, als er die Kabinentür öffnete.

Brian wußte nicht, was er sagen sollte, als Chief Jackson die Kabine verließ. Erst ein paar Minuten später, als er sich auf die Koje legte, wurde ihm klar, daß Chief Jackson mit den gleichen Schuldgefühlen zu kämpfen haben würde. Er dachte an seinen letzten Brief nach Hause; gut, daß er nichts von diesen Problemen geschrieben hatte – dieses Thema mußte er für sich behalten.

40

Diesmal suchte Bullet Rocky auf. Er hatte um zweiundzwanzig Uhr bei der Abteilung Überwasser angerufen, Rocky verlangt und dann vorgeschlagen, daß Rocky einen Toilettenbesuch vortäuschte. Sie trafen sich keine zehn Schritte von Rockys Haschisch-Hauptversteck im Durchgang außerhalb der vorderen Toilette für Mannschaften. Diesmal war Bullet sichtlich beunruhigt.

»Holcomb meldet sie also tatsächlich?« fragte Rocky. »Es gibt eine Anklage und den ganzen Scheiß?«

»Ja, Mann. Diese Arschlöcher haben eine Party in der Feuerleitung gefeiert. Mein Mann sagt, sie waren sogar so blöde, dem guten Jackson einen Joint anzubieten.«

»Ach, du meine Fresse! Wenn sie in den Bau wandern, muß der Alte sie vors Kriegsgericht bringen. Das könnte bedeuten, daß die Schnüffler vom NIS hier eine Ermittlung durchführen.«

»Es ist bereits eine im Gange.«

»Was?« Rocky bemühte sich, seine aufsteigende Panik zu verbergen.

»Jackson behält mich im Auge. Ich glaube, mein Mann Marcowitz hat gesungen, bevor er am Tor geschnappt wurde. Er oder dieser Warren.«

»Hattest du jemals direkten Kontakt mit Marcowitz?« fragte Rocky.

»Quatsch. Ich verhandele nie direkt mit den Kunden. Dafür habe ich meine Leute.«

»Aber wie, zur Hölle ...«

»Keine Ahnung. Ich weiß nur, daß Jackson mich belauert und mir nachspioniert. Er verhält sich wie ein verdammter Geier, der den ganzen Tag auf einem Baum sitzt und auf Fleisch wartet. Ich brauche mich nur rumzudrehen, und schon sehe ich den Mann.«

Rocky blickte Bullet warnend an, als zwei Männer der Deckabteilung um die Ecke bogen, um zu ihren Quartieren zu gehen. Als sie auf gleicher Höhe waren, sprachen Rocky und Bullet über Football. Nachdem sie vorbei waren, versuchte Rocky, Bullet zu beruhigen.

»Sieh mal, du sagst mir immer, wir haben hier ein gutes System, eingebaute Sicherungen und so weiter. Jackson kann unmöglich etwas *wissen*. Wenn er etwas wüßte, wären die Ermittler vom NIS auf dem ganzen Schiff. Ich glaube, du solltest den Rat beherzigen, den du mir immer gibst. Sei cool. Laß dich nicht verrückt machen.«

Bullet schüttelte den Kopf. »Mir stinkt, wie sich die

Dinge verändern. Zuerst Marcowitz – der Indianer hat ihn in Ruhe gelassen; er wird am Tor geschnappt und eingelocht. Einfach so. Nun sag mir: wer organisiert diesen Scheiß? Jetzt hat es diese drei Ärsche erwischt, und dieser neue Offz meldet sie, anstatt daß Martinez ihnen in den Hintern tritt. Und nun ist Jackson geil auf *mich.*«

»Marcowitz kann unmöglich etwas über dich wissen – oder über mich.«

»Und woher kommt alles? Wer spricht mit dem Sheriff und setzt ihn auf *meinen* schwarzen Arsch an? Sag mir das.«

»Wer sonst weiß etwas außer unseren ›Mitarbeitern‹? Wer könnte singen?«

Sie schauten einander an. Knoblauch? Rocky dachte darüber nach. Wenn Bullet recht hatte und die Schwarzen den Mund hielten, wie es anscheinend der Fall war, dann hatte vielleicht Knoblauch geplaudert. Einer von Ihnen mußte mit Bruder Knoblauch sprechen. Rocky sprach es aus, und Bullet stimmte zu.

»Aber ich kann nicht mit ihm reden. Jackson schnüffelt bereits hinter mir her, und wenn er mich auf dem Messedeck mit Knoblauch zusammen sieht ...«

»Ja. Okay. Ich mache es. Aber verdammt, es ist so ein prima Geschäft. Warum, zum Teufel, würde er es aufs Spiel setzen?«

»Keine blasse Ahnung, Mann. Laß mich wissen, was läuft. Und paß auf dich auf – hier gehen beschissene Dinge vor.«

»Ja. Okay. Bleib cool. Laß mich die Lage sondieren. Ich rufe dich in der Abteilung an. Und vielleicht sollten sich deine Jungs diesen Warren vorknöpfen. Er ist einer von den Nig... von euch, nicht wahr? Wie ich hörte, war er nur ein Zuschauer, aber ...«

Bullet schaute ihn sonderbar an. Rocky hätte geschworen, daß Bullet sich über ihn lustig machte. »Einer von meinen. Ja. Ich kümmere mich darum.«

Rocky spürte, daß er irgendeinen Fehler begangen

hatte, aber er konnte nicht genau sagen, welchen. »Ja, okay. Bis dahin müssen wir etwas kürzertreten, bis sich die Dinge abkühlen.«

»Das ist ja die Scheiße. Mann, wir haben den drei Idioten diesen Stoff nicht verkauft. Sie haben ihn auf eigene Faust gekauft. Woanders. Das muß man sich mal reintun!«

Rocky verließ Bullet und kehrte zum Combat zurück. Nach dem Ende der Wache um Mitternacht ging er in seine Abteilung, streckte sich im Arbeitsanzug auf seiner Koje aus und wartete, bis es nach der Mitternachtsschicht ruhig wurde. Eine Stunde später stand er auf und machte sich auf den Weg zu den Messedecks. Er hatte sein MAA-Abzeichen ans Hemd geheftet, damit keiner Verdacht schöpfte, wenn ihn jemand so spät in der Nacht herumschnüffeln sah. Die einzigen Leute auf dem Messedeck waren die beiden Verrückten, Hooper und Coltrane, die an einem der Ecktische Karten spielten. In der Kombüse brannte Licht, und Rocky hörte Poppa Steiner hantieren. Knoblauch sollte in seinem Büro sein. Rocky schaute sich sichernd um und klopfte an die Tür.

»Verpiß dich, die Kombüse ist geschlossen«, grollte Knoblauch hinter der Tür.

Rocky klopfte noch einmal und härter. Er hörte, daß die Tür aufgeschlossen wurde, packte den Griff und stieß die Tür nach innen. Er überraschte den großen Mann.

»Rocky, du, was ...?«

»Wir müssen miteinander plaudern. Schließ wieder ab.«

Knoblauch blickte ihn finster an, schloß jedoch ab. Rocky setzte sich auf einen Stuhl. Das Büro der Kombüse war lang und schmal, eingezwängt zwischen Kombüse und Spülküche. Eine Leuchtstofflampe an der Decke, ein am Schott befestigter Schreibtisch, einige verschrammte Aktenschränke und zwei Additionsmaschinen bildeten die Ausstattung. Die Gefechtshelme und Schwimmwesten der Kombüsencrew hingen am gegenüberliegenden

Schott. Es roch in dem Büro nach Zigarettenrauch und abgestandenem Fett.

»Wenn jemand reinkommt, führe ich eine Ermittlung wegen einer verschwundenen Brieftasche durch, über die du etwas gehört hast«, sagte Rocky.

»Ja. Okay. Was hat das alles zu bedeuten?«

Rocky informierte ihn über die Entwicklung mit den drei Technikern, die festgenommen worden waren. Einiges davon hatte Knoblauch bereits gehört, doch die Tatsache, daß sie angeklagt werden würden, war neu für ihn. Rocky erklärte, daß eine Anklage in einem solchen Fall höhere Stellen aufmerksam machen würde und der Naval Intelligence Service ins Spiel kommen könnte, besonders wenn die Admiralität den Verdacht hatte, daß es auf der *Hood* ein Drogenproblem gab. Knoblauch hörte sich alles mit gelangweilter, mürrischer Miene an.

»Und was juckt mich das?« fragte er, drückte seine Zigarettenkippe aus und steckte sich einen neuen Glimmstengel an.

Rocky behielt ihn scharf im Auge. »Weil Jackson Bullet beobachtet und Bullet ein bißchen fickerig wird.«

Wenn Knoblauch etwas über diese Entwicklung wußte, so zeigte er es nicht. Rocky sah kein Anzeichen darauf, daß Knoblauch vom Interesse des Sheriffs an Bullet wußte.

»Ja und?«

»Bullet und ich können keine Verbindung zwischen den Festnahmen in der Feuerleitung und Bullet finden. Er dealt niemals, und er wußte nicht einmal, wer Marcowitz ist. Jackson konnte unmöglich eine Verbindung finden, doch es sieht so aus, als hätte er eine gefunden.«

Knoblauch starrte Rocky eine Weile an und begann verschlagen zu grinsen.

»Und ihr zwei denkt, euer alter Freund Knoblauch verpfeift euch beim Sheriff? Der einzige andere auf dem Schiff, der von der Verbindung weiß. Denkt ihr das, du Scheißer?«

Knoblauch sprang von seinem Stuhl auf, bevor Rocky

reagieren konnte. Er packte Rocky am Hemd und einem Arm, wirbelte ihn herum, knallte ihn mit dem Gesicht auf die Schreibtischplatte und drückte ihn mit seinem Gewicht nieder. Rocky, wie betäubt durch die schnelle Reaktion des fetten Mannes, bekam keine Luft mehr. Er glaubte, seine Rippen knacken zu hören, als Knoblauch ihn mit seinen Massen niederdrückte und anschrie:

»Hör mir zu, Hübscher!« brüllte er. »Ich betreibe die Bank auf diesem verdammten Schiff, und ich tue euch beiden Arschlöchern einen Gefallen, kapiert? Wenn ihr mich verärgert, werde ich euch beide so schnell fertigmachen, daß ihr die Englein singen hört. Dich und Bullet. Ich habe keine Angst vor euch und vor keiner Horde Nigger. Hast du gehört, du Scheißer?«

Bevor er ihn losließ, verdrehte er Rockys Arm auf seinen Rücken, bis Rocky vor Schmerzen aufschrie. Rocky rutschte vom Schreibtisch, fiel auf die Knie und rang um Atem.

»Ja, dahin gehörst du, auf die Knie, du verdammter Wichser, wo du mir einen blasen kannst, bevor ich weiter deinen Zaster annehme. Verpiß dich, bevor ich dir den Arsch aufreiße!«

Rocky rappelte sich auf und wankte zur Tür. Er zog am Griff, bevor ihm klar wurde, daß die Tür noch abgeschlossen war. Er drehte den Schlüssel im Schloß, zog die Tür auf und ging hinaus. Knoblauch knallte die Tür hinter ihm zu, und sie erwischte Rocky noch an den Hacken. Er taumelte ein paar Schritte und krachte dann auf einen Stuhl bei einem der Tische. Dieser Hurensohn! Furcht und Zorn wallten in ihm auf. Er schaute sich um. Hooper und Coltrane hatten sich verdrückt, vermutlich als die Schreierei begonnen hatte. Rocky fragte sich flüchtig, was sie gehört haben konnten, aber ihr Tisch war weit entfernt auf der anderen Seite des Messedecks. Er versuchte, zu Atem zu kommen, doch bei jedem Luftholen stachen Schmerzen durch seine Rippen. Bastard. Großer, fetter Bastard. Großer, fetter, starker Bastard.

Nach ein paar Minuten zwang Rocky sich aufzustehen. Er ging nach achtern, immer noch gekrümmt vor Schmerzen. Er mußte etwas unternehmen. Zunächst durfte er Bullet nicht wissen lassen, daß dies geschehen war. Und er konnte sich nicht von Knoblauch so fertigmachen lassen, dann würde er aus dem Geschäft sein. Er dachte darüber nach. Geh zu Bullet. Geh schnell zu Bullet. Erzähl ihm, daß Knoblauch tatsächlich eine krumme Tour versucht; rate ihm, sich von ihm fernzuhalten, bis sein Verrat erwiesen ist. Zieh Bullet auf deine Seite und isoliere Knoblauch. Denn wenn Knoblauch sich zuerst mit Bullet zusammentut, wofür brauchen sie dann mich? Rocky machte sich auf den Weg zum nächsten Telefon.

41

Die Offiziersbesprechung fand am nächsten Morgen wegen des Lärms von Hubschrauberoperationen auf dem Flugdeck in der Messe statt. Brian traf sich mit den Offizieren seiner Abteilung in einer Ecke der Messe, nachdem der stellvertretende Kommandant die Tagesbefehle ausgegeben hatte. Fox Hudson war verschlafen, denn er hatte von Mitternacht bis sechs Uhr Wache gehabt. Brian informierte seine Offiziere über die Ereignisse. Jack Folsom stellte die wichtige Frage.

»Sie werden die Kerle melden, Boss?«

»Ja. Ich habe die Meldung unterschrieben. Ich will, daß diese Scheißkerle vom Schiff verschwinden. Daß sie angeklagt werden und im Luftstützpunkt Clark vors Kriegsgericht kommen.«

»Haben Sie mit dem XO darüber gesprochen?« fragte Fox und unterdrückte wieder ein Gähnen.

»Ein wenig, spät in der vergangenen Nacht. Ich soll zu ihm kommen, wenn wir hier fertig sind.«

Fox scharrte mit den Schuhen auf dem Teppichboden. »Die Meldung wird ihm nicht gefallen. Das wissen Sie.«

»Ja, das weiß ich. Aber ich finde, es wird Zeit, daß etwas unternommen wird. Ich kann nicht für das Schiff sprechen, aber in meiner Abteilung werden Drogenkonsumenten aus der Navy geworfen.«

»Rigoros?« fragte Folsom.

Brian seufzte; er wußte, daß es wohlwollend gemeint war.

»Ja, Jungs, rigoros. Okay, an die Arbeit. Und Jack, sagen Sie dem Chief, er soll in einer Stunde zu mir kommen.«

Brian entließ die Offiziere der Waffenabteilung und wartete, bis Mains den Versorgungsoffizier wegen irgend etwas zur Schnecke gemacht hatte. Raiford Hatcher nickte heftig, und dann sprach er mit dem Zahlmeister. Der XO ging zum Anrichtetisch, schenkte sich Kaffee aus der Kanne nach und bot Brian einen Becher Kaffee an, den er dankend annahm. Der XO stellte die Kanne zurück in den Halter.

»Nach Ihrer Miene zu schließen, haben Sie sich entschlossen, es durchzuziehen«, sagte Mains ohne Einleitung, ganz geschäftsmäßig, ein Commander, der mit einem Lieutenant sprach.

Brian atmete tief durch. »Jawohl, Sir. Ich denke …«

»Keine Zeit mehr zum Denken. Geben Sie mir die Meldungen. Lassen Sie Mr. Hudson heute morgen die Ermittlungen vor der Anklage auf dem Schiff führen. Ich setzte das Hearing des XO für sechzehn Uhr heute nachmittag an und die Urteilsverkündung für neun Uhr morgen früh.«

»Ich habe die Meldungen dem Sheriff gegeben, XO. Zum Abtippen.«

Der stellvertretende Kommandant starrte ihn an. »Sehr gut, unterzeichnen Sie die Reinschrift und geben Sie sie dem Chef der Personalabteilung zur Bearbeitung.«

»Aye, aye, Sir. XO …«

»Das ist alles, Mr. Holcomb.« Der XO machte auf dem

Absatz kehrt und ging. Und so beginnt es, dachte Brian. Wir sind wieder bei Mr. Holcomb und dem kühlen Ton. Es konnte eine eisige Erfahrung sein, auf Prinzipien zu beharren. Brian kehrte zu seiner Kabine zurück, um einige Schreibarbeiten zu erledigen. Es las noch einmal Maddys letzten Brief und stellte sich vor, wie sich ihr Haar anfühlte, als jemand nach ungefähr einer Stunde an seine Kabinentür klopfte und sie öffnete.

»Kommen Sie herein, Chief.«

Martinez zog den Kopf ein, als er eintrat. »Sie wollten mich sprechen, Boss?«

»Ja. Trinken wir einen Kaffee. Ich brauche einen Rat.«

Sie gingen zur Offiziersmesse, tranken Kaffee und traten dann auf das Wetterdeck in den strahlenden Sonnenschein und die kühle, frische Luft. Die See war relativ ruhig. Nur ein paar schaumgekrönte Wellen zeigten den Beginn der nordöstlichen Monsunwinde an. Das Wasser war tiefblau und spiegelte den Himmel wider, der durch den Taifun wie gereinigt war. Das Schiff fuhr mit zwanzig Knoten für Helikopteroperationen. Drei Männer auf der Leeseite spannten Rettungsleinen auf dem Vorderdeck. Brian und der Chief gingen zur Luvseite an die Reling und atmeten tief die frische Seeluft ein.

»Sie haben gehört, was gestern nacht mit den drei Typen in der Feuerleitung los war, nicht wahr?« begann Brian.

»O ja, Sir. Das ganze Schiff hat davon gehört. Es heißt, daß es sogar eine Anklage geben wird.«

»Ja. Das ist mein Werk. Der XO hat mich freundlich gebeten, sie nicht schriftlich zu melden, aber ich halte es für an der Zeit, bei dieser Drogensache eine Grenze zu ziehen.«

»Solange Sie diese Grenze nicht durch Ihren Arsch ziehen, wenn Sie mir die Formulierung nicht übelnehmen. Es heißt, daß der XO verdammt sauer wegen der Meldungen ist.«

»Da sind Sie ziemlich gut informiert. Und wenn es so

ist, dann soll es so sein. Er ist Commander, und ich bin Lieutenant. Aber ich bin auch Abteilungsleiter, und ich werde in meiner Abteilung nicht dulden, daß Kerle, die bereit sein sollen, Fernlenkgeschosse oder Torpedos abzufeuern und mit Geschützen zu schießen, beim Dienst auf See unter Drogen stehen.«

»Jawohl, Sir. Das habe ich verstanden.«

»Aber meine Frage lautet: Was wird jetzt wahrscheinlich geschehen?«

»Nun, die Standardprozedur bei einer Anklage auf dem Schiff. Der XO führt sein Hearing durch, hört sich an, wie der Sheriff die Meldung verliest, hört sich die Aussagen der Zeugen an, befragt den Offizier und Chief der Abteilung der Bösewichter, was für Typen es sind, und dann übergibt er den Fall dem Captain, weil es ein schweres Delikt ist.«

»Und dann?«

»Und dann spricht der Captain das Urteil, höchstwahrscheinlich über alle drei zusammen, weil sie die Tat gemeinsam begangen haben, und dann wird er ...«

»Ja, da ist meine Frage. Was wird er tun?«

»Nun, dieser Captain ist für gewöhnlich milde, wissen Sie. Er wird ihnen ins Gewissen reden, sie degradieren und sie vielleicht zu einer Geldstrafe und Beschränkungen verdonnern.«

Brian blickte zum Brückenfenster, aber er konnte nur das Spiegelbild der Bugwellen sehen, die auf dem grünen Glas schimmerten. Vom Captain war nichts zu sehen – wenn er überhaupt dort war.

»Aber nach den Vorschriften der Navy werden Drogenkonsumenten an Bord eines Schiffes vor das Kriegsgericht gestellt und entlassen«, sagte Brian.

»Ja, aber der Alte muß das nicht, wenn er nicht will. Sie sprechen von der maximalen Strafe, die er verhängen kann, aber er kann sie auch laufenlassen, wenn er das will. Das ist unwahrscheinlich, aber er kann es.«

Brian dachte nach. Es war ihm nicht in den Sinn gekommen, daß der Kapitän es einfach bei einer Ermahnung belassen konnte, aber das war natürlich möglich. Die Bestrafung durch den Captain hatte eine Höchstgrenze, aber es gab kein Mindeststrafmaß. Vielleicht war das einer der Gründe, warum der XO keine Verurteilung der Täter durch den Captain wollte. Wenn Huntington ihnen nur eine Standpauke hielt und sie damit davonkamen, würde binnen einer Stunde jeder Junkie von der Crew zu einem Joint greifen.

»Wenn Sie mich fragen«, sagte der Chief in Brians Gedanken hinein, »müßten die Kerle natürlich mit dem nächsten Log Helo zu einem der Stützpunkte geflogen werden und vors Kriegsgericht kommen. Aber wie ich schon sagte, es liegt an dem Alten. Es ist sein Urteil.«

Brian haßte inzwischen diesen Refrain: Es ist sein Schiff. Es ist seine Politik. Es ist sein Urteil. *Und es ist seine Schuld, daß wir überhaupt darüber sprechen müssen.*

»Ich frage mich, Chief, ob es etwas ändern wird oder nicht – wenn diese Kerle vom Schiff entfernt werden, wird das andere abschrecken?«

Der Chief kratzte sich am Kopf. »Ich weiß nicht, Boss. Das ist schwer zu sagen. Es gibt Kids in dieser Crew, die nichts lieber möchten, als entlassen zu werden, um in die Welt zurückzukehren. Dann gibt es andere, die Frauen, Kinder oder beides haben und den Sold brauchen. Eine Entlassung und einige Zeit im Bau wäre wirklich beschissen für sie.«

Der SH-2-Helikopter hob vom Flugdeck hinter ihnen ab und stieg in den Morgenhimmel. Die frische Brise auf dem Vorderdeck ließ nach, als die Fahrt des Schiffes langsamer wurde.

»Nun, ich hoffe, es schreckt ab«, sagte Brian. »Ich bin ziemlich einsam bei dieser Sache, und mir würde es sehr gefallen, wenn sie etwas Gutes bewirkt.«

Der Chief blickte ihn von der Seite an. »Tun Sie das, um sozusagen Ihren Standpunkt klarzumachen, oder tun Sie es, weil Sie es so handhaben müssen?«

»Es klingt vermutlich nach Pfadfinder, aber ich finde, es ist das richtige, und ich muß es tun, Chief.«

»Nun, dann ist alles in Ordnung. Genau das sollten Offiziere tun: das richtige.«

»Sie sagen das, als wäre es einfach, Chief.«

»Es zu tun, *ist* einfach, Boss. Nur das ›Danach‹ kann manchmal schwierig sein.«

Jackson blickte auf, als Lieutenant Holcomb anklopfte, die Tür öffnete und das Büro betrat. Jackson hatte die Meldungen abtippen und Holcomb anrufen lassen, damit er die abgeschriebenen Versionen unterzeichnete. Brian setzte sich, las sie und schaute auf seine Armbanduhr: 11 Uhr 10. Er mußte in einer halben Stunde auf Wache sein.

»Die Vorstrafen haben mich in meiner Entscheidung bestärkt«, sagte Brian, als er unterschrieb. An sein Gespräch mit Jackson in der vergangenen Nacht dachte er nicht mehr. Jacksons Miene blieb ausdruckslos. »Alle drei haben Vorstrafen. Diese Kerle werden nicht mit dem Rauschgiftkonsum aufhören, bloß weil sie wieder geschnappt worden sind. Es sind Wiederholungstäter, die sich von einer milden Strafe nicht abschrecken lassen.«

»Jawohl, Sir«, sagte Jackson. »Und die gesamte Crew redet davon, daß Sie auf einer Anklage bestehen.«

»Erzählen Sie mir davon. Der XO zeigt mir bereits die kalte Schulter. Die Offiziersbesprechung heute morgen war nicht angenehm. Sind Sie näher an die Drahtzieher herangekommen?«

»Vielleicht. Schließen Sie bitte die Tür?«

Brian tat es.

»Okay, ich habe EM eins Wilson observiert, und ich glaube, er wird ein wenig nervös.«

»Wie observieren Sie jemanden auf einem Schiff?«

Jackson grinste. »Ich bin einfach da, wo er sich aufhält. Er ist Elektriker, und so arbeitet er auf dem ganzen Schiff. Der Chief der Elektroabteilung informiert mich, wo Wilson arbeiten wird, und ich bin dann ebenfalls dort. Mit Ausnahme der Kesselräume – dort ist es mir zu verdammt heiß. Aber ich treibe mich bei der Elektroabteilung rum, stehe morgens bei den Quartieren der Maschinisten herum oder warte mittags bei der Essensausgabe in der Schlange oder am Abend bei der Filmvorführung. Und ich schaue ihn einfach nur an. Er spürt das, glauben Sie mir. Und wir haben eine weitere Entwicklung.«

»Das Geld.«

»Jawohl, Sir, das Geld. Drei der markierten Zwanziger sind aufgetaucht. Und alle drei Leute, die sie ausgegeben haben, stehen auf Knoblauchs Kreditliste.«

»Sie haben sich Knoblauchs Liste angesehen?«

»Nein, der Chief der Messe hat das getan. Er kontrolliert die Liste jeden Monat, um sicherzugehen, daß sich niemand zu hoch verschuldet. Natürlich ist Knoblauch ein Typ, der zwei Listen führt, aber das ist mir jetzt gleichgültig. Er hat markiertes Geld verliehen – so ist zumindest möglich, daß er die Bank für die Drogendealer ist.«

»Und Sie haben all dies dem XO erzählt?«

»Äh … nein, Sir. Noch nicht. Ich … äh … warte, bis ich noch mehr herausgefunden habe …«

»Sie wollen nicht, daß der XO Ihnen befiehlt, mit dem Herumschnüffeln aufzuhören, richtig?«

Jackson schaute ihn an. »Wenn er das täte …«

»…würde das bedeuten, daß hier etwas noch viel Schlimmeres vorgeht, als wir dachten.«

»Ja, Sir, das könnte sein. Aber ich kann mir nicht vorstellen, daß dieser XO und/oder dieser CO Dreck am Stecken haben. Das ist einfach unwahrscheinlich.«

»Ja, da bin ich Ihrer Meinung. Das Problem herunterzuspielen, bis wir diesen Einsatz hinter uns haben, ist die eine Sache. So würde jedermann seinen guten Ruf bewahren. Das kann ich nachvollziehen. Aber die Augen zu verschließen …«

»Genau meine Meinung, Sir. Niemand auf diesem Schiff hat mich jemals unterstützt, wenn ich herausfinden wollte, wer der Haupttäter ist, der Kopf der Drogenhändler – bis Sie kamen.«

»Daß ich zu Ihnen stehe, wird vielleicht jetzt nicht das beste sein, Chief«, sagte Brian mit sarkastischem Grinsen. »Im Augenblick bin ich der Mann, der in der Kirche furzt.«

Jackson lächelte nicht. Er neigte sich vor. »Wir kommen näher an die Kerle ran. Ich weiß es. Und ich habe keinem außer Ihnen erzählt, was wir tun, aber ich möchte Martinez einweihen. Diese Sache könnte schlimm werden, und er ist genau der Typ, dessen Hilfe man braucht, wenn es rundgeht. Der Chief der Messe weiß, daß ich irgendeine Information haben wollte, aber ich habe ihn gebeten, mir keine Fragen zu stellen. Ich meine, als nächsten Schritt sollten Martinez und ich Knoblauch auf einen kleinen Plausch besuchen.«

»Welche Masche wollen Sie anwenden?«

»Wir bieten ihm an, wenn er uns die Quelle dieser Zwanziger nennt, verzichten wir darauf, ihn als Geldwäscher von Drogendollars hoppzunehmen, und er kann im Geschäft bleiben.«

»Vermutlich können Sie ihn nicht mit der Geldwäsche festnageln – nicht im juristischen Sinne. Er könnte überall an diese Zwanziger herangekommen sein. Je nachdem, wie gerissen er ist, könnte er Sie ins Leere laufen lassen.«

»Dann sieht er einen Heizkessel von innen.«

Brian schüttelte den Kopf bei dem Gedanken, daß Martinez dreihundert Pfund ›Knoblauch‹ Wolcezjarski in einen abgeschalteten Heizkessel steckte. Vermutlich würden sie einen Kran brauchen.

»Okay, Chief. Ich muß zur Wache. Weitere sechs wundervolle Stunden im Combat. Ich nehme an, wir sehen uns morgen früh, wenn der Captain das Urteil spricht.«

»Ich freue mich darauf, Mr. Holcomb.«

Brian übernahm um 11 Uhr 45 die Auswerterwache von Vince Benedetti, der ebenfalls gehört hatte, daß die

Anklage der drei Junkies bevorstand. Als sie die Einweisung und Ablösung beendet hatten, blieb Vince noch einen Moment, anstatt nach unten zum Mittagessen zu gehen.

»Sie werden es wirklich tun, wie?«

»Es ist getan. Es ist an der Zeit, Vince. Mensch, Sie sollten das wissen.«

Vince zuckte die Achseln. »Viel Glück, Mann«, sagte er nur.

Garuda war begeisterter.

»Sehen Sie auf diesen Schirm, Mr. H.«, sagte er heiter. »Die Unterstützungsflugzeuge sind in der Luft, wir haben Helo-Operationen für die meiste Zeit des Nachmittags geplant, die BARCAPs sind einsatzbereit, zwei Flugzeugträger sind in Betrieb, Wager Bird übermittelt Daten, die Air Force greift von Thailand aus an und wir haben drei Junkies mit Stricken um den Hals auf Pferden. Red Crown ist wieder im Geschäft. Dies ist die Berufsnavy, wie ich sie mag.«

Brian grinste. Garuda würde die ganze Dienstzeit auf der Red Crown Station verbringen, wenn es nach ihm ginge, mit vielleicht einem gelegentlichen Wochenende in Subic, um ein San-Miguel-Bier zu trinken. Er war an der Konsole in seinem Element, betätigte Tasten und Knöpfe und stauchte verschiedene Armleuchter in der Höhle über die Bordverständigungsanlage zusammen. Der Schirm war tatsächlich mit unzähligen Symbolen gefüllt, und der PIRAZ-Controller hatte alle Hände voll zu tun.

»Ja. Aber ich sehe einige Dinge auf meinem Schirm, die Sie nicht auf Ihrem haben«, erwiderte Brian.

»Ja, Sir«, sagte Garuda. »Davon habe ich gehört. Wir halten uns endlich an die Navyvorschriften. Ich persönlich finde, daß es auch Zeit wurde, obwohl ich befürchte, daß Sie im Augenblick nicht Nummer eins auf der Hitparade sind.«

»Kommt darauf an, was Sie mit ›Hit‹ meinen.«

Garuda lachte. »Ich verstehe. Seit ich hier bin, ist niemand wegen Drogen angeklagt worden, und dieser Captain ist sogar bei Berufsverbrechern ziemlich milde. Aber er wird tun, was er tun muß. Ihr größtes Problem ist jetzt der Wachplan. Wenn diese drei Scheißer morgen weggeflogen werden, wer sitzt dann an den Konsolen der Feuerleitung – die Chiefs?«

»Die Chiefs sitzen hier oben im Combat an den Konsolen. Ich habe immer noch einen FTM First Class, und weil Marcowitz aus dem Verkehr gezogen wurde, bleiben mir FTM drei Warren als der nächst Ranghohe und ungefähr ein halbes Dutzend Dienstgrade unter ihm. Sie werden einfach schnell lernen müssen.«

Garuda nahm seinen Kaffeebecher und zündete sich eine Zigarette an. »Solange die MiGs im Stall bleiben und keinen Angriffsscheiß versuchen, könnte der Laden laufen. Warren ist ein guter Junge; aber er ist noch unerfahren. Solange Sie einen Chief und einen First Class hier oben im Combat haben, kann der Junge an der Konsole in der Feuerleitung angelernt werden.«

»*Wenn* Zeit dazu da ist, und wenn alles funktioniert. Eigentlich hat der Mann unten an der Konsole nichts zu tun, wenn alles funktioniert. Er wird wichtig, wenn es Fehler im System gibt oder hier jemand Mist baut. In diesem Fall kann der Junge unten Ihnen den Arsch retten, denn er ist der einzige, der das Verfolgungsradarvideo sehen kann.«

Sie wurden unterbrochen durch einen Anruf von CTF 77, der den bevorstehenden Aufklärungsflug bestätigte. Brian rief den Captain an, um den Flug zu melden und erhielt eine kurze, barsche Bestätigung. Er hängte den Hörer mit einem unbehaglichen Gefühl ein.

Garuda kam auf das Problem zurück, daß die Nachwuchstechniker schnell ausgebildet werden mußten. »Wenn diese drei Junkies einen Tritt in den Hintern bekommen, sollten wir einen der Chiefs bei jeder Wache ein paar Stunden unten in die Feuerleitung setzen, damit er die Anfänger schulen kann. Wir können von hier aus dem Combat einige Übungen mit ihnen machen und hoffen, daß sie nichts versauen.«

»Prima Idee, Garuda. Aber warten wir erst ab, wie morgen das Urteil des Captains ausfällt.«

42

Brian stand am nächsten Morgen um neun Uhr abseits der Teilnehmer der Verhandlung, die auf dem Messedeck stattfand, wo ein Podium aus Eiche aufgestellt worden war, auf dem die drei Anklageformulare lagen. Vor dem Podium standen die drei Beschuldigten im weißen großen Dienstanzug einschließlich Mützen. Rechts von den Beschuldigten stand in seiner Eigenschaft als Schiffspolizist RD1 Rockheart. Dahinter standen der Offizier der Abteilung, Fox Hudson; der Leiter der Abteilung Feuerleitung, Chief Hallowell; und der leitende Petty Officer der Abteilung. In zwei Gliedern zur Linken waren ausgewählte Petty Officers von jeder Abteilung des Schiffs angetreten, um als Zeugen an dem Verfahren teilzunehmen. Gegenüber und mit dem Gesicht zu ihnen standen der Stabsarzt, Baby Doc, und FTM 3 Warren, der Hauptzeuge. Auf dem Messedeck war es schwülwarm wie gewöhnlich, und der Geruch von Frühstück hing in der feuchten Luft. CS 1 Wolcezjarski, genannt Knoblauch, und zwei der Köche beobachteten durch die geöffnete Tür des Kombüsebüros.

Über die Lautsprecheranlage wurde der Beginn des Verfahrens verkündet und Stille befohlen. Wie auf ein Stichwort hin tauchte der Chief-MAA durch die vordere Tür zu den Messedecks auf und schrie: »Achtung an Deck!« Dem Chief der Schiffspolizei folgten der Captain und sein Stellvertreter, beide in Khaki-Arbeitsuniform, jedoch mit der Schirmmütze des großen Dienstanzugs. Die drei marschierten zu dem Podium. Der Sheriff trat zur Seite und nickte Rockheart zu. Rockheart knallte die Hacken zusammen, stand still, schaute die drei Angeklagten an und befahl ihnen, die Mützen abzunehmen.

Die drei Petty Officers nahmen die Mützen ab. Nur einer, Boyle, schaute den Captain direkt an. Die anderen beiden starrten auf den Fuß des Podiums. Petty Officer Laniers Miene zeigte Ärger, und er stand ein wenig abseits von den anderen beiden. Der Captain betrat das Podium und nahm die erste Meldung. Brian fand, daß der Captain zur Abwechselung einmal ziemlich gut aussah. Seine Wangen hatten Farbe, und seine Augen blickten klar und munter. Seine Uniform hing immer noch an ihm, als wäre sie zu groß und festgesteckt, und seine Gesichtshaut spannte sich über den vorstehenden Wangenknochen, aber sonst waren wenig Anzeichen von Apathie und Müdigkeit zu sehen, die Brian zuvor bemerkt hatte. Der Captain vertiefte sich eine volle Minute lang in die erste Meldung, blickte dann auf und schaute Boyle an.

»Petty Officer Boyle, Sie sind angeklagt, gegen Paragraph zweiundneunzig UCMJ verstoßen zu haben, indem Sie am achtundzwanzigsten Oktober im Fernlenkgeschoß-Feuerleitraum im Dienst unter Drogeneinfluß standen. Sie haben diese Meldung gesehen und unterschrieben?«

»Jawohl, Sir.«

»Ich weise Sie darauf hin, daß alles, was Sie während dieser Verhandlung sagen, als Beweis gegen Sie bei jedwedem folgenden Prozeß vor dem Kriegsgericht verwendet werden kann. Das bedeutet, daß Sie die Aussage verweigern können, wenn Sie das wollen, aber das, was Sie sagen, kann gegen Sie verwendet werden. Wenn Sie es vorziehen, nichts zu sagen, wird das nicht gegen Sie verwendet werden. Haben Sie diese Belehrung verstanden?«

»Jawohl, Sir.«

Der Captain richtete die gleichen Worte an die anderen beiden Angeklagten und erhielt ihre jeweilige Bestätigung. Er legte die Meldungen ab und schaute alle drei an.

»Gentlemen, Sie sind alle desselben Delikts angeklagt, im wesentlichen zur gleichen Zeit und am selben Ort begangen: das Rauchen von Marihuana in der Feuerleitung. Sie haben die Meldungen gelesen. Die Offiziere und Petty Officers, von denen Sie erwischt wurden, sind anwesend und zur Aussage bereit, und ihre Zeugenaussage ist in den Meldungen zusammengefaßt, die Sie gelesen und unterschrieben haben, ist das korrekt?«

Die drei Angeklagten nickten schweigend. Lanier blickte starr zu Warren, aber Warren schaute ihn nicht an.

»In Ordnung. Die Ergebnisse der Urinproben von jedem von Ihnen stehen in den Meldungen, und jede war positiv. Der stellvertretende Kommandant hat eine Ermittlung veranlaßt und empfohlen, Sie anzuklagen. Hat jeder von Ihnen die Meldungen gelesen und die Anklage und die Beweise darin verstanden?«

Alle drei antworteten mit einem gedämpften »Jawohl, Sir«. Der Captain stützte sich zum ersten Mal auf das Podium. Brian entdeckte eine Spur von Müdigkeit in Huntingtons Stimme. Oder war es Enttäuschung?

»Ich werde jedem von Ihnen die gleiche Frage stellen: sind Sie schuldig oder nicht schuldig? Denken Sie daran, daß Sie die Frage nicht beantworten müssen. Petty Officer Boyle, sind Sie schuldig im Sinne der Anklage?«

Boyle schüttelte den Kopf.

»Heißt das ›nein‹, Boyle?«

»Ich will nichts sagen, Captain.«

»In Ordnung, Boyle. Corey?«

»Ich will ebenfalls nichts aussagen, Captain.«

»Sehr gut. Lanier?«

»Jawohl, Sir. Ich habe es getan. Ich habe es schon zuvor getan, und ich werde es wieder tun, wenn ich die Möglichkeit dazu bekomme. Genauso wie diese beiden Scheißer hier.«

»Lanier, hüten Sie Ihre Zunge!« grollte Chief Jackson.

Es folgte lastende Stille, während der Captain Lanier anstarrte, der ihm jetzt nicht in die Augen sah und dessen junges Gesicht Trotz zeigte. Brian stellte plötzlich betroffen fest, wie jung alle drei waren. Sie waren E-5, Petty Officers, die zwei Dienstränge vom Chief Petty Officer entfernt waren; dennoch waren sie nur zweiundzwanzig oder dreiundzwanzig Jahre alt. Und ihnen drohte ein Kriegsgerichtsprozeß, wie Brian aus der Miene des Captains schloß.

»Nun, Gentlemen, einer von Ihnen bekennt seine Schuld, und die Beweise gegen alle drei von Ihnen sind ziemlich klar. Ich verabscheue, was Sie getan haben, anscheinend getan haben, und zwar Rauschgift auf dem Schiff konsumiert. Ausgerechnet Sie, die das hauptsächliche Verteidigungssystem des Schiffes bedienen, die Fernlenkgeschosse, während wir im Kriegsgebiet sind und ein Luftstützpunkt des Feindes nur fünfzig Meilen von unserer Position entfernt ist. Die ganze Besatzung dieses Schiffes ist darauf angewiesen, daß Sie Ihren Dienst tadellos leisten, wenn wir jemals angegriffen werden, und Ihre Antwort auf diese Verantwortung ist Drogenkonsum in Ihrer Wachabteilung. Sie haben sich selbst, das Schiff und das Ansehen der gesamten Crew durch Ihr Handeln entehrt. An einem anderen Ort und in einer anderen Zeit hätte ich Sie auspeitschen und dann aufhängen lassen.«

Die Köpfe der drei Petty Officers ruckten bei diesen letzten Worten hoch. Jeder der Versammelten schaute zum Captain, dessen Gesichtszüge sich sichtlich verhärtet hatten. Aus dem Augenwinkel heraus sah Brian, daß sich Wolcezjarski und seine beiden Köche zurückzogen und leise die Tür schlossen.

»Aber da ich das nicht tun kann, billige ich Ihnen einen Kriegsgerichtsprozeß zu, der in dreißig Tagen auf der Clark Air Force Base stattfinden wird. Ich verurteile jeden von Ihnen zu Untersuchungshaft. Sie werden heute nachmittag mit dem logistischen Helo zum Flugzeugträger geflogen werden und vom Flugzeugträger zur Naval Air Station Cubi Point, und von Cubi Point aus werden Sie zum Militärgefängnis auf den Stützpunkt Clark gebracht, wo Sie auf Ihren Prozeß warten werden. Das ist alles. Chief Jackson, bringen Sie die Männer in ihre Abteilung, damit sie ihre Seesäcke packen.«

Jackson wiederholte den Befehl und nickte Rockheart zu.

»Aaaachtung! Stillgestanden!«

Jeder stand still.

»Angeklagte – Mütze auf!«

Als die drei Angeklagten ihre Mützen aufgesetzt hatten, ließ RD1 Rockheart sie vom Messedeck fortmarschieren, und die Petty Officers und Zeugen blieben beim Podium zurück. Die Haltung des Captains straffte sich.

»XO. Ich will Sie und den Waffenoffizier jetzt in meiner Kajüte sehen.«

»Aye, aye, Sir.«

Chief Jackson ging dem Captain voraus über das Messedeck und kündigte ›Gangway‹, an, wodurch er die Leute auseinanderscheuchte, die vom Broadway aus zugeschaut hatten. Der XO ging zum Podium und nahm die Papiere an sich. »Das war's, Gents«, sagte er. »Mr. Holcomb, gehen wir nach oben.«

Brian folgte dem stellvertretenden Kommandanten zum Durchgang bei der Offiziersmesse, die Leiter hinauf zur nächsten Ebene und in die Kapitänskajüte. Der Captain stand bei den Bullaugen und schaute aufs Meer hinaus. Brian und Mains verharrten beim Tisch, bis Huntington sich umwandte und sie mit einer Geste aufforderte, Platz zu nehmen. Brian und der XO setzten sich. Der Captain blieb stehen und schaute wieder durch ein Bullauge.

»Nun, Mr. Holcomb«, begann er, »angesichts der Schwere der Straftaten blieb mir kaum etwas anderes übrig, als diese Männer vom Schiff zu entfernen. Die Vorschriften der Navy sind in diesem Fall ziemlich klar, wie mich der XO heute morgen erinnerte. Aber dieser Zwischenfall hat zu einer Lücke in der Abteilung Feuerleitung für die Fernlenkwaffen geführt, nicht wahr?«

»Jawohl, Sir«, sagte Brian und erwartete eine andere Frage.

»Wie haben Sie vor, diese Lücke zu schließen?«

Brian erinnerte sich an Garudas Vorschlag. »Ich plane, die Chiefs, die normalerweise FCSC-Wache im Combat haben, bei jeder Wache ein paar Stunden an die Konsolen unten in der Feuerleitung zu setzen. Sie werden die drei besten FTMs unterrichten. Zusätzlich unterstützen wir diesen Schnellkurs mit einer Reihe von Übungen, die wir vom Combat aus arrangieren können.«

Der Captain wandte sich um. Mit dem Rücken zu den Bullaugen war er von einem Lichtkreis umgeben, der durch das Glas fiel, und sein Gesicht war im Schatten.

»Die Stellen in der Feuerleitung sind wichtig?«

»Jawohl, Sir, das können sie sein. Wenn der SWIC eine Kennzeichnung an den FCSC durchgibt, und er den Befehl gibt, das Ziel zu erfassen, ist das in der Theorie alles, was nötig ist. Die Zieldaten werden vom SPS-48-Radar in die Computer eingegeben, und die Feuerleitung stellt sich automatisch auf Entfernung, Höhe, Winkel und so weiter ein. Aber wenn die Kennzeichnung verschwommen oder unklar und die Wetterlage im Zielgebiet schlecht ist, dann kommen die Jungs in der Feuerleitung ins Spiel. Sie können sehen, was das Erfassungsradar sieht, und sie können das Ziel verfolgen, wenn das nötig ist.«

»Wenn also alles perfekt funktioniert, sind sie nur Zuschauer?«

»Jawohl, Sir. Und wenn alles nicht perfekt funktioniert, können sie lebenswichtig werden, indem sie das Feuer leiten. Sonst können wir natürlich nicht schießen.«

»Nun, das könnten wir«, unterbrach der XO. »Sie können immer die Kennzeichnung annullieren und neu benennen und hoffen, daß sie beim zweiten Mal genauer ist.«

»Jawohl, Sir«, erwiderte Brian, »aber das kann wertvolle Sekunden kosten. Bis die Kennzeichnung geändert ist, kann der Feind dicht vor Ihnen sein.«

»Richtig«, sagte der Captain. »Ich nehme an, daß Sie heute morgen bekommen haben, was Sie wollten?«

Brian zögerte mit einer Antwort. Jetzt ging es also los. »Ich möchte die Rauschgiftsüchtigen aus meiner Abteilung entfernen, ja, Sir, in diesem Sinne habe ich bekommen, was ich wollte. Natürlich würde ich meine Abteilung lieber nicht dezimieren, um das zu erreichen.«

Der XO schnaubte. »Sie haben sie mehr als dezimiert. Sie haben sie um zehn Prozent geschwächt. Es gibt nur sechzehn Leute in der Abteilung. Drei Leute, vier, wenn Sie Marcowitz einbeziehen, stellen einen Verlust von fünfundzwanzig Prozent dar. Wer ist jetzt als Ranghöchster übrig, unterhalb der Chiefs – Warren?«

Brian atmete tief durch. Mains' Tonfall ließ darauf schließen, daß er, Brian, irgendwie verantwortlich dafür war, daß fünfundzwanzig Prozent der Abteilung Rauschgift nahm.

»Jawohl, Sir. FTM drei Warren.«

Der XO schüttelte den Kopf.

»Wer ist Warren?« fragte der Captain.

»Das ist der junge schwarze E-vier, Captain. Er stand heute morgen neben den Docs. Guter Junge, aber ziemlich unerfahren. Da beißt die Maus keinen Faden ab – die Abteilung hat fünfundzwanzig Prozent Personal verloren, und alles erfahrene Petty Officers.«

Brian sagte sich, daß es an der Zeit war, sich dazu zu äußern. »Sir, wie ich es sehe, waren fünfundzwanzig Prozent der Abteilung dreckig. Sie sind jetzt fort. Ich hoffe, daß dies alle Junkies sind oder wenn nicht, daß der Rest von ihnen mit dem Drogenkonsum aufhört, zumindest, solange wir auf See sind.«

Captain Huntington schwieg lange. Commander Mains schaute auf seine Mütze, die er auf den Tisch gelegt hatte und jetzt langsam in den Händen drehte.

»Ist Ihnen bewußt, Brian, daß der Stab von CTF siebenundsiebzig meint, wir auf der Hood haben ein ziemlich ernstes Drogenproblem? Daß CTF siebenundsiebzig die ganze Zeit über denkt, bei dem Zwischenfall bei der Operation Sea Dragon waren Drogen im Spiel? Können Sie sich vorstellen, was sie jetzt denken werden?«

Brian entschied sich, seinen Standpunkt zu behaupten. »Nun, Captain, wenn fünfundzwanzig Prozent einer Abteilung repräsentativ sind, dann haben wir hier ein großes Problem. Und ich nehme an, CTF siebenundsiebzig denkt, daß wir Drogenkonsum auf dem Schiff energisch verfolgen und hart durchgreifen, wenn wir jemanden dabei erwischen.« Und es waren tatsächlich Drogen im Spiel, als bei der Operation Sea Dragon Mist gebaut wurde, hätte er am liebsten hinzugefügt.

»Hm. Ja, so kann man es sehen, nehme ich an«, murmelte der Captain.

Sein Stellvertreter ergriff das Wort. »Man kann es auch so auslegen, daß wir das Problem schon länger hatten und nichts dagegen unternommen haben und es uns jetzt über den Kopf wächst, weil wir ein Viertel einer Abteilung auf einen Schlag verlieren.«

Jetzt starrte Brian schweigend auf den Tisch. Wenn er das Offenkundige gesagt hätte, dann hätte es an Insubordination gegrenzt. Der stellvertretende Kommandant sprach weiter.

»Aber wie Sie wohl wissen, *haben* wir etwas dagegen unternommen, zugegebenermaßen etwas Unorthodoxes, aber doch ein aktives Programm, das direkte Konsequenzen für jeden zur Folge hatte, der beim Konsum von Drogen an Bord erwischt wurde. Aber Konsequenzen für die Erwischten, nicht für das Schiff.«

»Jawohl, Sir.«

»Und diesmal hat Ihre schriftliche Meldung und die Anklage dieser Männer zu Konsequenzen für das Schiff geführt, weil sich die Militärgerichtsbarkeit mit dem Fall beschäftigen muß. Ich habe keinen Zweifel, daß wenigstens zwei dieser Typen erfreut sein werden: Sie kommen vom Schiff fort, werden aus der Navy entlassen und können nach vielleicht nur wenig Zeit im Bau heimkehren. Und zweitens sind die Konsequenzen für das Schiff, daß wir fünfundzwanzig Prozent einer Feuerleitabteilung verloren haben und sie jetzt mitten in einem Einsatz durch unerfahrenes Personal ersetzen müssen. Und drittens leidet das Ansehen der *Hood*.«

Brian schwieg. Er war sich nicht sicher, ob seine Meinung hier erwünscht war.

»Nun, Brian, verstehen Sie das Problem?« fragte der Captain.

»Nein, Sir.«

»*Nein*, Sir?« Der stellvertretende Kommandant klang entgeistert.

»Darf ich sprechen, Captain?«

»Gewiß, Mr. Holcomb.« Nicht mehr Brian.

»Sir, meine Sorge gilt dem Schiff. Ich bin der Waffenoffizier und verantwortlich dafür, daß die Fernlenkwaffen, Geschütze und Torpedos einsatzbereit sind, wenn sie von Ihnen gebraucht werden. Wenn ein Viertel oder mehr der Männer, die diese Systeme bedienen, möglicherweise high sind, wenn wir sie in einem Ernstfall brauchen, dann kann ich meine Aufgabe nicht erfüllen.«

Brian wandte sich zu dem XO und sprach ihn jetzt direkt an. »Ihre Methode führte zu direkten Konsequenzen, aber zu keiner Lösung des Problems. Alle drei dieser Junkies hatten Vorstrafen wegen Drogen. Meine Methode besteht darin, sie vom Schiff zu entfernen. Ich glaube, ich habe eine viel bessere Chance, einen Ernstfall ohne sie zu überstehen, als ich hätte, wenn sie mit gebrochenen Knochen auf dem Schiff herumhumpeln. Und ich meine, wenn wir es bis zu den Offizieren und Chiefs so handhaben müssen, dann muß es eben so sein. Wie ich schon sagte, meine Hauptsorge gilt dem Schiff.«

»Meinen Sie nicht, daß das meine Aufgabe ist?« fragte der Captain in tadelndem Tonfall.

Ja, und du hast sie nicht erfüllt, wollte Brian sagen. Statt dessen preßte er die Lippen aufeinander und schwieg. Der XO blickte zum Captain und zuckte leicht mit den Achseln. Der Captain nickte.

»Okay, Mr. Holcomb. Weitermachen«, sagte er. »XO, wir müssen über einige Dinge reden.«

Brian erhob sich, nahm seine Mütze vom Tisch und verließ die Kapitänskajüte. Er schloß die Tür, atmete tief durch und ging dann auf direktem Weg zu seiner Kabine. Dort warf er seine Mütze auf die obere Koje und ließ sich auf die untere fallen. Es war Vormittag, die Zeit, in der seine Energie normalerweise zurückkehrte, doch plötzlich war er sehr müde. Am liebsten hätte er sich irgendwo verkrochen. Der Captain und dessen Stellvertreter hatten sich offensichtlich gegen ihn gewandt. Toll: nur ein Captain und ein Commander gegen einen Lieutenant.

Er dachte über das Gespräch nach. Wie naiv seine Worte für den Kommandanten und dessen Stellvertreter geklungen haben mußten! Der Captain hatte fast dreißig Jahre Erfahrung in der Navy; der XO über zwanzig. Wer, zum Teufel, war *Lieutenant* Brian Holcomb, daß er sich einbildete, an Bord dieses Schiffes zu gehen und plötzlich zu entscheiden, daß ihre Methode falsch war und er ein Problem, das jedem Schiff hier draußen im WESTPAC zu schaffen machte, besser lösen konnte als sie? Nun, Mann, dachte er und benutzte dieses Modewort der Sechziger, das er haßte, du hast dir jetzt vielleicht wirklich alles versaut. Dann fiel ihm ein, daß er zur Wache zurückkehren mußte. O Gott, was würden sie denken, wenn sie wüßten, was Jackson und Martinez vorhatten?

43

Chief Jackson hielt seine tägliche Besprechung nach dem Abendessen mit all den MAAs in seinem Büro ab, als das Telefon klingelte. Er wies einen der Schiffspolizisten an, den Anruf entgegenzunehmen. Rockheart war am nächsten beim Telefon.

»Büro des Sheriffs, RD eins Rockheart am Apparat, Sir«, meldete er sich.

»Ja, Rocky, hier ist Chief Martinez. Sagen Sie Jackson, daß es heute nacht soweit ist.«

»Heute nacht ist es soweit; verstanden, Chief.« Rockheart legte den Hörer auf und schaute Jackson an. »Das war Chief Martinez. Er sagte ...«

»Ja, ich habe es gehört. Okay, Jungs, wenn keiner mehr Fragen hat, machen wir Schluß. Marsden, Sie schulden mir einen Bericht über die Urlaubsscheine, die in Subic verlorengingen. Carter, Sie halten ein Auge auf diesen rothaarigen Koch, den Neuen. Ich habe den Verdacht, daß er Lebensmittel aus dem Lagerraum klaut. Das wär's. Ich habe ein Rendezvous auf den Messedecks.«

Es folgte allgemeines Gelächter bei der Vorstellung, daß Jackson ein ›Rendezvous‹ mit Louie Jesus Martinez hatte, und die MAAs verließen das Büro. Rockheart blieb.

»Ist etwas Ernstes los?« fragte er so beiläufig wie er konnte.

»Nichts, über das ich reden kann«, erwiderte Jackson, der einen Papierkorb umgeworfen hatte und abgelenkt war. »Sind Sie heute nacht der Deputy?«

»Ja. Eigentlich ist Marsden dran, aber er hat Wache von zwanzig bis vierundzwanzig Uhr, und so übernehme ich für ihn. Er hat nur wegen der Kinoabteilung Wache. Eines Tages werden wir den Wachplan für die MAAs mit dem Wachplan für den Rest des Schiffes in Einklang bringen.«

»Das wird nie geschehen«, erwiderte Jackson geistesabwesend. »Rufen Sie mich hier an, wenn der Film zu Ende ist.« Er sammelte alle Papiere auf dem Schreibtisch zusammen. Rockheart sagte, daß er mit seiner Prophezeiung vermutlich recht hatte, und verließ das Büro.

Fünf Minuten später rief Chief Martinez abermals an.

»Ich schaue bei der Elektroabteilung vorbei, ob Bullet da ist. Vielleicht gehe ich rein und plaudere mit seinem Abteilungsleiter, verbiege einige Eisenstangen oder so was. Bullet soll was zum Nachdenken haben. Dann treffen wir uns gleich nach dem Ende des Films auf dem Messedeck.«

»Okay. Ich werde Sie anrufen, wenn der MAA vom Dienst es gesichert hat. Wir machen es wie abgemacht? Ich zuerst, als netter Kerl, und wenn das nicht klappt …«

»Ja, ich als zweiter. Als Höllenhund. Also um zweiundzwanzig Uhr.«

Rockheart rief Jackson um 21 Uhr 50 an. Die Filmvorführung für die Crew hatte um 21 Uhr 30 geendet, und die Messedecks waren für die Nacht gereinigt und gesichert worden. Jackson dankte ihm und sagte ihm, daß er Feierabend machen konnte.

Als Martinez und Jackson sich auf dem Messedeck trafen, roch es immer noch nach Popcorn und Zigarettenrauch. Knoblauchs Büro war verschlossen wie gewöhnlich, aber Jackson hatte vor zwanzig Minuten angerufen – sich angeblich verwählt – und festgestellt, daß Knoblauch da war. Martinez füllte einen Kaffeebecher, zog sich zum Ende des Messedecks zurück, schaltete zwei Reihen der Leuchtstoffröhren aus und hockte sich auf einen Kasten mit Schwimmwesten, der unter dem Gewicht des Kolosses ächzte. Jackson klopfte an die Tür von Knoblauchs Büro.

»Knoblauch, ich bin's, Chief Jackson. Mach auf.«

Sekunden später öffnete Knoblauch die Tür. Er trug eine fleckige weiße Hose und ein verschwitztes T-Shirt, das nicht ganz bis zu seiner Taille reichte. Sein Fettwanst ragte über den Gürtel. Wie üblich brauchte er eine Rasur. Er hielt eine Zigarettenkippe in der linken Hand.

»Ja, Sheriff, was ist los?«

»Wir müssen mal unter vier Augen plaudern, Knoblauch. Es geht um Geld.«

»Ja, klar«, sagte Knoblauch und machte Jackson Platz zum Eintreten. »Kein Problem mit der Bank, oder? Ich meine, ich bin gerade alles mit dem Senior Chief durchgegangen. Er hatte keine Probleme.«

»Nicht genau, aber ich bin hinter was anderem her,

sagen wir mal, hinter etwas, das mit deinem Kreditgeschäft zu tun hat.« Jackson räumte einen Stapel Zeitschriften von einem Lehnsessel und setzte sich an Knoblauchs Schreibtisch, der mit Formularen, Ausdrucken der Additionsmaschine, Anforderungsscheinen und dem Entwurf des Essensplans für die nächste Woche übersät war. Ein kleiner Ventilator mit einem fehlenden Flügel drehte sich in einer Ecke an der Decke und verteilte etwas von dem Tabaksqualm.

»Mit meinen Kreditgeschäften?«

»Ja, damit hat es zu tun. Setz dich.«

Knoblauch ließ sich ächzend in den anderen Sessel sinken. Sein gewaltiger Bauch wölbte sich über seine Oberschenkel, und das T-Shirt rutschte höher.

»Ich verstehe nicht.«

»Okay, ich werde es dir erklären. Du betreibst dein Kreditgeschäft hier mit der Genehmigung der Chiefs. Du verleihst Geld zu Standardzinsen, sechs zu fünf, und du führst ein Buch – ich nehme mal an, nur eines –, das du dem Senior Chief einmal pro Monat zeigst. Wenn es irgendwelche Probleme gibt, meldest du sie dem Senior Chief, er informiert mich und wir reden mit dem säumigen Kunden und arbeiten etwas aus. Soweit richtig?«

»Ja, Chief. So läuft es«, sagte Knoblauch, sichtlich verwirrt.

»Okay, und woher kommt das Geld, mit dem du die Bank führst? Woher hast du das Bargeld, um die Kredite zu vergeben?«

Knoblauch runzelte die Stirn und bewegte sich unruhig im Sessel. Er begriff immer noch nicht. »Ich mache dies seit –«, er überlegte und kratzte sich am Dreifachkinn, »– seit drei Jahren auf diesem Schiff. Sechs zu fünf, Hölle, das ist ein ziemlich guter Profit, wenn Sie verstehen, was ich meine. Da kommt was zusammen. Ich kann Ihnen zeigen ...«

»Nein. Ich bin nicht an deinen Profiten interessiert. Ich glaube, du hast eine andere Quelle für Bargeld, die vermutlich nicht in deinem Buch steht oder die du zumindest nicht deinem Senior Chief zeigst.«

Knoblauchs Miene veränderte sich. Sein Blick wurde wachsam.

»Ich kann Ihnen nicht folgen, Chief.«

»Klar kannst du das. Laß dich aufklären, Knoblauch. Kurz vor Subic ließ ich von einem meiner Leute gezielt etwas Marihuana kaufen. Er bezahlte mit markiertem Geld. Dieses markierte Geld ist bei drei Jungs aufgetaucht, denen du Kredit gewährt hast.« Jackson neigte sich vor. »Weißt du, wir sehen das so: Wer auch immer den Drogenhandel auf diesem Schiff betreibt, sammelt Bargeld an, jede Menge cash. Nun kann er es natürlich irgendwo auf dem Schiff verstecken. Aber er kann auch einiges davon investieren, damit es sich vermehrt und vielleicht ein paarmal gewaschen wird, verstehst du, was ich meine? Wir nehmen an, du nimmst Geld von dem Boss des Drogenrings an Bord und verleihst es. Teilst den Profit irgendwie mit ihm.«

Knoblauchs Gesicht war wie ein Maske, als er den Kopf schüttelte, aber Jackson bemerkte, daß sich ein Schweißfilm auf seinen Schläfen bildete.

»Stimmt nicht, Chief«, protestierte Knoblauch. »Ich betreibe hier keine Wohlfahrtseinrichtung, okay, aber ich weiß nichts von Drogengeldern. Wenn Sie sagen, Sie haben markiertes Geld bis zu mir verfolgt, dann kann es von den Typen gekommen sein, du mir den Kredit zurückbezahlt haben.«

»Wir sehen das anders, Knoblauch. Zwei der drei Jungs erhielten dieses Geld von dir und gaben es zum erstenmal im Schiffsladen aus. Ich beobachte den Schiffsladen, weißt du? Der Junge, der den Laden leitet, ist mein Freund, okay? Er entdeckt die markierten Scheine und ruft mich an. Ich frage die Jungs, woher sie dieses Geld bekommen haben, und sie behaupten, es nicht zu wissen. Ich bringe sie in mein Büro, erzähle ihnen von der Bank hier und daß die Chiefs darüber Bescheid wissen, und dann flüstern sie mir, daß sie das Geld auf diese Weise bekommen haben – von dir. Ich frage sie, ob sie noch mehr Zwanziger vorzeigen können – es waren übrigens markierte Zwanziger –, und siehe da, sie können. Jungs, die in der vergangenen Woche pleite waren und jetzt ihre Schulden bei anderen Jungs zurückzahlen und Zigaretten im Schiffsladen kaufen. Und der dritte Knabe bekam das Geld von den anderen beiden – sie schuldeten es ihm, weißt du –, und dann tauchte er damit im Schiffsladen auf. Alles fällt auf dich und deine Bank zurück.«

Knoblauch wollte wieder protestieren, aber Jackson brachte ihn mit einer Geste zum Verstummen.

»Laß mich ausreden. Die Logik sagt, wenn das Geld von dir stammt, gibt es zwei Möglichkeiten. Erstens, *du* bist der Boss des Drogenrings; *du* bist der Dealer hier auf dem Schiff, und so bist du an das Geld gekommen. Zweitens, du nimmst Bargeld von dem Dealer an, der den Stoff verkauft, und bringst es in Verkehr, wobei es gewaschen wird. Verstehst du meine Logik?«

Knoblauch sagte kein Wort. Seine gewaltigen Unterarme ruhten auf den Lehnen seines Sessels, und Jackson sah, daß seine Hände zu Fäusten geballt waren, deren Knöchel weiß hervortraten. Einen Moment lang dachte Jackson, daß Knoblauch ihn angreifen würde.

»Ich schlage dir einen Handel vor, Knoblauch. Deshalb bin ich übrigens hier, um einen Handel abzuschließen, um dieses kleine Problem auf vernünftige Weise zu lösen, so daß niemand zu Schaden kommt – das heißt, niemand, der zur Zusammenarbeit bereit ist. Die nennst uns den Namen des Typen, der dich mit all dem Bargeld versorgt und sagst das zu gegebener Zeit aus. Als Gegenleistung lassen wir dich weiterhin Bankier auf diesem Schiff spielen, und du bist nicht wegen Geldwäsche in Zusammenhang mit Drogenhandel dran. Na, wie klingt das, Knoblauch? Das ist doch ein vernünftiger Handel, oder? Ich meine, es klingt wirklich vernünftig für mich. Was hältst du davon?«

Knoblauch starrte Jackson ungefähr eine halbe Minute

lang an, und seine Augen in den Fettwülsten waren zu Schlitzen zusammengekniffen. Jackson hatte Mühe, zurückzustarren: Knoblauchs bösartige Ader und sein Jähzorn waren nicht nur bekannt, sondern auch unberechenbar. Jackson spannte sich unwillkürlich an, um gewappnet zu sein, wenn Knoblauch ausflippte. Der Chief hoffte, daß Martinez zur Stelle sein würde, wie er versprochen hatte. Knoblauch atmete tief durch und schüttelte den Kopf.

»Ich weiß nichts über Drogengeld, und Sie können mir nichts beweisen. Wenn ihr mein Geschäft dichtmachen wollt, dann höre ich auf. Das juckt mich nicht – ich habe mein Geld gemacht. Aber für all den übrigen Scheiß kann ich euch mit nichts dienen.«

»Ist das dein letztes Wort?«

»Ja.«

Jackson schaute ihn fast eine Minute lang an und stand dann auf. Knoblauch blieb in seinem Sessel und schaute zu ihm auf. Jackson ging zur Tür, öffnete sie, trat hinaus und ließ die Tür einen Spalt offen. Chief Martinez stand davor und hielt etwas in der Hand, das Jackson nicht ganz erkennen konnte. Martinez trat um Jackson herum, ging ins Büro und schloß die Tür. Jackson ging von der Tür fort und schaute sich auf dem dunklen Messedeck um; niemand zu sehen. Aus dem Büro drang ein Klatschen und Krachen, gefolgt von einem Schmerzensschrei. Kurze Stille, dann drei dumpfe Schläge, bei denen die Schotts erbebten. Der Nachtbäcker kam zur Tür der Kombüse, schaute hinaus und sah Jackson, der den Kopf schüttelte. Poppa Steiner, kein Dummkopf, duckte sich in die Kombüse zurück und schloß die Tür. Nach einer Minute wurde die Tür vom Büro der Kombüse geöffnet, und Martinez steckte seinen Kopf heraus und forderte Jackson mit einem Nicken auf, hereinzukommen. Jackson ging ins Büro.

Knoblauch saß in demselben Sessel wie zuvor, aber sein Gesicht war bleich, und er sah aus, als versuche er, Luft zu bekommen und gleichzeitig überhaupt nicht zu atmen. Ein Bein stand in sonderbarem Winkel ab. Knoblauch hielt die rechte Hand aufs Schienbein und rieb sehr vorsichtig darüber. Martinez ragte wie eine Eiche über ihm auf und hielt einen schweren Schraubenschlüssel in der Hand. Jackson ging zu dem zweiten Sessel und setzte sich.

»Wie ich schon sagte, Koblauch, wir sind hier, um einen Handel mit dir zu machen. Wir wollen keine Probleme. Wir wollen nur einen Namen erfahren. Willst du, daß ich wieder gehe und dir etwas mehr Zeit zum … Nachdenken lasse? Das kann ich tun, weißt du, ich kann gehen und den Chief hierlassen, damit er dir sozusagen beim Nachdenken hilft. Willst du das?«

Knoblauch schloß die Augen und hustete schwach. Er hielt seine linke Hand vor den Mund. Als er sie zurückzog, sah Jackson Blut daran. Dann wurde ihm klar, daß Knoblauch vermutlich nicht so gut sprechen konnte.

Martinez neigte sich vor und klopfte Knoblauch auf die Schulter. »Du sagst ihm jetzt, was du mir gesagt hast, du Arschloch.«

Knoblauch stöhnte, wischte sich über den Mund und schüttelte schwach den Kopf. Jackson machte ihn auf sich aufmerksam.

»Hey, hör zu. Wir nehmen an, es ist Bullet – EM eins Wilson. Haben wir recht?«

Knoblauch schloß die Augen und nickte.

»Und es ist Drogengeld, nicht wahr?«

Wieder ein Nicken. Knoblauchs Mund füllte sich mit etwas. Jackson fand, daß er wirklich schlecht aussah.

»Und du bist bereit, dies dem XO oder einem Kriegsgericht zu erzählen? Ohne Hintergedanken, richtig?«

Ein weiteres Nicken, diesmal schwächer. Knoblauch saß ein wenig verkrümmt in dem Sessel.

Jackson blickte zu Martinez, der nickte. Martinez hob Knoblauchs Dreifachkinn mit dem Schraubenschlüssel an, blickte ihn hart an und verließ dann das Büro. Jackson folgte ihm mit einem letzten Blick auf Knoblauch und schloß die Tür. Er glaubte einen Abfalleimer über den Boden im Büro kollern zu hören.

»Gehen wir zu meinem Büro«, sagte Jackson.

»Komisch«, murmelte Martinez auf dem Weg zum Broadway.

»Was?«

»Nachdem ich ihn bearbeitet hatte, verpfiff er Bullet, wie wir angenommen haben.«

»Ja, und?«

»Dann hatte er Sprachprobleme und stammelte. Ich fragte ihn, wie das mit dem Geld läuft – wie er und Bullet es bewegen. Er sagte – ich glaube es jedenfalls –, daß er es nur von ihnen von Zeit zu Zeit bekommt und dann verleiht.«

Jackson blieb vor seinem Büro stehen, um die Tür aufzuschließen. »Richtig. Die Operation sammelt Geld, und wenn sie eine Menge zusammenhat, gibt sie es Knoblauch ...«

»Nein, Sie blicken nicht durch. Er sprach von *ihnen*, nicht von ihm. Er bekam das Geld von *ihnen*. Mehrzahl.«

»Zwei Bosse? Nein. Diese Drogenhändler arbeiten nicht so. Sie sind wie Tiere mit einem Revier. Ein Tonangebender in einem Revier. Diese Arschlöcher teilen nicht.«

Als die beiden Chiefs vorbeieilten, stand Rocky reglos im Schatten der Spülküche, umklammerte die Theke aus rostfreiem Stahl mit beiden Händen und hielt den Atem an. Er hatte gespürt, daß etwas los war, und hatte ihren Besuch in Knoblauchs Büro durch das Fenster der Durchreiche in der Spülküche beobachtet, nachdem er die Messedecks kontrolliert hatte. Er hatte Jackson ins Büro gehen sehen und beobachtet, wie sich Martinez auf der anderen Seite des Schotts auf einem Kasten mit Schwimmwesten niedergelassen hatte. Dann hatte Jackson die Tür geschlossen. Rocky war erstarrt und hatte kaum zu atmen gewagt, weil er befürchtet hatte, von Martinez entdeckt zu werden. Als Martinez zur Tür des Büros geschlichen war, um zu lauschen, hatte Rocky langsam ausgeatmet und beklommen durch die Durchreiche beobachtet.

Die Entwicklung war schlecht. Schlimm genug, daß Jackson nach Feierabend mit Knoblauch sprach, aber daß Martinez dabei war, bedeutete, daß Jackson etwas Bestimmtes von Knoblauch wollte – vielleicht eine Information über Bullet.

Bis Jackson und Martinez fort waren, fühlte er sich in der Spülküche wie in einer Falle. Er dachte über die Möglichkeiten nach, als Jackson das Büro verließ und das Monster eintrat. Dann hörte er, was geschah. Ein Lichtstreifen fiel aus der Kombüse, als der alte Steiner herauskam, um zu sehen, ob die Decke zusammengekracht war. Das Licht verschwand schließlich. Sekunden später wurde die Tür von Knoblauchs Büro geöffnet, und Jackson ging hinein. Rocky hätte alles dafür gegeben, hören zu können, was gesprochen wurde, aber eigentlich konnte er es sich auch so zusammenreimen: Es ging um Drogen. Die Hurensöhne hatten den Aspekt mit dem Geld herausgefunden. Jetzt die große Frage: Wen würde Knoblauch verpfeifen – sie beide, oder nur ihn oder nur Bullett? Rockys Rippen schmerzten noch von der Behandlung durch Knoblauch, und so empfand Rocky ein wenig Genugtuung, weil Knoblauch jetzt in die Mangel genommen wurde. Aber es blieb die Tatsache, daß das Geschäft vermutlich aufgeflogen war und bald der Schlimmste der Schlimmen sich jemand vorknöpfen würde. Er erschauerte.

Rocky spielte mit dem Gedanken, sich aus der Spülküche zu stehlen und zu verschwinden, während Jackson und Martinez noch in Knoblauchs Büro waren, doch dann wurde wieder die Tür geöffnet, und Rocky hörte, daß Jackson etwas über sein Büro sagte. Rocky erstarrte, als die Chiefs vorbeigingen. Verdammt, was wußten sie? Er konnte zum Büro des Sheriffs gehen und zu lauschen versuchen, aber wenn Knoblauch ihn verpfiffen hatte und Monster Martinez ihn erwischte, dann gute Nacht. Andererseits hatte Jackson Bullet beschattet, nicht ihn, Rocky. Wenn Knoblauch nur Bullet verpfiffen hatte, dann konnte er, Rockheart, unter einem Vorwand beim Büro des Sheriffs vorbeischauen, draußen lauschen und behaupten, er müsse mit dem Sheriff sprechen, wenn man ihn erwischte. Er mußte es versuchen. Er brauchte Gewißheit.

Rocky spähte sichernd durch die Durchreiche, schlich dann aus der Spülküche und schloß die Tür hinter sich. Er ging schnell zum Broadway und verharrte. Von seinem Platz aus konnte er Jacksons Büro etwa zehn Meter entfernt sehen. Ein Lichtstreifen fiel unter der Tür hindurch. Er nahm all seinen Mut zusammen und schlich auf Zehenspitzen zu dieser Tür. Er hoffte sehnlich, daß niemand gerade jetzt über den Broadway kam und ihn sah.

»Jetzt wissen wir Bescheid, und was unternehmen wir?« fragte Martinez.

Jackon saß in seinem Schreibtischsessel, und Martinez lehnte mit dem Rücken an der Tür. »Das ist die große Preisfrage«, sagte der Sheriff.

»Ich könnte ihn mir greifen, ihm das dreckige Genick brechen und ihn über die Reling schmeißen«, bot Martinez an.

Jackson grinste. »Nein. Ich will die Genugtuung haben, ihn auffliegen zu lassen, damit er im Knast Steine klopfen kann. Das Problem ist jetzt, da wir wissen, was läuft, wie wir ihn gut genug für einen Prozeß festnageln können.«

»Etwas Stoff kaufen?«

»Das halte ich für falsch. Die beiden bisherigen gezielten Käufe habe ich von ziemlich jungen Leuten machen lassen. Der Dealer sieht nie die Kunden, und sie sehen ihn nie.«

»Die Käufer waren schwarze Jungs?«

»Ja. Beide. Was bestätigt, was Marcowitz mir erzählt hat. Eigentlich ist es ein ziemlich raffiniertes System – die Chancen, daß ein Schwarzer einen Bruder verpfeift, sind gering bis null. Selbst wenn nur ein kleiner harter Kern den Drogenhandel betreibt, hat jeder Kunde, besonders jeder

Weiße, das Gefühl, alle Schwarzen würden über ihn herfallen, wenn er jemals darüber plaudert. Und die bösen Jungs halten alle aus Rassenstolz zusammen.«

»All dieser Scheiß wird passieren, wenn wir uns Bullet kaufen.«

»Stimmt. Ich glaube, als nächstes sollten wir mit Holcomb sprechen und ihm sagen, was wir herausgefunden haben. Vielleicht weiß er eine Möglichkeit, wie wir an Bullet und seine Gang herankommen.«

»Wie wäre es, wenn wir den XO einweihen?«

Jackson schüttelte den Kopf. »Davon rate ich ab, jedenfalls vorerst. Wenn er schon pingelig in der Drogensache war, dann wird er erst recht vor dem Rassenaspekt zurückschrecken. Ich rede zuerst mit Holcomb.«

»Sie sollten sich hüten, ihm zu erzählen, wie wir Knoblauch zum Reden gebracht haben; Holcomb ist ein zu korrekter Typ, um so etwas durchgehen zu lassen.«

»Ja. Ich werde ihm nur sagen, daß sich Knoblauch zur Kooperation entschlossen hat, damit er nicht sein kleines Bankgeschäft verliert. Holcomb ist ein guter Abteilungsleiter; er wird es sich vielleicht zusammenreimen, aber wenn wir ihm nichts sagen …«

»Dann weiß er es nicht als Tatsache. Ja, ich mag den Mann. Ich glaube, er hat sich in die Scheiße geritten, indem er die drei Typen gemeldet hat.«

»Vielleicht – hey, was, zum Teufel, war das?«

Rockys Herz hämmerte, als er schließlich den Namen Bullet hörte. Sie sprachen davon, wie sie Bullet auffliegen lassen würden, nicht ihn. Jetzt konnte er …

Verdammt! Er erschrak fast zu Tode, als er eine Hand auf seiner Schulter spürte. Er vergaß, wo er war und daß er gelauscht hatte. Er fuhr herum und sah Seaman Coltrane, den stummen Seitenreiniger, der mal wieder orientierungslos über das Schiff irrte.

»Coltrane, was, zur Hölle, treibst du hier?« fragte er mit

lauter Stimme, als die Tür des Büros aufflog und Martinez auf der Schwelle auftauchte.

»Was ist hier los?« fragte der Chief grollend und schaute von Rockheart zu Coltrane. Jackson versuchte, an Martinez vorbeizuspähen.

»Ich kam über den Gang, und dieser Typ stand vor Ihrer Tür, Sheriff, als ob er lauschte«, erwiderte Rocky, und seine Stimme klang etwas höher als gewöhnlich. Er hielt Coltrane am linken Arm fest, als wolle er ihn abführen. Coltrane schaute verwirrt drein, blinzelte jeden an und gab einen gurgelnden Laut von sich. Jackson trat um Martinez herum und schaute Coltrane an.

»Seaman Coltrane, wollten Sie mich wegen irgend etwas aufsuchen?«

Wenn ja, war das nun das letzte, was Coltrane im Sinn hatte. Er riß sich aus Rockys Griff los und flitzte über den Gang davon in Richtung Quartiere der Ersten Abteilung.

»Verrückter kleiner Scheißer«, murmelte Rocky und vermied es, Martinez anzuschauen, der ihn anstarrte.

»Der ist in Ordnung«, sagte Martinez und schaute Rocky immer noch an. »Er arbeitet und quatscht nicht, was genau das Gegenteil von dem ist, was der Rest dieser Saubande tut.«

»Warum sind Sie noch auf, Rocky?« fragte Jackson.

»Zwei Kerle haben sich im Filmraum um die Plätze geschlagen. Ich war in der Abteilung, um mich zu vergewissern, daß sie dort die Schlägerei nicht fortsetzen. Aber sie haben sich abgekühlt und sind friedlich. Ich war jetzt auf dem Weg zu meinem Quartier.«

»Okay. Ich sehe Sie dann am Morgen.«

»Nacht, Sheriff«, sagte Rocky und verzog sich.

Als Rocky den Broadway verlassen hatte, beeilte er sich. Seine Gedanken jagten sich. Sie hatten Bullet, jedenfalls seinen Namen. Knoblauch hatte gesungen, vermutlich um im Geschäft zu bleiben. Was würde Bullet tun, wenn es ihm an den Kragen ging? Das war die Frage. Würde es Bullet etwas nutzen, wenn er ihn, Rocky, verpfiff? Nicht, wenn der Sheriff ihn immer noch für den Boss hielt; jede Anschuldigung gegen ihn, Rocky, würde nur eine Behauptung sein. Und man würde ihm nicht glauben – es sei denn, Knoblauch bestätigte, was Bullet sagte. Dann würde er, Rocky, geliefert sein. Es galt also, Knoblauch zum Schweigen zu bringen. So wird Bullet weiterhin belastet sein, und ich bin sicher, dachte Rocky.

Moment mal. Martinez hat mit Knoblauch im Büro der Kombüse etwas angestellt, überlegte Rocky. Dreimal hat es gekracht, und dann ist Jackson ins Büro gegangen. Angenommen, Knoblauchs Verletzungen sind schlimmer, als Martinez oder Jackson wissen? Angenommen, er hat innere Verletzungen, die erst später zum Tod führen? Er schuldete diesem fetten Dreckskerl etwas, weil der ihn verprügelt hatte. Rocky verharrte abrupt und schaute auf seine Armbanduhr: 22 Uhr 40 – ungefähr eine halbe Stunde, bis die Wachen für die Mitternachtsschicht auftauchten. Das reichte vielleicht, wenn er schnell handelte. Er ging zurück, stieg eine Leiter hinauf und kehrte zum Broadway um. Als er sich dem Büro des Sheriffs näherte, zögerte er, doch es war kein Licht unter der Tür zu sehen, und so ging er kühn vorbei. Keine Angst zeigen. Er war schließlich ein MAA; keiner würde einen Verdacht haben, weil er noch auf war. Er hatte schließlich die Wache beim Film für Marsden übernommen.

Das Messedeck war dunkel und still. Nur Steiner hantierte in der Kombüse. Rocky blickte wieder auf seine Armbanduhr. In einer Vierteltunde, vielleicht in zwanzig Minuten, würden die Küchenbullen auftauchen, um das Essen für die Mitternachtsschicht auszugeben. Wenn keiner der anderen Köche eingeteilt war, dann sollte Knoblauch gegen 23 Uhr 15 Suppe und anderes Essen laut Speiseplan an der Essenausgabe verteilen.

Rocky blickte sich wieder auf dem Messedeck um, vergewisserte sich, daß er allein war, und klopfte leicht an die Tür des Büros der Kombüse. Nichts. Er klopfte von neuem.

»Knoblauch, ich bin's, Rocky. Mach auf, Mann. Ich muß mit dir reden.«

Ein Stöhnen von innen und das Verrücken eines Sessels. Dann Stille.

»Knoblauch, ich weiß, was passiert ist. Ich habe die Scheißer gesehen, die das getan haben. Laß mich rein, Mann. Ich hole Hilfe. Diese Chiefs kommen mit so einem Scheiß nicht durch. Schließ die Tür auf.«

Wieder eine Minute Stille, und dann hörte Rocky, wie aufgeschlossen wurde. Er wartete und schob dann die Tür auf.

Knoblauch hing halb im Sessel, halb aus ihm heraus. Sein Gesicht war totenbleich, und er hielt ein blutgetränktes Tuch an den Mund. Seine kleinen Schweinsaugen spiegelten Schmerz wider. Der durchsichtige Plastikbeutel des Abfalleimers unter dem Schreibtisch war mit blutgetränkten Lappen und Papiertaschentüchern gefüllt. Knoblauch wirkte wie ein verwundeter Wal, aber es waren keine äußeren Verletzungen zu sehen. Rocky ging zu ihm und ließ sich auf ein Knie nieder.

»Verdammt, Mann. Was hat dieser Bastard dir angetan?«

Knoblauch versuchte zu sprechen, doch er konnte nur stöhnen und hielt das Tuch wieder vor den Mund, als weiteres Blut hervorquoll. Er hatte Schwierigkeiten mit dem Atmen und war nahe daran, vom Sessel zu fallen.

»Soll ich den Doc holen, Mann? Ich kann den Doc holen und …«

Knoblauch versuchte zu nicken, doch dann mußte er husten und spuckte Blut aus. Er wollte aufstehen, verlor jedoch das Gleichgewicht und krachte zu Boden wie ein Zweieinhalbzentnersack Kartoffeln. Rocky mußte zur Seite springen, um nicht mitgerissen zu werden. Er schaute hinab auf den riesigen fetten Mann, der verkrümmt am Boden lag und um Atem rang. Hellrotes Blut floß aus seiner Nase.

Er ist der einzige, der mich verpfeifen kann, dachte Rockheart. Sie sind hinter Bullet als Boss her, und nur dieser Fettsack kann bestätigen, was Bullet vielleicht bei seiner Festnahme aussagt. Ja, aber wenn ich nicht sofort den Doc hole, bin ich an seinem Tod mitschuldig. Verdammt großer Schritt vom Dealer zum Mörder.

Knoblauch stöhnte wieder, als er das Bewußtsein verlor, zu sich kam und wieder ohnmächtig wurde. Aber ich habe ihn nicht gekillt, dachte Rocky. Dieser Gorilla hat das getan. Blödsinn. Ich habe ihn gefunden. Wenn ich keine Hilfe hole und er abkratzt, dann bin ich mitschuldig. Und wenn er auf diese Weise stirbt, hilft das nichts, Mann. Wenn es ein Mordfall ist, wird es auf diesem Schiff von Cops, Agenten des NIS, Bundesbeamten und allen möglichen Gesetzesvertretern wimmeln. Dann ist das Geschäft vorbei. Dann fliegt alles auf.

Er überlegte schnell. Ich muß das so manipulieren, daß es nach etwas anderem aussieht. Knoblauch stöhnte wieder und atmete rasselnd. Rocky neigte sich über ihn, um den Puls am Hals zu fühlen. Er hatte Mühe, unter all diesen Fettwülsten die Halsschlagader zu finden. Er drückte tief den Daumen in den Speckhals. »Du hast mir fast die Rippen gebrochen, du Drecksack, jetzt versuch das noch einmal«, zischte Rocky.

Knoblauch stieß einen röchelnden Laut aus, bewegte sich jedoch nicht, und nach ein paar Minuten atmete er nicht mehr. Rocky vergewisserte sich und richtete sich auf. Der fette Bastard war ohnehin erledigt gewesen; er hatte seinen Tod nur beschleunigt. Jetzt konnten sie sich Bullet schnappen.

Rocky schaute wieder auf seine Armbanduhr. Eine Minute vor 23 Uhr. Er schaute sich im Büro der Kombüse um, sah den Müllsack voller blutiger Tücher und Papier und das Tuch, das Knoblauch in der Hand hielt. Er nahm ihm das Tuch ab, und zog den Müllsack aus dem Abfalleimer. Dann legte er das blutige Tuch hinein, drückte den Inhalt so fest zusammen, wie er konnte und schnürte den

Plastiksack zu. Er warf einen letzten Blick auf den Toten. Blut rann in dünnen Rinnsalen aus Mund und Nase. Herzanfall. Schlaganfall. So ein großer fetter Kerl. Das würde man sagen. Und Knoblauch würde überhaupt nichts sagen.

Rocky schaltete die Deckenbeleuchtung und die Addiermaschine an, breitete einige Papiere auf dem Schreibtisch aus und warf ein paar auf den Boden. Er kippte den Sessel um und legte dann Knoblauchs dicke, rechte Hand um seinen Hals, als hätte er sie darauf gepreßt, weil er keine Luft mehr bekommen hatte. Dann ging er zur Tür und schaute sich ein letztes Mal im Büro um. Perfekt, verdammt perfekt.

Er nahm den Müllsack, öffnete die Tür einen Spalt und spähte hinaus. Das Messedeck war noch dunkel. Die Köche würden in zehn, fünfzehn Minuten für die Männer der Mitternachtsschicht hier sein. Rocky wischte beide Türgriffe ab, bevor er die Tür – den Griff mit einem Papiertaschentuch umwickelt – zuzog. Diesmal ging er nach achtern, den Müllsack zusammengerollt über dem Arm wie ein Regenmantel. Als er durch die Gänge mit der roten Notbeleuchtung eilte, sagte er sich, daß er seinen Arsch gerettet hatte. Und das Schöne daran war, daß Martinez denken würde, er hätte Knoblauch umgebracht. Rocky bedauerte nur, daß er nicht wußte, wo Knoblauch das Geld für seine Bank aufbewahrte.

44

Um 23 Uhr 40, als Brian von Vince Benedetti abgelöst wurde, meldete sich die Brücke über den Lautsprecher im Combat Information Center.

»Combat, Brücke, Auswerter?«

Brian hatte praktisch noch Wache, und so meldete er

sich. Der OOD, Lieutenant (junior grade) Bendtner, bat ihn, das Bordtelefon zu benutzen. Offenbar wollte er privat mit Brian sprechen, ohne daß dabei der Kommandant mit angerufen wurde.

»Ja, Paul«, sagte Brian am Telefon. »Was ist los?«

»Ich habe eine Meldung von den Messedecks, daß der Chefkoch, Knoblauch Wol-sowieso tot in seinem Büro gefunden worden ist.«

»Ach, du Scheiße! Eine Ahnung, was passiert ist?«

»Man rief den Doc, und er sagt, es sieht nach einem Herzanfall oder Schlag aus. Vielleicht beides. Knoblauch ist oder war dieser große fette Typ, der MAA der Messedecks und der ranghöchste Küchenbulle. Ich habe den XO und den Alten informiert.«

»Ja, ich weiß, wer er war. Wie geht's weiter?«

»Es ist vorgesehen, daß ihn ungefähr ein Dutzend Jungs ins Krankenrevier tragen. Ich nehme an, man steckt ihn in einen Leichensack, legt ihn für die Nacht in einen Kühlraum und transportiert ihn morgen zum Flugzeugträger. Der Sheriff ist dort unten, und er sagt, es gibt keine Anzeichen auf Fremdverschulden. Es sieht einfach aus, als hätte der Mann irgendeinen Anfall gehabt und wäre abgekratzt. Als die Leute von der Mitternachtsschicht nichts zu essen bekamen, wollten sie sich beschweren und fanden die Leiche in seinem Büro.«

»Ich wette, das dämpfte etwas ihren Appetit. Okay. Müssen Berichte geschrieben werden?«

»Jawohl, Sir, aber darum wird sich der XO kümmern; als erstes muß eine Verlustmeldung von der Personalabteilung rausgehen. Der XO sagt, daß man ihn vermutlich nach Da Nang bringt, ihn einsargt und mit den übrigen Kisten auf dem Seeweg heimschickt.«

»Wie schön. Okay. Tut mir leid, daß der Typ tot ist. Ich werde Mr. Benedetti sagen, was passiert ist.«

Brian hängte ein und erzählte Vince die Geschichte. Vince schüttelte den Kopf. »Nicht allzu überraschend«, sagte er. »Der Mann hatte soviel Übergewicht, daß man befürchten mußte, er platzt. Und er hat ständig geraucht. Okay, Brian, ich übernehme.« Er sprach die vorgeschriebene Ablösungsformulierung. »Dies ist Mr. Benedettti, ich habe die Auswerterwache.«

Nach einem Chor von »Aye, aye, Sir« verließ Brian das Combat und ging nach unten in die Offiziersmesse. Die Stewards hatten die Reste des Abendessens als Essen für die Mitternachtsschicht benutzt, und so zog Brian es vor, Erdnußbutter und Marmelade zu nehmen und dazu ein Glas Milch zu trinken. Die Leute, die von 20 bis 24 Uhr Wache gehabt hatten, entspannten sich in der Messe und ließen sich Zeit, weil sie wußten, daß eine ganze Nacht Schlaf vor ihnen lag.

Der stellvertretende Kommandant kam in die Offiziersmesse, als Brian mit dem Essen fertig war. Der XO ging schnurstracks zur Kaffeemaschine und nahm sich eine Tasse Kaffee. Dann setzte er sich ans Kopfende des Tisch für die ranghohen Offiziere und arbeitete am Entwurf einer Funkbotschaft. Er ignorierte die anderen Offiziere in der Offiziersmesse. Jeder hatte über Knoblauchs Ableben gesprochen, doch nach einem Blick auf Mains' Miene wollte keiner ihn stören, um weitere Neuigkeiten zu erfahren. Schließlich tauschten sie Blicke und sammelten ihr Geschirr ein. Brian wollte wie jeder andere wissen, ob es weitere Einzelheiten über Knoblauchs Tod gab, doch der XO ignorierte auch ihn. Brian schaute zu den anderen Offizieren, forderte sie mit einer Geste zum Verlassen der Messe auf und folgte ihnen hinaus. Überrascht stellte er fest, daß draußen Chief Jackson wartete. Jackson erklärte Brian, er warte auf den XO, aber er würde gern auch mit ihm sprechen, wenn das möglich war.

Brian blickte auf seine Armbanduhr. »Ich gehe rauf in meine Kabine; wenn Sie in ungefähr zwanzig Minuten dort sein können? Andernfalls sehen wir uns am Morgen. Ich habe sechs Stunden im Combat hinter mir.«

»Ich werde in die Kabine kommen«, sagte Jackson.

Eine Viertelstunde später klopfte er an Brians Tür. Brian

saß im Bademantel in seiner Kabine und sichtete gähnend Post in seinem Eingangskorb, als der Sheriff eintrat. Brian wies auf einen Sessel.

»Was gibt es, Sheriff?«

»Ich habe den Namen des Kerls herausgefunden, der den Drogenring auf dem Schiff anführt«, sagte Jackson. »Das Problem ist nur, meine Quelle und einzige Erhärtung gab vor ungefähr einer Stunde auf dem Messedeck den Löffel ab.«

»Dieser Knoblauch?«

»Ja. Der Kredithai der *Hood*. Er hat Bargeld von unserem Typen angenommen und in seine Kreditgeschäfte gesteckt. Das nennt man Geldwäsche. Es war eine Methode, um Bargeld arbeiten zu lassen, besonders Drogengeld.«

»Und der Typ ist ....«

»EM eins Wilson – der Elektriker, den man Bullet nennt.«

»Ich erinnere mich vage an ihn. Er arbeitet im Hauptmaschinenraum, nicht wahr? War diesem Knoblauch bewußt, daß er Drogengeld wäscht?«

»Er muß es gewußt haben. Wie sonst könnte ein E-6 jeden Monat mit Kartons voller Bargeld zu ihm kommen? Ich nehme an, daß keine Fragen gestellt wurden.«

»Warum hat Knoblauch ihn verpfiffen?«

»Weil wir ihm klarmachten, daß wir sein Kreditgeschäft stoppen und ihn der Beteiligung an einem Drogenring anklagen, wenn er uns nicht den Namen nennt. Wir haben ihm angeboten, ihn sein Geschäft weiterführen zu lassen, wenn er als Zeuge gegen den Boss aussagt.«

»Wir?«

»Ich habe Chief Martinez mitgenommen. Knoblauch ist – war – größer als ich.«

Brian dachte darüber nach. Mit Knoblauchs Aussage und theoretisch mit dem Beweis, daß Geld den Besitzer gewechselt hatte, hätten sie diesen Bullet festnageln können. Aber ohne Knoblauch hatten sie nur einen Namen. Jackson beobachtete ihn, während er zu diesem Schluß gelangte.

»Ja. Kein Knoblauch, kein Zeuge, kein Beweis. Wir haben einen Namen bekommen, aber den hatten wir ohnehin schon. Aus diesem Grund wollte ich Sie schon sprechen, bevor Knoblauch abkratzte. Ich weiß nicht, wie es jetzt weitergehen soll.«

Brian nickte langsam. Er wußte es ebensowenig.

»Haben Sie den XO eingeweiht?«

»Nein, Sir. Ehrlich gesagt, ich habe fast Bammel davor.« Jackson setzte Brian über seine Befürchtungen über eine großangelegte Ermittlung und den Rassenaspekt ins Bild. Brian bemerkte die Verlegenheit des Chiefs, als er das Thema Rasse zur Sprache brachte.

»Wie ich das sehe, sind wir in einer Sackgasse und stehen vor einer Mauer«, sagte Brian. »Die Führung ist bereits sauer wegen dieser Anklagen. Und wir haben keinerlei echten Beweis, daß Bullet der Boss ist. Der Kommandant des gemischten Kampfverbands wird uns vielleicht wegen der Rauschgiftsache einheizen, und wenn wir dann noch einen Rassenkonflikt bekommen, dreht uns der XO den Hals um. Vielleicht ist es das beste, weiter zu ermitteln und zu versuchen, genügend Beweise gegen Bullet zusammenzutragen, um ihn zu einem Geständnis zu bewegen oder auf Grund der Indizien ins Gefängnis zu bringen. Wählen Sie diesen Weg. Keiner von der Führung hat Ihnen befohlen, den Fall *nicht* zu verfolgen. Und Sie haben vermutlich recht: wenn Sie die Sache dem XO melden, könnte man Sie offiziell stoppen, und wenn Sie dann noch weitermachen, ist das ein Nichtbefolgen von Befehlen.«

»Ja, Sir. So sehen wir es auch.« Jackson rieb über den schwarzen Plastikbesatz seiner Mütze, während er nachdachte. »Aber wir wissen nicht genau, was wir als nächstes tun sollen, um Beweise gegen Bullet zu sammeln.«

»Nun, wo ist zum Beispiel Knoblauchs Bank? Wenn darin mehr von diesem markierten Geld gefunden wird, haben Sie einen stärkeren Beweis, daß einiges von dem Drogengeld bei ihm gelandet ist.«

Jackson starrte ihn an. »Verdammt, Sie haben recht. An

die markierten Zwanziger hab' ich gar nicht mehr gedacht. Und wenn Bullet unser Mann ist, dann muß *er* ebenfalls irgendwo Bargeld angesammelt haben. Ja, wir müssen den Weg des Geldes verfolgen.«

»Und Bullet verfolgen. Ihn beobachten. Ihn nervös machen. Ihn unter Druck setzen. Setzen Sie Chief Louie Jesus auf ihn an, damit er ihn mit seiner dämonischen Medizin einschüchtert. Wenn Bullet nicht der Boss ist, dann wird er sich schnell beschweren, von Martinez und seinem Teufelsspuk verfolgt zu werden. Und wenn er es ist, wird er auf stur schalten und den Mund halten. Unterdessen suchen Sie Knoblauchs Bank. Und ich lege mich jetzt hin.«

Jackson stand auf. »So machen wir es, Mr. Holcomb. Wir werden Sie auf dem laufenden halten. Und ich weiß Ihre Unterstützung zu schätzen.«

»Denken Sie nur daran, daß eine Unterstützung von jemandem, der bereits auf Krücken geht, nichts ist, auf das man bauen kann, wenn ich das mal so bildlich sagen kann.«

»Wir wollen diesen Bastard haben, Mr. Holcomb; und um das zu erreichen, werden wir jede Unterstützung annehmen, die wir bekommen können. Gute Nacht, Sir.«

45

In den nächsten zehn Tagen und Nächten nahm das Tempo der Operationen über dem Golf stetig zu. Der Taifun hatte auf seinem Weg viele der kunstvoll angelegten Tarngebilde in ganz Nortvietnam hinweggefegt. Die Aufklärungsflüge erbrachten beispiellose Schätzungen von Artillerieparks, Munitions- und Treibstoffdepots, was alles auf Vorbereitungen zu einem großen Vorstoß auf den Süden hinwies. Es gab keine offizielle Ankündigung der

US-Regierung von großangelegten Bombardierungen des Nordens, doch der Präsident hatte eine stetige Ausweitung der Luftangriffe genehmigt, besonders in der Südhälfte von Nordvietnam. Die SAR-Helos waren oft im Einsatz, von beiden Flugzeugträgern stiegen Maschinen zu Angriffsflügen auf, und die Fluglotsen der *Hood* hatten alle Hände voll zu tun. Der gemischte Kampfverband entwickelte Routine in zunehmenden Operationen von ungefähr fünf Uhr bis dreiundzwanzig Uhr, wonach die Aktivitäten sowohl für die Amerikaner als auch für die Nordvietnamesen abklangen bis zum nächsten Morgen.

Brian, Vince Benedetti und Graf Austin wechselten sich turnusmäßig mit der Wache ab, und jeder war insgeheim froh, daß es drei Schichten statt zermürbender zwei gab. Brian überstand die Wachen besser, weil er wenigstens an zwei von drei Nächten von Mitternacht bis halb sechs schlafen konnte. Er gewöhnte sich auch viel besser an die Geräusche und elektronischen Symbole auf den Schirmen während der Operationen. Er brauchte nicht alle paar Minuten dem SWIC mit ›Was ist das?‹ auf die Nerven zu gehen. Außerdem fand er mehr Zeit für die Leitung seiner Waffenabteilung, lernte das Personal besser kennen und holte bei der Erledigung der scheinbar nie endenden Schreibarbeiten auf.

Brian glaubte ein neues Maß an Respekt bei seinem Personal zu entdecken, nachdem die drei Junkies angeklagt und vom Kapitän verurteilt worden waren. Die drei Übeltäter waren am Nachmittag nach dem Urteil vom Schiff fortgeflogen worden. Sie hatten nervös gegrinst, als sie mit Stahlhelmen und Schwimmwesten ihre Reise zu den Philippinen und zum Kriegsgericht angetreten hatten. Einige der Mannschaftsdienstgrade hatten sich auf dem Hubschrauberdeck versammelt und sie mit verstohlen emporgereckten Daumen und Friedenszeichen verabschiedet, neidisch, weil sie heimkehren konnten, ganz gleich auf welcher Route und zu welchem Schicksal. Brian hatte einen Schnellkurs für die Feuerleitung eingerichtet, und die FTM-Chiefs saßen mit den unerfahrenen Männern an den Konsolen und unterrichteten sie. Brians Pläne, Übungen über das CIC und mit Hilfe von Unterstützungsflugzeugen abzuhalten, erfüllten sich kaum, denn die gewaltigen Spook-Radars lösten echten Alarm aus, und es gab bereits genug Alarmierungen vor dem Feind, als die Luftaktivitäten über dem Norden zunahmen. Aber nach einer Woche gab es deutlich bessere Leistungen bei dem Männern der Feuerleitung.

Den einzigen Mißton gab es, als der stellvertretende Kommandant eines Nachts eine Ausbildung beobachtete, die nicht perfekt verlief. Er wandte sich an Brian, der Auswerterwache hatte.

»Sie sollten hoffen, daß nichts passiert, Mr. Holcomb, denn wenn etwas los ist, und ihre Lehrlinge an den Fernlenksystemen vermasseln es, werde ich Sie verantwortlich machen.«

»Ich nehme an, ich bin in jedem Fall verantwortlich, XO«, erwiderte Brian. Mains blickte ihn kühl an und ging.

Brian bemerkte, daß der Captain sich weiterhin in seiner Kajüte verkroch. Das Schiff führte keine Manöver durch, die seine Anwesenheit auf der Brücke erforderlich machten, und die Auswerter hatten nur telefonischen Kontakt mit Huntington. Sein Stellvertreter Mains ließ sich im Laufe des Tages blicken, wenn die Dinge über dem Strand hektisch wurden, aber er schien sich ebenfalls in seiner Kabine zu verkriechen, sich mit Schreibarbeiten und den Problemen des Personals zu beschäftigen, die Hauptaufgabe jedes stellvertretenden Kommandanten auf einem Schiff. Graf Austin hatte ärgerlich erwähnt, daß der Stab von CTF 77 ›Interesse‹ an dem Drogenfall zeigte. Austin dachte anscheinend, daß Brians Meldung dem Ansehen des Schiffes geschadet hatte. Brian konterte, indem er darauf hinwies, daß Drogenkonsumenten an Bord der wahre Schaden für das Ansehen des Schiffes waren, aber Austin hatte nur über seine Naivität gespottet. Ihre Beziehung kühlte sich ab, und Brian hatte den Eindruck, daß Austin

Distanz zwischen ihnen schuf, als erwarte er, daß Brian zur Rechenschaft gezogen wurde, weil er die Verfahrensweisen der *Hood* gestört hatte. Vince Benedetti verhielt sich neutral und sprach einmal sehnsüchtig darüber, eines Tages genauso hart gegenüber den Männern zu sein, die im Maschinenraum immer noch Drogen konsumierten, doch am nächsten Tag wiegelte er ab und erklärte, daß er sich niemals erlauben konnte, so viele Männer vom Wachplan zu entfernen, weil er dann den Betrieb in seiner Abteilung nicht aufrechterhalten konnte. Brian wies darauf hin, daß ihm die Entscheidung abgenommen werden könnte, wenn genug Jungs in den Maschinenräumen Marihuana rauchten und etwas passierte. Dies sollte sich als prophetische Erklärung erweisen.

Am Abend des elften Tages nach der Übernahme wurde aufgeregt über Lautsprecher ein Feuer Klasse Bravo in Kesselraum eins gemeldet. Im Sprachgebrauch der Navy war Klasse Alfa ein Brand von Papier und Holz. Klasse Charlie war ein Feuer, das durch Elektrizität ausgelöst wurde. Aber Klasse Bravo bedeutete ein Ölfeuer, das dort unten zu einer Katastrophe führen konnte. Vince Benedetti hatte Auswerterwache im CIC. Als der Alarm ertönte, rannte Vince aus dem CIC und begegnete auf dem Weg zum Maschinenraum Brian, der gerade seine Kabinentür öffnete.

»Übernehmen Sie die Wache!« rief Vince und eilte die nächste Treppe hinunter. Brian nahm seine Taschenlampe und lief zum Combat Information Center, während der Alarm in den Quartieren schrillte. Im CIC waren die Leute der Waffenabteilung hektisch damit beschäftigt, ihre Systeme abzuschalten, weil mit Stromschwankungen gerechnet werden mußte. Garuda Barry hatte die SWIC-Wache. Er stand neben dem Schreibtisch des Auswerters und hatte die Kopfhörer aufgesetzt. Er meldete dem Stab der Yankee Station via Air Force Green den Brand. Der Captain und sein Stellvertreter waren anscheinend schon auf der Brücke. Graf Austin betrat das Combat

Information Center, gefolgt vom Rest des CIC-Gefechtsteams.

Jeder im Combat war angespannt. Ein Feuer Klasse Bravo in einem Hauptmaschinenraum war ernst genug, um die schärfste Schadensbegrenzung – Klasse Zebra – auf dem Schiff einzuleiten. Klasse Zebra bedeutete, daß das Schiff in Hunderte wasserdichte Abteilungen abgeschlossen wurde. Ein Ölfeuer in einem Hauptmaschinenraum bedeutete, daß unter Druck gesetztes Öl, entweder Treibstofföl oder ein Schmiermittel, außer Kontrolle in einem begrenzten Raum brannte, das Labyrinth der Antriebsmaschinerie, Dampfrohre und Wasserleitungen in einen Feuerball verwandelten, der binnen Sekunden allen Sauerstoff aufsaugte und ein Entkommen von der Brandstelle fast unmöglich machte. Wenn der Brand nicht unter Kontrolle gebracht wurde, konnten Feuer in Maschinenräumen zu Kesselexplosionen oder Brüchen der Dampfleitungen führen, wodurch über 500° Celsius heißer Dampf in dem betroffenen Raum freigesetzt wurde und sogar auf die angrenzenden Hauptantriebsräume übergreifen konnte. Wenn die Wachen ein Feuer Klasse Bravo nicht in der ersten Minute unter Kontrolle bringen konnten, blieb ihnen nur noch die Möglichkeit, die Quelle des Öls zu schließen und dann zu versuchen, zu den Fluchtschächten zu gelangen oder in die Bilgen zu tauchen, wo sie auf dem Rücken im Bilgenwasser lagen und nur genug vom Gesicht entblößten, um Luft zu bekommen, während sie die Katastrophe über ihnen beobachteten und beteten, daß keine Hauptdampfleitung ein Leck bekam.

Austin übernahm offiziell die Wache in D & D, und Brian bemannte seine Gefechtsstation im Waffenmodul. Jetzt gab es nicht wie sonst Plaudereien und Fragen der Wachen. Jeder wartete angespannt auf die Nachricht, daß das Feuer unter Kontrolle war. Die Beleuchtung flackerte ein paarmal, wenn die Techniker Stromkreise umschalteten und den betroffenen Maschinenraum isolierten. Während die Offiziere über das Lautsprechersystem der

Kommunikation zwischen dem Kontrollzentrum des Maschinenraums und der Brücke lauschten, setzte Garuda weiterhin Funkbotschaften an den Stab auf den Flugzeugträgern ab. Die anderen Wachen kommunizierten mit ihren Flugzeugen, um zu erklären, warum die Red Crown Station außer Betrieb war. Brian überprüfte, daß die Systeme der Fernlenkgeschosse und das SPS-48-Radar in Bereitschaft waren. Die Männer der Einsatzabteilung hatten das TACAN-Funkfeuer und die zweitrangigen Radars gesichert. In der Theorie sollten die Techniker den Strom zu den hinteren Hauptgeneratoren leiten, die nicht von einem Problem in der vorderen Maschinenanlage betroffen wurden. Jeder wußte, daß *sollten* das Wort war, auf das es ankam. Bei einem Feuer Klasse Bravo in einem Kesselraum war nichts mit Sicherheit zu sagen.

Es dauerte eine halbe Stunde, bis die Männer des Schadenkontrollteams den vorderen Kesselraum betreten konnten. Sie stiegen vom Wetterdeck durch die Fluchtluke hinab, schleppten schwere Feuerwehrschläuche und atmeten durch Sauerstoffmasken. Sie meldeten über Sprechfunk, daß das Feuer ausgebrannt war. Es war offenbar im Bereich einer Hauptzufuhrpumpe entstanden, und die vermutliche Ursache war Schmieröl, das aus einem defekten Filter ausgetreten und auf die heiße Stahlverkleidung einer dampfbetriebenen Zufuhrpumpe getropft war. Die Crew des Kesselraums hatte die Pumpe abschalten können, bevor die Männer in die Bilgen getaucht waren, und so war das Feuer von selbst ausgebrannt. Das Löschteam meldete, daß es den Kesselraum entlüftete, in dem dichter, schwarzer Qualm wallte. Es wurden keine Verletzungen bei der vierköpfigen Kesselraumcrew gemeldet. Austin übermittelte diese Information via Air Force Green an den Stab.

»Wenn das alles ist, hatten wir verdammt Glück«, bemerkte Garuda und spielte mit einer nicht angezündeten Zigarette. Das Rauchen bei Alarm war verboten. »Ich war mal auf einem Zerstörer; bei einem Feuer Klasse Bravo kamen sechs Jungs ums Leben. Eine Sechszentnerdampfleitung schmolz in ungefähr fünfzehn Sekunden. Man fand später nur sechs Skelette, die Knochen waren wie abgenagt. Das war eine schlimme Scheiße, eine wirklich schlimme.«

»Genug von diesem Gerede«, schnauzte Austin, als einige Radarbediener blaß waren und krank aussahen. »Ich warte auf die Meldung ›Energie stabil‹, und dann nehmen wir die Red Crown Station wieder in Betrieb.«

Brian wartete mit dem Rest des Teams, während sich die Lage unten im Schiff normalisierte. Obwohl das Combat Information Center voller Leute war, waren alle Schirme der Konsolen schwarz und die Funkanlagen stumm. Brian hatte das bedrückende Gefühl, daß die Tage mit drei Schichten Auswerterwache vorüber waren. Ein paar Minuten später kam der stellvertretende Kommandant ins Combat und gab Austin einen abschließenden Bericht, der dem Stab übermittelt werden sollte. Als sich Austin die Einzelheiten notierte, sah Mains, daß Brian ihn vom Waffenmodul aus beobachtete. Er bedachte Brian mit einem Blick, der zu sagen schien ›Fang nur ja nicht schon wieder mit dem Gerede von Rauschgift an Bord an‹. Dann konzentrierte er sich wieder auf den Bericht.

Brian fragte sich, was man finden würde, wenn ermittelt wurde, wer von Vince Benedettis Männern high gewesen war, als er den Ölfilter gewechselt hatte. Er erinnerte sich, auf der Zerstörerschule gelernt zu haben, daß ein Leck im Ölfilter einer Pumpe so gut wie nie vorkam, daß ein Fehler beim Filterwechsel jedoch eine gutdokumentierte Ursache für Ölbrände in Kesselräumen war. Der XO kehrte zur Brücke zurück.

»Hauptkontrolle meldet Energie stabil bei Generator zwei B«, kündigte ein Telefonist des Gefechtsteams an. Austin nickte, und Garuda befahl den verschiedenen Abteilungen, ihre elektronischen Systeme zu aktivieren. Garuda schaltete das Operationsprogramm an der Haupttastatur ein. Signale ertönten an allen Konsolen.

»Alle Stationen, SWIC«, bellte Garuda in die Bordverständigungsanlage. »Melden Sie bemannt und einsatzbereit.«

Brian ging in die Abteilung D & D und blieb neben Austin stehen. »Wer übernimmt die Wache?«

Austin blickte von der Botschaft auf, die er schrieb, und schaute dann auf seine Armbanduhr. »Ah, richtig. Vince. Mal sehen. Ich habe am längsten frei gehabt. Ich beende Vinces' Schicht von achtzehn bis vierundzwanzig Uhr, und Sie übernehmen die Mitternachtswache. Danach werden wir sehen, wie es weitergeht.«

Brian nickte. »Ich kann mir denken, wie es weitergeht«, sagte er, und seine Stimme klang bereits müde. Aber Austin vertiefte sich in seine Botschaft, mit der er den Zwischenfall meldete. Brian ging in seine Kabine, um ein paar Stunden zu schlafen.

46

Der stellvertretende Kommandant machte es am nächsten Morgen nach der Offiziersbesprechung offiziell. Der Chefmaschinist mußte vom Wachplan gestrichen werden, um die Reparaturen im Kesselraum zu beaufsichtigen. Austin würde die Auswerterwachen von sechs bis 12 Uhr und dann von 18 bis 24 Uhr haben. Brian wurde für die Wachen von 12 bis 18 Uhr und 24 bis sechs Uhr eingeteilt. Ihn verließ der Mut bei dem Gedanken an einen weiteren Monat Auswerterwachen von Mitternacht bis zum Morgen. Selbst wenn er versuchte, sich zwischendurch auszuschlafen, war es eine körperliche Belastung für ihn, denn er mußte während der natürlichen Schlafperioden wach bleiben.

»Sie sagten neulich, Sie sind bereit, die Drogenbekämpfung bis zu den Offizieren und Chiefs durchzuziehen«, sagte der XO und klappte sein Notizbuch zu. »Nun, so geht es, wenn das Personal knapp wird.«

Austin blickte aufs Deck, als der XO nach dem versteckten Tadel über Brians Aktion gegen die drei Techniker davonging. Brian sagte nichts, während die anderen Offiziere zu den Gruppen ihrer Abteilungen gingen. Austin verharrte, um mit ihm zu sprechen, während die Männer der Waffenabteilung auf Brian warteten.

»Es wird nicht allzu lange so sein«, sagte Austin. »Esist überraschend wenig Schaden entstanden. Keiner ist verletzt worden. Einiges Isoliermaterial ist verbrannt, und einige Kupferrohre rings um die Pumpe sind geschmolzen, aber die Männer machen dort hauptsächlich sauber und entfernen den Ruß. Vince meint, er kann den Kesselraum in ein paar Tagen wieder in Betrieb nehmen.«

»Was wird mit der Zufuhrpumpe?«

»Die ist natürlich außer Betrieb, bis eine Inspektion ergibt, daß nichts verzogen ist, aber er hat zwei weitere Pumpen als Ersatz in diesem Kesselraum.«

»Und ich nehme an, man weiß nicht, was den Brand verursacht hat?«

Austin bedachte ihn mit einem spöttischen Lächeln. »Bis jetzt ist die Brandursache offiziell unbekannt«, sagte er. »Und an Ihrer Stelle würde ich diese Frage nicht zu weit verfolgen.«

»Das klingt für mich, als reagieren einige Leute empfindlich auf die Wahrheit.«

Austin schaute ihn an. »Und für mich klingt es, Mr. Holcomb, als ob gewisse Lieutenants anfangen, gefährlich zu leben.« Er ging zur morgendlichen Befehlsausgabe.

Brian ging zur Gruppe der Waffenabteilung, wo die Chiefs mit den Offizieren der Abteilung warteten. Eine starke Nordostbrise strich über das Bootsdeck, und jeder mußte seine Mütze festhalten.

»Nun, Jungs, ich habe wieder die Nachmittags- und Mitternachtswache«, kündigte Brian an, »und das bedeutet, daß ich euch nur bei der Offiziersbesprechung und bei einigen Mahlzeiten sehen werde. Wir sollten das gleiche System anwenden wie zuvor. Sie können mich im Combat erreichen, wenn es Probleme gibt. Bei Routineangelegenheiten müssen Sie selbst entscheiden.«

»Wie lange dauert es diesmal, Boss?« fragte Chief Martinez.

»Keine Ahnung. Das hängt davon ab, was man dort unten findet. Mr. Austin meint, es dauert nur ein paar Tage, bis der Schaden behoben ist.«

»Wie ich hörte, befahl Mr. Benedetti eine Urinprobe, nachdem die Wachen aus den Bilgen gezogen worden waren.«

»Du meine Güte!« sagte Brian.

»Und?« fragte Fox Hudson.

»Mehr habe ich nicht erfahren«, sagte der Chief und zuckte die Achseln.

»Vielleicht werden wir nichts mehr davon hören«, murmelte Jack Folsom.

»Okay, Jungs, an die Arbeit«, sagte Brian. Er unterzeichnete ein paar Anforderungsformulare und genehmigte die monatliche Bestellung an Munition. Die Offiziere gingen hinab in die Offiziersmesse, um sich Kaffee zu holen, aber Chief Martinez verweilte. Brian bemerkte, daß der Chief seine Mütze in der Brise nicht festzuhalten brauchte; sie saß fest auf seinem Schädel.

»Ja, Chief?«

»Ich nehme an, es interessiert Sie, etwas über die Urinproben zu erfahren.«

»Ich bin natürlich neugierig. Aber es würde mich nicht überraschen, wenn das Ergebnis unter Verschluß gehalten würde.«

»Ja, nun, wie ich hörte, machte der Doc die Urinproben in Jacksons Anwesenheit, aber der Sheriff konnte nicht sehen, was geschah, als der Doc die Chemikalien hineingab. Jackson konnte also nicht sehen, ob sich die Pisse verfärbte. Und der Doc spielt den großen Schweiger. Er sagt keinem ein Sterbenswörtchen. Befehle des XO.«

»Was bedeutet, daß der XO die Ergebnisse für sich behalten will.«

»Nun, Sie wissen ja, daß dicke Luft ist, seit Sie die drei Scheißer gemeldet haben. Und Jackson ist ziemlich unglücklich, weil er ausgeschlossen wird. Und der Doc ist ziemlich unglücklich, weil er ihn ausschließen muß, wenn Sie verstehen, was ich meine.«

»Ich glaube, ich komme da nicht ganz mit.«

»Nun, wer kümmerte sich bei dem alten System um die Bösewichter?«

»Ah, jetzt kapiere ich. Die Chiefs – die jetzt aus dem System ausgeschlossen sind.«

»Genau. Er kann es nicht geheimhalten, er will, daß jemandem in den Arsch getreten wird. Und wenn er es geheimhält ...«

»Wird keinem in den Arsch getreten. Sein System bricht zusammen.«

»Wegen Ihnen.«

»Wegen mir. Wie schrecklich. Ich glaube, ich werde gleich meinen Seesack packen. Gute Inventur machen. Es meinen nächsten Angehörigen leichtmachen, wenn Sie von meinem Tod benachrichtigt werden.«

Chief Martinez lachte. »Werfen Sie nicht das Handtuch, Boss. Vielleicht lösen wir die Probleme doch noch nach den Vorschriften der Navy.«

»Noch etwas über Bullet herausgefunden?«

»Er wird nervös. Ich setze ihm schwer mit meinem Dämonenzauber zu.« Der Chief verdrehte die Augen, um zu zeigen, was er von dem Begriff hielt. »Aber ich glaube, wir übersehen etwas. Etwas, das Knoblauch in der Nacht gesagt hat, als wir mit ihm gesprochen haben.«

»Was war das?«

»Jackson ist da anderer Meinung, aber Knoblauch hat einmal gesagt, er hätte das Geld von ihm – also Bullet – bekommen, und beim zweiten Mal sagte er von *ihnen* – Mehrzahl.«

»Meinte er damit vielleicht die Drogengang?«

»Ja, so sieht Jackson das. ›Ihnen‹ als die Drogengang. Aber ich meine, er bekam Geld von zwei Männern, nicht nur von einem.«

»Sie meinen, Bullet spielt nur die zweite Geige, und ein anderer ist der wahre Boss?«

»Ja, vielleicht.«

Brian dachte darüber nach. Aber warum sollte es zwei Anführer geben – warum sollten zwei Personen für die Operation nötig sein? Er fragte Martinez.

»Keine Ahnung«, sagte der Chief. »Aber es geht mir einfach nicht aus dem Kopf.«

»Wenn Sie meinen, daß es so ist, dann solltet ihr Jungs euch vielleicht mit Bullet unterhalten wie mit Knoblauch – wenn es einen größeren Fisch zu fangen gibt, könnte es einen Versuch wert sein. Solange ihr es erledigen könnt, ohne daß der Kerl an einem Herzanfall stirbt.«

Martinez zuckte mit den breiten Schultern. »So was passiert schon mal, Mr. Holbomb. So ist das nun mal.«

Brian war auf dem Weg zum Vorderdeck, als er auf der Steuerbordseite Austin sah, der sich bei den Bootsdavits mit Mains unterhielt. Beide blickten ihn an, als er vorbeiging, aber sie setzten das Gespräch erst fort, als er außer Hörweite war.

Als Brian später in seiner Kabine einige Wäsche flickte, klingelte sein Telefon.

»Lieutenant Holcomb am Apparat, Sir«, meldete sich Brian.

Der Anrufer war der stellvertretende Kommandant. »Mr. Holcomb, man sagte mir, Sie meinen, die Führung hat ein Problem, mit der Wahrheit umzugehen.«

Verdammter Austin! »Ich meinte nur ...«

»Sie sollten aufpassen, was Sie sagen, Mister. Wir werden herausfinden, was in diesem Kesselraum passierte, aber ich finde, Sie haben genug eigene Probleme, ohne die

Nase in die Angelegenheiten anderer Leute zu stecken. Wenn nicht, dann kommen Sie zu mir – ich habe eine Menge Probleme, die ich mit Ihnen teilen kann. Verstanden?«

»Jawohl, Sir.«

»Und wo ist der Bericht über Ihre Vorbereitungen für die Verwaltungsinspektion? Und Ihr Haushaltsplan für das nächste Quartal – haben Sie den schon fertig?«

»Nein, Sir.« Brian seufzte.

»Nun, dann sorgen Sie dafür, daß ich beides heute bis zum Feierabend bekomme, Mr. As. Ein Mann mit Ihren gewaltigen Interessen und Talenten sollte dies spielend schaffen.«

Brian schwieg.

»Ich warte auf eine korrekte Antwort, Mr. Holcomb.«

»Aye, aye, Sir.«

»Na also.«

Brian hängte ein und beendete seine Flickarbeiten. Er überlegte, ob er sich vor der Wache noch ein wenig hinlegen konnte, als es an der Tür klopfte.

»Herein.«

Chief Jackson öffnete die Tür und steckte den Kopf in die Kabine. »Mr. Holcomb, haben Sie 'ne Minute Zeit?«

»Ja, Chief. Warum nicht.«

Jackson trat ein und schloß die Tür hinter sich.

»FTM drei Warren war bei mir. Anscheinend wird ihm von einigen der anderen Mannschaftsdienstgrade eingeheizt. Er wollte nicht mit der Sprache rausrücken, aber ich gewann den Eindruck, daß ihm der andere Schwarze von den Mannschaften zusetzt.«

»Wie zusetzt?«

»Jemand hat ›Tom Fink‹ auf sein Kopfkissen geschmiert. Wie in Onkel Tom heißt das, er ist ein Junge der Weißen, und obendrein ein Spitzel. Gestern nacht wurde er auf einem Gang aus dem Hinterhalt überfallen. Man schaltete die Beleuchtung ab und schubste ihn herum. Dabei trugen die Angreifer Strickmützen über dem

Gesicht. Warren sagte, er bleibt besser von den Wetterdecks fern, denn sie haben ihm angedroht, ihm den Arsch aufzureißen, wenn er in den Angelegenheiten einiger Brüder herumschnüffelt.«

»Aber keiner der Kerle, die verurteilt wurden, war ein Schwarzer.«

»Genau. Was bedeutet, daß die Drohung vielleicht von Bullet kommt – es ist sein Drogengeschäft, das Warren ihm angeblich vermasselt.«

»Mist, ich will nicht, daß Warren drangsaliert wird«, sagte Brian. »Unter den FTMs First Class ist er der ranghöchste Petty Officer auf Wache, der mir noch geblieben ist.«

»Jawohl, Sir. Er weiß das. Er scheint ein guter Junge zu sein, der nicht daran denkt, die Seiten zu wechseln, aber der Druck macht ihm zu schaffen. Ich dachte mir, das sollten Sie wissen.«

»Okay, danke, Chief. Informieren Sie bitte den Offizier seiner Abteilung. Bitten Sie ihn, Warren zu beraten. Können Sie irgend etwas tun?«

»In welchem Sinne, Mr. Holcomb?«

»Ich weiß es nicht genau. Vielleicht in dem Sinne, daß Sie einer der ranghöheren Schwarzen auf dem Schiff sind.«

Jackson blickte zu Boden. Seine Miene spiegelte Verlegenheit wider.

»Als Sheriff habe ich einige Macht, Mr. Holcomb, aber das heißt nicht, daß ich Einfluß auf die Typen habe, die vermutlich hinter den Drohungen stecken. Wenn ich versuche, als Schwarzer mit ihnen zu sprechen, bin ich für die Jüngeren der Inbegriff des Onkel Tom.«

»Das sollte uns nicht jucken, Chief.«

»›Uns‹, Mr. Holcomb?«

»Sie haben recht. Entschuldigung. Der Punkt geht an Sie. Ich meinte wohl, wenn Sie und Chief Martinez einige dieser Typen in die Enge treiben und ihnen Gottesfurcht beibringen oder zumindest Furcht vor Godzilla, dann lassen sie Warren vielleicht in Ruhe.«

Jackson grinste. »Jetzt sind wir wieder bei Selbstjustiz, nicht wahr?«

»›Wir‹, Chief?«

Jackson lachte laut und schüttelte den Kopf. »Ja, Sir, ich habe verstanden. Aber dann wüßten die Kerle, daß wir über sie als Drogenorganisation Bescheid wissen. Das sollten wir vielleicht jetzt nicht bestätigen.«

»Stimmt. Okay. Wir tun für Warren, was wir können. Aber da ist eine andere Sache – Martinez sagte mir, er hält es auf Grund einer Äußerung von Knoblauch für möglich, daß es zwei Bosse gibt.«

»Ja, das hat er mir ebenfalls erzählt. Doch im Drogengeschäft läuft das nicht so. Es gibt nur einen Anführer – nur einen Boss, der alle Fäden zieht.«

Brian unterdrückte ein Gähnen. »Aber angenommen, Knoblauch hat gelogen. Angenommen, es gibt nur einen Anführer, und das ist nicht Bullet. Angenommen, Bullet arbeitet für den einen Boss, und jeder sonst arbeitet für Bullet.«

»Bis jetzt deutet alles auf Bullet hin. Nichts weist auf einen zweiten Mann hin, Mr. Holcomb. Ich finde, wir sollten uns auf die Beweise konzentrieren, die wir haben.«

Brian gähnte. »Okay, Chief. Und ich muß mich darauf konzentrieren, mich vor dem Zorn des XO zu retten. Schnappen Sie Mr. Bullet Wilson.«

Als Jackson in sein Büro zurückkehrte, saß Radarman First Class Rockheart in einem der Sessel und füllte das Formular für einen Inspektionsbericht einer Abteilung aus. »Hallo, Chief«, sagte Rockheart.

»Ja, guten Morgen, Rocky. Was tut sich?«

»Nichts Bewegendes. Ich erledige nur einigen Schreibkram. Sie sehen aus wie von den Toten erwacht.«

Jackson schüttelte müde den Kopf und setzte sich.

»Ich sage Ihnen, diese Drogenscheiße hält mich auf Trab.«

»Ja, nun, wir haben drei erwischt – nein, es sind vier im vergangenen Monat gewesen. Das ist doch ein Fortschritt.«

»Konsumenten, Rocky. Junkies. Nicht die Kerle, die ich wirklich haben will.«

»Haben Sie eine Ahnung, wer es sein könnte, Chief?«

Jackson musterte Rocky lange. Er hatte bis jetzt keinen seiner MAAs in die Ermittlung eingeschaltet – nur Chief Martinez wußte über den Fall Bescheid. Aber vielleicht war es an der Zeit, weitere Hilfe zu nutzen. Er entschied sich, Rockheart einzuweihen.

»Schließen Sie die Tür, RD eins Rockheart. Ich will Ihnen etwas erzählen.«

Als er geendet hatte, starrte Rocky auf den Boden.

»Bullet«, sagte er. »O Mann, ich kenne den Kerl oder glaubte, ihn zu kennen. Er wirkte auf mich wie ein ehrlicher Typ unter den First-Class-Leuten. Verdammt.«

»Ja, verdammt. Mein Problem ist, daß ich keinerlei echten Beweis gegen Bullet habe, geschweige denn gegen irgendeinen zweiten Anführer.«

»Was würden Sie als echten Beweis betrachten, Sheriff?«

»Drogen oder Geld oder hoffentlich beides. Besonders etwas von dem markierten Geld, das ich vor Subic in Umlauf gebracht habe. Oh, und einen Zeugen oder ein paar. Und ein unterschriebenes Geständnis wäre schön – Hölle, Sie kennen dieses Wunschdenken.«

Rocky stieß einen Grunzlaut aus, schwieg jedoch lange Zeit. Der Sheriff war auf Bullet fixiert. Der Trick bestand darin, dafür zu sorgen, daß er es blieb. Jackson seufzte und widmete sich dem Papierkram auf seinem Schreibtisch. Rocky füllte weiter das Formular für seinen Bericht aus. Dann gab er ihn dem Chief. Er stand auf, um das Büro zu verlassen.

»Dies alles bleibt unter uns, Rocky«, mahnte Jackson über die Schulter.

»Absolut. Chief. Aber ich bin froh, daß Sie es mir gesagt

haben. Vielleicht kann ich etwas herausfinden – wer weiß? Vier Augen sehen mehr als zwei, nicht wahr?«

»Beweise, RD eins. Ich brauche Beweise.«

47

San Diego

Maddy erwachte aus traumlosem Schlaf, als jemand an der Wohnungstür klingelte. Sie blieb auf dem Bauch liegen und überlegte, was das Geräusch zu bedeuten hatte. Im Schlafzimmer war es stockdunkel. Ihre Glieder waren schwer, und sie fühlte sich immer noch müde. Es klingelte von neuem. Sie schaute auf das Leuchtzifferblatt ihrer Armbanduhr. 08:30. Tag oder Nacht? Die Fenster waren dunkel. Nacht. Es klingelte wieder. Sie tastete über das Bett nach Autrey, aber er war fort. Fort. Sie setzte sich auf, und es wurde ihr schwindelig. Sie schaltete die Nachttischlampe an. Autrey war fort. Keine Kleidungsstücke von ihm. Einfach fort. Verdammt. Sie atmete tief durch und konzentrierte sich dann auf das beharrliche Klingeln.

»Moment«, rief sie durch die offene Schlafzimmertür. Ihre Stimme war schwach. Sie räusperte sich und rief es noch einmal lauter. Dann schwang sie die Beine vom Bett und strich ihr Haar aus dem Gesicht. Sie ging ins Badezimmer und zog ein Nachthemd und ihren Morgenmantel an. Sie musterte sich im Spiegel. Hoffentlich ist es keine der Frauen, dachte sie. Jede Frau der Welt würde die Anzeichen darauf erkennen, welches Wochenende hinter ihr lag. Sie wusch sich das Gesicht mit einem kalten Waschlappen und ging dann durch das Apartment, schaltete einige Lampen an und wünschte, sie könnte einfach zurück ins Badezimmer gehen und eine Weile nachdenken. Sie spähte durch den Spion. O Gott! Mrs. Huntington.

Maddy trat von der Tür zurück, fuhr sich noch einmal durchs Haar und gab dann auf. Sie holte tief Luft und öffnete die Tür. Die Frau des Kapitäns schaute sie ein paar Sekunden lang nachdenklich an, bevor sie etwas sagte.

»Tag, Maddy. Ich bin froh, daß Sie wohlauf sind. Darf ich reinkommen?«

Maddy wußte nicht, was sie sagen sollte. Wenn Mrs. Huntington sah, daß sie wohlauf war, warum mußte sie dann hereinkommen? Sei nicht blöde, Mädchen, sagte sie sich. Dies ist die Frau des Captains. Sie will reinkommen, um dir eine Predigt wegen deines Lebenswandels zu halten. Sie trat zur Seite.

»Ja, natürlich, obwohl ich nicht anständig angezogen bin. Ich hatte geschlafen.«

Mrs. Huntington verharrte auf der Türschwelle. »Sind Sie allein, Maddy?«

Ah, das war es also. »Ja, Mrs. Huntington, das bin ich.« Maddy schaute die Frau des Kapitäns offen an. »Jetzt.«

Mrs. Huntington lächelte, und Maddy war leicht verlegen, weil es kein wissendes, falsches Lächeln, sondern ein echtes, freundschaftliches war. Mrs. Huntington ging an ihr vorbei zur Couch und setzte sich. Ihre Handtasche und eine Jacke legte sie auf den Couchtisch. Sie trug Freizeithose, langärmlige Bluse mit einem Halstuch und Schuhe mit flachem Absatz. Maddy fühlte sich mit ihrem Morgenmantel so unordentlich, wie sie zweifellos aussah. Mrs. Huntington schaute sie an.

»Warum machen Sie sich nicht frisch, meine Liebe? Erfrischen Sie sich und wachen Sie ein wenig auf. Soll ich in die Küche gehen und Kaffee kochen? Ich könnte eine Tasse Kaffee gebrauchen, und Sie ebenfalls, nehme ich an. Ja? Gut. Lassen Sie sich nur Zeit, und sammeln Sie sich. Ich weiß, daß mein Besuch vielleicht ein wenig störend ist, aber wir müssen miteinander reden. Ich werde in der Küche finden, was ich brauche, also gehen Sie nur.«

Maddy verließ wie ein gezüchtigter Teenager das Wohnzimmer. Als sie zwanzig Minuten später zurückkehrte, hatte sie geduscht, eine Freizeithose und einen Pullover angezogen und war hellwach. Und ein wenig besorgt. Die Frau des Kapitäns war in ihr kleines Liebesnest spaziert. Es hätte nur noch schlimmer sein können, wenn Autrey ihr die Tür geöffnet hätte.

Mrs. Huntington hatte zwei Tassen Kaffee, ein Milchkännchen und die Zuckerdose ins Wohnzimmer gebracht. Sie hatte sogar an Servietten und Löffel gedacht. Maddy versuchte ein Lächeln und setzte sich. Sie wußte nicht, wie es weitergehen sollte. Ihr Blick fiel über Mrs. Huntingtons Schulter plötzlich auf das Foto von Brian, und das Zimmer schien sich vor ihren Augen zu drehen. Sie wartete. Mrs. Huntington lächelte und reichte ihr eine Tasse Kaffee. Dann schaute sie sich im Wohnzimmer um.

»Dies ist eine schöne Wohnung, Maddy. Und eine prima Wohngegend, direkt gegenüber vom Balboa-Park.«

»Ja, es gefällt uns hier«, sagte Maddy. »Es ist anscheinend eine sichere Gegend, und ich kann jeden Tag Tennis spielen.« Wie blöde, dachte sie. Dieser Besuch hat bestimmt nichts mit Tennis zu tun.

Mrs. Huntington nippte an ihrem Kaffee und stellte dann die Tasse ab. Sie setzte sich zurück, schlug die Beine übereinander und lächelte abermals. Verdammte Frau mit ihrer Lächelei, dachte Maddy.

»Maddy«, begann Mrs. Huntington. »Ich habe gespürt, daß unser Offiziersfrauenklub Ihnen mehr als ein wenig fremd ist. Ich weiß, daß Sie und Brian Neulinge in puncto *Hood* sind und für Sie das Navyeheleben relativ neu ist. Und ich meine nicht, daß Sie uns nicht mögen; ich nehme an, es ist mehr eine Sache des Lebensstils. Die meisten unserer Frauen haben keine Jobs und müssen sich um ein Haus voller Kinder kümmern. Sie hingegen haben eine Vollzeitstelle und keine Kinder. Die meisten unserer Frauen haben das College besucht, doch für viele war das Lebensziel stets, Ehefrau zu werden. Sie, Maddy, haben berufliche Ausbildung von einer erstklassigen Uni, und Sie haben eine Karriere bei der Bank of America vor sich.

Wie ich schon sagte, ich glaube, es ist kulturell bedingt – unsere unterschiedlichen Welten treffen aufeinander wegen des Berufs Ihres Mannes und seiner Verwendung auf diesem Schiff. Andernfalls hätten sich Ihr Weg und meiner wohl nie gekreuzt.«

Jetzt setzte sich Maddy zurück, schlug die Beine übereinander und wartete darauf, wie es weiterging.

»Ja«, sagte sie mit einer Kaltblütigkeit, die sie nicht empfand.

»In den vergangenen paar Wochen haben Sie mehrere Einladungen abgesagt, einige kurzfristige, ein paar längerfristige im Rahmen der Planung unserer Gemeinschaft. Ich habe mich entschlossen, festzustellen, ob wir Sie irgendwie beleidigt oder gekränkt haben, oder ob Sie sich zurückgezogen haben, weil Sie deprimiert sind und sich hier einfach nur verkriechen. Manchmal geschieht das, besonders bei Frauen, für die diese schrecklichen Einsätze neu sind und die sich weniger auf eine Familie konzentrieren können als unsere Frauen mit Kindern. Ich habe an diesem Wochenende ein paarmal angerufen, und als Sie sich nicht meldeten, habe ich ich mich entschlossen, mal vorbeizuschauen.«

»Ich verstehe. Nun, ich bin gewiß nicht beleidigt oder gekränkt worden, Mrs. Huntington. Alle waren sehr nett, und ich habe einige liebe Leute kennengelernt. Aber Sie haben recht: Ich habe einen vollen Arbeitstag im Büro, und ich muß jeden Tag energisch Sport treiben, damit ich nicht dick werde wie ein Ballon. Der Einsatz … nun, daran läßt sich nun mal nichts ändern, damit muß ich mich wohl abfinden. Ich hasse jede Minute davon, und die meiste Zeit versuche ich, mich einfach zu beschäftigen, damit ich darüber hinwegkomme. Das Zusammensein mit den Frauen macht es in gewissem Sinne noch schwerer. Vielleicht weil ich die Zukunft sehe, wenn ich die Frauen anschaue. Aber nein, ich bin nicht böse auf irgend jemanden, und ich bin nicht deprimierter, als es normal ist, nehme ich an.«

Mrs. Huntington schaute lange schweigend auf ihre

Kaffeetasse. Maddy wartete jetzt wirklich neugierig. Mrs. Huntington kam anscheinend zu irgendeiner Entscheidung.

»Maddy«, sagte sie. »Es gibt natürlich stets eine andere Möglichkeit, warum wir Sie so selten sehen. Und zwar wenn Sie eine Möglichkeit gefunden haben, sich dafür zu entschädigen, daß Ihr Mann sieben Monate lang fort ist: daß Sie sich mit einem anderen Mann eingelassen haben. Oder mit Männern, was das anbetrifft. Nun ...« Sie hob eine Hand, als wollte sie jede Bemerkung von Maddy unterdrücken.

»Nun, in gewisser Weise geht mich das nichts an, geht es uns nichts an, wenn Sie mir folgen können. Ich weiß, daß sich die Zeiten sehr geändert haben, seit Warren und ich zur Navy kamen, und vielleicht sind solche Arrangements – ich sage es nur ungern – üblicher geworden.«

Maddy mußte fast lachen. Diese Frau sollte sich selbst hören. Warum kam sie nicht einfach zur Sache und sagte es?

»Und je mehr ich darüber nachdenke, kommt diese Möglichkeit bei einer jungen Frau mit Ihrem Gesicht und Ihrer Figur, mit zwei Gehältern und folglich dem Geld, um teure Kleidung und einen eigenen Wagen zu kaufen, immer mehr in Betracht. Ja, ich glaube, so ist es.«

Mrs. Huntington schaute sich in der Wohnung um, als wollte sie die Folgerung, die sie gezogen hatte, bestätigt sehen. Maddy fragte sich, was ihr das Apartment verraten würde. Sie seufzte, hütete sich jedoch, etwas zu sagen. Mrs. Huntington lächelte wieder.

»Sie haben diesen ›Gib-mir-einen-Strick,-ich-werde mich-bald-aufhängen‹-Blick, meine Liebe. Bitte, entspannen Sie sich. Ich bin nicht hier, um Ihnen ein scharlachrotes Brandmal auf die Stirn zu drücken.«

»Weshalb sind Sie dann hier, Mrs. Huntington?«

»Ich glaube, ich bin hier, um Ihnen einen Rat zu geben. Lassen Sie mich eine kleine Geschichte erzählen. Ich werde Ihnen dann meinen Rat geben, und ich verspreche, daß ich danach gehen und hoffen werde, daß wir trotzdem Freundinnen sind. Nun die Geschichte: Mein Mann Warren war vor ungefähr acht Jahren Stellvertretender Kommandant auf einem Zerstörer, was mich natürlich zu der Frau des XO machte. Ich bin überzeugt, Sie haben festgestellt, daß die Frau des Captains und die Frau des XO ziemlich viel Arbeit haben, wenn es um den Zusammenhalt der Offiziersfrauen geht. Sie teilen sich die ratgebenden Pflichten und sind abwechselnd Gastgeberinnen bei Treffen der Frauen, besonders während eines Einsatzes ihrer Männer. Und sie teilen sich die Pflicht, in der Nacht anzurufen, wenn irgendeine der Frauen in eine mißliche Lage kommt. Sie haben sozusagen eine koordinierte Partnerschaft wie der Kommandant und sein Stellvertreter auf dem Schiff, doch weil wir Frauen sind, gibt es keinen Rangunterschied. Frauen, die auf den Rang ihres Mannes pochen, wären jedenfalls lächerlich, und so spielt dieser Punkt wirklich keine Rolle.«

Maddy setzte sich zurück und hörte zu.

»Eines der Probleme, mit denen wir uns herumschlugen, war die Frau des Versorgungsoffiziers. Sie war sehr hübsch und sehr lebenslustig, das typische Partygirl. Das Schiff fuhr fort zum Westpazifik, und Shirley fuhr mit ihrem scharlachroten Kleid zur Stadt. Sie war nicht sehr diskret, und bald klatschten alle Offiziersfrauen über sie. Dann fand Shirley heraus, daß *wir* über alles Bescheid wußten, und wir gelobten uns gegenseitig Stillschweigen.

Nach ungefähr der Hälfte der Dienstzeit ihres Mannes erhielt die Frau des Kapitäns mitten in der Nacht einen Anruf – bei Schiffen im Einsatz werden wir stets mitten in der Nacht angerufen –, und man teilte ihr mit, daß das Schiff bei einer Anti-U-Boot-Übung mit einem anderen Zerstörer kollidiert war. Es war ernsthaft beschädigt worden. Neun Mann waren tot oder verwundet und – noch schlimmer – zwölf wurden vermißt. Wenn Sie eine Zeitlang mit der Navy zu tun hatten, wissen Sie, daß vermißt auf See fast immer gleichbedeutend mit ›tot‹ ist. Nun, sie rief mich an, und wir informierten die anderen Frauen. Natürlich versammelten wir uns in ihrer Wohnung, weil sie die Frau des Kommandanten war. Und natürlich mit Ausnahme von Shirley, denn wir sprachen nicht mit ihr, weil sie eine so ›schamlose Hure‹ war.

Das Problem war, daß Shirleys Mann einer der Vermißten war, der einzige Offizier, der vermißt wurde. Das wußten wir nicht, als wir telefonierten. Am Morgen erhielten wir vom Kaplan des Stützpunkts die Namensliste, und plötzlich wurde uns klar, daß jemand mit Shirley sprechen mußte. Nun, die Frau des Captains und ich wurden sozusagen ausgeguckt, und wir gingen mit dem Kaplan zu Shirleys Haus. Wir trafen dort um acht Uhr morgens ein, und die arme Shirley hatte ›Herrenbesuch‹, wie meine Mutter zu sagen pflegte. Er öffnete tatsächlich die Tür. Er war von der Navy, und als er zwei verstörte Frauen und einen Kaplan sah, wußte er *sofort*, weshalb sie gekommen waren. Aber Shirley wußte es nicht; ihr mußte es erklärt werden.«

Mrs. Huntington legte eine Pause ein, und ihr Gesicht nahm einen grimmigen Zug an, als sie sich an jenen Morgen erinnerte.

»Und ich werde *niemals* ihren Gesichtsausdruck vergessen, den Schock, den Beginn der Trauer, den Blick, der die unausgesprochene Frage widerspiegelte: Und was habe ich getan, während mein Mann in der Nacht über Bord ging? Ich bezweifle, daß Shirley nach jenem Morgen jemals wieder dieselbe wurde. Oh, natürlich sagten wir ihr, daß ihr Mann vermißt wurde, daß sein Tod noch nicht bestätigt war und man ihn noch suchte, aber Frauen, die einen Lebensgefährten verloren haben, werden bisweilen hellseherisch und durchschauen solche Farcen. Sie wußte es. Vielleicht, weil wir es wußten und ihr dieses Wissen unbewußt mitteilten. Vor diesem Tag wußte ich nicht, daß man eine Seele zerbrechen sehen kann, doch an jenem Morgen sah ich es.

So, das ist die Geschichte. Und nun der Rat: Erstens,

wenn Sie sich entscheiden, sich mit anderen Männern einzulassen, seien Sie diskret. Sie können die Karriere Ihres Ehemannes ruinieren, wenn herauskommt, daß Sie andere Männer gehabt haben, während er auf See war. Ich weiß nicht, ob Sie im selben Boot mit den Hudsons sitzen – Tizzy hat mir erzählt, daß sie aus der Navy ausscheiden, und so spielt der berufliche Aspekt vielleicht keine Rolle bei ihnen. Aber wenn ein Ausscheiden aus der Navy noch nicht beschlossene Sache ist, seien Sie sehr diskret. Zweitens, halten Sie Kontakt mit uns, genauer gesagt Kontakt mit mir, damit gar nicht erst Gerede entsteht, das uns Erwachsenen erschwert, in Verbindung mit jedem in der Herde zu bleiben, mit Lämmern, Schafen und Wölfen. Drittens: Denken Sie daran, daß die *Hood* im Krieg ist, ob die Politiker es nun Polizeiaktion oder Gegenschlag oder sonstwas nennen. Sorgen Sie dafür, daß Sie stark genug sind, einen morgendlichen Besuch wie bei Shirley zu ertragen, nachdem Sie eine Nacht verbracht haben wie ... nun, wie vielleicht das vergangene Wochenende. Und noch eines: Ich nehme an, daß einer der Gründe – wenn Sie einen Grund hatten – für das Zusammensein mit einem anderen Mann die Abwesenheit Ihres Ehemannes ist, die Einsamkeit. Bedenken Sie dies, Maddy: Wo ist der andere Mann jetzt? Kommt er wieder? Werden Sie ihn morgen sehen? Oder ist er möglicherweise ebenfalls fort? Ich verdamme Sie nicht, Maddy, und ich erwartete nicht, daß Sie überhaupt etwas dazu sagen. Ich halte es nur für ... nun, für meine Pflicht als die Offiziersfrau mit der meisten Erfahrung in dem Streß, den eine Dienstzeit des Mannes auf See mit sich bringt, diesen Besuch bei Ihnen zu machen. Werden Sie in Kontakt mit uns bleiben?«

Mady holte tief Luft. Hatte sie die ganze Zeit über den Atem angehalten? »Gewiß«, brachte sie heraus.

»Gut. Und ich hatte solche Angst, Sie könnten wütend werden und sich von *uns* fernhalten. Ich weiß nicht, ob das etwas geändert hätte. Aber die schreckliche Nachricht wäre für Shirley vielleicht nicht so niederschmetternd gewesen, wenn ihr jemand außer des Nachts im Bett Trost gespendet hätte, vielleicht irgendwelche Freundinnen. Die Offiziersfrauen sind darin Spezialistinnen, wissen Sie. Die meisten von uns waren oder sind vielleicht nie echte Freundinnen, aber weil immer die Möglichkeit besteht, daß uns ein Schicksalsschlag treffen kann, haben die meisten von uns das Gefühl, ein bißchen Sicherheit in der Gemeinschaft zu finden. Als Shirley die schreckliche Nachricht erfuhr, gab es überhaupt keine Sicherheit. Sie beging ein paar Monate später Selbstmord, und deshalb habe ich immer noch ein schlechtes Gefühl.«

Mrs. Huntington stand auf und nahm ihre Handtasche und die Jacke. »Und jetzt habe ich genug geredet und werde Ihnen nicht mehr auf die Nerven fallen. Dies war sozusagen freundschaftlicher Beschuß, Maddy, und ich danke Ihnen, weil Sie mich angehört haben. Und ich verspreche Ihnen, daß dies unter uns beiden bleibt. Aber denken Sie bitte darüber nach, überlegen Sie, warum Sie so gehandelt haben. Und rufen Sie mich an, wenn Sie wollen. Sie können mit mir über alles reden, Maddy – ich erzähle Warren keine Dinge, die er nicht wissen muß, also werden Sie Ihrem Brian nicht schaden. Okay? Und jetzt tschüs.«

Maddy fand keine Worte. Mrs. Huntington ging allein zur Tür. Die Frau des Captains winkte noch einmal, und dann schloß sie die Wohnungstür hinter sich. Nach einer Minute stand Maddy benommen auf und ging zur Tür, um die Sicherheitskette vorzulegen. Sie lehnte die Stirn an die Tür und dachte über Mrs. Huntingtons Worte nach. War sie, Maddy, stark genug, um den Besuch eines Kaplans und Offiziers zu ertragen? Seit Freitag nacht bis zu diesem Moment hatte sie jeden Gedanken an alles, einschließlich an Brian – besonders an Brian – einfach verdrängt. Wie würde sie sich fühlen, wenn ein Kaplan vor ihrer Tür stehen würde? Zerschmettert? Würde ihre Seele zerbrechen? Nach dem, was sie mit Autrey an diesem Wochenende getan hatte, wäre es der Gipfel an Scheinheiligkeit, zu sagen, ihre Seele würde zerbrechen. Sie würde traurig sein, ja. Selbstmitleid haben, ja. Aber sie hatte ihre Ehe entehrt, und man kann keine Seele zerbrechen, die keine Ehre hat. ›Denken Sie darüber nach‹, hatte die Frau des Captains gesagt. ›Denken Sie darüber nach, warum Sie so gehandelt haben.‹

Sie liebte Brian, aber sie hatte Autrey *gebraucht*. Als sie darüber nachdachte, war Autrey als Person praktisch anonym, doch auf elementare, fast atavistische Weise hatte Autrey *sie* aus der Höhle gezerrt. Autrey war über sie gekommen, und etwas sehr Wesentliches in ihr hatte darauf reagiert. Brian, der nette Kerl, der Idealist, der Junge, der sich einfach in sie verliebt hatte – und sie geheiratet hatte –, Brian hatte das nie getan. Brian hatte es vorgezogen, fortzugehen. Aber nein, das stimmte nicht. Sie hatte einen Marineoffizier geheiratet. Er hatte ihr klar und deutlich gesagt, daß sein Beruf Dienst auf See mit sich brachte. Sie hatte es sogar bei seiner Dienstzeit auf der *Decatur* erlebt. Brian tat nur seine Pflicht. Aber wo, zum Teufel, sollte sie den Trennstrich zwischen sündigem Verlangen und ehrbaren Bedürfnissen ziehen, zwischen Sex und Liebe, zwischen einem Mann, der Frauen jagte, und einem Mann, der eine Frau heiratete? Mrs. Huntington war sehr erwachsen und nüchtern in diesem Punkt gewesen, und Maddy dankte jetzt Gott, daß sie nicht versucht hatte, alles zu leugnen. Lügen hätten neben dem Tadel auch noch zu Verachtung geführt. *War* sie stark genug? In ihrer Wollust hatte sie nicht an besondere Konsequenzen gedacht.

Und das Ironische war die Frage, wo war Autrey? Autrey war fort. Mrs. Huntington hatte unwissentlich den Finger auf die Wunde gelegt. Maddy hatte im Schlafzimmer und in der Küche nach einer Nachricht gesucht, nach einem Anzeichen darauf, daß es nicht vorüber war, aber es gab nichts. Autrey war fort wie Brian. Nein, nicht wie Brian. Maddy erinnerte sich jetzt an etwas, das sie einst gelesen hatte: Der Unterschied zwischen lieben und ficken bestand darin, daß nach dem Lieben die Partner zusammenbleiben wollen, nach dem Ficken jedoch zumindest einer davon, wenn nicht gar beide, getrennte Wege gehen wollen.

Maddy seufzte von neuem und entschied sich, zu baden. Sie fragte sich, wie sie wieder den Offiziersfrauen gegenübertreten würde, auch wenn Mrs. Huntington ihr Wort hielt und keiner etwas erzählte.

Drei Abende später rief Mrs. Huntington Maddy an. Die Frauen trafen sich an diesem Feitag in ihrem Haus – nichts Besonderes, nur ein Abendessen, um an einem Freitagabend die Einsamkeit zu vertreiben. Maddy zögerte.

»Mrs. Huntington, ich bin mir nicht sicher, ob ich die Einladung annehmen soll. Ich nehme an, ich bin noch in der ›Nachdenk‹-Phase.«

»Ich habe Ihnen gesagt, daß ich diese ganze Sache für mich behalte, Maddy. Und ich habe keiner davon erzählt, nicht einmal Barbara Mains, mit der ich normalerweise alles bespreche, was die Offiziersfrauen anbetrifft. Es wird also niemand mit dem Finger auf Sie zeigen.«

Maddy nickte, als ob Mrs. Huntington das sehen könnte.

»Maddy?«

»Ja, Verzeihung, Mrs. Huntington. Und ich bin sehr dankbar dafür. Es ist nur so: ich weiß es, und Sie wissen es, und dadurch fühle ich mich immer noch unbehaglich. Ich tue, was Sie gesagt haben – ich denke darüber nach, was ich will. Und damit bin ich einfach noch nicht fertig, wenn Sie das verstehen können.«

»Ja, meine Liebe, das kann ich verstehen. Aber Sie brauchen nicht alles allein zu bewältigen, wissen Sie.«

»Aber dies ist etwas, mit dem ich allein fertig werden muß.« Maddy überlegte kurz. »Nicht, daß …« Sie verstummte.

»Nicht, was, Maddy?«

»Es ist ja nicht so, als ob es weiterginge. Ich meine, es ist alles aus. Wenn das für Sie zählt, meine ich.«

»Es zählt, Maddy. Ich versuche nur zu helfen, wissen Sie.«

»Ja, das weiß ich. Ich kann nur noch nicht darüber reden. Aber ich werde bald soweit sein. Und dann rufe ich Sie vielleicht an, wenn Ihr Angebot immer noch gilt.«

»Es gilt, und ich werde Sie für Freitag entschuldigen. Aber wenn Sie sich anders besinnen, kommen Sie einfach vorbei – Sie brauchen nicht vorher anzurufen. Okay?«

»Danke, Mrs. Huntington. Auf Wiedersehen.«

Maddy legte den Hörer auf und schaltete den Fernseher an. Sie schaute sich eine Weile die Abendnachrichten an, nahm jedoch kaum etwas wahr. Sie hatte die Wahrheit gesagt; sie hatte darüber nachgedacht – eigentlich ständig. Am Tag konzentrierte sie sich bewußt auf ihre Arbeit, doch am Feierabend und besonders nachts taumelte sie von einem Gefühl ins andere – Schuldbewußtsein, Zorn auf Autrey, Ärger auf sich selbst und auf die Welt, die sich einmischte, Angst vor dem Kommenden, Verlegenheit bei dem Gedanken, wer vielleicht davon wußte, Trotz deswegen und Angst davor, schließlich allein gelassen zu werden und eines Tages die Tür zu öffnen und Uniformierte mit Mützen in den Händen und mit Trauermienen zu sehen.

Sie hatte mehrere Briefe an Brian begonnen und dann zerrissen, von vollen Geständnissen bis zu nichtssagendem Blabla ›alles ist prima‹. Jedesmal konnte sie nicht die grundsätzlichen Hindernisse überwinden: Sage es ihm und zerstöre die Ehe; verschweige es und täusche ihn; schreibe ihm, wie sehr du ihn liebst, und er wird sich fragen, was los ist. Und all ihre Besorgnis drehte sich um die grundsätzliche Frage, die Mrs. Huntington gestellt hatte: Was wollen Sie, Maddy? Ja, was wollte sie? Ein wildes Leben führen und Sexspiele mit aufregenden Männern treiben? Oder wollte sie eine liebevolle, stabile Ehe haben, die für beide so gut war, daß Brian nie auf den Gedanken kommen würde, sie zu verlassen, wie ihr Vater ihre Mutter verlassen hatte? Das war leicht zu beschreiben, aber wie, zum Teufel, konnte sie das in der Navy erreichen?

Als sie darüber nachdachte, wurden die Mechanismen klar genug: unbeirrt weitermachen. Akzeptieren, daß die Trennungen eine Gegebenheit des Lebens waren. Sie mußte das Beste daraus machen wie all diese Offiziersfrauen. Freitagabends an Überraschungsessen teilnehmen, zum Beispiel. Und Tage am Strand mit den Kindern. Mit den Kindern, die ich nicht habe, dachte Maddy. Wer sagt, daß ich überhaupt Kinder haben kann? Ich kann von den Erinnerungen zehren wie eine Wüstenblume, die erblüht und dann lange auf Regen wartet. Ich muß mit dem Jammern und Klagen aufhören und durchhalten. Wie die anderen Offiziersfrauen. Was heißt, daß ihr Verhalten nicht zu verachten oder zu belächeln ist. Was sie tun, ist ein ehrbares Bemühen, und die Tizzy Hudsons dieser Welt tun das Falsche.

Okay, so mußte sie es angehen. Aber konnte sie, Maddy Holcomb, das schaffen? Sie hatte es bis jetzt nicht geschafft, und Brian war kaum drei Monate im Einsatz. In *diesem* Einsatz. Was war mit all den kommenden Verwendungen auf See, mit den leeren Piers, den leeren Briefkästen, den täglichen Krisen, die jede Soldatenfrau und -mutter begrüßten wie der Sonnenaufgang – konnte *sie*, Maddy Holcomb, mit alldem fertig werden? Deine Mutter hat es geschafft, Mädchen, dachte Maddy. Und da wir von einem Einsatz reden – du hast wenigstens einen Plan, was im Kühlschrank sein muß, wenn dein Mann zurückkommt. Maddy knirschte im Geiste jedesmal mit den Zähnen, wenn sie an ihre Mutter dachte. Trotzdem war vielleicht ein wenig Mitgefühl angebracht.

Maddy schaute wieder zum Fernseher, stand dann auf und schaltete das Gerät ab. Sie entschied sich, die Wohnung sauberzumachen, das dritte Mal in dieser Woche. Sie war entschlossen, die quälenden Gedanken durch Aktivität zu ersetzen, sich zu erschöpfen wie an den vergangenen drei Nachmittagen, als sie die Tennisbälle gegen das

Spielbrett geschmettert und Männer, die möglicherweise auf einen Flirt ausgewesen waren, abgeschreckt hatte. Sie mußte wieder an Freitag denken, an Mrs. Huntingtons Einladung. Soll ich hingehen? fragte sie sich. Noch nicht. Ich werde mich der Gruppe wieder anschließen müssen, vielleicht um herauszufinden, wie die Probleme der Offiziersfrauen gelöst werden. Weil ich mir ziemlich sicher bin, zu wissen, was ich will. Das Wochenende mit Autrey war wie eine Zeit der Feuerprobe gewesen, Hitze, Wollust, sexuelle Gier, herrlich, erschreckend, erregend – und sinnlos. All die Ekstase, und es war nur Ficken, kein Lieben. Mrs. Huntington hatte ihr einen enormen Gefallen erwiesen, indem sie auf den Unterschied hingewiesen hatte. Sie, Maddy, brauchte jetzt nur etwas Zeit, um sich neu zu orientieren, zurückzutreten und sich wieder auf das Leben zu konzentrieren, das sie haben wollte. Ja, sie würde sich das mit Freitag noch einmal überlegen.

48

WESTPAC

Rocky lehnte sich an die Rettungsleinen, die vorübergehend auf der Hinterseite des Hubschrauberdecks gespannt worden waren. Es war fast Sonnenuntergang. Rocky und einige andere Männer hielten sich auf dem Flugdeck auf und rauchten nach dem Abendessen die letzte Zigarette des Tages oder gammelten einfach herum. Der westliche Horizont erblühte in all den Farben eines phantastischen Sonnenuntergangs. Rocky sah, daß Bullet unten auf dem Achterdeck hof bei einigen seiner jungen Anhänger hielt. Sie waren auf der Steuerbordseite im Schatten des Fünfzollgeschützes versammelt. Bullet las aus einem Buch vor, erklärte dann den Text und die anderen hörten aufmerksam zu. Der Wind trieb Wortfetzen zu Rocky, und er war überrascht über Bullets Sprache, die gewiß kein Gossenjargon war wie sonst. Dieser Kerl gab manche Rätsel auf.

Rockys unmittelbares Problem bestand darin, Jackson bei seiner Menschenjagd Bullet in die Hände zu spielen und schwer zu belasten, aber er hatte nicht die geringte Ahnung, wie er das bewerkstelligen sollte. Bullet wußte, daß er unter Verdacht stand, aber es war ihm auch klar, daß ihn nach Knoblauchs Tod nur ein Mann verpfeifen konnte, den er in der Hand hatte, weil er gegen ihn aussagen konnte. Wenn einer plauderte, waren beide erledigt. Jackson bezweifelte bereits die Theorie, daß es einen zweiten Mann geben könnte, und Rocky hatte das während seines letzten Gesprächs mit Jackson ebenfalls ausgeschlossen, indem er auf die gutbekannte Tatsache hingewiesen hatte, daß bei Drogenbanden eindeutig festgelegt war, wer der Boss war. Rocky hatte bei Chief Jackson so getan, als halte er Bullet für den Boss, um dadurch den Sheriff in seinem Verdacht zu bestärken. Aber je länger Jackson keinen stichhaltigen Beweis gegen Bullet hatte, desto wahrscheinlicher wurde es, daß er nach anderen Verdächtigen suchte.

Rocky beobachtete die Gruppe der Schwarzen aus dem Augenwinkel und bemühte sich, sie nicht so offen anzuschauen. Deshalb war er überrascht, als Bullet ungefähr eine Viertelstunde später dort unten die Versammlung beendete, zum Flugdeck hochschaute und ihm signalisierte, daß er ihn treffen wollte. Sie trafen sich in der Wäscherei, nachdem Bullet den beiden schwarzen Arbeitern den Befehl gegeben hatte, für eine halbe Stunde zu verschwinden.

»Was ist los?« fragte Rocky, während Bullet die Tür schloß und abschloß.

»Zaster, Mann, das ist los.«

»Okay. Ich bin flüssig, obwohl dies vermutlich nicht der richtige Zeitpunkt ist, die Operation auszuweiten.«

»Quatsch, ich rede vom Geld meines Mannes Knoblauch. Ich rede über die Bank, Mann.«

Rocky war plötzlich sehr interessiert. »Du weißt, wo sie ist?«

Bullet zuckte die Achseln. »Ich glaube es zu wissen, Mann. Knoblauch hat mal was vor diesem unglücklichen *Unfall* bei mir erwähnt.«

Rocky schnaubte. »Unfall? Wie ein Zugunglück? Ich hörte, daß der gute Knoblauch auf diese Weise abgekratzt ist. Überfahren von einem Zug namens Louie Jesus.«

Bullet blickte mit ernstem Gesicht zu Boden. »Ich habe das gleiche gehört, Mann. Baby Doc sagte, wenn es ein Schlag- oder Herzanfall war, dann hätte er nicht aus dem Mund bluten sollen. Aus der Nase und den Ohren, aber nicht aus dem Mund.«

»Ja, nun, es passiert nun mal Scheiße. Meine Quellen bei den Bullen sagen, daß Knoblauch nichts verraten hat, denn dann hätte man schon was unternommen.«

Bullet betrachtete ihn forschend. »Ich brauche Rückendeckung, um an Knoblauchs Bank zu kommen. Wenn du mir hilfst, bin ich bereit, sechzig-vierzig mit dir zu teilen.«

»Sechzig-vierzig? Hey, Mann, seit wann fangen wir mit diesem Müll an? Sieh mal, Mann, wir machen hier ein gutes Geschäft. Ja, es hat in jüngster Zeit einige Rückschläge gegeben, aber selbst wenn der Sheriff und seine Freunde scharf ermitteln, finden sie nichts. Wenn du etwas fingerst, teilen wir halbe-halbe.«

Bullet ging in der Wäscherei auf und ab und überlegte anscheinend. Rocky spielte den Gelangweilten. Ja, er war interessiert, aber er konnte aussteigen, wenn es sein mußte. Aber der Gedanke an Knoblauchs gehortetes Bargeld brachte ihn auf eine Idee. Bullet traf schließlich seine Entscheidung.

»Okay, halbe-halbe. Ich melde mich wieder, wenn es soweit ist.«

49

Brian fand sich resigniert mit dem Trott der ›Backbord-und-Steuerbord-Wachen‹ ab, stellte sich darauf ein, ein Nickerchen am Morgen und eines nach dem Abendessen zu machen, sechs Stunden Energie für die Wache am Nachmittag aufzubringen und dann von Mitternacht bis zum Tagesanbruch gegen bleierne Lider anzukämpfen. Die Nachmittagswachen wurden fast hektisch, als der gemischte Kampfverband wieder Flugoperationen über dem Südteil von Nordvietnam und der entmilitarisierten Zone aufnahm. Es gab keine weiteren Alpha-Angriffe, jedoch mehrere Angriffe mit zwei oder drei Flugzeugen gegen besondere Ziele. Diese Angriffsflüge begannen beim ersten Tageslicht und zogen sich bis in die Wache von 20 bis 24 Uhr hin. Dann hatte CTF 77 versucht, gezielte Feindflüge ohne die normalen Unterstützungsflugzeuge durchzuführen, doch ein paar MiGs waren von Hanoi aus an der Grenze von Laos entlang heruntergekommen und hatten in der Abenddämmerung fast eine Abteilung A-6-Maschinen abgeschossen. Das war am zweiten Tag von Brians Backbord-und-Steuerbord-Wachen gewesen. Die Red Crown BARCAP Phantoms hatten sich in das Luftgefecht eingeschaltet, doch den MiG-Piloten war es gelungen, ins Hochland des westlichen Nordvietnams zu verschwinden, verfolgt von wüsten Flüchen aus dem Combat Information Center. Danach waren von den Flugzeugträgern die üblichen Unterstützungflugzeuge wie die MiGCAP gestartet.

Der Flugbetrieb über den Strand war nicht sehr stark, aber durch die verstärkten Unterstützungsflugzeuge waren die Red-Crown-Fluglotsen den ganzen Tag über und einen Teil der Nacht beschäftigt. Jeden Nachmittag wurde ihre Arbeit zwangsläufig durch die Operationen der Hubschrauber kompliziert, wenn Big Mother starten oder der tägliche logistische Helo landen mußte. Am Ende der Wache von zwölf bis achtzehn Uhr fühlte sich Brian erschöpft.

Er brauchte seine ganze Kraft, um zur Mitternachtswache ins CIC zu wanken und mit den anderen Zombies dort oben so zu tun, als sei er munter, wach und einsatzbereit. So war es jede Nacht eine große Erleichterung, wenn der SWIC die Rückkehr des letzten Flugzeugs auf den Flugzeugträger ankündigte. Wenn die Flugzeugträger für die Nacht gesichert waren, nahm die Aktivität über dem Golf bis auf die BARCAPs auf ihren Patrouillenflügen ab. Der Chef der Red-Crown-Fluglotsen konnte von drei bis ein Uhr gehen, und das Hauptproblem für die Wachen von Mitternacht an bestand darin, wach zu bleiben. Die Offiziere in der Abteilung D & D führten eine festgelegte Routine durch: Sie studierten die taktische Lage vom Beginn der Wache bis ein Uhr; sichteten alle Funkbotschaften der Nacht von ein bis zwei Uhr; sortierten die Einsatzbefehle für die restlichen Offiziere für den nächsten Morgen und fütterten die Computer mit dem Flugplan und mit all den geplanten Landungen und Starts vom Flugzeugträger vom Dienst für die Operationen des nächsten Tages von zwei bis drei Uhr; gaben von drei bis vier Uhr die jüngsten Daten des NTDS, des Naval Tactical Data System, in die Computer aller Konsolen im CIC ein und erledigten, wenn nötig, kleine Wartungsarbeiten an den Konsolenschirmen, Kopfhörern oder anderer Ausrüstung; überprüften von vier bis fünf Uhr die zweiundzwanzig Funkverbindungen, die NTDS-Datenübermittlung und die Radars; schickten um fünf Uhr einen Radarman zur Kombüse, der vom Nachtbäcker ein Tablett mit frisch gebackenen süßen Brötchen holte; und bereiteten sich von fünf Uhr bis zur Ablösung auf die Übergabe an die Wachen von sechs bis zwölf Uhr vor.

Weil die Reparaturarbeiten im Kesselraum mehr Zeit erforderten, als ursprünglich erwartet, mußte Brian eine weitere Woche mit diesem zermürbenden Dienst überstehen. Er wußte, daß die Mitternachtswache voraussetzte, daß nichts in der Luft oder über Wasser passierte, und in den ersten fünf Nächten geschah auch nichts, abgesehen davon, daß der Nordostmonsun an Stärke zunahm. Er wühlte die See dermaßen auf, daß zu einer der größten taktischen Entscheidungen bei der Mitternachtswache zählte, einen Kurs zu steuern, bei dem nicht jeder aus seinem Sitz plumpste. Der Monsun war nichts im Vergleich zu dem Taifun, aber das Rollen des Schiffes in der unruhigen See bedeutete körperlichen Streß zu dem geistigen, während der langen nächtlichen Stunden wach und einsatzbereit zu bleiben.

Brian hatte den Captain seit dem Feuer Klasse Bravo im Kesselraum nicht gesehen, was hauptsächlich auf den turnusmäßigen Wechsel bei den Wachen zurückzuführen war. Der Captain kam nicht ins Combat, wenn morgens die Aktivität über dem Strand heiß und stark wurde, aber nach dem Mittag war er außer bei dem MiG-Zwischenfall, der bei Austins Wache passiert war, nicht mehr im CIC aufgetaucht. Als Brian jetzt wieder Backbord-und-Steuerbord-Wache hatte, sah er seine Offiziere und Chiefs der Abteilung nach dem Frühstück bei der Offiziersbesprechung im Combat – wenn sie mit ihm Wache hatten – und sonst kaum.

Brian bemerkte, daß Austin weiterhin Distanz zu ihm hielt. Er ließ sich keine Gelegenheit entgehen, auf irgendwelche Fehler hinzuweisen, die Brian im CIC machte, und er sorgte dafür, daß Brian erfuhr, wie oft er den Kommandanten und dessen Stellvertreter sah – im Gegensatz zu Brians zunehmend selteneren Kontakten. Brian fragte sich, ob er absichtlich geschnitten wurde oder ob die Kombination seiner Zeiten auf Wache und die Tatsache, daß Austin der Einsatzoffizier war, die wahren Gründe dafür waren, daß er die beiden ranghöchsten Offiziere an Bord nicht regelmäßig sah. Er war entschlossen, einfach abzuwarten und damit fertig zu werden.

Nachdem Rocky eine Woche lang gewartet und sich gefragt hatte, ob sich Bullet entschieden hatte, die Bank auf eigene Faust zu kassieren, erhielt Rocky um drei Uhr im Combat einen Anruf. Bulett forderte ihn auf, sich für einen Gang auf die Toilette abzumelden und ihn auf dem Messedeck zu treffen. In der Abteilung Überwasser tat sich überhaupt nichts, und so hatte Rocky kein Problem, sie zu verlassen und sich mit Bullet zu treffen. Rocky fragte sich, ob das Geld der Bank die ganze Zeit über auf dem Messedeck versteckt gewesen war. Verdammt, er hätte zurückgehen und selbst danach suchen sollen. Aber wenn Bullet jetzt das Geld beibringen konnte, hatte er, Rocky, einen Plan entwickelt, um ihn ein für allemal festzunageln.

»Da bin ich«, sagte Rocky.

»Ja«, erwiderte Bullet. »Wir auch.«

»Wir?« Rocky schaute sich um und sah drei von Bullets größeren Kumpanen in den Schatten hinten auf dem Messedeck lungern. »Was soll der ›Wir‹-Scheiß? fragte er.

»Das könnten wir fragen, was soll der ›Wir‹-Scheiß, weißer Mann?« Bullet grinste. »Die sind als Sicherheit da. Wir haben es nicht mit einem Pappenstiel, sondern mit allerhand Moos zu tun. Da will ich keine Überraschungen.«

Rocky starrte zu den drei Schwarzen im Hintergrund. Dies war eine neue Entwicklung. Bis jetzt hatte Bullet sorgfältig darauf geachtet, sich nur bei Routinearbeiten mit Rocky zusammen sehen zu lassen. Bullet sicherte sich stärker ab, und er, Rocky, konnte nichts dagegen unternehmen.

Seine Haltung straffte sich. »Und warum sollte ich dann mit dir gehen? Mir scheint, ich könnte derjenige sein, der eine Überraschung riskiert.«

»Quatsch. Diese Jungs werden nur die Gegend sichern. Sie kommen nicht mit, wenn wir das Ding durchziehen. Okay?«

Rocky blickte wieder zu den drei Männern. Sein Plan basierte darauf, Knoblauchs Bargeld zu finden, aber seinen Anteil nicht zu behalten. Jetzt war der Schaden, daß seine Identität gelüftet war, nicht rückgängig zu machen, aber die Muskelprotze würden kein Geld bei ihm finden, wenn sie sich an ihn heranmachten, nachdem er und Bullet die Bank gefunden hatten.

»Ja, okay. Tun wir es – ich sollte auf Wache sein.«

»Okay. Wir gehen zum Fundbüro.«

»Zum *Fundbüro*! Du willst mich wohl verscheißern?«

Bullet grinste ihn an. »Quatsch. Der gute Knoblauch war ein kluger Kerl. Wenn er etwas vor dem Sheriff verstecken wollte, dann legte er es in dessen eigenen Schrank. Deshalb brauche ich dich. Nur MAAs haben Schlüssel zum Fundbüro. Hast du deine Schlüssel dabei?«

Rocky nickte und schüttelte dann verwundert den Kopf. Er folgte Bullet hinab nach unten, durch den Hauptgang nach achtern zum ›Fundbüro‹. Bullets Schläger trennten sich, einer ging nach vorne, zwei blieben zurück, damit keiner, der über den Gang kam, zu einem Problem werden konnte. Als sie außer Sicht der drei Schwarzen waren, holte Rocky seine Schlüssel hervor und schloß das ›Fundbüro‹ auf, das ein kleiner Spind war, der nicht abgeholte Wäsche, Uniformstücke und andere verlorene und gefundene Dinge enthielt. Immer wenn das ›Fundbüro‹ voll war, befahl der Sheriff, es aufzuschließen, und jeder konnte sich nehmen, was er gebrauchen konnte. Während des Taifuns waren viele unbeanspruchte Kleidungs- und Ausrüstungsstücke durcheinandergewirbelt worden, und so herrschte in dem Spind Durcheinander. Bullet spähte ein paar Sekunden lang hinein, trat dann hinein, knipste eine Taschenlampe an und schaute sich um.

»Weißt du tatsächlich, wo das Geld ist?«

»Hmhm.«

»An der Decke ist eine Lampe, die du anschalten kannst, wenn du willst.«

»Hmhm. Ich leuchte besser mit der Taschenlampe. Das fällt weniger auf, Mann.«

Rocky verfolgte mit den Blicken den tanzenden Lichtstrahl der Taschenlampe im dunklen Spind, als ein leiser Pfiff vom hinteren Ende des Durchgangs ertönte. Bullet knipste die Taschenlampe aus und forderte Rocky mit einem Wink auf, in den Spind zu kommen. Er zog die Tür hinter ihm zu, und sie warteten. Schließlich hörten sie Schritte auf dem Gang, die sich entfernten. Dann war es wieder still. Nach einer Minute öffnete Bullet die Spindtür und spähte den Gang auf und ab. Alles klar.

»Kapierst du jetzt?« sagte er. »Sicherheit. Wie ich sagte.«

»Ja, okay. Und wo ist jetzt der verdammte Kies?«

»Weiß ich nicht. Ich versuche mir vorzustellen, wo ich ihn verstecken würde, wenn das mein Versteck wäre.«

Rocky zog seine eigene Taschenlampe hervor, knipste sie an und suchte mit Bullet. In dem Spind war es warm und stickig. Rocky schaute sich um, ob die Belüftung abgestellt war. Der Hebel stand auf ›offen‹, doch es kam keine Luft aus dem Belüftungsschlitz. Während Bullet den Stapel benutzter Hosen und Hemden auf dem Boden des Spinds durchsuchte, leuchtete Rocky mit der Taschenlampe über das Belüftungsrohr, bis er zu einem Knie an der Rückseite des Spindes gelangte. Ein Stück des Belüftungsrohrs war behelfsmäßig repariert worden, denn zu beiden Seiten des reparierten Stücks sah Rocky Muffen.

»Hey«, sagte er. Bullet schaute auf, um zu sehen, was Rocky anleuchtete.

»Ah, ja«, sagte er. »Da ist es.« Er zog einen Schraubendreher hervor und schraubte die Muffen ab.

»Wie hast du herausgefunden, daß er das Geld hier versteckt hat?« fragte Rocky.

»Er hat sich mal verplappert. Erwähnte, er hätte den Zaster sicher versteckt, weil niemand ausgerechnet in einer Fundgrube danach sucht. Damit konnte ich nichts anfangen, aber als ich darüber nachdachte, dämmerte es mir. Fundgrube. Fundbüro. Es war jedenfalls einen Versuch wert.«

Er löste die letzte Schraube und entfernte beide Muffen von dem Rohr. Das ersetzte Stück fiel ihm in die Hand. Es war mit zusammengerollten Banknotenbündeln vollgestopft.

»Na, also«, sagte Bullet.

Sie begannen zu zählen. Knoblauch war stets ein Erbsenzähler gewesen, und so hatte er die Geldscheine zu betimmten Beträgen zusammengerollt, was das Zählen erleichterte. Bullet sortierte die Bündel, und Rocky zählte.

»Achtzehntausend und ein paar«, verkündete Rocky. Er hatte das Geld in zwei Stapel geteilt.

Bullet grinste. »Das reicht jedenfalls für ein paar Bierchen.«

»Da hast du verdammt recht«, erwiderte Rocky. Dann rollte er seinen Anteil zusammen und stopfte ihn wieder in das Belüftungsrohr.

»Mann, was machst du da?« fragte Bullet.

»Ich lasse meinen Kies hier«, sagte Rocky. »Es ist ein sicheres Versteck, und ich habe einen Schlüssel dafür.«

Bullet schaute ihn mißtrauisch an. Rocky bemerkte es.

»Was juckt dich das?« sagte er. »Du hast deinen Anteil. Ich will nicht all meinen Kies auf einem Haufen haben, das ist alles. Hab' verschiedene Verstecke auf dem Schiff. Auf diese Weise verliere ich nicht zuviel, wenn jemand Glück hat und ein Versteck findet. Du solltest es genauso halten.«

»Zerbrich dir nicht den Kürbis für mich, Mann. Mein Moos ist völlig sicher versteckt.«

»Nun, dann okay. Ich setzte dieses Rohr wieder zusammen. Du solltest jetzt verschwinden. Und nimm deine Jungs mit – dann fühle ich mich sicherer.«

Bullet murmelte ein Kraftwort und sammelte sein Geld ein. Dann spähte er aus dem Spind über den Gang und trat hinaus. Rocky schaute zu ihm, als er die Muffen wieder auf das Rohr geschraubt hatte.

»Leichte Beute, Mann«, sagte er. »Da solltest du lächeln.«

Als Bullet fort war, schloß Rocky den Spind ab und kehrte ins Combat zurück, wobei er auf seinen Rücken achtete. Nach dem Ende der Wache um sechs Uhr frühstückte er und legte sich dann in seine Koje. Vor dem Mittagessen suchte er Chief Jackson auf, der sich in seinem Büro mit Martinez unterhielt.

»Ich habe vielleicht etwas für Sie über Bullet«, sagte Rocky und schloß die Bürotür. Chief Martinez blickte Jackson alarmiert an.

»Ich habe ihn eingeweiht, Louie«, sagte Jackson. »Ich sagte mir, ein Gehirn mehr kann nicht schaden.« Er blickte Rocky erwartungsvoll an. Rocky bemerkte, daß Martinez nicht glücklich darüber war, etwas Hilfe zu haben. Das machte nichts. Er würde sich noch freuen. Rocky hatte lange und angestrengt überlegt, wie er dieses versteckte Geld nutzen konnte, um Bullet festzunageln.

»Ich glaube, ich habe einen Tip, wo Bullet sein Geld versteckt«, sagte Rocky. »Sie werden es nicht glauben.«

»Heraus damit«, sagte Jackson.

»Er versteckt es ausgerechnet im Fundbüro.«

»Was?!«

»Ja. Ich hörte in der Schlange bei der Essenausgabe, wie er mit einem dieser vierköpfigen Gruppe flüsterte, die bei ihm herumlungert. Er sagte, wenn man etwas vor den Bullen verstecken will, dann am besten bei den Bullen selbst. Der Typ fragte ihn, ob er Ihr Büro meint, und Bullet sagte: ›Quatsch, Mann, an einem Ort, zu dem nur die MAAs Zugang haben.‹ Ich reimte mir zusammen, daß vom Fundbüro die Rede war, und so ging ich hin und suchte ein bißchen. Ich fand über neuntausend Bucks in einem Belüftungsrohr.«

»Das ist ein Hammer!« stieß Jackson hervor. »Aber wie, zum Teufel, kommt ein Elektriker an einen Schlüssel für das Fundbüro? Nur MAAs haben Schlüssel dafür.«

»Ich nehme an, er hat den Schlüssel von Knoblauch«, sagte Rocky. »Sie sagten doch, daß die beiden Partner waren. Und Knoblauch war MAA auf den Messedecks. Das Büro der Versorgungsabteilung bewahrt all die Schlüssel auf – er brauchte sie als MAA für die Messedecks nur um einen Schlüssel für das Fundbüro bitten, und sie haben ihn ausgehändigt. In dem Spind ist nichts von Wert.«

»Ja.« Jackson nickte und dachte nach. Rocky wartete, begierig darauf, den nächsten Schritt zu machen. Jackson schaute Martinez an. »Hey, das bedeutet, daß wir den Dreckskerl haben – wenn wir ihn mit dem Geld erwischen, ist er fällig.«

»Und wie erwischen wir ihn mit dem Geld?« fragte Martinez. Jackson überlegte. Rocky war zu seinem Vorschlag bereit.

»Bullet hat die Mitternachtsschicht in der Hauptkontrolle. Sie informieren ihn in einer Nacht, wenn er auf Wache ist, daß Sie Arbeiter von der Elektroabteilung anfordern. Er ist von dieser Abteilung, also wenden Sie sich an ihn. Sie brauchen drei Arbeiter, die als erstes am Morgen das Fundbüro ausräumen. Nach dem Taifun herrscht darin ein verdammtes Durcheinander, alles muß ausgeräumt und neu eingelagert werden. Aber Sie sagen Bullet ebenfalls, daß alles Zeug ausgeräumt werden muß, weil Sie von einem Schweißer ein Belüftungsrohr reparieren lassen, um dort wieder frische Luft zu haben. In dem Spind stinkt's, was tatsächlich der Fall ist. Sie wollen das Rohr richtig schweißen lassen. Und wegen der Brandgefahr beim Schweißen muß alles ausgeräumt werden. Er hört das und ...«

»Ja«, fiel ihm Jackson ins Wort. »Er hört das und weiß, daß ihm nur noch ein paar Stunden bleiben, um das Geld dort rauszuholen.« Martinez nickt langsam vor sich hin.

»Richtig. Sie bestimmen die Nacht, Chief«, sagte Rocky. »Ich werde Ihnen zeigen, wo das Geld in diesem Belüftungsrohr ist. Er muß es holen, oder er verliert all seinen Profit.«

»Verdammt, das gefällt mir«, sagte Jackson und rieb sich die Hände. »Wenn wir den Bastard mit einer großen Summe Geld schnappen, während er es aus einem Versteck holt, ist er fällig.«

»Es kommt sogar noch besser, Sheriff«, sagte Rocky.

»Einiges von dem Geld sieht nach Ihren markierten Scheinen aus.«

Zwei Nächte später entdeckte das E-2, das auf einem Flugzeugträger stationierte Frühwarnflugzeug, die Geister. Es geschah um Viertel nach eins, fast eine Stunde nach der Wachablösung im Combat, und Brians Wachteam genoß den zweiten Becher Kaffee und bereitete sich auf die Routinearbeiten zum Wachbleiben vor. Das E-2 war auf dem Rückflug zum Flugzeugträger im Sinkflug von fünfundzwanzigtausend Fuß, als der RIO, der Mann am Radar auf dem Rücksitz der Maschine, fünf Radarkontakte von der unteren Region von Nordvietnam über den südlichen Golf aufsteigen sah. Die Radarkontakte wurden sofort mit den Symbolen für unbekannte Flugobjekte gekennzeichnet, was im Golf alle mit dem NTDS, dem Naval Tactical Data System, ausgerüsteten Schiffe alarmierte. Auf der Red Crown Station brüllte Garuda Barry die Höhle an.

»Pennt ihr, oder was soll der Scheiß? Es ist kein Video unter diesen Symbolen. Macht ihr das, oder ist das ein E-2?«

Die Höhle bestätigte, daß es ein E-2 war.

Brian starrte auf den Schirm. Es waren fünf Symbole für unbekannte Flugobjekte. Sie flogen formiert und auf Ostkurs von der Küste von Vietnam fort gegen rotchinesisches Territorium auf der Insel Hainan. Wenn sie den Kurs beibehielten, würden sie zwischen die Flugzeugträger und die Red Crown Station gelangen. Auf diesem Kurs bedrohten sie keines der Schiffe, es sei denn, sie bogen plötzlich nach Norden oder Süden ab. Der SWIC befahl dem Fluglotsen vom Dienst, den Verfolgungsmonitur im Auge zu behalten. Dann wählte er einen größeren Bildausschnitt des Gebiets um die Symbole herum auf seinem eigenen Schirm. Er überprüfte die Sichtbildanzeigen des SPS-48 und ebenfalls die des zweitrangigen Luftsuchradars, des SPS-40. Es war kein Video unter den Symbolen zu sehen.

»Verdammte Geister sind das«, murmelte Garuda.

»Geister?«

»Jawohl, Sir. Der Golf ist berüchtigt dafür, besonders wenn der Nordostmonsun kommt. Die Commies müssen irgendwelchen Scheiß oder was in die Luft bringen, und die Radars erfassen Kontakte, die gar nicht da sind. Manchmal bekommt man sogar etwas, das wie ein Videobild aussieht.«

»Ich rufe besser den Alten an.«

»Das ist okay. Aber sagen Sie ihm, daß wir sie für Geister halten. Das E-2-Radar ist berüchtigt für diesen Scheiß. Ich rede mit dem Stab auf der Yankee Station, aber Wager Bird ist heimgeflogen. Ich werde mit den Jungs in dem E-2 sprechen.«

Während Garuda über gesicherten UHF-Funk mit dem E-2 sprach, rief Brian den Captain in seiner Kajüte an, aber Huntington meldete sich nicht. Brian rief den stellvertretenden Kommandanten an.

»XO«, meldete sich Mains.

»XO, hier spricht Holcomb im Combat. Ich habe versucht, den Captain anzurufen, aber ich kann ihn nicht erreichen. Wir haben fünf unbekannte Flugobjekte mit Kurs von Nordvietnam nach Hainan. Es sind E-2-Spuren auf dem Schirm, und Garuda sagt, es sind vermutlich Geister.«

»Okay. Es ist Nordostmonsun. Aber setzen Sie ein Spook fünfundfünfzig ein, um sicherzugehen. Wenn kein Video auf dem Schirm ist, behalten Sie die Symbole nur im Auge.« Der XO gähnte.

»Ja, Sir, verstanden. Und äh, wissen Sie, wo der Captain ist? Er hat sich nicht am Telefon gemeldet.«

Kurzes Schweigen am anderen Ende der Leitung. »Vielleicht hat er eine Schlaftablette oder sonstwas genommen. Er sagte, er hätte bei dieser unruhigen See kaum Schlaf gefunden; er würde sich etwas vom Doc geben lassen. Betrachten Sie Ihre Meldung als erledigt, es sei denn, etwas Unerwartetes geschieht.«

»Aye, aye, Sir«, sagte Brian und hängte ein.

»Dies sind also Geister«, sagte Garuda. »Selbst die E-2-Jungs meinen das jetzt.«

»Haben sie eine Aluminiumhaut?«

»Wir haben kein Videobild, aber die E-2-Jungs haben eines. Es ist zu gut, zu perfekt. Alle fünf Maschinen sind tadellos formiert und fliegen alle mit derselben Geschwindigkeit. Die Radars der Flugzeugträger erfassen sie ebenfalls nicht. Dort unten ist kein Flugplatz, und sie würden niemals so eine Schau abziehen, wenn ein E-zwo und die BARCAPs auf Station sind – sie wissen, daß es ihnen dann dreckig geht.«

Die Höhle meldete, daß das E-2-Flugzeug das Video des unbekannten Flugobjekts verloren hatte.

Garuda bestätigte. »SWIC, aye. Wie ich sagte, es sind Geister.«

Das Stimmengewirr im Combat ließ nach, als sich herumsprach, daß die unbekannten Flugobjekte Geister waren, keine Formation feindlicher Flugzeuge. Der Fluglotse vom Dienst erklärte den BARCAP-Piloten, warum sie nicht in heißer Verfolgungsjagd über den Golf rasen konnten. Das E-2-Flugzeug setzte den Rückflug zum Flugzeugträger fort. Brian schenkte sich neuen Kaffee ein und brachte auch Garuda welchen.

»Unheimliche Sache«, bemerkte Brian.

»Ja. Es gibt Gerede, daß der ursprüngliche Konflikt im Golf von Tonkin im Jahre 1964 wegen Geistern entstand. Es war Herbst, und der Nordostmonsun hatte eingesetzt. Manche Leute behaupten, es waren nie PT-Boote oder sonst etwas in dieser Nacht draußen.«

»Ich habe die Geschichte gehört. Ich glaube, die *Maddox* und *Turner Joy* hatten PT-Boote – ich habe die Bilder gesehen. Aber der zweite Zwischenfall mit der *Morton* und *Edwards* passierte in der Nacht. Sie feuerten ein paar hundert Fünfzollgeschosse ab. Sagten, sie hätten ein gutes Video und ihr Sonar hörte sogar Schraubengeräusche, aber sie fanden nie ein Anzeichen auf Wracks, Öl,

Trümmer – nichts. Und es ist nie etwas gesichtet worden.«

»Ja, Sir, aber ich erinnere mich, daß wegen dieses zweiten Zwischenfalls am nächten Morgen Nordvietnam bombardiert wurde.«

»Nun, es sind Kommunisten. Sie hatten es vermutlich verdient – wenn nicht deswegen, dann wegen etwas anderem.«

»Was Sie nicht sagen.« Garuda grinste.

Ein paar Minuten später kam der Captain ins Combat. Brian sah ihn als erster und glaubte seinen Augen nicht trauen zu können. Sie hatten gerade von Geistern gesprochen, und jetzt tauchte der Kapitän wie ein Geist auf. Huntingtons Gesicht war eingefallen und bleich, fast weiß, und von tiefen Falten durchzogen. Sein Haar wirkte lichter, und selbst die dicke Schlechtwetterjacke der Navy konnte nicht darüber hinwegtäuschen, daß er noch dünner geworden war, seit Brian ihn zum letzten Mal gesehen hatte. Huntington trug eine Khakihose und Pantoffeln. Er stützte sich auf die Rücklehne des Kapitänssessels, um beim Rollen des Schiffes das Gleichgewicht zu behalten.

»Captain im Combat«, meldete Brian, nachdem er sich von seiner Überraschung erholt hatte. Die Männer im CIC blickten zum Captain, und es wurde still.

»Der XO sagte mir, Sie hatten einige Geister?« Der Captain blickte Brian fragend an. Brian fand, daß Huntingtons Stimme schwächer klang als sonst.

Brian erklärte die E-2-Kontakte und den Ablauf der Ereignisse. Der Captain wollte wissen, ob Brian ein Spook-55-Radar auf die Kontakte angesetzt hatte. Brian erinnerte sich an den Befehl des stellvertretenden Kommandanten.

»Nein, Sir, das haben wir nicht getan. Das E-2 erfaßte die Spuren, bevor wir das konnten, und wir hatten kein Video, um sie zu kennzeichen. Weder das 48er noch das 40er Radar sahen irgend etwas; ebensowenig die Radars des Flugzeugträgers.«

»Okay. Beim nächsten Mal teilen Sie sie den Fernlenksystemen zu und schauen Sie an, auch wenn wir denken, es sind Geister. Beim Nordostmonsun weiß man nie, was die Radars zeigen. Sonst alles ruhig?«

»Jawohl, Sir. Soweit. Luftoperationen sind vor ungefähr einer Stunde eingestellt worden.«

»Okay. Und wenn Sie mich nicht telefonisch erreichen, schicken Sie jemanden runter in meine Kajüte.«

»Jawohl, Sir. Ich habe Sie angerufen und dann ...«

»Sie haben das Richtige getan, aber beim nächsten Mal schicken Sie jemanden runter.«

»Aye, aye, Sir.«

Der Captain schaute sich im Combat um und ging dann hinaus. Als er fort war, stieß Garuda einen leisen Pfiff aus.

Brian nickte. »Er sieht höllisch aus, nicht wahr? Ich frage mich, was da los ist.«

Garuda inhalierte tief den Rauch seiner Zigarette und zuckte mit den Schultern. »Ich weiß es nicht, aber dieser Mann sieht krank aus.«

»Ich hatte ihn seit der Verurteilung der drei Techniker nicht mehr gesehen.«

»Ich auch nicht. Bei diesen Mitternachtswachen und allem ...«

»Ja. Austin hat gesagt, er hat ihn ein paarmal pro Tag gesehen. Ich sollte Vince fragen, ob er das bestätigen kann.«

Garuda konzentrierte sich wieder auf seinen Schirm. Das 48er Radarbild war unnatürlich klar, als der Nordostmonsun saubere, kalte mandschurische Luft über den Golf und hinab in die feuchten Flußdeltas von Südostasien trieb. Obwohl die Flugzeugträger über hundert Meilen tief im Golf waren, konnten sie als Videopunkte unter ihren Symbolen gesehen werden. Ebenfalls waren die Konturen der Küstenberge in Nord- und Süvietnam als bernsteinfarbene Wellen auf den Schirmen zu sehen. Die BARCAP-Phantoms blieben am fernen südlichen Ende ihrer Verteidigungsposition, ebenfalls deutlich als Lichtpunkte unter ihren Symbolen zu sehen. Garuda schaltete die Darstellungen des SPS-Überwasser-Erfassungsradars ein und stellte die Entfernung auf sechzig Meilen ein. Die Küste von Nordvietnam erschien auf dem Schirm, und der Lichtpunkt, der das südliche SAR-Stations-Schiff, die mit Fernlenkwaffen ausgerüstete Fregatte *Preble*, symbolisierte, war fünfzig Meilen im Südosten zu sehen.

»Selbst das 10er Radar liefert heute nacht ein perfektes Bild. Doppelt so weit wie seine übliche Reichweite«, sagte Brian.

Garuda nickte und schaltete wieder um, diesmal auf das SPS-40-Radar, das zweitrangige Lufterfassungsradar des Schiffes. Das 40er Radar zeigte Luftkontakte als große, verschwommene Echoimpulssignale anstatt als kleine Lichtpunkte wie bei der digitalen Darstellung des 48er Radars, aber selbst das 40erRadar war viel klarer als sonst. Das Bild zeigte die BARCAP-Phantoms als relativ kleine Videoflecken, die sich längs der viel größeren Video-Wolkenbank bewegten, welche die nordvietnamesische Küste darstellte. Garuda schaltete zurück auf das 48er Radar und die Skala für zweihundertfünfzig Meilen Entfernung.

»*Ichiban*-Radar heute nacht«, sagte Garuda und fügte auf Brians fragenden Blick erklärend hinzu, »das heißt sehr gutes. Und wir brauchen nicht mal soviel hin und her zu schaukeln, um die Bilder zu bekommen ...«

»Ja, ich habe dieses Schaukeln satt. Es ist nicht stark genug, um einen seekrank zu machen, aber es reicht, um einen zu ermüden. Dauernd hat man Mühe, einsatzbereit zu bleiben. Wie lange müssen wir das noch aushalten?«

»Der Nordostmonsun dauert bis März oder April. Dann wird es wieder heiß, und die See wird ruhig.«

Der Funkmelder kam ins Combat und brachte den Stapel der nächtlichen Funkbotschaften.

»Ich glaube, ich sollte mich an die Arbeit mit dem Papierberg machen.«

Brian setzte sich an den Auswertertisch und klemmte seinen Drehsessel zwischen der SWIC-Konsole und dem

Stützpfosten ein, um ihn an Ort und Stelle zu halten. Dann zog er den Papierstapel zu sich heran. Er nippte am kalten Kaffee und schnitt eine Grimasse. Er sichtete den Papierstapel, überflog jedes Blatt und sortierte das meiste in den Müllsack, der später verbrannt werden würde. Gelegentlich legte er ein Blatt beiseite und schrieb eine Notiz für einen der anderen Abteilungsleiter darauf.

Garuda beschäftigte sich mit den Computerkontrollsystemen und überprüfte Daten im Austausch mit dem Computerzentrum unter Deck. HooDoo, der AIC – Air Intercept Controller – vom Dienst, gab einen gelegentlichen Kontrollbefehl an die BARCAP-Maschinen und spielte sonst müßig mit den Kontrollknöpfen seiner Tastatur und wartete, bis das erste Tankflugzeug von der Yankee Station kam. Die restlichen Männer im Combat führten die nächtliche Routine durch. Drüben im Waffenmodul sah Brian Chief Hallowell, der sowohl die FCSC- als auch die EC-Konsole bediente, während FTM1 Barker unten in der Zielerfassung war und vermutlich FTM3 Warren bei seiner Wache ausbildete. Brian nahm sich vor, später hinunterzugehen, um zu sehen, was lief. Vielleicht sollten sie einige Übungen mit dem BARCAP machen, wenn das erste Tankflugzeug eingetroffen und wieder weggeflogen war. Brian kämpfte gegen die Müdigkeit an. Verdammte Mitternachtswache. Der Nachmittag war hektisch gewesen. Es hatte mehrere Luftangriffe der südlichen Provinzen Nordvietnams und eine SAR-Operation gegeben, bei der beide Hubschrauber zwei Stunden lang eingesetzt waren, ohne daß es zu Ergebnissen geführt hatte. Die Funkbotschaften begannen vor seinen Augen zu verschwimmen, und Brian fragte sich, ob er sie vielleicht mit einem Auge lesen konnte, während er das andere schloß – nur für einen Moment.

RD1 Rockheart in der Abteilung Überwasser hatte keine Probleme, wach zu bleiben. Er schaute wieder auf seine Armbanduhr. Jetzt sollte Bullet jeden Augenblick geschnappt werden. Die Chiefs hatten diese Nacht zur Festnahme ausgewählt, nachdem Jackson sich das Geld angesehen und einige der markierten Scheine gefunden hatte. Jackson sollte laut Plan ab halb zwei bei Bullet anrufen. Jackson und Martinez versteckten sich dann auf der Toilette für Offiziere, die sich achtern und gleich schräg gegenüber vom ›Fundbüro‹ befand. Sie würden Bullet in den Spind gehen und das Belüftungsrohr öffnen lassen und dann zuschlagen.

Rocky hatte ursprünglich damit gerechnet, daß die Gier Bullet dazu treiben würde, sich das versteckte Geld zu holen, aber dann sagte sich Rocky, Bullet konnte annehmen, daß er, Rocky, von den bevorstehenden Schweißarbeiten wußte und das Geld selbst entfernte. So hatte er einen Trick hinzugefügt. Als Jackson ihn im Combat angerufen und gesagt hatte, daß die Festnahme jederzeit nach halb zwei erfolgen konnte, war Rocky in den Kartenraum vorne im Combat gegangen und hatte Bullet mit vorgetäuschter Panik angerufen. Er hatte ihn um einen Gefallen gebeten – um einen großen.

»Der verdammte Sheriff spielt verrückt. Er hat mir soeben gesagt, daß er von einem Arbeitstrupp das Fundbüro ausräumen und dann ein defektes Belüftungsrohr reparieren lassen will. Ich kann das Combat nicht verlassen – wir haben heute nacht zuviel Scheiße am Hals. Ich brauche dich, damit du mein Geld holst, Mann. Es aus dem Versteck holst, bevor diese Scheißer es finden. Ich habe einen Schlüssel hinter dem Feuerlöscher gleich bei der Spülküche deponiert. Holst du für mich den Kies aus dem Versteck?«

Bullet lachte leise. »Ja, Mann. Der Sheriff hat mich bereits angerufen. Einige meiner Jungs sollen den Spind ausräumen. Aber neulich hast du dich vor mir und meinen Jungs nicht so sicher gefühlt. Wie kommt es, daß du mir plötzlich neun Riesen anvertraust? Das mußt du mir verklickern, Mann.«

»Hey, Mann, das sind unheimliche Typen, die bei dir herumlungern. Ich kenne sie nicht. Aber zur Sache. Wenn der Sheriff diesen Kies findet, wird hier die Hölle los sein.«

»Du bist der Mann mit dem Schlüssel; folglich bist du eher dran als ich.«

Rocky fühlte sich in einer Falle gefangen. Er wußte keine Antwort auf Bullets hämische Worte. Er hoffte nur sehnlich, daß die Gier siegen würde; es würde keine Möglichkeit geben, Bullet zu *zwingen*, das Geld zurückzugeben. Fast eine Minute lang herrschte Stille in der Leitung.

»Okay, Mann«, sagte Bullet dann. »Ich mach's. Wo ist noch mal dieser Schlüssel?«

Rocky sagte es ihm und dankte ihm überschwenglich.

»Ich stehe in deiner Schuld, Mann.«

»Sechzig-vierzig?« fragte Bullet verschlagen.

»Ja, verdammt, Mann. Das ist es mir wert.«

Rocky blickte wieder auf seine Armbanduhr. Jetzt war es soweit. Die Falle konnte zuschnappen.

50

»Das muß aber eine verdammt interessante Funkbotschaft sein«, sagte Garuda, als Brian aus dem Schlaf schreckte. »Sie haben sie jetzt drei Minuten lang gelesen.« Garuda grinste Brian an, der eingedöst war, und hielt ihm einen Becher mit frischem Kaffee hin. Brian schüttelte den Kopf, um klarer zu werden, legte die Funkbotschaft hin und nahm den Kaffeebecher entgegen. Er schaute auf seine Armbanduhr: 2 Uhr 30. O Gott. Noch dreieinhalb Stunden Wache! Garuda setzte sich wieder an seine Konsole und hielt eine Hand an seinem Kaffeebecher, um zu verhindern, daß er beim Rollen des Schiffes von der Konsole rutschte.

»Tankflugzeug auf dem Weg zu BARCAP«, meldete der AIC. »Ich werde den Piloten am südlichen Ende halten, andocken und dann in nördlicher Richtung betanken lassen.«

»SWIC, aye.«

»Machen wir eine Zielerfasssungsübung mit dem Tankflugzeug«, sagte Brian.

»SWIC, aye. AIC, rufen Sie Ihr Tankflugzeug und sagen Sie dem Piloten, daß wir ihn für eine Übung mit dem Radar erfassen.«

»AIC, aye.«

Der Air Intercept Controller sprach mit dem BARCAP-Piloten und dem Piloten des Tankflugzeugs, reckte dann den Daumen zum SWIC hoch, der daraufhin Befehle an das Waffenmodul bellte, gefolgt mit der Erklärung, daß es sich um eine Übung handelte. Der Chief, der Brians Befehl gehört hatte, neigte sich vor und gab die Kennzeichnung der Flugzeuge und Daten ein. Die Radarschirme über dem CIC stellten sich ein. Beide Systeme konnten binnen fünfzehn Sekunden ein Ziel erfassen und verfolgen.

»CWI einschalten.«

»CWI eingeschaltet.«

»AIC, Alarmmeldung einholen.«

»Tankflugzeug hat SAM-Alarm, und auch bei BARCAP sind die Lämpchen an.«

»CWI abschalten.«

»CWI abgeschaltet.«

»Zielerfassung beenden; Ziel verfolgen beenden. Die Systeme auf Mittschiffslinie. Gute Arbeit, Jungs.«

»FCSC, aye. Warren sagt, sie hatten das Ziel sofort erfaßt. Er brauchte nichts zu tun.«

»Sagen Sie ihm, gut gemacht. Der Junge hat in letzter Zeit einigen Scheiß über sich ergehen lassen müssen.«

»Ich hörte, daß einige der bösen Jungs auf ihm rumhacken«, sagte Garuda.

»Ja. Das und all diese Zusatzausbildung. Er ist ein guter Junge, aber ich werde froh sein, wenn wir Ersatz für die drei Junkies bekommen. Aber wenigstens arbeiten die Systeme heute nacht gut.«

»Angesichts dieses Wetters keine Überraschung für mich«, sagte Garuda. »Ich habe es auf der ganzen Fahrt noch nicht so klar gesehen.«

Sie beobachteten auf dem Schirm, wie das Symbol des Tankflugzeugs mit den Symbolen der BARCAP-Phantoms verschmolz, und dann meldete der AIC lakonisch, daß er sie angedockt hatte. Brian dachte darüber nach, was diese kurze Meldung bedeutete: hundertzwanzig Meilen entfernt, auf zweiundvierzigtausend Fuß Höhe und in der eisigen Dunkelheit, waren die Phantompiloten bis ans Heck des Tankflugzeugs, eine A-6 mit Treibstoffbehältern unter den Tragflächen, geflogen, hatten die Betankungsstutzen gefunden und ihre Ansaugrüssel hineingeschoben. Sie würden während des Betankens zwanzig Minuten an das Tankflugzeug gekoppelt bleiben. Der AIC hatte das Andocken am südlichen Ende der BARCAP-Verteidigungslinie mit Anweisungen geleitet und brachte jetzt das angekoppelte Trio die Linie hinauf in Richtung Red Crown.

»Tanker ist süß«, meldete der AIC und sagte damit, daß beide Phantoms an das Tankflugzeug angedockt waren und tankten. Manchmal konnte das eine oder andere Flugzeug keinen Sprit aufnehmen, weil die Verbindung nicht richtig klappte. Dann wurde gemeldet: ›Tanker ist sauer‹.

»Das große Ereignis der Nacht«, sagte Brian und seufzte.

»Das ist so groß, wie wir es haben wollen; alles sonst, was sich zu dieser Morgenstunde abspielt, kann nur schlecht sein, und ich bin zu alt für Schlechtes bei einer Mitternachtswache«, erwiderte Garuda und zündete sich schon wieder eine Zigarette an.

Unten auf der Toilette für Offiziere warteten Martinez und Jackson angespannt auf die Entwicklung der Dinge. Sie warteten seit fast einer Stunde, und Martinez kamen die ersten Zweifel am Erfolg dieser Aktion. Wie jede Toilette auf dem Schiff war auch diese unzureichend belüftet und stank nach Seewasser und ätzenderen Dingen. Die Chiefs hatten zwei Schrauben der Verkleidung des Verbindungsschotts zwischen Toilette und Gang herausgeschraubt. Die damit geschaffenen Gucklöcher waren winzig, aber sie gewährten einen direkten Blick auf den Spind auf der gegenüberliegenden Seite des Gangs.

»Wir können uns hier die ganze verdammte Nacht um die Ohren schlagen«, murrte Martinez. »Unser Mann wartet bis nach dem Wecken, um hier aufzutauchen.«

»Nur die Ruhe. Ich sehe das anders«, meinte Jackson. »Er wird vor der Wachablösung um Viertel vor vier kommen; sonst sind zu viele Leute achtern unterwegs.« Er spähte wieder durch das Guckloch auf den Gang hinaus. »Wenn man vom Teufel spricht«, flüsterte er.

Chief Martinez neigte sich vor, um durch sein Guckloch zu spähen. Bullet stand vor der Tür des ›Fundbüros‹ und schob den Schlüssel ins Schloß. Er zog den Spind auf, blickte sichernd den Gang auf und ab, trat in den Spind hinein und zog die Tür zu. Jackson stieß den angehaltenen Atem aus.

»Okay«, sagte er. »Jetzt warten wir.«

»Aber nicht zu lange«, grollte Martinez.

Brian schaute wieder auf seine Armbanduhr: 2 Uhr 45. Toll, ganze fünfzehn Minuten waren vergangen. Die Zeit raste förmlich dahin. Er tunkte einen Finger in seinen Kaffeebecher. Kalt. Es war an der Zeit, heißen Kaffee zu holen. Die Höhle meldete sich über die Bordverständigungsanlage.

»SWIC, Track Supe.«

»SWIC, aye.«

»Track Supe, mein 40er Bediener meldet eine Störung in einem Sektor auf dem 40er.«

»Störung? Sie müssen mich verscheißern.«

»Das behauptet er. Ich habe mir das angesehen, und da ist tatsächlich was im Gange.«

Garuda schaltete das Display des SPS-40-Radars ein, und Brian schaute ihm über die Schulter. Statt des klaren Bildes vor einer halben Stunde war jetzt etwas über Nordvietnam, das wie eine Schneewolke aussah.

Garuda blickte über die Schulter zu Brian. »Das sollten Sie dem Alten melden. Ich würde auch Austin anrufen. Ich wünschte, das E-2 wäre noch in der Luft. Ich lasse von der Höhle eine Störmeldung verschlüsseln und an die Flugzeugträger schicken.«

Brian ging zum Auswertertisch und schnappte sich das Bordtelefon. Er drückte auf den Knopf für den Anschluß zum Captain, doch niemand meldete sich. »Schicken Sie jemanden runter«, hatte der Captain gesagt.

»Überwasser«, rief Brian.

»Überwasser, aye«, antwortete RD1 Rockheart.

»Schicken Sie jemanden zur Kapitänskajüte, lassen Sie den Captain wecken und ihn bitten, D & D über das Bordtelefon anzurufen. Ich bekomme ihn nicht wach.«

»Überwasser, aye.«

Brian hängte den Hörer ein und rief Austin über das Verwaltungstelefon an. Austin meldete sich nach dem dritten Klingeln; Brian erklärte ihm, was los war. Austin äußerte Zweifel, kündigte jedoch an, sofort raufzukommen. Brian legte den Hörer auf und sah, daß die Darstellung des 40er Radars auf Garudas Schirm plötzlich klar war.

»Störung beendet«, sagte Garuda, »das war's.«

Die Höhle meldete das Ergebnis der Überprüfung, ob das Radar tatsächlich gestört wurde. »Die Commies haben uns verarscht, daran gibt es keinen Zweifel.«

»Und jedes andere 40er Radar im Golf hätte es ebenfalls sehen sollen«, murmelte Garuda. »Es hätten einige andere

Störmeldungen reinkommen sollen.« Er schaltete auf den Sechzigmeilenausschnitt, um zu sehen, ob das etwas änderte.

»Es wären Meldungen gekommen, wenn Air Force Green oben wäre, aber jeder hat das gleiche Problem – sie müssen erst die Meldung verschlüsseln, bevor sie ins abhörbare Netz gegeben werden kann. Genau wie wir.«

Garuda schüttelte verwundert den Kopf. »Aber warum stören die Commies das 40er? Die bösen Jungs müßten wissen, daß wir hauptsächlich das 48er benutzen, nicht das verdammte 40er.«

»Sie schauen im Augenblick nicht auf das 48er, oder?« bemerkte Brian, und plötzlich stieg Unruhe in ihm auf.

»O verdammt«, murmelte Garuda und schaltete wieder auf das 48er Radar. In diesem Augenblick ertönte ein Chor von Alarmsignalen aus den Konsolen in der Höhle. Am Rande des Schirms, gerade vor der Küste von Nordvietnam, waren vier helle Lichtpunkte zu sehen, die sich näherten – auf sie zu. Während Brian mit wachsendem Entsetzen darauf starrte, erschienen auf dem hereinkommenden Video die ersten Symbole für unbekannte Flugobjekte.

Garuda zögerte nicht. Er drückte auf einige Knöpfe und markierte alle vier Symbole als feindlich. Dann schickte er die ersten Gefechtsbefehle zum FCSC, dem Fire Control Systems Coordinator.

»An alle, dies ist Ernst!« brüllte er. »Wir werden *angegriffen*!«

Brian neigte sich über den Auswertertisch und drückte in dreifachen Intervallen auf die Taste des Telefons – das vereinbarte Alarmsignal. Mit der anderen Hand schnappte er sich das Mikrofon der 1-MC-Lautsprecheranlage und rief hinein:

»Captain zu D & D. Ich wiederhole, Captain zu D & D! Wir werden angegriffen. Alles vorbereiten für Fernlenkabschüsse!«

»SWIC, FCSC. System eins erfaßt und verfolgt das Ziel;

System zwei hat ein Problem. Die Distanz zu Bogey ist fünfundsiebzig Meilen und abnehmend. Abschußvorrichtung geladen. Erbitte Feuerbefehl.«

Garuda drehte sich auf seinem Sitz und schaute zu Brian, der heftig nickte, während er seine Durchsage über die Lautsprecheranlage wiederholte.

Die Höhle meldete sich.

»SWIC, Track Supe, Alfa Whiskey fragt, ob feindliche Spuren echt sind und …«

»Sie sollten es verdammt glauben, bevor wir die Vögel auf dem Hals haben.«

»SWIC, FCSC, Distanz zu Bogey beträgt vierzig Meilen. Abschußvorrichtung ist geladen und einsatzbereit. Ich habe Video im Fenster und verfolge Spur zwei-eins-sieben-sieben mit Salvenfeuer.«

»SWIC, aye, Feuer frei. Wo, zum Teufel, bleibt System zwei?«

Die Antwort des FCSC ging im Donnern einer Terrier-Fernlenkrakete unter, die aus der Abschußvorrichtung auf dem Vorderdeck abgefeuert wurde, Sekunden später gefolgt von einer zweiten. Das Schiff begann zu vibrieren, als die Maschinen auf zwanzig Knoten beschleunigten, und krängte nach steuerbord, als es auf Nordwestkurs ging, um dem Feuerleitradar ein klareres Sichtfeld zu geben.

»System zwei verfolgt zwei-eins-sieben-neun. Distanz fünfunddreißig Meilen. Bogey im Anflug und tief. Solides Videobild im Fenster!«

»SWIC, Track Supe. Alfa Whiskey bestätigt, daß wir keine Geister angreifen.«

Garuda mußte ein paar Sekunden darüber nachdenken, aber dann meldete der FCSC, daß Spur zwei-eins-sieben-sieben abgefangen war, das Videobild verschmolz mit der Leitspur des Zielgebers, und die Computer berechneten einen Treffer. Eine MiG abgeschossen, dachte Brian. Der FCSC leitete System eins auf die MiG drei um und teilte die Abschußvorrichtung System zwei zu. Brian versuchte weiterhin, die Kapitänskajüte telefonisch zu erreichen. Das Donnern einer weiteren Fernlenkrakete ertönte, gefolgt von ihrem Bruder, als System zwei auf die MiG zwei feuerte.

Zwei ausgeschaltet und noch zwei Angreifer, dachte Brian, und die Scheißer sind bereits auf dreißig Meilen heran. Nicht genug Leitradar! Die MiGs waren zu nahe! Der Rumpf des Schiffes erzitterte jetzt, als die Maschinisten, die nach den Lautsprecherdurchsagen schlagartig aktiv geworden waren, beschleunigten. Zwei der AICs stürzten durch die vordere Tür des Combat, atemlos, nachdem sie die Leitern hinaufgeeilt waren.

»SWIC, Track Supe, Alfa Whiskey sagt, sie haben kein Video von unserem Sektor, aber sie melden eine Störung ihres 40er Radars. Alfa Whiskey will …«

»Scheiß auf Alfa Whisky!« brüllte Garuda. »Ich habe hier verdammt zu tun!«

»SWIC, FCSC, System zwei verfolgt feindliche Spur zwei-eins-sieben-neun. Bereithalten für Abfangen – markieren Sie Abfangen Spur zwei-eins-sieben-neun!«

In diesem Augenblick wurden Explosionen auf der Backbordseite am Horizont gemeldet. Brian dachte schnell. Wo, zum Teufel, war der Captain? Und wo war der XO? Oder Austin? Bestimmt hatten sie den Alarm gehört. In diesem Moment flog die Tür des Combat auf, und Austin stürmte herein. Er trug nur Khakihose, seine Seemannsschuhe und ein T-Shirt. Er sah ausnahmsweise einmal ungepflegt aus.

»SWIC, FCSC, teile System zwei Bogey vier zu, um Spur Nummer zwei-eins-fünf-sechs zu verfolgen. Das wird eng. Diese Bastarde sind nur noch achtzehn Meilen entfernt! Warren, beruhigen Sie sich, Sie schaffen das, Sie schaffen das!«

»Holt den Scheißer runter!« brüllte Garuda und schaltete seine Skala herunter, um den Bildausschnitt auf seinem Schirm zu behalten. Der Stapel Funkbotschaften rutschte vom Auswertertisch, als das Schiff den Kurs änderte. Die AICs standen hilflos an ihrer Konsole, das BARCAP war noch zum Betanken angedockt, und jedem war klar, daß dies jetzt nebensächlich war, denn die Luft um die MiGs füllte sich mit amerikanischen SAM-Rakten. Die BARCAPs waren aus dem Spiel.

»SWIC, FCSC, System eins hat Bogey drei abgefangen und meldet Treffer.« Eine Pause, als der Chief den Kopfhörer auf die Ohren preßte. Dann schüttelte er mit gequälter Miene den Kopf. »SWIC, System zwei kann es nicht schaffen. Warren versucht es manuell. Distanz zehn Meilen! Verdammt, der kommt durch; er kommt durch! Distanz acht Meilen. System zwei kann nicht – System zwei einsatzbereit!«

Der Chief teilte die Abschußvorrichtung zu, wartete drei Sekunden, bis das Lämpchen anzeigte, daß sie geladen war, hämmerte dann auf die Feuertaste, und eine weitere Terrier wurde abgefeuert. Weitere Leute stürmten ins Combat. Der Gestank vom Rauch des Antriebsaggegrats der Rakete drang durch die Belüftung der Klimaanlage, als sich das Schiff gegen den Wind drehte.

»Wir sind erledigt!« brüllte der FCSC. »Die MiG ist innerhalb der Minimumdistanz. Sie ....«

Austin, der neben Brian gestanden hate, stieß einen Angstschrei aus und stürzte aus der Abteilung D & D zur Tür des CIC. In seiner Hast rannte er zwei Matrosen über den Haufen, die gerade durch die Tür ins Combat kommen wollten. Brian starrte auf die SWIC-Konsole und beobachtete, wie das feindliche Symbol mit ihrem eigenen verschmolz. Die vierte MiG war in der Minimumdistanz des Fernlenksystems und der Radars des Schiffes.

Einen Augenblick lang herrschte Totenstille, und dann ertönte ein donnernder Schlag sehr nahe an der Backbordseite des Schiffes. Das Schott im Combat Information Center blähte sich nach innen auf, und krachend barst die Aluminiumverkleidung. Staub wolkte auf, und Trümmer flogen herum. Durch das Kreischen von Metall schlug ein langes, schwarzes Objekt durch die NTDS-Konsole für elektronische Kriegsführung, löschte den Bediener und einen zweiten Mann in einer blutigen Wolke aus und krachte dann gegen eine zweite Konsole, bevor es auf den Boden fiel. Der Aufprall löste im ganzen Combat Kurzschlüsse aus und deformierte die Decke, so daß Leuchtstoffröhren aus ihren Halterungen sprangen und eine Wolke von Scherben zu den herumfliegenden Trümmern hinzukamen. Gleichzeitig erbebte das ganze Schiff, als wäre es von einem Kreuzer gerammt worden, und etwas schlug in die Backbordseite ein, gefolgt von einer donnernden Explosion achtern. Die paar verbliebenen Lampen im Combat flackerten und erloschen, und nur das Licht der Notbeleuchtung durchdrang die Staubwolken, die in der Luft hingen. Das Heulen des Gefechtsalarms durchbrach die kurze Stille, und dann war ein Chor von Stöhnen und Schreien verwundeter Männer zu hören.

Jeder in der Abteilung D & D war auf den Boden geschleudert worden, mit Ausnahme von Garuda, der instinktiv den Sicherheitsgurt angelegt hatte, als sich das Schiff gedreht hatte. Brian rappelte sich unter dem Auswertertisch auf und schaute sich nach Austin um. Schließlich entdeckte er ihn. Er lag bewußtlos bei der Tür zum Combat, und sein Gesicht war blutüberströmt. Der FCSC, Chief Hallowell, stand gekrümmt über die Rückenlehne seines Konsolensitzes gebeugt, als wollte er sich übergeben. Brian versuchte, einen klaren Kopf zu bekommen, aber es war zuviel Rauch und Lärm im Combat, als Männer um Hilfe riefen oder vor Schmerzen schrien. Er hörte das Sprudeln von Wasser, das er sich zunächst nicht erklären konnte, doch dann fiel ihm ein, daß die Konsolen wassergekühlt waren. Einige Kühlleitungen müssen gerissen sein, dachte Brian und versuchte, sich zusammenzureißen. Er hatte einen Schnitt am Handrücken, war sonst jedoch anscheinend unverletzt. Er blickte zu Garuda, der Glassplitter von einer Leuchtstoffröhre ausspuckte, während er sich mit seinem Funkkopfhörer abmühte. Brian hörte, daß Garuda Kontakt mit dem Rest der Stationen über die Bordverständigungsanlage aufzunehmen versuchte. Einige Männer der Abteilung Überwasser waren an der Backbordseite und kümmerten sich um Verwundete. Chief Hallowell richtete sich auf und sah Austin. Er ging hin, um die Schwere der Verwundung des Einsatzoffizieres festzustellen.

»Combat, Brücke!« ertönte die angstvoll klingende Stimme von Jack Folsom über die Lautsprecheranlage. Brian meldete sich. Er spürte, daß das Schiff langsamer wurde und sein Bug die See pflügte. Dann war ein unheilvolles Röhren zu hören, als explodiere mittschiffs etwas, und einen Augenblick später zischte Dampf unter hohem Druck.

»Combat, aye, Jack«, sagte Brian. »Was, zum Teufel, ist dort draußen passiert?«

»Unser letztes Geschoß traf etwas direkt an der Backbordseite. Ich nehme an, es war eine MiG, aber wir waren geblendet vom Blitz des Antriebsaggregats. Ich nehme an, die MiG stürzte ins Wasser und traf dann das Schiff. Was ist im Combat passiert?«

»Etwas kam durchs Schott. Vielleicht ein Teil der MiG. Ich muß das überprüfen. Wir haben Verluste, keine Energie, und alles ist voller Rauch und Staub. Ich kann kaum etwas von der Konsole erkennen.«

»Brauchen Sie ein Schadenkontrollteam?«

Brian hörte das Geräusch von Feuerlöschern. »Nein, wir brauchen hier die Docs, es sei denn, es gibt unten größere Probleme. Wenigstens einen Doc. Ich sehe kein Feuer, nur Rauch. Ist der Captain dort draußen?«

»Negativ. Und ich werde Baby Doc schicken. Der XO war hier draußen, aber er ging irgendwo mittschiffs nach unten. Er meint, wir sind dort getroffen worden, und er will das überprüfen.«

»Verstanden. Hier ist Austin k. o., falls sich jemand fragt, warum man nichts von ihm hört.«

»Brücke, aye.«

Brian ging hinüber zu Garudas Konsole.

»Haben wir hier oben noch was Intaktes?« fragte er.

»Scheiße, nein. Die Maschinisten haben den Strom abgeklemmt, oder die hiesigen Stromkreise sind ausgefallen. Alles Radar ist ausgeschaltet, und in der Höhle liegen Verwundete. Ich bin hier aus dem Geschäft, Boss. Sie müssen Ihre Hand verbinden.«

»Ja. Okay, machen Sie eine schnelle Bestandsaufnahme im Combat. Melden Sie mir den Schaden und die Zahl der Verwundeten, stellen Sie eine Funkverbindung mit dem Stab her, damit er erfährt, daß wir hier getroffen worden sind.«

»Das war ein höllischer Knall mitschiffs. Was war da los?«

»Die Brücke meint, unsere letzte abgeschossene MiG fiel ins Meer und dann gegen uns. Der XO und die Leute von der Schadenkontrolle überprüfen das. Ich höre mir an, was wir dort haben.«

Garuda stieß einen Grunzlaut aus, schnallte sich vom Sitz los und fischte in seiner Schlechtwetterjacke nach einer Taschenlampe. Er ging in die düstere Höhle und bahnte sich einen Weg durch Trümmer und verwundete Männer. Brian gesellte sich zu dem Chief, der versuchte, Austin wach zu bekommen, aber der Einsatzoffizier kam nicht zu sich. Der Chief gab Brian ein Pflaster, das er auf seine Hand klebte. Ein kreidebleicher junger Radarman tauchte neben ihm auf. Seine Uniform war sauber und nicht mit Staub und Stückchen von Isoliermaterial bedeckt wie bei jedem sonst im Combat. Seine Augen waren groß und spiegelten Entsetzen wider.

»S-sir?«

»Ja?«

»Sir, ich wurde runtergeschickt, um den Alten – äh, ich meine, den Captain für Sie ans Telefon zu holen. Erinnern Sie sich? Kurz bevor wir getroffen wurden.«

»A ja. Haben Sie ihn erreicht?«

»Sir, die Tür war abgeschlossen. Ich habe angeklopft und gewartet, weil Ihr Befehl klang, als wäre es sehr wichtig, und das war es dann auch angesichts ...«

»Ja, richtig. Okay, aber Sie haben nicht mit ihm geredet? Die Kajütentür war abgeschlossen?«

»Jawohl, Sir, das war sie. Sir, was wird jetzt …«

»Ich weiß nicht, wie es weitergeht. Ich schlage vor, Sie gehen zurück zur Abteilung Überwasser und helfen den Verwundeten.«

»Aye, aye, Sir.« Der Radarman trat zurück in die verräucherte Finsternis der Abteilung Überwasser. Brian sah einige Leute, um die man sich in der Dunkelheit kümmerte. Er fühlte sich völlig isoliert im dunklen Combat. Der Kontrast war unglaublich – noch vor kurzem das Herz und der Nerv des Schiffes und aller Luftoperationen im Umkreis von zweihundert Meilen, und jetzt nur eine Horde benommener Jungs, die herumwankten und sich in Rauch und Staub aufrappelten. Trümmer kullerten über den Boden, als das Rollen des Schiffes zunahm.

Plötzlich tauchte Garuda auf, und sein Gesicht war eine Maske des Schocks.

»Garuda? Was ist los?« fragte Brian.

»Sie werden nicht glauben, was wir dort hinten haben. Ich muß mich setzen.« Er kramte nach einer Zigarette, und drei fielen ihm aus zitternden Fingern, bevor er eine anzünden konnte. Ein bißchen mehr Qualm wird nicht schaden, dachte Brian. Garuda hob den umgekippten Sitz am Auswertertisch auf, stellte ihn auf und sank darauf.

»Zwei, vielleicht sogar drei Jungs sind regelrecht pulverisiert. Ich meine, sie sind im ganzen EW-Modul verstreut, und keiner kann auch nur sagen, wer sie sind – waren.« Garuda schluckte hart, bevor er weitersprechen konnte. »Dann flogen ungefahr acht andere Jungs durch die Luft, als das Schott in Trümmer ging. Viele haben Knochenbrüche und Schnitte und bluten. Jeder Erste-Hilfe-Kasten im Combat wird dort gebraucht. Einige der Jungs müssen nicht verbunden werden, sondern das Blut muß regelrecht aufgewischt werden. Wir brauchen den verdammten Sani sofort hier oben, oder …«

»Okay, okay, ich habe kapiert. Das habe ich der Brücke

»In Ordnung, Jack, beruhigen Sie sich. Wir schaffen alle Leute dort raus. Sie veranlassen, daß die Funkzentrale und all die Abteilungen unterhalb des Combat evakuiert werden. Zeichnen Sie im Geiste ein Bild von allem, von dem das Combat umgeben ist, und lassen Sie alles räumen. Die Männer sollen sich auf dem Vorderdeck versammeln. Das ist vermutlich der beste Platz.«

»Soll ich die Brücke räumen lassen?«

»Ja, das sollten Sie. Im Augenblick bleiben Sie dort – Sie sind der Deckoffizier. Behalten Sie einen Mann als Telefonisten und Ihren JOOD bei sich und melden Sie der Hauptmaschinenkontrolle, daß Sie die Brücke räumen müssen. Und, Jack ...«

»Ja, Sir?« Folsoms Stimme verriet jetzt Angst.

»Sorgen Sie dafür, daß alles geordnet abläuft. Ich will keine Panik. Vielleicht brauchen wir diese Leute für die Schadenkontrolle, besonders, wenn dieses Ding hochgeht.«

»Aye, aye, Sir.«

Brian hängte ein. Er versuchte, nicht an die Bombe zu denken, die nur ungefähr sieben Meter entfernt hinter dem Schott des EW-Moduls lag, und kämpfte gegen den starken Drang an, selbst Hals über Kopf aus dem CIC zu flüchten. Dann tauchte Garuda auf und führte einen Trupp Verwundeter durch die Abteilung D & D. Die Verwundeten wurden auf jeder Seite von unverletzten Männern gestützt. Keiner sagte ein Wort. Jeder konzentrierte sich darauf, sich einen Weg durch all die Trümmer auf dem Boden zu bahnen. Es war klar, daß einige der Männer schwer verwundet waren. Die letzten drei Männer in der Reihe wurden von drei Paaren der größten Radarmen getragen. Rockheart und Hallowell bildeten den Schluß, zusammen mit den beiden Sanitätsoffizieren, die einen Mann mit einem Verband um den Kopf behandelten. Alle bemühten sich anscheinend, möglichst lautlos zu gehen.

»Bringt sie alle runter aufs Vorderdeck, Chief«, befahl Brian. »Garuda, Sie bleiben bei mir. Ich muß irgendeine

Funkverbindung bekommen und der Yankee Station Meldung machen.«

»Okay, Boss. Ich werde eine der Notleitungen der Funkzentrale benutzen.«

»Mist. Ich habe soeben die Evakuierung der Funkzentrale befohlen. Ich denke, wir müssen erst alle Leute von dieser Bombe fortschaffen, dann können wir uns um das Operationsproblem kümmern. Wenn Sie nach unten gehen wollen, verstehe ich das und ...«

»Quatsch. Das Combat ist mein Reich. Ich gehe nirgendwo sonst hin.«

»Okay. Stellen Sie fest, ob der Cheffunker noch in der Zentrale ist. Er soll eine Notfunkleitung aufs Vorderdeck schalten. Jemand in der Kette muß mitbekommen haben, daß wir ausgefallen sind, und die BARCAPs wundern sich vermutlich, was mit ihrem Lotsen passiert ist. So bekommen wir Hilfe, selbst zu dieser Morgenstunde. Ich sehe mich um und vergewissere mich, daß wir alle rausgeholt haben.«

51

Unten im Durchgang waren die beiden Chiefs gegeneinandergeprallt, als über die Lautsprecheranlage Alarm ertönte und Jackson und Martinez gleichzeitig versuchten, durch die Tür zu gelangen. Sie erhaschten einen Blick auf Bullet, der mit leeren Händen nach achtern rannte. Beide Chiefs zögerten einen Moment und rannten dann zu ihren Gefechtsstationen. Jackson war auf der ersten Stufe der Leiter, die zur Ebene der Kapitänskajüte hinaufführte, als das unverkennbare Donnern einer Terrier, die vom Vorderdeck aus aufstieg, ihn für einen Moment stoppte. Bis zu diesem Augenblick, sogar während seines Sprints über den Gang, war er mit bitterer Enttäuschung erfüllt gewesen, weil ihm Bullet durch die Lappen gegangen war. Der Bastard war aufgetaucht, genau wie Rockheart vermutet hatte, war im Fundbüro gewesen und hatte vielleicht die Hände auf dem verdammten Geld gehabt, als der Alarm ertönt war. Verdammt!

Dann startete eine weitere Rakete, und noch eine und noch eine. Seine Gedanken wurden klarer. O Gott, das klang ernst. Die Schritte anderer Männer, die hinter ihm die Leitern emporhämmerten, trieben ihn weiter, und er hetzte in Richtung Brücke. Im Gegensatz zu den anderen Chiefs, die Spezialisten in der Maschinen-, Waffen- und Einsatzabteilung waren und deshalb eine besondere Gefechtsstation hatten, hatte der Chef der Schiffspolizei keine. Bei Übungen in Friedenszeiten würde er sich normalerweise mit dem stellvertretenden Kommandanten auf der Brücke aufhalten und dort je nach Bedarf zum Dienst eingeteilt werden. Aber wenn das Schiff bereits getroffen worden war, bestand seine Hauptpflicht darin, es abzusuchen und dafür zu sorgen, daß keine Verwundeten oder Bewußtlosen in Rauch und Trümmern zurückblieben. Seine zweite Pflicht bestand darin, Nachzügler einzusammeln und sie zum nächsten Schadenkontrolltrupp zu bringen.

Eine weitere Terrier wurde abgeschossen, gefolgt von ihrem Zwilling. Dies war verdammt ernst. Jackson hatte den Fuß der letzten Leiter zur Brücke erreicht, als er abermals den Abschuß einer Fernlenkrakete hörte, dem ein lautes Krachen dicht an der Backbordseite folgte. Eine Sekunde später spürte er die Wirkung des Einschlags der Bombe. Es verschlug ihm den Atem, als der zweite, viel stärkere Einschlag ihn von der Leiter fort und gegen ein Schott schleuderte. Er rollte auf den Gang zurück, als sich das Schiff zuerst nach der Steuerbordseite und dann zur Backbordseite legte. Benommen durch die Wucht dieses zweiten Einschlags wußte er sofort, daß das Schiff getroffen worden war, und zwar schwer. Ein entsetzter junger Radarman rief etwas, als die Beleuchtung auf dem Gang ausfiel, an dem die Kapitänskajüte lag.

»Was?« brüllte Jackson zurück.

»Chief, ich habe den Befehl, den Captain ins Combat raufzuholen. Ich kann ihn nicht aufwecken, und die Tür ist abgeschlossen. Was soll ich tun?« Der Junge hatte schreckliche Angst.

»Kehren Sie ins Combat zurück. Melden Sie das Ihrem Chief. Los!«

Der junge Radarman kletterte in seiner Hast, die Leiter hinaufzukommen, praktisch über ihn, und als jetzt das Schiff langsamer wurde und mehr Stromkreise und die Belüftung ausfielen, heulte der Gefechtsalarm.

»Beschissener Tag«, murmelte Jackson vor sich hin. Er hörte achtern ein lautes Zischen, als Dampf unter hohem Druck entwich; die ersten Rauchschleier erreichten ihn am Fuß der Treppe. Rauch. Hölle, es hatte keinen Sinn, jetzt noch zur Brücke zu gehen. Er mußte die Quelle dieses Rauchs finden und die Leute evakuieren. Jackson fuhr herum und eilte von der Leiter fort in Richtung Broadway. Als er auf den Gang gelangte, an dem die Offiziersmesse lag, sah er keine Anzeichen von Rauch oder eines Brandes in der unmittelbaren Umgebung. Es war ein starker Treffer auf der Backbordseite gewesen. Er wußte instinktiv, daß dort Feuer und jede Menge Rauch sein mußten, und so war es seine erste Aufgabe, zu den EEBDs zu gelangen. Die EEBDs – Emergency-escape breathing devices (Atemgeräte für den Notfall) – waren eine Kombination aus einer durchsichtigen Plastikhaube und einem Stahlzylinder. Um sie zu tragen, zog man die Haube über den Kopf, band sie am Hals zu und zog eine Leine an dem Zylinder, wodurch ein gleichmäßiger Strom Druckluft zugeführt wurde. Die EEBDs versorgten den Benutzer mit fünf bis acht Minuten mit reiner Luft, normalerweise lange genug, um aus einem mit Rauch gefüllten Raum auf dem Schiff auf eines der Wetterdecks zu flüchten.

Als Jackson sein Büro am Broadway erreichte, wälzte sich schwarzer Ölrauch aus Richtung der Messedecks über den Gang. Die Beleuchtung war aus, aber es gab mehrere

Notlampen auf dem Broadway, und ein stetiger Strom von Männern eilte auf dem Gang sowohl nach vorne als auch nach achtern. Sie waren auf dem Weg zu den Gefechtsstationen oder ihren Schadenkontrollschränken. Jackson sah Martinez, der bereits ein OBA – oxygen-breathing apparatus (Sauerstoffmaske für Brandbekämpfer) – trug und auf dem Weg zum Achterschiff war. Er wirkte wie ein mit Khaki verkleidetes Schlachtschiff, das den Gang hinunterdampfte und durch Matrosen pflügte, die zur Seite wichen.

Jackson schloß seine Bürotür auf und holte im Schein der einzigen Notbeleuchtung seinen Segeltuchsack mit EEBDs. Er stopfte sechs der Pakete in die Taschen seines Arbeitsanzugs und behielt eines in der Hand. Er schnappte sich eine Taschenlampe aus den Halterungen an einem Schott und schob sie hinter sein Koppel. Gewohnheitsmäßig zog er die Tür zu und schloß sie ab. Die anderen MAAs konnten hereinkommen, wenn es sein mußte. Sie alle hatten Schlüssel zum Büro. Jackson eilte mit der lichter werdenden Menge von Männern der Schadenkontrolle nach achtern zum Rauch.

52

RD1 Rockheart folgte der arg mitgenommenen Schlange von CIC-Wachen die erste Leiter hinab und sorgte dafür, daß er der letzte in der Reihe war, hinter Chief Hallowell und den beiden Sanitätsoffizieren. Er mußte sich absetzen, und er überlegte verzweifelt, wie ihm das gelingen konnte. Baby Doc hatte gesagt, die Reste des nordvietnamesischen Jets waren mittschiffs eingeschlagen, hatten Kesselraum zwei geflutet und eine Menge Schaden rings um den Kesselraum angerichtet, zum Beispiel am Gang zum rechten Schacht. All sein Geld befand sich in diesem Schacht. Er sagte sich, daß er in der allgemeinen Verwirrung dorthin gelangen und das Geld retten mußte, bevor dieses verdammte Schiff sank oder sonst etwas geschah. Fast zwanzigtausend Dollar befanden sich in dem Putzlappensack in seinem Versteck.

Als Wache der Abteilung Überwasser war er völlig uninformiert gewesen, als sich die Lage in der Luft zugespitzt hatte. Er war zu beschäftigt mit den Gedanken daran gewesen, was sich beim Fundbüro abpielen mochte. Holcombs Befehl, einen Mann hinunter zur Kapitänskajüte zu schicken, um Huntington zu wecken, war das erste Anzeichen darauf gewesen, daß dies etwas anderes war als Red-Crown-Routine, und das Donnern zahlreicher Raketenabschüsse hatte diesen Eindruck verstärkt. Rockheart hatte nach seinem Stahlhelm gegriffen, als die Bombe durch das Schott geschlagen war. Zum Glück hatte er sich gerade in dem Augenblick vorgeneigt, als die Bombe in eine Konsole eingeschlagen war und Glassplitter über die Abteilung Überwasser niedergegangen waren. Rocky, stets der Glückspilz, hatte sich unverletzt aufgerappelt. Er hatte schnell geholfen, die Verwundeten zu verbinden und es vermieden, in die Abteilung EW zu blicken, bis jemand die Bombe gemeldet hatte. Als er schließlich einen Blick in die Abteilung geworfen hatte, hätte er sich fast übergeben müssen. Nur der Anblick des großen schwarzen Dings, das dort am Boden lag, hatte das verhindert. Die Nachricht, daß die Bombe hochgehen könnte, hatte ihn mehr entsetzt als der Anblick der Verwundeten und des Schadens. Er mußte sein Geld aus dem Versteck holen. Aber zuerst mußte er dorthin gelangen.

Als die Gruppe der Verwundeten und ihrer Helfer die O1-Ebene bei den Türen zur Offiziersmesse erreichten, stießen sie auf den Rauch vom Feuer mittschiffs, der die inneren Gänge zu füllen begann. Mehrere Männer begannen zu husten und zu würgen. Der Rauch brachte Rocky auf eine Idee. Er klopfte dem Chief auf die Schulter.

»Sie brauchen mich nicht, um diese Jungs aufs Vorderdeck zu bringen«, sagte er. »Die Luke zu den Wetterdecks ist gleich dort. Ich bin ein MAA. Ich muß nach achtern, um sicherzustellen, daß alle Nachzügler in Sicherheit kommen. Dieser Rauch wird verdammt dick.«

Der Chief nickte, als der erste seiner Schutzbefohlenen durch die offene Luke zum Wetterdeck gebracht wurde. »Ja, tun Sie das. Sie sollten sich jedoch ein OBA aufsetzen. Der Rauch wird achtern immer schlimmer.«

»Richtig, Chief.« Rocky winkte die Männer weiter durch die Luke, schloß sie hinter ihnen, stieg dann eine Leiter hinab und wandte sich zum Broadway. Er mußte sich fast bis zum Boden ducken, um relativ klare Luft atmen zu können; der Rauch wurde hier unten wirklich dicht, und die Sicht wurde noch verschlechtert, weil die Deckenbeleuchtung aus war und das einzige Licht von den Gefechtslampen kam, die auch in Rauch eingehüllt waren. Es war unmöglich, an eine der großen Sauerstoffmasken heranzukommen, die von den Feuerwehrleuten bei der Brandbekämpfung getragen wurden, aber Chief Jackson bewahrte einige EEBDs in seinem Büro auf. Rocky sagte sich, vier oder fünf davon würden ihn mit genügend Frischluft versorgen, damit er in das Schiff vordringen, sein Geld aus dem Versteck holen und damit verschwinden konnte. Die Hauben hatten den zusätzlichen Vorteil, daß sie nur halb durchsichtig waren und er sich somit maskieren konnte.

Der Rauch war beträchtlich dichter, als Jackson auf die Messedecks gelangte, obwohl dort anscheinend nicht sein Ursprung war. Das Schadenkontrollteam fünf, für den mittleren Teil des Schiffes und die Hauptantriebsräume verantwortlich, war offenbar bereits auf dem Weg zur Ursache des Problems. Die Abteilung war geschlossen, und die Männer hatten einen Stapel Ausrüstung, einen Telefonisten und den Planzeichner zurückgelassen. Jackson ging zu dem Planzeichner, eine Hilfskraft der Feuerwehr. Seine

Aufgabe bestand darin, den Status der Bemühungen der Schadenkontrolle im Verantwortungsbereich fünf auf ein mehrfarbiges Diagramm des Grundrisses des Schiffes aufzuzeichnen, der jede Abteilung und Leiter, jeden Schacht und jede freie Fläche und die dazugehörigen Feuerschutzsysteme zeigte. Der Planzeichner neigte sich über das Diagramm, wo er die eintreffenden Meldungen, die vom Telefonisten übermittelt wurden, in Symbole umsetzte und auf dem Diagramm eintrug. Er benutzte einen Fettstift, um die Feuer- und Flutungsgrenzen zu markieren und die Symbole für Feuer, Fluten und Rauch einzuzeichnen.

Jackson kannte die Bedeutung der Symbole. Das Diagramm zeigte die Lage: ein fünf Meter großes Loch in der Backbordseite auf Höhe der Wasserlinie am hinteren Ende von Feuerungsraum zwei. Ein Gewirr von diagonalen Linien und einem F in einem Kreis zeigten an, daß Feuerungsraum zwei geflutet wurde. Es gab ebenfalls Anzeichen darauf, daß achtern vom Feuerungsraum in einem Versorgungsraum auf dem dritten Deck und vermutlich in der Gasse zum Schacht an der Backbordseite geflutet wurde. Feuer- und Rauchsymbole waren auf dem Hauptdeck über dem Feuerungsraum und längs der Bootsdecks auf der Backbordseite eingezeichnet. Da das Schadenkontollteam nicht für den ganzen Bereich über dem Hauptdeck zuständig war, zeigte die Planzeichnung nicht den Bombentreffer im Combat.

Jackson runzelte die Stirn. Wenn der Treffer in Feuerungsraum zwei war, warum war dann all dieser Rauch auf den Messedecks und den umliegenden Bereichen? Er schnappte sich ein Bordtelefon und rief die Brücke an. Eine ängstlich klingende Stimme meldete sich: »Brücke.«

»Hier spricht Chief Jackson. Ich bin auf den Messedecks bei Reparatur fünf und auf dem Weg nach achtern, um Nachzügler zu suchen. Melden Sie das dem XO.«

»Der XO ist nicht hier, Chief. Wir hörten, daß er irgendwo achtern ist, wo uns die verdammte MiG getroffen hat. Da ist ein großes Ölfeuer an Deck.«

»MiG?«

»Ja. Wir hörten, daß uns eine MiG wie ein Kamikaze getroffen und eine Bombe ins Combat geworfen hat.«

»O Gott! Okay, dann melden Sie es dem Captain.«

»Der ist auch nicht da. Chief? Wir hörten, daß wegen dieser Bombe das Combat und der Bereich der Brücke evakuiert werden. Der OOD sagt, die Bombe könnte jeden Augenblick hochgehen.«

»Aha. Kapiert – Sie haben eine Zeitbombe im Combat. Okay. Ich gehe trotzdem auf Suche. Sagen Sie dem OOD, wenn er mich braucht, soll er mich über Lautsprecher ausrufen. Wir haben höllisch viel Rauch auf dem Schiff.«

»Ja, Chief.«

Jackson hängte den Hörer ein. Die Dinge waren für ihn jetzt klarer, obwohl die Luft auf den Messedecks genau das Gegenteil war. Reparatur fünf war eine von vier Stationen des Systems: Reparatur zwei vorne, Reparatur drei hinten und Schadenkontrolle zentral befanden sich auf dem dritten Deck zwischen dem vorderen Maschinen- und dem hinteren Feuerungsraum, fast unterhalb der Messedecks. Jackson fragte sich kurz, wie lange der Planzeichner von Reparatur fünf und sein Telefonist die Station halten konnten. Oder die Schadenkontrolle zentral, was das anbetraf – der Rauch strömte durch die Belüftungsschächte, obwohl sie geschlossen hätten sein sollen. Das ergab ebenfalls keinen Sinn, doch die Quelle war klar: Ein Flugzeug mit Treibstoff war ins Schiff gekracht wie ein Kamikazeflieger. Was ist aus diesen Leuten geworden? dachte Jackson. Sie haben eine Bombe geworfen, was soll dieser Selbstmordscheiß? Überall auf dem Schiff ist Flugbenzin verspritzt, es gibt jede Menge Brände, viele Löcher und noch mehr Rauch. Rauch, das ist der Killer. Seine Augen brannten bereits. Der Planzeichner wischte sich ständig die tränenden Augen.

»Jungs, könnt ihr irgendwo sonst arbeiten? Hier werdet ihr ausgeräuchert.«

»Ja, Chief«, sagte der Planzeichner. »Wir sollten zur

Ebene eins an der Steuerbordseite neben dem Geschütz umziehen. Dort ist ein Telefonanschluß.«

»Dann macht das. Ich schätze, ihr habt nur noch für fünf Minuten Luft hier, vielleicht weniger. Sagt der Zentrale, daß ihr aus der Leitung geht, und warnt sie, daß der Bereich über ihnen verräuchert ist. Sie wollen vielleicht ebenfalls umziehen.«

»Aye, Chief. Das brauchen Sie uns nicht zweimal zu sagen.«

Jackson ging zum hinteren Ende des Messedecks und entfaltete seine EEBD-Haube. Wenn die Feuer auf Deck waren, warum, zum Teufel, kam der Rauch dann ins Schiff, obwohl die Belüftungsschlitze geschlossen waren? Er untersuchte die Luke zur DC Central. Sie war fest verschlossen. Wenn sie ihre Ventilschieber geschlossen hatten, würden sie vor dem Rauch sicher sein – es sei denn, er öffnete die Luke. Er entschied sich, das nicht zu tun. Er streifte sich die Haube über den Kopf, zog den Verschluß fest zu und zog die Leine an der Stahlflasche. Dann eilte er nach achtern in die Dunkelheit des Gangs zu den Kabinen der Offiziere und begann Schlafquartiere zu überprüfen. Er hoffte fast, daß ihm sein lieber Freund Bullet über den Weg lief.

Rocky erinnerte sich, daß Chief Jackson ein Dutzend EEBDs in seinem Büro aufbewahrte, denn es war die Aufgabe des Chefs der Schiffspolizei, nach einem Gefechtsschaden durch das Schiff zu gehen und sicherzustellen, daß keiner in beschädigten Bereichen verschüttet oder eingeschlossen war. Rocky rechnete damit, daß einige der EEBDs zurückgeblieben waren, wenn Jackson auch welche mitgenommen hatte. Er gelangte zum Büro, hustete im Rauch, schaute den verlassenen Gang auf und ab und schloß die Tür auf. Drinnen nahm er eine der Taschenlampen aus der Halterung und sah den Segeltuchbeutel mit EEBDs auf Jacksons Schreibtisch. Gut, Jackson war bereits hiergewesen, offensichtlich aus dem gleichen Grund. Rocky schaute in den Beutel und zählte schnell. Noch fünf Stück. Er nahm sie alle mitsamt dem Beutel, den er über seine Schulter schlang, ging hinaus auf den Gang und schloß die Tür hinter sich. Er konnte nicht sehr weit den Broadway hinabsehen, aber aus den Geräuschen zu schließen, gab es im Bereich der Messedecks höllische Probleme. Er nahm eines der EEBDs und setzte es auf. Dann vergewisserte er sich, daß sein silbernes MAA-Abzeichen auf seiner Brusttasche deutlich sichtbar war, schaltete die Taschenlampe an und machte sich auf dem Weg zu seinem Versteck.

Auf dem Weg über die Messedecks sah er die Männer der Reparaturabteilung fünf, die ihre Ausrüstung und Kanister mit Feuerlöschschaum zur Fluchtleiter schleppten, die auf die Wetterdecks hinaufführte. Rocky hörte Schreie und Rufe und das Brausen eines großen Ölfeuers an Deck. Die Isolierschicht der Decke der Messedecks wölbte sich von der Hitze darüber. Er sah einige Maschinisten vom Maschinenraum zwei in nassen Arbeitsanzügen auf den Messedecks stehen und mit dem Planzeichner sprechen, der den Schaden auf seinem Diagramm eintrug. Rockys Gesicht war unter der Haube fast unsichtbar. Er ging weiter, vorbei am Büro der Kombüse und in den hinteren Gang, der am Offizierskasino vorbeiführte. Flüchtig dachte er an die Falle, die er Bullet gestellt hatte, und fragte sich, was daraus geworden war. Der Rauch in dem Durchgang war wirklich schlimm, und er mußte seine Taschenlampe statt des roten Lichts auf weißes stellen, um den Boden zu erkennen. Mehrmals mußte er Schilder von Abteilungen lesen, um zu wissen, wo er gerade war.

Der Eingang hinab zu der Gasse zum Schacht befand sich zwischen dem hinterem Schott von Feuerungsraum zwei und dem vorderen Schott von Maschinenraum zwei. Auf dieser Ebene gab es keine Schlafquartiere, und niemand sah ihn hier unten und konnte fragen, was er hier trieb. Aber in diesem dichten Rauch sollte es auch kein

Problem sein, wenn jemand auftauchte. Er übersah die Springluke, die zum Vorraum der Schachtgasse führte, bevor er sich daran erinnerte, und mußte zurückkehren, um sie wiederzufinden. Der Schein seiner Taschenlampe geisterte über die Biegungen des Gangs, bis er den Einstieg erfaßte. Rocky blickte auf in den Rauch, um sich zu vergewissern, daß niemand in der Nähe war, und blieb vor der Luke stehen. Überrascht stellte er fest, daß die Luft vor der Luke aus irgendeinem Grund relativ klar war. Die Plastikhaube begann an seinem Gesicht zu kleben; einen Augenblick lang geriet er in Panik, als er glaubte, zu ersticken. Dann fiel ihm ein, daß die Luft aus dem Atemgerät zur Neige ging. Er riß ein anderes EEBD aus dem Beutel und entfaltete die Haube. In diesem Moment hörte er ein Geräusch.

Er fuhr herum und sah Seaman Coltrane, der ihn in dem Rauch anstarrte. Coltrane bedeckte einen Teil des Gesichts mit einer Hand, und Tränen liefen aus seinen Augen. Was, zum Teufel, tat der hier? Verdammt, Coltrane erkannte ihn unter der Haube nicht und versuchte mit seinem schrecklichen Gestammel etwas zu sagen. Rocky zögerte nicht. Er trat vor und fällte Coltrane mit einem Fausthieb in den Solarplexus, und als der junge Seaman sich zusammenkrümmte und auf die Knie fiel, schlug Rocky ihm den EEBD-Stahlzylinder an die Schläfe. Blut spritzte auf den Boden, als Coltrane stöhnte und in dem Gang zusammenbrach. Rocky tauschte seine Haube gegen eine neue und ließ die verbrauchte einfach fallen. Er schob Coltranes reglose Gestalt mit dem Fuß zur anderen Seite des Gangs gegen einen kleinen Alkoven mit einem Feuerlöscher. Dann trat er zur Luke zurück. Er konnte den bewußtlosen Seaman nicht mehr sehen, obwohl er nur drei Schritte entfernt war. Die Suppe wird immer dicker, dachte er.

Er packte den Lukenhebel und drehte ihn gegen den Uhrzeigersinn, bis die Springluke aufsprang. Ein Schwall fast klarer Luft strömte in den Gang, und einen Moment lang lichtete sich der Rauch. Unten sah er eine Lampe der

Gefechtsbeleuchtung über der Luke brennen, die hinab in den Schacht führte. Er stieg durch die Luke auf die Leiter, zog die Luke über seinem Kopf zu, ließ sie jedoch nicht einrasten. Dann stieg er die Leiter hinunter. Er erreichte den Fuß der Leiter und leuchtete mit der Taschenlampe. Der Gang zum Schacht war relativ frei von Rauch, aber im Schein der einzigen Notbeleuchtung sah Rocky, daß sich der Boden an der Backbordseite bedrohlich wölbte. Das Schott auf der Steuerbordseite war ebenfalls eingedrückt, und schmale Wasserrinnsale sickerten durch Kabelöffnungen und Schraubenlöcher. Der Stahl des Seitenschotts war beschlagen, an einigen Stellen sogar naß. Das konnte nur eines bedeuten: was auch immer auf der anderen Seite war, mußte geflutet sein. Rocky zögerte. Wenn das verdammte Schott nachgab, während er dort unten in dem Schacht war, dann war er erledigt. Andererseits bestand die Wand aus Stahl, nicht aus Aluminium wie die Decksaufbauten, und sie hatte bis jetzt gehalten. Er hörte keine Geräusche von der anderen Seite, und all dieses Geld war keine fünf Schritte entfernt. Er traf seine Entscheidung.

Er ließ sich auf den Boden des Schachtvorraums nieder und öffnete die nächste Luke, die zur Schachtgasse hinunterführte. Diese Luke sprang sofort auf und schlug Rocky gegen die rechte Hand. Er fluchte und schüttelte die schmerzende Hand, während er mit der Linken die Luke hinter sich zuzog. Darunter war die Schachtgasse. Drei Gefechtslampen brannten; er sah sofort, daß geflutet wurde. Er stieg die Leiter hinab und schaute sich um. Die große Feuerlöschpumpe stand schief in ihrer Aufhängung, und die Versorgungsleitung an der Ansaugseite spuckte Salzwasser um die Kupplungsmuffe, was mit ziemlichem Lärm verbunden war. Die Steuerbordschraube drehte sich nicht, aber sie wirkte auch nicht beschädigt. In einer Ecke arbeitete eine Lenzpumpe und saugte die Bilgen ab, wodurch dieser Bereich nicht geflutet wurde. Rocky sah keine großen Beschädigungen, abgesehen von ein paar Stromkabeln, die aus dem Schaltkasten der Pumpe gerissen waren. Er nahm an, daß sie Strom führten, und überprüfte, daß sie keinen Kontakt mit dem Wasser oder dem Boden hatten. Das Innenbordschott hier unten war ebenfalls etwas gewölbt. Die Luft war klar, und so streifte Rocky sein EEBD ab und warf die Plastikhaube und den blutbeschmierten Zylinder in die Bilgen.

Rocky verlor keine Zeit mehr mit Besichtigen. Er ging zu dem leeren Kasten, nahm einen Schraubenschlüssel aus dem Halter und schraubte die Flügelmuttern von dem Kasten. Er kramte in dem Beutel mit Lappen, als er plötzlich einen Druckabfall spürte. Sofort sprang er zur Seite, um von der Luke aus nicht gesehen zu werden. Der Druckabfall ließ darauf schließen, daß jemand die Luke oben geöffnet hatte. Schaute ich jemand hier um? Vielleicht Coltrane? Kam er herunter? Rocky wollte das Atemgerät aufsetzen, um sich zu tarnen, aber es war fort – in den Bilgen. Er atmete tief durch und verrenkte sich fast den Hals, um zu den beiden Leitern hochzuspähen. Niemand kam. Er sah, daß die obere Luke geöffnet war. Er hatte sie nicht fest genug einrasten lassen, das war alles. Das verdammte Ding war aufgesprungen. Er ging zu dem Kasten zurück und begann die Lappen auszusortieren, die nicht mit Geld gefüllt waren. Er warf sie in das ölige Bilgenwasser.

53

Brian sah Garuda hinter der Schlange von Verwundeten durch die Tür gehen, nahm seine Taschenlampe und bahnte sich einen Weg durch die Abteilung Überwasser. Rauch und rußiger Staub lichteten sich, aber es gab irgendwo ein Kühlwasserleck unter den zerfetzten Bodenplatten. Im Schein der Gefechtsbeleuchtung sah er die Zerstörung an der Backbordseite, wo sich in Brusthöhe ein großes Loch mit gezackten Rändern ins Schiffsinnere wölbte. Kalte Luft, gemischt mit öligem Rauch, drang aus der Schwärze draußen herein und bewegte den Rauch und Staub in dem verlassenen Bereich. Brian glaubte Rufe und die Geräusche der tragbaren Löschpumpen vom Wetterdeck zu hören.

Er verharrte an der Schwelle des EW-Moduls. Die Konsole der Abteilung Electronic Warfare war völlig verschwunden, ebenso die Hauptkonsole des ASW, des Anti-Submarine-Warfare-Moduls. Die Stümpfe der Sitze waren zu sehen, wo die Konsolen hätten sein sollen, doch die Konsolen selbst waren in Metallfetzen über den ganzen Gang auf der Backbordseite verstreut. Brian schluckte ein paarmal, als ihm klar wurde, daß alles vor dem Loch im Außenschott mit Blut bedeckt war. Tropfendes Blut, Fetzen von Arbeitsanzügen und Stückchen von menschlichem Gewebe hingen an jeder vorstehenden Kante und jedem Rand von Metall in diesem Bereich. Brian mußte sich bei diesem Anblick fast übergeben. Was hatte Garuda gesagt? Daß man nicht sagen konnte, wer ums Leben gekommen war? Er mußte sich an einem Pfosten stützen, als das Schiff stärker als gewöhnlich stampfte. Brian hatte das Gefühl, daß die *Hood* nicht mehr fuhr, sondern gestoppt worden war und voll Wasser lief.

Brian schaute sich in der unmittelbaren Umgebung des Lochs um. Der hintere Teil des CIC wirkte unberührt, die Sitze der Konsolen waren in Position, und auf einigen der Schreibtische lagen sogar Papiere. Der Papierkram bleibt, dachte Brian sarkastisch. An der Innenseite des Gangs war das Schott mit dunklen Flecken gesprenkelt; ein Metallteil hatte sich hineingebohrt. Darunter war eine große Vertiefung, als wäre etwas dagegengeknallt. Dann sah er die Bombe.

Sie war nicht so groß, wie er erwartet hatte. Er schätzte, daß sie ungefähr zwei Meter lang war und einen Durchmesser von vielleicht einem halben Meter hatte. Sie hatte eine scharfe Spitze und ein stumpfes Ende, und am Ende befanden sich vier verbogene Steuerschwänze in einem

Metallring. Die Bombe war nicht angestrichen. Das Metall war mattschwarz mit hellen Kratzern und Rillen. Die Bombe war nicht beschriftet, wie es bei amerikanischen Artilleriegeschossen der Fall war.

Brian wagte sich kaum zu rühren. Angst stieg in ihm auf. Er geriet fast in Panik bei dem Gedanken, daß die Bombe explodieren könnte. Sie lag mit der Spitze nach unten auf dem Gang, und das Ende hatte sich im Wrack eines Schranks festgekeilt. Das Rollen des Schiffes machte ihr anscheinend nichts aus, weil sie festgeklemmt war, und Brian war plötzlich sehr dankbar dafür. Er kämpfte von neuem gegen die Panik an, als er vor seinem geistigen Auge einen Feuerball sah und das Donnern der Detonation zu hören glaubte. Aber mit trockenem Mund und zitternden Knien zwang er sich, näher an die Bombe heranzutreten und nach Anzeichen auf Leben in dem tödlichen schwarzen Metall Ausschau zu halten. Was soll's? dachte er. Bei dieser Distanz könntest du der Bombe genausogut den Hintern tätscheln; wenn sie losgeht, bist du ohnehin kosmischer Staub.

Er ließ sich auf ein Knie nieder und legte vorsichtig eine Hand auf die Bombe. Er fuhr fast aus der Haut, als es in der Bombe laut klickte. Er erstarrte, schloß die Augen und atmete tief durch. Dann öffnete er die Augen, neigte sich vor und hielt den Kopf vorsichtig an die Bombe. Er lauschte angestrengt, schloß die Augen, um sich zu konzentrieren, versuchte die Geräusche ringsum herauszufiltern, das Tropfen von Kühlwasser, das leise Summen der Relais für die Gefechtsbeleuchtung und das Raunen der Luft, die durch das große Loch im Schott drang. Da war etwas in der Bombe – etwas drehte sich. Wie Rädchen, die ineinandergriffen.

»Ein Stethoskop ist besser«, ertönte eine Stimme. Brian erschrak zum zweitenmal fast zu Tode. Er blickte auf. Captain Huntington war hinter ihn getreten und stützte sich an die Seite einer Konsole, um sich auf den Beinen zu halten. Brian schluckte hart. Im Schein der Gefechtsbeleuchtung war das Gesicht des Captains ein Flickwerk von Schatten und Linien. Seine Augen funkelten und spiegelten Schmerz wider. Er trug Uniform – Khakihemd und -hose und Uniformschuhe –, und er wirkte wie ein fast verhungerter Kriegsgefangener. Brian richtete sich vorsichtig auf; er wollte keinen Mechanismus stören, der vielleicht in der Bombe arbeitete.

»Captain. Wo ...«

»Wo ich gewesen bin?« Die Stimme des Captains klang rauh, krächzend. »Das wollen Sie wissen? Wo der Kommandant war, als sein Schiff getroffen wurde, richtig?«

»S-sir, ich ...«

»Das ist okay, Matrose. Ich nehme an, Sie haben ein Recht, das zu erfahren. Sie wollten mich telefonisch erreichen, kurz bevor wir getroffen wurden, richtig? Sie hielten den Finger auf der Alarmtaste, und Sie haben über den Lautsprecher gesprochen, nicht wahr?« Der Captain legte eine Pause ein und hustete. »Sie haben das Richtige getan, Sohn. Sie klangen über den Lautsprecher mehr wütend als ängstlich. Wie viele haben angegriffen?«

»Es waren vier, Captain«, sprudelte Brian hervor. »Wir ... wir hatten einfach nicht genügend Zeit. Und Petty Officer Warren erfaßte die letzte MiG mit System zwei und sie war hier, bevor sie abgefangen werden konnte.«

»Wie hat es angefangen?«

»Der Feind hat das 40er Radar gestört, und während wir das noch überprüften, kamen die MiGs über Wasser.«

»Um zwei Uhr am Morgen bei Nordostmonsun, komplett mit Radargeistern, die Flugzeugträger gesichert für die Nacht und das Frühwarnflugzeug für die Nacht im Stall. Und ich wette, daß auch die BARCAPs nicht einsatzbereit waren, weil sie betankt wurden.«

Brian mußte fast lächeln. »Jawohl, Sir, so war es.«

Der Captain sah gespenstisch aus, als er sich im beschädigten CIC umblickte. Seine Augen wirkten riesig und unnatürlich feucht in dem Halbdunkel. Brian konnte die Stille nicht mehr ertragen.

»Ich habe das CIC evakuieren lassen«, fuhr er fort. »Und die Abteilungen darüber und darunter. Ich bezweifle, daß wir der Yankee Station schon Meldung gemacht haben; der Funk ist gestört. Ich lasse von Garuda auf dem Vorderdeck eine Notfunkleitung vorbereiten. Und wir haben keine Energie für die Systeme. Der XO …«

Der Captain hob eine Hand. »Der XO hat alle Hände voll zu tun, weil es ein fünf Meter großes Loch an der Wasserlinie, einen gefluteten Maschinenraum und brennenden Treibstoff mittschiffs gibt«, sagte er. »Ihr Jungs habt tatsächlich die vier MiGs erledigt. Eure letzte Terrier riß der vierten eine Tragfläche ab, aber offenbar prallte die Maschine und eine ihrer Bomben vom Wasser an unserer Backbordseite ab und schlug ins Schiff. Der XO ist unten mittschiffs und koordiniert die Schadenkontrolle an Deck. Vince ist in der Schadenkontrolle zentral oder der Hauptkontrolle, ich weiß nicht genau, in welcher Station, und versucht, eine Maschinenanlage in Betrieb zu halten.«

Brian atmete tief durch. Er schaute auf die Bombe. Irgendwie flößte sie ihm weniger Angst ein, weil der Captain bei ihm war. »Was tun wir mit diesem Ding, Sir?«

»Ich werde versuchen, es zu entschärfen«, erwiderte der Captain und hob eine Werkzeugkiste aus schwarzem Plastik an, die er mit der linken Hand hielt.

»Sir?«

»Nun, ich war früher mal beim Bombenräumtrupp. Dies ist meine Werkzeugkiste. Ich habe sie stets mit auf See genommen.«

»Sir, Sie wissen, wie man dieses Ding entschärfen kann?«

»Ich weiß mehr als jeder sonst auf dem Schiff, was vielleicht nützlich ist, vielleicht auch nicht. Es wäre nicht das erste Mal, daß ich mit einer Bombe im CIC fertig werde.«

»Ah ja, Garuda hat mir davon erzählt. Sie haben dafür ein Navy Cross bekommen.«

Der Captain zeigte die Andeutung eines Lächelns. »Garuda hat das vermutlich falsch gehört. Man verlieh mir diese Medaille nicht, weil ich die Bombe entschärft habe. Ich habe sie bekommen, weil ich technisch fähig war und wußte, daß sie scharf war und ein Zeitzünder tickte und ich sie *trotzdem* packte und über Bord warf.« Er legte eine Pause ein und hing Erinnerungen nach. »Das ist etwas, das Sie in der Navy lernen werden, Brian. Sie müssen etwas außergewöhnlich Dummes tun, um die großen Medaillen zu bekommen. Und jetzt sollten Sie mich mit dieser Schönheit allein lassen und unter Deck gehen. Sammeln Sie alle dienstfähigen Männer auf dem Vorderdeck und helfen Sie dem XO. Er wird mittschiffs einige Hilfe brauchen. Ich hörte, daß Mr. Austin nicht dienstfähig ist, und da Vince in der Schadenkontrolle beschäftigt ist, sind Sie der einzige verfügbare Auswerter.«

»Aye, aye, Sir. Werden Sie, äh, Unterstützung brauchen?«

Der Captain trat um Brian herum, schob behutsam einige Trümmer beiseite und kniete sich dicht neben die Bombe.

»Sie melden sich freiwillig?« fragte er, ohne aufzublicken.

Brian schluckte. Er schaute sich in dem verwüsteten CIC um, und sein Blick streifte die zerschmetterten Konsolen und die Belüftungsrohre, die mit einem Gewirr von Kabeln und Lampenfassungen von der Decke hingen. Die Schotte der Aufbauten ächzten, als das Schiff in ein Wellental tauchte, und die fernen Rufe der Brandbekämpfer mittschiffs klangen auf einmal lauter.

»Nun, ich möchte nur ...«

»Richtig. Gut von Ihnen, das Angebot zu machen. Aber normalerweise benutze ich bei dieser Arbeit ein Mobiltelefon, und ein zweiter Mann mit einem Mobiltelefon, der weit genug entfernt ist, notiert, was ich sage und tue. Auf diese Weise wird man wissen, was beim nächsten Mal *nicht* zu tun ist, wenn ich Mist baue. Aber dies ist nur eine sowjetische Standard-Allzweckbombe von zweihundertfünfzig Kilogramm. Die Russen machen simple, aber unverwüstliche Waffen. Wenn ich ans Innere herankomme, ohne irgendeine versteckte Sprengladung auszulösen, kann ich sie entschärfen. So ist es für Sie das beste, wenn Sie abhauen und mich allein arbeiten lassen.«

Der Captain hatte seine Werkzeugkiste geöffnet und begann einige sonderbar aussehende Instrumente auszulegen. Brian stand bei ihm, wünschte sich sehnlich, so schnell wie möglich zu verschwinden, doch es drängte ihn ebenso stark, dem Captain eine letzte Frage zu stellen.

»Sie sind noch hier.« Der Captain nahm einen Schraubenschlüssel und untersuchte die Löcher in der runden Zugangsplatte am Ende der Bombe.

»Ja, Sir. Da ist etwas ... etwas, das ich Sie fragen muß, bevor ich gehe. Ich meine ...«

»Sie meinen, bevor *ich* gehe, nehme ich an. Aber okay, fragen Sie.« Der Captain legte den Schraubenschlüssel ab, nahm einen anderen und überprüfte weiterhin die Öffnungen am Ende der Bombe. Brian wünschte, er würde damit aufhören.

»Die Drogen. Ich verstehe nicht, warum Sie da so lasch sind. Warum Sie zulassen, daß der XO sein System der Selbstjustiz betreibt. Ich kann das einfach nicht verstehen.«

Der Captain hielt in seiner Tätigkeit inne, legte den Schraubenschlüssel ab und ließ die Hände auf seinen Schoß sinken. Er saß fast eine Minute mit gesenktem Kopf und geschlossenen Augen da. Das Schiff krängte und blieb sehr lange auf der Backbordseite. Brian fand, daß es weniger auf die See reagierte wie normalerweise, ein schlechtes Zeichen. Die Bombe bewegte sich ein wenig auf dem Stapel von Trümmern, was sie beide erschreckte.

»Ich nehme an«, begann der Captain und wählte einen anderen Schraubenschlüssel aus, »ich nehme an, Sie halten es für eine Art große, finstere Verschwörung.« Er legte eine Pause ein, wie um seine Gedanken zu sammeln, und dann stöhnte er vor Schmerzen auf und krümmte sich zusammen, bis schließlich seine Stirn auf dem kalten Stahl der russischen Bombe ruhte.

»Captain?« Brian wollte zu ihm eilen.

Aber Captain Huntington richtete sich auf und holte tief Luft. »Ich biete Ihnen einen Handel an«, flüsterte er. »Gehen Sie in meine Kabine. Auf die Toilette. Holen Sie meine Erste-Hilfe-Tasche – eine kleine braune Ledertasche. Bringen Sie die Tasche her, und dann sage ich Ihnen, was los ist.«

»Jawohl, Sir. Ich hole sie. Soll ich jemanden anrufen ...«

»Alle sind beschäftigt. Holen Sie die Tasche.«

Brian wich zurück und bahnte sich eilig einen Weg durh die Trümmer zur vorderen Tür, die in den Angeln hin und her schwang, als das Schiff rollte.

Die Tür zum Ruderhaus stand offen. Jack Folsom stand auf der dunklen Schwelle, als Brian aus dem Combat kam.

»Sichern Sie die Brücke, Jack«, befahl Brian. »Gehen Sie aufs Vorderdeck und arbeiten Sie von dort aus. Nehmen Sie das Logbuch und einige Mobiltelefone mit. Bringen Sie das Logbuch so schnell wie möglich auf den neuesten Stand, wenn Sie dort sind.«

Folsom nickte und verschwand ins Ruderhaus, während Brian die Leiter zur nächsten Ebene hinabeilte. Es erstaunte ihn, daß ein Deck tiefer alles perfekt normal wirkte. Glänzende Fliesenböden reflektierten die Gefechtsbeleuchtung, und die Reihe der Kabinentüren sah aus wie die eines Hotels. Nur der Gestank von brennendem Öl, der von der nächsten Ebene herabwehte, wies darauf hin, daß es irgendwo auf dem Schiff Probleme gab. Brian stürmte durch die unverschlossene Tür der Kapitänskajüte und lief ins Bad. Er fand die Arzneitasche und hetzte damit zum CIC zurück. Er wurde langsamer, als er sich dem Bereich achtern der Abteilung Überwasser näherte und bemühte sich, nicht auf all das Blut zu schauen. Er kniete sich neben den Captain und gab ihm die Tasche. Huntington saß reglos neben der Bombe und starrte ins Leere.

»Captain?«

Der Captain blinzelte. »Öffnen Sie die Tasche«, krächzte er.

Brian öffnete die Ledertasche und starrte auf vier Ampullen und drei Spritzen. Er schaute auf die Aufkleber auf den Ampullen. Morphium. Drei ungeöffnete Ampullen und eine nur halb gefüllte.

»Geben Sie mir eine Ampulle und eine Spritze.«

Brian tat es, und der Captain zog geübt die Spritze auf und setzte sie sich dann in den Oberschenkel.

Brian zuckte zusammen, als er sah, wie sich der Captain die Nadel in den Oberschenkel stach und sich den gesamten Inhalt einer Ampulle spritzte. Die Wirkung stellte sich schnell ein. Nach ungefähr einer Minute atmete der Captain tief aus, ein langgezogener Laut, der wie ein Seufzen klang, und ließ die Spritze neben die leere Ampulle fallen. Er schaute zu Brian auf.

»Jetzt wissen Sie also Bescheid. Der Captain ist morphiumsüchtig. Jedenfalls so was wie ein Süchtiger. Der Unterschied zu einem richtigen Morphinisten besteht darin, daß ich es nicht zum Spaß tue. Ich habe Darmkrebs, und mit dem Morphium bekämpfe ich die Schmerzen. Aber es geht auf das Ende zu.« Er setzte sich zurück und lehnte sich mit der linken Seite gegen die Bombe.

»Am Beginn der Fahrt brauchte ich nur zweimal pro Tag Morphium. Die Schmerzen waren nicht zu schlimm, abgesehen von den letzten paar Dienststunden. Aber ich lernte es, mich planmäßig zu betäuben, wissen Sie. Das Zeug um sechs Uhr morgens zu nehmen, damit ich mit Leuten reden und meinen Job erledigen konnte. Dann einige Pillen gegen Mittag, damit ich den Nachmittag überstand, wenn sich die Operationen im CIC häuften. Den zweiten Schuß setzte ich mir gegen achtzehn Uhr, damit ich die Zeit von zwanzig bis vierundzwanzig Uhr überstand, die nächtlichen Operationen.« Er hielt ein paar Sekunden lang den Atem an, hustete krampfhaft und fuhr fort.

»Der Doc war mein Verbündeter. Und natürlich der XO.

Sie schuldeten mir einen Gefallen. Beruflich. Ich machte einen Handel mit ihnen. Wenn ich zu Ärzten an Land gegangen wäre, hätte man mich im Nu vom Schiff entfernt, in ein Krankenhaus gesteckt und operiert. Wenn ich das überlebt hätte, dann hätte ich vielleicht für den Rest meines Lebens einen künstlichen Ausgang gehabt, sozusagen einen Beutel mit Scheiße unter dem Hemd.«

Er schwieg wieder einen Augenblick lang. Dann blickte er auf und sah Brian in die Augen.

»Wissen Sie, die *John Bell Hood* war mein großes Kommando. Dies war das Kriegsschiff, das ich nie wieder haben würde, denn es gab keine weiteren Kriegsschiffe mehr. Ich bin lange, lange Zeit in der Navy gewesen. Vom Matrosen bis zum Vierstreifer. Habe alles gemacht. Nur in der amerikanischen Marine ist das heutzutage möglich. Die *Hood* war mein großes Schiff. Unmöglich, daß ich das gegen einen Beutel mit Scheiße eintausche, meine WESTPAC-Fahrt zur Kriegszeit versäume. Es war mein Schiff, die Crew, die ich ausgebildet hatte, die Offiziere, die ich geführt hatte. So machte ich einen Handel. Der Doc würde mich mit Medikamenten für die Fahrt versorgen, und nach der Heimkehr würde ich Farbe bekennen.«

Brian nickte. »Doch der Krebs war schneller.« Eine der Lampen der Gefechtsbeleuchtung flackerte. Das Relais summte fünfzehn Sekunden lang, und dann erlosch das Licht.

»Und ob«, sagte der Captain. »Diese letzten Tage seit der Abfahrt aus Subic waren schrecklich. Man kann nur eine gewisse Dosis Morphium nehmen. Der Körper verträgt nicht mehr, und man kann nicht den Vorrat des Schiffes so stark plündern, daß man nichts mehr hat, wenn, nun, wenn etwas passiert wie heute nacht. Der Doc hat einiges frisiert, falsche Verbrauchs- oder Verlustmeldungen eingereicht, um weiteres Morphium zu bekommen. Als wir in Subic waren, ging ich in eine Privatklinik bei Baguio, dem Kurort.«

»Ah. Ich sah Sie bei Ihrer Rückkehr, als wir wegen des Taifuns ausliefen. Sie sahen aus wie …«

»Wie der aufgewärmte Tod, nehme ich an. In der Klinik untersuchte man mich. Brach die Tests gleich ab. Der Krebs ist zu weit fortgeschritten. Der philippinische Arzt sagte, mir bleibt mir vielleicht noch ein Monat. Er riet mir, meine Frau auf meinen Tod vorzubereiten.«

»Mrs. Huntington weiß es nicht?«

»Ich habe es ihr nicht gesagt. Das heißt nicht, daß Sie ahnungslos ist. Navyfrauen kriegen nach einer Weile alles spitz. Man möchte in manchen Fällen gar nicht wissen, wie sie es herausfinden.«

Brian nickte. Er verstand diese Bemerkung völlig.

»Und die Süchtigen in der Mannschaft: Ja, ich wußte, wie groß das Problem ist. Zuerst erzählte mir der XO alles. Es war seine Idee, die Chiefs einzusetzen, um die Junkies nach Möglichkeit unter Kontrolle zu behalten.«

»Sie konnten das Problem nicht preisgeben, weil Sie sich dadurch selbst bloßgestellt hätten.«

»Richtig. So einfach war das. Als Sie an Bord kamen und Fragen stellten, befürchtete ich, daß alles auffliegen würde. Der XO schlug vor, Sie mit der besonderen Beurteilung schachmatt zu setzen. Das klappte auch eine Zeitlang, nicht wahr?«

»Ja, Sir. Aber Rauschgiftsüchtige bei den Fernlenkwaffensystemen – das konnte ich einfach nicht mehr hinnehmen.«

Der Captain schwieg, ließ seinen Blick durch das zertrümmerte Modul schweifen, schaute sich die zerfetzte Ausrüstung, all das Blut und Stückchen von menschlichem Gewebe an, mit denen die Schotts gesprenkelt waren. Er schüttelte den Kopf.

»Sie hatten recht«, flüsterte er schließlich. »Die Methode der Navy, die vorgeschriebene Methode, ist immer die beste. Immer. Ich wußte das. Wir dachten, wir können alles unter Kontrolle halten. Wir hielten das Problem auf der *Hood* nicht für besser oder schlimmer als auf jedem anderen Schiff hier draußen. Andere Skipper kommen damit zurecht, erledigen ihren Job und kehren mit heilem Schiff und unbefleckter Karriere heim. So wollten wir es ebenfalls machen. Ich hätte wissen sollen, daß es nicht klappt.«

Brian nickte langsam. »Eigentlich hätten wir es fast geschafft.«

»Was war das Problem mit System zwei, das Sie Zeit gekostet hat?«

»Ich weiß es nicht, Sir. FTM drei Warren saß unten an der Konsole. Der Chief meint, der Junge geriet in Panik, als sich die Lage zuspitzte. Vielleicht stimmt das, vielleicht auch nicht. Einer der First Class war bei ihm, aber er saß vermutlich an System eins. Wenn wir einen erfahreneren Mann an der Konsole gehabt hätten ... ich weiß es einfach nicht.«

Der Captain nickte. »Genau das wird Ihnen der XO sagen – Sie kommen daher, stecken Ihre Nase in anderer Leute Angelegenheiten, versuchen auszumisten, und wenn was passiert, haben wir Anfänger an den Konsolen.«

»Ich glaube, da hat er recht«, sagte Brian leise.

»Nein, das hat er nicht. Schauen Sie mich an!«

Brian sah ihm in die Augen.

»Sie haben das Richtige getan. Er und ich haben das Falsche getan. Sehen Sie, es wird eine Ermittlung in dieser Sache geben, vermutlich von einem Untersuchungsausschuß. Solche Ermittlungen neigen dazu, über das eigentliche Ziel hinauszugehen. Die Drogensache wird herauskommen. Es wird vielleicht sogar einen oder zwei Kriegsgerichtsprozesse geben. Sagen Sie von Anfang bis Ende die Wahrheit. Ich werde Ihnen den Rücken decken. Wenn ich kann.«

»Wenn Sie können?«

Der Captain lächelte verzerrt und nickte zu der Bombe. »Wenn ich dies nicht versaue. Und wenn ich noch lange genug lebe. Verschwinden Sie jetzt von hier. Aber besorgen Sie mir zuerst ein Mobiltelefon. Wenn ich Erfolg habe, möchte ich jemandem sagen können, daß hier alles klar ist. Halten Sie jeden fern, bis ich anrufe.«

Brian holte ein Telefon von der dunklen und verlassenen Brücke und brachte es zu dem Captain, der seine Schlechtwetterjacke auf dem Boden ausgebreitet und seine Werkzeuge darauf gelegt hatte. Brian ging auf den Gang hinaus und schraubte zwei Lampen der Gefechtsbeleuchtung heraus und brachte sie zum Captain. Er stellte sie so auf, daß ihr gelber Lichtfleck genau auf die Bombe fiel.

»Gut«, sagte der Captain. »Und jetzt hauen Sie ab.«

»Aye, aye, Sir. Viel Glück.«

Der Captain wandte den Kopf und schaute Brian an. »Viel Glück, junger Mann. Eines Tages werden Sie selbst Kommandant sein. Halten Sie sich dann an die Vorschriften.«

»Aye, aye, Captain.«

54

Eine halbe Stunde später kehrte Jackson durch den Gang, der an der Offiziersmesse vorbeiführte, nach oben zurück. Er tastete sich mit ausgestreckter Hand am Schott entlang. Die Sicht in dem mit Rauch gefüllten Bereich war gleich Null. Er stoppte, wenn er mit dem Fuß gegen etwas stieß, das auf dem Boden lag, und er spürte Luftzug an seiner Hand. Er tastete in der Dunkelheit herum und leuchtete mit der Taschenlampe, um festzustellen, wo er sich befand. Der Gang war jetzt fast völlig von Rauch verdunkelt, aber er hatte zweifellos Luftzug gespürt. Kühlere Luft war unterhalb seiner Knie aufgestiegen. Er tastete mit der rechten Hand herum und fand einen Alkoven. Von dort kam der Luftzug. Er ertastete das Messingrad. Dabei sprang die Luke auf, und für einen Moment lichtete sich der Rauch, weil ein Schwall frischer Luft in den Gang strömte. Jackson spähte in den Schacht und sah, daß die Luke am Fuß der Leiter weit offenstand. Das Licht einer Taschenlampe geisterte dort herum. Da war jemand. Ein Prüfer der Reparaturabteilung drei? Anscheinend wurde dort geflutet. Wasser rauschte. Aber würde ein Junge von der Schadenkontrolle Luken offenlassen? Mißtrauisch stieg Jackson durch die Luke, schloß sie hinter sich und ging die Leiter hinab. Die Luft aus seinem Atemgerät ging zur Neige, und er war gezwungen, ein anderes EEBD auszupacken und dic Haube aufzusetzen. Dann stieg er die Leiter von neuem hinab.

Die erste Leiter ging er vorsichtig hinunter. Er hatte Mühe, durch die Haube zu sehen, deren Plastik durch die kühlere Luft beschlug. Er spielte mit dem Gedanken, die Haube abzunehmen, aber es war immer noch Rauch da, und er wollte die Luft in dem Gerät nicht verschwenden, denn wenn man einmal an der Reißleine gezogen hatte, strömte die Luft aus, bis der Behälter leer war. Er nahm die Ersatz-EEBDs aus den Taschen und legte sie auf den Boden. Im Pumpenraum unterhalb von ihm gluckerte und rauschte Wasser, und nach den Geräuschen zu schließen, gab es dort ein ziemlich großes Leck. Jackson versuchte die Haube klarzuwischen, aber er verschmierte nur die Feuchtigkeit darauf. Er ließ sich auf ein Knie nieder und spähte in den Schacht zum Pumpenraum. Dabei drehte er die Haube, bis er ein klareres Stück Plastik vor den Augen hatte.

Ihm stockte der Atem. Wie betäubt sah er, daß Rockheart ganze Bündel Geldscheine aus einem Sack kramte, der anscheinend Putzlappen enthielt. Rockheart? Jackson lehnte sich zurück, fort von der Luke, damit er nicht entdeckt wurde, wenn Rockheart zufällig hochblickte. Mit einem flauen Gefühl im Magen reimte Jackson sich zusammen, was da los war. Martinez hatte verdammt recht – es gab einen zweiten Boss. Rockheart mußte in der Nacht, in der sie Knoblauch besucht hatten, in dem Durchgang außerhalb der Tür gewesen sein. Rockheart hatte die

Falle für Bullet vorgeschlagen. Rockheart, der Schiffspolizist mit Zugang zum Büro des Sheriffs und praktisch allen Vorgängen dort. Allmächtiger! Ein MAA! Dort unten mit einem Haufen Geld. Drogengeld mußte es sein. Dieser Hurensohn! Verließ seinen Posten im Combat, um sein Drogengeld zu retten. Jackson spähte wieder durch die Luke und starrte ungläubig auf die Menge Geld – Hunderter, Tausender in bar –, die Rocky in den Sack mit Putzlappen zurücksteckte. Und er trug keine EEBD-Haube.

Wütend über den Verrat, verlor Jackson die Beherrschung. Er riß sich die EEBD-Haube vom Kopf, stieg vorsichtig auf die Leiter und kletterte hinab. Er stieg mit dem Gesicht zur Leiter hinab und bemühte sich, keine Geräusche zu verursachen, die lauter waren als das Platschen des Wassers aus der gebrochenen Pumpen-Kupplungsmuffe. Als er die vorletzte Sprosse über dem Käfig des Schraubenschachts erreichte, verharrte er, holte Luft und sprang in den Pumpenraum hinein. Er landete mit lautem Aufprall auf Metallplatten des Bodens, und als Rocky herumfuhr, traf er ihn mit einem wuchtigen Fausthieb an der Schläfe. Der Schlag schleuderte Rocky zurück gegen die Pumpe, wo er stöhnend zusammenbrach. Der Sack mit dem Geld entglitt ihm, und der Inhalt ergoß sich in die Bilge.

Jackson rappelte sich auf. Seine rechte Faust schmerzte. Er ging zu Rocky und trat ihm in die Magengrube. Rocky rang um Luft und krümmte sich zusammen. Seine Augen waren geschlossen, und sein Gesicht war schmerzverzerrt und totenbleich. Jackson packte ihn an der Hemdbrust.

»Du Drecksack!« schrie er. »Du Bastard! Du bist ein verdammter MAA! Ich habe dir vertraut – das ganze Schiff hat dir vertraut, und du bist ein Verbrecher!« Er schlug Rocky mit der linken Hand ins Gesicht. »Die ganze Zeit über konzentrieren wir uns auf Bullet, und *du* bist es. Jungs sterben dort oben, Jungs ersaufen neben dem Feuerungsraum, auf dem Schiff brennt es, und du bist hier unten, um dein verdammtes Drogengeld zu holen! Du *Bastard*!«

Rocky öffnete die Augen und wollte etwas sagen, aber Jackson schlug ihm weiterhin ins Gesicht und schrie ihn an, rasend vor Zorn über die Gemeinheit von Rockhearts Verrat. Er sah nicht, daß Rocky mit der rechten Hand zu den losen Stromkabeln am Fuß des Motors der Feuerlöschpumpe griff, sah nicht, wie er ein Vierhundertvierzigvoltkabel herausriß, spürte zu spät die plötzliche Bewegung bei seinem Knie, und dann schien ein gewaltiger Schraubstock seine ganze linke Seite zu packen und ihn kopfüber und gelähmt in Schwärze zu ziehen.

55

Chief Martinez prallte zum x-ten Male gegen das Schott und fluchte, weil es ihm im Weg war. Seine Stimme klang gedämpft durch die Sauerstoffmaske. Er versuchte, durch den Gang zur Offiziersmesse zu den Messedecks zu gelangen und weitere Sauerstoffflaschen zu finden. Martinez leitete normalerweise die Reparaturabteilung zwei, die auf dem vorderen Teil des Schiffes stationiert war, aber da es keinen Schaden in diesem Bereich gab, hatte er sein Brandbekämpfungsteam zur Mitte des Schiffs befohlen, um dem stellvertretenden Kommandanten und den Reparaturabteilungen fünf und drei beim Löschen der Brände dort zu helfen. Sie hatten Erfolge erzielt, bis einiges von dem Flugbenzin, das Lachen auf den Bootsdecks gebildet hatte, von einer aus Fahrlässigkeit nicht ausgeschalteten Belüftungspumpe angesaugt worden war, wodurch ein Gemisch von Luft und Treibstoff in einige der Offizierskabinen gedrungen war, wo es sich mit einem Donnern unter ihren Füßen entzündet hatte. Der XO hatte die Teams umgebildet und Martinez und seinen Reparaturtrupp ins Schiff befohlen, damit sie von achtern heraufkamen und die Brände von innen heraus bekämpften. Martinez hatte sein vierköpfiges OBA-Team mitten ins Feuer geschickt, mit dem Rest des Schadenkontrollteams die Feuerwehrschläuche entrollt und sich dann auf den Weg gemacht, um weitere Sauerstoffflaschen zu holen.

Der Rauch in dem Durchgang war jetzt so dicht, daß Martinez sich nur vorantasten konnte und sich auf seinen Orientierungssinn verlassen mußte, um zu wissen, wo er war. Als er den Bereich der hinteren Offizierstoilette passierte, wünschte Martinez, er könnte Bullet mit durch den Rauch zerren. Sie waren so nahe dran gewesen, und dann war der Kerl abgehauen. Aber jetzt wußten sie Bescheid – dank Rockheart. Martinez wußte, daß er sich dem Bereich der Messedecks näherte, als er nicht mehr die Hitze von den Bränden achtern spürte. Aber der Rauch von den Treibstoffbränden war eine dichte, giftige, schwarze Wand aus Rußpartikeln, Kohlenmonoxyd und anderen giftigen Gasen. Der Chief trug einen roten Stahlhelm der Schadenkontrolle, sein Gesicht war mit der Sauerstoffmaske bedeckt, und vor seiner breiten Brust hingen die Sauerstoffflaschen. Seine Khakiuniform war völlig mit Löschwasser und Schweiß getränkt, und an den Händen trug er schwere Asbesthandschuhe. Die ›Grubenlampe‹, die an seinem Helm befestigt war, hatte keinerlei Nutzen in dem Rauch; er hatte sie längst ausgeschaltet.

Martinez fluchte wieder, als er auf etwas ausrutschte, das am Boden lag, und fast das Gleichgewicht verlor. Es dauerte ein paar Sekunden, bis er wieder das Schott ertastet hatte. Er spürte einen Luftzug vom Boden her, kniete sich, behindert durch die OBA-Ausrüstung, linkisch hin und zog einen Handschuh aus. Er ertastete eine offene Luke, aus der ein Luftstrom aufstieg. Plötzlich konnte er sogar ein wenig sehen, weil sich der Rauch lichtete. Er schaltete seine Lampe auf dem Helm an und erkannte, das dies die Luke zur Leiter war, die zum Schraubenschacht auf der Steuerbordseite hinabführte. Er erinnerte sich, daß er ein paar seiner Jungs erwischt hatte, wenn sie dort unten geschlafen hatten, als sie zu einem Arbeitstrupp abkommandiert worden waren.

Warum, zum Teufel, war die Luke offen?

Dann hörte er ein Geräusch, ein Gurgeln und Brabbeln, nur ein paar Schritte entfernt im Rauch. Verdammt, was war das? Er tastete sich über den Gang und trat von neuem auf etwas Glitschiges am Boden. Wiederum rutschte er fast aus. Er richtete die Lampe an seinem Helm auf den Boden und sah Blutflecken. Dann hörte er abermals das Geräusch und fand plötzlich Seaman Coltrane in einem Alkoven. Die Luft, die durch die Luke aufstieg, hatte den Rauch im Alkoven gegenüber etwas vertrieben. Coltrane hockte zusammengerollt da und hielt sich den blutigen Kopf. Der Chief schob seine Sauerstoffmaske zur Seite.

»Coltrane, verdammt, was treibst du hier?« fragte er, bevor er sich erinnerte, mit wem er sprach. Genausogut hätte er eine Tür nach dem Datum fragen können. Doch Coltrane ergriff den Ärmel des Chiefs und versuchte verzweifelt, ihm etwas zu sagen. Er wies auf den Boden und gestikulierte zu der fast unsichtbaren offenen Luke gegenüber, brabbelte Unverständliches, deutete auf seinen Kopf und ahmte etwas nach – aber was? Einen Faustschlag?

»Was? Was meinst du? Beruhige dich. Zeige es mir mit Gesten.«

Coltrane stellte seine Bemühungen ein und schaute seinen Chief an. Dann nahm er einen Fettstift aus Martinez' OBA-Tasche und ließ sich auf Hände und Knie nieder. Er schrieb mühsam auf den Boden: ROCKHEART. Dann wies er auf seinen Kopf und deutete drängend zu der Luke.

»Mein Gott, Coltrane. Ich wußte nicht, daß du schreiben kannst. Die ganze Zeit hatte ich keine Ahnung davon. Warte mal. Rockheart hat das getan? Er hat dich geschlagen? Und er ist unten im Schraubenschacht? Richtig?«

Coltrane nickte heftig. Dann zuckte er vor Schmerzen zusammen. Martinez blickte zur offene Luke. Was, zum Teufel, war hier los? Was hatte Rockheart dort unten zu suchen? Martinez richtete sich auf, und das Licht von seinem Helm wurde wieder von Rauch eingehüllt. Weil er die Maske zur Seite geschoben hatte, um sprechen zu können, mußte er sofort husten. Er ging wieder in die Hocke; unten war weniger Rauch. Was trieb Rocky, ein Radarman, im Schraubenschacht an der Steuerbordseite mitten in einer ernsten Krise, bei der es auf dem Schiff brannte, alles total im Arsch war und jeder verrückt wurde? Martinez ließ sich wieder auf ein Knie nieder und umfaßte Coltranes Kinn mit seiner gewaltigen Pranke.

»Du bleibst, wo du bist. Solange die Luke offen ist, hast du Atemluft. Ich werde zurückkommen, wenn ich dort unten fertig bin. Aber versuch nicht, woanders hinzugehen, es ist überall Rauch. Halte den Kopf dicht über dem Boden und rühr dich nicht von der Stelle. Hast du verstanden?«

Coltrane nickte wieder, diesmal vorsichtiger. Martinez richtete sich auf und ging zur Luke. Er blickte hinab und stellte überrascht fest, daß er etwas sehen konnte, aber die Maschinenräume hatten ihr eigenes, unabhängiges Belüftungssystem, und es war noch in Betrieb. Die Leiter führte hinab zur nächsten Luke, die ebenfalls offenstand. Da war zweifellos etwas los, und zwar eine krumme Sache. Im gelben Schein der Gefechtslampen entdeckte Martinez einen Schatten, der sich dort unten bewegte. Er streifte seine OBA-Maske ab – mit den Tragriemen und den Sauerstoffflaschen paßte er wohl kaum durch die Luke. Er legte die Sauerstoffmaske und das Gurtwerk mit den Flaschen auf den Boden und stieg vorsichtig die Leiter hinab. Als er den Vorraum erreichte, hörte er das Gluckern von Wasser aus dem Leck eines Rohrs. Sehr vorsichtig trat er hinter die Luke und spähte um ihren Rand in den Schraubenschacht. Dort sah er die reglose Gestalt von Chief Jackson. Der Chief lag neben der Pumpe, und sein linkes Bein stand in seltsamem Winkel ab. Und gegenüber des Pumpenraums sammelte Radarman First Class und Master-at-arms Rockheart die letzten nassen Geldscheine aus dem Wasser und stopfte sie in einen Beutel voller Geld, den er an seine Brust preßte.

Und plötzlich fiel es Martinez wie Schuppen von den Augen. Es war nicht Rocky, der Radarman. Es war Rocky, der Boss, der zweite Mann. Sie – Mehrzahl –, hatte Knoblauch gesagt. Er hatte Geld von *ihnen* bekommen. Und in jener Nacht war es Rockheart gewesen, der vor Jacksons Tür Coltrane angeschrien hatte. Nicht Coltrane hatte sie belauscht, sondern Rockheart. Und irgendwie hatte Jackson ihn ebenfalls erwischt, und Rocky hatte ihn erledigt. Rocky, der scharf auf sein verdammtes Drogengeld war und befürchtete, das Schiff könnte untergehen, was durchaus möglich war. Während Martinez beobachtete, richtete sich Rocky auf, und Martinez ruckte zurück. Er sah noch, daß Rocky Jackson einen Tritt versetzte und dann nach dem Geländer der Leiter griff. Okay, du Dreckskerl, du hast den Cowboy erledigt, aber du wirst nicht den Indianer erledigen.

Als Rocky die Leiter hinaufstieg, hockte sich Chief Martinez hinter der Luke auf die Hacken und legte die Hand auf den Hebel der Springluke. Als Rocky die Hände vom Geländer der Leiter löste und für einen Moment am Rand der Luke verharrte, knallte Martinez mit aller Kraft die Luke zu, und der scharfe Rand der runden Luke amputierte fast alle Finger Rockys. Trotz des rauschenden und gluckernden Wassers hörte Martinez einen Schrei, der ihn sehr befriedigte. Er riß die Luke wieder auf, und sah, daß Rocky die Leiter hinab und auf den Stahlboden stürzte. Der Beutel mit dem kostbaren Inhalt purzelte mit hinab und klaffte auf. Geldscheine wirbelten durch die Luft und verstreuten sich im ganzen Pumpenraum, während Rocky auf den Boden krachte. Mit einem Knurrlaut, auf den ein Grizzly stolz gewesen wäre, richtete sich Martinez auf, sprang durch die Luke und krachte mit so viel Wucht auf dem Boden auf, daß er Rocky in die Bilge unterhalb schleuderte, wo er mit einem weiteren gellenden Schmerzensschrei auf den Rücken stürzte. Als er sich aufsetzen wollte, war Martinez bereits bei ihm und stampfte ihm den Fuß ins Gesicht. Rocky flog zurück ins Bilgenwasser. Martinez trat hinab, stellte einen Fuß auf Rockys Brust und hielt ihn im knöcheltiefen Leckwasser.

»Na, Boss, wie hängen die Eier?« fragte Martinez, als er Rocky den Schock ansah. »Du hattest einen Alptraum, was, Rocky? Die Dinge gehen plötzlich schief?«

Er drückte hart mit dem Fuß zu, und Rockys Brust und Kopf tauchten unter Wasser. Martinez hielt ihn viele Sekunden so, bis er den Druck etwas lockerte. Rockys Gesicht tauchte aus dem Wasser auf. Seine Mund stand weit offen, und seine Brust hob und senkte sich zitternd, als er prustend um Luft rang. Er blinzelte heftig, weil ihm öliges Bilgenwasser in die Augen gedrungen war. Er versuchte, seine verstümmelten Hände zu heben, um sich über die Augen zu wischen, aber er schrie wieder vor Schmerzen und ließ die Hände sinken.

»Was hast du mit dem Sheriff gemacht? Du hast meinen Freund Jackson erledigt, du Dreckskerl!« Er drückte Rocky wieder unter Wasser und hielt ihn diesmal länger dort. Als er den Druck lockerte, tauchte Rocky prustend auf und versuchte gleichzeitig zu atmen und zu sprechen. Seine blutigen Hände blieben diesmal unter Wasser. Es klang für Martinez, als keuche Rocky das Wort *Handel*.

»Handel? Du willst einen Deal mit mir machen, du Abschaum? Nie im Leben, Mr. Dealer.«

»Laß mich am Leben. Bitte! Ich werde aussagen«, kreischte Rocky. »Ich kann dir Bullet geben. Du kannst das Geld haben – ich habe sogar noch mehr!«

»So? Du hast uns bereits Bullet gegeben, erinnerst du dich? Und ich scheiße auf dein Geld oder Bullets Geld oder Knoblauchs Geld. Knoblauch ist tot. Und das tut mir nicht leid. Und du bist der nächste.«

»Nein, bitte, nein! Ich bekomme keine Luft … dein Fuß … dieses Öl … Jesus, meine Hände! Bitte. Hier sind Tausende Dollars. Du kannst sie alle haben. Behalten, wenn du willst. Ich werde nichts sagen. Ich werde alles tun, was du verlangst, Mann. Ich werde auspacken – ich kann dir alles sagen. Aber bitte, bitte, bring mich nicht um, Mann!«

Chief Martinez starrte auf Rocky, dessen Brust krampfhaft zuckte und der öliges Wasser geschluckt hatte und einen Hustenanfall bekam. Als er wieder sprechen konnte, wimmerte er: »Bitte, Mann. Ich will nicht sterben. Ich kann dir auch alles über Knoblauch erzählen, aber du mußt mich hier rauslassen. Ich will nicht ersaufen. O Gott, meine Hände. Ich halte es nicht mehr aus. Ich sage als Zeuge alles, was du willst, aber laß mich nicht in dieser Brühe ersaufen ...«

Der Chief ragte über Rockheart auf. »Was willst du mir denn noch sagen, was wir nicht bereits wissen? Bullet? Der ist geliefert, dafür brauchen wir dich nicht mehr.«

»Aber du meinst, du hast Knoblauch gekillt, nicht wahr? Du hast ihn zusammengeschlagen, und dann ist er abgekratzt. Das werden sie herausfinden, wenn in Da Nang eine Autopsie gemacht wird. Man wird herausfinden, daß er vor seinem sogenannten Herzanfall zusammengeschlagen wurde. Aber ich kann für dich aussagen. Du hast ihn nicht gekillt, Mann – ich habe das getan.«

»Du?«

»Ja. Ich fand ihn, höllisch zerschlagen, vermutlich mit inneren Blutungen. Er konnte mich verpfeifen, er war der andere außer Bullet, der mich verpfeifen konnte. Ich ... ich habe ihm die Halsschlagader zugedrückt, bis er hinüber war. Er war vermutlich ohnehin erledigt, okay? So habe ich es eben getan. Du hat ihn nicht gekillt. Ich war das.«

Martinez richtete sich auf. »Du Scheißer, das wollte ich gar nicht hören. Ich dachte, ich hätte den Dreckskerl erledigt, und jetzt sagst du mir, daß *du* es warst. Nachdem ich als Indianer mir das als Bravourstück angerechnet habe? Du *Hurensohn*!« Martinez nahm den Fuß von Rockys Brust. Als sich Rocky aufsetzte, trat er ihm hart ins Gesicht, und er knallte mit dem Kopf gegen den Fuß der Pumpe und verlor das Bewußtsein. Rockys Oberkörper sank hinab ins Bilgenwaser. Martinez griff ins Wasser und zog Rocky zum Fuß der Pumpe hinauf, damit sein Kopf über Wasser war. Er hob eines von Rockys Lidern an und stellte zufrieden fest, daß Rocky wirklich weggetreten war. Er ließ ihn liegen und kämpfte gegen den Wunsch an, ihn zu erwürgen.

Der Chief kletterte über den Plankengang der Bilge zu der Wasserlache, in der Jackson lag. Er sah das Stromkabel im Wasser stecken und wunderte sich. Die Sicherung hätte herausspringen sollen, aber … Er hütete sich, das Wasser zu berühren und suchte bei Jackson nach Anzeichen auf Leben. Jackson atmete, aber er sah schrecklich aus und war ebenfalls bewußtlos. Martinez zog sein Messer hervor und ging hinüber zum Feuerwehrschlauch, der neben der Lenzpumpe aufgehängt war. Unterwegs vergewisserte er sich, daß Rockheart noch k. o. war.

Martinez schnitt das Segeltuch und den Gummiüberzug des Feuerwehrschlauchs durch und säbelte ein ungefähr drei Meter langes Stück ab. Dann befestigte er es um Jacksons Brust und zog ihn bis zum Fuß der Leiter. Er hievte Jackson mit der improvisierten Schlinge vorsichtig hoch, trug ihn durch die beiden Luken und Leitern hoch und legte ihn in dem Alkoven im Gang auf die Seite. Coltrane starrte ihn und den Bewußtlosen an. Seine Augen tränten vom Rauch. Jackson stöhnte, kam jedoch nicht zu sich.

Martinez vergewisserte ich, daß der Alkoven immer noch relativ frei von Rauch war und Jackson noch atmete. Er stieg wieder hinab in den Vorraum oberhalb des Pumpenraums. Er schaute durch die Luke. Rocky lag dort, wo er ihn zurückgelassen hatte. Er saß zusammengekrümmt da, der untere Teil seines Körpers war im Bilgenwasser, und Brust und Kopf lehnten am Fuß der Pumpe. Der Pumpenraum war zerstört. Die Lenzpumpe war defekt und die Bilgen waren mit Ölwasser gefüllt – und mit Dollarnoten. Dreckiges Wasser, dreckiges Geld, dreckiger Kerl. Brauchte ein gutes Bad. Martinez spielte mit dem Gedanken, die Lenzpumpe in der Ecke, die noch in Betrieb war, abzuschalten und den Verbrecher einfach ertrinken zu lassen. Doch dann schüttelte er den Kopf, schloß die Luke und kletterte wieder hinauf, um seine Sauerstoffmaske zu holen und sich um Jackson und Coltrane zu kümmern. Er mußte auch Reparaturabteilung fünf melden, daß sie ein Leck im Schraubenschacht hatten.

Zehn Minuten später kam Rocky zu sich. Er versuchte, den Kopf zu heben, doch vor Schmerzen sah er Sterne und stöhnte laut auf. Sein ganzer Körper war zerschlagen, und seine Hände fühlten sich an, als trüge er dicke, brennende Handschuhe. Er bekam kaum Luft, als er sich zu erinnern versuchte, wo er war. Dann wurde ihm bewußt, daß jemand bei ihm war und sich bewegte. Er öffnete die Augen einen Spalt, konnte jedoch wegen des Schmerzes nicht den Kopf bewegen. Die dunkle Gestalt mit einer Sauerstoffmaske stand nur einen Schritt entfernt und schaute auf ihn herab. Er glaubte, die Gestalt zu kennen, aber er war noch zu benebelt, um einen klaren Gedanken zu fassen. Ich kenne den Typen, dachte er nach einer Weile. Er wollte sprechen, brachte jedoch nur einen krächzenden Laut hervor. Gott! Sein Kopf und seine Hände schmerzten unerträglich. Wo, verdammt, bin ich? dachte er. Was macht dieser Typ?

Die Gestalt mit dem Helm und der Sauerstoffmaske ging zu Rohrleitungen und begann Röhrenabschnitte und Winkeleisen herunterzureißen. Was tat er da? Hey, Mann, wollte Rocky schreien, aber seine Stimme gehorchte ihm nicht. Er versuchte, sich zu bewegen, sich aufzustemmen, doch der Schmerz raubte ihm fast die Besinnung, und seine Frage wurde zu einem weiteren Stöhnen. Als der rote Schleier vor seinen Augen verschwand und er wieder klarer sah, erkannte er, daß die maskierte Gestalt Röhren und Winkeleisen zu ihm schleppte. Er schleifte sie über den Boden und zog sie dann auf Rocky. Er begrub ihn langsam unter einem Berg von Eisen! Was, zur Hölle, tat er – hey! Rocky versuchte wieder, sich zu bewegen, aber jetzt lastete all dieses Metall auf ihm. Als die Gestalt alle Metallteile, die sie hatte finden können, auf Rocky aufgehäuft hatte, trat sie zum Rand des Haufens und starrte auf ihn hinab. Rocky versuchte, sich zu bewegen, doch der Schmerz trieb ihn wieder an den Rand der Bewußtlosigkeit. Rocky wollte protestieren, etwas sagen, irgend etwas, doch er brachte kein Wort heraus. Wo auch immer er war, das Licht ringsum schien mit den Schmerzwellen in seinem Kopf heller und dunkler zu werden. Er versuchte zu schlucken, doch sein Mund war wie ausgetrocknet.

Wer ist dieser Kerl? dachte Rocky. Weshalb stapelt er Metall auf mich? Er wollte sich wieder bewegen, doch plötzlich erkannte er, daß er gefangen war, lebendig begraben unter Eisenteilen. Er beobachtete, wie sich die Gestalt aufrichtete und umschaute. Ein Nigger, dachte Rocky. Ja, ein Nigger. Drei Winkel auf dem Hemdsärmel, gleich unter den OBA-Gurten. Reparatur 5 stand schabloniert auf der OBA-Tasche. First Class. Er ist ein Schadenermittler von Reparatur fünf, dachte Rocky. Ein First Class, genau wie ich. Sein verwirrter Verstand suchte nach dem Namen. Ich kenne ihn, ganz bestimmt, dachte er. Ja. Es ist ... es ist ... Er schloß die Augen ein paar Sekunden lang, und als er sie wieder öffnete, hielt der Mann den Geldbeutel in den Händen und warf Geldscheine in die Bilgen. Dann ging er hinüber zu der Lenzpumpe in der Ecke und stopfte den Plastikbeutel in den Ansaugstutzen. Rocky hörte, daß die saugenden Geräusche der Pumpe immer schwächer wurden und verstummten. Er schloß von neuem die Augen und versuchte zu denken. Ich muß etwas tun. Dieser Typ muß nicht richtig ticken. Er hat all mein Geld weggeworfen und die Lenzpumpe verstopft. Rocky überlegte, was das bedeutete. Er wußte, daß die Lenzpumpe wichtig war.

Ein Geräusch lenkte ihn ab. Glas zerklirrte. Er öffnete die Augen. Der Kerl zerschlug die Glasfassungen der drei

Gefechtslampen mit einem Schraubenschlüssel. Es wurde dunkel. Die einzige Lichtquelle war jetzt ein Strahl gelbweißes Licht, der durch die Luke hereinfiel. Der Kerl schaute ihn wieder an.

»Adios, du Bastard«, sagte er, und seine Stimme klang verzerrt durch die Sauerstoffmaske. Er warf den Schraubenschlüssel ins Bilgenwasser, das aufspritzte. Dann kletterte er die Leiter hinauf, eine große Gestalt, die Mühe hatte, sich mit der OBA-Maske durch die Luke zu zwängen. Sie schaffte es jedoch nach einigen Versuchen. Einen Augenblick später knallte die Luke zu, und Rocky war von Finsternis umgeben. Er konzentrierte sich und überlegte, wie die Stimme geklungen hatte. Ich kenne diesen Kerl, dachte er, bevor er das Bewußtsein verlor.

Ein paar Minuten später kam er in feuchter Dunkelheit zu sich. Er hörte das Schwappen von Wasser. Er roch jodhaltiges Meerwasser und spürte warmen, salzigen Spray auf seinem Gesicht, aber er konnte in der Schwärze nichts sehen. Es wurde ihm klar, daß er auf dem Rücken lag und sein Kopf gegen ein schweres Objekt aus Metall drückte – die Feuerlöschpumpe. Jetzt erinnerte er sich. Die Feuerlöschpumpe war aus ihrer Verankerung gerissen, und die Kupplungsmuffe hatte ein Leck. Er spürte, daß die untere Hälfte seines Körpers zum Teil unter Wasser war. Seine rechte Gesichtsseite schmerzte unerträglich. Er versuchte, sich aufzustemmen, aber ein schweres Metallstück nagelte ihn förmlich gegen die Feuerlöschpumpe. Sein linker Arm war unter etwas eingeklemmt, das sich wie ein Eisenrohr anfühlte, aber sein rechter Arm war frei. Er tastete in der Dunkelheit herum. Seine Hände waren taub. Röhren. Röhren und Eisenteile. Dieser Kerl hatte ihn unter Schiffsausrüstung begraben.

Er versuchte, sich auf die Seite zu wälzen und schob hart mit seinem rechten Arm, aber er konnte sich nicht bewegen. Langsam spürte er die Bewegung des Schiffes, ein tiefes, langsames Rollen, als tauche es in ein Wellental. Es klang, als schwappe eine Menge Wasser in diesem

Raum herum. Es war nicht tief, aber er konnte spüren, wie es um seine Beine spülte. Er hörte das Ächzen der Stahlplatten des Rumpfes in der Dunkelheit.

Als das Schiff schlingerte und in ein langes Wellental tauchte, verrutschte das Gewicht des Metalls, das auf seiner Brust aufgehäuft war. Er konnte zwischen den einzelnen Kanten von Winkeleisen und der glatteren Oberfläche der Rohre unterscheiden. Er schüttelte den Kopf und zuckte sofort zusammen; sein ganzes Gesicht schmerzte. Es wurde ihm schwindelig, und die Schmerzen trieben ihn an den Rand einer Ohnmacht. Und dann erkannte er mit plötzlicher Klarheit, wo er war. Er lag auf dem Boden im Pumpenraum und war unter einem Haufen von Metallteilen begraben! Panik stieg in ihm auf. Verzweifelt wollte er sich aufstemmen, die Metallteile von sich abwerfen. Er legte seine ganze Kraft in diesen Versuch, und der Stapel auf ihm bewegte sich leicht, doch dann rollte das Schiff zurück und die Metallteile rutschten klirrend zurück. Diesmal drückten sie seine Schultern gegen den nassen Fuß der Feuerlöschpumpe und preßten seine Wange gegen eine ölige Schlauchkupplung. Eine weitere Welle Seewasser schwappte zu seinem Köper herauf, diesmal bis zur Brust. Jetzt geriet er noch mehr in Panik.

Er nahm ferne Geräusche in den Abteilungen oberhalb des Pumpenraums oder vielleicht im Feuerungsraum nebenan wahr. Irgendwo in der Nähe. Es klang, als wären Männer dort, riefen Kommandos, entrollten Schläuche. Ja, das war es: Feuerwehrschläuche. Ein Schadenkontrollteam. Ein Ermittler würde kommen. Der Junge, den das Team immer vorausschickte, um festzustellen, wo der Schaden war. Sie konnten ihn herausholen. Wie dieser andere Kerl? O Gott. Dieser Kerl hatte ihn unter Eisenteilen begraben und zurückgelassen. Ich muß all das Zeug von meiner Brust schieben und diese Leiter hochsteigen, dachte Rocky. Der verdammte Pumpenraum läuft voll Wasser. Er konnte das Spritzen von Wasser jetzt deutlicher hören. Es klang, als treffe es nicht mehr auf Metall, sondern auf Wasser. Das Wasser, das seine Hüften und Beine umspülte, war jetzt tiefer. Warum, zum Teufel, arbeitete die Lenzpumpe nicht?

Rocky stemmte sich wieder gegen die Metallteile an und drückte mit aller Kraft dagegen. Ich bin stark genug, verdammt, um diesen Scheiß nur ein wenig anzuheben, damit ich meinen eingeklemmten Arm befreien kann und zwei frei Hände habe. Aber dann rutschten seine Hacken ab, und der Metallhaufen sank wieder auf seine Brust. Der Gestank von Öl wurde stärker, als hätte er Öl aufgewühlt. Verdammt, er war festgenagelt.

»HEY!« schrie er. »*Hey*, holt mich hier raus! Hey, Mann, ich brauche Hilfe hier unten! HEY!« Er schrie so laut er konnte. Verdammt, sein Kopf tat weh, als würde er zerspringen. Aber ein Teil seines Verstandes sagte ihm, daß seine Hilfeschreie im Spritzen und Gluckern des Wassers untergingen. Niemand kam. Kein Licht fiel durch die obere Luke, keine Luke wurde geöffnet, niemand schaute nach unten. Nichts. Nur die Dunkelheit und das Wasser. Er schrie wieder.

Wie als Antwort tauchte das Schiff in ein Wellental. Es knackte auf der anderen Seite der Feuerlöschpumpe. Das Spritzgeräusch aus dem Leck wurde tiefer, lauter. O Scheiße, die Hauptleitung ist gebrochen, durchfuhr es Rocky. Ich muß aufstehen, höher hinauf, muß mich unter diesem Metallhaufen befreien, oder ich ersaufe hier unten. Er schrie gellend und glaubte dann, eine Antwort zu hören. Das klang wie Schläge gegen die Decke, vielleicht gegen die Luke. Sein Puls raste jetzt, er drehte und wälzte sich in dem öligen Wasser, versuchte verzweifelt, beide Arme zu befreien. Sein Kopf drückte gegen den kalten Stahl der Feuerlöschpumpe, und er stemmte sich mit den Beinen auf. Seine Hände waren gefühllos und nutzlos. Schieb, schieb! hämmerte er sich ein. Beweg *etwas*, damit du unter dieser Scheiße fortkommst. Rocky begann in dem Gemisch aus salzigem Spray, Öl und Meerwasser zu husten und zu würgen. Er fühlte sich wie jemand, der versucht, einen Zug bergauf zu schieben, all dieses Metall hochzuschieben wie in einem Alptraum, und dann erkannte er mit einem Schock, daß sich der Boden neigte. Das Schiff legte sich auf eine Seite – und blieb dort.

Er heulte jetzt vor Angst. Seine Augen brannten vom Öl und seinen Tränen. Er wünschte sich Licht, irgendeine Art Licht. Im Pumpenraum sollte es Gefechtslampen geben. Es war Gefechtsbeleuchtung dagewesen, bevor – bevor was? Er konnte sich nicht mehr erinnern, warum er hier unten war. Der Stapel von Rohren und Winkeleisen bewegte sich, nicht viel, aber gerade genug, daß er sich nach links rollen konnte. Er ergriff die Gelegenheit beim Schopf, stemmte sich mit den Beinen ab und wälzte sich auf die linke Seite. Sein Hemd riß ein, und etwas Scharfes bohrte sich in seine Haut über den Rippen. Die Verletzung begann zu brennen, als Wasser bis zu seiner Schulter hinaufschwappte. Aber er konnte sich bewegen. Er schob mit den Hüften und seinem freien Arm, bis er sich auf den Bauch rollen und auch den eingeklemmten Arm befreien konnte. Ja, das war's, dachte Rocky, du hast es geschafft, Mann! Jetzt Kraft sammeln und einen Liegestütz machen. O Gott, meine Hände! Nicht nachgeben, hoch, Mann! Du kannst es schaffen. Du kannst ... Doch dann neigte sich das Schiff zur anderen Seite, und der Stapel von Metallteilen knallte auf den Boden und gegen den Fuß der Pumpe zurück, und ein Rohr traf ihn so hart am Kopf, daß er wie betäubt war. Er spürte, daß sein Mund zu einem öligen Kuß auf kalten Stahl gepreßt war.

Und dann floß das Wasser ab, über seinen Rücken, die Hüften, die Schenkel, und er spürte Luft an den Beinen. Gott sei Dank. Er hörte, wie das Wasser fortfloß. Und dann endete das Rauschen, Wasser gurgelte, sammelte sich und schwappte zu seinem Entsetzen zurück. Es spülte über seinen Körper, über das Gesicht und den Kopf, schäumte in seinen Ohren wie eine Welle am Strand, und das Öl brannte in seinen Augen, obwohl er glaubte, sie rechtzeitig geschlossen zu haben. Schreckliche Sekunden lang bekam er keine Luft, und dann konnte er wie durch ein Wunder wieder atmen. Ich muß aufstehen, dachte er verzweifelt. Ich muß weg, bevor das Wasser wiederkommt. Es kommt bestimmt wieder. Beweg dich, beweg irgend etwas, streng jeden Muskel an, trete, brech dir die Knochen, wenn es sein muß, aber du mußt dich bewegen, bevor ... Und dann hörte er das Wasser wieder abfließen, fortschwappen wie ein lebendes Ding. Der Spray vom Leck der Feuerlöschpumpe spritzte jetzt lauter, Mengen von verdammtem Wasser sammelten sich dort in der Dunkelheit, sammelten sich, um zurückzufließen und ... Dann kam er, ein Schwall von Öl und Wasser, der über sein Gesicht, über die Augen und Ohren und die zusammengepreßten Lippen spülte und ihm die Luft nahm. Er drückte die Augen fest zu, hielt den Atem an und wartete darauf, daß die Welle zurückfloß. Das Wasser wird ablaufen, dachte er, und dann kann ich atmen, und danach muß ich das Ganze wieder über mich ergehen lassen, immer wieder, bis diese Jungs mich hier rausholen. Sie kommen. Sie arbeiten daran. Ja, das sagen sie immer – sie arbeiten daran. Aber das tun sie wirklich. Ich habe sie gehört. Da, das Wasser kommt wieder. Jetzt Luft holen, einmal, zweimal. Versuch dich nichtzu bewegen. Spar deine Kraft. Aber atme tief ein, pumpe Luft auf Vorrat in deine Lungen und mach dir keine Sorgen. Du wirst es überstehen.

Als sich das Wasser wieder sammelte, spürte Rocky, daß sich das Schiff bewegte, und dann hörte er ein neues Geräusch, etwas großes und wirklich Schweres verlagerte sich, Metall ächzte, verbog sich und brach schließlich kreischend. O Gott, die Feuerlöschpumpe bewegte sich, eine tonnenschwere Pumpe. Sie brach aus der Verankerung. Vielleicht konnte er dadurch freikommen. In welche Richtung bewegte sich die Pumpe? Wohin ...

Und dann kam das Wasser wieder zurück. Rocky war jetzt an die Geräusche gewöhnt. Du weißt, was du tun mußt, dachte er. Laß das Wasser kommen. Du hast jede Menge Luft. Warte ab, bis die Welle zurückschwappt. Was ist das, was ist das auf meinem Arm? Mein Arm! Ein gewaltiges Stahlgewicht hatte seinen Arm zerquetscht und amputiert, und er vergaß das Wasser, dachte nicht mehr daran, daß sein Gesicht unter Wasser war und er keine Luft bekommen hatte, und er öffnete den Mund und schrie sich in die Ewigkeit.

Diesmal blieb das Wasser.

56

Brian verließ das Combat Information Center und überprüfte sowohl die beschädigten als auch die unbeschädigten Module noch einmal, um sicherzustellen, daß niemand zurückgelassen worden war. Er eilte hinaus auf die Laufplanke an der Backbordseite und lief nach achtern zur Leiter, die zur Fernmeldebrücke hinaufführte. Die Station war leer, und die Tür war abgeschlossen. Die Nacht war klar, Sterne funkelten, und kühler Wind blies von Nordosten. Das Schiff rollte langsam mit geringer Fahrt, aber aus dem vorderen Schornstein puffte Rauch, was bedeutete, daß die Maschinisten immer noch einen Kessel im vorderen Maschinenraum in Betrieb hatten. Die beiden Spook-Radarschirme ragten über ihm in der Dunkelheit auf; sie waren auf den Backbordleitstrahl geschwenkt, einer hoch, der andere flach. System zwei. Brian ging zum vorderen Bereich der Fernmeldebrücke und schaute auf das Vorderdeck hinab. Er sah ein Dutzend Männer versammelt. Die Unverletzten blieben abseits hinter der Raketenabschußvorrichtung, wo sich Ärzte aufhielten. Jemand hatte die Notbeleuchtung mit Strom versorgt, und das ganze Vorderdeck war in rotes Licht getaucht, was der Szenerie etwas Gespenstisches gab. Brian blickte zum Horizont, aber dort war nur Dunkelheit. Das nächste Schiff war die *Preble*, sechzig Seemeilen südöstlich. Brian nahm an, daß das Schiff inzwischen auf dem Weg zur *Hood* war.

Er stieg die Leiter hinunter und verharrte auf der letzten Sprosse, um die zwei Ebenen hinab zu den Bootsdecks zu blicken. Im roten Schein der Notbeleuchtung waren mittschiffs mehrere Männer der Schadenkontrolle versammelt. Einige trugen Sauerstoffmasken, andere schleppten tragbare Feuerlöschpumpen und Lenzpumpen. Brian sah eine dichte, schwarze Rauchwolke, durchbrochen von Dampfschwaden, die irgendwo tief auf der Backbordseite und aus Auspuffrohren am Ende der Bootsdecks austraten. Eine immer kleiner werdende Wolke von Dampf stieg aus dem hinteren Schornstein auf, was bedeutete, daß Kesselraum zwei außer Betrieb war. Es muß verdammt viel Schaden entstanden sein, dachte Brian.

Dann wurde ihm klar, daß er ungefähr auf gleicher Höhe und etwas hinter der Abteilung EW, dem Modul für elektronische Kriegsführung im CIC, sein mußte. Er ging schnell nach vorne über die Laufplanke zum Ruderhaus. Da die 03-Ebene keine Energieversorgung hatte, kam das einzige Licht auf der Brücke von den batteriebetriebenen Gefechtslampen. Die Instrumente der Brücke waren dunkel. Brian vergewisserte sich, daß Folsom das Logbuch mitgenommen hatte. Er dachte an den Captain, der im verwüsteten Combat war und versuchte, eine Fünfhundertpfundbombe zu entschärfen, während Morphium durch seine Adern pulsierte und ein Krebsgeschwür in seinen Därmen wucherte. Brian erschauerte und machte sich auf den Weg zur inneren Leiter, um aufs Vorderdeck hinabzusteigen. Er hielt die Hand vors Gesicht, um sich gegen den Ölrauch zu schützen.

Als er auf dem Vorderdeck eintraf, sprach Jack Folsom mit dem Sanitätsoffizier hinter der Raketenabschußvorrichtung. Folsom hielt das Logbuch zusammengerollt unter dem Arm wie eine Morgenzeitung. Sie verstummten, als Brian zu ihnen ging. Der Arzt eilte zu seiner Behelfsstation zurück. Folsom kam gleich zur Sache.

»Mr. Holcomb, ich habe vom Cheffunker ein tragbares Funkgerät auf dem Bug installieren lassen. Die Docs haben dort eine Behelfsstation und Sammelstelle eingerichtet und behandeln Leute in der Offiziersmesse.«

Brian sah vor seinem geistigen Auge ein grauenvolles Bild von der Offiziersmesse der *Berkeley* und erschauerte. Folsom sprach weiter.

»Ich nehme an, Mr. Holcomb, Sie sind praktisch immer noch für die Wachabteilung verantwortlich. Mr. Austin war hier. Er ist völlig fertig, brabbelt davon, daß er weggerannt ist und sich deswegen schämt. Er ist wirklich geistig gestört.«

»Ich weiß nicht, wovon er redet«, sagte Brian. »Ich habe ihn noch nie rennen sehen. Aber wir müssen sofort jemanden über Funk erreichen. Und wo ist der XO?«

»Der XO leitet die Arbeit der Schadenkontrolle mittschiffs, Sir. Mr. Benedetti ist in der Schadenkontrolle zentral und der XO mittschiffs. Wie es klingt, leitet er den Einsatz. Alle drei Reparaturtrupps arbeiten an dem Schaden mittschiffs, aber der Rest des Schiffes ist anscheinend okay. Jeder ist auf seiner Gefechtsstation, mit Ausnahme der Leute, die mittschiffs evakuiert werden mußten und der Verwundeten aus dem Combat und dem Maschinenraum. Und wir haben Kommunikation mit allen Hauptgefechtsstationen. Die hintere Maschinenanlage ist außer Betrieb, Feuerungsraum zwei ist geflutet, Maschinenraum zwei ausgebrannt. Der vordere Maschinenraum ist in Betrieb, und wir haben überall außer dem Schadensbereich Strom.« Folsom schaute sich um und fragte dann mit gesenkter Stimme: »Sir, was hat es mit dieser nicht explodierten Bombe auf sich?«

Brian setzte ihn ins Bild. Folsom schüttelte den Kopf. »Er versucht dieses Ding zu entschärfen? Auf den Flugzeugträgern gibt es Bombenräumtrupps; vermutlich können diese Jungs in ein paar Stunden hier sein!«

»Vielleicht bleiben uns keine paar Stunden. Das Ding ist scharf und tickt, Jack. Huntington war selbst bei einem

Bombenräumkommando, und er meint, das Ding wird hochgehen. Und ... nun, da sind andere Faktoren im Spiel, die ich jetzt nicht näher erläutern kann. Veranlassen Sie, daß jemand telefonisch Verbindung mit ihm aufnimmt, und dann will ich eine Funkverbindung haben. Wo ist Garuda?«

»Er hilft den Funkern, eine Notstation in Gang zu bringen.«

»Holen Sie ihn her und lassen Sie ihn Kontakt mit der Zielerfassung aufnehmen. Ich will, daß das SPG-dreiundfünfzig in Betrieb genommen und der Horizont abgesucht wird. Wenn die bösen Jungs uns elektronisch belauschen, sollen sie wissen, daß wir nicht schlafen. Obwohl sie bei dem Angriff all ihre Vögel verloren haben, wäre dies für uns kein guter Zeitpunkt für einen zweiten Luftangriff. Und wenn Garuda das SPS-zehn (zweidimensionales Suchradar über Wasser) und das SPS-40 (zweidimensionales Luftsuchradar) einsetzen kann, wäre das sogar noch besser, aber ich glaube, dazu müßten wir wieder ins Combat. Dann stellen Sie fest, ob die Hauptkontrolle uns die Hauptmaschine an Steuerbord freigeben kann und wir mit zehn Knoten auf Südkurs gehen können; steuern vom Achtersteuer.«

Folsom eilte davon, um einen Mann zu den Telefonen zu holen und mit Garuda zu sprechen.

Brian fand den 1-JV-Telefonisten am Fuß der Abschußvorrichtung für die Fernlenkgeschosse. Der Mann war eingekeilt zwischen seiner Telefonanlage und der Abschußvorrichtung, um beim Rollen und Stampfen des Schiffes aufrecht stehen zu können. Die Farbe des Decks knirschte unter Brians Füßen. All die Abschüsse hatten die Farbe und die Antirutschbeschichtung des Decks verbrannt. Der Gestank von Antriebsaggregaten war noch stark. Chief Martinez ist verantwortlich für das Deck; er wird einen Anfall kriegen, dachte Brian flüchtig. Er fragte sich, was Martinez im Augenblick tat. Vermutlich stand er vor dem Ölfeuer und pinkelte darauf. Der Telefonist, ein

Sonarman, war mit einer Schaltung beschäftigt, die ihm Zugang zu jedem Telefonschaltkreis auf dem Schiff gewährte. Brian klopfte dem Mann auf die Schulter.

»Wenn Sie Zugang zum Mittelschiff haben, versuchen Sie den XO an die Strippe zu bekommen, und geben Sie mir dann das Telefon.«

Der Techniker telefonierte, nickte Brian zu und überreichte ihm den Hörer.

»XO?« fragte Brian.

»Ja. Was treiben Sie auf dem Vorderdeck?«

»Sir, können Sie an ein Verwaltungstelefon heran? Oder die Leitung umschalten?«

»Die Verwaltungstelefone sind ausgefallen, ich kann umschalten. Welche Frequenz wollen Sie?«

»Versuchen wir es auf JX«, sagte Brian. JX war derKommunikationsschaltkreis. Die Hauptstationen, die Funkzentrale, die Fernmeldebrücke, die Brücke und das Combat Information Center waren ausgeschlossen; es sollte ein privates Telefonat werden.

Der Techiker schaltete für Brian auf die JX-Frequenz, und Brian wartete. Als sich der XO meldete, gab Brian ihm einen schnellen Lagebericht, beschrieb die Beschädigungen im CIC, meldete die nicht explodierte Bombe, die Befehle, die er seit seinem Eintreffen auf dem Vorderdeck gegeben hatte, und was der Captain tat. Der Mund des Technikers klaffte auf, und er starrte Brian mit großen Augen an, als er mithörte, aber Brian konnte das nicht verhindern. Es folgte langes Schweigen. Brian konnte sich vorstellen, was Mains durch den Kopf ging, aber der XO äußerte nichts, denn dies war eine offene Leitung für jede Hauptgefechtsstation auf dem Schiff, und wenn jemand auf JX geschaltet hatte, konnte er mithören.

»Okay«, sagte Mains schließlich. »Sie bleiben mit ihm in Telefonverbindung. Wir haben das Feuer hier so gut wie unter Kontrolle, aber einiges brennendes Flugbenzin ist nach innen gelangt, und wir haben eine lange Nacht mit dem Problem des Flutens vor uns. Feuerungsraum zwei ist außer Betrieb; wir können nichts dagegen tun. Wir arbeiten wie die Teufel an Maschinenraum zwei und versuchen, den Rauch aus dem Schiff zu bekommen, damit wir das Ausmaß der Probleme sehen können. Als das Feuer ausbrach, mußte sich einfach jeder in Sicherheit bringen. Wir nehmen an, daß zwei Arbeiter in Kesselraum tot sind – die Jungs im Maschinenraum zwei hörten dort Dampf austreten. Wie weit ist das nächste Schiff entfernt?«

»Die *Preble* ist ungefähr sechzig Meilen südlich. Wenn die BARCAPs auf Draht sind, haben sie Alarm gegeben. Deshalb versuche ich, die vordere Maschinenanlage ins Netz zu bekommen, damit wir südwärts fahren können.«

»Es gibt ein Problem im Schraubenschacht an Steuerbord, obwohl sich die Schraube offenbar dreht. EM eins Wilson – das war der Schadenermittler – sagt, der Schacht ist geflutet. Aber kümmern sie sich weiterhin um die Steuerbord-Maschinenanlage. Wenn sich die Schraube dreht, soll sie in Betrieb gehalten werden. Das könnte sogar das gottverdammte Rollen stoppen. Und Sie bleiben in Telefonkontakt mit dem Captain. Sobald dieser Scheiß hier unter Kontrolle ist, komme ich nach vorne und übernehme. Vielleicht gehe ich sogar rauf zum Captain.«

»Er hat sich das verbeten, XO. Wenn das Ding in die Luft fliegt, verlieren wir den CO und den XO.«

Stille in der Leitung. »Sie hatten ein Gespräch mit ihm?«

»Ja, Sir.« Brian zögerte. »Ich verstehe jetzt viel mehr.«

»Verstehen Sie, daß Sie durch das Ruinieren unseres Systems eine Menge Antworten für heute nacht haben?«

Brian zögerte mit einer Antwort. Mains war unter Streß und vermutlich nach einer Stunde Leitung der Brandbekämpfung erschöpft, ganz zu schweigen davon, daß er wütend über die Ereignisse war.

»Nun, Sie As?«

»Der Captain prophezeite, daß Sie das sagen werden, XO. Und er sagte, Ihr System war falsch. Daß Sie beide sich geirrt haben.«

Diesmal schwieg der Stellvertretende Kommandant. Es

würde eine höllische Besprechung nach dem Einsatz werden.

»Also gut, Holcomb. Ich möchte jetzt nicht darüber reden. Telefonieren Sie mit dem Captain. Ich komme aufs Vorderdeck so schnell ich kann.«

»Aye, aye, Sir.«

Brian übergab dem Techniker den Telefonhörer und wies ihn an, auf die 1-JV-Leitung umzuschalten und den Mund zu halten. Als er sich umwandte, sah er Garuda mit Jack Folsom.

»Sir, wir haben eine HF-Leitung mit Alpha Whiskey, aber wir haben keinen Code bekommen, und dies ist ein sehr unsicheres Netz. Alpha Whiskey hat jede Menge Fragen, aber …«

»Sagen Sie ihm, wir erbitten sofortiges – und die Betonung liegt auf *sofortiges* – Rendezvous mit *Preble* bei meiner Position – sagen Sie diese Worte, bei *meiner* Position – und daß wir das BARCAP brauchen. Dann sagen Sie ihm, daß dies keine Übung ist, und beenden den Funkkontakt.«

»Sir, ich soll sagen …«

»Ja. Tun sie es. Man wird verstehen. Und dann schicken Sie einen Funker zurück in die Zentrale und versuchen, die UHF-Frequenz in Handbetrieb zu aktivieren, damit wir eine sichere Frequenz haben. So können wir mit der *Preble* sicher reden, wenn sie kommt. Aber der Funker soll sich mit mir absprechen, bevor er dort raufgeht.«

Garuda nickte. »Ich werde das selbst übernehmen«, sagte er. »Ich kenne mich in der Funktechnik aus wie jeder Funkerheini.«

»Okay, aber sprechen Sie sich mit mir ab, bevor Sie loslegen. Jack, haben Sie die 1-JV-Leitung?«

»Ja, Sir, gleich dort drüben.«

Brian ging zur Steuerbordseite zu einigen Pollern und setzte sich auf einen. Ein Seaman überreichte ihm einen Telefonapparat. Brian rief den Captain an. Es wurde ihm bewußt, daß einige der Männer, die in der Nähe auf dem Deck waren, interessiert die Ohren spitzten.

»Captain, hier spricht Lieutenant Holcomb. Können Sie mich hören, Sir? «

Lange Stille. Er glaubte, jemand in der Leitung atmen zu hören. Dann meldete sich eine Stimme.

»Ja, Mr. Holcomb. Ich kann Sie prima hören. Ich suchte nach dem Knopf, aber er ist überklebt. Ich befürchte, die Medizin macht mich im Augenblick ein bißchen zu benommen. Ich mußte eine Pause machen. Ich dachte, meine Frau ruft mich an, wissen Sie. Ich wußte, daß dies unwahrscheinlich ist, aber, nun, es war kein unangenehmer Gedanke. Aber die Träumerei hat anscheinend aufgehört, und jetzt mache ich mich wieder an die Arbeit. Haben Sie und der XO alles unter Kontrolle?«

Brians Gedanken jagten sich. Das Morphium hatte Huntington im Griff. Allmächtiger, er fummelte an einer Bombe herum, die jeden Augenblick explodieren konnte, und er war high von Morphium. Antworte ihm, dachte Brian. Rede mit ihm. Vielleicht schaffst du es, ihn zu stoppen, ihn dort rauszuholen.

»Jawohl, Sir, ich habe soeben mit ihm gesprochen. Das Feuer im Mittelschiff ist unter Kontrolle, und die Männer arbeiten an der Beseitigung des Rauchs. Ich habe Verbindung mit Alpha Whiskey, und ich glaube, die *Preble* ist auf dem Weg zu uns.«

»Oh, das ist sehr gut. Der XO ist sehr gut in seinem Beruf. Sehr gut. Sehr gut.«

»Sir, möchten Sie eine Weile ausruhen? Ich kann dort raufkommen, Ihnen etwas bringen ...«

»Nein, nein, nein, Mr. Holcomb. Ich erziele hier wirklich Fortschritte. Ich habe schon die Abschnitte A und S offen. Das ist Fachsprache, Lieutenant, und steht für Safing und Arming, Ich kann das Zündsystem sehen. Aber da ist etwas, das ich nicht ganz erkenne, deshalb hantiere ich langsam, sehr langsam, bis ich alles herausgefunden habe. Sie haben diesen Bereich evakuiert?«

»Jawohl, Sir, die Brücke, Combat, Funkzentrale – alles ist geräumt. Der XO sagte, er kommt zu Ihnen rauf.«

»Nein, das will ich nicht. Ich verbiete es. Ich verbiete es ausdrücklich. *Ausdrücklich.* Deshalb halten sich der Kommandant und sein Stellvertreter bei einem Gefecht nicht am selben Ort auf, erinnern Sie sich? Damit sie nicht beide fallen. Ich befehle, daß sich der XO hier fernhält. Ich verbiete, daß er hier raufkommt. Ich verbiete es *ausdrücklich.*«

Brians Mut sank. Der Captain wiederholte sich. Er plapperte im Morphiumrausch. Dies war eine Katastrophe. Die verdammte Bombe konnte zur eingestellten Zeit hochgehen, wenn es diesem kranken, alten Mann nicht gelang, sie in seinem benebelten Zustand zu entschärfen. Er durfte das nicht dulden. Er mußte etwas unternehmen. Aber er würde Hilfe brauchen. Der Kommandant hatte verboten, daß sein Stellvertreter dort hinaufkam. Aber er hatte es nicht Lieutenant Holcomb verboten. Garuda. Garuda Barry würde es tun. Brian sah, daß Folsom ihn beobachtete, und winkte ihn zu sich.

»Captain, ich gebe Ihnen Mr. Folsom ans Telefon. Er ist der OOD. Ich muß mich darum kümmern, daß die Antriebskraft wiederhergestellt wird. Mr. Folsom wird am Apparat bleiben. Wenn Sie etwas brauchen, sagen Sie es ihm, und wir springen und besorgen es sofort.«

»Springen Sie. Okay. Springen Sie sofort. Aber springen Sie nicht hier herum, ja? Dies ist eine kitzlige Bombe für mich. Ja kitzlig. Etwas stimmt da nicht. Stimmt da nicht.«

»Ja, Sir. Hier ist Jack.«

Brian übergab Jack Folsom den Hörer und hielt die Hand auf die Sprechmuschel.

»Er steht unter Morphium und hat nur ein paar lichte Momente.«

»Morphium! Und er hantiert an einer …«

»Ja. Halten Sie Kontakt mit ihm. Erschrecken Sie ihn nicht. Bleiben Sie nur mit ihm verbunden. Sprechen Sie mit ihm. Bitten Sie ihn, zu beschreiben, was er tut. Das Ganze ist eine lange Geschichte.«

»Jawohl, Sir. Was tun Sie jetzt?«

Brian schaute ihn an. Folsom war kein Dummkopf;

er ahnte, was Brian vorhatte, und starrte ihn fassungslos an.

»Ich versuche, ihn dort rauszuholen«, sagte Brian. »Der XO kommt rauf, sobald er kann. Er wollte ins Combat gehen, aber der Captain hat es verboten, aus den offenkundigen Gründen. Aber er hat nicht befohlen, daß ich mich dort fernhalte. Ich werde Garuda fragen, ob er mich begleitet.«

»Mein Gott. Sie alle drei könnten ...«

Folsoms Worte gingen im Donnern eines Phantomjets unter, der in niedriger Höhe das Schiff überflog. Jeder zuckte zusammen. Wenn es nicht das unverkennbare heulende Donnern von zwei J-79-Triebwerken gewesen wäre, dann hätten vielleicht einige Männer auf dem Vorderdeck die Nerven verloren und wären über die Reling gesprungen. So erschrocken wirkten sie jedenfalls. Garuda kam herüber, gefolgt von HooDoo.

»Ich habe Funkverbindung, aber es klingt, als wären die BARCAPs wieder auf Station«, sagte Garuda mit einem erschöpften Grinsen. Er sah in der roten Notbeleuchtung aus wie für die Bühne geschminkt. Brian zog ihn zur Seite und informierte ihn über die Ereignisse im Combat. Er erzählte ihm alles.

»Verdammte Scheiße! Kein Wunder, daß er sich nicht mehr blicken ließ. Kein Wunder, daß er so aussah – aussieht.«

»Garuda, ich gehe dorthin. Ich versuche, ihn dort rauszuholen, von dieser Bombe wegzuschaffen. Sie ist noch nicht hochgegangen, und Jack hat mich daran erinnert, daß es auf den Flugzeugträgern Bombenräumtrupps gibt.« Er schaute Garuda in die Augen, der sofort begriff.

»Und Sie wünschen die Begleitung eines Erwachsenen, richtig? Jemand, der weiß, wo das CIC ist?«

Brian atmete tief durch. »So ist es. Aber dies ist rein freiwillig. Ich möchte nicht mehr daran denken oder darüber reden, denn dann könnte ich kneifen. Aber ich kann ihn nicht so dort oben lassen.«

Garuda nahm seine Zigarettenschachtel aus der Tasche und zündete sich eine Zigarette an. »Er wird kämpfen, wissen Sie«, sagte er. »Für ihn ist es mehr als das Entschärfen irgendeiner verdammten Bombe.«

»Ja, das sehe ich auch so. Deshalb werden wir zwei Leute brauchen. Ich frage nur ungern, aber …«

»Aber Sie haben gefragt. Gehen wir zum Rock 'n' Roll.«

Brian sah Fox Hudson, der aus einer Luke an der Backbordseite kam. Er befahl Folsom, Hudson ins Bild zu setzen und ihm die Leitung der Koordinierung mit der Hauptkontrolle zu übertragen, damit das Schiff wieder in Fahrt kam. Dann eilten Brian und Garuda davon und ignorierten Hudsons Fragen. Garuda rief über die Schulter zurück: »Tragen Sie das ins Logbuch ein, OOD. So bekommen wir Medaillen, wenn wir in die Luft fliegen.« Folsom starrte ihn nur an.

Sie stiegen auf der Backbordseite durch die Luke zum Wetterdeck. Auf dem Gang wallte ein dünner Rauchschleier, und es roch nach Medizin. Beide Männer schalteten Taschenlampen an, als sie an der Tür zur Offiziersmesse vorbeikamen, wo große Plastiksäcke voller blutiger Verbände im Vorraum standen. Brian hatte den Fuß auf der Leiter zur nächsten Ebene, als Chief Martinez auftauchte, der Chief Jackson wie einen Kartoffelsack über der Schulter trug. Der Chief mußte sich seitwärts drehen, um mit seiner Sauerstoffmaske und mit Jackson auf der Schulter durch die Luke zu passen. Jackson hatte eine EEBD-Haube auf dem Kopf. Seaman Coltrane folgte, ebenfalls mit einer EEBD-Haube. Garuda und Brian halfen dem Chief, Jackson besser auf seine Schulter zu hieven, entfernten die Hauben der Atemgeräte und führten ihn durch die Tür in die Offiziersmesse. Sie schickten Coltrane hinaus aufs Vorderdeck. Martinez riß sich die Sauerstoffmaske vom Gesicht und rang um Atem; offenbar war sein Sauerstoffvorrat erschöpft.

Die Offiziersmesse war zum Notlazarett umgewandelt

worden. Notlampen waren an der Decke montiert, und drei Ärzte kümmerten sich um die Verwundeten. Beide Tische waren mit grünen Tüchern bedeckt, und auf Stahltabletts lagen ärztliche Instrumente, tragbare Sauerstoffapparate und Stapel von Handtüchern und Verbänden. Und überall war Blut. Jeder Stuhl, jeder Tisch und jede freie Fläche auf dem Teppichboden war mit Verwundeten in verschiedenen Stadien besetzt. Der Sanitätsoffizier, der einen Mundschutz trug, blickte auf, als das Trio Jackson hereinbachte.

»War er bei der Sammelstelle?«

»Nein, Doc«, sagte Brian. »Der Chief hier brachte ihn gerade von unten hoch. Ich wußte nicht …«

»Blutet er?« fragte der Sanitätsoffizier ungeduldig.

»Kopfwunde, Doc«, krächzte Martinez. »Seine Atmung ist okay. Er kann warten, nehme ich an.«

»Legen Sie ihn in die Ecke, aber wenn er nicht blutet, muß er warten …« Der Sanitätsoffizier wies in die Runde und widmete sich wieder dem blutüberströmten Verwundeten auf dem Tisch. Garuda und Martinez legte Jackson in eine Ecke der Offiziersmesse. Jacksons Uniform war naß, aber anscheinend war er nicht ernsthaft verwundet. Brian konnte keine Verletzung am Kopf sehen.

»Wo haben Sie ihn …«, begann er.

»Das erzähle ich später, wenn Sie nichts dagegen haben, Boss. Wohin wollt ihr zwei? Das Schiff ist voller Rauch.«

»Gehen wir nach draußen«, sagte Brian. Draußen auf dem Gang berichtete er Martinez, was oben los war und was sie vorhatten.

»Mit Verlaub, Mr. H., wenn er high ist und an einer Bombe herumfummelt, sollten wir den Idioten in die Luft fliegen lassen.«

»Das kann ich nicht, Chief. Als ich ihn verließ, war er ziemlich klar und einsatzfähig und vermutlich der einzige auf dem Schiff, der das Ding mit etwas Hoffnung auf Erfolg entschärfen konnte. Jetzt weiß ich es anders, aber ich kann ihn nicht einfach gewähren lassen. Er wird die

Bombe zur Explosion bringen, sich selbst umbringen und großen Schaden beim Schiff anrichten.«

Martinez schaute Garuda hilfesuchend an, aber Garuda zuckte nur die Achseln, wie um zu sagen, er ist der Lieutenant und, ja, er ist verrückt, aber ich fühle mich verpflichtet, ihm zu helfen.

»Nach dem, was Sie sagen«, meinte Chief Martinez, »ist das Combat ohnehin im Arsch. Und wenn ich Darmkrebs hätte, würde ich auch den Tod durch eine Bombe vorziehen. Das geht schneller.«

»Ich weiß, Chief. Ich rechne damit, daß er Schluß machen wird. Aber ich könnte nicht mit dem Gedanken leben, daß ich ihn so dort oben zurückgelassen habe.«

»Sie gehen alle zurück aufs Vorderdeck!« befahl eine Stimme hinter ihnen. Sie wandten sich um und sahen den Stellvertretenden Kommandanten. Eine Sauerstoffflasche hing vor Mains' Brust, die Atemmaske baumelte an den beiden schwarzen Schläuchen über seiner Schulter, seine Uniform war durchnäßt, und sein Gesicht war mit Schweiß und Ruß bedeckt bis auf die weiße Stelle, an der seine Sauerstoffmaske gewesen war. »Ich kümmere mich um Captain Huntington.«

Brian trat auf ihn zu. »Er hat ausdrücklich befohlen, daß Sie das nicht tun, XO. Wenn dort oben etwas schiefgeht, verlieren wir den CO und den XO.«

»Es ist zu spät, um den Helden zu spielen, Holcomb«, schnaubte Mains. »Ihretwegen stecken wir in dieser Scheiße, und ich werde nicht zulassen, daß Sie sich mit irgendeiner Effekthascherei herauswinden. Sie werden dafür bezahlen.«

Brian wurde blaß. »Effekthascherei?« wiederholte er im Flüsterton, und dann hob er wütend die Stimme. »So bezeichnen Sie das? Wenn wir diesen Mann dort oben lassen, vollgepumpt mit Morphium, wird er die verdammte Bombe hochgehen lassen. Und dann haben wir einen weiteren Treffer, durch eine Fünfhundertpfundbombe, die bereits *im* Schiff ist. Wie wäre es, wenn Sie nur einmal an das *Schiff* denken, XO? Nicht an Ihre Karriere, Ihr politisches Ansehen oder solchen Scheiß. Das *Schiff* ist in dieser Lage, weil Sie es versaut haben. Das *Schiff* ist in der Scheiße, weil Sie das Drogenproblem nicht angepackt haben, bis *jeder* Versuch, es zu lösen, zum Ausfall des halben Personals einer Abteilung führte! Das ist *Ihr* Werk, XO, Ihres und das des Captains, der nicht richtig denken konnte. Aber er hatte wenigstens eine Entschuldigung – er ist ein kranker, alter Mann. Sie jedoch wußten es besser! Sie wollen in Wahrheit nur dort raufgehen, weil Sie befürchten, was kommen wird, wenn all dies vorüber ist, wenn die Navy herausfindet, wie Sie die Dinge hier haben schleifen lassen, nicht wahr, XO? Nun, wissen Sie was, XO? Wenn wir hier weggeblasen werden, sind *Sie* derjenige, der sich dafür verantworten muß, nicht die rangniedrigeren Offiziere. Ich habe hier zwei Zeugen, die gehört haben, was Huntington gesagt hat: Der Captain verbietet Ihnen, dort raufzugehen. Er befiehlt Ihnen, sich von dort fernzuhalten. CO und XO separat, damit das *Schiff* nicht ohne Commander ist, genau wie es in den Vorschriften steht. Also kümmern Sie sich ausnahmsweise verdammt einmal um das *Schiff*! Dieser alte Mann ist so gut wie tot, und so retten wir das *Schiff*, okay? Tun Sie verdammt noch mal Ihre Pflicht! Erledigen Sie verdammt noch mal Ihren Job, XO!«

Brian fuhr herum und eilte die Leiter hinauf, dicht gefolgt von Garuda und Martinez. Der Stellvertretende Kommandant blieb wie betäubt und stumm auf der Leiter zurück. Oben auf der zweiten Leiter verharrten sie. Dort oben war der Rauch dichter, eine Mischung aus einem Rest Ölrauch und dem Qualm von verschmorter elektrischer Isolierung aus dem Combat. Brian sah, daß alle Türen geschlossen waren. Die drei Männer duckten sich, um dichter am Boden zu sein und weniger Rauch einzuatmen.

»Öffen Sie die Tür zum Ruderhaus, damit etwas vom Rauch abzieht«, befahl Brian. Martinez ging durch den Durchgang am Kartenraum und öffnete die Türen, wodurch sofort ein Luftzug von den unteren Decks entstand. Sie gingen zur Vordertür des CIC und traten ein. Sie bahnten sich leise einen Weg durch die Trümmer der Einrichtung, durch herausgerissene Konsolen, durch das Gewirr von Kabeln und Lampenfassungen, das von der Decke herabhing. Scherben knirschten unter Brians Schuhen. Sein Mund war trocken, als er durch die Trümmer im Überwassermodul stieg. Die Gefechtslampen brannten schwach und nur noch gelblich, und einige der Relais waren inzwischen ausgefallen. Brian hörte Martinez scharf einatmen, als sie zum EW-Modul gelangten und er die grauenvolle Zerstörung und all das Blut dort sah.

Der Captain saß wie in Trance bei der Bombe. Seine Werkzeuge lagen matt schimmernd vor ihm ausgebreitet. Es gab kein Anzeichen darauf, daß Huntington ihre Anwesenheit bemerkte. Als Brian näher trat, sah er, daß die Augen des Captains geschlossen waren. Er wiegte sich langsam auf und ab, und aus seinem rechten Mundwinkel sickerte Speichel. Die Bombe lag dort, wo sie gelandet war, zwei Zugangsplatten waren abgeschraubt, und Brian sah ein Gewirr von Drähten in den Öffnungen. Die Bombe verursachte keine Geräusche. Brian sah, daß zwei rote Drähte aus dem hinteren Zugangsloch herausgezogen waren. Er gab Garuda und Martinez einen Wink, hinter den Captain zu treten. Sie schlichen näher, und dann bückten sich alle drei Männer wie auf ein stummes Kommando hin, packten den Captain und hoben ihn von der Bombe fort. Einige Werkzeuge rutschten klirrend über den Boden. Als ob wir eine Vogelscheuche anheben, dachte Brian. Der Mann ist federleicht. Der Kopf des Captains sank haltlos nach vorne, und Huntington murmelte etwas, als Martinez den alten Mann wie ein Kind auf die Arme nahm und davontrug.

Brian blickte auf die Bombe, deren schwarze Hülle mit dem entblößten Inneren irgendwie weniger bedrohlich wirkte. Er widerstand der Versuchung, die Bombe mit dem Fuß anzustoßen. Er ließ sich auf Hände und Knie nieder und hielt ein Ohr an den vorderen und dann an den hinteren Teil. Er erinnerte sich, daß der Captain von einem Stethoskop gesprochen hatte. Nichts, kein Laut. Bei Gott, der Alte hatte es geschafft. Er hatte die Bombe entschärft. Aus den Augenwinkeln sah Brian, daß Garuda starr dastand und Finger in die Ohren hielt, als erwarte er den großen Knall. Brian mußte einfach lachen. Und dann brach brüllendes Gelächter aus ihm hervor.

57

Als Brian und Garuda hinab zum Bereich der Offiziersmesse gelangten, hatte Martinez den Captain zu seiner Kabine getragen und dann einen der Docs geholt. Der Chief der Sanitäter war sofort zur Stelle und überließ dann dem Sanitätsoffizier und Baby Doc die weitere Behandlung. Brian schickte Garuda nach achtern zum Hubschrauberhangar, um festzustellen, ob sie schon UHF-Funk in Betrieb hatten; dann kehrte er zurück in die Kapitänskajüte. Er traf XO Mains, Martinez, Folsom und den Sanitätsoffizier an. Der Captain lag auf dem Rücken in seiner Koje. Sein Kopf war zurückgeneigt, und die Haut an seinem Hals war trocken wie verknittertes Pergament. Der Arzt hatte eine Bluttransfusion eingeleitet und suchte in seiner schwarzen Tasche nach den Utensilien für eine zweite. Die Miene des Stellvertretenden Kommandanten war wie versteinert, und er vermied es, Brian anzuschauen. Der Captain sagte etwas, und der Arzt neigte sich über ihn.

»Sagen Sie es noch einmal, Sir?«

»Das Logbuch. Ich will das Logbuch haben«, flüsterte der Captain.

»Ich habe es bei mir, Captain«, sagte Jack Folsom. »Es ist gleich hier.«

»Setzen Sie sich. Schreiben Sie, was ich Ihnen sage. Alle

anderen lassen uns allein. Gehen Sie zu Ihren Gefechtsstationen. Ich werde Sie rufen. Doc, geben Sie mir etwas Sauerstoff.« Die Stimme des Captains war sehr schwach, aber klar, und sie hatte immer noch einen Befehlston.

Der Arzt versprach, Sauerstoff zu holen und ging sofort. Brian, XO Mains und Chief Martinez schlossen sich an. Der XO erteilte Befehle, als sie die Kabine verließen und die Leiter hinabstiegen. Er vermied es immer noch, Brian anzuschauen.

»Mr. Holcomb, Sie sind immer noch der Auswerter. Besetzen Sie die Funkzentrale lange genug, um über ein Sicherheitsnetz Kommunikation mit dem Task Force Commander aufzunehmen. Dann lassen Sie die Funkzentrale räumen, bis wir das Schiff vom Rauch befreit haben. Geben Sie Alpha Whiskey eine Schadenmeldung und einen Operationsbericht über den Zwischenfall. Wenn die *Preble* auftaucht, sagen Sie ihr, daß sie das Kommando hat, und dann koordinieren Sie den Transfer von zusätzlichen Medikamenten und Sanitätern zu uns, um in der Offiziersmesse zu helfen. Teilen Sie die Wache auf dem Helo-Deck ein, und halten Sie die Umgebung des CIC frei von Leuten, bis wir einen Bombenräumtrupp dort hinaufschicken können und wir wissen, daß die Bombe entschärft ist. Ich gehe zur Schadenkontrolle zentral und setze die Leitung der Reparaturarbeiten fort. Verstanden?«

»Jawohl, Sir, verstanden.«

Der Stellvertretende Kommandant setzte seine OBA-Maske auf und stieg die Leiter zum Broadway hinab. Der Arzt kam mit einer grünen Sauerstoffflasche aus der Offiziersmesse und eilte die Leiter hinauf, um den Captain mit Sauerstoff zu versorgen. Brian dachte flüchtig daran, daß Huntington dem Aussehen nach bald nicht mit Sauerstoff, sondern mit den Sterbesakramenten versorgt werden mußte. Er schaute Martinez an.

»Was ist mit Jackson passiert?« fragte Brian.

Der Chief nahm seine verbeulte Mütze ab und wischte

sich über die breite Stirn. »Gehen wir nach draußen«, erwiderte er. »Es ist eine komplizierte Geschichte.«

Der Captain sank auf seine Kissen zurück. »Haben Sie das? Haben Sie alles aufgeschrieben?« Seine Stimme war kaum hörbar.

Jack Folsom nickte benommen. »Jawohl, Sir. Es steht alles im Logbuch. Aber, Sir ...«

»Nein, Mr. Folsom. Kein Gerede mehr. Ich habe keine Kraft und keine Zeit mehr. Geben Sie mir das Logbuch und etwas zu schreiben. Ich werde es unterzeichnen, und dann werden Sie als Zeuge ebenfalls unterschreiben. Danach gehen Sie zum Disbo und lassen es in seinen Safe einschließen. Fangen Sie für den Rest der Nacht ein neues Logbuch an. Niemand wird dieses sehen, nicht einmal der XO. Niemand, bis die Ermittler an Bord kommen. Dies sind meine Befehle. Verstanden?«

Folsom schluckte und nickte. Dann überreichte er dem Captain das Logbuch und einen Kugelschreiber. Der Captain setzte sich lange genug auf, um mit seinem Namen, dem Dienstrang und der Kennziffer zu unterschreiben. Dann gab er Folsom den Kugelschreiber, der auf die gleiche Weise unterzeichnete. Folsom verstand völlig, warum der Captain das Logbuch im Safe einschließen lassen wollte.

»Und jetzt«, flüsterte der Captain, »lassen Sie mich ruhen. Sie haben viel zu tun, wenn die *Preble* auftaucht, Sie haben Ihre Sache gut gemacht, Folsom.«

»Danke, Sir. Soll ich ...«

»Nein. Nichts sonst. Geben Sie mir diese Sauerstoffflasche. Sagen Sie dem XO, er soll sich in einer Stunde bei mir melden, wenn er mehr über die Lage weiß. Das ist alles, Mr. Folsom.«

»Aye, aye, Sir.«

Folsom verließ die Kabine. Er hielt das Logbuch fest unter dem Arm und machte sich auf die Suche nach einem

Kurier. In der abgedunkelten Kabine lag der Captain ein paar Minuten lang reglos auf seiner Koje und atmete Sauerstoff aus der Flasche ein. Dann entfernte er absichtlich das Heftpflaster von seinen Armen, mit dem die Infusionskanülen befestigt waren, und zog beide heraus. Er atmete noch ein paarmal Sauerstoff aus der Flasche ein und rollte sich dann langsam und unter Schmerzen von der Koje und stemmte sich auf Hände und Knie. So verharrte er ein paar Minuten lang mit gesenktem Kopf, bis das Schwindelgefühl nachließ. Er atmete noch einmal Sauerstoff aus der Flasche ein und stand dann schwankend auf. Er stützte sich an den Rücken der Sessel und den Kanten seines Schranks und wankte ins Bad. Der Captain kniete sich vor dem Waschbecken hin und öffnete das Schränkchen darunter. Er tastete in einem grünen Karton herum, auf dem SEIFE, DESINFIZIEREND stand, und zog eine große Ampulle und eine Spritze hervor. Er lehnte den Kopf gegen das Waschbecken und zog die Spritze auf. Dann warf er die leere Ampulle in die Toilette. Er injizierte den gesamten Inhalt der Spritze in eine Ader in seinem linken Handgelenk, zog die Spritze heraus, brach die Nadel ab, warf sie und die Spritze in die Toilette und spülte alles weg.

Der Captain brauchte eine volle Minute, um wieder auf die Füße zu kommen und zu seiner Koje zurückzuwanken. Er brach auf der Koje zusammen und griff nach der Sauerstoffflasche. Nach einigen tiefen Atemzügen schob er die Sauerstoffflasche zur Seite und begann die Kanülen wieder an seinem Arm zu befestigen. Jetzt sah er nur noch verschwommen, die Ecken der Kabine wurden dunkel, und die Dunkelheit war mit winzigen Lichtblitzen gesprenkelt. Seine Gedanken wanderten wieder, zurück ins Combat, zu der Bombe. Er hatte die richtigen Drähte gefunden, einen verdammt guten Job geschafft, und wie in seinen früheren Tagen auf der *Hood*, den besseren Tagen, war er begeistert über das Kommando über dieses große Schiff und den liebevollen Ausdruck in den Augen seiner

Frau nach der feierlichen Übergabe des Kommandos. Er hatte es schließlich zu diesem großen Schiff und dem WESTPAC-Einsatz geschafft, tiefen Stolz und Erfüllung empfunden, und er fragte sich verwundert, wie die Dunkelheit rings um ihn plötzlich so strahlend hell sein konnte.

58

San Diego

Maddy saß auf der Couch beim Telefon und starrte darauf, als könnte sie durch den stummen Apparat den Mut gewinnen, die Frau des Captains anzurufen. Sie war sich ziemlich sicher, daß sie bereit war, zu diesem Gespräch zu ihr zu gehen, aber es fiel ihr schwer, einen Vorwand zu finden.

Sie hatte einige Grundsatzentscheidungen getroffen. Autrey war eine Episode in ihrem Leben, die sie vor Brian geheimhalten würde. Sie hatte hin und her überlegt und war schließlich zu dem Schluß gelangt, daß ein Bekenntnis den Schaden nicht aufwog, der angerichtet werden würde. Irgendwie würde sie sich mit diesem Navyleben abfinden. Wenn die anderen Offiziersfrauen das schafften, dann konnte sie das auch. Sie würde sich auf die Mechanismen konzentrieren und dann abwarten, ob ihre eigenen Gefühle von Dauer sein würden. Als sie diese Entscheidung getroffen hatte, war ihr ebenfalls klargeworden, wieviel von Brian abhing, aber es kam überhaupt nicht in Frage, daß sie ihm jemals von Autrey erzählte. Es mußte ein Geheimnis bleiben.

Sie hatte die verheirateten Männer in den Büros der Bank of America beobachtet, Männer, die jeden Abend nach Hause gingen, anscheinend mit ihrem Leben und ihren Zukunftsaussichten zufrieden. Sie waren vielleicht weniger aufregend, und die Geschichten, die sie in der Mittagspause erzählten, waren schrecklich banal im Vergleich zu Brians Beschreibungen des Taifuns und den unglaublichen Taten von Chief Martinez. Es gab einen großen Unterschied: Sie konnte nicht Brians Geschichten erzählen wie die Frauen der Männer aus der Bank vermutlich all ihre. Brian hatte ein Leben auf See und war praktisch mit der See verheiratet. Für Zivilisten war das Eheleben die Hälfte ihrer Tage. Und das war der Kern des Problems: Sie brauchte das ständige Teilen, das sie sich unter einer Ehe vorstellte. Sie brauchte mehr als die gelegentliche Aufregung über die Heimkehr eines Matrosen. Aber vielleicht war es das, was die anderen Offiziersfrauen herausgefunden hatten: eine Frau teilt mit ihrem Mann, wenn er da ist, und während seiner Abwesenheit teilt sie ihr Schicksal mit den übrigen Frauen.

Jetzt hatte Maddy das Gefühl, für das Gespräch mit Mrs. Huntington bereit zu sein. Sie wollte einige dieser Gefühle klären, nicht um sich zu rechtfertigen oder zu verteidigen, was sie getan hatte, sondern um festzustellen, ob für sie nach der Erfahrung der älteren Frau noch Platz im Kreis der anderen Frauen war.

Maddy nahm den Hörer ab. Es war 20 Uhr 30. Sie wählte die Nummer. Das Telefon klingelte viermal. Maddy wollte schon auflegen, als sich Mrs. Huntington meldete.

»Hallo?«

»Mrs. Huntington, hier ist Maddy Holcomb.«

»Ja, meine Liebe. Es ist schön, etwas von Ihnen zu hören.«

»Mrs. Huntington, ich, eh, ich glaube, ich bin soweit, mit Ihnen zu sprechen. Privat. Eigentlich habe ich schon seit ein paar Tagen Mut gesammelt, um Sie anzurufen. Ich möchte zu Ihnen kommen, heute abend, wenn ich darf.«

»Maddy, ist alles in Ordnung? Sie sind nicht in Schwierigkeiten, oder? Haben Sie irgendwelche Probleme?«

»Nein, es ist nichts in dieser Art. Ich habe einige Entscheidungen für meine Zukunft getroffen, und ich möchte mit jemandem reden, der Erfahrung mit dem Leben einer Navyfrau hat.«

»Ich verstehe. Es wäre mir eine Freude, wenn Sie herkommen. Ich setze Kaffee auf, und wir können uns zusammensetzen und die ganze Nacht miteinander reden, wenn Sie das möchten. Der Himmel weiß, daß ich dies nicht zum ersten Mal mache. Kommen Sie nur rüber. Und bringen Sie Sachen zum Übernachten mit – die letzte Fähre geht kurz nach Mitternacht. Sie können im Gästezimmer übernachten und morgen früh gleich von hier zur Arbeit fahren. Das ist überhaupt kein Problem, okay? Kommen Sie nur. Ich freue mich auf Ihren Besuch.«

»Danke, Mrs. Huntington.«

Eine Stunde später betrat Maddy mit einer Reisetasche die Halle des Hauses der Huntingtons. Mrs. Huntington trug Freizeithose, Pullover und Pantoffeln. Sie begrüßte Maddy mit einem Lächeln und einer für sie untypischen Umarmung, nahm Maddys Mantel entgegen und hängte ihn an der Garderobe auf und führte Maddy ins Arbeitszimmer des Captains. Maddy war nie in dem Arbeitszimmer gewesen. Es war ein großer, quadratischer Raum mit Bücherregalen an zwei Wänden. An der dritten Wand glänzten Namensschilder von Schiffen, zwei Schiffsglocken, ein Barometer, und Maddy sah ein paar Flaggen und ein Dutzend Fotos des Kapitäns in verschiedenen Stadien seiner Laufbahn. In der vierten Wand befand sich eine Terrassentür, die Ausblick in den Hinterhof bot, von einer Mauer umgeben. Ein Orientteppich bedeckte fast den gesamten Boden. In einem kleinen Kamin in der Ecke brannte ein Gasfeuer. Zwei große Ledersessel und ein Schreibtisch vervollständigten die Ausstattung des Zimmers.

»Dies ist das ›Ich-liebe-mich‹-Zimmer«, sagte Mrs. Huntington mit einem Lächeln. »Jeder Captain der Marine hat eines.«

Maddy lachte, als sie sich an Brians Bemühungen erinnerte, eine Ecke ihres Apartments in ein ähnliches Heiligtum zu verwandeln. Mrs. Huntington servierte Kaffee und Gebäck auf einem kleinen Tisch zwischen den beiden Ledersesseln, auf dem bereits ein Silbertablett mit Cognac und zwei Schwenkern stand. Maddy ließ sich Kaffee einschenken und nahm in einem der beiden Sessel Platz, fort vom Kamin. Sie trug eine wollene Freizeithose und über einer Seidenbluse einen blauen Pullover wegen der herbstlichen Kühle. Mrs. Huntington schenkte sich ebenfalls Kaffee ein und setzte sich in den anderen Sessel.

»Nun, meine Liebe, ich glaube, Sie sind an der Reihe«, sagte Mrs. Huntington.

Maddy holte tief Luft. Sie hatte Bedenken bekommen, als sie die Fotos und die Seefahrertrophäen gesehen hatte. War es klug, sich der Frau des Captains zu offenbaren? Gefährdete sie Brians Karriere, indem sie Mrs. Huntington ihre privaten Gedanken enthüllte? Aber dann sagte sie sich, daß die Frau ohnehin einiges über sie wußte.

»Richtig«, sagte Maddy und räusperte sich. »Nun, ich glaube, dieser Einsatz hatte mich in meiner Ehe mit Brian an eine Art Scheideweg gebracht. Das letzte, was ich jemals für möglich gehalten hätte, ist passiert – ich habe mich mit einem anderen Mann eingelassen.«

Sie erzählte Mrs. Huntington die Geschichte mit Autrey, begann mit der Nacht im MCDR und endete mit der Tatsache, daß Autrey jetzt fort war, vermutlich auf dem Weg nach Vietnam. Mrs. Huntingtons einzige Reaktion während der ganzen Erzählung war ein leichtes Heben der Augenbrauen, als der Name Tizzy Hudson fiel, aber Maddy setzte nach.

»Wir – ich meine Brian und ich – trennten uns nicht gerade liebevoll, als das Schiff auslief. Ich sehe inzwischen ein, daß es hauptsächlich meine Schuld gewesen ist und ich mich egoistisch verhalten habe. Und seither, bei Briefen, die sechs Wochen alt sind, bei keinem sehr guten

Anruf von Brian aus Subic und den Vorgängen auf dem Schiff, von denen er geschrieben hat … nun, Brian hat auch nicht die beste Zeit seines Lebens. Was Sie neulich sagten, hat mich zum Nachdenken gebracht, was ich vom Leben erwarte. Ich bin mir ziemlich sicher, daß ich meine Beziehung zu Autrey begraben kann, besonders seit ich annehme – nein, seit ich *weiß*, daß ich versuchen will, wieder eine Navyehe zu führen.«

Sie erzählte der Frau des Kapitäns, wozu sie sich entschieden hatte, und fragte sie dann, was sie davon hielt. Mrs. Huntington nippte nachdenklich an ihrem Kaffee und blickte lange ins Kaminfeuer. Maddy fragte sich schon, ob sie überhaupt zugehört hatte.

»Nun«, sagte Mrs. Huntington schließlich, »das ist in der Tat eine große Entscheidung. Lassen Sie mich etwas fragen. Angesichts dessen, was geschehen ist, haben Sie das Gefühl, daß Sie Brian von jetzt an treu sein können? Ich meine, glauben Sie, daß dies nicht wieder passiert?«

Maddy schlug die Beine übereinander und neigte sich im Sessel vor. »Kurz gesagt, ich glaube, es hat mit meinem Wissen zu tun, was ich von einer Ehe erwarte. Mit Autrey habe ich meine Angst vor der Einsamkeit zu vertreiben versucht, aber es ist mißlungen, nicht wahr? Autrey hat bekommen, was er wollte, und dann war er ebenfalls fort. Wie Sie es prophezeit haben.«

»Aber Ihr eigenes Verlangen muß ein Teil von allem gewesen sein, Maddy. Können Sie vernünftigerweise erwarten, daß Brian diese Bedürfnisse erfüllt, wenn er in der Navy bleibt und seinen Beruf behält?«

Maddy runzelte die Stirn. »Ich dachte, Sie würden diese Entscheidung gutheißen, Mrs. Huntington.«

»Ich bin ganz dafür, Maddy, solange Sie wissen, wozu Sie sich entscheiden. Glauben Sie mir, es wäre besser für Sie und für Brian, wenn Sie ihm sagten, was geschehen ist, und die Konsequenzen tragen, als sich selbst zu täuschen und zu denken, Sie brauchen sich nur dem Klub der Offiziersfrauen anzuschließen, und schon ist Ihr Problem gelöst. Sie sind eine schöne Frau, Maddy. Dieses Problem wird vielleicht wieder entstehen.«

Maddy schüttelte den Kopf. »Autreys Reiz war für mich, um es offen zu sagen, stets ganz körperlich. Es überraschte mich, daß ich ... ich weiß nicht, wie ich es sagen soll ... daß ich nach dem College aus diesem Teil von mir nicht herausgewachsen bin. Auf dem College hatte ich mich immer unter Kontrolle. Autrey hat mich regelrecht aus dem Hinterhalt überfallen; er behielt einfach besser die Kontrolle als ich. Aber jetzt ist mir klargeworden, daß ich ganz in Anspruch genommen war von mir selbst, meinen Problemen, der Einsamkeit und dem Verlangen, anstatt mich auf meine Ehe zu konzentrieren.«

»Ich glaube, dann ist die Schüsselfrage, Maddy, ob Brian Ihre Erwartungen erfüllen kann oder nicht, ob er da ist oder nicht. Denn wenn Sie wirklich viele Männer brauchen, dann ist es gleichgültig, ob Brian daheim ist oder nicht, und in diesem Fall sollten Sie jetzt besser auf ihn verzichten und nicht seine Karriere bei der Navy zerstören.«

Maddy schüttelte den Kopf. »Ich brauche nicht viele Männer. Ich brauche nur einen Mann, der immer für mich da ist. Brian und ich kommen für gewöhnlich prima miteinander aus. Nur diese verdammten Einsätze, Dienstzeiten auf See, Auffrischungslehrgänge oder Übungen sind Probleme für mich. Ich habe stets verstanden, was von mir erwartet wird. Es wird erwartet, daß ich mich mit den Trennungen abfinde und eine gute kleine Navyfrau sein muß. Verzeihung – das klang herablassend. Aber ich meinte damit, daß es eine klar definierte Rolle ist. Jetzt verstehe ich, daß diese Rolle eine Möglichkeit zu einer soliden Ehe sein kann, die auf all den üblichen Dingen basiert – Liebe, geteilte Erwartungen und Zukunftspläne, Kinder. Der Teil von mir, der Autrey verfiel, muß einfach unter Verschluß gehalten werden, bis ich eine Möglichkeit gefunden habe, ihn für meine Ehe zu nutzen. Himmel, ich weiß nicht, ob ich das bewältigen kann. Neu für mich ist, daß ich bereit bin, es zu versuchen. Das ist das Wesentliche, und deshalb bin ich hier und falle Ihnen zur Last.«

Mrs. Huntington neigte sich vor und schenkte sich Kaffee nach. »Sie fallen mir nicht zur Last, Maddy, und ich zweifle nicht an Ihrer Aufrichtigkeit. Es muß sehr schwierig für Sie sein, darüber zu sprechen. Ich weiß, daß es für mich schwierig wäre. Ich nehme an, es hat viel damit zu tun, daß Sie eine Generation jünger sind als ich und daß Ihre Generation in dieser ... unruhigen Zeit lebt. Lassen Sie mich ein wenig von meiner Ehe erzählen, damit Sie wissen, wie es bei mir gelaufen ist, wie man heutzutage sagt, und dann kann ich Ihnen vielleicht weiteren Rat geben. Haben Sie Erbarmen mit mir, bis ich mir überlegt habe, was ich sagen soll.«

Maddy lächelte und setzte sich zurück, um zuzuhören. Mrs. Huntington erzählte ihr die Geschichte ihrer Ehe mit Warren Huntington, von den frühen Tagen als Leutnant zur See und den fast drei Jahrzehnten seiner Karriere in der Navy.

»Er hat es vom Rekruten bis zum Captain geschafft, Maddy, und die Navy hat einen besonderen Platz im Herzen von Männern, die dies erreichen. Man stellt uns vor jungen Rekruten als Musterbeispiele hin, als Symbole dafür, welche Chance eine Laufbahn in der Navy bietet. Und als ihm das Navy Cross verliehen wurde, weil er ein Schiff vor einer Bombe gerettet hat, war seine Karriere so gut wie garantiert. Und meine ebenso. Ich will nicht sagen, daß ich in all diesen Jahren nie versucht war, fremdzugehen, aber für mich war es viel leichter, eine treue Ehefrau zu bleiben. Die Konsequenzen bei Untreue wurden im Laufe der Zeit viel größer, und er und ich hatten immer mehr zu verlieren, als er die Karriereleiter hinaufstieg. Ich will nicht sagen, daß dies perfekt ist; es ist weit davon entfernt. Aber Sie lernen im Laufe der Zeit, was Sie sagen und was nicht, wann Sie kämpfen und wann aufgeben müssen, wie Sie widersprechen. Und wir hatten drei Kinder, das ist ein gewaltiger Unterschied zu einer kinderlosen Ehe. Ich nehme an, ein weiteres Geheimnis war, daß wir beide die Trennungen nutzten, um die Gefühle füreinander zu erneuern und zu stärken. Eine Soldatenfrau neigt dazu, Dinge in Briefen zu schreiben, die sie zu Hause nicht gesagt hat, und wenn auch beiden später diese Gedanken peinlich sind, bleiben sie trotzdem. Und wenn es funktioniert, dann wird die Beziehung wirklich sehr intensiv. Dieses feste Band wird jedesmal noch verstärkt, wenn die Ehepartner sehen, was in anderen Ehen geschieht, die vielleicht nicht so gut sind.«

»Wie meine.«

»Nun, ja, wie Ihre. Und ich will Sie nicht kritisieren oder Ihre Gefühle verletzen. Aber es ist ein großer Unterschied, ob eine Ehe der Mittelpunkt Ihres Lebens ist, die Ehe, Kinder, eine Familie, selbst wenn es eine Familie ist, die unter besonderen Umständen existiert. Sie macht einen natürlich auch anfälliger, denn wenn alles schiefgeht, dann bleibt Ihnen nichts, und Sie müssen von neuem anfangen. Das ist das Risiko. Aber durch das Risiko entsteht der Wert der Beziehung, nehme ich an, und wenn Sie etwas Wertvolles schätzen, geben Sie es nicht auf. Vielleicht ist das ein bißchen zu vereinfacht, aber ...«

Maddy schüttelte den Kopf. »Nein, ich verstehe völlig. Ich habe wenigstens einen Beruf, und daß ich keine Kinder habe, bedeutet, daß mir noch andere Möglichkeiten offenstehen. Ich habe es nie ernsthaft so betrachtet, aber ich nehme an, es ist wahr. Und vielleicht haben mich diese Alternativen blind gemacht für das, was ich wirklich von einer Ehe wünsche. Und vom Leben.« Sie legte eine Pause ein. »Sie sprachen vom Risiko. Für mich besteht das Risiko darin, daß ich die Ehe vermassele.«

»Nun, und dann ist da Brian. Er wird etwas zu alldem sagen, nicht wahr?«

Maddy schüttelte langsam den Kopf. »Nein, das bezweifle ich, Mrs. Huntington. Das ist noch etwas, das ich verstanden habe, nehme ich an. Wir Frauen haben es mit in der Hand, ob eine Ehe funktioniert oder nicht, ob nun in der Navy oder der zivilen Welt. Ich bezweifle, daß Brian all diese Probleme hat: Er ist ein ziemlich gradliniger Typ. Er hat mir gezeigt, was und wer er ist, mir erklärt, daß er mich liebt, und um meine Hand angehalten. Ich habe mich in ihn verliebt, ja gesagt und dann Versprechungen gemacht, die ich nicht eingehalten habe. Wenn diese Ehe funktionieren soll, dann muß ich dafür sorgen.«

Mrs. Huntington schaute sie nur kurz an. Dann lächelte sie. »Nun, Maddy, wenn Sie diese Wahrheit begriffen haben, werden Sie keine Probleme haben. Eine Navyfrau zu sein ist ein Kinderspiel im Vergleich dazu, diese Lektion zu begreifen. Sollen wir zu Cognac übergehen?«

Maddy entspannte sich nach dem Kompliment, und danach unterhielten sie sich über ihre Erziehung, ihre Familien und ihre Erfahrungen auf dem College und in der Navy. Zwangsläufig kam die Sprache auf das Schiff.

»Sie haben erwähnt, daß auf dem Schiff Dinge geschehen, die Brian das Leben schwermachen«, sagte Mrs. Huntington. »Ich muß zugeben, daß diese Fahrt der *Hood* irgendwie anders für uns ist. Warren hat mir sehr wenig über die Vorgänge mitgeteilt. Seine Briefe waren ... nun, leichter, oberflächlicher, gekünstelter als bei den vergangenen Fahrten. Ich mache mir Sorgen. Er ist sechzig, wissen Sie.«

Maddy biß sich auf die Unterlippe. Brian hatte ebenfalls nicht viel über die Vorgänge auf dem Schiff sagen wollen, aber es war ihr klar, daß er wenigstens teilweise andere Ansichten als der Captain hatte.

»Es muß etwas mit Drogen zu tun haben«, sagte Maddy schließlich. »Es gibt offenbar viel Drogenkonsum auf dem Schiff, und dadurch sind große Probleme entstanden.«

»Ah, Drogen. Warren ist der Meinung, daß der größte Verrat, den er in seiner ganzen Laufbahn erlebt hat, der Konsum von Drogen auf dem Schiff ist. Ich glaube, das ist einer der Gründe, weshalb er auf diesem Schiff die Dinge ein wenig anders macht.«

»*Anders*?«

»Nun, Warren war immer Mister Saubermann, wenn es um Dinge der Disziplin auf seinem Schiff ging. Dies ist sein drittes Kommando, wissen Sie. Aber bei der *Hood* bemerkte ich eine Art … nun, eine ›Laß-uns-einfach-alles nur-überstehen‹-Haltung, besonders seit Beginn der Fahrt. Ich befürchte fast, das Drogenproblem erweist sich als zu groß für ihn, um damit fertig zu werden. Einige seiner Briefe … oh, da klingelt mein Telefon. Meine Güte, wie spät ist es?«

»Fast dreiundzwanzig Uhr dreißig.«

Mrs. Huntington erhob sich und eilte in die Küche. »Fast Mitternacht. Wenn dies ein Anruf der Navy ist, dann hat er nichts Gutes zu bedeuten.«

Maddy trank etwas von ihrem Cognac, während Mrs. Huntington in der Küche den Anruf entgegennahm. Sie fühlte sich etwas besser nach ihrem Gespräch mit der älteren Frau. Es hatte keine große Offenbarung gebracht, jedoch eine Bestätigung, daß sie auf dem richtigen Weg war. Sie hatte wie die Frau des Captains erkannt, daß sie einen guten Mann hatte. Mrs. Huntington hatte die möglichen Konsequenzen von Untreue als Richtschnur für ihr Verhalten in einer Navyehe genommen. Sie, Maddy, würde härter an diesem Punkt arbeiten müssen, aber sie war zunehmend zuversichtlich, die richtige Antwort gefunden zu haben. Mrs. Huntington kehrte zurück.

»Nun«, sagte sie und sank in den Sessel, »mein Gefühl war richtig. Mit dem Schiff ist irgend etwas passiert. Der Anrufer war Captain Tom Farwell, der Stabschef im dortigen Hauptquartier. Und das ist alles, was man zur Zeit weiß. Er ruft wieder an.«

Maddy hatte das Gefühl, ein eisiger Finger berühre irgendeinen Nerv in ihrem Magen. »Das ist alles, was man weiß?« fragte sie mit unnatürlich lauter Stimme. »Man ruft Sie mitten in der Nacht an und sagt, etwas ist mit dem Schiff passiert und man wird Sie wieder anrufen?«

»Maddy, regen Sie sich nicht so auf. Tom sagte, das war alle Information, die man im Hauptquartier hat. Das ist das System der Navy – wenn etwas passiert, muß das Schiff sofort den Vorfall melden, und wenn es nur meldet, daß etwas passiert ist. Das alarmiert den Rest der Navy und setzt die Dinge in Bewegung – wissen Sie, andere Schiffe, Helikopter, was auch immer. Das ist die übliche Prozedur.«

»Übliche Prozedur. Mein Gott. Und was machen wir jetzt?«

Mrs. Huntington lächelte mitfühlend. »Wir warten auf den nächsten Anruf. Wenn ich wirklich etwas erfahren und Ihre Fragen beantworten kann, dann werden Sie und ich die anderen Frauen anrufen. Wenn es etwas Ernstes ist, werden wohl diejenigen, die können, sich am Morgen hier versammeln, bis wir das Ausmaß der Sache erfahren.«

»Aber hat er gesagt, ob es eine Kollision war oder eine …«

»Sie wissen es nicht, Maddy. Sie erhielten eine erste Meldung, daß die *Hood* irgendeinen Zwischenfall hatte und weitere Informationen folgen werden. Das ist alles, was sie haben.«

Maddy setzte sich zurück. Sie war plötzlich beschämt – und besorgt. Vor zehn Minuten hatte sie zuversichtlich Spekulationen angestellt, wie sie ihre Ehe wieder in richtige Bahnen lenken konnte. Durch den Anruf war sie wieder einmal ein Rädchen in einer Maschinerie geworden, auf Gnade und Ungnade einer Nachricht ausgeliefert, die über den Pazifik eintreffen würde.

»Es kann Stunden dauern, bis man wieder anruft, Maddy. Ich zeige Ihnen das Gästezimmer. Sie können versuchen, etwas zu schlafen. Ich weiß, daß Sie am Morgen arbeiten müssen.«

»Ja, gut, aber ich bezweifle, daß ich schlafen kann. Ich meine, dieser fast grausame Anruf, den Frauen so etwas mitzuteilen und uns dann alle im unklaren zu lassen …«

»Besser, wir erfahren es von der Navy, als es am Morgen im Fernsehen zu sehen. Die Navy bemüht sich sehr, ihre

Angehörigen zu schützen. Kommen Sie, das Zimmer ist gleich hier unten. Ja, nehmen Sie den Cognac mit.«

Maddy nahm den Cognacschwenker mit ins Gästezimmer. Mrs. Huntington zeigte ihr, wo das Badezimmer war, und schlug dann vor, das Licht auszuschalten und bis zum nächsten Anruf zu schlafen. »Vielleicht werde ich erst morgen früh angerufen«, fügte sie hinzu.

Maddy verharrte auf der Türschwelle des Gästezimmers. »Es war nett, daß Sie mich angehört haben. Danke. Ich brauchte wirklich ein Gespräch mit einem wohlwollenden Menschen. Ich glaube, ich wußte bereits, was ich tun werde, aber es hilft, darüber zu reden und eine Bestätigung zu finden.«

»Natürlich, meine Liebe. Und jetzt versuchen Sie, etwas zu schlafen. Es wird vermutlich eine Weile dauern, bis ich wieder angerufen werde.«

Das war jedoch nicht der Fall. Der nächste Anruf kam zwei Stunden später, nachdem Maddy anderthalb Stunden wach gelegen hatte, schließlich eingedöst war und eine halbe Stunde geschlafen hatte. Ihr Schlaf mußte leicht gewesen sein, denn sie setzte sich beim ersten Klingeln ruckartig auf, als hätten ihre Sinne auf das Geräusch gewartet. Sie saß vollbekleidet auf dem Bett und wartete im dunklen Zimmer. Dann hörte sie Mrs. Huntington aus der Küche zurückkehren. Maddy stand auf und ging zur Tür; ihr linker Fuß war eingeschlafen. Mrs. Huntington verharrte am Ende der Halle, eine Silhouette vor dem Licht, das aus der Küche fiel, als Maddy die Tür des Gästezimmers öffnete.

»Was haben sie diesmal gesagt?« fragte Maddy.

Mrs. Huntington sprach langsam, als schmerzten die Worte. »Sie sagten, daß das Schiff von nordvietnamesischen Flugzeugen angegriffen wurde und es offenbar einige ernsthafte Beschädigungen gab. Von Verlusten war keine Rede, und es wird eine weitere Stunde dauern, bis das nächste Schiff zur *Hood* gelangen kann. All dies wurde von einem Flugzeug des Flugzeugträgers mitgeteilt, als es dort noch dunkel war. Tom sagte, die ersten Meldungen sind ziemlich – bruchstückhaft, das war seine Bezeichnung.«

Mrs. Huntington schaltete das Licht in der Halle ein. Sie sah plötzlich viel älter aus. Ihr für gewöhnlich heiteres Gesicht wirkte im hellen Licht eingefallen und abgespannt. Maddy empfand große Sympathie. So nahe dran, dachte sie, so nahe dran, eine dreißigjährige Karriere mit dem Kommando über ein großes Schiff zu krönen, und jetzt dieser unbekannte ›Zwischenfall‹. Maddy trat auf die ältere Frau zu und legte ihr eine Hand auf den Arm.

»Es wird alles in Ordnung sein«, sagte sie und zeigte eine Zuversicht, die sie nicht empfand. »Die *Hood* ist ein großes Schiff, und Brian sagte, daß der Golf von Tonkin voller Schiffe und Flugzeuge der Navy ist. Sollten wir jetzt einige der anderen Frauen anrufen? Und wird die Navy bald weitere Informationen für uns haben?«

»Ja, wir sollten vielleicht anrufen, und nein, ich bezweifle, daß wir mehr erfahren, bis das erste Schiff dort eintrifft. Offenbar hat die *Hood* keine Funkverbindung. Und eigentlich ist es besser, noch nicht die anderen anzurufen. Es ist halb zwei, und wir würden nur angst machen, wenn wir mitten in der Nacht anrufen. Die Fähren gehen erst ab halb sechs. Gehen Sie wieder ins Bett. Ich wecke Sie um sechs, und dann können wir die anderen anrufen.«

Sie standen um sechs Uhr auf. Mrs. Huntington rief als erstes Barbara Mains an, die Frau des stellvertretenden Kommandanten, die gegen acht Uhr im Haus der Huntingtons eintreffen würde. Maddy kochte Kaffee und versuchte, ihre Gedanken zu ordnen, während Mrs. Huntington den anderen Frauen telefonisch die schlechten Nachrichten mitteilte. Die übrigen Frauen trafen im Lauf des Morgens ein, nachdem sie die Kinder zur Schule gebracht hatten. Einige Frauen mit Kleinkindern oder Kindern im Vorschulalter meldeten ihr Kommen telefonisch an. Maddy erinnerte sich daran, die Bank anzurufen und sich einen Tag Urlaub zu nehmen. Dann half sie beim

Decken des Kaffeetischs, während Mrs. Mains eintraf. Wenn die Frau des Stellvertretenden Kommandanten sich wunderte, warum Maddy bereits da war, so stellte sie keine Fragen, und Maddy gab keine freiwillige Erklärung. Am Vormittag hatte sich ein Dutzend besorgter Frauen im Haus der Huntingtons eingefunden, nicht inbegriffen die beiden Nachbarinnen, die herübergekommen waren, als sie all die Wagen gesehen hatten. Beide waren Frauen von Navymitgliedern im Ruhestand, und sie hatten die Symptome einer Krise erkannt. Tizzy Hudson traf als letzte ein. Sie kam von der Arbeit. Sie äußerte Maddy gegenüber ihren Ärger über den Mangel an Information.

»Die verdammte Navy, sie treibt nur diese Spielchen mit uns. Alles ist immer pst-pst, große Sache, großes Geheimnis. Diese verdammte Scheiße macht mich krank!«

Der Stabschef hatte um neun Uhr angerufen – ohne weitere Neuigkeiten. Er rief wieder um elf Uhr an. Maddy nahm den Anruf entgegen und reichte dann den Hörer Mrs. Huntington. Die Frau des Captains hörte schweigend ein paar Minuten lang zu, während die anderen Frauen im Wohnzimmer in Sesseln oder auf dem Teppichboden saßen und sich bemühten, sie nicht anzustarren. Mrs. Huntington bedankte sich schließlich mit leiser Stimme und legte auf. Als sie sich den Frauen zuwandte, war ihr Gesicht grau.

»Nun«, verkündete sie, »das war Captain Tom Farwell, der Stabschef. Sie haben die Bestätigung, daß das Schiff mitten in der Nacht von einigen nordvietnamesischen Jets angegriffen wurde, irgendwann gestern. Oder vielleicht ist es morgen – die Zeitzonen verwirren mich. Jedenfalls schaffte es die *Hood*, alle Jets bis auf einen abzuschießen, und der eine krachte auf das Schiff. Es hab einen ernsthaften Brand, und einer der Kesselräume ist geflutet. Das Schiff ist von der *Preble* ins Schlepptau genommen worden, damit es aus der Reichweite feindlicher Flugzeuge gebracht wird. Sie kehren nach Subic zurück. Der Captain sagte, sie wissen weitere Einzelheiten über den Schaden, haben jedoch das Gefühl, daß wir sie im Augenblick nicht zu erfahren brauchen. Sie überlegen, was sie der Presse mitteilen. Und Farwell warnte mich, daß die Presse versuchen könnte, Informationen von uns zu bekommen. Er bat mich, diskret zu sein.«

»Und was ist mit ... Verwundeten?« fragte Mrs. Grafton, die nicht das gefürchtete Wort Verluste benutzen wollte. Mr. Huntington senkte den Kopf. Sie sprach sehr leise.

»Jeder im Kesselraum – und ich glaube, er sagte, vier Mannschaftsdienstgrade hielten sich darin auf – kam ums Leben, als eine Dampfleitung brach. Vielleicht zwei oder drei andere Unteroffiziere oder Mannschaften fielen im CIC, als ein Teil des Jets durch die Aufbauten einschlug; man ist sich noch nicht sicher, wie viele gefallen sind.«

»Also sind all die Verluste Unteroffiziere oder Mannschaften?« stellte Mrs. Mains die Frage, die jede der Frauen beschäftigte.

Mrs. Huntington starrte zu Boden. »Nein«, sagte sie schließlich. »Ein Offizier ist tot. Der Kaplan des Hauptquartiers ist im Augenblick auf dem Weg dorthin.«

Allgemeines Luftholen. »Sie meinen, er wollte es Ihnen nicht sagen?« schrie Tizzy hysterisch. Mrs. Huntington schaute sie ernst an.

»Das sagen sie nie am Telefon, Tizzy. Sie sind jetzt unterwegs. Ich finde, wir alle müssen einfach geduldig und ruhig sein und nicht hysterisch werden. Es ist, als warte man auf das Urteil der Geschworenen, nicht wahr? Ich werde einfach für weiteren Kaffee sorgen.« Sie wandte sich von den benommenen Frauen ab und ging in die Küche.

Maddy saß auf einem Kissen auf dem Boden und schlang die Arme um ihre Knie.

Sie konnte es nicht ertragen, einer der anderen Frauen ins Gesicht zu sehen. Sie befürchtete, in Tränen auszubrechen, wie es bei zweien der Frauen bereits der Fall war. Sie sah, daß Tizzy auf den Boden starrte und an ihren Fingernägeln kaute. Gedanken stürmten auf sie ein. Es war, als käme ein Henker, als würde ein Henker in einer halben Stunde in einer großen, schwarzen Limousine auf dem Zufahrtsweg stoppen, aussteigen, an die Tür klopfen und dann mit einem Schriftstück in der Hand fragen, wer von ihnen Mrs. sowieso war.

Jeder im Wohnzimmer schwieg, und die Geräusche eines Herbstmorgens drangen herein: Vogelgezwitscher, das gelegentliche Vorbeifahren eines Autos, fernes Dröhnen von Jets über dem Stützpunkt, die zu Übungsflügen starteten, das Tuten eines Horns der Fähre und ein Pfeifen als Antwort von einem Zerstörer. Ein weiterer großartiger Navytag, wie Brian manchmal gescherzt hatte, wenn er des Morgens zum Stützpunkt gefahren war.

O Gott, konnte Brian der gefallene Offizier sein? Maddy forschte, was ihr Gefühl sagte, doch da war nichts. Kein vorweggenommener Kummer, keine ungebetene Gewißheit, keine schlimme Ahnung. Brian lebte. Brian hatte überlebt. Wie konnte sie das wissen? Übte sie sich nur in blindem Optimismus? Wurde sie von ihrem Unterbewußtsein belogen, um sie vor solch einem Unheil zu schützen? Frauen wissen stets, wenn etwas passiert, dachte Maddy. Genauer gesagt, treue, liebende Frauen wissen stets, wenn ihrem Mann etwas passiert. Untreue, egoistische ›Ich-oder-die-Navy‹-Frauen, wissen es vielleicht nicht. Zum ersten Mal wurde ihr das Ausmaß dessen bewußt, was sie erwartete, und die möglichen Konsequenzen ihrer Untreue näherten sich wie eine bedrohliche Gewitterwolke. Sie schlang die Arme fester um die Knie und verdrängte die quälenden Gedanken, während sie gegen Tränen ankämpfte.

Die Geräusche des eintreffenden Wagens draußen auf der Straße durchdrangen die Stille im Wohnzimmer. Die Frauen hörten, wie der Wagen bremste, der Motor ausgeschaltet wurde und Türen klappten. Maddy konnte es nicht ertragen. Sie stand auf und eilte zur Haustür. Mrs. Huntington kam mit einer Tischdecke ins Wohnzimmer zurück und blieb in dessen Mitte stehen. Maddy sah die

Miene der Frau des Captains aus den Augenwinkeln, und ihr Gefühl sagte ihr: sie ahnt es. Maddy blickte durch das kleine Fenster in der Tür, und als sie den großen Offizier mit den vier Streifen und den jungen Kaplan, der mit ernster Miene ein Schriftstück in der Hand hielt, zum Haus kommen sah, erinnerte sie sich daran, was Brian über diese Dinge gesagt hatte. Wenn ein Lieutenant Commander fällt, schickt die Navy einen Lieutenant Commander zur Benachrichtigung der nächsten Angehörigen. Sie hatten einen Captain geschickt.

Ihr Mund war trocken, und ihre Augen brannten. Sie öffnete die Tür. Die beiden Offiziere blieben draußen stehen, außer Sicht von Mrs. Huntington. Maddy starte die Offiziere an, bis ihr klar wurde, daß sie den Eingang blockierte. Sie trat zurück und versuchte unwillkürlich, Distanz zwischen sich und ihnen zu schaffen. Der Captain betrat das Haus und blickte direkt zu Mrs. Huntington. Sie schaute ihm ein paar Sekunden lang in die Augen und sackte dann sichtlich zusammen. Sie ließ die Tischdecke fallen, schlug beide Hände vor ihren Mund und erstickte einen leisen, verzweifelt klingenden Laut. Während die übrigen Frauen zuerst verständnislos dreinblickten, ging Maddy schnell zu Mrs. Huntington, um sie in die Arme zu nehmen und zu halten und zu stützen. Aus dem Augenwinkel sah Maddy, daß Tizzy Hudson bleich war und eine Hand auf den Mund hielt, als würde ihr schlecht werden. Mrs. Huntington war größer als Maddy, doch jetzt schien sie geschrumpft zu sein. Ein Chor von »O nein« und »Mein Gott!« ertönte, der aus dem Herzen kam und in der tiefen Erleichterung wurzelte, daß nicht der eigene Mann tot war, sondern eine andere Frau von diesem Schicksalsschlag getroffen wurde.

Der Captain und der Kaplan halfen Maddy, Mrs. Huntington ins Arbeitszimmer zu führen, wo sie zusammenbrach und in einen der Sessel sank. Maddy trat zurück, als Mrs. Mains mit den anderen Frauen ins Arbeitszimmer kam. Sie schloß sich den kondolierenden Frauen an, hin und her gerissen wie alle zwischen Mitgefühl für die Frau des Captains und Trauer und dem geheimen Drang, vor Freude, daß nicht ihr Mann gefallen war, zu jubeln, gefolgt von leichtem Schuldgefühl, weil sie in einem solchen Moment nur an sich dachte. Maddy zog sich aus dem Arbeitszimmer zurück, als es ihr möglich war. Sie wollte plötzlich allein sein, fort von diesem Sturm der Gefühle und der Person, die vom Tod ihres Mannes betroffen war. Außerdem war sie keine von ihnen; ihre guten Absichten waren ein wenig spät gekommen. Sie schlüpfte durch die Tür in den Garten.

Es war ein typisch strahlender und schöner Tag in San Diego. Maddy haßte plötzlich diese Stadt mit ihrer Postkartenszenerie, dem idyllischen Wetter, dem ständig blauen Himmel und den milden Temperaturen – ein Paradies, dem das Schicksal von normalen Sterblichen gleichgültig zu sein schien. Sie konnte sich ein gewaltiges Erdbeben vorstellen, ›das Große‹, wie man es hier nannte, die Stadt in Ruinen und Tausende Tote unter den Trümmern, und der Himmel würde immer noch strahlend blau und die Temperatur mild sein, trotz derKatastrophe am Boden. Ein Navyjet flog tief über das Viertel, im Landeanflug auf die Nordinsel. San Diego war seit langem eine Navystadt. Maddy fragte sich, wie oft im Lauf der Jahrzehnte sich diese Szene wiederholt hatte, wie oft ernste Männer in Uniform in schwarzen Wagen eingetroffen waren, um einer entsetzten Frau zu sagen, daß ihre Welt auf See geendet hatte.

Als Maddy dort im Garten stand und die Worte der Trauer, des Trostes und der Besorgnis aus dem Haus hörte, lösten sich all ihre guten Vorsätze in nichts auf. In der vergangenen Woche war ihr klargeworden, daß ihr Brian und ihre Ehe mehr bedeuteten, als sie sich jemals vorgestellt hatte. Sie erkannte jetzt, daß die Auffassung ›geh deinen eigenen Weg‹ bei zwischenmenschlichen Beziehungen ein Fallstrick und eine Selbsttäuschung war: Sie bedeutete, für immer allein durchs Leben zu gehen. Aber nun dies. Guter

Gott, würde es so enden? In der vergangenen Nacht war sie bereit gewesen, all ihre Kraft, ihre Fähigkeiten zur Manipulation und ihre Entschlossenheit einzusetzen, um ihre Navyehe fortzusetzen. Aber jetzt hatte sie wieder Angst und fühlte sich sehr einsam.

Die Zeit schien für den Rest des Tages stillzustehen. Maddy fürchtete sich davor, in ihre leere Wohnung zu gehen, und sie war zu aufgewühlt, um irgend etwas anderes zu unternehmen. So blieb sie einfach dort, hielt sich im Hintergrund und versuchte, sich möglichst unauffällig zu verhalten. Am Ende des Tages saß sie im Garten und döste vor sich hin, erschöpft nach der vergangenen schlaflosen Nacht und dem Trauma des Morgens. Mrs. Huntington kam mit Mrs. Mains in den Garten heraus, und die Proteste der Frau des Stellvertretenden Kommandanten weckten Maddy. Mrs. Huntington blieb fest bei ihrer Entscheidung.

»Barbara, fahr heim. Maddy ist hier. Ihr alle habt Familien, um die ihr euch kümmern müßt. Ich werde zurechtkommen. Maddy wird bei mir bleiben. Der Captain veranlaßt alles Nötige, und so fahrt ihr jetzt heim, bitte.«

»Bist du sicher? Ich kann ...«

»Bitte, ich habe für heute genug Leute um mich herum gehabt. Maddy ist hier. Bitte ...«

Mrs. Mains zog sich dann zurück und nahm die drei anderen Frauen mit, die immer noch im Haus waren. Mrs. Huntington ging langsam in den Garten und setzte sich auf den Stuhl neben Maddy. Fast eine halbe Stunde lang saß sie einfach da und sagte kein einziges Wort. Die Schatten des Abends vertieften sich, bis es fast völlig dunkel war, und die vertraute Abendkälte in San Diego senkte sich wie ein unsichtbarer Mantel über den Garten. Schließlich brach die Frau des Captains ihr Schweigen.

»Nun, Maddy. All diese tapferen Worte, die Sie und ich gestern nacht gesagt haben.«

»Ja.«

»Sie stimmen immer noch, wissen Sie.«

Maddy biß sich auf die Unterlippe und schüttelte den Kopf.

»Doch, sie stimmen. Warren und ich hatten siebenundzwanzig gemeinsame Jahre, nur drei weniger, als die Navy ihn hatte. Der Tod kann jederzeit kommen, bei einem Autounfall, einem Sturz in der Badewanne, durch Krankheit. Jederzeit. Und für gewöhnlich ist er so weltlich, so … banal. Wir wissen nicht, was dort auf See passiert ist, aber ich weiß in meinem Herzen, daß Warren dort draußen, bei einer Tätigkeit, die er sein Leben lang ausgeübt hat, lieber gestorben wäre als auf eine der unzähligen Arten, in denen sechzigjährige Männer zu Hause sterben. Ich bin sehr traurig, und ich glaube, ich werde viel heulen bis zum Sonnenaufgang, aber wenn es so sein mußte, war es ein passender Tod für Warren.«

Maddy schüttelte abermals den Kopf. Ihre Stimme klang leise, als sie wie im Selbstgespräch sagte: »Ich bin mir einfach nicht mehr sicher. Ich bezweifle, daß ich stark genug bin, um dies zu ertragen. Dies durchzumachen wie Sie … Denn so ist ihr Beruf nun einmal – sie begeben sich bei jedem Dienst auf See in Todesgefahr. Brian hat mir das irgendwann einmal gesagt, und ich habe ihn aufgezogen, melodramatisch zu sein, aber es stimmt. Lieber Gott, es stimmt! Und ich habe solche Angst.« Ihre Augen füllten sich mit Tränen.

Die Stimme der Frau des Captains klang geisterhaft in der Dunkelheit des Gartens. »Ich habe Ihnen gesagt, daß eine Navyehe riskant ist, Maddy. Das Risiko ist es, was einer Ehe Wert verleiht. Die Karriere, Kinder, wenn Sie welche haben, eine Liebesaffäre mit einem Menschen, die zu der besten Art menschlichen Bandes reift – dies sind die Schätze des Lebens, und jetzt, besonders jetzt, zähle ich darauf, daß es bleibende Schätze sind. Aber wenn sie nicht auf dem Spiel stünden, entweder weil einer von beiden keinen Mut hat oder weil der Beruf von Natur aus gefährlich ist oder weil sie in alternative Lebensweisen zurückverfallen, dann sind diese Schätze nur halb soviel wert.«

Sie legte die Rechte auf Maddys Hand. »Und nachdem Sie dies jetzt wissen, welche Wahl haben Sie wirklich, Maddy Holcomb?«

59

Bucht Subic, Philippinen

Lieutenant Commander Brian Holcomb stand auf dem heißen Beton vor dem Abfertigungsgebäude der Cubi Point Naval Air Station. Er trug eine tadellos gebügelte Khakiuniform mit seinen Ordensbändern und sein Schiffchen. Am linken Ärmel seines Uniformhemds war eine schwarze Armbinde befestigt. Vor dem Abfertigungsgebäude parkte eine Caribou der Army, ein Transportflugzeug für den Nahverkehr, das benutzt wurde, um Fracht von der Cubi Point Naval Air Station zum großen Stützpunkt Clark der Air Force außerhalb von Manila zu transportieren. Die Caribou war mit Tarnfarbe angestrichen, wodurch sie kleiner wirkte, als sie in Wirklichkeit war. Die hintere fahrbare Treppe war heruntergelassen, und eine Ehrenwache von schwitzenden Matrosen der *Hood* stand im Hintergrund mit ihren M-1-Gewehren. Chief Jackson stand bei der Ehrenwache. Die Crew der Caribou in ihren olivfarbenen Fliegerkombinationen hielt sich an den Toren des Abfertigungsgebäudes auf. Es war zehn Uhr, und die Männer warteten auf den Sarg, der vom Lazarett gebracht werden würde. Die sterblichen Überreste der anderen sechs Männer, die bei dem Angriff gefallen waren, befanden sich bereits an Bord des Flugzeugs.

In der Bucht konnte Brian das Schiff sehen, dessen Heck aus der Öffnung des Trockendocks ragte, wo das Loch in der Backbordseite geschlossen werden würde, bevor die *Hood* in die Staaten zurückfahren würde. Vince Benedetti hatte geschätzt, daß die Reparaturarbeiten ungefähr zehn Tage dauern würden. Die Flagge des Schiffes hing auf halbmast, wie Brian selbst aus dieser großen Entfernung sehen konnte.

Brian fühlte sich, als hätte er sich unerlaubt von der Truppe entfernt, während er hier auf dem Hallenvorfeld stand und das Schiff im Trockendock lag. Der Ermittlungsausschuß hatte drei Tage lang getagt, und Brian war seelisch erschöpft, nachdem er stundenlang von dem Ausschuß aus Captains und Commanders über den Luftangriff und das Drogenproblem auf dem Schiff befragt worden war. Und es würden bei seiner Rückkehr zum Schiff weitere Befragungen folgen. Er war noch nicht als eine der Personen bezeichnet worden, gegen die ermittelt wurde, aber einer der Navyanwälte an Bord hatte ihm geraten, um juristischen Beistand zu ersuchen. Als Brian gefragt hatte, ob er wegen irgend etwas angeklagt war oder werden würde, hatte der Anwalt, ein Commander, nur die Achseln gezuckt.

»Sie werden ein Hauptzeuge sein, Mr. Holcomb. Offen gesagt, der Ausschuß ist inoffiziell der Meinung, daß Sie Ihre Sache sehr gut gemacht haben, aber ich denke immer noch, Sie sollten sich einen Anwalt nehmen. Wenn die Anklagen erhoben werden, können wichtige Zeugen zu Zielscheiben werden, wenn Sie mir folgen können.«

Brian konnte ihm nicht richtig folgen, aber er hatte den Rat beherzigt. Sein Seesack war bereits an Bord der Caribou. XO Mains hatte ihn als offiziellen Begleiter bei der Überführung von Captain Huntingtons sterblichen Überresten ernannt. Brian würde mit Captain Huntingtons Leichnam den langen Flug über den Pazifik zur Travis Air Force Base machen. Von dort aus würde er den Sarg nach Washington, D. C., begleiten, wo der Captain auf dem Friedhof Arlington beigesetzt werden würde. In Washington würde ein Captain die Leitung der Eskorte für die Beisetzung auf dem Nationalfriedhof übernehmen, aber für den Flug reichte ein Lieutenant Commander aus.

Da der Sarg zuerst auf der Travis Air Force Base, nördlich von San Francisco, landen würde, wurde es Mrs. Huntington genehmigt, den Leichnam ihres Mannes zur Andrews Air Force Base in Washington zu begleiten. Sonderbarerweise, jedenfalls für Brian, hatte sie Maddy gebeten, sie auf ihrer Reise nach Washington zu begleiten. Bei ihrem kurzen Telefongespräch in der vergangenen Nacht hatte Maddy es nicht sehr gut erklärt. Sie hatte nur gesagt, nachdem sie von dem Angriff erfahren hatten, waren sie fast einen Tag lang im Haus der Huntingtons zusammengewesen und hatten auf weitere Nachrichten aus dem Pazifik gewartet. Maddy hatte gesagt, sie wären nach den ersten Berichten, daß keine Offiziere bei dem Angriff gefallen waren, erleichtert, doch dann erschüttert gewesen, als man ihnen schließlich mitgeteilt hatte, daß der Captain nach dem Zwischenfall gestorben sei. Aus irgendeinem Grund wollte Mrs. Huntington, daß Maddy sie begleitete.

Brian hatte nicht erzählt, was er über den Tod des Captains wußte, denn der Ausschuß ermittelte noch, und jedem war befohlen worden, über die Angelegenheit zu schweigen.

Austin hatte einen Tag nach Subic das Bewußtsein wiedererlangt, aber er hatte eine Gehirnerschütterung und war als Zeuge fast nutzlos. Sein Ausrasten auf dem Vorderdeck in der Nacht des Angriffs hatte sich in der Offiziersmesse herumgesprochen, und obwohl keiner genau wußte, was geschehen war, waren viele begierig darauf, das Schlimmste anzunehmen. Vince Benedetti war völlig beschäftigt mit den Bemühungen der Schadenkontrolle gewesen, und so konnte er nur aussagen, was nach dem Angriff passiert war. Das Schiff der südlichen SAR-Station, die *Preble*, war im Morgengrauen mit frischen Schadenkontrollteams, Medikamenten und Sanitätspersonal eingetroffen. Der erste Helo von der

Yankee Station hatte ein Ermittlungsteam an Bord gebracht, das vom selben Captain geleitet wurde, der den Fall Sea Dragon untersucht hatte. Als Auswerter auf Wache war Brian eingehend befragt worden, ebenso Garuda und die überlebenden leitenden Kontrolleure im Combat. Die Ermittler hatten sich ausschließlich auf den Angriff und die Nachwirkungen konzentriert, bis ein grimmig aussehender Lieutenant Commander mit dem Zahlmeister des Schiffs und dem Logbuch in die Offiziersmesse gekommen war.

Das geheimnisvolle Logbuch. Es hatte allerhand Gerüchte und Spekulationen gegeben, was darin stand. Brian erinnerte sich, daß der Captain Jack Folsom am Morgen nach dem Angriff bei sich behalten und nach dem Logbuch gefragt hatte. Folsom sagte nichts über den Inhalt des Logbuchs, aber Brian hätte die Welt nicht mehr verstanden, wenn der Captain heil aus dem Drogenproblem herausgekommen wäre, besonders, weil der XO angeblich behauptet hatte, daß die MiGs nur hatten angreifen können, weil der Waffenoffizier einen unerfahrenen FTM 3 an den Konsolen gehabt hatte, als der Angriff stattgefunden hatte. Bei all diesen Gerüchten hielt sich Brian an den Rat des Captains: Er sagte einfach die Wahrheit. Er seufzte. Nach seiner Rückkehr aufs Schiff würde er noch viel mehr Fragen beantworten müssen. Man konnte über die Navy sagen, was man wollte – sie mochte vielleicht nicht immer die Fragen stellen wollen, aber wenn eine Panne offenkundig war, dann kratzte sie notfalls die Farbe bis zum Kiel ab, um die Ursache herauszufinden.

In der Nacht nach dem Zwischenfall war die Beförderungsliste zum Lieutenant Commander eingetroffen, und Brians Name hatte darauf gestanden. Mission erfüllt. Der Stellvertretende Kommandant hatte die vorläufigen Beförderungspapiere unterzeichnet, damit es besser aussah, wenn ein Lieutenant Commander statt eines Lieutenants den Sarg begleitete. Brian erinnerte sich, daß in der vorläufigen Beförderung die Klausel stand, daß er eine ständige Verwendung in dem neuen Rang akzeptierte, wenn er ihn offiziell annehmen würde. Er fragte sich, ob er das tun würde.

Er würde mit Maddy ausführlich über all dies sprechen müssen, ob er in der Navy weitermachen und sich auf eine dreißigjährige Laufbahn festlegen wollte. Er hatte weitaus mehr Verantwortung erlebt, als man auf der Akademie prophezeit hatte, und er hatte auch erfahren, daß auf einem Schiff jedes Handeln oder Nichthandeln Konsequenzen hat. Er mußte sich endgültig entscheiden, was – wenn überhaupt etwas – er Maddy über sein Erlebnis mit Josie in Olongapo erzählen sollte. Er hatte am Abend vor dem Eintreffen in Subic mit Chief Martinez bei einem Kaffee und einer Zigarre darüber gesprochen, und der Chief hatte nur gelacht.

»Hölle, Boss, dies ist WESTPAC. Es gibt keine verheirateten Jungs im WESTPAC. Das wäre, als würden Sie Ihrer Frau erzählen, daß Sie ausgegangen sind und sich betrunken haben – wen juckt das schon? Außerdem brauchen Frauen gar nicht zu wissen, wenn man mal über die Stränge geschlagen hat.«

Brian sagte sich, daß es am besten war, die ganze Sache geheimzuhalten, als etwas Begrabenes in seiner Vergangenheit, denn dann würde am wenigsten Schaden entstehen. Jeder hatte ein Recht auf das eine oder andere Geheimnis im Leben, und er hatte genug Schaden gesehen. Aber die Sache würde er nie ganz vergessen können.

Martinez hatte ihm erzählt, was sich unten im Pumpenraum zwischen Jackson und Rocky abgespielt hatte, den zuerst alle vermißt hatten. Bis zu diesem Zeitpunkt hatte Brian nur gewußt, daß Rockheart zwei Tage nach dem Zwischenfall ertrunken in Pumpenraum zwei gefunden worden war, zusammen mit einer großen Summe Bargeld. Gerüchte besagten, daß sowohl Chief Jackson als auch Martinez in der Nacht des Angriffs unten im Pumpenraum gewesen waren und daß Rockheart der Boss des Drogenrings auf dem Schiff gewesen war.

»Nun, Chief, Sie sagten, Sie würden den Boss umbringen, wenn Sie ihn jemals fassen«, hatte Brian gesagt.

Martinez hatte den Kopf geschüttelt. »Ich habe Rockheart nicht umgebracht. Ich wollte es, glauben Sie mir. Und ich habe ihm in den Arsch getreten für das, was er Jackson angetan hatte. Aber als ich ihn zurückließ, atmete er noch. Die Maschinisten vermuten, daß die Lenzpumpe mit all diesen in den Bilgen herumschwimmenden Geldscheinen verstopft und der Raum einfach überflutet wurde.«

»Mein Gott. Sein Drogengeld hat ihn ertränkt.«

»Ja. Ich liebe diese Vorstellung.«

»Und was ist mit Bullet geschehen?«

Der Chief hatte angewidert geschnaubt. »Wer ist der einzige Kerl, der ungeschoren davonkommt, weil Knoblauch und Rocky tot sind? Wir haben immer noch keinerlei Beweis gegen Bullet. Alles basierte auf dem, was wir aus Knoblauch herausbekommen hatten oder bei einem Handel aus Rocky herausbekommen hätten. Und wollen Sie den verrückten Teil wissen? Ausgerechnet Bullet war der Schadenermittler von Reparatur fünf, der feststellte, daß der Propellerschacht geflutet war. Er sagte, das Wasser stand so hoch, daß er kaum noch durch die Luke schauen konnte. Er behauptet, nicht mal gewußt zu haben, daß Rocky dort unten war. Wer will ihm das Gegenteil beweisen? Für mich sieht es aus, als würde der Scheißer ungeschoren davonkommen.«

»Und was ist mit dem Geld?«

»Bullet bekam nicht das Geld aus dem Fundbüro, und Jackson sagt, er hat Tausende Dollars aus dem Pumpenraum gerettet; es dauerte höllisch lange, all die Scheine zu trocknen.«

»Was geschieht damit?«

»Der XO sagt, das Geld aus dem Pumpenraum wird der Navy ausgehändigt. Der XO weiß von dem Geld, das wir aus dem Fundbüro geholt haben, und so teilen die Chiefs es für die Familien der Jungs auf, die ums Leben kamen. Es ist nicht viel, aber wenigstens etwas.«

Es entstand Aktivität, als der Chief der Ehrenwache Stillgestanden befahl. Ein grauer Sanitätswagen näherte sich auf der Straße am Rande des Flugplatzes und stoppte hinter der Caribou. Die Flugzeugbesatzung sammelte ihre Navigations- und Flugpapiere und stieg in die Maschine. Brian stand selbst still und beobachtete, während die Besatzung des Sanitätswagens den Sarg aus dem Heck holte. Der Chief befahl der Ehrenwache, das Gewehr zu präsentieren, und zwei Sanitäter, um ein wenig Würde in ihren unordentlichen weißen Kitteln bemüht, rollten den Aluminiumsarg vom Sanitätswagen zum Heck des Flugzeugs. Brian salutierte, bis der Sarg in der Caribou verschwunden war. Dann ließ er die Hand sinken und ging zum Flugzeug.

Als die Ehrenwache zurück zu ihrem Transporter marschierte, ging Brian zu Chief Jackson, um sich zu verabschieden und ihm alles Gute für den Untersuchungsausschuß zu wünschen.

»Jawohl, Sir, das wird noch scheußlich, nehme ich an.«

»Tut mir leid, daß Sie Bullet nichts beweisen können. Nach all Ihren Bemühungen ...«

»Ja. Nun, Bullet mag bei dieser Ermittlung ungestraft davonkommen, aber er wird nicht all den Schwarzen entkommen können, denen ich diese Geschichte erzählen werde. Wir werden ihm ihn den Arsch treten, daß er aus der Navy fliegt.«

Brian blickte in Richtung Schiff. »Dies war eine höllische Art, für etwas Gerechtigkeit zu sorgen, Chief. Ich und mein großer Kreuzzug – Sie sehen ja, wozu er geführt hat.«

»Das, wogegen wir den Kreuzzug geführt haben, hat das angerichtet, Mr. Holcomb, nicht Sie oder einer von uns. Behandelt man Sie korrekt?«

»Das müssen wir abwarten, Chief. Es gibt im Augenblick Leute, die für und gegen meine Ansichten sind.«

»Denken Sie an das, was Sie mir gesagt haben, Mr. Holcomb. An das, was der Alte gesagt hat. Und hoffentlich in dieses Logbuch geschrieben hat. Wir haben unsere Pflicht getan. Die Navy wird nie einen Offizier bestrafen, weil er seine Pflicht getan hat.«

Brian blickte ins Heck der Caribou zu den Aluminiumsärgen. »Ich hoffe es, Chief, aber Sie sehen ja, was passiert ist. Und ich glaube, FTM drei Warren fühlt sich schlimmer deswegen als ich.«

Jackson schüttelte den Kopf. »Warren hat sein Bestes getan. Wenn er Mist gebaut hat, dann weil er zermürbt und müde von dem Druck war, unter den ihn diese Arschlöcher gesetzt haben. Martinez und ich werden auch etwas dagegen unternehmen müssen. Wie dem auch sei, Sie können den Nordvietnamesen, dem Krebs des CO oder den Junkies die Schuld geben, aber wie ich schon sagte, Sie haben Ihre Pflicht getan, Mr. Holcomb. Das ist alles, was die Navy jemals verlangt, wissen Sie?«

»Ja, Chief«, sagte Brian und blickte wieder über den Hafen. »Aber manchmal verlangt sie verdammt viel.«

Die Caribou startete einen ihrer Motoren in einer Wolke von bläulichem Rauch. Ein Crewmitglied, das am Heck stand, blickte Brian auffordernd an. Brian und Jackson, die im Motorenlärm nicht mehr miteinander sprechen konnten, schüttelten sich die Hände, schauten sich ein paar Sekunden lang in die Augen und dann stieg Brian ins Heck der Maschine und in den Frachtraum, um seine Sechstausendmeilentotenwache über dem Pazifik zu beginnen.

60

Washington, D. C.

Brian konnte die sich nähernde Prozession hören, bevor er sie sah. Es war später Nachmittag, und die winterliche Dämmerung vertiefte sich am Hügelhang. Die dumpfen Trommelschläge, der Hufschlag der Pferde, von denen der

Munitionswagen gezogen wurde, die Töne des Trauermarsches und die gedämpften Schritte der Prozession hallten durch den Nieselregen eines zu Ende gehenden Dezembertages, als sich der offizielle Trupp der Grabstätte näherte. Brian stand abseits der Menge von Freunden und Kollegen des Verstorbenen. Seine Rolle als Begleitoffizier war von einem Captain übernommen worden. Als einziger Offizier des Schiffes bei der Beerdigung fühlte sich Brian sehr einsam. Ausgerechnet er nahm an der Beisetzung teil. Er fühlte sich, als sollte er mit dem Schiff zurück sein.

Der Winter war dieses Jahr früh in Washington hereingebrochen. Brian scharrte unbehaglich mit den Füßen im nassen Gras und nahm die Kälte wahr, die aus dem teilweise gefrorenen Boden aufstieg. Er konnte sehen, daß die anderen, die auf dem Hügelhang warteten, sich ebenso unbehaglich fühlten wie er. Sie kauerten sich in ihren Mänteln zusammen, und ihr Atem bildete Dampfwölkchen in der zunehmenden Dämmerung.

Sie warteten auf den Captain, diesen zu Lebzeiten unerklärlichen Mann. Einen Augenblick lang glaubte Brian, seine Augen könnten ihn im Stich lassen; er zwang sich, auf das schwarze mit grünem Kunstrasen umgebene Viereck im Boden zu starren, bis er sich wieder unter Kontrolle hatte. Die Frau des Captains, die er als heiter und optimistisch in Erinnerung hatte, wirkte jetzt zusammengeschrumpft in ihrem schwarzen Mantel, und ihr Haar sah wie eine silberne Mütze in der Dämmerung aus. Sie hielt den Kopf gesenkt, und Brian konnte ihr Gesicht nicht sehen. Sie wurde an beiden Seiten von ihren erwachsenen Söhnen gestützt, während sie warteten, daß die traurige Prozession auf dem Rasenstreifen hinter ihnen anhielt. Maddy stand gleich hinter Mrs. Huntington und hielt eine Hand locker auf ihrer rechten Schulter. Zu Brians Überraschung befanden sich vier andere der Offiziersfrauen ebenfalls unter den Trauergästen.

Brian wartete geduldig, während der Sarg vom Wagen

gehoben wurde. Er hörte gedämpftes Klirren von Metall, als sich Soldaten formierten, und Schritte der Trauergäste, die sich um das Grab versammelten, als der Sarg auf dem verchromten Gerüst über dem Grab befestigt war. Oberhalb des Grabes stand auf einem flachen Hügel das Ehrensalutkommando vor einer Gruppe kahler Eichen in Rührt-euch!-Haltung, die Blicke auf den Boden gerichtet, in den weißbehandschuhten Händen die Gewehre. Der Trompeter hinter ihnen starrte ebenfalls zu Boden und hielt sein Instrument in der Armbeuge.

Brian hob den Kopf und zwang sich, auf den mit Bronze überzogenen Sarg zu schauen, als der Kaplan aus der Bibel las. Brian konnte sich nicht auf die Worte konzentrieren. Jenseits des Friedhofs schuf das Scheinwerferlicht eines Wagens plötzlich ein goldenes Glänzen an der Seite des Sargs, und vor seinem geistigen Auge sah Brian die Berge von Luzon aus dem Südchinesischen Meer ragen, wie er sie zum ersten Mal gesehen hatte. In dieser Erinnerung nahm er die getragenen Worte des Kaplans, die Düsterkeit und Kälte und leises Füßescharren der Menge nicht wahr, und er erlebte wieder diesen ersten Tag.

Er sah die *Hood* in der Bucht von Subic, frisch angestrichen, groß, sauber, neu, voller Energie, bereit zur Übernahme der Red Crown Station – das Bild, das er aus dem Fenster des Flugzeugs gesehen hatte. Er sah als Kontrast, wie das Schiff ins Trockendock geschleppt wurde, die Backbordseite von der Brücke bis zum Hubschrauberdeck schwarz. Öl tropfte wie Eiter aus diesem klaffenden Loch an der Backbordseite, und die beiden Fernlenkradars wiesen nach Backbord, eines nach oben und eines nach unten, als suche es immer noch den Feind, der dem Schiff das angetan hatte. Und Brian dachte: für die meisten der Offiziere schließt dieser Feind mich ein, dank XO Mains. Und dank meiner eigenen frechen Selbstüberschätzung, mit der ich mich entschieden habe, diese Junkies anzuklagen und dadurch einen unerfahrenen FTM drei an der Konsole hatte, als der kritische Moment kam.

Zum tausendsten Mal dachte er darüber nach. Er wußte in seinem Herzen, daß einfach völlig falsch war, was der Stellvertretende Kommandant sagte. Wie er es ihm in jener Nacht auf dem Gang auch vorgehalten hatte. Und wie es ihm der Captain gesagt hatte. Captain Huntington hatte sich die Zeit genommen, um es Brian zu sagen. Er hatte es für wichtig gehalten, es ihm zu sagen – im zertrümmerten CIC über eine scharfe Bombe mit Zeitzünder geneigt, gepeinigt von Darmschmerzen, die Nerven mit Morphium betäubt. Dennoch hatte der Captain Wert darauf gelegt, es zu sagen: *Sie* haben das Richtige getan. *Wir* haben das Falsche getan. Aber zu welchem Preis? Die Konsequenzen sollten gut sein, wenn man das Richtige tat. Aber vielleicht, nur vielleicht waren die Konsequenzen, dieser Leichnam in dem Aluminiumsarg dort und die anderen sterblichen Überreste von Männern, die heute beigesetzt wurden, anstatt auf Wache in Feuerungsraum zwei oder an ihre Konsolen zu gehen, und die zerbrochenen Familien, das beschädigte Schiff – nur vielleicht waren diese Konsequenzen auf die gottverdammten Drogen und die Entscheidung der Führung des Schiffes zurückzuführen, das Problem unter den Teppich von Selbstjustiz zu kehren, wie Chief Jackson gesagt hatte. Vielleicht, nur vielleicht, waren die Konsequenzen darauf zurückzuführen, daß nichts getan worden war. Brian klammerte sich an diesen Gedanken, weil er wußte, daß dies sein einziger Schutz gegen die quälenden Selbstvorwürfe sein würde, die noch folgen würden.

Und Maddy. Sie hatten nur eine Möglichkeit gehabt, miteinander zu reden, denn sein Dienst als Begleitoffizier verlangte, beim Sarg zu bleiben, bis er in der Leichenhalle auf Andrews angeliefert war, und Maddy hatte bei Mrs. Huntington bleiben müssen, bis Mitglieder ihrer Familie in der Stadt eingetroffen waren. Gestern abend, im Quartier für verheiratete Offiziere auf Andrews, nach den erschöpfenden Flügen – er all den Weg von den Philippinen in einem Frachtflugzeug; sie von San Diego nach San

Francisco und von dort aus nach Washington – hatten sie sich nur in dem winzigen Zimmer mit dem Einzelbett in den Armen gehalten.

Eine Zeitlang hatten sie beide geschlafen. Dann war Brian aufgewacht, und als er festgestellt hatte, daß Maddy ebenfalls wach war, hatte er ihr die ganze Geschichte erzählt. Er hatte ihr von den Auswirkungen des Drogenkonsums an Bord erzählt, von der Lösung der Führung, damit zu leben, und wie er dazu gekommen war, seinen Plan, nur seine Karriere im Auge zu behalten, über den Haufen zu werfen. Er hatte Maddy von den Gerüchten erzählt, was wirklich mit dem Captain geschehen war und was ihn erwartete, wenn er zum Schiff zurückkehrte. Maddy hatte fast keine Fragen gestellt. Sie war sonderbar still bei allem gewesen, fast als überlege sie, was sie mit alldem anfangen sollte. Er hatte fast drei Stunden lang erzählt, und danach war er eingeschlafen, und sie hatte bis zum Tagesanbruch wach gelegen und zur Decke gestarrt. Nicht viel anders als am Tag der Abkommandierung, dachte er jetzt.

Und jetzt war er nicht sicher, was er denken sollte. Einerseits hatte er ernsthafte Zweifel, ob er eine Laufbahn in der Navy fortsetzen wollte. Er befürchtete die Konsequenzen falscher Entscheidungen und seine idealistischen Ansichten von richtig und falsch. Die blutigen Konsequenzen, die er in der Offiziersmesse der Berkeley gesehen hatte, über das ölige schwarze Loch des Feuerungsraums der *Hood* bis zu den zerfetzten Stückchen der Männer im EW-Modul. Andererseits war er sich jedoch nicht sicher, ob er das Falsche getan hatte. Wenn nichts sonst, dann hatte er seine Pflicht getan, und jetzt mußte er zum Schiff zurückkehren und sich dem Kommenden stellen, um sich und seine Ehre zu entlasten und – noch wichtiger – es noch einmal zu versuchen.

Aber wie sollte er das Maddy sagen? Wie konnte er zugeben, daß er zur See gefahren und ihre elementare Macht kennengelernt hatte, in den Krieg gezogen war und

Tod, Blut und Zerstörung erlebt hatte, Führungsaufgaben als Auswerter im Combat angenommen und den Abschuß von Fernlenkraketen befohlen hatte, die Flugzeuge zerstörten und andere Männer töteten, und trotzdem *Angst* hatte? Während er ihr gleichzeitig zu erklären versuchte, daß er immer noch ein Mann war, sie immer noch liebte und als seine Frau und Gefährtin haben wollte. Trotz allem, was geschehen war, trotz der Tatsache, daß zumindest einige der Offiziere ihm zum Teil die Schuld an der Katastrophe gaben, und trotz der Tatsache, daß seine Karriere jetzt durch die Ermittlungen eines Untersuchungsausschusses gefährdet war – wie sollte er Maddy trotz alldem erklären, daß er weitermachen wollte, weil er es für seine *Pflicht* hielt?

Brian blickte über all die Rücken und Gesichter der Leute hinweg, die zwischen ihm und seiner Frau standen. Er sehnte sich danach, zu ihr zu gehen, neben ihr zu stehen, ihr die Hände auf die Schultern zu legen, obwohl sie Mrs. Huntington stützte. Aber er hatte das schreckliche Gefühl, daß jeder wußte, welche Gedanken ihn beschäftigten und was im Golf von Tonkin geschehen war, und daß diese Versammlung von hartgesichtigen Marineoffizieren und ihren Frauen, die aus härterem Holz geschnitzt waren, ihm in den Weg treten würde.

Das Beerdigungskommando präsentierte die Flagge, fernes Scheinwerferlicht glitt noch einmal über den Sarg, und dann wurde er ins Grab gesenkt, während drei Salven auf dem Hügelhang krachten. Wie um alles in der Welt konnte er Maddy bitten, mit ihm den Kurs zu halten? Er wartete auf das Ende der Zeremonie. Er wartete auf Maddy.

61

Maddy stand starr in der Kälte und hielt fast den Atem an, damit sie nicht zu weinen begann oder anderweitig die Kontrolle über ihre Gefühle verlor. Sie konzentrierte ihre ganze Aufmerksamkeit auf die Frau vor ihr, hielt die Hand auf ihrer Schulter, und drückte sie gelegentlich leicht, um sie wissen zu lassen, daß sie bei ihr war. Sie nahm keines der Worte des Kaplans wahr, obwohl andere ihnen lauschten und ihren ernsten Mienen anzusehen war, daß sie sich um Beherrschung bemühten. Sie wünschte, Brian wäre bei ihr, anstatt irgendwo hinten in der Menge. Aber er hatte darauf bestanden. »Du gehst mit der Familie. Ich kann dort nicht bei dir sein, noch nicht.«

Es gab soviel zu bereden. In der vergangenen Nacht hatte Maddy in Brians Armen den ersten friedlichen Schlaf seit vielen Monaten gefunden, wenn auch nur für wenige Stunden. Als sie gespürt hatte, daß er sich bewegte, war sie wach geworden, und dann hatte Brian ihr erzählt, was dort draußen geschehen war. Lieber Gott, in all den Tagen und Wochen vor seinem Einsatz, bei all ihren Klagen war keinem von ihnen dieses Ausmaß an möglichen Konsequenzen in den Sinn gekommen. Und jetzt versuchte er, die größte Entscheidung seines Lebens zu treffen. Sie wünschte das Ende dieser Beerdigung herbei, denn sie hatte Brian so vieles zu sagen.

Wie schaffe ich das? fragte sie sich, als sie die Zeremonie in sich aufnahm, die steinern wirkenden Gesichter dieser Männer, die stoische Stärke dieser Frauen, die schimmernden Gewehre des Ehrensalutkommandos auf dem Hügel, die Totenstille des Beerdigungstrupps und die schwermütigen Worte des Kaplans. Wie werde ich angesichts all dieser seelischen Stärke durchhalten können? dachte Maddy. Wie werde ich Brian überzeugen können, daß er weitermachen muß, daß er Marineoffizier ist und die Navy ihm eine faire Chance geben muß, weil sie erkennen wird, daß er das Richtige getan hat, trotz des Resultats? Und daß sie für ihn dasein würde – wenn die Navy ihm keine Chance gab –, um ihm zu helfen, für seine Ehre zu kämpfen?

Sie würde ihm niemals von Autrey erzählen; bei Autrey war es um Sex gegangen, ums Flirten wie früher, als sie ein Mädchen gewesen war, bevor sie erkannt hatte, was die Ehe wirklich bedeutet. Wie Mrs. Huntington gesagt hatte: wo war Autrey jetzt?

Wie werde ich ihm sagen, daß ich Angst habe, Angst, wieder allein gelassen zu werden? dachte sie. Angst davor, daß ich nach dem, was ich getan habe, nach der Untreue und den Geheimnissen, die ich nun bewahren muß, nicht verdiene, weiterhin Brians Ehefrau zu sein? Es ist ein Risiko, hatte Mrs. Huntington gesagt. Der Wert der Ehe ist immer proportional zu den Risiken.

Sie spürte, daß jeder den Atem anhielt, als der Trompeter den Zapfenstreich blies, und dann die drei Salven krachten und die letzten klagenden Töne darin untergingen, während die Sargträger den Sarg ins Grab senkten. Als sich die Huntingtons zurückzogen und die anderen Frauen zu ihnen gingen, um zu kondolieren, trat Maddy zurück und hatte das Gefühl, daß ihre Aufgabe für den Moment erledigt war.

Es hatte sie überrascht, die anderen Frauen hier zu sehen. Der Flug war für sie, Maddy Holcomb, kostenlos gewesen, aber diese Frauen waren auf eigene Kosten hergeflogen, um sich für eine von ihnen einzusetzen. Maddy erkannte, daß sie jetzt sehnlich wünschte, zu dieser Gemeinschaft, zur Navy, zu gehören, und wenn es Einsätze und Trennungen bedeutete, dann sollte es eben so sein. Die körperlichen Dinge, die sie für und mit Autrey empfunden hatte, waren sehr real gewesen, aber ihre Bedeutung verblaßte angesichts dessen, was den Huntingtons, dem Schiff und ihrem Mann widerfahren war. Sie schaute sich um und sah Brian hinten in der Menge. Sie holte tief Luft und zögerte sekundenlang, doch dann sah sie klar, wie es weitergehen würde. Sie würde vermutlich harte Überzeugungsarbeit leisten müssen, aber sie war entschlossen, es zu schaffen. Sie hoffte nur, daß Brian sie so sehr brauchte, wie sie ihm jetzt Kraft geben mußte. Sie ging in der zunehmenden Dunkelheit zu ihrem Mann.

ENDE

Anmerkung des Autors

Kenner der Marinegeschichte sind allgemein vertraut mit den beiden 1964er Zwischenfällen im Golf von Tonkin, denen eine dramatische Eskalation der amerikanischen Verwicklung in den Vietnamkrieg zugeschrieben wird. Nicht allgemein bekannt ist, daß die Nordvietnamesen Flotteneinheiten der U.S. Navy, die im Golf von Tonkin operierten, noch einmal in den späten Tagen des Vietnamkriegs angriffen. Der Angriff auf das USS *John Bell Hood,* der in diesem Roman geschildert wird, beruht auf einem tatsächlichen Zwischenfall, der sich im Frühjahr 1972 ereignete. Die Fregatte mit Fernlenkgeschossen (seither unbenannt in Kreuzer mit Fernlenkgeschossen) USS *Sterett* patrouillierte als Red Crown Station im nördlichen Golf von Tonkin, eskortiert vom USS *Higbee,* einem Zerstörer, der im Zweiten Weltkrieg gebaut worden war. Die Nordvietnamesen setzten elektronische Störsender, Kanonenboote mit Antischiff-Fernlenkgeschossen und MiGs ein, die zum Transport von Eisenbomben umgebaut waren. Die *Sterett,* keineswegs ein von Drogen heimgesuchtes oder unfähig besetztes Schiff, zeichnete sich in dem folgenden Gefecht aus, indem sie die Kanonenboote mit ihrem einzigen Fünfzollgeschütz vertrieb, ein Anti-Schiff-Fernlenkgeschoß und zwei MiGs mit ihren Terrier-Raketen abschoß und eine dritte MiG beschädigte. Aber diese dritte MiG drang in die Mindestreichweite der Fernlenkgeschosse der *Sterett* ein und warf eine Bombe aufs hintere Fünfzollgeschütz der *Higbee* ab, wodurch sie beträchtlichen Schaden anrichtete und der Kommandant der *Higbee* gezwungen war, absichtlich die Pulvermagazine auf dem Achterschiff zu fluten, um das Schiff zu retten. Nach diesem dreisten Überfall stellte die U.S. Navy ihre gesamten Kampfsysteme um, damit sie einer Mehrfachbedrohung gewachsen war. Die heutigen Aegis-Kreuzer mit Fernlenkwaffen sind besonders entwickelt, um mit Mehrfachbedrohungen in der Luft, über Wasser und sogar unter Wasser fertig zu werden. Aber dieser Zwischenfall führte zum Aufwachen.

Die Drogenplage auf der *John Bell Hood* beruht ebenfalls auf tatsächlichen Ereignissen in den späten 60er Jahren an Bord zu vieler Flotteneinheiten. Viele Autoren haben den Drogenkonsum bei der Army – und in geringerem Ausmaß bei Einheiten des Marine Corps – in Vietnam beschrieben oder kommentiert. Aber die Navy hatte ebenfalls ein ernsthaftes Drogenproblem. Dreißig bis vierzig Prozent einer Schiffsbesatzung nahm zumindest gelegentlich Marihuana oder Haschisch auf See oder im Hafen. Im Gegensatz zur *John Bell Hood* gab es auf den meisten Schiffen ein wirksames Antidrogenprogramm mit harten Strafen und Entlassungen von Gewohnheitstätern. Aber während die offizielle Politik der Navy hinsichtlich des Drogenkonsums kristallklar war, stimmt ebenfalls, daß politische Risiken mit einer zu erfolgreichen Drogenbekämpfung auf einem Schiff verbunden waren. Es gab ernsthafte Personalknappheit in allen Unteroffiziersdienstgraden an Bord eines Schiffes (zum Beispiel bei Kesselarbeitern, Feuerleit- und elektronischen Technikern und Radarbedienern), und die Entscheidung, einen Mann wegen Drogenkonsums zu entlassen, bedeutete oftmals, daß das Schiff bis zu einem halben Jahr keinen Ersatz bekam. Kapitäne wurden unter anderem daran gemessen, wie erfolgreich ihre Weiterverpflichtungsprogramme waren, und eine Entlassung verdarb eine gute Statistik des Schiffes. Mehrfache Entlassungen wegen Drogen führten oftmals zu peinlichen Befragungen durch die gesamte Kommandostruktur und konnten die Fähigkeit des Kommandanten und seines Stellvertreters angesichts eines in der ganzen Navy herrschenden Personalmangels in Frage stellen.

Die Navy bekam das Drogenproblem schließlich in den 70er Jahren nach einem schweren Unfall an Bord eines Flugzeugträgers in den Griff. Mehrere Männer wurden zerfetzt, als auf dem Flugdeck ein Auffangseil riß und ein Flugzeug aufs Deck stürzte. Autopsien ergaben, daß ein erschreckender Prozentsatz der Leichen Spuren von Tetrahydracannabinol (THC), das berauschende Element von Marihuana und Haschisch, aufwies. Der Chief of Naval Operations (CNO; der Chef für Marineoperationen) traf, deprimiert von diesen Befunden, die außergewöhnliche und politisch mutige Entscheidung, obligatorische Urinproben von jedem in der gesamten Navy einzuführen, von ihm selbst bis hinab zum jüngsten Rekruten. Jeder mußte damit rechnen, überraschend nach dem Zufallsprinzip für eine Urinprobe ausgewählt zu werden. Es gab keine Ausnahmen, und ich erinnere mich, als ich Befehlshabender Offizier und später Kommodore von Zerstörern war, daß man an meine Kabinentür klopfte und davor ein Sanitäter mit den Utensilien für eine Urinprobe und den entsprechenden Papieren stand. Wenn auch die Würde von ranghohen Offizieren leichten Schaden nahm, so löste die Veranlassung von obligatorischen, zufälligen, überraschenden Urinproben das Drogenproblem der Navy binnen eines Jahres. Heute ist die Häufigkeit von Drogenkonsum bei der Navy im großen und ganzen unbedeutend, hauptsächlich dank des Drogenbekämpfungsprogramms mit den Stichproben, die immer noch stattfinden und die – wie dieser Autor inbrünstig hofft – nie eingestellt werden.

Glossar

1MC	Das allgemeine Lautsprechersystem eines Schiffes
A-6	Allwetterbomber der Navy, der auf einem Flugzeugträger stationiert ist
ASW	Abk. für Anti-submarine warfare; Anti-U-Boot-Kriegsführung
B division	Kesselabteilung
BARCAP	Barrier combat air patrol fighters; Patrouillen-Jagdflugzeuge
Basketball	Tankflugzeug des Marine Corps
Big Mother	Das Funkrufzeichen des SH-3-SAR-Hubschraubers
Bingo	Ein Flugzeug mit genügend Treibstoff zum Rückflug
Bogey	MiG; sowjetischer Bomberjet
BT	Abk. für Boiler Tender; Arbeiter im Kesselraum
CAPT	Ein Captain; ein O-6
CDR	Ein Commander; ein O-5
CIC	Abk. für Combat Information Center, kurz Combat; Zentrale zur Radarüberwachung des Luftraums und der See
CINCPAC	Commander-in-Chief Pacific; Oberbefehlshaber Pazifik
CINCPACFLEET	Oberbefehlshaber der US-Pazifikflotte
CMAA	Abk. für Chief Master-at-Arms; Chef der Schiffspolizei
CO	Der Kommandant – Kapitän – des Schiffes
CPO	Abk. für Chief Petty Officer; Dienstgrad: Bootsmann
CTF 77	Commander attack carrier task force 77; Kommandant des gemischten Kampfverbandes 77

CWI	Abk. für Continuous-wave illumination; Leitstrahl für Fernlenkgeschosse
DC Central	Damage Control Central; Schadenkontroll-Zentrale
D & D	Display & Decision; Modul im CIC
DD	Zerstörer, bewaffnet mit Geschützen
DDG	Zerstörer, bewaffnet mit Geschützen und Fernlenkgeschossen
Director One	Die Feuerleit-Radarstation
Disbo	Disbursing Officer; Zahlmeister
DLG	Großer Zerstörer, bewaffnet mit Fernlenkgeschossen und Geschützen
DMZ	Entmilitarisierte Zone zwischen Nord- und Südvietnam
E-2	Frühwarnflugzeug in der Luft, stationiert auf einem Flugzeugträger
EASTPAC	Ostpazifik; Heimatgewässer von Kalifornien
EC	Abk. für Engagement Controller; Abteilung/Konsole im Waffenleitmodul im CIC
EEBD	Abk. für Emergency-escape breathing device: Atemmaske mit Druckluft für fünf bis acht Minuten
EM 1	Electrician's Mate First Class; E-6 Petty Officer
ENS Ensign	Leutnant zur See
EW	Abk. für Electronic Warfare: Modul für elektronische Kriegsführung im CIC
F-4	Jagdbomber der Navy, auf einem Flugzeugträger stationiert
F-8	Jagdflugzeug der Navy, auf einem Flugzeugträger stationiert
FCSC	Abk. für Fire Control Systems Coordinator; Abteilung/Konsole im Waffenleit-modul im CIC

First Class	Dienstgrad E-6 wie ein Petty Officer First Class
FTG	Feuerleittechniker (Waffen)
FTM	Feuerleittechniker (Fernlenkgeschosse)
FTM 1	Ein E-6 (First Class) Feuerleittechniker
FTM 2	Ein E-5 (Second Class) Feuerleittechniker
FTM 3	Ein E-4 (Third Class) Feuerleit-Techniker
GQ	Abk. für General Quarters; Gefechtsstationen
Golf	Der Golf von Tonkin
Gun Plot	Der Waffen-Feuerleit-Computerraum
Helo	Helikopter
Höhle	Das Modul (Raum) zum Erfassen und Verfolgen von Zielen im CIC
Ichiban	(Pidgin/Japanisch) sehr gut
Iron Hand	Flugzeug von einem Flugzeugträger, das Stellungen von Fernlenkgeschossen sucht
JOOD	Junior Officer of the deck: Stellvertreter des Deckoffiziers
LANTFLEET	Atlantikflotte
LCDR	Lieutenant Commander; Dienstgrad, etwa Kapitänleutnant
Log helo	Der täglich verkehrende (logistische) Versorgungshubschrauber; machte einen Rundflug vom Flugzeugträger zu den Schiffen im Golf von Tonkin
MAA	Master-at-arms; Schiffspolizist
Mamasan	(Pidgin) Besitzer/in einer Bar oder eines Bordells
MiG	Sowjetischer Jagdbomberjet: weltweit exportiert
MiGCAP	Ein Navy-Jagdflugzeug, das MiGs jagt
Missile Plot	Computerraum für die Feuerleitung der Fernlenkgeschosse

NGFS	Naval gunfire support: Küstenbombardierung
NIS	Naval Intelligence Service; Ermittlungsabteilung des Marine-Nachrichtendienstes
Norden, der	Nordvietnam
NTDS	Abk für: Naval Tactical Data System
NVA	Die Nordvietnamesische Armee
OBA	Abk. für oxygen-breathing apparatus; Sauerstoffmaske für Brandbekämpfer
O 1 Division	Die Abteilung der Radarbediener
OOD	Officer of the deck; Deckoffizier
PACFLEET	Die US-Pazifikflotte
PIRAZ	Positive Identification Radar Advisory Zone Station zur Radarüberwachung des Luftraums und der See; hier das PIRAZ-Schiff *Hood*
Pumpenraum	Unterabteilung des Maschinenraums, in dem es eine oder mehrere Feuerlöschpumpen gibt
PX	Post Exchange; Verkaufsladen der US-Streitkräfte
RD 1	Radarman First Class, E-6 Petty Officer
Red Crown	Funkrufzeichen der PIRAZ-Station
RM 1	Radioman First Class; Funk-Unteroffizier; E-6 Petty Officer
RIO	Radarbediener in einem F-4 Jagdflugzeug; sitzt hinter dem Piloten
SAM	Surface-to-air missile; Wasser-Luft-Fernlenkgeschoß
SAR	Search and rescue; Such-und-Rettungs(-hubschrauber, -schiff)
Seaman	Gefreiter der US-Marine
Second Division	Die Artillerieabteilung
Siebte Flotte	Eine der beiden Flotten der US-Pazifikflotte
SH-2	Mittelgroßer SAR-Helikopter der Navy

SH-3	Großer SAR-Helikopter der Navy
SPG-53	Feuerleitradar
SPQ-55	Feuerleitradar für Fernlenkgeschosse, auch Spook-55 genannt
SPS-40	Zweidimensionales (Zielerfassung und Entfernungsbestimmung) Luftsuchradar
SPS-10	Zweidimensionales Überwasser-Suchradar
SPS-48	Dreidimensionales (Entfernung, Zielerfassung, Höhe) Luftsuchradar
SWIC	Der Waffenkoordinator eines Schiffes; Abteilung/Konsole im CIC
System eins	Feuerleitsystem Nr. 1 für Fernlenkgeschosse
System zwei	Feuerleitsystem Nr. 2 für Fernlenkgeschosse
TACAN	Tactical Air Control and Navigation; Signalfeuer
Talos	Wasser-Luft-Fernlenkgeschoß der Navy mit einhundert Meilen Reichweite
Terrier	Wasser-Luft-Fernlenkgeschoß der Navy mit vierzig Meilen Reichweite
Wager Bird	Air-Force-707-Flugzeug zur Kommunikationsübertragung
WESTPAC	Westpazifik
Wild Weasel	Flugzeug, auf einem Flugzeugträger stationiert, das SAM-Radarstellungen sucht
XO	Der Stellvertretende Kommandant des Schiffes, auch Exec (von executive) genannt

Band 14 181
W. E. B. Griffin
Schattenkrieger
Deutsche Erstveröffentlichung

1942. In Washington, D.C., verschärft das OSS unter Roosevelt und ›Wild Bill‹ Donovan seinen taktischen Krieg und stürzt sich in weltweite verdeckte Operationen. In London steht ein schwieriger de Gaulle im Exil wichtigen Invasionsplänen im Wege, und das OSS muß den General zum Handeln zwingen. In Belgisch-Kongo werden in einem tollkühnen Luftmanöver OSS-Agenten abgesetzt, die Uranerz für das Wettrüsten aus Afrika schmuggeln sollen. In Marokko planen OSS-Agenten ein Treffen mit Anti-Nazi-Deutschen, um Geheimnisse über eine furchtbare Waffe zu erfahren ...

BASTEI LÜBBE